ÉTÉ

1977

30 JUILLET

RICH

Rich ramassa le courrier dans la boîte aux lettres de Lark, quitta Eel Road et s'engagea en cahotant sur le double sillon tracé dans la boue, signalé à l'entrée par deux cuvettes de toilettes en porcelaine. Des fougères à taille humaine frottaient contre les vitres de son Ford. Le chemin était tellement envahi par la végétation qu'il parvenait tout juste à lire les panneaux.

ARBRE-TUNNEL ! AUTHENTIQUE SASQUATCH* !
TOILETTES PROPRES !

Les traces débouchaient dans la clairière de Lark, au-dessus de la rivière. Rich s'arrêta près du vieux pick-up International abandonné devant la cabane, avec son capot si rongé par la rouille que les hautes herbes poussaient à travers le métal. Le vieux cochon qui farfouillait derrière les latrines ne releva pas la tête, mais les deux cabots de Lark s'étirèrent et approchèrent paresseusement dès que Rich ouvrit sa portière.

"Banjo ! Killer !" cria Lark depuis la galerie ; des Sasquatch en bois sculpté étaient alignés sur la balustrade.

Dix degrés, et Lark était en maillot de corps maculé de taches, ses cheveux gris et sa longue barbe lui descendant jusqu'aux épaules, des rouleaux de papier toilette rangés en pyramide dans le fauteuil roulant qui lui servait de brouette. Rich attrapa la barquette

* Créature légendaire hominoïde, aussi nommée Bigfoot, qui vivrait au Canada et aux États-Unis. *(Toutes les notes sont de la traductrice.)*

en aluminium et les six canettes de Tab sur le siège passager avant de descendre.

Lark se laissa aller contre le dossier de sa chaise. “Déjà samedi ?

— Alors ? Ça rapporte toujours, la merde ?

— Comme d'hab.”

Lark détacha un copeau sur un morceau de bois flotté d'où surgissait la tête hirsute d'un Sasquatch, comme si le bois s'était échoué avec la créature à l'intérieur, de sorte qu'il n'avait plus qu'à le débarrasser d'une couche superficielle avec l'habileté de quelqu'un qui pèle une orange et obtient une unique épluchure en spirale.

“Y avait une nana ici hier… un cul tellement rond que j'aurais bien mordu dedans.” Lark pointa son menton vers les toilettes sèches – seul arrêt pipi sur des kilomètres le long de cette route bordée de séquoias –, à croire que la fille n'était pas ressortie.

Plusieurs tas de vingt feuilles de papier toilette étaient préparés sur la chaise à côté de lui, de quoi regarnir le panier sous la boîte en métal où les touristes déposaient leurs pièces de dix cents pour utiliser les latrines. Les rouleaux, les gens les lâchaient dans le trou ou les volaient.

L'écureuil volant de Lark était installé sur son épaule. Il l'avait trouvé alors que c'était encore un bébé tombé du nid. La hanche luxée de l'animal en faisait un partenaire bien assorti avec son maître. Lark poussa du bout des orteils le demi-cercle de copeaux à ses pieds, manipula la statuette et frotta son pouce le long du grain pour sentir le renflement des muscles. Remarquant ses joues creuses, Rich jeta un regard à la caisse renversée sur laquelle traînaient quantité d'outils et de canettes de Tab vides – mais pas de dentier –, et lui présenta la barquette tiède.

“C'est mon dernier repas ? demanda Lark.

— Encore chaud…

— Mets ça dans le frigo.” D'un coup de tête, Lark désigna la porte calée comme toujours en position ouverte.

Rich se courba pour entrer dans la cabane. Lark l'avait construite de ses mains, à l'époque où les hommes étaient plus petits. La cuisine consistait en un évier, un réchaud de camping à deux feux, et un placard qu'il n'avait pas pris la peine de fermer avec une porte. *Pour quoi faire ? Faut ouvrir chaque fois qu'on veut quelque chose.*

“Quelle heure il est ? lança Lark, dehors.

— Je sais pas. Six heures ?" Rich regarda le ciel gris par la fenêtre. "Six heures et demie."

Des boîtes de conserve ayant contenu du porc aux haricots jonchaient le plan de travail. Rich ouvrit le réfrigérateur : un reste desséché du ragoût au thon de Marsha, une bouteille de sauce barbecue.

Rich regagna la porte, les yeux à la hauteur du linteau. "Tu viens manger à l'intérieur ?

— Allons plutôt voir ce que Kel propose à becqueter." Lark saisit ses cannes en bois, l'une en forme de scie – le cadeau de départ à la retraite de Sanderson –, l'autre, qu'il avait sculptée lui-même, en forme de fusil.

"Tu veux aller à l'Unique ?

— Y a un autre endroit où on te sert un plat chaud dans le coin ? répliqua Lark.

— Tu mets pas une chemise avant ?"

Lark entra en claudiquant. Il tira le premier tiroir du buffet, se pencha pour que l'écureuil tombe dedans, et referma aussitôt. Les chiens le coinceraient s'ils le trouvaient tout seul.

"Tiens. Ça, c'est pour toi." Lark enfila une vieille chemise de travail et désigna du menton un tas de cure-dents sur la table, aussi fins et réguliers que ceux du commerce.

"Sympa, merci." Rich fourra les cure-dents dans sa poche avant. Il avait arrêté de chiquer du tabac le jour où il avait rencontré Colleen. D'un coup. Terminé. Depuis neuf ans maintenant, il se promenait avec un cure-dents dans la bouche.

Lark descendit les marches de la galerie une par une.

"Qu'est-ce qui te prend de vouloir aller à l'Unique ?" demanda Rich lorsqu'ils furent assis dans le pick-up. Lark haletait après l'effort. Si l'on excluait ses allées et venues le long de la route côtière pour surveiller ses panneaux – PASSEZ EN VOITURE DANS UN VRAI SÉQUOIA VIVANT ! MAISON À L'INTÉRIEUR D'UN ARBRE ! –, embarquant les uns pour les réparer, déplaçant ou redressant les autres –, Rich ne se rappelait pas la dernière fois qu'il avait voulu sortir de chez lui.

"Qu'est-ce qui te prend de poser tant de questions ?" rétorqua Lark. Il plissa les yeux pour mieux voir la rivière. Deux Indiens Yurok passaient en bateau. "Ils cherchent du poisson.

— Encore trop tôt pour le saumon", dit Rich en reculant suffisamment pour faire demi-tour.

Lark haussa les épaules. "Ces gars-là, ils ont le poisson dans le sang."

Le pick-up tressautait et vibrait dans les virages d'Eel* Road, la route aussi sinueuse que l'animal dont elle portait le nom. La forêt secondaire dressait un mur d'obscurité contre le flanc escarpé du ravin, les aulnes et les érables enserraient de vieilles souches assez larges pour y garer un pick-up. Lorsqu'ils arrivèrent sur le parking en gravier, il n'y avait qu'un seul véhicule outre celui de Kel : un Chevy de couleur rouille foncé que Rich ne reconnut pas. La pluie gouttait du pare-chocs, entraînant avec elle la boue qui recouvrait des autocollants à demi détachés.

MIEUX VAUT DES EMBÛCHES QUE DES EMMERDES.

JE SUIS UN BÛCHERON ÉCOLO.

MON PATRON NE FAIT PAS LE TROTTOIR, IL FAIT DE L'ABATTAGE.

La pancarte devant l'établissement – LA SEULE ET UNIQUE TAVERNE – était délavée par la pluie, mais les vagues blanches du repère de crue au-dessus de la porte avaient été fraîchement repeintes, montrant à la rivière jusqu'où elle devrait monter pour impressionner quiconque.

Rich tint la porte ouverte et Lark entra en boitillant, balaya la salle du regard comme si elle était pleine de monde, puis se dirigea vers le bar. Il réussit à se hisser sur un tabouret près d'un homme âgé qui avait repoussé son assiette sale, captivé par le match de baseball.

"Corny**", dit l'homme en guise de salut. Seuls les vieux croûtons, des types qui avaient travaillé avec Lark quand il était jeune, le surnommaient ainsi.

"Jim." Lark connaissait tous les anciens bûcherons à cent kilomètres à la ronde, et savait comment brosser chacun dans le sens du poil. Il fit les présentations. "Rich Gundersen, Jim Mueller.

— T'es le fils de Hank ?" demanda Jim Mueller. Ses cheveux blancs, coupés ras à la tondeuse, laissaient entrevoir une cicatrice sur son crâne.

* Anguille.

** Ringard.

Rich hocha la tête et s'installa sur le tabouret près de Lark. Jim Mueller plissa les yeux pour le dévisager, cherchant une ressemblance avec son père.

"Hank était un sacré élagueur. À moitié singe. Il méritait pas ce qui lui est arrivé." Jim Mueller toussota et jeta un coup d'œil à Lark. Ce dernier avait été le meilleur ami de Hank ; quarante-cinq ans plus tard, il portait encore le poids de sa mort sur ses épaules.

"Rich habite sur Bald Hill, l'ancienne maison de Hank et de Gretchen, dit Lark.

— Au-dessus de Diving Board Rock, par là-bas ?"

Kel surgit par les portes battantes de la cuisine. "Qui t'a laissé sortir ? dit-il pour charrier Lark en s'essuyant les mains sur son tablier.

— J'aime bien me balader une fois tous les dix ans, répondit Lark. Qu'est-ce qui est arrivé à tes cheveux ?"

Kel passa la paume de sa main sur son crâne luisant, comme s'il avait oublié qu'il était chauve.

"Saignante pour moi, la viande, dit Lark. Et cette fois, vas-y mollo avec les oignons."

Kel interrogea Rich du regard. Celui-ci indiqua d'un haussement d'épaules qu'il ne voulait rien manger.

"Juste un hamburger, alors." Kel leur servit du café avant de retourner à ses fourneaux.

"Il paraît que tu veux lourder quelques hectares", dit Lark à Jim Mueller.

Pour un homme qui mettait rarement le pied hors de chez lui, Lark était incroyablement bien informé. Il savait qui vendait de la terre, qui avait fait réparer son pick-up, qui tirait une peine de six mois plus une amende pour avoir chouré des loupes de séquoias dans le parc national.

"Possible." Jim Mueller jeta un coup d'œil soupçonneux à Rich.

"T'inquiète pas, dit Lark. J'ai connu des pierres qui parlaient plus que lui.

— Mon ex me saigne à blanc, confia Jim Mueller en levant les yeux vers la télévision.

— C'est combien d'hectares, « quelques » hectares ? demanda Lark.

— Un peu moins de trois cents.

— Trois cents hectares ?" Lark s'étrangla et posa son café sur le comptoir.

"Deux cent quatre-vingt-onze, très exactement." Jim Mueller se gratta la joue, suivant toujours le match à la télé. "La parcelle 24-7 – tout le versant derrière chez Hank."

Le cœur de Rich fit un bond. Il avait arpenté la 24-7 chaque matin de sa vie d'adulte. Son arrière-grand-père rêvait de l'acheter, et ce rêve avait été transmis de génération en génération, jusqu'à lui, Rich, qui le portait comme un fardeau.

"C'est du bon bois d'œuvre là-dedans." Lark but une autre gorgée de café. "À condition de pouvoir y accéder.

— Sanderson fait percer une route à côté, sur le flanc est, pour récolter Damnation Grove, dit Jim Mueller. Il déroule quasiment le tapis rouge pour la 24-7."

Lark se tourna vers Rich. "L'autorisation a finalement été accordée, confirma celui-ci.

— Toutes ces nouvelles normes environnementales, c'est que de la foutaise et de la paperasse, dit Jim Mueller. On sait bien qu'ils devront ouvrir une route jusqu'au ruisseau pour transporter le bois. Les arbres de plus gros calibres sont tous regroupés vers le fond du ravin. De là au pied de la 24-7, y a qu'un pas.

— Ça fait beaucoup de pieds-planches*, la 24-7, dit Lark d'un air pénétré, et Rich sentit ses yeux posés sur lui.

— Y en a pour un million de dollars, au moins." Une expression dégoûtée s'inscrivit sur le visage de Jim Mueller. "J'attends depuis cinquante ans que Sanderson récolte ses arbres à Damnation, pour que je puisse récolter les miens aussi. J'ai dit à mon ex : « Tu vas voir. Dans un ou deux mois, Sanderson taillera des routes. » Mais cette salope me répond qu'elle en a marre de mes conneries. Elle veut sa pension alimentaire, tout de suite.

— Ces gros calibres ne valent pas un clou si tu ne peux pas les enlever de la coupe, lui rappela Lark.

— C'est raide, admit Jim Mueller, et accidenté, mais dès que le bas de Damnation sera dégagé, quelqu'un va s'en mettre plein les fouilles.

* Unité de mesure du bois de sciage utilisée au Canada et aux États-Unis : 1 pied × 1 pied × 1 pouce.

— Merle ne veut pas l'acheter ? demanda Lark.

— Merle est un pantin." Jim Mueller rota. "Les gros bonnets lui ont laissé la Cadillac pour qu'il puisse encore fricoter avec les copains qui lui restent à l'Office régional des forêts, mais toutes les vraies décisions sont prises plus haut. Tu crois que ces fils de putes à San Francisco en ont quelque chose à foutre ? Ils l'ont soudoyé pour qu'il siphonne le maximum de pognon ici. Ils vont récolter le plus gros bois, et puis vendre toutes les machines aux enchères, fermer la porte et jeter la clé. Regardez comment ils ont fourgué les camions. On se serait cru à un vide-grenier."

Rich buvait son café à petites gorgées en essayant de ralentir les battements de son cœur. Il se représenta l'arbre qu'on appelait "le 24-7" : un monstre, dépassant les vingt-quatre pieds sept pouces de diamètre qui lui avaient valu son nom et celui de la parcelle, trois cent soixante-dix pieds de haut*, le plus grand séquoia de la forêt ancienne qui subsistait près de la ligne de crête. Il allait le voir tous les matins depuis trente-cinq ans, imaginant la meilleure façon de l'abattre, mais c'était bien sûr une histoire qu'il se racontait, comme son père et son grand-père avant lui. *Un jour*, disait le père de Rich. Enfant, il croyait que c'était possible, bien que des générations de Gundersen aient rendu leur dernier souffle avec ces deux mots sur les lèvres.

"T'es certain que le parc national n'en veut pas ? dit Lark. Ils essayent pas de s'agrandir ?"

Jim Mueller expira par le nez. "Par chez nous ? Vous avez vu les coupes claires ?" Jim Mueller secoua la tête. "On dirait que la forêt a été bombardée. Les touristes n'ont pas envie de voir ça. S'ils s'agrandissent, ils iront du côté de Redwood Creek**. Ce sera la mort du comté de Humboldt. Ici au moins, à Del Nort, on a encore une chance de gagner." Jim Mueller inspira. "J'en demande quatre cents.

— Quatre cent mille dollars ?" dit Lark.

* 7,50 mètres de diamètre, 112 mètres de haut.

** *Creek* : ruisseau. Comme les noms de routes, sauf exception nécessaire à la compréhension, les noms de ruisseaux n'ont pas été traduits et sont employés sans article afin de simplifier la lecture.

Le cœur de Rich se serra.

“Rich a trimé et économisé toute sa vie, continua Lark. À ce prix-là, faudrait qu’il se serre la ceinture pendant cinq ou six vies de plus.” Il décolla ses coudes du comptoir pour faire de la place à Kel qui apportait le hamburger.

“Le bois d’œuvre vaut dix fois ça”, bougonna Jim Mueller

Lark ouvrit son hamburger et enleva les oignons. “T’oublies de compter la location du matériel, plus la paye d’une équipe, plus un camionneur pour apporter la coupe au dépôt”, énuméra-t-il pendant qu’il tassait sur sa viande de la salade, des tomates, et quelques rondelles de pickles.

Jim Mueller haussa les épaules. “Faut avoir de l’argent pour gagner de l’argent.”

Rich buvait lentement son café en essayant de se concentrer sur le match, sans écouter la petite voix qui lui soufflait que c’était possible. Ce n’était *pas* possible. Il n’obtiendrait jamais un prêt aussi important. Le batteur envoya la balle vers le champ gauche. Lark finit de manger, saisit ses cannes et parut soudain pressé de descendre du tabouret.

“La salade veut déjà ressortir”, maugréa-t-il en partant vers les toilettes.

Une publicité remplaça le match à l’écran.

“Tu t’es battu ? demanda Jim Mueller, posant les yeux sur les phalanges écorchées de Rich.

— Nan…” Rich plia ses index qui n’avaient pas encore cicatrisé. “C’est le boulot…

— T’es élagueur aussi ?”

Rich acquiesça.

“T’as la taille qu’il faut. Quel âge tu as ?

— Cinquante-trois.

— Mince alors. Les bûcherons ne sont pas censés mourir avant cinquante ans ?

— Il me reste encore quelques vies…”

Jim Mueller secoua la tête. Lui aussi avait travaillé dans la forêt, et son corps se rappelait les morsures de l’écorce, le sang qui coule avant l’arrivée de la douleur.

“Hank se bagarrait tout le temps quand il était gosse, mais lui, c’était un gringalet.” Jim Mueller pouffa de rire à l’évocation de ce souvenir. "Je parie que les gars y réfléchissent à deux fois avant de te provoquer."

Rich tournait son mug dans ses mains. Tant de soirs au Widowmaker*, avant Colleen, il avait serré les mâchoires quand un crétin l'interpellait. Le genre qui, après avoir éclusé plusieurs verres, cherchait l'homme le plus grand pour se battre : et dans tous les bars, dans toutes les pièces, cet homme, c'était Rich. Un mètre quatre-vingt-dix-neuf en chaussettes, deux mètres quatre en chaussures de sécurité. Les hommes de petite taille étaient les plus agressifs – avec ce goût pour le danger, justement, qui les avait conduits au métier de bûcheron. Comme si abattre le plus grand arbre de la Terre pouvait compenser la plus petite bite de la côte nord. Rich s'était défendu, mais il n'avait jamais frappé un homme avec colère. Et il ne se rappelait pas suffisamment son père pour l'imaginer en train de se battre.

"Hank jurait qu'il m'achèterait un jour la 24-7, dit Jim Mueller. Il est mort trop jeune." Il se tut, un long moment, puis nota un numéro de téléphone au dos d'un sous-verre en carton et le poussa vers Rich sur le comptoir. "Je veux bien descendre jusqu'à deux cent cinquante. Seulement parce que c'est toi.

— Je vais réfléchir." Rich avait prévu d'utiliser les vingt-cinq mille dollars qu'il avait épargnés pour construire une extension quand le bébé arriverait, mais il n'y aurait pas d'autre bébé, pas après l'effondrement de Colleen lorsqu'elle avait perdu le dernier.

"L'avocat de mon ex me tient par les couilles, expliqua Jim Mueller. J'ai besoin de cet argent très vite, sinon ce fils de pute demandera que la pension alimentaire soit prélevée directement par les services sociaux… Tu parles d'un putain de service !"

"Prêt ?" demanda Lark en revenant. Il s'appuya d'un coude sur le comptoir – hormis dans de pareilles situations, Rich oubliait combien il était petit – et sortit plusieurs billets de son portefeuille. "Ça suffira ?" demanda-t-il à Kel.

Kel hocha la tête. "On se revoit en 1987.

— Si tu vis jusque-là, crâne d'œuf. Lève le pied avec les oignons." Lark s'adressa à Mueller. "Jim." Ils échangèrent une poignée de mains. Jim salua Rich d'un geste du menton.

* Faiseur de veuves. Dans le jargon du bûcheronnage, tout danger mortel lié à l'abattage des arbres.

“Qu’est-ce que t’en penses ? demanda Lark dans le pick-up.

— De quoi ? fit Rich.

— Ce serait cool d’être ton propre patron pour une fois, non ?”

Rich haussa les épaules. Deux cent cinquante mille dollars. Un quart de million.

“Tu coupes, tu replantes, tu récoltes sur trente ans. Ça te rapporterait un paquet de thunes.

— Je serai mort dans trente ans, déclara Rich.

— Ouais, reconnut Lark, mais Colleen, non.”

Rich crispa les mains sur le volant. Lark avait le don de s’insinuer dans sa tête, comme une incarnation de sa conscience qui déambulait en claudiquant avec ses cannes, ses jurons et sa barbe de sauvage.

“Le vrai bon bois d’œuvre est parti, reprit Lark. Qu’est-ce qui reste ? Dix pour cent, le parc inclus ? Deux mille ans pour qu’une forêt pousse, cent ans pour l’abattre. Y a pas pire fléau que l’homme.”

Rich quitta le parking et s’engagea sur la route. Un crachin brouillait le pare-brise.

“Sanderson n’a presque plus de forêt ancienne à exploiter. Combien de temps tu crois que Merle te gardera ? insista Lark. Un an ? Deux ? Pas besoin d’un grimpeur pour récolter des troncs gros comme une bite. Si tu ne paries pas sur toi-même, personne ne le fera à ta place, Gundersen.” Lark abaissa sa vitre et sortit la main, paume tournée vers le ciel pour sentir la pluie. “Je vais te dire une chose, Fil-de-Fer. Ton père n’aurait pas laissé passer une occasion pareille, ça c’est sûr.

— Je sais pas…” Rich se trouva à court de mots. Il savait que Lark avait raison.

“Tu sais pas quoi ? Écoute-moi bien. Faut avoir deux poings, trois couilles et une veine de cocu juste pour subsister au pays du séquoia. Alors quand on a une opportunité pareille, on la rate pas. Ça n’arrive qu’une fois dans une vie.” Lark toussa et gratta le nodule qui était apparu sur son cou. “J’ai envie de fumer. T’as des clopes dans ton pick-up ?

— Marsha ne te tanne pas pour que tu arrêtes ? demanda Rich.

— Et alors ? T’as peur qu’elle t’engueule ?”

Rich se défendit. “Elle a déjà tué un homme.

— Moi, elle me fait pas peur.” La jambe de Lark s’agitait comme s’il était en retard pour un rendez-vous.

Ils roulèrent en silence sur la route côtière à l'asphalte défoncé par les camions transporteurs de bois et creusé de nids-de-poule, sinuant entre l'océan et l'étroite bande de forêt que le parc naturel avait annexée en 1968. De grands arbres bordaient la chaussée comme un col en vison cousu sur une veste en toile grossière, dissimulant à la vue les coupes à blanc pratiquées derrière eux.

"Je me rappelle la première fois que j'ai regardé ton père grimper, dit Lark lorsqu'ils atteignirent la ligne droite qui filait vers Crescent City au nord. J'ai jamais revu quelqu'un comme lui, avant toi. Tu sais qu'il montait toujours là-haut pour contempler le 24-7 ? On trimait comme des putains d'esclaves. Des journées de quatorze, seize heures, on dormait sur place. Et malgré ça, chaque dimanche, il venait à pied même si le site se trouvait à des kilomètres. Comme d'autres vont à la messe… Il t'a jamais emmené ?

— Une fois.

— Tu sais ce qu'il m'a dit, le jour de ta naissance ? Il a dit qu'un jour, toi et lui, vous alliez abattre cet arbre. T'étais qu'une espèce de larve rachitique… Moche, en plus." Lark se fendit d'un grand sourire. L'affection qu'il avait éprouvée pour le père de Rich s'entendait dans sa voix. "Y a pas beaucoup de gars qui sont nés avec un destin."

7 AOÛT

COLLEEN

Colleen tendit à Chub son nouveau ciré, jaune, avec les manches trop longues. Elle entendit Rich qui arpentait le jardin en marmonnant quelque chose à Scout. Rich n'était pas très bavard, mais il parlait au chien depuis le début du week-end.

"On va où ?" demanda Chub en se tenant à l'épaule de sa mère pour ne pas perdre l'équilibre.

Elle fourra les pieds de l'enfant dans des bottes en caoutchouc.

"Ton père veut te montrer quelque chose." Elle appuya ses pouces sur les fossettes de Chub, dont les yeux conservaient encore la trace du sommeil. "Où as-tu trouvé ces fossettes ?

— Chez le marchand de fossettes." Chub bâilla. "Attends ! Mes jumelles !" Il se précipita dans le couloir.

Dehors, Scout marchait derrière Rich, homme et chien paraissant réfléchir au même problème. Elle espérait que l'excursion ne serait pas trop longue. Melody Larson devait accoucher dans quelques semaines et le bébé se présentait toujours par le siège. Colleen avait promis de passer ; c'était la seule mère qui lui demandait de l'assister, depuis des mois.

La porte de la cuisine gonflée par l'humidité émit un chuintement lorsqu'elle l'ouvrit. Rich s'arrêta net. Il tritura l'herbe avec le bout du pied, semblant chercher une vis qu'il aurait fait tomber, ou un joint, un petit objet perdu qui pourrait conduire à une conversation. Ils s'étaient éloignés l'un de l'autre depuis l'hôpital à Pâques. *Fausse couche.* "Fausse", comme si Colleen, à cinq mois de grossesse, avait mal agi, commis une erreur stupide, adopté une mauvaise position en portant ou en soulevant quelque chose de lourd. Et aujourd'hui on était le premier dimanche d'août, Chub allait entrer à la maternelle, toujours enfant unique.

Le petit garçon revint en brandissant les jumelles.

"Prêts ?" demanda Rich. La lumière de l'aube jouait dans les fines rides au coin de ses yeux.

L'infirmière à l'hôpital avait mis leur minuscule fille dans les bras de Colleen, et Rich avait posé une main sur elle, comme pour lui transmettre sa propre force de vie. Il avait emmené Colleen plusieurs fois sur la tombe du bébé. *Tu n'y es pour rien. Lâche prise, Colleen. Le passé n'est pas un nœud que tu peux défaire.* Le chagrin, un sac que l'on portait pendant un mois et qu'on laissait ensuite sur le bord de la route. C'était derrière eux, pour lui, comme toutes les autres fausses couches. Rich en dénombrait cinq, plus trois qu'elle n'avait jamais mentionnées. Mais sa petite Esther n'avait pas été comme les autres bébés, perdus au cours des premières semaines, de la taille d'un pépin de pomme, d'une framboise. Elle avait dix doigts parfaits, dix orteils parfaits, mort-née à vingt-deux semaines, sa pauvre petite fille chérie. Et, à la différence des autres, les gens autour le savaient, elle ne pouvait pas le cacher – ils avaient vu son ventre s'arrondir et puis, au fil des jours, plus de ventre. Rich ne comprenait-il pas que ce n'était pas pareil ? Qui lui ferait confiance pour mettre un bébé au monde désormais, elle qui ne pouvait même pas mener sa propre grossesse à terme ?

"Prêts", répondit-elle.

Scout fila sur le sentier entre les mûriers sauvages et s'élança dans la pente derrière la maison. Chub courut derrière lui. Colleen suivit Rich jusqu'à la vieille remise où l'eau du ruisseau, charriée sur huit cents mètres par une conduite rouillée, rejoignait la citerne qui alimentait la maison. Elle devait faire deux pas quand il n'en faisait qu'un. Chaque jour avant de partir travailler, Rich disparaissait pendant près d'une heure par ce sentier tandis qu'elle préparait du café, des œufs, et remplissait sa boîte repas. Il revenait essoufflé, apportant avec lui l'odeur des arbres, après avoir contrôlé la grille à l'embouchure de leur système d'adduction trois vallons plus loin.

Au sommet de la colline, où commençaient les arbres, Colleen se retourna pour regarder leur maison, avec le nouveau pick-up Chevy à double cabine garé sur l'allée, tel un jouet blanc brillant.

Elle le détestait toujours autant. La pluie du matin gouttait du saule pleureur qui marquait l'entrée de leur terrain en quittant la route, le brouillard noyait la route côtière et l'océan au fond, mais elle entendait la houle s'écraser contre le pied des falaises au-dessous de Diving Board Rock, l'éperon rocheux qui marquait un repère dans la région. Elle enleva ses lunettes et essuya les verres embués avec un pan de sa chemise. En les nettoyant suffisamment, peut-être pourrait-elle remonter le temps et voir le moment où Rich serait rentré à la maison, non pas en retard mais à six heures pile, quand les douleurs avaient commencé, et il l'aurait emmenée à l'hôpital alors que sa propre voiture ne démarrait pas.

"Tu veux voir ça d'en haut, *Grahamcracker** ?" demanda Rich.

Il prit Chub sur son dos et s'enfonça plus profondément entre les arbres enveloppés de mousse, drapés dans des lianes pareilles à des guirlandes de Noël, au cœur de broussailles si denses que Colleen devait parfois avancer de profil. De temps en temps apparaissaient, puis disparaissaient, le ciré jaune de Chub ou la veste à carreaux de Rich, et des ruisseaux murmuraient tout autour d'eux. Après avoir franchi à gué Little Lost Creek, ils grimpèrent au milieu des fougères jusqu'à la crête suivante et descendirent dans le vallon, cheminant le long des marécages de Garlic Creek où les lysichitons poussaient à hauteur de poitrine. Si elle bifurquait vers le nord et marchait deux kilomètres, Colleen parviendrait à Garlic Farm près de Deer Rib Road, la maison où elle avait grandi avec Enid. Au lieu de quoi, ils gravirent encore un versant, plongèrent de nouveau dans une combe jusqu'à enjamber l'étroit cours d'eau ensablé au fond, et remontèrent par l'arrière de la parcelle 24-7, où les séquoias se dressaient comme la crête d'un coq. Plus bas, la forêt avait été exploitée au siècle précédent, mais ici, la forte inclinaison rendait tout abattage impossible à l'époque où le bois était acheminé par rail. L'arbre dont la parcelle portait le nom était tellement énorme qu'il fallait une douzaine de personnes se tenant par la main pour en faire le tour. Les bûcherons du coin parlaient encore du 24-7 : le gros poisson qui s'était échappé.

Rich posa sa paume contre le tronc du vieux séquoia. Chub l'imita. Lorsque Colleen les eut rejoints, hors d'haleine, Rich

* Biscuit sucré au miel de forme rectangulaire.

recula et s'éclaircit la gorge, appuya le pouce sur sa lèvre supérieure comme s'il pouvait effacer l'ancienne cicatrice qui barrait aussi sa narine gauche. Quand Colleen l'avait rencontré, elle avait trouvé cette cicatrice intimidante. À présent, elle connaissait le geste et comprenait qu'il avait quelque chose à lui dire. Elle l'avait senti préoccupé toute la semaine, tournant et tournant son souci dans sa tête, pareil à un morceau de bois qu'il se demandait comment sculpter. Il lui prit la main, la serra deux fois. *Je-t'aime.* Six mois plus tôt, elle aurait été follement heureuse, mais elle savait maintenant que la formule n'exprimait plus aucun désir. L'hôpital avait grillé un fusible en lui. Dès qu'elle avait été remise, elle avait voulu réessayer – le médecin lui avait dit : *Laissez passer quelques cycles, et n'abandonnez pas.* Elle souhaitait désespérément tenir dans ses bras un bébé tout chaud et bien vivant –, mais Rich refusait. Il n'avait plus envie d'elle. *Je suis mort de fatigue*, disait-il en la repoussant doucement, puis il roulait sur le côté et lui tournait le dos. C'était peut-être une question d'âge. Elle retira sa main qu'il enveloppait dans cette étreinte platonique et s'éloigna pour commencer à descendre.

"C'est toi le chat !" Chub toucha Scout et fila se cacher derrière un buisson.

"Où est Chub ? demanda Rich au chien. Tu as vu Chub ? Mais où est-il passé ?

— Bouh !" Chub sortit de sa cachette et arracha la jambe de son pantalon aux ronces qui la retenaient prisonnière.

Rich se plaqua une main sur la poitrine en feignant d'avoir peur. Chub rayonnait, pendant que Scout le poussait doucement de son museau. L'enfant n'ayant ni frère ni sœur, le chien était son camarade de jeu le plus loyal.

Rich traversa Damnation Creek en portant Chub : trois mètres de large, une eau limpide et profonde, d'un froid saisissant. L'un des derniers ruisseaux que les saumons remontaient encore. Colleen resta debout sur la rive, tandis que Rich pataugeait pour aller contrôler, un peu plus loin, la conduite par laquelle l'eau était acheminée jusqu'à leur citerne. Satisfait, il revint vers elle, visiblement amusé de la voir plus grande que lui sur la berge. Ses courts cheveux bruns qui frisaient sur les tempes étaient striés de fils d'argent. Il l'attrapa par la taille, et malgré elle, son cœur fit un bond : les mains puissantes et chaudes de son homme qui la tenaient fermement, son odeur de savon et de propre. Brusquement, il la fit basculer sur son épaule.

"Rich !" cria-t-elle, avant d'éclater de rire.

Il la déposa, rose et tout ébouriffée, sur la rive opposée. Lui aussi avait rougi, la bouche tordue par son sourire de gamin espiègle Elle éprouva un brusque sursaut d'espoir. *Essayons encore. Continuons à essayer.* Elle n'avait que trente-quatre ans, pourquoi n'aurait-elle pas un autre enfant ?

En franchissant le ruisseau, ils étaient entrés dans la partie inférieure de Damnation Grove, propriété privée de l'entreprise d'exploitation forestière. Des séquoias anciens aussi larges que des maisons se tendaient vers le ciel, leurs aiguilles filtrant la lumière matinale dont les rayons se teintaient de vert.

"Où on va ? demanda Chub.

— On y est presque", répondit Rich.

Ils grimpèrent la pente raide en direction de la buse par laquelle l'eau de Damnation Creek passait sous la route de gravier qui séparait la partie basse et la partie haute de Damnation Grove.

"C'est quoi cette route ? demanda Chub.

— No Name Road*, répondit Colleen. C'est par là qu'on va chez tante Enid."

La moitié de la chaussée, celle qui quittait la forêt, était trouée de nids-de-poule, bordée de buissons jaunis. Le camion herbicide avait dû passer, l'entreprise veillant à pulvériser régulièrement les bas-côtés. Une route était mieux gérée par une société privée que par le comté, mieux entretenue aussi qu'une route gérée par l'Office régional des forêts. Le gouvernement procédait à un épandage une fois par an, au printemps, mais le camion herbicide de Sanderson travaillait toute l'année. Dès le lendemain, les aulnes et les ronces, tout le sous-bois que le produit aurait touché qui n'était pas un arbre à aiguilles, un arbre monnayable – un séquoia ou un sapin –, se ratatinerait et mourrait, laissant la route suffisamment dégagée pour que deux grumiers puissent se croiser.

"C'est quoi ce ruisseau, voilà la vraie question", dit Rich en désignant l'eau qui disparaissait sous la route.

* La Route sans nom.

Chub réfléchit.

“Tous les Gundersen naissent avec une carte du comté de Del Nort dans la paume de la main”, dit encore Rich.

Chub examina sa paume. La forêt était un labyrinthe. Entre le brouillard et le bruit des torrents, on perdait facilement tout sens de l’orientation, sans jamais parvenir à un endroit où la vue s’étendait plus loin que le vallon suivant. Les hommes qui avaient grandi dans les bois se perdaient parfois quand ils chassaient. Si l’on marchait tout droit pendant quelques minutes, la forêt semblait soudain animée d’un mouvement de rotation. Bientôt, on était saisi d’un vertige, comme un enfant que l’on fait tournoyer en jouant à colin-maillard et qui cligne des yeux une fois le bandeau retiré. Mais pas Rich. Déposé dans les bois en pleine nuit, Rich aurait retrouvé son chemin en une dizaine de secondes seulement. Il avait la ferme intention de transmettre tous ses repères à son fils, comme son père avec lui, même s’il n’était guère plus âgé que Chub quand son père avait été tué.

Il prit la main de l’enfant et passa le pouce sur sa ligne de vie pour l’aider à répondre.

“Damnation Creek ? lança Chub.

— Très bien. Si tu connais tes ruisseaux, tu réussiras toujours à rentrer chez toi.”

Sur un support rouillé, une pancarte annonçait :

PROPRIÉTÉ PRIVÉE
SANDERSON ET CIE, EXPLOITATION FORESTIÈRE
DÉFENSE D’ENTRER

Rich s’approcha de la pancarte, Chub le suivit. Colleen fermait la marche.

“On est où ? demanda le petit garçon.

— Devant le haut de Damnation Grove.” Rich se tordit le cou pour mieux scruter la forêt, comme un pénitent sur le seuil d’une église. “Il y a cent ans, toute la côte était plantée d’arbres comme ceux-ci. Des milliers et des milliers d’hectares.”

Les cimes des grands séquoias se fondaient dans le brouillard au-dessus de leurs têtes. Telle était donc la raison pour laquelle Rich les avait amenés ici, pensa Colleen. Il voulait que Chub voie ces piliers géants, les fougères plus hautes que lui, les rhododendrons ciselés par la rosée et le sol tapissé d'oseille, qu'il respire cette odeur avant que tout ne disparaisse. Rich se gratta sous le menton, là où sa barbe rencontrait la peau tannée de son cou. Colleen se dit qu'elle serait en retard s'ils ne rebroussaient pas bientôt chemin.

"Venez..." Rich les emmena jusqu'à la source : Damnation Spring se déversait en cascade dans une vasque à la surface pétillante, comme des bulles d'Alka-Seltzer dans un verre d'eau. Il s'accroupit, s'aspergea le visage et but dans ses mains en coupe puis offrit de l'eau à Chub.

"C'est sucré", dit Chub.

De la pluie à boire, ainsi le père de Colleen appelait-il l'eau d'une source claire.

"Quand tu tournes le robinet à la maison, l'eau vient d'ici, expliqua Rich. Cette source alimente Damnation Creek, notre conduite capte l'eau du ruisseau plus bas.

— Il y a une araignée sur ta main", dit Chub.

Rich laissa le faucheux descendre sur ses doigts. Il était parfois têtu, mais il n'y avait pas une once de méchanceté chez lui.

Père et fils escaladèrent des rochers et contemplèrent le bassin de drainage d'Eel Creek au sud. Rich apprit à Chub une sorte de comptine en vers pour se rappeler le cours du ruisseau, lequel finissait par se perdre sur les terres de Lark. Chub regarda dans ses jumelles. En général, il jouait avec un nouveau jouet pendant une semaine ou deux, puis s'en désintéressait, mais il ne se lassait pas des jumelles – petites, équipées de verres très puissants, à l'usage des chasseurs – que Lark lui avait offertes pour son anniversaire en mai, cadeau trop onéreux pour un enfant, en réalité. Il aurait dormi avec elles autour du cou si sa mère l'avait permis.

Colleen croisa les bras et tambourina des doigts sur ses coudes. Melody Larson attendait. Pour calmer son impatience, elle s'élança vers la crête suivante, une centaine de mètres plus loin à l'est. Elle n'avait jamais dépassé la source dans cette direction. Essoufflée, le cœur emballé, elle atteignit le sommet et étouffa un cri : de la boue et des troncs en tous sens, des branchages et des buissons de feuillus disposés en forme de tipis pour être brûlés, une terre jonchée de débris aussi loin que portait le regard – un paysage dévasté. Elle avait vu des coupes claires toute sa vie, mais jamais rien de pareil.

"Maman ?" appela Chub.

Elle se retourna. "J'arrive !"

Dans une clairière, Rich et Chub examinaient trois séquoias renversés, dont les racines en se soulevant avaient creusé des cratères de la taille d'une piscine dans la terre molle. Les mottes hautes de dix mètres enfermaient des pierres dans leurs tentacules.

"Qu'est-ce qu'il y a là-haut ? demanda Chub à sa mère lorsqu'elle les rejoignit.

— Rien, Grahamcracker. Encore des arbres." Elle le prit par la main pour l'entraîner loin de la vision d'horreur qu'elle avait eue sous les yeux. "On mange quoi pour le petit-déjeuner ?

— Des pancakes", dit Chub.

Ils retraversèrent la route. Rich les porta pour franchir Damnation Creek et ils dévalèrent un versant après l'autre, Chub courant devant, pourchassant Scout. Colleen marchait si vite que Rich, pour une fois, avait du mal à rester à sa hauteur malgré ses longues jambes.

8 AOÛT

RICH

Il resta allongé sans bouger, avec le bras de Colleen endormie qui pesait sur son torse. Trois heures du matin, pile. Son corps lui tenait lieu d'alarme. Retenant son souffle, il essaya de se dégager sans la réveiller, mais au moment où il posa les pieds sur la moquette, elle s'assit dans le lit. Il gémit en enfilant sa chemise, les lombaires raides d'avoir porté Chub jusqu'au 24-7 la veille.

"Tu veux que je marche sur ton dos pour te masser ? demanda Colleen.

— Ce soir, peut-être."

Il se dérouilla les épaules, noua les lacets de ses chaussures. Sortant par la porte de service, il délivra Scout de sa chaîne et le suivit dans la pente tandis que l'obscurité se teintait de jaune : sa lampe frontale changeait le brouillard en or. Son cœur cognait dans sa poitrine. Comme un jeune mâle qui se rend en secret dans une maison de joie.

J'y réfléchirai, avait-il promis à Jim Mueller. Honorant sa parole, Rich n'avait pensé à rien d'autre. La lumière de la cuisine trouait le brouillard derrière lui ; Colleen lançait la cafetière, cassait des œufs, plaçait des tranches de pain dans le toaster. Elle désirait tellement un autre enfant que c'était douloureux de la regarder. Il mourait d'envie de lui raconter, d'exposer le plan qu'il avait concocté dans sa tête et de l'étaler sur la table comme une carte, mais elle ne voudrait pas renoncer à l'argent de l'extension.

Des ronces s'accrochaient à son jean. On avait beau leur infliger une taille sévère, arracher leurs racines, les brûler : les mûres sauvages survivraient même à l'apocalypse. Encore deux semaines, et elles seraient bonnes pour la cueillette : une variété dite "de l'Himalaya", avec des baies aussi grosses et longues que la première phalange de son pouce. À partir du 1er septembre, elles seraient si tendres qu'elles répandraient leur jus dans vos mains et attireraient les ours. Colleen ferait des tartes et des confitures.

Scout trottait devant lui, ne quittant pas son maître, même sans laisse. Le chien était né avec un mètre mesureur dans la peau, comme Rich, qui ne s'était jamais éloigné de son foyer au-delà d'un rayon de cent cinquante kilomètres.

Autrefois, dans les années 1950, quand Virgil Sanderson avait loué son premier avion pulvérisateur – le nouveau produit empêchait la croissance des broussailles, permettant une coupe plus rapide et moins coûteuse –, le pilote avait emmené Rich avec lui. Celui-ci tenait à peine dans la cabine, pareille à une boîte de conserve dont le métal vibrait contre ses genoux, l'estomac soulevé lorsqu'ils avaient décollé sur la route de la scierie. Le pilote avait longé la côte, puis viré vers l'intérieur des terres. C'était la première fois, et la dernière, que Rich voyait le paysage depuis le ciel : leur petite maison verte avec ses volets blancs, en retrait sur la falaise que dominait Bald Hill, la remise au bardage en cèdre qui abritait la citerne. Le bruit du moteur de l'avion résonnait dans sa poitrine, une centaine de tronçonneuses McCulloch tournant ensemble. Ils avaient survolé la 24-7, avec son arbre géant illuminé par un unique rai de soleil orangé, flamboyant comme une torche, et pendant un instant, Rich avait perçu tout le potentiel de cette parcelle – un îlot de terrain privé dans un océan de forêts exploitées par Sanderson. Ils avaient vu défiler sous leurs yeux, vague après vague, les séquoias de Damnation Grove – plus vieux que les États-Unis d'Amérique, adolescents au moment de la naissance du Christ. Puis étaient apparues les coupes claires, semblables au pelage d'un chien galeux, le bois abattu, débité, dépouillé de son écorce, emporté à la scierie par camions, transformé en planches, mis à sécher dans des fours. Le pilote avait basculé une manette et l'herbicide s'était répandu en longs rubans derrière l'avion – une odeur de chlore, une bouffée de gasoil –, tandis que le cœur de Rich vibrait dans sa poitrine.

Habité par ce souvenir, il marcha vers l'est et descendit l'autre versant de la colline, plus abrupt, jusqu'à Little Lost Creek dont l'eau vive courait au fond de la combe. Si Eugene ou Enid jetaient une brindille en amont, Rich la repêcherait une heure plus tard. Ces quelques boucles de ruisseau se transformaient, par la route, en une vingtaine de kilomètres. Scout plongea sa truffe dans l'eau et but. Rich franchit le ruisseau d'un grand saut, crut sentir un tiraillement dans son genou droit, mais abandonna son doute sur la rive derrière lui.

Il passa la première colline sans nom, où se pressaient pêle-mêle des aulnes, des pins de Douglas d'un jaune pisseux – ils dégageaient même une odeur de pisse quand on les coupait –, et des séquoias de seconde et troisième venue. Même les arbres plantés pour reboiser après les coupes – il en faisait le tour avec ses bras lorsqu'il était enfant – se monnayaient de nos jours. Son père aurait pu acheter cet endroit pour une poignée de dollars.

Quel abruti pouvait bien penser qu'un pisseux valait quelque chose ?

Scout inclina la tête en écoutant la question.

La pluie glissait sur le ciré de Rich, les torrents se précipitaient vers l'aval dans l'obscurité du matin. L'eau, qui cherchait toujours à rejoindre l'océan. Encore une heure avant l'aube. Quand le jour se lèverait, il serait assis dans le vieux bus scolaire qui transportait les équipes jusqu'au site en brinquebalant sur les routes forestières – un lundi matin comme les autres –, mais pour l'instant, les bois lui appartenaient : le sentier, un tunnel où les chevreuils ne venaient plus paître. Ses chaussures étaient humides et souples comme il fallait. Il les avait posées devant le poêle pour les réchauffer la veille au soir ; le secret, c'était de ne jamais les sécher complètement, sinon elles devenaient aussi raides qu'une peau de cuir brut. Il aurait bien besoin d'une paire neuve, mais ce serait moins cher de changer seulement les crampons.

Il tournait dans sa tête le prix donné par Jim Mueller en le rognant sans cesse. Un petit jeu stupide, mais il ne pouvait s'en empêcher. Le bois d'œuvre était un domaine réservé aux hommes jeunes. À cinquante-trois ans, Rich avait déjà vécu plus longtemps que tous les Gundersen répertoriés. Hier, pendant que Chub somnolait, lourd et chaud sur son dos, il avait éprouvé une bouffée d'espoir si intense qu'il s'en était alarmé, avant de reconnaître un instant plus tard que tout allait bien dans son corps. La mère de Rich était morte dans son sommeil à trente-six ans. Une valve cardiaque qui avait lâché.

Après le deuxième versant, ce n'était plus qu'une montée, abrupte, ininterrompue, jusqu'au sommet de la 24-7. Il devrait engager jusqu'à son dernier sou… Un sacré risque à signer sur papier. Mais lorsqu'il s'arrêta pour reprendre son souffle en regardant la forêt ancienne de séquoias près de la ligne de crête, et, plus haut que tous les autres, le 24-7, cent douze mètres – si ce n'est plus –, son inquiétude s'évanouit. Un monstre, le plus grand arbre des lieues à la ronde, à côté duquel même les géants de Damnation Grove paraissaient des nains. Bon sang, il avait envie de chanter. Scout poussa son genou du museau. Rich huma les odeurs autour de lui : bois mouillé, aiguilles en voie de décomposition.

Tu sens ça, mon vieux ? C'est l'odeur de l'argent.

Rich prit une grande inspiration. Il n'aurait pas à travailler un seul jour de plus pour Merle Sanderson, comme pour Virgil Sanderson avant lui, comme le père de Rich pour George et son grand-père pour Victor, aussi loin que les hommes avaient abattu des séquoias.

L'unique fois qu'il se rappelait être venu ici avec son père, celui-ci s'était arrêté à peu près où il se trouvait aujourd'hui et avait posé un pied sur une branche tombée. *Le voilà. Vingt-quatre pieds sept pouces de large. Un jour, toi et moi, on abattra cet arbre.* Son père avait tout juste trente ans, mais les bûcherons menaient une vie encore plus dure et plus brève à l'époque, ils fumaient, chiquaient, buvaient comme des trous. Quand il s'était approché du 24-7, son père avait appuyé sa paume contre l'écorce : incombustible, épaisse de trente centimètres. Il était mort une semaine plus tard, mais ce jour-là il avait contemplé la forêt sombre et dense, les crêtes qui déferlaient les unes après les autres telles des vagues dans l'océan, et lui aussi avait inspiré profondément. *Un jour.* Ce même souffle qui gonflait à présent la poitrine de Rich. Il l'avait attendu toute sa vie, et maintenant le moment lui était donné.

Jim Mueller avait raison. Sanderson serait obligé d'ouvrir des routes jusqu'au bas de Damnation Grove, voire jusqu'au ruisseau, en passant à un jet de pierre de la parcelle 24-7. Rich n'aurait alors qu'à terrasser le monstre et à l'embarquer par camion. Lui et les deux cents autres séquoias – près d'un million de pieds-planches au total. Même après le coût du matériel, la paye de l'équipe et la marge que prenait la scierie, cela représenterait vingt ans de salaire pour quelques mois de travail. Une fois l'argent sorti pour acquérir la terre, le reste se ferait les doigts dans le nez.

Ce ne serait plus les ongles, mais la phalange entière que Colleen se rongerait si elle apprenait qu'il osait même *envisager* un tel achat. Deux cent quatre-vingt-onze hectares. Son père avait travaillé six jours par semaine depuis l'âge de treize ans jusqu'à sa mort et n'avait jamais rien possédé à part un pick-up merdique.

Rich descendit en escalier la forte pente menant à Damnation Creek, dont le niveau était bas à cette saison. Il ôta quelques feuilles mortes de la grille au départ de leur conduite d'eau et s'essuya le nez sur son bras ; le ciré était mouillé de toute façon. Avec Scout trottant devant lui, il était en sueur lorsque réapparut le carré de lumière jaune à la fenêtre de la cuisine. Il s'arrêta pour reprendre son souffle. Un objet brillait à ses pieds, éclairé par le faisceau de sa lampe torche. Il se pencha, le ramassa : un bonbon à la menthe vert et blanc dans un film plastique transparent. Scout bouscula sa jambe du museau, réclamant une caresse derrière les oreilles.

Là, là… tu es un bon chien.

Derrière la maison, il remit sa chaîne à Scout, puis enleva ses chaussures sur le seuil de la cuisine pour ne pas transpercer le linoléum avec ses crampons. Colleen piquait une fourchette dans les tranches de bacon pour les retourner.

"Ça sent bon." Il posa ses chaussettes sur la poignée du poêle et, pieds nus, alla chercher une paire sèche. La veilleuse rouge de Chub en forme de fusée luisait dans l'obscurité qui précède l'aube.

Colleen plaça une assiette fumante sur la table, bacon et œufs au plat.

"Je m'arrêterai peut-être chez Lark après le boulot", dit-il pour tâter le terrain. Sa voix ne le trahissait pas. Il se concentra sur ses œufs pour ne pas avoir à la regarder dans les yeux. Il ne lui mentait jamais, sauf pour minimiser une blessure.

"Tu veux que je lui emballe quelque chose à manger ? demanda-t-elle.

— Non… je passerai à l'Unique." La chaleur du café réveillait sa douleur à une molaire. Il appliqua le bout de sa langue sur la dent, essuya le reste du jaune d'œuf, apporta son assiette à l'évier, prit son ciré sur la patère – le lino était mouillé au-dessous –, et attrapa sa thermos et sa boîte repas. Colleen alluma la lampe pour éclairer le bol où il déposait ses clés, taillé dans un broussin de séquoia, à moitié rempli d'agates qu'elle ramassait sur la plage, de la taille d'un petit pois et brillantes comme des bonbons.

"Tes gants ? demanda-t-elle.

— Dans le pick-up."

Au début de leur vie conjugale, elle inspectait le corps de son mari le soir, palpant son cou, ses côtes, son ventre, jusqu'à ce que Rich entende le battement accéléré de son propre cœur dans ses oreilles. Lorsqu'elle trouvait une nouvelle écorchure, une bosse ou une croûte de sang séché, elle l'emprisonnait sous sa main à la manière d'un insecte.

Ce matin, elle l'embrassa sur la joue – *Je te choisis*. Son moral était remonté depuis qu'elle suivait la petite Larson, à nouveau enceinte, et toujours trop pauvre pour accoucher à l'hôpital. Elle pensait à autre chose, enfin.

"Je ferai un saut au supermarché, dit-elle. Tu veux quelque chose ? Ensuite, j'emmène Enid au dispensaire. Les enfants ont besoin d'avoir leurs fiches de vaccination à jour avant la rentrée scolaire.

— Elle ne peut pas y aller toute seule ?" demanda-t-il en sortant un cure-dents de sa poche de poitrine.

Colleen haussa les épaules ; bien que parfaitement capable de conduire, sa sœur Enid se comportait encore comme une enfant que l'on devait prendre en charge. Elle sortit avec Rich et, debout sur le seuil, les bras plaqués contre sa poitrine parce qu'elle avait froid, le regarda monter dans le pick-up. Au-dessus de la porte, lustrée par les fines gouttelettes de brouillard, était accrochée la plaque en bois dans laquelle il avait sculpté : VOTRE FOYER, C'EST L'ENDROIT QUI ABRITE VOTRE ♥.

"Sois prudent", lança-t-elle.

Les jambes de son jean étaient raccourcies de vingt centimètres pour éviter qu'il soit happé par le pneu d'un engin Caterpillar, écrasé et réduit en bouillie. Mais il y avait des centaines d'autres façons de mourir dans la forêt. Il avait vu une poulie fixe d'une tonne cinq atterrir sur la poitrine d'un homme, des chaînes de traction se briser net, lâchant dans la pente des troncs aussi gros que des autobus ; il avait senti leurs ombres passer au-dessus de lui quand il s'était mis à couvert derrière une vieille souche.

Ne pars jamais le matin sans embrasser ta femme, avait dit Lark en nouant la cravate de Rich suffisamment serré pour l'envoyer à la potence, le jour de son mariage. Un conseil dans lequel on entendait vibrer ses propres regrets.

Rich mit le désembuage à fond et entrouvrit sa vitre. La pluie tambourinait sur le capot. Partout sur les collines, le long des ruisseaux, dans les bourgs et au fond des vallées, les hommes sortaient de chez eux sous la pluie et montaient dans leurs pick-up, les femmes levaient les yeux de la vaisselle, s'immobilisaient le temps d'une prière. *Sois prudent*. À part les prières, qu'est-ce qui les maintenait en vie ? La chance, les mains solides et le discernement de bûcherons qu'il avait connus toute sa vie, des hommes qui posaient le bras sur le siège passager et tournaient le haut du corps pour faire marche arrière comme lui aujourd'hui, le rideau de brume se refermant après son passage, jusqu'à la route et le panneau battu par les éléments sous le saule pleureur :

CETTE FAMILLE VIT GRÂCE À L'ARGENT
DE L'EXPLOITATION FORESTIÈRE

COLLEEN

Ce n'est pas le fusil qu'elle remarqua en premier lorsqu'elle arriva à Fort Eugene et descendit l'allée détrempée d'Enid. Elle vit d'abord la dépanneuse de Tice Whelan, d'un noir brillant, avec son crochet bleu vif. Elle serra le frein à main, ce qui donnait le feu vert à Chub pour détacher sa ceinture, et le temps qu'elle distingue l'arme tenue par Enid telle une béquille trop courte pour s'y appuyer, le garçonnet détalait déjà dans l'herbe. Il sauta par-dessus le petit ruisseau, grimpa les marches du mobile home et disparut à l'intérieur.

Ayant grandi dans un trou perdu qui n'était pas raccordé au réseau téléphonique, Enid avait toujours juré qu'elle s'installerait un jour dans le Sud, quelque part où l'on pouvait acheter un hot-dog à minuit ou un de ces gros bretzels pâteux semblables aux couronnes de Noël qu'on suspend à la porte. Résultat : elle avait un téléphone qui marchait la moitié du temps, lorsqu'elle payait la facture et qu'un arbre n'était pas tombé sur la ligne, mais vivait sur un lopin de terre à mille lieues de San Francisco.

Apparemment, Tice Whelan non plus n'avait pas remarqué le fusil. Il était penché pour accrocher un câble de remorquage derrière la roue avant de la nouvelle Jeep Wagoneer d'Enid, rouge vif avec un plaquage bois sur les côtés.

"Tu vas nous mettre en retard", dit Colleen, comme si Enid pouvait l'entendre à travers le pare-brise. Les rosiers en fleurs pesaient sur la clôture enfermant les chèvres des montagnes qui, du haut de l'arbre dans lequel elles avaient grimpé, regardaient Tice Whelan travailler. La vieille Mercury de la mère de Colleen était engloutie sous un énorme buisson de mûres, d'où dépassait un rétroviseur latéral retombant mollement comme la nageoire d'un poisson léthargique. Colleen savait qu'elle devrait descendre du pick-up avant qu'Enid ne fasse une bêtise, mais d'abord, elle voulait des excuses.

Elles s'étaient donné rendez-vous à la Beehive*, mais ce matin Colleen avait trouvé le parking de la boulangerie désert, empli seulement de l'odeur sucrée des feuilletés aux mûres que Dot sortait du four. Colleen était même entrée pour vérifier.

"Désolée, je l'ai pas vue. Tu veux un café en l'attendant ?" avait demandé Dot. Avec les deux cercles de fard à joues appliqués sur ses pommettes, son pull à paillettes, ses cheveux blond platine empilés en ruche sur le haut de la tête, elle avait l'air d'une poupée de porcelaine. Plus jeune, elle avait remporté divers concours de beauté. Ms Sanderson Timber. Ms Del Nort County. Ms Redwood** Country. *Elle a une voix sucrée, mais l'esprit plus épais que de la mélasse*, avait coutume de dire la mère de Colleen.

Colleen était ensuite montée jusqu'au croisement avec Mill Road – par où Enid devait nécessairement passer. Elle n'avait pas réussi à terminer ses mots croisés et l'énigme obsédante lui tournait dans la tête. *Désirer*. Sept lettres. Aimer, convoiter, jalouser… Rien ne marchait. Elle avait continué à chercher pendant tout le trajet, après avoir dépassé le pick-up de Rich stationné avec les autres sur le parking de la scierie ; jusqu'à No Name Road, dont le gravier crépitait sous la carrosserie ; au-delà de Damnation Grove ; en descendant la pente raide qui conduisait à Lost Road***. Et voilà que sa sœur s'apprêtait à menacer l'agent de recouvrement avec un fusil.

Colleen soupira. S'énerver contre Enid ne la changerait pas. Elle ferma les yeux. Si seulement tout pouvait s'être volatilisé lorsqu'elle les ouvrirait à nouveau. Tice. La dépanneuse.

Enid leva le canon du fusil. Trente et un ans, mais toujours la petite sœur que Colleen devait protéger dans les embrouilles qu'elle ne cessait de provoquer.

"Salut, Tice, dit-elle en descendant de voiture.

* Ruche.

** Séquoia.

*** La Route perdue.

— Ne lui parle pas", ordonna sèchement Enid.

Les jumeaux Whelan étaient identiques, jusqu'à leurs cheveux mal peignés et rassemblés en queue de rat derrière la tête, mais on pouvait différencier Tice de son frère Lyle – qui travaillait comme tronçonneur dans l'équipe de Rich – grâce à la sirène aux seins nus qu'il avait fait tatouer sur son cou. Les marques que Rich portait sur son corps étaient des cicatrices, des écorchures et des entailles accumulées depuis des dizaines d'années, dures lignes blanches de peau reconstituée ; une arête de poisson était dessinée sur la face interne de son avant-bras, fendu jusqu'à l'os quand il était adolescent. On l'avait recousu et renvoyé directement au travail.

"Enlève-moi ça", dit Enid à Tice, qui fixait déjà le deuxième câble. Ses yeux bleus lançaient des éclairs, son trait d'eye-liner noir faisait ressortir la pâleur de ses courts cheveux blonds, plus longs derrière les oreilles. Jolie, même vêtue d'une vieille chemise appartenant à Eugene, avec encore un peu de ventre après avoir donné naissance à Alsea.

"Enid…

— Ne t'en mêle pas, Colleen. J'ai posté le chèque."

Tice Whelan passa de l'autre côté de la Wagoneer.

"Tice, bon sang !"

Colleen sentit vibrer dans sa poitrine le bruit du fusil que sa sœur armait.

"Ne m'oblige pas à te tirer une balle entre les deux yeux, dit Enid.

— Tu vas le charger, avant ?" demanda Tice.

Ayant constaté que le magasin était vide, Enid saisit à deux mains le canon du fusil et s'avança vers lui.

"Je vais t'éclater le crâne et bouffer ta cervelle à la petite cuillère."

Tice recula. La gueule d'un fusil pointé sur lui ne l'impressionnait plus guère mais la crosse était en chêne, et même s'il lui manquait une canine, il avait toujours un nez bien droit.

"Enid, dit Colleen.

— Tu devras me passer sur le corps pour embarquer cette Jeep. Tu as une idée de la vie qu'on mène ici avec six gosses ? Ça ne s'appelle pas la Route perdue pour rien. La Route-de-je-deviens-dingue, plutôt, oui !"

Trois des chèvres laitières d'Enid descendirent de l'arbre et s'approchèrent en mâchonnant de l'air, attendant la réponse de Tice Whelan. L'une bêla. Une autre bouscula du museau ses gros souliers à lacets. Colleen crut qu'il allait terminer sa mission, mais il repoussa la chèvre du pied, s'accroupit et détacha le câble qu'il venait de fixer en ouvrant un mousqueton.

"C'est bon", dit Enid, ce qui signifiait merci. Une habitude qu'elle avait héritée de leur père, bien que seule Colleen fût assez grande alors pour s'en souvenir.

Remonté dans sa dépanneuse, Tice Whelan leva deux doigts sur le volant. *À la prochaine.*

"Va te faire foutre, Tice, cria Enid tandis qu'il repartait en marche arrière.

— Je boufferai ta cervelle à la petite cuillère ? dit Colleen, perplexe, en répétant la formule de sa sœur.

— Il n'a même pas assez de cervelle pour remplir une cuillère ! Qu'est-ce que tu fabriques ici ?

— Les fiches de vaccination des enfants, tu te rappelles ?

— Oh merde. C'est aujourd'hui ?"

Enid rentra précipitamment dans la maison pour se préparer. Colleen jeta un coup d'œil à l'intérieur de la Jeep Wagoneer ; sièges déjà tachés, au bout de quatre mois à peine. Eugene l'avait achetée après que Rich eut offert le luxueux pick-up double cabine blanc à Colleen – comme si un véhicule utilitaire pouvait la consoler –, et il attendait devant la maternité, au volant de sa nouvelle acquisition d'un rouge tapageur, quand Enid était sortie avec le bébé dans les bras. Pas question pour lui de se faire coiffer au poteau par le beau-frère de sa femme.

"J'ai plus d'essence", lança Enid en s'approchant du pick-up de Colleen, sans se presser, portant Alsea emmaillotée.

Wyatt sortit comme une flèche du mobile home, Chub sur ses talons.

"Chub ! On y va ! cria Colleen.

— Laisse-le… Marla les surveillera", dit Enid.

Colleen compta à voix haute. À quatre, Chub apparut, transpirant et essoufflé, une boucle de sa salopette détachée. Elle se pencha pour la remettre en place mais il se déroba, et, tournant sur lui-même comme un jeune chiot qui poursuit sa queue, attrapa la bretelle, la passa sur son épaule et inséra la boucle dans le fermoir qui produisit un clic victorieux. Ses cheveux rebelles lui tombaient devant les yeux, repoussant plus vite que Colleen ne pouvait les couper. Il sourit de toutes ses dents, très fier de lui, avec ses yeux virant du vert au bleu, les yeux de Rich transplantés dans une petite frimousse. De ses rondeurs de bébé ne restaient que les joues, avec les fossettes. Tous les soirs, après avoir allumé la veilleuse-fusée, elle enfonçait les pouces dans ces fossettes. *Mon doughnut au sucre glace. Mon Grahamcracker chéri.* Elle essayait de l'habituer à son vrai prénom avant qu'il n'entre à l'école. Graham Gundersen, avait-elle noté sur le formulaire d'inscription.

"C'est bon ?" avait demandé Gail Porter sans lever les yeux.

Elle était déjà surveillante quand Colleen fréquentait l'école, et cette dernière, bien qu'âgée de trente-quatre ans à présent, mère d'un petit garçon, craignait toujours autant "Mrs. Porter", une femme à l'air dur et austère dont les sourcils froncés pouvaient abaisser la température d'une pièce.

Colleen avait hésité, puis ajouté "Chub" au-dessus de la ligne. Gail Porter avait repris le formulaire sans une once de chaleur, même si Don Porter était l'ami de Rich et pas seulement son chef d'équipe – obligeant Colleen, à présent adulte, à se faire violence pour tutoyer aussi sa femme. Ils avaient partagé une table au pique-nique de la société le 4 Juillet, jour de la fête nationale, et Colleen s'était demandé si Gail Porter désapprouvait elle aussi la différence d'âge, comme quelques autres femmes, surtout celles qui avaient l'âge de Rich.

Préviens Enid que je n'accepterai pas ses enfants sans attestation médicale, avait-elle dit en rendant à Colleen la fiche de vaccination de Chub.

Je n'y manquerai pas. Colleen avait tenté un sourire, que Gail Porter enregistra mais ne retourna pas. À l'école, Colleen avait toujours été "la sœur d'Enid". Comme si elle-même n'avait pas de prénom.

Il y avait sûrement eu un moment, quand Enid était entrée à la maternelle et que Colleen était déjà en cours élémentaire, où l'on avait mentionné "la petite sœur de Colleen". Mais peu de temps après, Enid avait envoyé un coup de poing dans le ventre d'un garçon, si fort qu'il avait vomi ; jeté des monceaux de papier toilette mouillé au plafond dans les WC des filles, où ils étaient restés collés puis s'étaient desséchés comme des nids d'oiseaux ; mangé un criquet pour relever un défi. Pendant des années, au collège, Colleen avait attendu sur une chaise baquet en plastique jaune près de la porte en verre fumé du directeur, le genre de siège où il était impossible de se tenir droite, le temps que le directeur – et ses divers successeurs – administre un châtiment corporel à Enid. Comme si son insolence pouvait ainsi être chassée. Colleen tressaillait en entendant les coups étouffés derrière la porte, mais Enid n'émettait pas la moindre plainte tandis que le directeur haletait. Mrs. Porter lui jetait un regard courroucé et Colleen se redressait tant bien que mal sur sa chaise, tirant sa jupe sur ses genoux, convaincue d'avoir provoqué l'exaspération de la surveillante par sa mauvaise position.

Chub attacha sa ceinture de sécurité.

"Démarre ! dit Enid en fourrant son téton dans la bouche d'Alsea. Tu nous mets en retard."

Colleen serra le frein à main devant le bâtiment de pierre grise étiré sur un seul niveau. Elle n'était pas retournée au dispensaire de Mad River depuis l'examen du cinquième mois de grossesse, avant Pâques.

"Allez, on y va", dit Enid.

Le lino à l'intérieur était criblé de petits trous causés par les crampons des chaussures de sécurité portées par les hommes. À l'accueil, Enid refusa d'admettre qu'elle avait manqué un rendez-vous, accusant implicitement la réceptionniste de cette erreur, puis rejoignit Colleen et Chub qui attendaient sur les sièges alignés contre le mur. Sanderson n'offrait aucune assurance maladie, mais du moment que quelqu'un de votre famille avait travaillé pour la société d'exploitation forestière, le dispensaire vous procurait des soins toute votre vie, quelle qu'en soit la durée.

"Gail nous la joue encore façon « j'ai un balai dans le cul », maugréa Enid, oubliant qu'elle avait elle-même perdu les fiches de vaccination. Ils ont quand même pas la rage, mes mômes !"

Une infirmière apparut, tenant un dossier médical dans les mains. Colleen la reconnut, pour l'avoir vue lors de son dernier passage.

"Cette petite ne pleure toujours pas ? demanda-t-elle à Enid.

— Si seulement j'en avais eu six comme elle, répondit Enid.

— Chaque enfant est un miracle", dit l'infirmière – une phrase qu'elles avaient souvent entendue dans la bouche de leur mère.

Leur mère ne les avait pas désirées. Elle l'avait raconté à Colleen sans prendre de gants, peu avant sa mort.

La phrase légendaire, brodée au point de croix, était accrochée au mur dans la petite pièce au fond du couloir. Combien de fois Colleen l'avait-elle contemplée, allongée sur le mince papier de la table d'examen qui lui collait aux fesses à l'endroit où la tunique était ouverte dans le dos ? CHAQUE ENFANT EST UN MIRACLE. Quand la porte s'ouvrait, elle s'attendait presque à voir sa mère.

Si la grossesse de Colleen ne s'était pas interrompue au printemps, elle serait assise là-bas sur la table, avec son gros ventre et les jambes pendantes, comptant les jours jusqu'à la date prévue de l'accouchement – le 14 août. Ce souvenir ne cessait de clignoter comme une lampe dans son esprit. Même les infirmières, bien qu'entraînées à ne rien ressentir, avaient éprouvé de la compassion pour elle. Colleen l'avait vu à leur fausse jovialité, à leur façon d'éviter son regard. Et pourtant, après les saignements, après un accouchement pour mettre au monde un bébé qui ne respirerait jamais, après le défilé des factures et le goût amer de la colle sur le rabat des enveloppes dans lesquelles elle glissait un chèque tous les mois – un goût qu'elle associait depuis à l'hôpital –, après tout cela, Colleen souhaitait désespérément avoir un autre enfant et vivait avec cette douleur constante logée au fond de sa poitrine.

Désirer. Souhaiter ? Non, trop long.

L'infirmière soupira. "Amenez-la par ici un instant."

Enid disparut avec Alsea.

"Est-ce que tante Enid allait vraiment lui tirer dessus ? demanda Chub en balançant ses jambes trop petites pour toucher terre.

— Tirer sur qui ?

— Le monsieur avec la dépanneuse."

Bonne question.

"Non." Colleen se lécha le pouce et essuya une trace noire sur la joue de l'enfant.

Chub tourna la tête pour se dérober. Son regard s'arrêta, longuement, sur le distributeur de chewing-gums, mais il savait qu'il était inutile de réclamer. Tandis que Colleen observait son fils, l'image de Rich au même âge lui apparut, sous les couches successives des années et des décennies : gentil lui aussi, calme, raffolant des sucreries.

La porte conduisant aux salles d'examen s'ouvrit et Helen Yancy sortit d'un pas lourd. Colleen ne l'avait pas croisée depuis des mois, ignorait même qu'elle était enceinte. Son gros ventre pointait entre les pans de son manteau, elle avait de grandes mains rougies par son travail à la conserverie, ses cheveux épais et noirs étaient tirés en arrière et tressés dans son dos. Luke la suivait en traînant les pieds, encore petit pour son âge. Il était né chétif, pesant à peine plus de deux kilos. L'arrière-grand-mère d'Helen avait glissé une pâte sombre entre la joue et la gencive de celle-ci, étalé un baume sur son ventre. Cette arrière-grand-mère, qui l'avait élevée, refusait de mettre le pied dans un hôpital pour les Blancs – affirmant que les docteurs là-bas cousaient les femmes yurok à l'intérieur de leurs corps pour qu'elles ne puissent plus avoir d'enfants –, et Helen n'avait pas voulu accoucher sans elle. L'arrière-grand-mère avait psalmodié des prières pendant des heures sans qu'on la voie reprendre son souffle, le tatouage sur son menton tout plissé tellement elle se concentrait. Plus tard, Helen avait corrigé Colleen : *Pas des prières. De la médecine. Pour que le bébé vienne facilement*, ce qui avait été le cas de Luke. Il avait été expulsé, visqueux et s'époumonant, aussitôt reçu par les mains de Colleen à genoux sur un rideau de douche étalé par terre dans la chambre d'Helen et de Carl ; Colleen elle-même enceinte de Chub, au sixième mois de sa grossesse, sonnée et ivre de gratitude envers ce premier bébé qu'elle avait fait naître.

"Va t'asseoir là-bas", dit Helen à Luke.

Luke s'installa sur une chaise à côté de Chub et balança ses jambes lui aussi.

"Tu vas bientôt aller à l'école, hein, chéri ?" lui demanda Colleen. Marsha, la secrétaire de la scierie, appelait tout le monde "chéri" et Colleen avait pris cette habitude lorsqu'elle avait travaillé avec elle, avant de rencontrer Rich. Enid disait qu'à force de fréquenter des vieux, elle se comportait comme eux.

Luke hocha la tête.

"Chub et toi, vous serez dans la même classe."

L'infirmière tendit des documents à Helen.

"Tu peux refaire des fiches de vaccination pour les enfants DeWitt ? demanda la réceptionniste à l'infirmière en lui tendant un gros dossier.

— Encore ?"

La réceptionniste haussa les épaules. "Elle les a perdus."

L'infirmière soupira et accepta le dossier qui détaillait le suivi médical des six enfants d'Enid – otites, fractures, varicelle, angines… Colleen se représenta son propre dossier, un maigre catalogue de déceptions. Non, elle ne devrait pas dire ça. Il y avait Chub, assis à côté de Luke, attendant patiemment.

"On y va, Luke", dit Helen. Ses yeux étaient cerclés de rouge. Elle adressa un bref hochement de tête à Colleen.

"Félicitations", dit celle-ci, essayant vaguement d'amorcer une conversation. Elles avaient été proches toutes les deux, mais s'étaient éloignées l'une de l'autre après la naissance des garçons. Helen lui présenterait peut-être des condoléances, pensa Colleen, ou une explication – *Je sais ce qui est arrivé, je n'étais pas sûre que tu voudrais suivre ma grossesse.* Colleen avait fait naître Luke sans problème, non ? Pourquoi ne la prendrait-elle pas pour son deuxième accouchement ? Mais Helen se taisait. Une main sur son ventre, comme si elle craignait d'attraper la poisse de Colleen, elle se détourna, poussa la porte à double battant et sortit sous la bruine.

"La prochaine fois, on vous les facturera, annonça l'infirmière à Enid en lui tendant les nouvelles fiches.

— OK." Enid glissa les fiches dans son sac. "C'est vrai, cette histoire de bébé qui est né sans cerveau ?" demanda-t-elle.

Enid. Tais-toi !

"Comment s'appelle la mère, déjà ? Elle est mariée avec un des garçons Cooney…" Enid interrogea Colleen du regard, puis claqua des doigts lorsque le nom lui revint : "Beth."

L'infirmière la considéra d'un air sévère. "Ils font toujours autant de bruit, là-haut par chez vous ?"

Des hippies étaient venus en stop depuis Arcata pour manifester contre l'exploitation forestière. L'université d'État de Humboldt en était infestée. Quelques semaines plus tôt, ils avaient à nouveau bloqué No Name Road, et Rich n'était pas rentré avant la nuit tombée.

"On ne peut plus tondre sa pelouse sans déclencher une manif, dit Enid. Et avec quoi ils se torchent le cul, hein ? J'aimerais bien savoir.

— Il faudrait leur rappeler que les arbres repoussent", renchérit l'infirmière.

"Voilà, c'est fait", déclara Enid en s'asseyant à côté de Colleen dans la voiture. Elle resserra le lange autour du bébé. "Rappelle-moi que je dois obliger Eugene à dormir dans une autre chambre à partir de maintenant. Six, ça suffit.

— La tunique est presque terminée", dit Colleen, pour changer de sujet.

Un pasteur descendrait de Crescent City deux semaines plus tard pour baptiser Alsea. Il n'y en avait plus à Klamath depuis des années. Les gens gardaient leurs commérages, leurs cravates lacets et leurs robes ornées de boutons en nacre pour le déjeuner de poisson frit offert aux employés par Sanderson un dimanche sur deux – cinquante cents pour les membres de leurs familles – à volonté. Alsea… le prénom ne venait toujours pas facilement. Chez Enid, le bébé était toujours resté *le bébé* jusqu'à ce que le suivant arrive, même si elle jurait que c'était le dernier. Alsea, la ville d'Oregon où avait grandi Eugene – celui-ci ayant épuisé les grand-tantes dont ses enfants portaient le prénom.

"Pourquoi s'embêter ?" Enid bâilla. "J'ai toujours celle de Mavis rangée quelque part.

— Chaque enfant est un miracle, dit Colleen.

— Ouais, c'est ça. Dis-le à mes nichons. Ils me tombent aux genoux… Tiens, tu devrais me coudre un soutien-gorge. Ou demander à Rich de m'en sculpter un, ce serait pas de trop !

— J'apporterai la tunique. Il ne me reste que les roses à broder autour du cou.

— OK."

Le pick-up grimpait la route en lacets, dans le brouillard soufflé par l'océan qui balayait la route comme de la fumée. La radio ne diffusait plus que des interférences. Chub s'endormit, puis Enid, qui avait le nez congestionné. Colleen serrait le volant. Enfin, la pancarte émergea de la brume – BIENVENUE EN PAYS FORESTIER –, puis apparurent les deux ours en métal terni qui gardaient le pont.

12 AOÛT

RICH

Les épaules voûtées, toujours vêtu de sa tenue de travail, Rich décrocha le combiné dans la cabine téléphonique de la station-service. Il sortit du fond de sa poche le sous-verre en papier froissé que lui avait donné Jim Mueller, glissa une pièce dans la fente, puis raccrocha brusquement. Les paumes moites, il se dandina d'un pied sur l'autre. Enfin, il inséra à nouveau la pièce et composa le numéro.

"Je te retrouve là-bas, dit Jim Mueller.

— Maintenant ?" Rich frissonna dans sa chemise mouillée de sueur.

"Dans une demi-heure." Jim Mueller raccrocha avant que Rich n'ait le temps de changer d'avis.

Rich ouvrit la porte de la banque, les mains raides d'angoisse. L'air à l'intérieur sentait le renfermé, et dans le silence qui régnait, il prit soudain conscience de son odeur, un mélange de transpiration et d'essence, avec une touche sucrée provenant de la sciure. Il n'était pas entré ici depuis des années. C'était Colleen qui déposait les chèques de sa paye ; il se contentait de parcourir ses relevés de compte à la fin du mois.

"Mr. Gundersen ?" demanda un homme. Petit, trapu, il tendit une main hésitante comme s'il avait peur de Rich et de sa haute taille. "Nous nous sommes parlé au téléphone l'autre jour." Rich s'était imaginé le responsable des prêts, plus vieux, en costume et cravate. Pas en bras de chemise, comme son interlocuteur aujourd'hui. "Nous avons préparé les documents."

Jim Mueller était assis dans une petite pièce, tournant le dos à la porte. Il salua d'un hochement du menton quand le banquier fit entrer Rich et s'installa derrière le bureau.

"Mr. Mueller a déjà signé, dit le banquier. Vous n'avez plus qu'à émarger vous aussi."

Jim Mueller fit glisser les documents vers Rich. Celui-ci chercha ses lunettes dans sa poche mais n'y trouva qu'un cure-dents esseulé. Çà et là, des mots lui sautaient aux yeux : *nom patronymique, Parcelle 24-7, 250 000 $, taux d'intérêt 8,96 %.*

Il déglutit avec effort et frotta ses paumes humides sur les jambes de son jean taché de graisse.

"Il faudrait que j'apporte combien, déjà ?"

Le banquier se tourna vers Jim Mueller. "Mr. Mueller, pouvez-vous nous laisser seuls une minute ?"

Jim Mueller obtempéra.

Le banquier répondit à Rich, comme il l'avait fait au téléphone : "Il resterait deux mille cinq cents dollars sur votre compte épargne, après les frais de dossier et l'apport personnel."

Un filet de sécurité bien mince, avec un remboursement mensuel de 2 102,10 dollars.

"Et la maison ? demanda Rich. Je peux la mettre en hypothèque et réduire le montant de l'apport ?"

Le responsable des prêts secoua la tête, toussa, tourna la tête pour s'éclaircir la gorge.

"Non. Pas avec le statut du…" Il marqua un arrêt, puis poursuivit : "… la création du parc naturel.

— J'en suis encore propriétaire, non ?

— Vous faisiez partie des terrains concernés par les mesures d'expropriation ?" demanda le banquier, comme si Rich avait eu le choix. Ce qu'il avait eu en réalité, c'était la malchance de posséder huit hectares dans l'une des étroites bandes de terre que le Congrès avait décidé d'utiliser afin de relier entre eux les parcs naturels établis le long de la côte. Le comté de Humboldt avait payé le plus lourd tribut, sa part représentant le corps de l'hippocampe renversé qu'était devenu le parc national. Aux habitants de Del Nort, on avait seulement pris la mince queue de l'animal, un cordon d'espaces boisés en bordure de l'océan, la maison de Rich étant située en plein milieu. "En réalité, il y a déjà eu transfert de propriété, expliqua le responsable des prêts. Ce que vous détenez est un droit de jouissance de la maison. Une sorte de bail, disons, pendant vingt-cinq ans… Vous avez été indemnisé en 1968 ? Donc, jusqu'en 1993.

— Ou bien jusqu'à ce qu'on meure, dit Rich. On peut rester dans la maison jusqu'à notre mort, non ? Ma femme est plus jeune."

Le responsable des prêts hocha la tête. Il avait l'habitude de recevoir dans son bureau des gens qu'il renvoyait à leur mortalité.

"On ne peut hypothéquer un bien que si l'on en est propriétaire, conclut-il. Excusez-moi un instant."

Une fois le banquier sorti, Jim Mueller revint et s'assit pesamment. Dans l'esprit de Rich surgit l'image de Colleen qui l'avait regardé partir en marche arrière ce matin. *Sois prudent.* Il l'avait été, toute sa vie.

"Faut prendre des risques, parfois", dit Jim Mueller, comme si Rich avait parlé tout haut.

Le stylo pesait une tonne entre ses doigts. De nouveau, Rich déglutit avec peine. Le banquier réapparut au moment précis où il paraphait l'avant-dernière page. Difficile de croire qu'un quart de million de dollars tenait dans une poignée de feuillets.

"C'est pas la peine de couper à blanc, dit Jim Mueller, plus bavard à présent que la vente était signée. Une fois que Sanderson aura dégagé le bas de Damnation, vas-y doucement. Prends quarante pour cent, laisse le reste grandir. Un jour, ton gamin regardera tes arrière-petits-enfants récolter.

— Autrefois, on risquait sa peau avec ce genre de discours", dit Rich. Témoin, le sort de Lark après qu'il se fut prononcé en faveur d'une gestion durable – ne pas abattre la forêt en moins de temps qu'il ne lui en fallait pour repousser. De là, Lark avait vite sauté le pas, rejoignant un monde de syndicats, de retraites, de congés payés. Sanderson flairait un syndicaliste à des kilomètres, il avait aussitôt éteint le feu.

Jim Mueller passa une main sur le bureau comme pour effacer la triste histoire de Lark.

"Tu vas t'en mettre plein les poches, dit-il avec un soupçon de regret dans la voix. Mais c'est vrai que vous autres, les Gundersen, vous louchez sur ce bout de forêt depuis quatre-vingts ans. Hank serait sacrément fier de voir que son p'tit gars y est finalement arrivé." Il offrit sa main, et Rich la serra. Le banquier raccompagna Jim Mueller jusqu'à la porte. Resté seul, Rich garda les yeux fixés sur la pendule sertie dans du bois de loupe laqué derrière le bureau. La transaction avait duré à peine quarante minutes.

Le banquier apporta un tableau d'amortissement – la première échéance étant due en octobre. Rich lui tendit le numéro de la boîte postale inscrit sur un morceau de papier.

"Qu'est-ce que c'est ? demanda le banquier.

— Pour le courrier..."

Colleen s'occupait des factures, remplissait les chèques, léchait les timbres. Il ne voulait pas qu'elle l'apprenne de cette manière. Il lui raconterait, avec ses propres mots, dès que tous les détails auraient été réglés.

Ce fut un soulagement de sortir dans l'air de la fin d'après-midi, sous la pluie fine qui lui picotait le visage. Rich plia les documents en quatre, se pencha pour ouvrir la boîte à gants et ôta le fond en plastique qui dissimulait le compartiment secret. Il prit la clé que la postière lui avait remise une semaine plus tôt ; Geraldine était silencieuse, presque hostile, et, pour cette raison, digne de confiance. Il soupesa la clé dans sa paume, puis enfouit les documents dans le compartiment, posa la clé sur le dessus et remit en place le fond de la boîte à gants.

COLLEEN

Elle déposa Chub dans le coin du drugstore où étaient rangés les jouets et sortit sa liste de son sac.

“Tu ne bouges pas d’ici, d’accord ?”

Chub acquiesça, fasciné par les voitures miniatures vendues soixante-neuf cents pièce, les admirant de si près qu’il touchait presque le présentoir du nez. Il avait le droit d’en choisir une.

“Regarde avec tes yeux, pas avec tes mains”, dit Colleen.

Elle prit un flacon d’eau oxygénée, de la pommade pour traiter les verrues de Chub, la crème pour les pieds de Rich, un paquet de bretzels au levain, de la vitamine E. Rich avait souffert d’urticaire cette saison, deux épisodes de six semaines chacun avec de violentes démangeaisons sur le torse et les bras. La cause ? Des vêtements humides de sueur qui frottaient contre la peau pendant des heures. Il n’y avait aucun remède, excepté la vitamine E. Elle acheta aussi du coton hydrophile, de l’alcool à 90 degrés, des gants en latex, un rideau de douche, tout ce dont elle aurait besoin pour la naissance du bébé de Melody Larson, en chassant de son esprit la date à laquelle elle-même aurait dû accoucher.

“Colleen ?” Levant les yeux, elle découvrit un homme légèrement plus petit qu’elle, avec un crayon coincé derrière l’oreille, de longs cheveux sombres, un air assuré et le dos très droit.

“Daniel ?”

Elle regretta aussitôt d’avoir parlé, comme si elle l’arrachait aux limbes du passé en prononçant son prénom. Son alliance lui rentra dans la chair lorsqu’il attrapa sa main glacée et la serra dans la sienne.

“Toujours aussi gelée”, remarqua-t-il en feignant de consigner cette observation sur un bloc-notes. Son sourire révéla l’espace entre ses dents, suffisamment large pour y glisser une pièce de monnaie. Elle éprouva l'envie étrange d'appuyer son pouce à plat sur l'interstice, comme autrefois.

"Qu'est-ce que tu fais ici ? se contenta-t-elle de demander.

— Oh, toutes sortes de choses..." Les yeux de Daniel s'éclairèrent. "Les poissons, en ce moment.

— Tu les vides ou tu es guide de pêche ?"

Daniel rit doucement. Lui ? Accompagner des touristes ou pointer à la conserverie comme tout le monde ? "Le plus souvent, je les relâche. Ça dépend du sujet de mon étude." Il était en deuxième année à l'université d'État de Humboldt la dernière fois qu'elle l'avait vu. Le seul de leur lycée qui était allé à la fac. "Ça me fait plaisir de te croiser", dit-il. Il se massa la nuque, essayant de se rappeler combien de temps s'était écoulé. Seize ans.

"Qu'est-ce que tu étudies ?" demanda-t-elle, ravalant l'amertume dans sa bouche. Il avait toujours fait passer ses cours et son travail en premier.

"La qualité de l'eau, le volume de limon charrié."

Elle l'entendait encore, son refus de s'abaisser au niveau des autres. Dans un lycée plein de Bill et de Chuck, personne ne l'avait jamais appelé par un diminutif – Dan, ou Danny –, il était toujours Daniel. "Même avec les écloseries, le saumon coho ne se reproduit presque plus, dit-il. Et les saumons chinook sont de plus en plus petits. Chaque année." Daniel baissa les yeux. "Je vois comment ça affecte mon oncle. Il pêche depuis l'âge de neuf ans. Tout... tout ce qu'il a vient de la rivière. Il n'est pas le seul touché... continua-t-il doucement. Notre peuple entier souffre. Ce n'est pas seulement notre nourriture et notre moyen de subsistance. C'est toute notre vie, toute notre identité, qui remonte à si loin que nous en avons perdu le souvenir, tu comprends ?" Sa voix s'étrangla. "Nous ne pouvons pas être des Yurok, sans le saumon. Et l'eau..." Il secoua la tête.

"Qu'est-ce qu'elle a, l'eau ?" Penchée en avant pour mieux l'entendre, Colleen sentit une odeur de menthe.

"Premièrement, il n'y en a pas assez, répondit Daniel, en énonçant pour lui ce qui était une évidence. Avec tout ce que pompe l'agriculture en amont, avec les barrages... L'eau se réchauffe et le saumon commence déjà à cuire dans la rivière. Ensuite, il y a la question du ruissellement. Tu n'imagines pas l'impact de l'exploitation forestière sur le drainage du sol… pas d'ombre, une couche de limon si épaisse qu'on peut prendre un bain dans les ruisseaux tellement l'eau est chaude. Et les indicateurs de contamination…"

Il continua, jetant des regards tout autour en parlant, comme s'il cherchait sur les rayonnages des articles à lui montrer afin d'étayer ses arguments. Elle essayait de se concentrer, de suivre les virages serrés de ses phrases. Ils étaient debout si près l'un de l'autre qu'elle se sentait parcourue par une onde électrique.

"On verra ce qui se passera à l'automne, j'imagine… En tout cas, je peux te dire que je ne boirai plus l'eau de ces ruisseaux, conclut-il enfin. Ce n'est pas comme quand on était gosses. Mais les gens ne s'inquiètent pas tant qu'ils ne voient rien, pas vrai ?"

Elle acquiesça ; en réalité, elle avait un peu perdu le fil.

"Tu habites toujours à Klamath ?" demanda-t-il.

Colleen perçut l'accusation sous-jacente : *On devait pas se tirer d'ici ?*

"Du côté nord, répondit-elle. Près de Damnation Creek.

— C'est vrai ?" Il écarquilla légèrement les yeux. Du moins, c'est ce qu'elle crut voir.

"Arcata…" Elle ne trouvait pas ses mots. "Ça ne m'allait pas…" Comme une chaussure qu'elle avait essayée : cinq mois, son minuscule bureau à l'accueil de l'agence immobilière, le glouglou de la fontaine à eau, la chambre qu'elle louait, avec le lit en fer grinçant si fort qu'ils se couchaient par terre pour que la propriétaire ne les entende pas. "Je n'ai jamais été… une intello." Au lycée, les autres garçons asticotaient Daniel – *Si tu es si malin, pourquoi tu n'apprends pas à ton oncle comment voler du poisson sans se faire prendre ?* –, le poussaient contre le mur, lui mettaient le nez en sang à coups de poing quand il se défendait, et pourtant, neuf fois sur dix, c'était lui que le directeur fessait avec une règle, si fort qu'il ne pouvait plus s'asseoir. Un jour, un professeur avait expliqué en classe qu'il fallait battre plus durement les jeunes Yurok comme Daniel parce qu'ils avaient la peau plus épaisse ; ils ne ressentaient pas autant la douleur.

Daniel fredonna, dans le silence gêné, trois notes courtes indiquant que son esprit partait sur un chemin où elle ne pouvait pas le suivre.

"Et toi ? demanda-t-elle pour le ramener au présent.

— Je travaille au Canada… en Colombie-Britannique. J'ai obtenu un financement pour faire une recherche ici pendant un an." Il fronça les sourcils, le front plissé, préparant sans doute son explication. "Avec mon oncle et tout… j'ai eu l'impression que c'était le bon moment pour revenir."

Elle chercha dans ses yeux une trace de son ancienne colère *(Je ne retournerai jamais là-bas)*, mais ne la trouva pas. L'oncle de Daniel avait été arrêté des dizaines de fois parce qu'il pêchait au filet maillant, à l'époque où cette pratique était interdite. Puis les Yurok avaient plaidé leur cause devant la Cour suprême, et ils avaient gagné. Colleen avait vu la photo de l'oncle dans le journal quand la décision avait enfin été rendue, quelques années auparavant : les Yurok pêchaient dans la rivière depuis l'aube des temps, on leur accordait le droit de continuer, jusqu'à soixante-dix kilomètres à l'intérieur des terres, et le long des ruisseaux, sur deux kilomètres de chaque côté – dans toute la Réserve. La carte s'était gravée dans l'esprit de Colleen à force d'écouter tous les pêcheurs furax qui prenaient part aux déjeuners de poisson frit le dimanche, les mains attachées dans le dos par l'État de Californie alors que les Yurok sortaient des saumons aussi gros que des chiens. Rich semblait approuver la décision, mais on voyait maintenant des autocollants à l'arrière des voitures : PROTÉGEZ LES POISSONS, MANGEZ DE L'INDIEN EN CONSERVE.

"Tu es là depuis quand ?

— Deux mois, avoua-t-il, l'air un peu honteux. Je suis content de tomber sur toi. D'ailleurs, je voulais te demander…" Il hésitait. "J'aurais sans doute dû te poser la question il y a longtemps…"

"Mrs. Gundersen ?" Melody Larson approchait, sa fille de deux ans sur la hanche. "Devinez quoi ?" Elle saisit la main de Colleen et l'appliqua sous son ventre distendu. "Vous sentez la tête ?" Elle fit un grand sourire. Bien qu'elle eût seulement vingt-trois ans, des rides s'étoilaient déjà au coin de ses yeux. "Ça a marché. Les exercices." Elle se tourna vers Daniel. "Grâce à elle, mon bébé s'est retourné, expliqua-t-elle. Je n'aurai pas de césarienne."

Colleen eut conscience de la rougeur qui lui montait au visage.

“Elle a mis celle-ci au monde en quatre heures.” Melody Larson changea sa fille de hanche. “Son petit frère, il naîtra en trois heures !

— Je repasserai mercredi, promit Colleen, impatiente de la voir partir.

— Dacodac.” Melody Larson s’éloigna, les laissant de nouveau seuls.

“Tu es devenue sage-femme ?” demanda Daniel. C’était un mot qu’elle-même n’avait jamais employé.

“Non. Je n’ai pas de diplôme ni rien. Un jour, j’ai aidé quelqu’un… Tu le fais une fois, le bruit se répand. Tu sais comment c’est, par ici.

— Je croyais que tu ne supportais pas la vue du sang.” Il la taquinait, et elle se revit soudain dans le cinéma d’Arcata.

Elle rougit encore davantage. “J’ai appris à surmonter ma peur.”

Daniel réprima un petit rire. “Tu as une bonne mémoire.” Il examina le panier qu’elle portait sur le bras, puis releva les yeux et croisa ceux de Colleen avec une lueur malicieuse, impudique dans la lumière crue du drugstore. “Tu sais que ces bretzels n’ont aucun goût, n’est-ce pas ?” Face à cette manière qu’il avait de l’interroger, elle se sentait à la fois importante – puisqu’il lui accordait toute son attention – et stupide.

“Ils n’ont pas *aucun* goût, corrigea-t-elle. Ils ont un goût de carton.” Une vague de chaleur lui inonda le ventre lorsqu’il s’esclaffa, le plaisir de l’avoir fait rire. “Mon mari les aime, ajouta-t-elle.

— Ah.” Daniel hocha la tête. Elle était mariée. Ses bretzels ne le regardaient pas.

“Maman ?” Debout à quelques mètres, Chub les observait, une petite voiture à la main.

Colleen recula d’un pas. Daniel s’éclaircit la gorge.

“Tu en as choisi une ? demanda-t-elle au petit garçon. Montre.” Elle se pencha vers Chub pour prendre le pick-up bleu ciel, le Ford de Rich en miniature. Son sac bascula en glissant de son épaule ; un objet tomba par terre.

Daniel ramassa la boucle d’oreille : une goutte en grenat et or. Rich les lui avait offertes à l’hôpital, comme si le pick-up ne suffisait pas. Elle les avait transportées tout l’été dans la poche latérale de son sac, pour ne pas les voir.

"Joli... Elles t'iront bien." Daniel considéra ses oreilles. "Tu devrais te les faire percer."

Sur la demande muette de Colleen, il déposa le bijou au creux de sa paume.

"Merci." Elle entraîna Chub par la main. "Bonne chance pour tes recherches."

Daniel lui fit son salut rituel. Dire que cette gestuelle autrefois lui faisait battre le cœur...

"C'était qui ? demanda Chub tandis qu'elle déballait ses achats sur le tapis de la caisse.

— Quelqu'un que j'ai connu au lycée." Elle sentait encore la présence de Daniel dans son dos. *Pourvu que l'employée n'ait pas entendu leur conversation*, pensa-t-elle. Les commérages voyageaient plus vite que l'eau, dévalaient le cours des ruisseaux, coulaient chez les gens par le robinet et se jetaient droit dans leurs mugs de café. Elle dut recompter deux fois la somme qu'elle confiait à la main de la caissière.

Dans le parking, elle fouilla la poche latérale de son sac et trouva la deuxième boucle d'oreille. Elle avait prévu de les faire remonter sur un clip, mais ce fut une autre requête qu'elle présenta à la bijouterie. Chub s'amusa avec son nouveau pick-up pendant que la vendeuse stérilisait les lobes de Colleen au moyen d'une compresse imbibée d'alcool.

"Vous pouvez mettre celles-ci dès le début", déclara la vendeuse en examinant une boucle avant de la charger dans le pistolet perceur. Colleen se raidit lorsque la pointe froide de l'instrument entra en contact avec son oreille.

"La peur est pire que la douleur", dit la vendeuse.

Malgré ce sombre avertissement, Colleen se sentit forte et déterminée. Depuis combien de temps n'avait-elle pas agi sur un coup de tête ?

"Ça fait mal ?" demanda Chub quand ils furent assis dans le pick-up.

Elle mentit. "Non." En réalité, le sang palpitait à ses oreilles en rythme avec les battements de son cœur. Elle inclina le rétroviseur pour se regarder. Ses lobes étaient roses et gonflés, mais Daniel avait raison : les boucles d'oreilles lui allaient bien.

Colleen arasa la farine dans le verre mesureur avec un couteau et la transféra au saladier. Le pick-up de Rich descendit l'allée alors que la nuit tombait déjà.

"Qu'est-ce qui t'a retardé ? lança-t-elle.

— Je suis passé chez Lark.

— Comment il va ?

— Toujours en pleine forme." Rich entra dans la cuisine. "Qu'est-ce que tu fais ?

— Un gâteau au citron. J'ai mangé avec Chub. Ton assiette est dans le four.

— OK, mais je vais d'abord me laver."

Chub déboucha du couloir et se précipita sur son père. Rich le souleva de terre en poussant un grognement.

Elle revérifia sa recette, même si elle confectionnait ce gâteau une fois par semaine. C'était le préféré de Rich. Enid versait la farine au jugé et ajoutait de l'eau directement prise au robinet lorsqu'elle n'avait plus de lait, mais Colleen suivait toujours les instructions à la lettre. Elle cassa deux œufs et pinça ses oreilles douloureuses.

Rich revint au bout de quelques minutes en se séchant les cheveux avec une serviette. Il s'approcha pendant qu'elle pressait le jus de citron, lui releva les cheveux et l'embrassa, comme souvent, juste au-dessus de la nuque. Elle se raidit, attendant qu'il remarque les boucles d'oreilles, mais il ouvrait déjà le four.

"Tu as passé une bonne journée ? demanda-t-il en sortant son assiette.

— Oui." Le jus de citron marbrait la pâte avant qu'elle devienne un mélange homogène. "On est allés à Arcata. Je t'ai pris de la vitamine E."

Il avait faim et mangea très vite. Elle beurra un plat, augmenta la température du four. Rich lava son assiette sous le robinet. Après avoir rassemblé le saladier, le fouet et le verre mesureur, elle le bouscula de la hanche pour prendre sa place à l'évier. Il se rinça les mains et les essuya au torchon.

Elle finit la vaisselle, mit Chub au lit, alluma sa veilleuse-fusée.

"Bonne nuit, mon ange." Elle appuya les pouces sur ses fossettes. "Bonne nuit, Grahamcracker." Chub bâilla et s'enfonça sous la couette en coton blanc, ne laissant dépasser que son nez.

Assis sur le canapé du salon, Rich feuilletait un catalogue à l'usage des bûcherons.

"Tu n'as rien remarqué de spécial sur moi ? demanda-t-elle.

— Quoi ?"

Elle s'installa à califourchon sur ses genoux, indifférente aux ressorts épuisés du vieux canapé. Il recula contre les coussins pour mieux la regarder.

"Ça te fait mal ?" dit-il enfin.

Elle hocha la tête. Elle avait envie de lui parler de Daniel. Qui l'avait reconnue, après tant d'années… Le premier garçon qu'elle avait embrassé. Le seul, en dehors de Rich. Elle espérait qu'il la complimenterait.

"Vous habitez chez vos parents, jolie demoiselle ?" murmura-t-il en repoussant une mèche de ses cheveux derrière son oreille.

Le cœur de Colleen fit un bond. Mais Rich gémit, comme s'il souffrait du dos et qu'elle était trop lourde. "Je suis crevé." Il bâilla et lui tapota la cuisse, de la même façon qu'il tapotait Scout pour lui signifier qu'il l'avait suffisamment caressé.

Elle s'était débarrassée de presque toutes les séquelles de sa grossesse, hormis un excès de cellulite à l'arrière des cuisses et un léger relâchement des chairs autour de la taille. Les larmes lui montaient aux yeux quand elle attrapait à deux mains ce triste bourrelet de graisse et de peau flasque que ne compensait aucun bébé vivant. Peut-être était-ce la raison pour laquelle Rich rentrait souvent tard – partant à cinq heures et demie du matin, il devrait être de retour à dix-huit heures – et qu'il lui tournait le dos dans le lit, trop fatigué pour faire l'amour. Il se leva dès qu'elle eut déserté ses genoux.

"Tu n'as plus de désir pour moi ? lança-t-elle alors qu'il était déjà sorti dans le couloir.

— Je n'ai plus quoi ?" Il inclina la tête sur le côté en attendant qu'elle répète.

Il perdait l'audition, surtout de l'oreille droite, la plus proche de la tronçonneuse. Trente-cinq ans dans la forêt qui baissaient peu à peu le volume du monde autour de lui. Elle eut honte.

"Rien", dit-elle.

14 AOÛT

RICH

"Ne tardez pas, dit Colleen quand Rich sortit avec Chub par la porte de la cuisine. Je vais faire des pancakes."

Le bébé, leur petite fille, aurait dû naître aujourd'hui. Colleen s'était affairée toute la matinée, sans en parler. Rich se demandait presque si elle avait oublié, mais il entendait maintenant la supplique étouffée dans sa voix. *Ne me laisse pas seule ici, Rich.*

"Promis."

Il détacha Scout et ils montèrent la pente, Chub sur le dos de son père, l'éperonnant avec ses talons, entre les hautes fougères qui se redressaient dans leur sillage.

"Comment s'appelle ce ruisseau ? demanda Rich en franchissant le premier cours d'eau.

— Little Lost*.

— Tu es sûr qu'il n'est pas complètement perdu ?" dit Rich pour taquiner l'enfant.

Ils dépassèrent les collines sans nom, puis gravirent la parcelle 24-7, plus raide qu'un escalier.

"Le voilà", dit Rich quand ils arrivèrent en vue du grand séquoia. Son cœur s'accéléra. Il retrouvait le plaisir oublié que l'on ressentait à avoir un secret. À certains moments, il aurait eu envie de le hurler à pleins poumons, et aussitôt après, de le protéger comme un œuf en porcelaine. Le 24-7. Toute sa vie, l'arbre était resté sur une étagère de son esprit à la manière d'un trophée. À présent il lui appartenait, et personne encore ne le savait.

* Petit Perdu, ou Un Peu Perdu.

Rich fit descendre Chub de son dos et s'assit contre le tronc. Scout se coucha par terre en haletant. Chub contourna l'arbre en laissant traîner sa main sur l'écorce, une longue marche pour ses petites jambes, puis vint s'asseoir entre les jambes de son père.

"Comment on abat un arbre ? demanda-t-il.

— Il faut être toute une équipe." Rich pressa un poing sur son ventre pour tenter d'apaiser ses brûlures d'estomac – résultat de l'inquiétude et de l'espoir combinés.

"Mais comment on fait ?" Chub renversa la tête en arrière contre la poitrine de Rich et contempla la cime de l'arbre.

"Je te montrerai, le moment venu… Tu sais que ton arrière-arrière-grand-père Gundersen était marin avant de devenir élagueur ? À une époque, on a envoyé des marins dans la forêt, et devine ce qui s'est passé : ils se sont servis des mêmes poulies qu'ils utilisaient pour charger les conteneurs sur les bateaux, avec un cordiste qui accrochait le filin en haut d'un arbre. C'est ce qu'on appelle aujourd'hui le débardage par câble, ou téléphérage. Ton arrière-arrière-grand-père a appris le métier de grimpeur à ton arrière-grand-père, et ton arrière-grand-père l'a appris à ton grand-père – mon père.

— Et lui, il t'a appris à toi.

— Non, c'est Lark qui m'a appris.

— Et moi ? demanda Chub.

— Quoi, toi ?" Rich le chatouilla.

"Arrête !" cria Chub en essayant de se dégager.

Ils récolteraient le bois de Damnation Grove, les deux parties – supérieure et inférieure –, c'est-à-dire les derniers arbres anciens de Sanderson. Une fois que tout le versant serait débarrassé, Rich abattrait les géants de la 24-7. Le véritable bois d'œuvre aurait disparu quand Chub serait assez grand pour soulever une tronçonneuse. De toute façon, Rich ne voulait pas que son fils devienne bûcheron. Trop de rendez-vous avec la mort. Lui, il aurait une vie différente, grâce à l'argent rapporté par la parcelle 24-7. Rich serait le dernier Gundersen à travailler dans la forêt.

"Rentrons à la maison, Grahamcracker. Les pancakes vont refroidir." Rich prit l'enfant sous les aisselles et le releva. "C'est par où, le chemin ?"

Chub montra du doigt.

"Parfait. Vas-y, fais le guide."

Scout partit devant. Chub chantonnait, la même mélodie que Colleen avait fredonnée toute la matinée. Rich avait l'impression de la connaître.

"C'est quoi cette chanson ?" demanda-t-il.

Chub haussa les épaules, sans répondre.

C'est seulement quand ils descendirent la colline derrière la maison que Rich se rappela.

Dors, mon bébé, n'aie pas peur.

Colleen la chantait à Chub qui venait de naître. Rich attacha la chaîne au collier de Scout.

"Oui, oui… Bon chien… C'est qui le bon chien ?" dit Chub en flattant le flanc de l'animal. Scout se coucha pour s'abandonner aux caresses de l'enfant.

Rich s'immobilisa à la porte de la cuisine, une main sur la poignée, observant Colleen par la vitre. Elle avait les oreilles encore roses. Il ne pouvait pas s'empêcher de se sentir responsable : à nouveau, une douleur dont il était la cause. Une fois le bébé emmené, lorsqu'on lui avait conseillé de laisser Colleen se reposer, il avait erré dans les couloirs, hagard, et s'était retrouvé devant la boutique cadeaux de l'hôpital.

Je vais me faire percer les oreilles, alors, avait-elle dit en ouvrant la petite boîte en velours gris.

Il l'avait vue porter des boucles d'oreilles, mais ne s'était jamais préoccupé de savoir comment elles tenaient. Une boucle d'oreille est une boucle d'oreille, point final.

Il la regarda verser une louche de pâte dans la poêle. Deux cent quatre-vingt-onze hectares. Ne lui dis pas. Pas maintenant. Attends. Choisis le bon moment. Il inspira profondément, tourna la poignée et entra.

"Ça sent bon", dit-il.

Colleen s'essuya les joues avec le dos de la main, les yeux rouges. À cause de lui aussi, elle cessait de fredonner.

COLLEEN

De loin, l'attroupement sur Mill Road ressemblait à une célébration, barrant la voie de la salle polyvalente. Rich palpa la poche de sa chemise à boutons de nacre, que Colleen repassait avant chaque déjeuner de poisson frit, pour s'assurer qu'il n'avait pas oublié ses cure-dents. Sa vitre entrouverte en permanence laissait pénétrer un peu d'air, même quand il pleuvait, et par le mince interstice leur parvenait une sorte de psalmodie.

“C'est qui, ces gens ?” demanda Chub assis à l'arrière.

Rich ralentit puis s'arrêta, clignotant en marche, essuie-glaces balayant le pare-brise pour offrir une vision hachée des manifestants qui se tenaient par les bras, quatre par quatre, en travers de la route ; un homme barbu avec un bandana noué autour du front, une femme vêtue d'une vieille veste kaki. Colleen rougit en s'apercevant qu'elle cherchait Daniel dans la foule. Elle avait conjuré son image toute la matinée pour détourner son esprit, chaque fois qu'elle pensait au bébé.

Ils étaient suffisamment près pour lire les pancartes, des messages tracés en noir sur des dessins de couleurs vives. Sur une mappemonde : AIMEZ VOTRE MÈRE LA TERRE. Sur des arbres : POUMONS DE LA PLANÈTE. Sur un séquoia solitaire : J'ÉTAIS LÀ AVANT CHRISTOPHE COLOMB.

“Stop au massacre des innocents ! scandaient-ils. Sauvez Damnation Grove.”

Colleen marqua son agacement. “Tsst… Quand renonceront-ils ?

— Qu'est-ce qu'ils font ? demanda Chub.

— Rien”, répondirent en chœur ses parents.

Chub s'était rebiffé quand elle l'avait habillé avec sa belle chemise jaune, en se plaignant que les poignets étaient trop serrés, mais il oubliait maintenant son inconfort et se penchait en avant autant que le lui permettait sa ceinture de sécurité. Un pick-up s'arrêta derrière eux et klaxonna. Rich regarda dans son rétroviseur.

"Faut pas bloquer la route entre Don et un repas gratuit.

— Est-ce qu'ils vont nous laisser passer ? murmura Colleen.

— On verra bien."

Rich enclencha la première vitesse et le pick-up s'avança lentement.

"Rich…"

Les manifestants s'écartèrent en scandant plus fort leurs slogans. Colleen eut terriblement envie de se cacher sous le tableau de bord.

Debout sur le parking en gravier, les pouces accrochés à ses bretelles, Don Porter regardait les manifestants bloquer un autre pick-up.

"Tu te rappelles quand les écolos venaient nous proposer d'acheter des arbres pour qu'on arrête de les couper ? lança-t-il à Rich lorsqu'ils descendirent de voiture. « Sauvez les séquoias. » Ça, c'était le bon temps. Mais ces connards, là, ils ne débourseront pas un radis. Ils veulent juste qu'on ferme boutique.

— Il vaudrait mieux appeler Harvey, dit Gail Porter.

— Mais qu'est-ce qu'ils en feront ? demanda Colleen.

— Cinq cents hectares de vieux séquoias ?" Don eut un rire méprisant. "Rien du tout. Si on les écoutait, toute la côte serait un musée des arbres. Ils se soucient plus des arbres que des gens."

Chub fila vers la salle polyvalente, impatient de voir ses cousins. Un pick-up klaxonna longuement, passant en force au milieu de la manifestation.

Stop au massacre des innocents ! Sauvez Damnation Grove !

"Tu viens ?" dit Rich à Colleen, en lui tenant la porte ouverte.

À l'intérieur, des tables étaient disposées sur plusieurs rangées et une file d'attente se formait déjà pour accéder au buffet.

"Ah, vous voilà, dit Marsha tandis qu'ils signaient la feuille de présence. Vous avez vu ces bouffons là-dehors ?" Elle leva les yeux au ciel, détacha trois tickets de tombola de son carnet et les tendit à Colleen. Marsha était toujours secrétaire à la scierie. Le jour de la paye, elle remettait à Rich les mots croisés du journal de Merle en même temps que son chèque, bien que Colleen eût démissionné avant la naissance de Chub.

Colleen regarda Chub entraîner Rich à l'autre bout de la salle, où Enid, Eugene et les enfants occupaient une table entière. *Le travail aurait déjà commencé. Je serais couchée sur un lit d'hôpital. Non. Pense à autre chose.* Elle chercha une diversion, une image : Daniel dans le drugstore, qui parlait de ses recherches, la chaleur dans ses yeux, un "possible" évoqué à demi-mot... Ses paroles lui revenaient.

Les gens pensent qu'il s'agit seulement des arbres, ou des poissons. Le temps qu'ils comprennent qu'il s'agit d'eux et de leur vie, c'est trop tard.

"On verra bien qui gagne le gros lot", dit Marsha.

Colleen la fixa sans répondre, puis regarda les trois tickets en papier bleu dans sa main.

15 AOÛT

RICH

Debout sur la route au pied de Damnation, ils écoutaient Don exposer le plan de la journée et présenter les nouveaux.

"Vous connaissez tous Owen..."

Le fils du cousin de Merle, qui venait de Chehalis, dans l'État de Washington. Comme Merle, il avait un cou de taureau et des épaules massives, un torse saillant, des jambes maigres et arquées : une sacrée ressemblance. Les langues allaient bon train. Mais si c'était vraiment son môme, Merle ne l'aurait pas envoyé travailler dans la forêt, à moins qu'il n'en ait rien à foutre.

"Owen va conduire la tractopelle."

Le fils de Sanderson gonfla la poitrine, la pommette tuméfiée après s'être bagarré avec les manifestants la veille.

"Et voici Quentin Feeley, le fils de Tom." D'un coup de menton, Don désigna un jeune Yurok grand et maigre. "Quentin posera les câbles. Rich, tu le brieferas, OK ?"

Rich acquiesça et prépara son matériel. La pluie avait laissé des perles d'eau sur l'étui de la tronçonneuse. Le jeune Feeley chargea sur son épaule le lourd rouleau de corde avec un noyau en acier, sans se plaindre.

"J'ai connu ton père, dit Rich tandis qu'ils gravissaient la pente. C'était un type bien." Le jeune garçon portait un jean tout neuf, à en juger par le pli encore marqué sur les jambes. "Tu as quel âge ?

— Dix-huit ans.

— Ta mère sait que tu es ici ?

— Oui, elle sait.

— Ça ne lui plaît pas ?" demanda Rich, bien qu'il devinât aisément la réponse.

Le garçon haussa les épaules. Tom Feeley ne parlait pas beaucoup non plus. Après ses débuts à la scierie – la meilleure façon de se retrouver sur la paille ou de perdre un doigt –, il n'avait pas tardé à rejoindre les équipes d'extérieur. Un sacré bosseur. Il s'était bougé le cul pour installer les câbles et les colliers étrangleurs, il avait tout fait comme il fallait. Mais les chaînes cassent. Sa femme était enceinte à son enterrement – sans doute de ce petit gars-là.

Rich s'arrêta au pied d'un arbre qui atteignait presque cent mètres de haut. "C'est ta première journée dans la forêt ?"

Le garçon hocha la tête.

"T'as bien choisi ton endroit. Ces grands arbres, ici, c'est grâce à eux qu'on a une bonne paye." Rich contempla les séquoias géants tout autour. "Du bois de cœur, pas de nœuds... Du bois « parfait », comme on dit – le meilleur que Dieu ait créé." Il posa son équipement. Le jeune garçon se soulagea de la corde. Plus tard, il aurait des courbatures à l'épaule. "Viens, je vais t'expliquer."

Ils grimpèrent jusqu'à Damnation Spring. Rich s'accroupit au bord de la vasque, se rinça les mains, puis les mit en coupe et but. "Il est beau, ton jean..." Il s'essuya la bouche, décrocha son vieux couteau à cran d'arrêt de sa ceinture, le déplia, et le tendit au garçon en lui présentant la poignée. "Tu dois couper les jambes. Enlève vingt centimètres.

— Il est tout neuf, protesta le garçon.

— Oui, je vois." Rich se releva. "Bon, écoute-moi. D'abord, on perce une route... Impossible d'amener le matériel ou d'emporter le bois sans route. Ça, c'est le job des bulldozers – des gros Cat D8. Si le bas de ton beau jean se prend dans quelque chose et que tu ne t'écartes pas à temps, tu risques de te faire happer, de passer en dessous et de finir aplati comme une crêpe. Écrabouillé comme un steak haché, si tu préfères. Ou alors... Imaginons que tu trébuches en voulant te mettre à l'abri, et boum : une grume te tombe dessus et t'enfonce sous terre comme un clou dans le sable. J'ai déjà assisté à ça. Tout ce qui peut s'accrocher : les cheveux, les lacets, un pantalon trop lâche..." Rich indiqua le jean du menton. "... et tu es mort."

Le garçon prit le couteau, le soupesa.

“Il est assez aiguisé pour se raser, dit Rich, voyant que le jeune garçon rechignait à l’idée de massacrer son jean neuf. Bon, maintenant… Les bulldozers ouvrent une route” – d’un doigt, il dessina des virages – “… et dégagent un replat en haut, pour le treuil. Lew…” – il jeta un coup d’œil aux environs – “… le gars qui nous a conduits sur le site… C’est lui qui gère le treuil. Le treuil est une grosse machine équipée de deux tambours où passe le câble principal, celui qui hisse les grumes. Un peu comme une canne à pêche, sauf que cette ligne-là fait huit centimètres d’épaisseur et que les poissons pèsent deux ou trois tonnes chacun. Tu me suis ?”

Le garçon acquiesça.

“Ici, on travaille en hauteur. Ça veut dire qu’on utilise un arbre-pylône…, le gros sous lequel on a posé notre matos…, comme le mât d’un bateau. Justement, on l’appelle aussi « arbre-mât ». L’arbre-pylône doit pouvoir supporter beaucoup de poids. Les bûcherons abattent les arbres en cercle autour de lui. Après ça, je grimpe, j’élimine les branches et je l’étête. Ensuite il faut hisser les palans – de grosses poulies – en haut du mât, pendant qu’en bas sont installés les câbles qui permettront de manœuvrer les troncs. On arrime des haubans autour des souches, qui nous servent d’ancres pour soulager l’arbre-mât et éviter qu’il casse.”

Le jeune garçon leva les yeux, comme s’il observait déjà l’opération au-dessus de sa tête.

“Vu que ce sont des arbres anciens, il n’y a pas beaucoup de sous-bois, l’ombre empêche les plantes de pousser. Mais Sanderson envoie quand même un hélico. Les hélicos répandent les désherbants dans des endroits où les camions ne peuvent pas aller. L’Office des forêts asperge son bois d’œuvre une fois, en mars ou en avril. Eux, ils jugent que c’est satisfaisant, mais Sanderson procède à des épandages aériens sur chacun de ses sites. L’herbicide tue aussi les arbustes feuillus – bref, tout ce qui nous gêne. En fait, c’est une hormone de croissance – la végétation est boostée et grandit tellement vite qu’elle meurt.”

Rich marqua une pause, puis reprit :

“Le séquoia est un bois tendre. Si l’arbre tombe mal, il casse. C’est pourquoi le bulldozer repousse les végétaux morts autour de sa base et les dispose en tas tous les trois mètres là où le tronc se couchera, pour créer une sorte de coussin – d’ailleurs, on appelle ça le « lit de chute ». C'est un art, d'abattre un arbre de cette taille. Il ne reste pas beaucoup de gars qui savent encore le faire comme Pete.

— Pete Peterson ? demanda le garçon, pensant au légendaire Pete dont on vantait les exploits tout le long de la côte nord.

— Il est là en bas, avec les jambières de protection et le grand nez crochu. D'abord, Pete cloue des échelons dans le tronc, et puis il grimpe avec son assistant… jusqu'à deux mètres, deux mètres cinquante. Ensemble, ils tronçonnent une entaille, du côté où ils veulent que l'arbre tombe, comme ça…" Rich joignit les mains en dessinant un angle de quarante-cinq degrés pour montrer la forme de l'entaille directionnelle. "Ils retirent le morceau – quand je dis morceau, je te parle d'une tranche de bois qui fait dans les quatre mètres de large – et ils enfoncent des coins. Ensuite, ils passent de l'autre côté. Là, ils coupent… un trait d'abattage bien droit. Et ils se barrent en courant."

Rich éleva légèrement la voix pour être entendu malgré le bruit des bulldozers au-dessous.

"Une fois que l'arbre est tombé, Lyle arrive pour élaguer les branches et détailler des grumes de la longueur d'un camion. Il te tronçonne un sujet de presque cent mètres de long comme si c'était une carotte. Et après, c'est là que tu interviens."

Le jeune garçon se raidit en mobilisant toute son attention.

"Eugene et toi, vous arrimez les câbles et les colliers étrangleurs autour des troncs. Ça veut dire que vous devez creuser ou dégager la terre à la dynamite pour passer en dessous… Fais gaffe, ils peuvent rouler. Vous les « étranglez » littéralement. Vous serrez, vous bloquez, vous vérifiez que tout est verrouillé." Rich referma chacune de ses mains autour du poignet de l'autre bras pour figurer une chaîne résistant à toute épreuve. "Ensuite, vous donnez le signal." Il siffla entre ses dents : trois coups de sifflet courts, un arrêt, deux brefs. "Lew remonte les grumes avec le treuil pour les charger dans le camion ? T'as pigé ?"

Le jeune garçon hocha la tête, malgré un air hésitant.

"Eugene installe des câbles et des collets depuis dix ans, et il a toujours deux bras et deux jambes. Il t'apprendra beaucoup de choses. Il était mécanicien quand je l'ai connu, toujours couché sous les grumiers pour contrôler les freins, mais il a vite découvert l'odeur de l'argent, le vrai. L'argent qui sent la forêt. Regarde-le maintenant."

À l'époque, Rich s'était pris d'amitié pour Eugene – des cheveux roux qui commençaient à se clairsemer, déjà marié et père d'une gamine, assez jeune pour être son fils. Il venait d'un coin paumé de l'Oregon qui vivait uniquement de l'activité forestière. Petit et fort, il avait des bras semblables à ceux d'un singe qui atteignaient presque ses genoux – des bras faits pour installer les câbles –, mais il portait encore sa plaque d'identité militaire pour montrer combien il était endurci. Rich savait que Don n'embaucherait jamais un type pareil. Aussi, pour la première et dernière fois de sa vie, il avait grimpé l'escalier conduisant à l'étage depuis lequel Virgil Sanderson surveillait les scies et les planches de séquoia qui atterrissaient sur le tapis roulant comme de la viande crue. Assis devant un grand livre de comptes, les cheveux jaunis par la nicotine, Virgil était enveloppé d'une sorte de brouillard diffusé par les cigarettes qu'il fumait l'une après l'autre. Rich travaillait pour Virgil Sanderson depuis ses débuts dans le métier, mais il n'avait jamais engagé une conversation avec lui.

Gundersen. C'est ainsi que Virgil l'accueillit, un salut qu'il aurait pu adresser tout aussi bien au père de Rich, à son grand-père, ou à n'importe quel descendant de la lignée Gundersen.

Le lendemain, Eugene entra dans l'équipe des bûcherons. Don n'en parla jamais, mais il se tournait vers Rich chaque fois que son protégé faisait une bêtise : il le tenait pour responsable. C'était un mince prix à payer, au bout du compte. Peu de temps après, la femme d'Eugene amena sa sœur à la soirée feu de joie organisée par la société : la fille discrète qui travaillait au secrétariat. Colleen. Les flammes se reflétaient dans les épais verres de ses lunettes, et brusquement, le train de la vie de Rich s'élança sur des rails dont il n'avait jamais soupçonné l'existence.

"Et Don ? demanda le jeune garçon. Qu'est-ce qu'il fait, lui ?

— Don ? Don, c'est le chef, mais puisqu'on n'est pas une grosse boîte, il est aussi élingueur, ou accrocheur, si tu préfères. Il surveille tout le système de levage, et c'est lui qui te dit quelles grumes il faut amarrer et dans quel ordre. Don est plutôt sympa, mais s'il te surprend tête nue, sans ton casque de protection, tu seras viré sur-le-champ. Il y a deux ou trois choses que tu dois te rappeler :

chaque semaine, le mesureur vient pour évaluer le volume de notre coupe. On est payés, selon l'inclinaison de la pente, à peu près un centime le pied-planche. Des arbres géants comme ceux-ci rapportent cinq ou six mille dollars, moins les bris de troncs. Plus on abat, plus on gagne de pognon. L'argent ne tombe pas pareil dans toutes les poches, ça dépend de ton boulot, n'empêche que si tu ne maintiens pas l'allure, tu nous fais perdre du fric à tous. Pigé ? Notre métier est un bon gagne-pain, mais n'oublie pas : ces arbres géants peuvent te tuer. Tes soucis, quels qu'ils soient, tu les abandonnes dans le bus qui nous amène sur le site. Sois attentif. Si tu laisses ton esprit vagabonder, ça risque de te coûter la vie, la tienne ou celle de quelqu'un d'autre."

Le jeune garçon baissa les yeux. Même s'il était le fils d'un bûcheron tué dans un accident du travail, il fallait le mettre en garde.

"Mon père aussi est mort dans la forêt, lui confia Rich. Et mon grand-père avant lui. Tu as beau être hyper prudent, un séquoia est un monstre, tu dois l'admettre. Ne regarde pas par terre. Lève les yeux. Un câble relâché, une branche faiseuse de veuves qui tombe du ciel – même une petite de dix centimètres de diamètre peut te rompre le cou si elle chute de cent mètres de haut. Observe le vent." Rich se tapota l'oreille. "Écoute.

— Et eux, à quoi ils servent ? demanda le garçon, en indiquant du menton les rubans orange fourrés dans la poche de Rich – qui les avait oubliés.

— On ne doit pas toucher à la végétation en bordure du ruisseau. Il faut laisser quinze mètres de chaque côté.

— Pourquoi ?

— Bonne question. Ils appellent ça une bande riparienne."

C'est quoi cette connerie de gens qui se la pètent ? avait grommelé Eugene la première fois qu'ils avaient entendu la formule. *Si on veut dire ruisseau, y a qu'à dire ruisseau.*

"C'est comme une zone tampon. Quand j'avais ton âge, on comblait les cours d'eau qui nous gênaient, mais maintenant il y a des règles. Ça complique un peu les choses. Sanderson a eu un mal fou à faire accepter son plan de récolte.

— Pourquoi ? répéta le jeune garçon, soudain plus intéressé.

— Damnation Creek abrite des frayères. Où les saumons se reproduisent. La vase obstrue le ruisseau, l'eau se brouille, ralentit et se réchauffe au soleil. Le saumon coho aime l'eau froide. Oh, j'en sais rien…" Rich soupira. "Je fais juste ce qu'on me demande, euh…

— Quentin, compléta le garçon, voyant que Rich avait oublié son prénom.

— Tu as d'autres questions, Quentin ?" Rich lui tendit une poignée de rubans.

"J'ai pas de mètre…

— Mesure en comptant tes pas."

Rich traversa le ruisseau et attacha un ruban à un rhododendron, puis descendit vingt mètres plus bas et en noua un deuxième. Sa gorge lui faisait mal à force de parler. Il arriva le premier à la route.

"Coupe ton jean quand tu auras fini, lança-t-il, et ensuite va rejoindre Eugene."

Rich endossa son équipement d'escalade, passa la corde à noyau d'acier autour de la base de l'arbre-mât, planta ses crampons dans l'écorce et, la corde en tension, commença à s'élever le long du tronc. La montée devint plus facile à mesure que le diamètre de l'arbre rétrécissait – cinq mètres au début –, mais bon sang, sa respiration ne suivait pas. Son cœur s'emballait. Autrefois, il se tapait une ascension de cent mètres, élaguait les branches et taillait la cime en moins d'une heure, mais depuis quelque temps, il s'estimait chanceux s'il en mettait deux. En appui sur ses crampons, il se laissa aller en arrière contre la corde pour se reposer les bras, et leva les yeux afin d'estimer son altitude. *Leçon numéro un*, avait dit Lark : *regarde en haut.*

Et aussi : *Qu'est-ce qui est pire qu'un mec con comme ses pieds et effrayé ?*

Un mec con comme ses pieds.

En bas, le jeune garçon assis sur un rocher sciait son jean avec le couteau.

La condensation dégoulinait le long du tronc, et les vêtements de Rich étaient déjà mouillés là où ils avaient touché l'écorce. Impossible de rester sec dans ce métier. Autrefois encore, les gars se désapaient dans la scierie les jours de paye, tous à poil pour se changer après le boulot, puis ils allaient s'éclater au bordel derrière la Beehive, mais cette époque était révolue. La Seule et Unique Taverne était réellement devenue l'Unique, depuis la fermeture du Coupe-Gorge et du Saumon Arc-en-Ciel. Vu la vitesse à laquelle les forêts de bois d'œuvre devenaient des parcs nationaux, même les putes avaient fait leurs valises. Il fallait sans doute passer la frontière de l'Oregon maintenant, si on voulait attraper de bons vieux morpions.

La légère Husqvarna pendait au bout de son filin et tirait un peu sur sa ceinture. Il était impatient de faire sa première coupe : un couteau chauffé sectionnant une motte de beurre. Il remonta la corde pour continuer à grimper. Au même instant, comme s'il avait actionné une sonnette, la sirène de l'appel à déjeuner se déclencha, un son tellement strident que Colleen l'entendit trois vallons plus loin. Presque dix ans, déjà, s'étaient écoulés depuis que Virgil avait cassé sa pipe et que Merle avait vendu la société aux abrutis de la ville qui leur imposaient depuis une sirène électrique, mais Rich regrettait encore les anciens sifflets à vapeur montés sur les camions. Il leva les yeux vers la cime du grand arbre : les aisselles des branches envahies de fougères, de pulmonaires à longues feuilles, de lichen orange.

C'est une forêt différente là-haut, disait Lark.

La sirène retentit à nouveau. Dix heures et demie, pile, Don ne dérogeait jamais à la règle. Maître d'école, voilà ce qu'il aurait dû être. Rich soupira ; il commençait juste à prendre ses repères, mais ce n'était pas le moment de provoquer les foudres de Don – une mèche courte au bout d'un long bâton de dynamite. La journée avait mal débuté. D'abord, les chevelus qui barraient la route, puis l'autorisation de récolter qui avait failli ne pas être accordée… Encore la pression de ces connards d'écolos sur la direction de l'Office des forêts. Merle avait graissé des pattes et réussi à obtenir le feu vert, mais Don considérait l'affaire comme une attaque personnelle.

Rich tourna son regard vers la parcelle 24-7. Sans Sanderson pour percer des routes et dégager le bas du versant, il ne pourrait pas y accéder. L'envie de mettre fin à ce suspense le démangeait, mais Don le sentirait venir gros comme une maison s'il commençait à poser des questions. Il n'en avait toujours pas parlé à Colleen.

Rich descendit, se débarrassa de sa ceinture et de ses crampons. Le bruit des tronçonneuses, même arrêtées, bourdonnait à ses oreilles. Son audition n'était plus comme avant. Sanderson avait distribué des bouchons d'oreilles cette année au pique-nique de la société. Des bouchons, alors que seules vos satanées oreilles vous évitaient de mourir assommé par une branche tombée du ciel ou écrasé sous une grume qui dévalait la pente. Avant, ils recevaient des casquettes de sport, des tabliers pour les épouses… C'était Arlette qui les choisissait. Quand elle donnait à chacun son petit cadeau pourri, elle recueillait des mercis parce qu'ils voulaient tous que Merle les ait à la bonne. Cette fois, ils n'avaient eu droit qu'à des bouchons d'oreilles à peine plus gros que des cachets d'aspirine et Arlette ne s'était même pas montrée. Rich les avait essayés en fendant du bois derrière chez lui – il demandait sans cesse à Colleen de répéter et se disait qu'il sauverait au moins ce qui restait de ses tympans –, mais c'était franchement casse-couilles plutôt qu'autre chose. Il en avait enfoncé un si loin qu'il s'était représenté son cerveau comme une bouteille fermée par un bouchon de liège. Une chance qu'il soit parvenu à l'enlever.

Il salivait déjà à l'idée du quatre-quarts au citron qui l'attendait. Lorsqu'il atteignit le bus, Eugene avait entrepris de séduire le fils Sanderson.

“Regarde-moi ce jeune crétin, ricana Pete. C'est vraiment pas une lumière.”

Rich n'était pas certain de savoir ce qui dérangeait le plus Pete : le fait que le garçon ait sauté directement au poste “conducteur de bulldozers” sans passer d'abord par la case “installation des colliers étrangleurs”, ou qu'il soit du même sang que Merle. Rich n'avait pas appris à lire avant la classe de cinquième, tandis que Pete multipliait déjà mentalement des nombres à trois chiffres, mais à la fin de la journée, ils étaient tous deux des fils de bûcherons. Un diplôme de fin d'études secondaires ne valait pas tripette dans la forêt. Ils avaient commencé à poser des câbles ensemble à quinze ans, arrimant des filins d'acier gros comme leurs avant-bras autour de troncs énormes. Klamath était le royaume du bois d'œuvre et Merle, son prince, avait poursuivi ses études dans une école privée.

Eugene asséna une claque dans le dos du jeune Sanderson qui grimaça un sourire. Il avait une façon bien particulière de mettre quelqu'un en avant, en lui donnant le sentiment qu'il était important.

"Tu veux sucer la bite de Merle ? dit Pete, les yeux fixés sur Eugene. Attends ton tour, la place est déjà prise."

On ne pouvait pas reprocher à Eugene de vouloir protéger ses arrières. Six gosses à la maison. Au moins, il ne mordait pas la main qui le nourrissait. Pas comme d'autres, débauchés par le premier exploitant indépendant qui leur promettait la lune.

Pete ouvrit sa boîte de poudre de tabac humide, préleva une pincée qu'il glissa derrière sa lèvre supérieure, et rangea la boîte dans la poche arrière de son jean, où elle avait imprimé un cercle blanc à force d'user le tissu. Le meilleur abatteur jamais employé par Sanderson ; Pete pouvait faire tomber un arbre de cent mètres sans lui infliger la moindre égratignure. Mais même après avoir couché son géant sur un lit de chute comme un stylo dans un écrin – avec une maîtrise et un degré de perfection que peu d'hommes dans l'Histoire avaient atteints –, il paraissait mécontent. Pas de femme, pas d'enfants, l'habitude de regarder derrière vous pendant qu'il parlait, tellement radin qu'il avait attaché la portière de son pick-up avec du fil de fer au lieu de casquer pour remplacer les charnières rouillées, alors qu'il réparait des radios, des grille-pains, désossait un réveil arrêté et relançait le mécanisme en moins de temps qu'il n'en fallait pour boire une tasse de café. Rich le connaissait depuis toujours et jetait parfois un coup d'œil par-dessus sa propre épaule pour voir ce que Pete guettait.

Pete cracha un jus tiède en direction du jeune Sanderson et s'essuya la bouche du revers de la main. "Je me demande bien quelle pute a chié cette petite merde."

On imaginait mal Arlette accepter la situation, si le gamin était vraiment de Merle – mais elle n'était pas venue au pique-nique de la boîte, la première fois depuis des temps immémoriaux, comme si elle voulait se tenir à distance. Difficile aussi de penser que Merle ne fermait pas l'œil de la nuit avant de virer le lendemain une vingtaine de gars avec vingt ans d'expérience. On ne traversait pas le genre de bordel qu'il avait dû gérer si on se laissait ronger par la culpabilité. Depuis, il venait seul au déjeuner de poisson frit le dimanche, son pantalon remonté jusqu'à la taille, et asségnait des taloches amicales dans les dos.

Le fils de Tom Feeley apparut, les jambes de son pantalon grossièrement raccourcies, et rendit le couteau à Rich.

“Hé, Rich !” lança Don depuis la trouée un peu plus haut où trois séquoias étaient tombés comme des dominos, déracinés par une récente tempête.

Rich se détourna du bus où l’attendait son déjeuner et soupira. Lorsqu’il rejoignit Don, celui-ci contemplait un cratère assez grand pour y enterrer un camion, le trou dans lequel Rich avait laissé descendre Chub.

“Le jeune Feeley est tellement vert de trouille que je pourrais le planter”, dit Rich.

Don ne releva pas la tête, le regard figé. Des rochers de la taille d’une télévision étaient pris dans le mur de racines. Un arbre réduit à l’état de cure-dents géants après sa chute. Voilà ce qui arrivait quand du bois d’œuvre mort restait trop longtemps en place : un gâchis. Au fond du trou, un crâne humain apparaissait à fleur de terre.

“Qu’est-ce que t’en penses ?” demanda Don, ses bras courts repliés contre son torse.

Rich entendait les neurones de Don s’agiter. Don avait un sale caractère, mais il était prêt à travailler aussi dur en acceptant un salaire divisé par deux pour garder tous ses gars. Ce qui expliquait pourquoi, à l’occasion d’une réduction d’effectifs, Merle l’avait gardé, lui, et saqué Bill Henderson, l’autre chef d’équipe.

J’aurais aimé être une mouche pour voir ce merdier, avait dit Eugene.

Ils avaient tous entendu Bill dans le bureau de Merle pendant qu’ils attendaient leurs chèques. Bill était un type antipathique, cupide, intraitable avec ses hommes. Il était sorti furieux, en traitant Merle d’enfoiré. Rich imaginait Merle, appuyé au dossier de son fauteuil, les bras croisés sur sa bedaine de femme enceinte, sachant qu’il tenait Don par les couilles.

Écoute, Porter. Soit tu diriges les deux équipes, soit je lourde tes gars et tu bosses sous les ordres de Bill. À toi de choisir.

Don, si rouge de colère qu’il risquait de péter un vaisseau.

Bon sang, Merle. C’est pas un choix, ça !

Debout au bord du trou, Don se racla la gorge. Il était le seul à avoir continué ses études dans l’entourage de Rich, en dehors de Merle. Pour devenir enseignant, au départ. Il avait ensuite fait un détour par la marine et était rentré au bercail en 1946 à la fin des grandes grèves. Animé d'une formidable ambition, il était passé de poseur de câbles à chef d'équipe en moins de cinq ans. Même ceux qu'il se mettait à dos le respectaient.

Don descendit dans le cratère. Strict et rigoureux avec ses hommes, il traquait le moindre pied-planche comme si le bois lui appartenait. En vingt-cinq ans, il n'avait perdu qu'un seul gars, lorsqu'une grume échappant au câble avait explosé la tête de Tom Feeley comme une citrouille trop mûre. Depuis, il exigeait que l'on vérifie trois fois chaque collier étrangleur. Toutes les femmes voulaient que leurs maris restent dans son équipe. Don Porter ne lésinait pas sur la sécurité et était foncièrement intègre.

Don fixa le crâne à ses pieds. Rich passa sa langue sur la molaire qui lui faisait mal, aspira, et sentit une odeur de chair en décomposition. Une brise glacée se glissa entre les arbres.

"Merde." Don se pencha, inséra deux doigts dans les orbites du crâne et le souleva comme une minuscule boule de billard. N'importe qui aurait vu que c'était la tête d'un enfant.

CHUB

Chub appliqua son nez contre la porte de la cuisine ; sa respiration se changea en buée sur la vitre. Du bout des doigts, il dégagea un petit œilleton et aperçut la truffe de Scout à l'entrée de sa niche. Il attrapa la poignée : une décharge électrique.

"Chub ?" demanda sa mère.

Elle était assise sur le canapé, tenant son ouvrage de couture sous l'abat-jour vert. L'ampoule de la lampe jetait des reflets chatoyants sur le pied de bronze en forme de lapin, éclairant aussi le grand tableau au-dessus de sa tête qui représentait une scie de long avec un élan dans un pré, un lac, une grange rouge. Abandonnés sur le tapis à ses pieds, les crampons d'élagueur qu'elle l'avait aidé à découper dans un paquet de céréales.

Il cala la boîte de café en métal sous son aisselle. Son nouveau ciré jaune était accroché à côté de la porte d'entrée de la maison. Il détestait son odeur de caoutchouc neuf. Il agrippa la poignée, posa la boîte de café par terre et ouvrit la porte à deux mains. Le battant s'ouvrit juste assez pour grincer. Un pied dehors, un pied dedans, il sentait la fumée de bois d'un côté, et de l'autre, le pain grillé du petit-déjeuner. Il avait un bon odorat. *Un vrai chien de chasse*, disait oncle Lark en se tamponnant le nez avec son doigt, auquel il manquait la première phalange. Chaque fois que son père lâchait un gros mot, il devait mettre une pièce dans le bocal avec les *nickels** en bois qu'oncle Lark sculptait.

"Chub ?" lança à nouveau sa mère.

Si elle l'obligeait à revenir pour enfiler le ciré, il serait coincé.

* Pièce de cinq cents.

"Ne t'éloigne pas trop, d'accord ? Reste là où tu peux voir la maison."

L'enfant sortit dans la bruine qui tombait dehors. Scout dressa la tête. Chub découvrit aussitôt deux vers de terre et les jeta dans la boîte, tout content d'entendre le léger bruit de leurs corps mous à l'atterrissage. Il arracha une poignée d'herbe qu'il déchiqueta et laissa tomber sur les lombrics.

Il porta les jumelles à ses yeux et les braqua sur les hautes branches des arbres, à la recherche d'un écureuil volant qui descendrait en vol plané, membres antérieurs et postérieurs écartés, se servant de sa queue comme d'un gouvernail. Il lui mettrait une laisse pour aller voir l'écureuil d'oncle Lark, qui s'était cassé une patte quand il était bébé et qu'oncle Lark avait ramené chez lui. Il avait déjà aménagé le tiroir du bas de sa commode pour lui installer un lit, avec un repas de cacahuètes piquées dans le placard de la cuisine. Un écureuil volant, c'était mieux qu'un chaton.

Une brise agita les herbes au fond du jardin. Plus loin, la colline était un fouillis de ronces, de feuilles et d'orties, jusqu'en haut, où la forêt commençait. *Reste là où tu peux voir la maison*, avait dit sa mère. Mais les écureuils volants vivaient dans les grands arbres.

Il contempla sa main en la crispant légèrement pour faire ressortir les ruisseaux dessinés sur sa paume. Scout posa sa truffe sur ses pattes, mais dès que Chub voulut partir vers le sentier, il leva la tête et dressa une oreille, la noire, qui était plus haute que la grise. Chub entendit le cliquetis métallique de sa chaîne, l'aboiement que le chien ne retiendrait pas longtemps dans sa gorge.

"Chuut." Le petit garçon étendit le bras, comme son père lorsqu'il voulait arrêter Scout dans son élan.

Il revint sur ses pas et débarrassa Scout de sa chaîne. Le chien fila, le nez au sol, leva si haut la patte qu'il faillit basculer sur le flanc, gratta la terre et y enfonça sa truffe, flairant les taupes.

Chub ouvrit et ferma la main. Il sentait le doigt de son père traçant la carte.

La source de Damnation Creek est si claire, on dirait un rayon de lumière.

Scout découvrit une piste et détala sur le sentier. Chub hésita – *J'y vais, j'y vais pas, j'y vais, j'y vais pas, j'y vais* – et se précipita en courant derrière le chien. Les bretelles de sa salopette lui tiraillaient les épaules, tandis que la voix de sa mère résonnait à ses oreilles : *Ne.* Tiraillement. *T'éloigne pas.* Tiraillement. *Trop.* La bruine mouillait ses joues. Au sommet de Bald Hill, il se retourna et observa dans ses jumelles le chemin qu'il avait parcouru : l'océan se trouvait au pied de la falaise là-bas, de l'autre côté de la route, mais il ne le voyait pas. Des vagues de brouillard s'écartaient autour de la maison. La fenêtre de la cuisine disparaissait jusqu'à mi-hauteur derrière les géraniums, avec leurs feuilles douces comme le velours entre les narines d'un cheval. L'herbe haute se balançait, de la droite vers la gauche, de la gauche vers la droite, à la lisière du jardin désert.

COLLEEN

Colleen caressa les fleurs en satin rose qu'elle avait cousues sur l'encolure de la tunique de baptême. La sirène annonçant dix heures et demie retentit au loin. Elle avait entendu Chub ouvrir le tiroir de sa commode avant de sortir et s'était promis de l'inspecter. Depuis qu'elle avait délogé un des chatons d'Enid niché dans les chaussettes de son fils quelques semaines plus tôt, Rich n'éternuait plus.

Mais Wyatt me l'a donné, avait gémi Chub en se jetant à plat ventre sur le lit, le visage enfoui dans l'oreiller.

Elle posa sa couture, se leva et entra dans la chambre de Chub. Brownie – le vieux cheval en peluche dont le poil se raréfiait autour des oreilles – était posé sur la commode. Elle aurait aimé le donner à Enid pour les filles, mais la frimousse de Chub se renfrognait encore lorsqu'elle lui en parlait. Dans le tiroir du bas : des brindilles, une poignée de cacahuètes.

Elle jeta les cacahuètes dans la poubelle de la cuisine et entrouvrit la porte.

"Chub !"

Après avoir glissé une tranche de pain dans le toaster, elle appela à nouveau. "Chu-ub !"

Elle sortit la confiture. Ses mots croisés inachevés étaient toujours sur la table. *Désirer*, sept lettres. La tranche de pain sauta dans le toaster. Elle l'attrapa, et la beurra.

"Chub !" Elle fit quelques pas devant la porte. "Viens manger !" Le brouillard dérivait entre les arbres, les rhododendrons luisaient sous un mince film d'humidité. "Chub ! C'est l'heure d'aller chercher les œufs !"

Elle balaya du regard les contours du jardin envahis par la végétation. Chub se cachait, sûrement. C'était Rich qui avait initié ce jeu, il plaquait une main contre son cœur lorsque l'enfant bondissait. La boîte de café gisait sur l'herbe. Chub exultait quand son père soulevait le couvercle.

Rich saisissait un ver de terre. *Tiens tiens… Voilà un spécimen tout à fait remarquable !* disait-il. Pêchant à la mouche, il n'utilisait pas de vers, mais il savait quelle fierté l'on retire d'un travail félicité. En entendant ce compliment, Chub rayonnait d'une joie pure, comme lorsque Rich lui donnait un bain dans le lavabo quand il était bébé ; il adorait l'eau, gigotait et frétillait à la manière d'un chevaine* pris dans un filet. Rich avait commencé à lui donner ce surnom, qui était resté depuis.

Scout n'était plus attaché à la chaîne.

"Scout ?"

Le chien avait encore des croûtes datant de sa dernière rencontre avec un porc-épic. Le vent de l'océan s'insinuait dans les terres. Elle scruta la colline et réprima un frisson.

"Chub ?" La tristesse qu'elle avait combattue toute la matinée disparut soudain.

"Scout s'est enfui !" cria Chub en surgissant entre les buissons, les joues rouges.

Colleen soupira. "Il est allé rejoindre ton père." Chaque fois que le chien s'échappait, il revenait avec Rich. "Va te laver les mains, jeune homme."

Assis à la table de la cuisine, Chub lécha la confiture sur sa tartine. Elle sortit la crème contre les verrues du tiroir. Encore quelques semaines et il irait à l'école ; elle le perdrait. La boîte repas qu'elle avait achetée reposait sur l'étagère dans le placard à manteaux. Elle l'avait contemplée tout l'été, chaque fois qu'elle rangeait un ciré ou une paire de cuissardes.

"Donne ta main."

Il grimaça, mais obéit.

Enid se plaignait… *Il est trop bien élevé !* Tandis que Colleen appliquait la crème sur la verrue située à la base du pouce, son esprit s'attarda dans le rayon du drugstore. Puis elle revissa le

* En anglais : *chub*.

bouchon du tube, enfermant aussi sa rêverie, et glissa les mots croisés sous le saladier en bois. Elle les reprendrait plus tard.

Ils gravirent la pente derrière la maison et bifurquèrent vers le nord en remontant la ravine de Garlic Creek. Avec un peu de chance, ils trouveraient Scout affalé sur le perron à leur retour.

"Et s'il s'était perdu ? demanda Chub, qui semblait avoir lu dans ses pensées.

— Mais non, bien sûr que non."

Chub courut devant. Bientôt il partirait sans elle, comme Rich tous les matins. Il rentrerait à la maison fatigué et préoccupé par un monde auquel elle n'avait pas accès.

Les gosses et les petits chiots, disait Enid, *c'est plus facile quand on en a deux.*

Enid tombait enceinte comme d'autres femmes attrapent un rhume. En réalité, "tomber" enceinte n'était pas si difficile, même pour Colleen, à condition que Rich veuille bien essayer. Le problème, c'était de "rester" enceinte. Elle se houspilla en secouant la tête. *Pense à autre chose.*

"Comment s'appelle ce ruisseau ? demanda-t-elle.

— Garlic* Creek.

— Tu es sûr ?" Ils étaient passés ici une centaine de fois.

"L'ail, c'est bon avec du sel et du pain, récita Chub. Il serpente et se tortille, toujours en direction du nord. Bifurque vers l'est quand tu arrives à la ferme, et de l'autre côté de Deer Rib, même si ça te paraît très loin, tu verras Fort Eugene où habite tante Enid.

— Il n'y a pas de chemin plus facile pour aller à Fort Eugene ?"

Chub examina sa paume. "Tu peux juste suivre Little Lost Creek.

— Jusqu'au bout ?"

L'enfant acquiesça. "Mais c'est plus long."

Ils arrivèrent à l'orée de la clairière. Bien qu'Enid et Colleen l'aient vendue huit ans auparavant, la vue de la maison avait encore quelque chose de rassurant. Leurs arrière-grands-parents avaient défriché cette terre, au pied de Deer Rib Ridge. Leurs grands-parents l'avaient cultivée. Pour leur mère, acheter des conserves

* Ail.

au magasin avait été le signe d'une ascension sociale. Elle ne mangeait presque plus rien à la fin, mais réussissait quand même à avaler des morceaux de poire si Colleen les lui présentait baignant dans le sirop de la boîte.

Chub se précipita vers les volailles. Les poules s'éparpillèrent avec des gloussements affolés, les canards s'enfuirent les uns derrière les autres, comme défilant à grand renfort de klaxons.

"Chub !

— Laisse-le, lança Joanna sur le seuil. Ils ont besoin de faire de l'exercice.

— Lui aussi", répondit Colleen.

Le sweat de Joanna lui descendait jusqu'aux genoux. Il appartenait sans doute à Jed, quoique celui-ci ne soit guère plus grand qu'elle. On le taquinait autrefois parce qu'il devait s'asseoir sur une bible quand il conduisait les camions de Sanderson. Merle l'avait renvoyé, ou il avait démissionné. Par la suite, les gens avaient cessé d'acheter les œufs de Joanna. Cela remontait à des années, peu après que le gouvernement s'était approprié les terres forestières au profit des parcs nationaux, quand l'hémorragie de l'emploi avait commencé au pays du séquoia et que personne ne voulait se mettre mal avec Merle. Jed avait trouvé un travail dans l'Oregon. Il s'absentait cinq semaines sur six, mais il s'en était mieux tiré que d'autres. Sanderson avait fini par virer tous les chauffeurs de camions.

Le parc naturel nous tuera, prédisait la mère de Colleen. Elle n'avait pas vécu suffisamment longtemps pour voir sa prophétie se réaliser. Le cancer présentait au moins cet avantage.

Le bas de la longue jupe de Joanna était souillé de boue, elle avait remonté ses manches au-dessus des coudes. Une odeur de diesel et de chlore flottait dans l'air.

"Un hélico a balancé de l'herbicide toute la matinée", dit Joanna en pointant le menton vers Deer Rib Ridge. Elle ressemblait à un chérubin, avec ses gros yeux et ses joues rondes, mais c'était une dure à cuire. L'hiver précédent, quand ses filles et elle avaient attrapé une méchante trachéite, Colleen avait proposé de les conduire au dispensaire de Sanderson si elles descendaient la ravine à pied, de la boue jusqu'aux chevilles tout au long de Deer Rib Road. Jed était parti sur un site.

Tu peux toujours y aller, avait dit Colleen – sous-entendu : *même si Jed ne bosse plus pour Sanderson.* Gratuit pour les employés, leurs épouses et leurs enfants, le dispensaire offrait une consultation à cinq dollars si un membre de votre famille avait travaillé autrefois pour la société. *D'une main ils te blessent, de l'autre ils te collent un sparadrap*, avait répondu Joanna avec mépris en tendant sa monnaie à Colleen.

Colleen pinça son oreille douloureuse. “On ne t'a pas réveillée, j'espère.

— Pour ça, il faudrait que vous veniez beaucoup plus tôt… Cette petite est moitié bébé moitié coq. Combien ?

— Juste une douzaine.”

Joanna prit la boîte à œufs que Colleen avait sortie de son sac. Le plus souvent, elle envoyait l'aînée de ses filles faire la collecte dans le poulailler : Judith, âgée de sept ans, qui suivait l'école à la maison.

Chub avait réussi à coincer les canards contre la grange, près de l'endroit où broutait Bossy – la dernière vache de la mère de Colleen.

“Chub, ne t'approche pas si près.

— Il ne craint rien. Cette bête aurait dû naître chien.”

Joanna traîna ses pieds chaussés de lourdes bottes dans l'enclos jonché d'excréments. C'était elle, pas Jed, qui avait négocié le prix de la maison lors de la vente. Enceinte de Judith, grosse comme une baleine, elle avait remorqué Rich et Eugene à l'intérieur en leur montrant tous les espaces entre les rondins dans lesquels aurait pu passer un clou.

Joanna se pencha pour entrer dans le poulailler. Même à distance, l'odeur était si forte que des larmes montèrent aux yeux de Colleen.

“Voilà, le compte y est.” Lorsqu'elle sortit, Joanna se redressa en pressant une main contre ses reins. Colleen décrypta aussitôt le geste : un autre bébé, déjà, alors que le dernier portait encore des couches. Elle éprouva un pincement de jalousie. Joanna regarda du côté des champs plantés d'ail et fronça le nez. “Quelle odeur, quand même…

— Ça éloigne les vampires, dit Colleen, reprenant une réplique de sa mère, quoiqu'elle ne sentît rien d'autre que les poules.

— L'herbicide, je veux dire. Ils pourraient aussi bien nous asperger, nous, vu d'où vient le vent."

La brise apportait le bruissement des hautes herbes qui avaient repoussé après les coupes claires. Colleen fouilla des yeux le versant dénudé de Deer Rib. Quand son père s'était noyé, elle avait couru à la cabane qu'il était en train de lui construire dans un arbre, pour le chercher. Il n'en restait plus rien aujourd'hui, pas même la souche. Courant toujours derrière les canards, Chub les chassa vers Colleen et Joanna.

"Chub !" Colleen se figea tandis que les canards se pressaient autour de ses jambes, puis grimpaient la rampe adaptée à leurs pattes palmées.

Joanna posa la boîte contenant les œufs sur une vieille souche. "Attendez… Je veux vous montrer quelque chose dans la grange, dit-elle, avant de s'éclipser à l'intérieur de la maison.

— Tu as fait peur à ces pauvres canards ? demanda Colleen à son fils.

— Non." Chub regardait fixement le bout de ses pieds.

"Moi, je crois que si. Ils se cachent maintenant, avec la tête sous leur oreiller."

Joanna réapparut. La petite Camber, âgée de dix-huit mois, avançait à pas hésitants en s'accrochant à l'index de sa mère. Elle s'immobilisa pour adresser son plus beau sourire à Colleen. Joanna se trouvait seule à la maison lorsque le travail avait commencé, en pleine nuit – par chance, Colleen était venue chercher des œufs tôt le matin, la trouvant accroupie dans la cuisine. Le cordon avait été facile à couper et le placenta expulsé normalement, peu de temps après. Aujourd'hui, fière et rayonnante, debout sur ses jambes potelées, Camber découvrait la vie sans la moindre conscience de l'épreuve que sa mère avait traversée.

Joanna souleva la petite dans ses bras et la cala sur sa hanche. Leah et Judith dévalèrent en courant les marches de la galerie, à croire qu'elles n'avaient pas eu le droit de sortir depuis des jours. Chub prit la main de Colleen et ils suivirent Joanna qui les entraînait vers la grange.

"Qu'est-ce que c'est ? souffla-t-il, les doigts frémissant d'excitation.

— Je ne sais pas." Colleen serra sa main, trois fois. *Je. T'aime. Fort.*

Joanna ouvrit la grande porte de la grange.

"Prêts ?"

Colleen aussi était curieuse de découvrir la surprise. L'odeur du foin lui picota la gorge à l'intérieur de la grange, seulement éclairée par la lumière de la couveuse. Leah écrasa son nez sur le verre. Chub se mit à genoux pour contempler les poussins et les canetons, baignant dans la chaude lueur d'une lampe reliée à une batterie de voiture.

Joanna confia Camber à Colleen. La petite se tortilla, puis laissa aller sa tête contre le sein de Colleen – c'était une sensation qui venait si naturellement. Joanna fit glisser le couvercle vitré de la couveuse.

"Doucement…", dit-elle aux enfants.

Chub se mordit la lèvre, comme s'il s'apprêtait à plonger dans une eau glacée. Il effleura un poussin, recula aussitôt sa main.

Joanna attrapa un caneton. "Garde-le près de ton corps, pour qu'il n'ait pas froid.

— Il est tout doux", murmura Chub en approchant le caneton de sa poitrine. Colleen songea une fois de plus qu'il aurait été un bon frère. Loyal et protecteur, comme Rich. Un cœur pur.

Le bébé cherchait le téton de Colleen qui, faute de mieux, lui offrit son doigt. Lorsqu'il dut se séparer du caneton, Chub le déposa délicatement dans la couveuse.

"Et celui-là, qu'est-ce qu'il a ?" demanda-t-il.

Colleen regarda le caneton qu'il montrait : malingre, avec un bec tordu et une aile déformée.

"Oh, lui, il est différent, dit Joanna. Attention à tes doigts." Elle remit le couvercle en place.

"Pourquoi il est différent ?

— Ben, ils arrivent comme ça, c'est tout. On les aime encore plus.

— Il va mourir, déclara Judith. Ceux-là meurent toujours."

Joanna tendit les bras pour récupérer Camber. "Donne-la-moi. Elle est lourde, j'en sais quelque chose…"

Elles retournèrent vers la maison. La chaleur s'évaporait à l'endroit où la tête de Camber avait reposé contre le cœur de Colleen.

“Elle est grosse, cette vache, dit Chub.
— On va bientôt avoir un bébé Bossy qui gambadera partout”, expliqua Joanna.
Joanna remit la boîte d’œufs à Chub, accepta le billet de Colleen sans dire merci ni manifester aucune gêne. Chub ouvrit la boîte.
“Ce serait chouette, hein ? dit Joanna, une main sur son ventre, en regardant Chub caresser les œufs comme pour les faire éclore. S’il suffisait de les désirer pour qu’ils naissent ?”

Au retour, Colleen garda une main sur la boîte d’œufs dans le sac qu’elle portait en bandoulière. Lorsqu’ils atteignirent le rocher plat où Garlic Creek obliquait vers le sud, ils se reposèrent. Chub, la tête sur les genoux de sa mère, regardait dans ses jumelles.
“Qu’est-ce que tu vois ?” demanda-t-elle. Il baissa les jumelles et les posa sur sa poitrine. “Pourquoi tu aimes tant tes jumelles, mon petit sucre d’orge ?”
L’enfant haussa timidement les épaules, sans répondre.
“Qu’est-ce qu’on va faire avec ces œufs ? Un gratin de brocolis ?”
Chub gémit.
“Un gâteau aux choux de Bruxelles ?”
Il retroussa le nez. Elle écarta la frange qui lui barrait le front.
“Où as-tu trouvé ces magnifiques yeux verts ?
— Chez le marchand d’yeux verts.”
Il y eut un puissant battement d’ailes. Colleen se retourna. Plus haut sur le versant, une fine branche d’aulne s’agitait, délestée du poids de l’oiseau qui avait pris son envol. Chub voulut se lever, elle le chatouilla.
“Arrête ! piailla-t-il en lui saisissant les mains.
— C’est par où le chemin ?”
Il examina sa paume, puis indiqua la direction du doigt.
“Pourquoi tu ne sais pas lire ta carte, toi ?
— Mon papa ne m’a jamais appris”, répondit Colleen, prenant soudain conscience que c’était la vérité.

Rich cassait du bois derrière la maison. Scout accourut et se coucha pour qu'ils lui frottent le ventre.

"Il t'a rejoint", constata-t-elle, sans plus avoir à poser la question.

Rich leva sa hache, les morceaux de bois fendus tombèrent dans la sciure comme le reste du stère déjà éparpillé autour du billot.

"Lew a failli l'écraser", dit-il, essoufflé, le visage luisant de sueur.

Si vous cherchiez "prudent" dans le dictionnaire, vous trouveriez Rich avec sa moustache en guidon, la tête légèrement inclinée pour écouter de l'oreille gauche. Pourtant, chaque jour, elle avait le ventre noué quand il partait le matin et se détendait seulement en entendant le retour du pick-up l'après-midi. Elle posa sa main sur la tête de Chub.

"Tu es rentré tôt."

Les yeux de Rich se fixèrent sur sa main.

"Tout va bien ? demanda-t-elle.

— Tout va très bien." Il leva à nouveau sa hache et l'abattit sur une bûche qui se fendit en deux dans un grand craquement.

30 AOÛT

RICH

Perché en haut de l'arbre-mât, Rich laissa aller son dos en arrière contre le baudrier et se frotta la poitrine à l'endroit qui le faisait souffrir depuis deux semaines ; depuis que Merle avait retiré ses hommes de Damnation Grove et les avait envoyés récolter la fin de Deer Rib Ridge.

Pourquoi tu ne me l'as pas dit ? avait demandé Colleen en apprenant par le journal la découverte du crâne.

C'est un coup monté des chevelus, on y retournera dans une semaine, avait déclaré Rich. À présent, il commençait à en douter. Il contempla Garlic Farm de l'autre côté de la crête, puis son regard redescendit vers la partie est du versant où avait lieu la coupe. Une saleté de crâne, et bingo : condamnés à récolter du pin de Douglas de quarante-cinq centimètres de diamètre, le minimum légal, une fraction infime de ce qu'ils auraient ramassé avec les géants de Damnation. Quelle déception. De petits îlots d'arbres anciens comme celui-ci, dans le haut de Deer Rib, leur rapporteraient quelques dernières payes à peine correctes. Après ça, les paris étaient ouverts. Au train où allaient les choses, il cramerait le peu d'argent qu'il avait laissé sur le compte d'épargne.

L'odeur de l'herbicide épandu la veille par l'hélicoptère flottait encore dans l'air, les ronciers se tordaient en finissant de mourir. La radio CB grésilla dans sa poche.

“T'es prêt ? demanda Don.

— Ouaip.

— Parfait. Faut se donner à fond, avant qu'on nous fourgue un autre crâne.”

Un autre chef d'équipe se serait peut-être débarrassé du crâne, l'aurait balancé sous les chenilles du bulldozer ou dans la rivière, là où la mère de Rich avait jeté son alliance après la mort de son mari. Par la suite, elle ralentissait toujours sur le vieux pont, imaginant que l'alliance allait revenir vers elle après avoir heurté le parapet. Si Rich la retrouvait aujourd'hui, il la vendrait pour diminuer ses mensualités.

La sirène du déjeuner retentit. Des casques jaunes convergeaient, puis, à la queue leu leu, se dirigeaient vers le bus. Rich descendit de l'arbre et abandonna son équipement au pied du tronc. Il longea Deer Spring, alourdi par la boue qui collait aux semelles crantées de ses chaussures.

Don avait apporté le crâne à Merle. Si ce dernier avait bien un talent, c'était de faire disparaître quelque chose. La devise de la boîte, quasiment. Sauf que la direction de l'Office des forêts avait eu vent de la découverte et mettait un frein aux deux plans de récolte. Autrefois, la direction se composait essentiellement de bûcherons, mais les temps changeaient. La décision de poursuivre ou non l'exploitation serait prise lors de la prochaine assemblée, fin septembre. Don soupçonnait Eugene, qui était incapable de tenir sa langue, mais peu importait de désigner le coupable ; si les pluies arrivaient avant que Merle ait aplani l'affaire, ils connaîtraient tous de longs mois de vaches maigres.

Rich n'avait pas vu le planning détaillé mais il avait réussi à interroger Mitch Danforth, surnommé Long-Pouce, l'un des mesureurs de Sanderson, toujours à l'affût d'un versant où rafler le plus de pieds-planches à moindre coût. Celui-ci déclara que la partie inférieure de Damnation Grove ne figurait pas parmi les parcelles les mieux classées. Combien y en avait-il devant elle ? Danforth ne se prononça pas. Eugene avait failli le buter la semaine précédente lorsqu'il était venu évaluer la coupe. Danforth était petit, agile comme une belette, mais il doublait de taille, et son pouce aussi, lorsqu'il prenait la mesure – une largeur de pouce égale mille pieds-planches – pour compter moins et payer moins.

Putain, Danforth, avait râlé Eugene. *Avec ta façon de mesurer, ta bite est toute petite.*

On racontait que Merle allait abandonner l'étalon pied-planche et les passer à un tarif journalier, même paye tous les jours quel que soit le volume de coupe. Une résolution dont ils ne se plaindraient pas aujourd'hui, avec ces pins de Douglas tout maigrichons, mais qui les désavantagerait sûrement plus tard quand ils retourneraient à Damnation. Ça, c'était Merle : toujours un coup d'avance. Rien que d'y penser, Rich avait des brûlures d'estomac.

Les gars s'étaient rassemblés autour du bus maculé de terre, garé derrière le pick-up Cheyenne d'Eugene bouffé par la rouille. Eugene s'était mis en maillot de corps. *Bon sang, t'es au travail. Garde ta chemise.*

Rich n'avait pas encore vu les deux cents dollars que Colleen avait prêtés à sa sœur et à son beau-frère juste avant Noël l'année dernière. L'argent coulait des mains d'Eugene comme l'eau d'un panier percé. Il ne prenait soin de rien. Depuis qu'il l'avait acheté, il n'avait toujours pas lustré ce Cheyenne. Le bas de caisse était devenu une vraie passoire dans laquelle on aurait pu égoutter des pâtes. L'air salé rouillerait même les ressorts à l'intérieur d'un canapé ou une alliance à votre doigt si vous ne la protégiez pas avec une bonne couche de cire. Ces deux cents dollars ne seraient pas de trop, maintenant.

Il enjamba une flaque d'eau de pluie.

"C'est fini, le déjeuner", lui lança Eugene.

Rich arrivait toujours le dernier et encaissait ce genre de blagues depuis des années, mais ça faisait partie du contrat : celui qui montait le plus haut dans les arbres touchait le plus haut salaire, en échange de quoi il acceptait d'être charrié.

"T'as vu que Chevrolet installait des radiateurs sur les hayons de ses pick-up ? lui renvoya Rich. C'est pour que t'aies pas froid aux mains quand t'es en panne et que tu pousses.

— T'as trouvé un arbre-mât ? demanda Eugene, en ajustant la casquette rouge Sanderson qu'il ne quittait jamais et qui semblait collée sur sa tête. T'en as mis du temps. Je croyais que t'étais en train de te chercher une autre femme."

À dix-neuf ans, Eugene avait réussi à entraîner Enid, enceinte de huit mois, sur les marches d'une église. C'était le rouquin en lui : flamboyant et tumultueux. S'il voulait quelque chose, il le prenait.

Les jeunes bûcherons, attirés par lui comme les papillons de nuit autour d'une lampe, se servaient de son capot pour manger.

Quentin était assis à l'écart. Quelqu'un avait égalisé les jambes de son jean. Autrefois, Rich l'aurait formé. Les gars veillaient les uns sur les autres en ce temps-là. Les anciens – des hommes plus jeunes que Rich l'était aujourd'hui – ne l'avaient pas laissé se payer lui-même ses bières quand Astrid l'avait quitté et s'était tirée dans le Nord. Ils choquaient leurs bouteilles contre la sienne et hochaient gravement la tête, comme si elle était morte.

Eugene avait presque terminé une barre chocolatée Baby Ruth avant de s'attaquer au contenu de son tupperware, un œuf dur au vinaigre entouré de saucisses sèches préemballées. Un homme marié qui mangeait comme un célibataire. *Enid devrait lui préparer un déjeuner correct*, disait Colleen, mais ces deux-là se comportaient comme deux ados vivant à la colle. Ils avaient ajouté tant d'extensions à leur mobile home que les fonctionnaires du comté se seraient régalés à dresser une liste d'infractions plus épaisse qu'un annuaire.

Eugene s'était arrangé avec Merle quand celui-ci avait arrêté l'exploitation à Damnation Grove et transféré l'équipe sur Deer Rib. Au lieu de se farcir quinze kilomètres sur sa route défoncée pour attraper le vieux bus à l'aube, Eugene se rendait sur le site par ses propres moyens, déverrouillait la barrière et la refermait à la fin de la journée. Premier sur place, dernier à partir, et Rich éprouvait un soupçon d'envie à la vue de son beau-frère qui les attendait, assis sur la barrière. Il avait raté le bus une fois, à quinze ans, quand il posait les câbles étrangleurs. Jamais il ne s'était senti aussi seul de sa vie dans le parking de la scierie ; depuis ce jour-là, il arrivait à cinq heures moins le quart et piquait du nez dans son pick-up jusqu'à ce que le bus démarre. Et à présent, Eugene les accueillait avec les grands gestes d'un homme qui a dormi une heure de plus que les autres. Certains matins, Rich aurait troqué un jour de salaire contre dix minutes de sommeil.

Il tapa ses semelles crantées contre le pneu du bus pour les débarrasser de la terre, enleva son casque et monta à bord en courbant les épaules, la langue pressée sur sa dent sensible. Colleen le tannait pour qu'il aille chez le dentiste. Il devait avoir dix ans quand sa mère l'avait emmené à la veillée mortuaire du Dr Peine. Peine était un nom suisse, mais tout le monde le prononçait

"Pain"* – un jeu de mots tout à fait approprié, compte tenu de sa profession. Même sachant que le dentiste ne pouvait pas sortir du cercueil, Rich s'était senti mal à l'aise. Peine, archéologue à ses moments perdus, menait des fouilles personnelles çà et là dans la région et collectionnait ses trophées. À l'époque, on tombait sur un site funéraire chaque fois qu'une nouvelle route était percée. Le bruit courait que Peine conservait des têtes au vinaigre dans des bocaux. Il creusait près de la rivière lorsqu'il s'était noyé au cours de l'inondation qui avait emporté l'usine de fabrication de bardeaux, et son corps était tellement gonflé d'eau qu'il avait fallu forcer pour le faire entrer dans le cercueil. Il n'y avait jamais eu d'autre dentiste à Klamath.

Rich essuya son nez obstrué par la sciure. Le bus puait la transpiration et le diesel, mais c'était bon de se reposer un moment, seul avec ses douleurs. Pete aussi faiblissait, lui qui, un jour, avait travaillé jusqu'au soir avec une côte cassée. Une fois que la forêt ancienne aurait disparu, il ne leur resterait plus qu'à bosser en solo : chacun abattant au cric, élaguant, tronçonnant, une centaine d'arbres par jour. Les types de leur âge ne tiendraient pas le rythme. Sanderson n'était plus ce que c'était, et le bois d'œuvre s'épuisait aussi. Une chance que Jim Mueller ait voulu se débarrasser de la parcelle 24-7 au bon moment.

Rich empila les sandwichs sur le côté de sa boîte repas pour attraper le gâteau au citron en dessous. Jackpot : deux parts, et une double couche de glaçage. Normalement, Colleen avait la main plus légère avec la crème au beurre, mais elle était soucieuse en ce moment, à cause de l'accouchement de la petite Larson.

Il engloutit le gâteau en quelques bouchées, essuya les miettes accrochées dans sa moustache, prit sa thermos, sa boîte repas, et se leva. Dehors, il s'assit sur un vieux tronc entre Pete et Don, toujours le même trio qu'ils formaient depuis l'école primaire. L'hématome sur la pommette de Pete avait viré au jaune. Il s'était défoulé sur les chevelus le dimanche soir après le déjeuner de poisson frit et ne cessait de porter la main à son visage comme si ça le démangeait, un tic qu'il avait gardé depuis l'époque où il se prenait de vraies dérouillées. Rich sortit ses sandwichs de

* En anglais : douleur.

la boîte – enveloppés aussi soigneusement que des cadeaux de Noël – et déchira le papier aluminium. Un petit mot s'échappa, il le fourra dans sa poche de poitrine.

Pete glissa une prise de tabac derrière sa lèvre. Identique à ce qu'il était à quinze ans : mince comme une liane, avec une pomme d'Adam si saillante qu'il avait l'air de souffrir en déglutissant, le nez tordu au point qu'il semblait ne pas en avoir lorsqu'il tournait son visage vers la gauche. Une branche tombée sur son casque lui avait cassé le nez et, depuis, les gars le surnommaient le Suédois-au-Gros-Pif. Tous ses anciens casques étaient alignés sur une étagère chez lui, certains tellement abîmés qu'on aurait cru des souvenirs de la bataille de Normandie. Rich, lui, commençait à avoir du ventre, un relâchement des joues qui le surprenait toujours quand il se rasait, mais rien de comparable au coussin qui distendait à présent la chemise de Don. Ce dernier avait déjà fini de manger. Il avalait sans mâcher, et enfournait un paquet de gâteaux en moins de temps qu'il n'en fallait à quelqu'un d'autre pour l'ouvrir.

Une brise souffla le film cellophane qui avait entouré le déjeuner de Don ; il bondit pour le récupérer. Il aimait que le site soit propre et retenait le bus en otage quand il traquait un papier d'emballage – on ne chie pas à l'endroit où on mange. Mieux que maître d'école, il ferait un bon garde de parc national. Ce serait bientôt le seul boulot qu'on trouverait dans le coin, si les hippies imposaient leur volonté.

Rich mordit dans son premier sandwich. Une douleur fulgurante lui transperça la joue. *Putain de Dieu.* Il transféra la bouchée de l'autre côté de sa mâchoire et examina le contenu du sandwich. Fromage et beurre de cacahuètes.

Don indiqua son deuxième sandwich du menton. "C'est quoi comme fromage ?

— Du orange." Rich le lui tendit.

"Non…" Don montra le papier froissé qu'il serrait dans son poing. "J'ai déjà bouffé."

Pete cracha un jus noir. "Vous avez vu que Pacific utilise des arbres-mâts en métal maintenant, là-bas au sud ? Merde, alors. N'importe quel macaque peut grimper sur ces machins, ils ont pas besoin d'élagueur cordiste." Autrefois, Virgil Sanderson emmenait Pete avec lui quand il allait voir du matériel innovant, comme un chien lâché à la poursuite d'une piste.

"Rich est jamais descendu plus loin que Scotia." Don prit le sandwich, mordit dedans, soupira de satisfaction.

"Gail te met toujours au régime ? demanda Pete.

— Le lait écrémé, c'est pas du lait, c'est de l'eau, maugréa Don.

— Bientôt, elle t'obligera à pisser assis.

— C'est pour ça que t'es toujours célibataire, Pete ?"

Pete se tourna vers Rich. "Qu'est-ce que t'as à te marrer ? Toi, tu les prends au berceau… Attends un peu que Colleen ait ton âge."

L'air frais réveillait la dent de Rich. "Je serai mort, répliqua-t-il en grimaçant de douleur.

— Ce salopard de Merle." Pete secoua la tête. "Il se laisse baratiner par Arlette et nous, il nous baise jusqu'à l'os. On est en train de creuser nos putains de tombes ici.

— Pour survivre, faut faire plus avec moins." Don avala la fin du sandwich. "L'avenir, c'est la plantation intensive. Une fois que le gros bois d'œuvre sera épuisé.

— Où ça en est, côté Damnation ? demanda Rich en espérant qu'ils n'entendent pas le désespoir dans sa voix.

— Tu vas voir, ces connards de chevelus demanderont que ça devienne un parc naturel." Pete cracha à ses pieds.

"Damnation est un îlot au milieu de coupes claires, dit Don. Si les parcs voulaient cette parcelle, ils l'auraient raflée en 1968.

— Mais s'ils s'agrandissent ? interrogea Pete en toute logique.

— Dans ce cas, et y a pas *tant* de chances que ça, ce sera plus au sud. Merle le tient de source sûre.

— Je comprends pas comment il se débrouille pour avoir le bras aussi long, ce connard. Et j'aimerais bien savoir comment il a réussi à entrer au Congrès." Pete secoua à nouveau la tête. "On peut pas faire confiance à un mec qui se teint les cheveux. Pas vrai, Rich ?"

Rich haussa les épaules. Il n'arrivait pas à se débarrasser du sentiment qu'il agissait derrière leur dos.

"Vous avez vu que le prix du bois de cœur séché au séchoir a augmenté ? dit Pete. Six cents dollars pour mille pieds-planches… Cent dollars de plus que l'an dernier."

Don serra le poing, puis écarta lentement les doigts pour dérouiller ses articulations enflées. “Y en a plus beaucoup, du bois de cœur. Les marchés le sentent.”

Rich cacha son émotion. Si les prix montaient, la parcelle 24-7 prenait d'autant plus de valeur.

“Tu crois qu'ils vont fermer la scierie ? demanda Pete.

— Une fois qu'on aura récolté Damnation, oui, répondit Don. Pas besoin d'une scie à ruban de trois mètres quand on a des arbres gros comme des crayons.”

Rich serait obligé de négocier avec Merle pour que la scierie de Sanderson lui prenne son bois. S'il devait le trimballer à des kilomètres de distance, il ferait moins de bénéfices.

Plus bas dans la pente, Eugene s'esclaffa bruyamment et envoya une bourrade dans le dos du fils de Sanderson.

“Regardez-moi cet enfoiré, lâcha Pete avec mépris. Avec ses jambes arquées… Il a deux bites ou quoi ?

— Y a encore quelque chose dans cette thermos ?” demanda Don.

Rich lui versa du café. Les gars remballaient, partaient pisser derrière des tas de grumes et de branches.

“T'en veux ?”

Pete tendit son gobelet. Rich se leva péniblement, le dos raide après être resté assis.

“T'es prêt ? lui demanda Don.

— Ouaip.”

Don l'observa du coin de l'œil, mesurant l'écart entre le déni et la souffrance. Ils avaient tous mal quelque part. Pete ne pouvait plus fermer le poing gauche tellement ses doigts étaient rouges et gonflés. Une galère, rien que pour attacher ses lacets. Don renversa la tête en arrière et but son café jusqu'à la dernière goutte.

“C'est de la pisse d'âne, ce café, bougonna Pete.

— De toute façon, tu sens rien avec ta saloperie de tabac dans la bouche, dit Don. T'es jaloux, c'est tout.

— On a pas tous une bonne femme qui nous fait croûter, Porter.”

Une lueur d'agacement passa dans les yeux de Don. Gail ne gagnait pas grand-chose à l'école, mais les gars le chambraient depuis des années parce qu'elle travaillait. La plupart des épouses s'arrêtaient à l'arrivée des enfants, sauf que Don et Gail n'en avaient jamais eu.

"C'est ma faute si t'as jamais trouvé une nana suffisamment bigleuse pour épouser un mec aussi repoussant ? rétorqua Don.

— Marsha l'aime bien, glissa Rich.

— Non merci, dit Pete. J'ai vu comment a fini son dernier mari. J'aimerais garder tous mes doigts, si ça vous dérange pas."

Don attrapa sa boîte repas sur le tronc. "À force de vivre seul, tu tournes pas rond dans ta tête.

— Je pisse debout dans mes chiottes, moi, au moins."

Rich plaignait Pete, célibataire vieillissant dans sa baraque délabrée. Ce n'était pas lui qu'Eugene avait tanné pour qu'il sorte avec Colleen. *Juste une fois. T'as peur qu'elle t'entraîne au plumard ? Et alors ? T'as oublié comment on fait ?* Il aurait dû lui garder une part de gâteau au citron au lieu de se planquer dans le bus comme un môme qui ne veut pas partager. Colleen désapprouverait.

"Qu'est-ce qu'y a ? demanda Pete, voyant le visage de Rich s'adoucir pendant qu'il pensait à sa femme.

— Rien."

Pete grimpa le premier dans le bus et jeta sa thermos sur un siège.

"Des plantations d'arbres comme si c'était du maïs, ricana-t-il. Ils auront pas besoin de nous, ça c'est sûr."

Il y avait une telle amertume dans sa voix que Rich faillit tout lui raconter. Le moment venu, il lui faudrait un bon abatteur pour la 24-7. Mais on pouvait tuer une bonne idée en la partageant trop tôt.

"Eh merde, dit Pete. C'est pas de râler qui changera les choses, pas vrai ?

— T'as jamais essayé les pots-de-vin ?

— Ça, c'est le rayon de Merle."

Rich lui offrit un cure-dents, en prit un aussi, et retourna à son arbre-mât. Il contourna un trou, semblable à une vaste tombe, creusé par une grume qui avait échappé à ses câbles. Des souches déracinées gisaient sur le flanc comme les molaires d'un géant. On les couvrirait de branches et de broussailles pour les brûler. Autrefois, on les laissait en place – les séquoias produisaient des rejets – mais elles gênaient la replantation. Un problème d'agriculteur.

Il différait encore le moment où il sortirait le mot de Colleen plié en deux dans sa poche. Après un accident – Eugene ne savait pas se la fermer –, elle ne lui en donnait pas pendant des mois. Plus tard, quand tout était calme, craignant qu'il relâche sa vigilance, elle en glissait un dans la poche de son jean ou sous le gobelet de sa thermos. *Sois prudent, mon cœur.*

Il lui avait raconté une fois qu'il avait peur de tomber quand Lark ne l'assistait pas en bas. Ils étaient au lit. Était-ce la jambe soyeuse qu'elle pressait contre la sienne, il avait commencé à parler. Voilà ce qui le surprenait le plus dans sa vie d'homme marié : la moitié du temps, il ignorait ce qu'il pensait jusqu'à ce qu'il l'énonce tout haut.

Colleen ne mentionnait jamais ses petits mots. Elle était toujours la fille timide derrière la porte moustiquaire, avec une voix si douce qu'il devait tendre l'oreille et un parfum délicieux dans le cou – au géranium –, provenant d'un flacon blanc fermé par un bouchon doré en forme de coquillage. La première fois qu'il était allé à Garlic Farm, il avait frappé, puis enfoncé les mains dans ses poches. De grandes mains pareilles à des gants de baseball, il ne savait jamais quoi en faire. Bon sang, comment avait-il pu se laisser convaincre par Eugene ? Alors qu'il redescendait déjà les marches de la galerie, il avait jeté un regard par-dessus son épaule, et en la voyant, s'était brusquement senti à court de souffle. Devant ces yeux baissés, il avait envie de claquer dans ses mains, de pousser de grands cris, de chanter – tout pour attirer son attention.

Plus bas dans la pente, l'une des nouvelles tronçonneuses vibrait, la gouge affûtée trop bas – les jeunes étaient paresseux et ne mesuraient pas le limiteur. Les chaînes de ces modèles ultra légers fatiguaient le moteur et rebondissaient parfois sans pénétrer le bois. Seuls les anciens se servaient encore des McCulloch, des machines bien lourdes avec une chaîne qui rentrait comme dans du beurre.

Deer Spring s'élargissait sur un lit de gravier à proximité de son arbre-mât. Il se rinça les mains, prit un peu d'eau dans sa paume pour boire et s'essuya la bouche avec sa manche. Puis il sortit le mot de Colleen.

“Hé, Gundersen ! cria quelqu’un. Voilà ton clébard.”

Scout se précipita sur lui et manqua de le renverser. Plein de boue, sans collier, Scout lapa goulûment l’eau du ruisseau avant de se jeter au sol, haletant et grimaçant son sourire de chien.

Rich le réprimanda tout en lui grattant le cou. “Toi, alors !” Dans une minute, il devrait le ramener au bus et l’obliger à se coucher sous un siège jusqu’à la fin de la journée. Les gars se plaindraient que ça puait encore le vieux chien mouillé.

Rich déplia le mot de Colleen. Mais ce n’était pas un mot, seulement un carré de papier vierge.

1er SEPTEMBRE

COLLEEN

Rich engouffra trois œufs au plat sans lever la tête. Quelque chose le tracassait depuis que son équipe avait été envoyée à Deer Rib. Des arbres plus petits, des payes plus petites. Enid saurait. Eugene lui racontait tout.

Il essuya le jaune d'œuf sur l'assiette et avala la fin de son café d'une traite. "Ah, ça fait du bien."

Puis il enfila ses souliers, accepta qu'elle dépose un baiser sur sa joue – *Sois prudent* – et sortit sous la pluie.

Chaque jour de la vie conjugale est un choix, avait dit le pasteur à leur mariage.

Elle cala la radio entre la lampe et le mur, le seul endroit où l'antenne captait à peu près correctement. Il ne lui restait plus qu'une rose en satin à coudre. Avec quatre sœurs au-dessus d'elle, dont elle porterait les habits toute son enfance, Alsea devait au moins avoir sa propre robe de baptême. C'était un bébé très facile qui ne pleurait jamais longtemps. Le genre de bébé que tout le monde désirait.

Elle pinça ses oreilles qui la démangeaient. Démangeaison, ça voulait dire cicatrisation. Quelle question Daniel avait-il voulu lui poser ?

Elle noua le fil, le cassa net, et leva la robe pour l'examiner. Le satin chatoyait à la lumière de la fenêtre. La Wagoneer s'engagea dans l'allée, Enid écrasant le klaxon sans discontinuer.

"On va chez Bistrin, annonça-t-elle en faisant irruption dans la maison. Les filles ont besoin de chaussures. Vous venez ?

— Chub n'est pas encore levé.

— Chub ?" Enid cria d'une voix chantante : "Chu-ub !" Et alors que le petit garçon d'ordinaire ne se réveillait pas, dormant même sous la table du pique-nique le 4 Juillet et pendant tout le feu d'artifice, il arriva en pyjama, les cheveux dressés en épi. "Voilà, dit Enid. Il est levé."

*

Chub était assis à l'arrière entre Agnes, Mavis et Gertrude, toujours si pétillantes et si jolies avec leurs cheveux blond-roux et leurs yeux bleu pâle, même si elles portaient des prénoms que l'on donnait trois générations auparavant. Chub les adorait.

"C'est quoi ces boucles d'oreilles ?" demanda Enid en reculant dans l'allée.

Colleen porta une main à son oreille. "Rich me les a données.

— Montre."

Colleen se pencha vers sa sœur.

"Hmm, dit Enid. Qu'est-ce qu'il a fait ?

— Comment ça ?

— Je sais qu'Eugene a fait une connerie quand il m'apporte quelque chose. J'aimerais bien qu'il en fasse une *énorme* et qu'il m'achète un sèche-linge.

— Non, Rich n'a rien fait." Un grumier les croisa à vive allure. Hormis son alliance, Rich ne lui avait jamais offert de bijoux.

"On dirait qu'elles ont coûté cher, continua Enid. Ça devait être assez grave… Et le pick-up, aussi. Qu'est-ce qu'il a bien pu faire quand il te l'a acheté ?"

C'était sûrement manquer de reconnaissance, mais à la vérité, Colleen détestait le pick-up. Elle était seule à la maison, ce soir-là, le vendredi avant Pâques. Chub passait la nuit chez Enid. Elle aurait dû appeler une ambulance dès qu'elle s'était aperçue que sa vieille Ford ne démarrait pas. Rich était rentré tard et l'avait trouvée dans la baignoire – trop de sang pour rester au lit –, la tête renversée en arrière. Une scène tirée d'un film d'horreur.

Après, il avait foncé chez le concessionnaire automobile et lui avait acheté le pick-up le plus luxueux de la gamme Chevrolet, marque à laquelle il vouait pourtant une haine viscérale. Elle lui en voulait presque de ce cadeau – s'imaginer qu'une compensation matérielle pouvait la consoler de ce qu'elle avait perdu –, mais c'était un double cabine, conçu pour transporter une famille : six places, chacune équipée d'une ceinture de sécurité. Elle s'obstinait à y voir une promesse. Ils réessaieraient. Ils continueraient à essayer.

"J'obligerai Eugene à m'acheter un sèche-linge quand il touchera sa première paye pour Damnation", déclara Enid en s'arrêtant devant le magasin Bistrin. La vitrine annonçait les soldes de la rentrée à grand renfort de promos. *Jeans délavés 12,99 $.*

À l'intérieur, les filles marchèrent droit vers des bottes de cowboy blanches alignées sur un présentoir.

"C'est les chaussures de papa", dit Chub en montrant une paire de grosses chaussures brun clair à lacets. Il s'assit par terre pour les essayer. "Elles me vont !"

Colleen appuya sur le bout des chaussures. "Non, elles sont trop grandes.

— S'il te plaît", implora-t-il.

Elle regarda le prix.

"Elles lui iront bientôt, lança Enid. Ils les ont en 28 ? Wyatt a besoin d'une paire."

Enid avait laissé son fils à la maison, pour le plus grand soulagement de Colleen. Wyatt était sournois et méchant. Elle espérait que Chub ne deviendrait pas l'ami de ce genre de garçon quand il commencerait l'école.

"Tu ne les porteras pas avant qu'elles t'aillent", dit-elle à Chub. L'enfant hocha vigoureusement la tête. Il semblait décidé à rester assis en contemplant les chaussures et à attendre le temps qu'il faudrait pour que ses pieds grandissent.

Colleen lui acheta les chaussures et deux salopettes – l'une à sa taille, l'autre une taille au-dessus.

"Elles seront sales dès le premier jour", déclara Enid, en enlevant les étiquettes pour que ses trois filles repartent chaussées des bottes blanches. Dehors, les enfants s'amusèrent à sauter entre les fissures du trottoir. Colleen revit Rich filant vers son pick-up ce matin, avec une de ses chaussures délacée, tellement il était pressé de partir.

"Il se passe quelque chose ? demanda-t-elle à Enid.

— Qu'est-ce que tu veux dire ?

— Rich a l'air... soucieux.

— Tu lui as posé la question ?"

Colleen croisa les bras. *Il ne me raconte rien.* “Ils ont trouvé une explication, pour le crâne ?”

Enid haussa les épaules. “Pas à ma connaissance.

— Eugene ne t’a rien dit ?

— Seulement qu’ils récolteront Damnation à la fin du mois… C’est là que j’aurai mon sèche-linge. Tu ne sais pas ce que c’est, toi, d’avoir six gosses.”

Colleen se pinça l’oreille. “Non.

— Oh, zut… Excuse-moi.

— C’est pas grave”, dit Colleen.

RICH

Les cuvettes de toilettes reluisaient, gardant l'entrée du chemin comme deux lions en porcelaine mal assortis. Rich cahota sur les traces de roues tandis que l'inquiétude tressaillait au fond de sa poitrine. Toute sa vie, il avait été rémunéré au pied-planche. Même si le bruit avait couru que Sanderson prévoyait de payer les bûcherons au tarif journalier, il n'était pas préparé. Il se gara, attrapa le pack de six Tab et la barquette en aluminium sur le siège passager. Lorsqu'il claqua bruyamment la portière du pick-up, une vibration remonta le long de son dos raide. Killer et Banjo s'approchèrent en frétillant de la queue.

"T'étais où, Fil-de-Fer ?" Lark se laissa aller en arrière contre le dossier de son fauteuil, un Sasquatch à demi sculpté sur les genoux.

"À Deer Rib.

— Vous avez pas déjà fait une coupe rase il y a deux ans ?

— Côté ouest. Maintenant, ils nous envoient sur le versant est."

Rich posa un pied sur la première marche de la galerie. Juste un tiraillement en bas, dans les reins, mais la douleur lui vrillait toute la jambe gauche jusqu'au talon. Travailler, ça allait ; le problème, c'était de rester assis sans bouger.

"Alors ? Ça paye toujours, les chiottes ? demanda-t-il en montant les marches.

— Comme d'hab.

— Kel te donne un steak aux oignons.

— Aux oignons." Lark soupira d'agacement, puis fixa Rich d'un regard pénétrant. "Qu'est-ce que tu fous là, un jour de semaine ? J'ai dit à Marsha que j'avais pas besoin qu'on veille sur moi.

— Ils sont prêts, les panneaux ?

— Dans la boutique.” Lark désigna la remise d’un mouvement de la tête. Le bois qu’il vendait aux campeurs pour un dollar le fagot était entassé sous l’avancée du toit en tôle.

Le tibia de Rich l’élançait. Bilan des courses aujourd’hui : contusion osseuse, phalange entaillée, plaie au poignet qui aurait dû être recousue. Par la porte de la remise, il vit un panneau posé à plat sur un chevalet de sciage.

“Ils sont secs ?

— Dans une demi-heure.” Lark se frotta la mâchoire.

Chaque année, Rich emmenait Lark chercher les panneaux qu’il disposait le long de la route 101 entre Crescent City et Orick, tous les trois kilomètres de chaque côté du Gold Bear Bridge.

Rich appliqua la main sur le papier aluminium encore tiède qui fermait la barquette. Lark renifla. Dix dollars qu’il n’avait rien mangé de chaud de toute la journée.

“Tu vas rester planté là comme un croque-mort, ou quoi ?”

Rich débarrassa une chaise occupée par un appareil photo Polaroid. Il s’assit, posa le pack de Tab et la barquette à ses pieds en gardant le dos droit.

“T’as un manche à balai dans le cul aujourd’hui ?”

L’écureuil fit tomber un gland sur la galerie près du dos de Killer. Le chien ouvrit un œil, trop paresseux pour enquêter.

“Y a du nouveau pour le crâne ?” demanda Lark.

Rich haussa les épaules. Le frottement de sa chemise humide lui irritait la peau.

“Il paraît que les ramasseurs d’os, là-bas, ils ont creusé un peu partout, continua Lark. S’ils retrouvent une rognure d’ongle, c’est foutu. Qui a cafté, d’ailleurs ? Merle ?

— Pourquoi il ferait ça ?

— Va savoir. Il a toujours une carte dans sa manche.” Lark cracha par-dessus la rambarde. “T’as entendu que Mueller avait vendu ses hectares ?”

Pas de téléphone, deux cannes, un vieux pick-up qui n’avait pas bougé depuis trente-cinq ans, et Lark savait quand même tout ce qui se passait dans un territoire compris entre la Smith River au nord, Eel Creek au sud, et à l’est jusqu’à la Trinity. Comme si les nouvelles circulaient encore par voie d’eau, et qu'il lui suffisait de tremper un doigt dans la Klamath River pour être mis au parfum.

Rich, qui n'en avait soufflé mot à personne, poussa la barquette du bout de sa chaussure. "Ton steak refroidit." Les chiens dressèrent la tête. Le cochon flaira l'odeur, s'approcha de la galerie, grogna, mais Lark fixait Rich sans montrer aucune réaction. Comprenant qu'il était au courant, Rich lança : "C'est quoi l'espérance de vie d'un poseur de câbles ?"

La première fois qu'il avait demandé à travailler pour Sanderson, à l'âge de quinze ans, Lark lui avait répondu par cette question. Lark, le meilleur ami de son père. C'était lui qui avait coupé la branche faiseuse de veuves, celle qui s'était abattue sur la tête du père de Rich. Ce n'était la faute de personne hormis du vent, mais Lark en porterait à jamais la culpabilité. Chaque jour, il était descendu prendre une pierre dans la rivière pour la poser près de la souche de l'arbre. Jusqu'à ce qu'il soit lui-même blessé. Une montagne de cailloux figurait le temps pendant lequel Rich avait vécu sans son père.

Le débardage par câble, ça donne des morts, des estropiés ou des infirmes. Va à l'école, apprends quelque chose, avait dit Lark au jeune Rich, incapable de répondre à sa question. Avant même d'atteindre quinze ans, Rich était déjà plus grand que ses professeurs. Il détestait se pencher pour entrer en classe, il détestait tous ces yeux braqués sur lui.

La deuxième fois, il était allé à pied jusqu'au site où l'équipe de Lark avait été envoyée.

Qu'est-ce que tu fous ici ? avait hurlé Lark dans le vacarme des tronçonneuses – des McCulloch uniquement, à l'époque. *T'as fait le vœu de mourir ?* Sa colère était telle que Rich en avait presque perdu la voix.

Je… veux… travailler.

Tu sais quelle est l'espérance de vie d'un poseur de câbles ?

À nouveau, Rich avait cherché une réponse. S'il réussissait à déjouer la question piège de Lark, peut-être ce dernier lui permettrait-il de rester. Mais il n'en avait pas eu le temps : le sifflet à vapeur, transperçant ses tympans, appelait au déjeuner.

Souriant à l'évocation de ce souvenir, Lark se remit à sculpter. Rich regarda les épaules d'un Sasquatch se dessiner peu à peu ;

des centaines de figurines semblables avaient été façonnées dans le bois. Après la mort de son père, Lark l'avait souvent emmené pêcher. Il lui donnait une branche à tailler pendant qu'il faisait frire un saumon arc-en-ciel et que les cochons se délectaient avec les entrailles. Ils allaient ensuite à la Beehive acheter des petits pains au lait pour la mère de Rich. La femme de Lark avait été emportée par les eaux lorsqu'un amas de bois flottés s'était rompu en amont de la rivière. Quand Lark était rentré chez lui après une semaine dans un camp de bûcherons, elle avait disparu.

Il ne s'en est jamais remis. C'était avant que ton père le rencontre, avait dit la mère de Rich.

Lark mentionnait rarement sa femme karuk, sauf pour raconter qu'elle venait d'une tribu en amont de la rivière et qu'elle devait toujours garder un orteil dans l'eau, qu'elle le houspillait dans sa langue quand elle était en colère contre lui et qu'elle parlait aussi un peu yurok, qu'elle savait tresser des feuilles d'iris sauvage après les avoir roulées sur son genou, ou tendre un filet maillant avec lequel elle attrapait des saumons chinook de trente livres mesurant la moitié de sa taille. Lark lui avait aménagé une tombe, même s'il n'y avait pas de corps. Rich avait vu la stèle, non loin de l'endroit où ses parents étaient enterrés, de l'autre côté du muret de pierres qui séparait les morts blancs des Indiens.

"Il est où ton dentier ? demanda Rich.

— Là-dedans quelque part."

Rich courba les épaules avant d'entrer dans la cuisine, dénicha une fourchette pour le steak qui était déjà coupé en morceaux. Lorsqu'il ressortit, Lark soulevait le papier aluminium et plongeait les doigts dans la barquette. Rich saliva en humant l'odeur de la viande grillée.

"Je suis trop vieux pour couper ma bidoche, c'est ça ?" grommela Lark en lui arrachant la fourchette. De l'autre côté de la rambarde, le cochon le regardait. "Merle, pose-toi sur ton gros cul." Le cochon s'assit sur son arrière-train. "Bordel. C'est quand même intelligent, un cochon."

Autrefois, Lark volait des pommes dans le verger de Peine pour engraisser ses cochons et apporter une note sucrée à la chair, mais il n'utilisait plus son fumoir depuis des années. Le vieux cochon était devenu un animal domestique, bien que Lark refusât de l'admettre.

Il en élevait toujours deux ou trois dans le temps, baptisés en l'honneur de l'homme qui l'énervait le plus à ce moment-là. Pendant vingt ans, après son accident, des Virgil s'étaient roulés dans la boue en attendant de passer à la casserole. Lark ne haïssait personne autant que lui. Il était certain que la corde avait été sabotée – une chute de quinze mètres –, et si ce n'était pas Virgil lui-même, c'était J. P., qui tenait un magasin bourré de pièces d'occasion pour les tronçonneuses à Eureka, mais arrondissait ses fins de mois en exécutant le sale boulot à la place de Virgil, même si Lark n'avait jamais pu le prouver. Il s'était brisé le dos, la nuque, les deux hanches. *Sauf le coccyx. Une chance, vu que je décolle plus de mon derche.*

"Tu coupes trente pour cent, tu laisses le reste grandir, et Chub récoltera encore un paquet d'années après toi", dit Lark. Au début, quand il avait commencé à défendre l'idée qu'on ne devait pas abattre les arbres plus vite qu'ils ne repoussaient – inventant le rendement durable avant l'heure –, Virgil l'avait charrié.

Qu'est-ce qui te prend de donner dans le sentiment, Lark ? Tu t'es flanqué un coup de tronçonneuse dans les neurones ?

Les choses s'étaient envenimées ensuite, Virgil le traitait de communiste. Jusqu'à ce que Lark démissionne de son propre chef.

"Dommage que Virgil ne soit plus là pour te voir aujourd'hui. Ce fils de pute n'a pas supporté que je me tire. Il a voulu me le faire payer."

À quoi bon remuer le passé ? pensa Rich. "Ça pouvait être un accident, avança-t-il, quoique sans conviction.

— Ouais, c'est ça. Un accident. Une putain de corde avec un noyau en acier qui pète comme une ligne de pêche. Et la fois où Olin Rowley s'est coincé la main dans la scie à ruban ? Le gars manie cette machine pendant vingt ans et il se tranche le bras comme une banane ? Un accident. Il piquait des loupes de séquoias du côté de Fatal Creek."

Lark posa la barquette – dans laquelle ne restaient plus que les oignons – sur la caisse renversée à côté de lui.

"On remet les panneaux ce soir, oui ou non ?" demanda Rich.

La pancarte devant les toilettes sèches aurait mérité aussi une nouvelle couche de peinture. CONTRIBUTION LIBRE. MERCI DE BIEN VISER.

"T'as mieux à proposer ?" répliqua Lark.

Rich se frotta les mains sur les genoux ; son jean était humide. Encore une demi-heure assis, et il serait plus raide qu'un cadavre. L'écureuil installé sur l'épaule de Lark lui mordillait le cou.

"Fiche le camp."

L'animal sauta sur le plancher de la galerie et détala entre des bois flottés qui semblaient avoir été éparpillés là par la marée haute.

"Eh, merde", dit Lark. Il avait toujours eu l'ouïe fine pour le bruit des moteurs. "Qu'est-ce qu'elle veut encore, cette grognasse ?"

Le Dodge de Marsha approcha en bringuebalant sur les ornières du chemin.

"Tu vas me bloquer mes clients !" cria Lark. Une petite allée avait été aménagée pour permettre aux touristes de passer sous le tronc et d'être pris en photo avec le panneau accroché audessus du tunnel : LE SURVIVANT. HAUTEUR : 91 MÈTRES. DIAMÈTRE : 5 MÈTRES. DATE DE NAISSANCE : 200 AV. J.-C.

"Quels clients ?"

Lorsqu'elle ouvrit la portière, le Jack Russell terrier de Marsha s'envola de ses genoux et fonça sur le cochon, comme propulsé par la force de ses aboiements. Puis il vira brusquement et grimpa les marches de la galerie en flairant l'écureuil.

"Tire-toi, Gizmo, connard !" Lark lui expédia un coup de pied.

"Salut, Rich." Marsha portait une cocotte en fonte sur laquelle était posée en équilibre une génoise de fabrication industrielle. Lourde comme une truie, mais toujours avec la même inflexion de voix. "Qu'est-ce qui t'est arrivé ?" demanda-t-elle à Rich en remarquant sa main blessée – une branche avait bien failli le mettre KO, parce qu'il s'inquiétait au lieu de prêter attention : comment paierait-il la première mensualité ?

Rich toussa. "J'ai un peu forcé…

— Pourquoi tu ne t'habilles pas plus, dit-elle à Lark. Il fait froid. J'ai encore des Tab dans le pick-up." Elle emporta la cocotte à l'intérieur.

"Et toi, pourquoi tu m'apportes pas de la bière ?" lui lança Lark.

Après être allé chercher les Tab dans le pick-up, Rich entendit que Marsha rangeait la cuisine et jetait les canettes vides dans la poubelle.

“T’as fumé là-dedans ? demanda-t-elle en ressortant.
— Non. J’ai arrêté.” Lark réprima une grimace.
“Tu aurais dû me dire que t’avais plus de savon.
— J’ai oublié.
— Tiens, ta monnaie.” Voyant Marsha tendre une enveloppe, Rich se rappela le courrier de Lark qu’il avait pris dans la boîte aux lettres.

“Garde-la.” Lark accompagna son refus d’un geste de la main.

Elle posa l’enveloppe sur la caisse, ainsi qu’une boîte en carton remplie de fraises.

“Qu’est-ce que c’est que ça ?
— Des fruits.”

Lark croisa les bras, l’air insulté.

“À jeudi. Si tu vis jusque-là. Gizmo !” Le terrier obéit sans se faire prier et bondit dans le pick-up par la portière ouverte.

Lorsqu’elle fut partie, Lark traqua les derniers morceaux de viande parmi les oignons avant de repousser le plat. “Nom de Dieu, c’était bon. Allez… Regarde sous la chaise maintenant.”

Rich pivota sur lui-même, cherchant des yeux une autre chaise. *Oh, putain…* Le pire, c’était de se tourner.

“Celle où t’es assis”, dit Lark.

Rich glissa une main sous la chaise, se leva et renversa la chaise. Un paquet de cigarettes était collé à l’assise avec du chatterton.

Lark se léchait les babines. “Et roule ma poule !”

Rich lui tendit une cigarette. Lark extirpa une pochette d’allumettes de sa poche, inhala profondément, rejeta la fumée.

“T’as arrêté, hein ? dit Rich.
— J’ai essayé une fois. Au bout d’une heure, j’ai fouillé toute la baraque pour trouver une clope, mais j’avais aussi jeté mon feu… Une torture.” Lark tira une autre bouffée. La brume s’accumulait au-dessus de la rivière. “Merle passe vraiment tout le monde au tarif journalier ?”

Don avait officiellement annoncé la nouvelle à la pause déjeuner. “Ça commence lundi. Vu les arbres épais comme des crayons qu’on récolte à Deer Rib, on survivrait pas.” Sa première mensualité pour la parcelle 24-7 tombait à la fin du mois.

“Charge les panneaux dans le pick-up, OK ?”, dit Lark.

Rich se dirigea vers la remise. Un peu plus loin se dressait le pin de Douglas sur lequel Lark lui avait appris à grimper après la mort de sa mère. Il se rappelait sa voix qui lui parlait d'en bas.

Coupe au-dessus. Si tu coupes en dessous, la branche basculera vers le tronc et entraînera ta corde. Tu seras tellement saucissonné que ton estomac te sortira par les trous de nez.

Pendant des semaines, Rich s'était escrimé contre ce tronc, glissant, dérapant, recommençant, les mains brûlées par la corde, les bras en compote, jusqu'à ce qu'il réussisse à atteindre le sommet et à redescendre en quarante secondes. Au pied de l'arbre, il sautait sur un tapis d'écorces.

Il hissa les panneaux sur le plateau du pick-up – des rectangles en contreplaqué cloués sur un poteau –, tandis que Lark l'observait derrière un voile de fumée.

MAISON DANS UN ARBRE ! "Maison" était un bien grand mot pour une vieille souche creuse à l'intérieur de laquelle on s'asseyait autour d'une table branlante flanquée de deux caisses retournées. Autrefois, elle aurait servi de cabane pour les oies, mais Lark avait installé une porte, deux plaques de métal au-dessus, et vous laissait entrer moyennant un *quarter*. S'il y avait une chose qu'il aimait autant que fumer, c'était arnaquer un touriste venu de la ville. Trop friqué pour gagner son pain à la sueur de son front, trop con pour se creuser lui-même un trou quand il avait envie de chier.

Lark écrasa sa cigarette. "Rich Gundersen, putain… Il lâcherait jamais un sou dans une partie de dés, et le v'là qui s'endette jusqu'au cou. Bienvenue au club, Rich. Félicitations."

Un sourire tordit la bouche de Rich.

"Quand est-ce que vous retournerez à Damnation, à ton avis ?

— Je sais pas, avoua Rich. Mais je sais que ce crâne n'y était pas il y a trois semaines.

— Tu l'as dit à Merle, ça ?

— Que je traînais par là-bas les jours où je bosse pas ? Non.

— Par la même occasion, tu lui demanderais son accord pour transporter ton bois sur ses routes. Et la scierie ? Tu vas signer un contrat, non ?" En voulant attraper ses cannes, Lark fit tomber celle qui avait une forme de scie et utilisa l'autre, la canne-fusil, pour la récupérer.

Le temps qu'il monte dans le pick-up, les chiens avaient fait tomber la barquette d'oignons et la poussaient sur les planches avec leurs museaux.

"Tiens, ton courrier.

— Cornelius Larkin..." Une expression indéchiffrable se peignit sur le visage de Lark. Il glissa l'enveloppe dans sa poche, en déchira une autre et la jeta par la fenêtre.

Lark désignait un emplacement, Rich s'arrêtait le long du bas-côté, et Lark lui parlait par la vitre baissée pendant qu'il plantait le poteau. Quelques rares voitures les doublaient à vive allure.

"C'est toujours ce requin de Danforth qui mesure les coupes pour Sanderson ?" Ils étaient arrêtés à la hauteur du Gold Bear Bridge.

"Ouaip, répondit Rich en enfonçant le poteau avec la masse.

— Il a du pot que personne lui ait tranché les pouces."

Rich revint s'asseoir au volant. "Je lui ai demandé où était le bas de Damnation sur le calendrier des coupes. Il n'a pas voulu me répondre.

— C'est grâce à Merle que les plannings sont acceptés année après années, mais ça veut pas dire qu'il sait les lire. Il y connaît rien, cet enculé. Demande-lui de te les montrer, juste comme ça."

Rich regarda par-dessus son épaule. Encore trois panneaux. "Y en a plus que la dernière fois, ou quoi ?"

Ils dépassèrent des maisons délabrées le long de la côte, sur une bande de terre où le parc exercerait bientôt son droit d'expropriation. Encore louées, mais dès que leur bail de vingt-cinq ans arriverait à expiration, elles seraient rasées, comme celle de Rich. On oublierait que des bébés étaient nés ici, qu'on y avait cassé des assiettes, et qu'un homme restait parfois éveillé toute la nuit à écouter un arbre craquer dans la tempête, craignant qu'il tombe sur la maison.

"Pourquoi s'emmerder à remplacer le toit ?" D'un coup de menton, Lark désigna une habitation détachée des autres, fraîchement repeinte à la chaux. Le couvreur plongea la main dans sa ceinture porte-outils et Rich reconnut le gosse de Tom Feeley.

"Il aurait fait un bon grimpeur, dit Lark. Regarde-le un peu.

— C'est vrai."

Rich planta le dernier poteau, la main en sang à cause d'un buisson de ronces qui avait ravivé sa blessure.

"Merle le saura tôt ou tard, déclara Lark, qui semblait être parvenu à une forme de conclusion. Mieux vaut qu'il l'apprenne de ta bouche. Et dis-le à Colleen. Rien ne t'attirera plus de soucis que de mentir à ta bonne femme.

— Je n'ai pas menti.

— Non. Mais tu t'es bien gardé de l'ouvrir, pas vrai ?" Lark se frotta les gencives avec son pouce pour leur ôter le goût des oignons. Il soupira. "Bon. On va jeter un œil.

— Maintenant ?" demanda Rich. Le crépuscule approchait.

"Quand on a mon âge, on arrête de repousser au lendemain."

Rich tourna devant la scierie plongée dans l'ombre. À l'époque où les bûcherons franchissaient à pied la chaîne côtière comme une armée de soldats, Sanderson y employait deux équipes en rotation, tous les jours sauf le dimanche. Les grumes passaient d'abord à l'écorceuse, et les écorces étaient emportées par un tapis roulant pour être séchées et mises en sacs. Olin Rowley sciait les billes de bois dans le sens de la longueur, puis la déligneuse éliminait les flaches. À la chaîne de triage, les Yurok attrapaient les planches, les classaient selon leurs dimensions et leur qualité, les entassaient pour les envoyer au séchoir ou dans la zone de stockage où elles sécheraient à l'air libre. Le bâtiment vibrait d'un bruit qu'il ne pouvait contenir. À présent, la scierie avait l'air abandonnée. Les minces troncs des pins de Douglas étaient expédiés par camion vers le sud, à Eureka, ou à Crescent City au nord, où des usines s'étaient équipées de scies plus petites pour les accueillir.

S'arrêtant à l'endroit où la conduite de Damnation Creek passait sous la route, Rich leva les yeux vers la parcelle 24-7.

Lark baissa sa vitre et émit un sifflement. "On en fait plus des comme ça."

Un homme sac au dos apparut sur la crête, semblant répondre au coup de sifflet.

"Vous savez que c'est un site funéraire indien là-haut ?" cria Lark.

L'homme descendit. C'était un bel Indien, du même âge que Colleen à peu près, avec un crayon coincé derrière l'oreille.

“T’es le fils de Dolores”, dit Lark. Il passa un bras dehors et lui serra la main comme s’ils étaient de vieux camarades.

Rich ne le reconnut pas. Il se rappela Dolores – qui dansait avec les soldats de la surveillance aérienne stationnés sur la côte pendant la guerre, riant, la tête renversée en arrière – seulement lorsque Lark prononça son nom.

“Daniel.” Lark avait une incroyable mémoire des visages. Tel un paquet de cartes dans la poche de sa chemise, une pour chaque personne qu’il avait rencontrée dans sa vie. “T’es devenu docteur, c’est ça ?

— Docteur des poissons.”

Lark rit. L’homme parut évaluer la taille de Rich lorsque son regard se posa sur lui.

“Docteur des poissons, ça, c’est pas mal.” Lark s’esclaffa à nouveau. “Mais on est à plus d’un kilomètre de la rivière ici, non ?

— C’est exact, répondit l’homme sans offrir d’explication.

— Comment va George ? demanda Lark. Je l’ai pas vu sur l’eau récemment. Y a un problème avec le bateau ?

— On pourrait dire ça, oui.

— Remarque, c’est pas étonnant. Il le chargeait ras la gueule avec des saumons chinook, on se demande comment il a pas coulé.”

L’homme secoua la tête. “La migration n’est plus ce qu’elle était. Les ruisseaux sont envasés.

— Il y a encore une bonne remontée de saumons coho dans Damnation Creek, pas vrai, Rich ?”

Rich hocha la tête. “La plupart des années, oui.

— Ce sont sans doute les dernières, dit l’homme. Les saumons sont décimés par la surpêche en mer.”

Lark essuya la terre sur son jean. “S’il reste un seul poisson dans cette rivière, George le trouvera. Ton oncle est un sacré pêcheur. Tu veux qu’on te dépose ?”

L’homme ajusta son sac à dos. “Non, ça va… Merci.

— Fais gaffe en te promenant par ici, monsieur le docteur. Avec tes cheveux longs, on pourrait te prendre pour un de ces écolos qui enlacent les arbres et te dézinguer. C’est quoi la récompense pour un écolo en ce moment, Rich ? Vingt-cinq ?

— Quelque chose comme ça.

— Dans le temps, on touchait cinquante balles pour un puma. Mais y en avait moins." Lark regarda droit devant lui en plissant les yeux. "Une route déserte, ça peut être dangereux. T'aurais intérêt à te planquer.

— Merci pour le conseil." Le fils de Dolores les salua et disparut bientôt entre les arbres. Lark contempla longuement les buissons derrière lesquels il s'était évanoui.

"Qu'est-ce qu'il fout ici, à ton avis ?

— Va savoir." Rich se massa l'épaule. Il lui tardait de rentrer chez lui.

"Heureusement qu'il n'est pas tombé sur plus méchant que nous."

Eugene avait poursuivi les hippies avec une batte de baseball après le déjeuner de poisson frit. Il aurait explosé une tête si Harvey n'était pas arrivé au bon moment. Rich passa la première vitesse.

"Attends." Lark se pencha en avant pour mieux examiner le versant. "Combien tu lui as filé, à Mueller ?

— Deux cent cinquante mille."

Lark inspira en serrant les dents. "Il va travailler son bronzage et se taper toutes les putes de San Diego, grâce à toi." Le soleil couchant teintait le 24-7 d'une lueur orangée. "Regarde-moi ça. Il mesure combien maintenant ? 28-5* ?

— Trente** et des poussières. On lui a donné ce nom-là il y a cent ans.

— Rich Gundersen. Qui parie sur lui-même... Ton père serait sacrément fier de toi." Lark frappa deux fois sur le tableau de bord, à la manière d'un paysan encourageant son mulet. "Les Gundersen vont enfin s'en mettre plein les fouilles, c'est pas trop tôt."

Colleen cousait sous la lumière de la lampe quand il arriva.

"Tu étais où ? demanda-t-elle.

— Lark voulait ramener ses panneaux." Il lâcha ses clés dans le bol en bois.

* 8,71 mètres de diamètre.

** 9 mètres.

“Ton dîner est dans le four.”

Il enleva ses chaussures. “Où est Chub ?

— Il dort, répondit-elle en lui jetant un regard perplexe. Il est neuf heures.”

Il se dirigea d’un pas pesant vers la cuisine, prit son assiette dans le four. Un pain de viande avec le gratin de pommes de terre qu’il aimait. Il entendit Colleen sortir, la lumière s’alluma sur la galerie. Un instant plus tard, la portière d’un pick-up se referma. Colleen revint et claqua la porte d’entrée derrière elle.

“La nouvelle vignette de l’assurance est arrivée, dit-elle. Je l’ai mise dans ta boîte à gants.” Elle le dévisagea d’un air furieux. “Tu as quelque chose à m’annoncer ?”

Il pensa immédiatement aux documents de la vente, à la clé de la boîte postale dans le compartiment secret. Comment pourrait-il l’expliquer ? L’avenir qu’il espérait pour eux ?

“Colleen…

— Ne commence pas avec tes « Colleen » !” répliqua-t-elle en le singeant. Elle lui lança un petit objet au visage. “Qu’est-ce que c’est, ça ?”

Il attrapa le sachet de préservatifs au vol et s’éclaircit la gorge en cachant son soulagement. Elle n’était pas en colère parce qu’il avait vidé leur compte d’épargne, souscrit un prêt qu’il ne pourrait peut-être jamais rembourser, mis leur famille en danger. Non, elle fulminait à cause de préservatifs qu’il n’avait même pas eu le courage de rapporter dans la maison. Il posa le sachet sur la table à côté de son assiette.

“Ne les laisse pas ici”, dit-elle sèchement, les bras croisés.

Il n’en pouvait plus de se retenir. Il la désirait tellement que c’était douloureux. Mais il refusait qu’elle endure un tel supplice. Pas encore une fois. Plus jamais.

Il frotta son pouce contre le rebord de l’assiette. “Je ne veux plus revivre ça.

— Oh, *toi*, tu ne veux plus revivre ça ?” Elle partit brusquement vers la salle de bains. La porte claqua.

Il mangea en écoutant le bruit de l’eau qui remplissait la baignoire de l’autre côté du mur. Lorsqu’elle eut fini, il prit sa douche. Elle était déjà au lit quand il entra dans la chambre. Il rangea les préservatifs dans le tiroir de sa table de chevet. Elle était couchée sur le côté, dos tourné. Il se glissa sous les couvertures, effleura sa nuque d'un doigt, descendit entre ses omoplates, sentit qu'elle se raidissait, respira l'odeur de sa lotion au géranium. Maintenant, il pouvait lui dire. *J'ai pris un risque. Un gros risque.* Les mots lui brûlaient les lèvres.

Il mourait d'envie de l'attirer à lui, mais il résista. Il n'oublierait jamais cette nuit ; quand elle avait été emmenée, il s'était retrouvé seul dans le couloir des urgences, taché du sang qu'elle perdait. Désespéré. Impuissant. Il avait affirmé, promis, juré. Plus jamais.

Il éteignit la lampe. Ils restèrent ainsi, éloignés l'un de l'autre dans le noir.

2 SEPTEMBRE

COLLEEN

"Je veux un autre enfant", dit-elle en posant l'assiette de son petit-déjeuner devant lui. Elle avait réfléchi toute la nuit. "Est-ce qu'on peut au moins en parler ?"

Rich mangeait ses œufs au plat en silence.

"Si tu étais rentré un peu plus tôt, peut-être que…

— Bon sang, Colleen. On en a *déjà* parlé. Ça n'aurait rien changé.

— Comment le sais-tu ?

— Je n'aurais rien pu faire, dit Rich en posant sa fourchette. Même si tu avais appelé une ambulance… c'était trop tard."

Les yeux de Colleen s'emplirent de larmes. "Mais pourquoi on ne réessaierait pas ?"

Une expression qu'elle était incapable de déchiffrer assombrit le visage de Rich.

"Chub a besoin de toi."

Elle attendit qu'il continue ; qu'il ajoute *J'ai besoin de toi.* Voyant qu'il se taisait, elle sortit de la cuisine, furieuse, et se remit au lit sous la couette. Elle savait qu'elle se comportait de façon puérile. Elle l'entendit laver son assiette dans la cuisine. Quand il se présenta à la porte de la chambre pour lui dire au revoir, elle fit semblant de dormir. Et une fois qu'il fut parti, elle s'endormit vraiment. Elle se réveilla une heure plus tard avec le bas-ventre douloureux – le sang qui coulait lentement, l'odeur nauséabonde de ses règles. Son corps qui demandait, comme chaque mois : *Est-ce que tu veux un autre enfant ?* Elle se brossa les dents, urina et fixa le papier rouge de sang dans la cuvette.

"Maman ?"

Elle se dépêcha de tirer la chasse.

Après le petit-déjeuner, elle bina la terre entre les rangs de haricots mange-tout. *Je peux avoir un bébé.* Elle était en train de tailler les mûriers quand Scout courut vers le fond du jardin en aboyant.

"Scout !" Le chien ne se calmait pas. Elle se leva pour le rejoindre et posa une main sur sa tête. "Tais-toi, Scout." Il cessa d'aboyer mais continua à gronder. Levant les yeux, elle crut voir un mouvement au sommet du versant. Soudain, elle eut la chair de poule. Chub jouait avec ses voitures dans l'herbe.

Celui qui a tué cet enfant est mort depuis cent ans, avait dit Rich lorsqu'elle l'avait interrogé sur le crâne. Cette réponse ne l'empêchait pas d'être troublée. Même cent ans plus tard, c'était l'enfant de quelqu'un. Le petit garçon de quelqu'un, qui trottinait entre les fougères. Elle essuya la terre sur ses genoux et rentra dans la maison.

Les aboiements de Scout, sans raison apparente, l'avaient effrayée.

Chub se précipita vers la portière arrière du pick-up dès qu'il vit sa mère ressortir, les clés à la main. Le brouillard était si épais qu'elle distinguait à peine la clôture qui tenait lieu de garde-fou au bord de la falaise. Elle se pencha en avant, serrant le volant à deux mains. Chaque fois que le terrain du côté de Last Chance Creek s'écroulait et glissait dans l'océan, le Département des transports parlait de dévier la route.

Pas de brouillard, pas de séquoias, disait Rich. *Pas de bois d'œuvre, pas de paye.* Être mariée avec un homme qui ne se plaignait jamais n'était pas aussi facile qu'on le croyait.

Après la lagune, la route virait vers l'intérieur des terres. Chub balançait ses jambes en contenant son impatience. Encore trois minutes jusqu'au magasin Les Arbres du Mystère – une éternité, pour un enfant –, dernier attrape-touristes avant le bourg.

"Je vois Babe !" s'écria enfin Chub.

La grosse tête bleue du bœuf apparut, tandis que le brouillard masquait à moitié l'énorme statue de Paul Bunyan* invitant les

* Figure légendaire du folklore américain, représenté comme un bûcheron géant accompagné d'un bœuf bleu nommé Babe.

gens de la ville à découvrir la boutique de curiosités : pendules serties dans le bois, porte-clés Sasquatch, paniers et ouvrages incrustés de perles, énormes loupes dérobées aux arbres de la forêt originelle. Des passe-temps vers lesquels les gens se tournaient quand l'argent manquait.

Elle s'engagea sur la route de terre en direction du mobile home de Melody Larson. Les vitres du pick-up tremblaient quand elle croisait des grumiers lourdement chargés. Melody ouvrit la porte, le visage tout rose.

"Salut, Chub ! Tu veux donner à manger aux poissons ?" Melody entraîna le petit garçon vers l'aquarium. Il s'assit en tailleur pour regarder les poissons.

"J'ai refait les exercices, dit Melody à Colleen. Il bouge beaucoup."

Le mari de Melody, Keith, n'était pas bûcheron mais employé à la conserverie. Le couple n'avait aucune assurance, pas d'argent pour payer une échographie. Keith désirant un garçon, Melody parlait toujours du bébé au masculin.

"Vous pouvez vérifier ?", demanda Melody, le front moite.

Elle s'allongea sur le canapé et remonta sa chemise. Après s'être frotté les mains pour les réchauffer, Colleen palpa son ventre dur, à la peau distendue. Ici, un pied, là, un coude. Elle ne trouvait pas la tête.

"Il va bien ?" demanda Melody avec angoisse.

Colleen continuait son exploration. "Il est bien positionné, c'est juste que… la tête est cachée."

Melody soupira. "J'espère qu'il arrivera ce week-end. Keith ne travaille pas."

Colleen chercha une dernière fois la rondeur du petit crâne.

"Appelle-moi quand tu sentiras qu'il arrive", dit-elle en se levant.

Ils dépassèrent l'ancienne ferme des Peine, l'école, la Beehive, avec ses feuilletés aux mûres alignés sur le présentoir. Du fromage frais dans la pâte, c'était le secret de Dot. Ensuite venait la poste ; le vendeur de saumon séché, définitivement fermé – la migration allait bientôt commencer, les bateaux se presseraient à l'embouchure de la rivière ; l'Unique Taverne, avec le trait de peinture blanche au-dessus de la porte pour marquer l'inondation de 1964, Noël sous l'eau, tous les ruisseaux en crue, le pont emporté, des pans entiers de terrain qui avaient glissé et recouvert les routes. Si son père avait attendu dix ans et sorti la barque le jour de Noël 1964, il serait peut-être mort en martyr, non pas en pochetron qui s'était noyé. Il y avait des traits blancs partout : au pied du clocher de l'église abandonnée, à mi-hauteur dans les greniers des maisons. Pendant presque un an après l'inondation, on n'avait pu traverser la rivière qu'en bateau. La planète Terre périrait peut-être dans les flammes de l'apocalypse, mais ici, dans le comté de Del Nort, sur les rives de la Klamath, le monde finirait englouti sous les eaux.

Elle tourna au niveau de la scierie. Le pick-up de Rich était garé à sa place habituelle sur le parking. Le ciel se reflétait dans l'eau immobile de l'étang où autrefois se pressaient les trains de bois, reflets d'une main-d'œuvre si importante que les trois bars du coin ne manquaient pas de clients. Elle traînait Enid de l'un à l'autre lorsqu'elle cherchait la Mercury de leur mère. Après l'avoir trouvée, elle ouvrait la portière côté passager pour faire monter sa petite sœur, s'installait au volant, puis prenait les clés coincées sous le pare-soleil, allumait le chauffage et rentrait à la maison avec ce qui restait de la paye maternelle, en général réduite à de la petite monnaie. *Pense à autre chose.*

"Dans quatre jours, tu entres au jardin d'enfants, Chub", dit-elle.

Cette perspective qui lui nouait le ventre ne troublait nullement la sérénité de Chub. Le Chevy dépassa Damnation en cahotant sur les nids-de-poule de No Name Road. On avait découvert le crâne, mais où était le reste de l'enfant ? D'après le journal – vieux d'une semaine quand elle l'avait enfin déniché sous la pile de courrier et de prospectus –, les recherches n'avaient rien donné d'autre.

Elle croisa un camion forestier chargé de grumes à la sortie du virage, juste avant l'embranchement où l'extrémité de Deer Rib Ridge ressemblait à la proue d'un navire dans le brouillard. Lentement, elle s'engagea sur le sillon boueux creusé par les roues qui contournait le versant entre des murs de broussailles. À mesure qu'elle avançait au cœur de la forêt trouée de coupes claires, elle avait l'impression de remonter le temps. Sa mère aurait abreuvé Sanderson de ses hurlements, ainsi que le comté, quiconque approchant au volant d'un camion-citerne pour répandre des milliers de litres d'herbicide.

Verne avait de sacrés poumons, disait-on. *Des poumons et une paire de couilles.*

Le tableau de bord tressautait, les roues franchissaient des ornières où l'on se serait enfoncé jusqu'à mi-mollets. L'odeur de la pluie tombée la veille entrait par le circuit de ventilation. Des tronçonneuses invisibles vrombissaient derrière le versant. Rich était quelque part par là-bas, du côté de Lost Road, après chez Enid.

"*Tim-ber** ", s'écria Chub en souriant de toutes ses dents. Colleen se promit de couper les mèches de cheveux qui lui tombaient dans les yeux.

Des mûriers sauvages s'étageaient sur les flancs de la colline, leurs baies épanouies en grappes noires. Des volutes de brouillard dérivaient en travers de la route, des buissons griffaient les vitres. Enfin, la ferme apparut. Ils empruntèrent la longue allée qui s'étirait au milieu d'un verger de pommiers noueux, puis dépassèrent la mare où les mains pâles de son père s'étaient tendues vers elle dans l'eau brunâtre – *Bats des pieds, ma puce. Bats des pieds.*

Chub sauta du pick-up dès qu'elle eut serré le frein à main.

"Cinq minutes", dit-elle.

Joanna apparut, la petite Camber sur sa hanche.

"Un baptême ?" répondit-elle lorsque Colleen annonça qu'il lui fallait quatre douzaines d'œufs.

Tandis que Judith allait chercher les œufs dans le poulailler, Colleen se demanda si Joanna était blessée de ne pas avoir été invitée. Au regard que celle-ci coula vers le pick-up, elle lut dans ses pensées : il était plus rapide de marcher. Elle se rappela le grondement sourd de Scout et faillit interroger Joanna pour savoir si elle avait vu quelqu'un remonter le ravin, mais c'était stupide. Qui irait se promener par ici ?

Judith ressortit du poulailler, portant les œufs sur un lourd plateau. Joanna les mit dans les boîtes que Colleen avait apportées et glissa le billet de cinq dollars dans sa ceinture. Un hélicoptère survola le haut de la pente, lâchant derrière lui une traînée blanchâtre et une légère odeur de chlore.

* Bois d'œuvre. Cri d'alerte poussé par les bûcherons avant que l'arbre tombe.

“Rentrez dans la maison”, dit Joanna aux filles. Elle ramassa un caillou et le lança vers le ruisseau, où un raton laveur était en train de boire. L’animal se dressa sur ses pattes arrière, les mains contre sa poitrine comme s’il remontait une paire de bretelles. “Dégage !” Joanna fit quelques pas menaçants dans sa direction, il décampa. “Ils guettent les poules”, expliqua Joanna en tirant sur la boucle d’un tuyau en caoutchouc que Colleen n’avait pas remarqué, tendu à travers champs pour rejoindre Little Lost Creek. “Deer Creek ne coule plus.

— Depuis quand ?” Lorsque Colleen était enfant, l’eau de la ferme provenait de Deer Creek, plus propre que celle de Little Lost. Douce et sucrée. Presque de l’eau de pluie.

“Vendredi ? répondit Joanna, une hésitation dans la voix. Ça reviendra. L’eau revient toujours.”

CHUB

Les œufs étaient froids. Pas de poussins à l'intérieur. Chub les garda quand même au chaud sous ses mains, tout en observant par la fenêtre du pick-up le soleil qui dansait sur No Name Creek*. Son père lui apprenait les noms des ruisseaux : Lost Creek, Mad, Mistake, Fatal, Starveout, Runaway, Last Chance**. C'était comme mémoriser les fils d'une toile d'araignée. Les routes menaient à des impasses, mais si on connaissait les cours d'eau, on pouvait toujours retrouver le chemin de sa maison.

Sa mère tourna sur la route qui conduisait à Fort Eugene. Ils croisèrent une dépanneuse emportant le Wagoneer rouge d'Enid, dont toutes les vitres avaient volé en éclats.

"Oh, Enid", marmonna sa mère.

Au fond de la prairie, le tuyau de poêle de Fort Eugene rejetait un mince panache de fumée à l'horizontale. Les chèvres avaient grimpé dans les branches de leur arbre ; Little Lost Creek s'écoulait au milieu du terrain, délimitant deux territoires distincts : d'une part, le vaste enclos pour chats de tante Enid, de l'autre, la décharge d'oncle Eugene. Chub pressa son nez contre la vitre. Deux agrandissements avaient poussé comme des champignons aux extrémités du mobile home posé sur des parpaings. Fort Eugene, c'étaient des biscuits Oreo mous et humides, un long couloir en pente où on jouait avec des petites voitures de course, des portes qui coulissaient à l'intérieur des cloisons, sa cousine adorée : Agnes, Agnes, Agnes.

* Le Ruisseau sans nom.

** Le Perdu, le Fou, l'Erreur, le Fatal, l'Affamé, le Fugitif, la Dernière Chance.

"Ne caresse pas les chats, s'il te plaît", dit sa mère en éteignant le moteur.

Chub descendit du côté d'oncle Eugene – un cimetière de carcasses de voitures et de vélos aux pneus crevés –, bondit par-dessus le ruisseau et monta les marches du mobile home en courant.

"C'est qui ? demanda tante Enid, qui allaitait le bébé sur le canapé. Salut, Chub. Tu es venu tout seul ?"

Mavis et Gertrude levèrent les yeux de leurs albums de coloriage.

Où est Agnes ? avait-il envie de demander, mais il ne voulait pas que tante Enid se moque encore de lui en l'appelant *l'Amoureux*. Tante Enid était méchante quand elle taquinait, et elle ne s'excusait jamais. Elle parlait fort et avait des cheveux blonds coupés court comme ceux d'un homme, au contraire de sa mère qui était brune, avec une voix douce et une queue de cheval soyeuse. Il passa devant le mur sur lequel les tailles de tout le monde étaient mesurées et marquées au feutre indélébile. Il n'y avait personne dans la chambre d'Agnes. Au bout du couloir, un criquet s'envola par une porte grande ouverte. Pas d'étage dans le mobile home. Les portes s'alignaient les unes derrière les autres comme les portes dans un rêve.

"J'en ai un !" Wyatt se redressa dans l'herbe haute et secoua ses mains jointes comme quand on roule les dés en espérant sortir un double six.

Agnes apparut près de lui. Des mèches rousses s'échappaient de sa tresse.

Wyatt déposa quelque chose dans le bocal que tenait sa sœur et retira aussitôt sa main pour qu'elle referme le couvercle. Il envoya une chiquenaude dans le bocal. "Tue-le, imbécile.

— Chub, regarde !" Agnes leva le bocal.

Chub sauta du mobile home. Une grenouille était accroupie au fond du bocal, indifférente aux criquets agglutinés sur le verre.

"C'est une débile, elle comprend rien", dit Wyatt. Wyatt aimait regarder les chats torturer les sauterelles jusqu'à ce qu'elles meurent.

"Les grenouilles mangent des mouches, déclara Chub.

— *Les grenouilles mangent des mouches*", répéta Wyatt en ricanant. Il désigna les jumelles de Chub. "Pourquoi tu les portes toujours autour du cou ? T'aimes les colliers, c'est ça ?"

Lorsqu'ils tournèrent le coin du mobile home, ils tombèrent sur tante Enid. Agnes lui montra la grenouille.

"Tu l'as touchée ? Tu vas attraper des verrues.

— Même pas vrai ! rétorqua Agnes. Les verrues, c'est dégoûtant."

Chub cacha la verrue sur son pouce. Il aurait aimé avoir le courage de l'arracher avec ses dents.

"Chub, ne t'éloigne pas", dit sa mère.

Un camion-citerne avançait lentement sur la route de terre. Un homme marchait derrière en aspergeant les buissons avec un tuyau.

"Rien d'autre, tu es sûre ? demanda la mère de Chub à tante Enid en lisant la liste.

— Hé, Carl !" cria Enid. Tournant la tête, l'homme arrosa la chèvre avec l'oreille noire qui broutait l'herbe autour de la conduite d'eau. "Comment va Helen ?

— C'est pour bientôt", répondit l'homme en criant aussi.

Chub toussa. Sa langue avait un goût amer.

"Heureusement, il asperge aussi ces saletés de mûres de l'Himalaya ! dit tante Enid. Y a que ça qui peut les tuer. Chub, tu t'es encore mis le doigt dans le nez ?"

La mère de Chub se pencha et lui appuya un mouchoir en papier sous les narines. Il eut soudain le ventre noué par la peur.

"Garde la tête en arrière, dit sa mère quand ils furent remontés dans le pick-up.

— Roule trop vite et ne sois pas prudente ! lança tante Enid en riant. Agnes !"

Agnes surgit entre les buissons.

"Où est ton frère ? Ne donnez pas cette grenouille aux chats, vous m'entendez ?"

Agnes agita la main pour dire au revoir à Chub et lui fit son sourire avec des fossettes. Elle ouvrit le poing : deux mouches s'envolèrent.

COLLEEN

Le gravier jaillissait sous les pneus du pick-up. Colleen regrettait presque d'avoir laissé la robe de baptême à Enid. Elle avait pris l'habitude de la sortir de son panier à couture et de l'étaler sur la table basse en loupe de séquoia, feignant de croire que le vêtement était destiné à un autre bébé. Enid, de mauvaise humeur à cause de son altercation avec Tice Whelan, l'avait jetée sur le dossier d'une chaise. Les débris des vitres du Wagoneer brillaient comme de la glace pilée devant le mobile home.

Chub se frotta les yeux.

"Tu as sommeil ?" demanda-t-elle.

L'enfant secoua la tête, dans un déni que démentaient ses paupières lourdes. Elle lui préparerait un déjeuner rapide : des sandwichs au thon. Les broussailles, déjà flétries là où Carl avait pulvérisé l'herbicide, masquaient le tracé de la route. Demain, les mûriers et les fougères – tout ce qui n'était pas du bois d'œuvre – se seraient ratatinés de part et d'autre de la chaussée élargie. Elle écrasa la pédale du frein à la sortie d'un virage : Daniel, à moins d'un mètre de son pare-chocs avant.

Il s'avança avec une telle détermination qu'elle se retint de verrouiller sa portière. Elle baissa sa vitre.

"Colleen, dit-il sur un ton de reproche parce qu'elle avait failli l'écraser. Salut p'tit gars", ajouta-t-il à l'adresse de Chub. Tandis qu'il ajustait les bretelles de son sac à dos sur ses épaules, un bruit de verre entrechoqué se fit entendre. "Knife Creek coule toujours par ici ?

— Oui, mais c'est trop loin à pied", répondit-elle, pensant qu'il lui demanderait peut-être de le ramener au bourg.

Un sourire se dessina sur les lèvres de Daniel. “Tu crois vraiment ?

— Knife rejoint Fork juste avant Starveout*, récita Chub.

— Rich lui apprend les ruisseaux”, expliqua-t-elle.

Daniel pointa un doigt sur Chub. “Toi, tu as autant de mémoire que ta mère.”

Colleen rougit. Tout avait commencé par un exposé donné par le professeur d’histoire au lycée : Daniel Bywater. Colleen Hinkle. Deux noms tirés au sort, un sujet inscrit sur un papier plié en quatre dans un chapeau. Elle aurait préféré le phare de Crescent City, et les autres élèves avaient ri sous cape quand elle avait pioché la station radar.

On peut prendre ma voiture pour aller à la bibliothèque de l’université, avait-il dit. Ils partirent donc à Arcata, un samedi. C’était la première fois qu’elle se trouvait dans une voiture avec un garçon. Elle garda le nez plongé dans les livres ouverts sur la table, évitant de regarder le plafond d’un bâtiment majestueux où elle avait eu peur de pénétrer. Au retour, il suggéra qu’ils se rendent à la station. *Pour la recherche*. Il arrêta la voiture sur le bas-côté et ils marchèrent le long de la côte en silence. Il n’y avait qu’une seule raison d’aller à la station radar avec un garçon. Peut-être parce qu’il était tendu lui aussi, Daniel se mit à parler. Il raconta comment son père, un Blanc, avait été stationné ici pendant la guerre, loin de sa femme et de ses enfants. Comment sa mère l’avait rencontré à une soirée dansante au Cutthroat, comment il était né neuf mois plus tard alors que son père avait disparu. Il raconta aussi qu’il pêchait l’anguille sur une langue de sable à l’endroit où la rivière se jette dans l’océan, et qu’une fois, à l’âge de treize ans, il avait failli être emporté par un violent courant qui l’entraînait vers le large ; son oncle l’avait sauvé *in extremis*. Il parla d’un canoë que ce même oncle sculptait dans un tronc de séquoia ; il l’avait trouvé flottant à l’embouchure de la rivière, l’avait attaché à sa barque et remorqué jusque chez lui. Son oncle avait sculpté un cœur, des poumons et des reins au fond du canoë, parce que le séquoia était un être vivant, le canoë aussi. Tout comme la rivière. Ils restèrent assis, épaule contre épaule, adossés au mur en

* Le Couteau rejoint la Fourchette juste avant l’Affamé.

parpaings de la station radar sans ressentir le froid. Elle se demanda s'il pensait à son père de la même façon qu'elle pensait au sien. Finalement, Daniel lui prit la main. Rien de plus.

Excellente mémoire, murmura-t-il lorsqu'ils retournèrent s'asseoir après l'exposé, au cours duquel elle livra sans hésiter toutes les dates qu'elle avait apprises. Elle eut envie de lui prendre la main à son tour, mais bien sûr, elle n'osa pas. Le mois suivant, il se présenta à l'examen de fin d'études secondaires avec un an d'avance et quitta le lycée.

"Il n'y a rien à voir là-bas, dit-elle, à part des coupes rases.

— Tu essaies de me détourner de mon chemin, Colleen Hinkle ?

— Gundersen." Elle appuya une main sur son col roulé, comme pour empêcher la chaleur qu'elle sentait monter d'atteindre ses joues.

Ils étaient au milieu de Damnation ; l'eau du ruisseau se précipitait dans la conduite qui passait sous la route.

"Qu'est-ce qu'il y a dans ton sac ?" demanda Chub. Il détacha sa ceinture de sécurité, se leva et rejoignit sa mère à l'avant.

Daniel sortit un pot à confiture contenant un peu d'eau. "Des échantillons. J'espérais que tu pourrais m'aider." Il regarda Colleen droit dans les yeux. Au même instant, Scout surgit entre les buissons.

"Scout !" s'écria Chub.

Colleen ouvrit sa portière et descendit. Quand Chub sauta du pick-up derrière sa mère, Scout se rua sur lui avec tant de fougue qu'il fut renversé et se retrouva assis sur les fesses. Le chien entreprit alors de lui lécher le visage.

"Il est tout mouillé !"

Scout secoua sa fourrure trempée et se coucha, les quatre pattes en l'air.

"Il veut qu'on lui gratte le ventre, expliqua Chub.

— Je me disais bien qu'il devait appartenir à quelqu'un", dit Daniel.

Colleen aida son fils à se relever. "Remonte dans le pick-up maintenant.

— C'est un beau chien", déclara mollement Daniel.

Elle sourit, montrant qu'elle ne se laissait pas berner par ce compliment de pure forme. Issu de croisements multiples, Scout réunissait à lui seul les attributs de plusieurs races canines – la robe bringée d'un bouledogue, les pattes mouchetées d'un chien de chasse, le poil long et la queue blanche, recourbée vers le haut, d'un chien de berger.

"Il s'enfuit souvent ? demanda Daniel.

— Pour chercher Rich, oui.

— Est-ce qu'il le trouve ?

— En général, il trouve d'abord un porc-épic.

— Les chiens sont très doués pour évaluer les gens. Ça doit être quelqu'un de bien. Élagueur ? Il est très bon, à ce qu'il paraît."

Il commençait à pleuvoir. Colleen baissa le hayon et Scout bondit sur le plateau. Elle avait les yeux qui la piquaient.

"On sent vraiment leur herbicide maintenant." Daniel s'essuya le visage avec un pan de sa chemise. "L'eau chez toi vient de Damnation Creek, n'est-ce pas ?

— Comment le sais-tu ?

— Tu la filtres ?

— C'est Rich qui s'en occupe. Il ajoute du chlore, mais l'eau est très propre.

— Elle a *l'air* propre, dit Daniel. Et elle est froide. Pas étonnant que le saumon coho l'apprécie. C'est vrai que ça fait une trotte jusqu'ici pour recueillir des échantillons. Du coup, j'ai pensé… si je te donnais des pots vides, tu pourrais les remplir à ton robinet une fois par semaine ? C'est assez simple…" Il sortit une pochette en plastique de son sac à dos, remplie de pots aux couvercles dorés comme ceux qu'elle utilisait pour faire des conserves. "Tu n'as qu'à inscrire la date sur l'étiquette. Je viendrai les récupérer plus tard.

— Je ne peux pas", dit-elle. Du coin de l'œil, elle vit Chub, assis à l'arrière, qui regardait par la fenêtre.

"Allez, Colleen…"

Comme autrefois. *Allez, Colleen.* Il savait lire en elle, il connaissait ses désirs secrets et ses peurs, les ponts qu'elle devait franchir pour atteindre les uns et laisser les autres derrière elle.

"Daniel, je…" Elle avait une maison, un enfant, un mari. "Je ne peux pas.

— Bon. Si jamais tu changes d'avis…" La main de Daniel effleura la sienne quand il leva la pochette pour la poser sur le plateau du pick-up. Il la salua d'un geste désinvolte.

Elle reprit place au volant. Chub ouvrit la lunette arrière et Scout pointa sa truffe dans l'habitacle.

"Il pue !" Chub se pinça le nez.

Colleen tourna la clé de contact. Claquement strident sous le capot : elle s'aperçut qu'elle avait laissé le moteur en marche pendant toute la durée de cet échange.

"Il est parti où ?" demanda Chub.

Daniel avait disparu.

"Je ne sais pas, Grahamcracker."

De retour à la maison, elle resserra le collier de Scout. Chub bâillait et ne venait pas à bout de son sandwich, même après qu'il l'eut ouvert pour retirer tous les morceaux de céleri. Elle écarta les mèches qui lui tombaient dans les yeux.

"Où as-tu trouvé ces magnifiques cils bruns ?

— Chez le marchand de cils", répondit-il, dormant presque.

Quand elle tourna le robinet dans la salle de bains pour le débarbouiller, l'eau sortit en crachotant.

"Ton père va devoir réparer ça."

Tout en lui séchant les mains, elle tenta de chasser Daniel de son esprit. Ce frisson, aussitôt réprimé, lorsque leurs mains s'étaient frôlées.

Chub se glissa sous sa couette sans rechigner.

"Il est où, Scout ? demanda-t-il dans un murmure.

— Dehors. Tu te rappelles ?

— Ah oui…" Il ferma les yeux.

"Fais une bonne petite sieste, mon cœur."

Il se tourna sur le côté, le nez enfoui dans l'oreiller en plume tandis qu'elle lui caressait la joue.

"Tes mains sont froides…

— J'ai eu *un* miracle dans ma vie. Et c'est toi." Elle l'embrassa sur le front.

Les pots à confiture que lui avait donnés Daniel s'entrechoquaient dans le sac. Comme elle ne savait pas quoi en faire, elle les cacha au fond d'un tiroir où elle conservait tout un bric-à-brac d'objets et d'ustensiles rarement utilisés.

Chub passa le reste de l'après-midi à jouer dehors avec Scout. Elle prépara le dîner, tandis que les chiffres défilaient sur l'horloge du four. Six heures. Sept heures. Rich s'était sans doute encore arrêté chez Lark. Il l'évitait.

Elle coucha Chub après lui avoir lu des histoires. En revenant s'asseoir au salon, elle entendit Scout aboyer. Elle alla prendre le tisonnier à côté de la cheminée.

Quand Rich arriva enfin, le pain de viande était froid et desséché dans le four. Il se débarrassa de son ciré et le suspendit au crochet près de la porte.

"Je crois qu'il y avait quelqu'un là-haut ce matin, dit-elle. Scout a aboyé comme un fou.

— Un ours, probablement." Il remarqua le tisonnier sur la table basse. "Où est Chub ?

— Il dort.

— Déjà ?" Rich regarda par la fenêtre, la nuit tombait. "Tu veux que je t'apporte une assiette ?"

Tu veux. *Sept lettres. Désirer. Vouloir ?*

"Non, j'ai déjà mangé", répondit-elle.

3 SEPTEMBRE

RICH

Le lendemain matin, Bald Hill disparaissait derrière un voile de brume. Scout filait sur le sentier devant eux, tandis que Rich tentait de repérer les traces de ce qui avait effrayé Colleen : fougères cassées ou tiges de salal piétinées, accrocs dans la végétation. En haut de la pente, il continua à flanc de coteau.

“Qu’est-ce que tu cherches ? demanda Chub.

— Rien.”

Il était essoufflé lorsqu’ils arrivèrent au 24-7. Chub posa sa main contre l’écorce de l’arbre géant. Ici, seulement, l’inquiétude de Rich – une douleur qui ressemblait à une brûlure d’estomac – le laissait tranquille. Ce bois d’œuvre lui appartenait. Il trouverait un moyen de l’emporter.

“Comment on fait pour venir de chez Lark à ici ?” demanda-t-il, testant les connaissances de son fils.

Chub examina sa paume. Rich approcha la sienne, comme s’ils étaient en train de comparer deux pages d’un livre.

“On monte… on monte jusqu’à la source, et après, on descend le long d’Eel Creek, en suivant le bruit…” Chub hésita. “D’un côté, c’est le bourg, de l’autre, Knockdown. Quand on arrive à Shiver Creek…” Il se mordit la lèvre en fouillant sa mémoire.

Shiver Creek traversait la parcelle au bas de laquelle le père de Rich avait trouvé la mort. Devant la souche du séquoia meurtrier s’élevait une tour de cailloux, haute de trois mètres, déjà largement dépassée par le jeune arbre issu d’un rejet.

“On n’est pas loin de la rivière ! termina Chub, triomphant.

— Très bien. Et maintenant, c’est par où la maison ?”

Chub montra du doigt.

“Tu sais que t’as oublié d’être bête, toi ?”

Lorsqu’ils arrivèrent au-dessus de la maison, Chub courut dans la pente. Rich vit Colleen au fond du jardin, occupée à arracher des mûriers trop envahissants. Il s’accroupit pour observer l’enfant qui se précipitait vers les jambes de sa mère, et là, devant lui, dans la terre : une empreinte de chaussure. Un pied plus petit que le sien, plus grand que celui de Colleen. L’empreinte était fraîche – un jour à peine –, la terre ramollie par la rosée. En bas, Chub riait aux éclats pendant que sa mère, assise dans l’herbe, le serrait contre elle et le chatouillait. Scout aboyait.

“Qu’est-ce que tu en penses ? dit-elle quand Rich les rejoignit. Est-ce qu’on devrait faire cuire ce petit garçon dans le four avec les autres biscuits ?” Elle avait oublié son inquiétude en jouant avec Chub, mais une ombre passa sur son visage lorsqu’elle demanda : “Tu as vu quelque chose ?”

Il secoua la tête, puis souleva Chub dans ses bras et souffla bruyamment sur son ventre. “Ah, c’est un biscuit ! Un biscuit à quoi ?

— Aux pépites de chocolat ? dit Colleen.

— Non ! cria Chub.

— Au beurre de cacahuètes ?

— Non !

— Aux flocons d’avoine et aux raisins secs ?

— Non !

— Alors, c’est un grahamcracker ?

— Mais oui, c’est ça !” Rich posa Chub, qui se laissa rouler sur le dos dans l’herbe.

“En tout cas, ce cracker-là a bien besoin d’un bain”, dit Colleen. Chub écarta d’une main la mèche de cheveux qui lui tombait dans les yeux. “Et d’une petite coupe.”

Tandis que Colleen emmenait Chub, Rich fixa intensément la pente à l’endroit de l’empreinte, comme un chevreuil se sentant observé. Un homme s’était tenu là, tout récemment. Il avait regardé leur maison. Les géraniums de Colleen aux fenêtres. La porte de derrière, qui ne fermait pas à clé.

4 SEPTEMBRE

COLLEEN

Assis à sa place dans le pick-up qui filait en direction du bourg, Chub tirait sur sa ceinture de sécurité et jouait nerveusement avec sa cravate à clip.

"Ça pue derrière, protesta-t-il.

— T'énerve pas, Grahamcracker, répondit Rich. On y est presque.

— Tu surveilles mon plat avec les œufs mimosas ?" demanda Colleen.

Chub se renfrogna. "J'ai pas envie d'y aller.

— Tu vois des baleines ?" dit Rich.

Chub appuya ses jumelles contre la vitre et observa l'océan gris et houleux. S'il repérait une baleine, il pourrait faire un vœu.

Sur le parking de l'église, Wyatt sauta du pick-up rouillé d'Eugene, suivi d'Agnes, Mavis et Gertrude en robes de velours ornées d'un col blanc, portant les bottes blanches maculées de terre.

"Attends, mon bonhomme, dit Colleen en redressant la cravate de Chub. Tu ne peux pas y aller déguisé en épouvantail." Elle remit de l'ordre dans les cheveux de l'enfant, se lécha le pouce et essuya une tache sur son front.

Assise parmi les premiers rangs, Colleen écouta le pasteur tout en regardant Enid écarter le linge qui gardait le bébé au chaud devant les fonts baptismaux. L'eau fut ensuite versée sur la tête d'Alsea. Colleen pinça les lèvres et s'obligea à respirer par le nez. *Ne pleure pas. Surtout, ne pleure pas !*

Plus tard, tandis qu'elle tenait le bébé sur ses genoux dans la salle polyvalente, Chub fit observer : "Elle a même pas pleuré !

— Elle ne pleure jamais." Colleen essuya un peu de salive sur le menton de la petite. "Toi aussi, Chub, tu étais un bébé facile.

— Je peux avoir du dessert ? demanda-t-il.

— Finis d'abord ton assiette."

Chub termina son fromage avec un biscuit salé et repoussa l'œuf mimosa.

"Quand est-ce que tu vas avoir une petite sœur, Chubby ? demanda Gertie, la grand-tante d'Eugene et dernière des sœurs DeWitt encore en vie.

— J'ai eu une petite sœur, répondit Chub. Elle est morte."

Colleen lui avait expliqué ce qui s'était passé, mais elle fut étonnée qu'il s'en souvienne.

"Quoi ? fit Gertie en se tournant vers Colleen.

— Ma mère avait un tout petit bébé dans son ventre qui est mort", continua Chub. Colleen sentit les larmes lui monter aux yeux. "Mais moi, je ne suis pas mort."

Gertie s'étrangla. "Oh.

— Je reviens tout de suite..." Colleen rendit Alsea à Enid, puis sortit sur le parking et inspira de grandes bouffées d'air froid.

Elle s'était couchée tard, après avoir préparé quatre douzaines d'œufs mimosas. En se levant ce matin, elle était fatiguée. Elle avait fait brûler le pain grillé, repassé la chemise de Chub pour s'apercevoir, en la retournant, qu'il manquait un bouton. Lorsqu'elle était sortie sous le crachin, elle avait eu l'impression que quelqu'un l'agressait personnellement en lui jetant de l'eau à la figure. Bien sûr, Enid n'était pas arrivée en avance. Bien sûr, rien n'était prêt. Et pour couronner le tout, elle découvrait à présent le troisième plat d'œufs mimosas abandonné sur le capot du pick-up, protégé par un film d'aluminium où la pluie déposait ses perles.

Sois indulgente avec ta sœur. Un jour viendra où vous ne serez plus que toutes les deux, sans personne d'autre sur qui compter.

Elle leva les yeux, s'attendant presque à voir sa mère au bout du parking. Colleen avait survécu à des dizaines de fêtes comme celle-ci. Six enfants, et autant de baptêmes, d'anniversaires, de spectacles de fin d'année. Elle survivrait aujourd'hui aussi. Elle se concentrerait sur ce qu'elle avait : Chub. Elle avait Chub.

Elle revint dans la salle et posa le plat d'œufs mimosas devant Enid.

“Tu en as fait combien ?” demanda celle-ci, la main suspendue au-dessus des œufs comme un joueur d’échecs hésitant à déplacer une pièce. Même avec de l’embonpoint, même pâle et les traits tirés, elle était belle. *Faut être jolie pour oser une coiffure pareille*, avait dit leur mère la première fois qu’Enid s’était coupé les cheveux en brosse. Colleen avait compris la mise en garde.

Les enfants d’Enid se pressaient autour des bonbons et des chocolats.

“D’où viennent tous ces rouquins ? demanda le pasteur.

— Là, vous me posez une colle”, répondit Enid, comme si elle n’était pas plus responsable de la façon dont ses enfants se conduisaient que de la couleur de leurs cheveux.

Le père de Colleen avait les cheveux noirs, mais sa barbe, quand il l’avait laissée pousser, tirait vers le roux aux coins de sa bouche qu’elle encadrait comme deux portes accrochées à des gonds rouillés. Colleen se demanda si Enid conservait aussi cette image.

“Tu peux me la tenir ?” demanda Enid en lui confiant le bébé une fois de plus.

Par les baies vitrées ouvertes, elle voyait et entendait les hommes qui parlaient dehors. Rich était assis sur une souche, une assiette en carton sur les genoux.

“Ces connards d’écolos, claironnait Eugene. Je vais vous dire ce qu’ils encaissent pas. C’est que des ploucs gagnent du pognon ! La forêt vierge, tu parles. D’abord, qui a envie de se taper une vierge ? S’ils se repointent, on devrait tous les descendre.

— Tu toucherais même pas une grange à dix mètres, plaisanta Lew Miller en lui allongeant une bourrade dans les côtes. Avec quoi tu tirais au Viêtnam ?

— Avec mes mains, Lew. Je me battais à mains nues.”

Tout en berçant doucement Alsea, Colleen observa Chub qui poursuivait Wyatt dans l’aire de jeu. Les retardataires se servaient une généreuse portion de salade de macaronis. La veuve d’un poseur de câbles poussait devant elle ses enfants aux joues rondes. On voyait presque le logo de la compagnie estampillé sur le front de ces gamins-là. Sanderson leur offrait un manteau à Noël, et un panier de mandarines. Un jour, Evelyn McCurdy, dont le père avait été coupé en deux par une chaîne de débardage, avait laissé une mandarine dans son pupitre. Colleen l’avait subtilisée pendant la récréation et l'avait mangée dans les toilettes des filles. Elle avait gardé le parfum de l'écorce sur ses doigts longtemps après s'être lavé les mains. Il n'y avait pas de panier à Noël pour les filles dont le père s'était noyé en braconnant des moules dans un canoë emprunté.

Colleen changea Alsea d'épaule.

"Tu devrais en avoir encore un", dit Gertie, la grand-tante d'Eugene, en lui parlant à l'oreille comme pour lui faire part d'un secret. Ses cheveux blancs étaient mis en plis par des bigoudis, et l'odeur de talc qui flottait autour d'elle ne masquait pas sa mauvaise haleine. Colleen se força à sourire pendant que Gertie lui tapotait la main. "Oh ma chérie, tu es froide comme la glace."

Colleen résista à l'envie de gifler la vieille femme, qui tirait sur le lange pour mieux couvrir les pieds du bébé. À presque quatre-vingt-dix ans, Gertie était veuve depuis plus demi-siècle. Elle portait encore un médaillon contenant la photo de son fils unique, mort de la polio.

Un grand rire éclata plus loin dans la salle. Eugene avait rejoint Enid et fanfaronnait en l'attrapant par la taille. Rich ne touchait jamais Colleen en public.

"Regarde-moi ces deux-là, fit Gertie. On reviendra bientôt pour un autre baptême. Enfin… tu es encore jeune."

Mais quand, vraiment, Colleen s'était-elle sentie jeune ? Elle avait veillé sur Enid, même lorsque celle-ci était adolescente, non pas comme une grande sœur mais comme la mère d'une fille rebelle et indisciplinée. Elle regarda Rich dehors, la tête penchée pour écouter les autres dans la lumière déclinante.

"C'est tristounet d'être enfant unique, insista Gertie.

— Chub a ses cousins, répondit Colleen d'une voix sourde.

— Fais-en un autre." À nouveau, Gertie lui tapota la main. Sa peau fine comme du parchemin laissait apparaître un réseau de veines bleues et gonflées. "Je n'ai jamais connu d'homme qui n'aime pas cet aspect-là de la chose, quel que soit son âge."

Chub revint voir sa mère.

"Je peux manger du gâteau maintenant ?"

Le gâteau affaissé sur le plat ressemblait à un château de sable détruit par la marée. Dot coupa une part pour Chub.

"Un bébé qui ne pleure pas, c'est que tout va bien", déclara-t-elle avec un sourire attendri pour Alsea qui s'était endormie dans les bras de Colleen.

Chub mangea d'abord le glaçage. Colleen l'embrassa sur le sommet de la tête. Son adorable petit garçon. Son miracle.

"Grahamcracker, murmura-t-elle. Où as-tu trouvé ces magnifiques cheveux bruns ?"

"Marla, rugit Enid. Charge-nous ça dans le coffre !"

Marla souleva la glacière avec peine.

"Elle a rendez-vous avec un garçon, dit Enid à Colleen. S'il le fallait, elle me porterait, *moi*, jusqu'au pick-up."

Il y avait eu une époque, avant Chub, où Colleen désirait si fort un enfant que son ventre se tordait lorsqu'elle voyait la petite Marla. Et voilà que c'était à présent une adolescente, avec des cheveux blonds presque blancs et un teint de porcelaine. *Les jolies filles tombent en cloque et se retrouvent coincées sans avoir eu le temps de profiter de la vie*, avait dit sa mère un jour, quand elle était au lycée. *Mieux vaut ne pas être trop belle.*

"J'ai envie d'une bonne bière à l'Unique, annonça Eugene, une fois les nappes secouées, les tables de bridge repliées et rangées.

— Et les enfants ? dit Colleen.

— Ils auront qu'à partager quelque chose. Je vais pas leur payer un coup à chacun."

Les enfants s'entassèrent dans un box de l'Unique Taverne.

"Je veux des frites au fromage ! lança Wyatt.

— Moi aussi, dit Enid.

— On vient de manger", protesta Colleen. Elle aperçut Daniel, assis au comptoir, qui parlait avec Bessie McQuade, une ancienne élève du lycée. Il avait disparu pendant des années et maintenant elle le voyait partout. Bessie, que son mari avait quittée, habitait au-dessus de Mill Creek avec son fils affligé d'un bec-de-lièvre et une cinquantaine de chats. Colleen se rappelait la moue dégoûtée du mari quand il avait vu la bouche du bébé. Il s'était reculé, prenant déjà ses distances, pendant que Colleen posait le nouveau-né sur la poitrine de Bessie.

"D'accord, tante Colleen ?

— Quoi ?"

Bessie McQuade gifla Daniel. Face à eux devant le mur de bouteilles, Kel ne bougeait pas. Daniel descendit de son tabouret. Il posa un billet à côté de son verre, fourra un bloc-notes dans sa poche, coinça un stylo derrière son oreille. Mais Colleen fut surtout frappée par l'expression sur le visage de Bessie.

"Claque la porte derrière toi, on te dira rien, cria quelqu'un au moment où Daniel sortait.

— Il se faisait sûrement des idées…" Eugene sourit à Colleen d'un air entendu, et elle se retint de lui arracher les yeux.

"Ces hippies baisent comme des lapins", lâcha Enid en déposant deux paniers de frites sur la table.

Colleen la rabroua. "Enid.

— Quoi ? C'est vrai. T'as vu comment ils prennent les arbres dans leurs bras ?

— Et alors ?

— Ben, on sait ce qui vient après."

Ne souffle pas sur le feu, disait leur mère quand Colleen réagissait aux provocations d'Enid.

Les conversations reprirent dans le bar. Bessie McQuade suivait du doigt les bords de son verre, produisant une note aiguë que seule Colleen entendait. Daniel l'avait interrogée au sujet de son fils, elle le devinait aux épaules voûtées de Bessie, assise au comptoir dans une salle comble, totalement seule.

"J'ai raté quelque chose ?" Rich se glissa sur la banquette à côté d'elle. Sa jambe était agitée de soubresauts.

Qu'est-ce qui le rendait si nerveux ? Elle mit la main sur sa cuisse, les secousses s'arrêtèrent. Il entrelaça ses doigts aux siens et remonta leurs deux mains unies sur la table, aux yeux de tous.

6 SEPTEMBRE

COLLEEN

Chub lui donna la main sur le parking, mais une fois franchie la porte de l'école – où l'on était accueilli par une subtile odeur de hamburgers Sloppy Joe –, il se libéra. Elle avait coupé sa frange trop court, dégageant son front blanc et vulnérable qu'elle avait envie de protéger de sa main. Le tableau devant sa classe était couvert de poissons en papier portant les noms des enfants, surmontés de la phrase : DANS CETTE ÉCOLE, ON NAGE TOUS ENSEMBLE. Elle voulut lui montrer son nom – G-r-a-h-a-m –, mais il était déjà entré, sa boîte repas dans les mains. Le défilé des enfants s'écartait autour d'elle comme de l'eau autour d'un rocher.

Elle s'attarda dans le hall, luttant contre son sentiment de solitude. Elle était passée devant les photos de classe des milliers de fois, mais aujourd'hui elle s'intéressa à l'année 1942, l'année de sa naissance. L'année aussi où Rich avait arrêté l'école. Il y avait Astrid Fitzpatrick : grande, fière. Gravée dans la mémoire de Marsha comme *froide et hautaine*. Rich, lui, se rappelait *une fille intelligente*. Ni un compliment ni une insulte. Rich ne disait jamais de mal de personne.

À côté d'Astrid, rondelette et tout sourire, reconnaissable seulement à ses lunettes : *Gail Maloney* – avant qu'elle se marie avec Don. Colleen jeta un coup d'œil vers le bureau toujours ouvert de la surveillante, croyant sentir le regard de Gail Porter peser sur elle.

“Tu es au courant ?”

Colleen se retourna. Gail avait surgi dans son dos pour punaiser un avis sur le panneau d'affichage.

“Le bébé d’Elyse est mort à la naissance.”

La grossesse d’Elyse avait suivi de près celle de Colleen. Quelques semaines. Elle habitait sur la même route que Gail et Don, un peu plus loin que les Larson. C’était son premier enfant, aussi avait-elle préféré être suivie par un médecin, pas par une sage-femme. Colleen l’avait conduite au dispensaire une fois, afin de montrer qu’elle ne lui tenait pas rancune.

“Il y a une feuille dans mon bureau, dit Gail Porter. Si tu veux t’inscrire pour leur rendre visite.”

Le pick-up semblait terriblement vide sans Chub. Elle traversa la route et monta Requa Hill jusqu’à l’extrémité du promontoire. Elle était restée éveillée presque toute la nuit, écoutant la respiration de Rich. Il était parti avant l’aube, comme si cette journée ne différait pas des autres, alors qu’elle avait préparé deux boîtes repas pour la première fois.

Elle se gara face à l’océan. Le moteur du pick-up cliquetait en refroidissant. La brume enroulait ses écharpes autour des cimes des arbres le long de la côte. Au loin, sur une plage découverte par la marée, le soleil se reflétait dans un trou d’eau, ou peut-être sur un morceau de verre brisé, tel un miroir envoyant un signal. Elle demeura longtemps perdue dans sa contemplation. Il faisait froid dans le pick-up lorsqu’elle redémarra. Parvenue au stop en bas de la colline, elle hésita. À gauche, elle rentrerait chez elle, dans une maison silencieuse, alors qu’elle aurait dû avoir un bébé à nourrir, à tenir ensuite sur son épaule, à endormir en chantant une berceuse pendant que Chub était à l’école. Elle prit à droite, franchit le Gold Bear Bridge et s’engagea sur la piste de terre qui bordait la rivière, tapissée de feuilles mortes, jonchée de branches cassées, à l’étroit entre l’eau et la forêt. Elle dépassa les deux ours à l’entrée de l’ancien pont emporté par l’inondation. Un train de bois flotté s’était arrêté contre les piles de l’ouvrage, formant un barrage soumis à une telle pression qu’elles avaient fini par céder. Colleen avait oublié les ours, gardant toujours leur pont invisible. Elle se pencha pour baisser la vitre côté passager. Si elle entendait la rivière, elle ne risquait pas d’y tomber.

Deux traces de chenilles s'élevaient dans la pente, après la décharge. Puis, comme un rideau qui s'écarte : l'embouchure de la rivière, la langue de sable, le vaste océan. Un pick-up noir était stationné à l'endroit où les amoureux venaient traditionnellement se peloter, en contrebas de la piste qui bifurquait vers la côte. Elle entendit un cri aigu, puis un rire. Ralentissant, le cou tordu pour mieux voir, elle aperçut une fille debout sur une couverture dont un garçon étirait les coins. La fille le provoquait en le poussant du pied. Il se redressa brusquement, la renversa et se jeta sur elle pour l'embrasser. Une auréole de cheveux blond-blanc : *Marla. Marla, avec un garçon.* Colleen accéléra sur la piste qui se rétrécissait jusqu'à devenir à peine plus large qu'un sentier. Les aiguilles de pin crissaient sous ses pneus.

La voix d'Enid la tança durement. *Pourquoi tu ne les empêches pas ?*

Ils ont l'air heureux.

Ben voyons.

On n'a qu'une vie, Enid.

Exactement.

Les roues heurtèrent un corps solide, le pick-up s'arrêta net et le moteur cala. Colleen sortit, exhuma le tronc enfoui sous les branches en voie de décomposition. Impossible de le bouger. Elle serait obligée de reculer jusqu'au virage pour faire demi-tour. Après avoir exploré les environs du regard, comme s'il pouvait y avoir un autre chemin, elle s'avança au bord de la piste taillée dans le versant et découvrit le toit de bardeaux grisés par les intempéries : la station radar.

Elle descendit entre les fougères. Les fenêtres du rez-de-chaussée avaient été murées, les vitres étaient explosées à l'étage. Le radar avait été enlevé. Il ne restait plus que la coquille de la fausse maison. Le stratagème avait réussi : faire croire aux sous-marins allemands qu'il s'agissait d'une simple ferme. À l'école, Colleen avait connu une demi-douzaine de gamins comme Daniel, progéniture délaissée par des pères anonymes qui avaient passé la guerre coiffés de casques pour capter les messages de l'ennemi.

Daniel apparut au coin du bâtiment. Elle se figea.

"Colleen ?

— Qu'est-ce que tu fais ici ?" réussit-elle à articuler.

Il montra un pichet de mûres, les doigts violets après sa cueillette. Impossible d'échapper à ces ronces, elles engloutiraient des maisons si on ne les combattait pas sans relâche. Daniel ne bougeait pas, debout à trois mètres d'elle. Le cadran de sa montre renvoya un éclair de lumière. Était-ce le reflet qu'elle avait aperçu sur la plage, un appel qu'il lui lançait à son insu ?

"Chub a commencé l'école aujourd'hui." Elle frissonna dans le vent qui soufflait depuis le large et serra ses bras contre sa poitrine.

Daniel l'observait. "Ça va ?"

Brusquement, les larmes débordèrent.

"Il sort à quelle heure ? demanda-t-il.

— Trois heures et demie..." Sa voix se brisa. Elle le rejoignit à l'abri du vent et se laissa tomber contre le mur.

Sans un mot, Daniel s'assit à ses côtés. Il l'entoura d'un bras tandis qu'elle sanglotait contre son épaule.

"Pardon..., dit-elle enfin en relevant la tête. Je ne comprends pas pourquoi ça ne marche jamais.

— Qu'est-ce qui ne marche jamais ?"

Chaque fois, après le sang tiède qui s'écoulait entre ses cuisses, après les terribles douleurs au ventre et les caillots de la taille d'une prune qu'elle expulsait dans les toilettes, après trois passages aux urgences sans lesquels elle serait morte en se vidant de son sang, et surtout, surtout, après leur petite fille qui aurait *presque* pu survivre, Colleen se torturait pendant des semaines : elle n'aurait pas dû soulever ce sac de courses, elle aurait dû boire davantage d'eau... Il y avait sûrement une raison pour expliquer tant d'échecs répétés.

Elle renifla, s'essuya les yeux. "Je suis désolée... C'est juste que... Tu as des enfants ?"

Il secoua la tête.

"Tu en veux ?

— Non.

— J'ai tellement envie d'en avoir un autre, dit Colleen. J'ai fait deux fausses couches avant Chub..." À nouveau, les larmes lui montèrent aux yeux. "Mais je l'ai, lui ! Alors pourquoi ne suis-je pas reconnaissante, tout simplement ?"

Daniel la prit dans ses bras. C'était bon, d'être enveloppée dans la chaleur de quelqu'un. De pleurer sans se cacher. Au bout d'un moment, il la relâcha.

"Rich refuse de me toucher, confia-t-elle. Nous avons failli avoir une petite fille… Elle est morte à vingt-deux semaines. Les autres fausses couches, c'était beaucoup plus tôt… J'ai l'impression qu'il n'a plus confiance en moi.

— Il y en a eu combien ? demanda Daniel.

— Oh…" Elle poussa un soupir déchirant. "Une tous les printemps, à peu près, sauf Chub." C'était un soulagement, d'en parler enfin avec quelqu'un en dehors des infirmières, de l'avouer à l'extérieur des murs sinistres du dispensaire.

"Colleen… je… je ne sais pas quoi dire."

Elle haussa les épaules. "Il faut accepter, c'est tout." *Il y a sûrement une raison. La nature agit pour le mieux. Il en sortira un bien.* Oh, comme elle détestait ces maigres consolations, alors que tout ce qu'elle voulait, c'était comprendre *pourquoi.*

"Les paroles sont maladroites, n'est-ce pas ? En face d'un tel chagrin."

Elle acquiesça. Un poids avait été ôté de sa poitrine, elle inspira profondément. Malgré les larmes, elle se sentait mieux. "On n'y peut rien, c'est comme ça. Mais Rich… il ne veut même plus *essayer.*"

Daniel caressait l'herbe d'une main. Elle se laissa aller contre lui et une immense douceur se répandit dans son ventre ; une serrure qui s'ouvrait, grâce à une combinaison ressurgie du passé. Elle songea qu'elle ferait mieux de partir, de remonter dans le pick-up que Rich lui avait offert, cet horrible pick-up stationné devant la maison tel un rappel constant de son malheur, le matin, à midi, le soir. Au lieu de quoi elle releva ses lunettes et prit le visage tiède de Daniel entre ses mains. Il posa les doigts sur les siens, comme s'il voulait les enlever, puis effleura ses poignets, ses bras, ses épaules, descendit lentement sur ses seins, releva son chandail.

C'est mal. Cette pensée s'envola dès qu'elle fut allongée sur l'herbe. *Qu'est-ce que tu fais ? Tu es triste, voilà tout.* Le cœur de Daniel cognait contre sa poitrine. Bientôt elle ne sentit plus le vent froid sur sa peau nue, sa respiration s'accéléra, elle le tenait serré entre ses jambes. Quand il voulut se retirer, elle le garda encore en elle. *Attends. Attends.*

Il roula sur le dos et ils restèrent étendus l'un à côté de l'autre, hors d'haleine. Les vagues déferlaient contre les rochers au pied de la falaise. Colleen releva les genoux contre sa poitrine comme l'avait recommandé l'infirmière, afin d'augmenter ses chances de concevoir. Combien d'autres occasions lui seraient offertes ?

"Qu'est-ce que tu fais ? demanda Daniel.

— Rien." Elle lui sourit. "Pourquoi es-tu revenu ?"

Il posa une main sur sa hanche. "Je t'ai expliqué… Je fais une recherche.

— La vraie raison."

Il ne répondit pas tout de suite. "Ma mère est malade", dit-il enfin.

Elle tourna la tête vers lui, mais il regardait le ciel.

Dans le souvenir de Colleen, Dolores Bywater n'avait peur de rien. Elle avait traité Gloria Adair de bouseuse retardée parce qu'elle obligeait son fils – qui était dans la classe de Colleen et de Daniel – à s'agenouiller sur du gravier pour le punir. Sam bégayait, il avait les genoux en sang et souillés de terre.

Occupe-toi de tes oignons, espèce de putain, avait rétorqué Mrs. Adair avec mépris. Un mot que Colleen n'avait jamais entendu dans la bouche de sa mère. Mrs. Adair était moche ; son cou présentait de vilains grains de beauté. La mère de Daniel était très belle. Elle avait encaissé l'insulte en secouant ses boucles d'oreilles en coquillages blancs, mais son visage était resté parfaitement calme.

Qu'est-ce qu'il vous fait, votre mari, pour que vous vous vengiez sur ce petit garçon ? Il vous trompe, c'est ça ? Un sourire victorieux avait relevé les coins de ses lèvres pulpeuses. Comment une femme pareille pouvait-elle tomber malade ?

Daniel changea de sujet. "Pourquoi tu ne vas plus chercher les œufs à pied ?

— Comment tu le…

— Je prélève des échantillons dans ton ruisseau depuis des mois. Ton chien aboie beaucoup."

D'une main, elle joua avec une touffe d'herbe. "C'est le chien de Rich." Elle fut assaillie par un sentiment de culpabilité en prononçant son prénom.

Daniel se redressa, en appui sur un coude. "Tu ne pourrais pas recueillir un peu d'eau de ton robinet dans mes bocaux ? S'il te plaît… Pendant une semaine, c'est tout. Je mets un temps fou à monter là-haut.

— Ça ne plairait pas à Rich." Colleen s'assit.

"Comment il est, Rich ? demanda Daniel.

— Rich ?" Rich était un homme qui attrapait les araignées et les relâchait. Depuis la naissance de Chub, il tuait celles qui étaient venimeuses, mais toujours, avant de les écraser, il laissait échapper un soupir de regret, s'excusant presque d'accomplir son devoir. "Rich est totalement dépourvu de méchanceté", dit-elle en enfilant son chandail.

Daniel exécuta la marche arrière dans le pick-up de Colleen, le cou tordu pour regarder la piste, en fredonnant doucement et en suçant un bonbon à la menthe. Colleen gardait le silence. Elle n'avait jamais été infidèle, ni en pensée ni en acte, et puis une porte s'était ouverte… elle l'avait franchie. Elle se pinça le lobe d'une oreille. *Pense à autre chose.*

Le pick-up noir avait disparu. Daniel recula sur la place de stationnement. Elle avait envie de rentrer chez elle, de se déshabiller et de foncer sous la douche. Après avoir éteint le moteur, il se laissa aller en arrière contre le siège et soupira. Elle sentit l'odeur de menthe.

"C'est dommage, dit-il.

— Qu'est-ce qui est dommage ?" L'ivresse qui lui avait tourné la tête près de la station radar s'était envolée.

Daniel suivit la courbe du volant avec un doigt. "Que tu sois partie.

— Je ne suis pas partie. Je suis rentrée chez moi.

— Oui, voilà.

— C'est toi qui ne m'as jamais rappelée, protesta-t-elle.

— Tu n'avais pas le téléphone.

— Je suis allée jusqu'à Crescent City pour téléphoner d'une cabine ! J'ai dû t'appeler une douzaine de fois." Elle ravala la honte qui lui revenait en mémoire.

"Tu avais dit « juste pour le week-end »", répliqua Daniel avec lassitude. En réalité, elle avait emporté toutes ses affaires, y compris la lampe-lapin, et glissé la clé sous la porte de la propriétaire avec soulagement. Elle avait tenu cinq mois, seule et délaissée, loin de son foyer, pendant que Daniel était absorbé par ses études. Il calait un manuel sur sa poitrine nue pour lire au lit, sans lui prêter attention. "Mais tu n'es jamais revenue.

— Tu savais très bien où j'étais."

Daniel se tourna vers elle. “Colleen… Tu ne voulais pas rester, avoue-le. Tu as saisi la première occasion.

— Ma mère était malade !” La voix de Colleen tremblait de colère. “Tu sais ce qu’on éprouve, maintenant.

— Bon. Alors, je suis désolé de ne pas m’être pointé à ta porte pour que ta mère m’appelle « ton petit copain bâtard » et me souffle sa fumée au visage, si c’est ce que tu veux entendre. Je t’avais dit que je ne reviendrais pas ici. Tu as fait ton choix, ne rejette pas la faute sur moi.

— Je suis très heureuse de mon choix.”

Daniel eut un rire amer. “Tu en es sûre ?” Sans attendre sa réponse, il descendit et disparut aussitôt dans la forêt.

Colleen s’installa au volant. *Qu’est-ce que j’ai fait ?* Elle tourna la clé dans le contact et écrasa la pédale d’accélérateur. Sans visibilité à la sortie du virage, elle dut piler : Marla, en jean et t-shirt, les lèvres bleues de froid.

Elle ouvrit la portière. “Monte.”

Voyant que Marla claquait des dents, elle mit le chauffage.

“Où est ton manteau ?

— J’en ai pas pris.”

Le regard fixe, Marla semblait épuisée.

“Il s’est tiré en te plantant là ?” demanda Colleen juste avant d’arriver à la route nationale.

Marla se tourna vers la fenêtre.

“Marla. Je t’ai vue.

— Moi aussi, je t’ai vue.”

Colleen rougit. Elle passa la deuxième vitesse, puis la troisième.

“Tu vas le dire à ma mère ?” demanda l’adolescente quand elle s’arrêta le long du trottoir devant l’école.

Colleen sentait encore la menthe autour d’elle. “Et toi ?”

Marla secoua légèrement la tête et ouvrit la portière.

“Marla, chérie. Sois prudente.”

La jeune fille descendit.

“Ne fais rien que tu pourrais regretter”, lança encore Colleen, juste avant que les portes se referment derrière Marla. Elle avait envie de la suivre, de courir dans le couloir jusqu’à la salle de Chub. Assise dans le pick-up, avec le moteur tournant au ralenti, elle ne s’était jamais sentie aussi seule.

RICH

Malgré une chaleur de sauna et les vitres couvertes de buée, c'était quand même un soulagement de rentrer à la maison où flottait une odeur de sucre cuit. Son genou l'élançait. Colleen sortit un bocal de la marmite avec une pince et le posa sur le plan de travail à côté des autres. De la gelée presque noire, épaisse et sans les grains, comme il l'aimait.

Chub raconta qu'il avait saigné du nez, colorié des poissons avec son nom écrit dessus, joué à la récréation – *Et après… et après…* Puis il disparut dans sa chambre.

“Ça t'a pris toute la journée ?” demanda Rich.

Elle hocha la tête.

“Alors, comment c'était ?” Après l'accident évité de justesse, il avait envie d'entendre sa voix. “Ton premier jour de vacances depuis cinq ans.

— Bien.” Lorsqu'elle glissa un bocal dans l'eau bouillante, le fond se cassa.

“Il en reste ?”

Elle posa une jatte sur la table et un paquet de biscuits salés. Faire de la gelée de mûres la mettait toujours de mauvaise humeur.

“Tu as cueilli tout ça aujourd'hui ?” insista-t-il. Elle avait remonté ses cheveux, une coulée de jus pourpre s'était logée sur sa nuque. Il s'assit lourdement, prit la feuille de papier cartonné que Chub avait rapportée de l'école – des macaronis crus collés sur un dessin. “De l'art… On n'apprend plus à lire maintenant ?

— C'est le premier jour.”

Il étala de la gelée sur un cracker et poussa un soupir de satisfaction. “Le chemin pour toucher le cœur d'un homme passe par son estomac.”

Elle ne réagit pas au compliment. Chub revint, du coton toujours planté dans ses narines pour arrêter le saignement, un petit bâton coincé derrière le plastron de sa salopette. Colleen ne l'avait pas remarqué, sinon elle l'aurait confisqué. Elle craignait qu'il tombe et se blesse à l'œil.

"On échange ?" Rich troqua un cracker contre le bâtonnet.

Chub lécha le sel sur le biscuit, le rendit à son père et ressortit.

"C'est la deuxième fois qu'il saigne du nez en une semaine, dit Colleen.

— J'étais comme lui, à son âge." Rich termina le sachet de crackers, but une gorgée d'eau fraîche et grimaça de douleur.

"Va faire soigner cette dent", dit Colleen, exaspérée.

Sans répondre, Rich ouvrit le congélateur, vida un bac à glaçons entier dans un torchon et se dirigea en boitillant vers le salon, la jambe raide. Bon sang. Il était en train d'écouter le compte à rebours dans sa tête, égrenant les jours qui restaient avant la première échéance, quand la branche pourrie avait cassé et s'était abattue sur son genou, si fort qu'il avait failli tomber. Il s'allongea sur le canapé et se laissa aller de tout son poids contre les coussins.

Rich cligna des yeux dans la lumière de la suspension. Colleen était debout à la porte du salon.

"Le dîner est prêt." Elle se détourna, après s'être assurée qu'il pouvait se lever. Son pantalon était mouillé à l'endroit où les glaçons avaient fondu dans le torchon.

Déjà assis à table devant une assiette, Chub écartait des morceaux de carotte avec sa fourchette sans les manger. Colleen servit Rich et versa le jus du rôti sur sa purée.

Rich tira doucement sur le coton enfoncé dans le nez de Chub. "Il saigne encore, ce petit museau ? Faut enlever ça maintenant."

Chub renversa la tête en arrière et Rich retira délicatement le coton des deux narines.

"Tu as fait un raid au fond du jardin ? demanda-t-il à Colleen en montrant les pots de gelée alignés sur le plan de travail.

— On voit à peine la différence." Elle évitait son regard depuis qu'il était rentré.

"Elle est prête, la tarte ? demanda Chub.

— On la mangera demain", répondit Colleen.

Chub bouscula le reste de ses légumes sur son assiette, créant un paysage dévasté qui reflétait sa déception.

"Va te brosser les dents. Tu as école demain."

Rich ramassa les assiettes en claudiquant et les déposa dans l'évier. L'eau crachotait au robinet.

"Elle a coulé comme ça toute la journée ?"

Colleen hocha la tête. Il boucha l'évier et le laissa se remplir tout en songeant qu'il devrait encore nettoyer la conduite, remonta ses manches, piqua un œuf mimosa dans le plat à côté de l'évier – bien relevé avec de la moutarde.

"C'est pour Robley et Elyse", dit Colleen.

Il était au courant du bébé mort-né et ne lui en avait pas parlé, mais les femmes s'entendaient à faire circuler les mauvaises nouvelles de ce genre.

"Heureusement que tu finances ce poulailler avec tes œufs mimosas.

— Il faut bien que quelqu'un le fasse." Elle le poussa du coude pour prendre l'assiette qu'il avait lavée et la rincer. "Va surélever ta jambe."

Il lui saisit une main. "La preuve du crime…" Elle avait le bout des doigts violets, les ongles noirs. C'était ce que sa mère disait toujours lorsqu'il s'asseyait à la table du dîner avec des grains de mûres entre les dents.

Colleen plongea sa main dans l'eau de vaisselle et se figea, comme si elle allait faire tremper ses doigts jusqu'à ce qu'ils ressortent propres. Elle s'habituerait à avoir ce temps pour elle pendant la journée. Il posa sa paume contre la porte d'un placard. Il se rappelait la première fausse couche, quelques mois après leur mariage – des flots de sang, un caillot de la taille d'un citron. Colleen avait passé une semaine au lit tandis qu'il décrochait les vieux placards de la cuisine, les éclatait à la masse, et les remplaçait par ceux-ci, en planches de cèdre finement rabotées, montées avec précision, bien droites, chaque étagère parfaitement d'équerre. Il avait essayé, de son mieux, de leur construire une existence harmonieuse. Elle finirait par accepter cette vie à trois. Ils avaient Chub. Ils étaient là l'un pour l'autre.

“Tu peux me marcher sur le dos ?” demanda-t-il lorsqu’elle le rejoignit enfin dans la chambre. Il somnolait depuis un moment, mais rassembla assez d’énergie pour se relever et passer à plat ventre sur la moquette.

Elle s’assit au bout du lit et enleva ses chaussettes. Il gémit quand il sentit les orteils froids qui s’enfonçaient dans la chair au niveau de ses reins douloureux.

“Est-ce que tu serais vraiment parti ? dit-elle.

— Pardon ?

— Marsha a raconté que tu voulais aller en Oregon.”

Elle s’immobilisa à la hauteur des omoplates. Marsha, qui parlait encore d’Astrid, draguant au chalut la rivière de leurs vies.

“J’étais un gamin. Un gamin stupide.”

Quand Astrid était enfin ressortie de la chambre dans la maison des Millhauser, pâle et muette, elle paraissait plus petite. Après sa première fausse couche, Colleen lui ressemblait et il avait failli tout révéler, ce secret qu’il n’avait jamais avoué à personne. Mais il avait serré les dents, en se remémorant l’odeur de fer, à la fois musquée et douceâtre, la marmite d’eau bouillante sur la cuisinière, Astrid qui pleurait doucement dans l’autre pièce, la musique étrange jouée par le chat marchant sur le piano.

Ce n’est pas un bébé, arrête de l’appeler comme ça, avait dit Astrid sur le chemin.

Il avait appuyé sur une touche du piano.

Un dollar la leçon. June Millhauser l’avait fixé de ses yeux vairons, l’un bleu, l’autre marron. Elle lui avait donné la marmite vide pour qu’il la remplisse de nouveau au robinet dehors. *C’est toi qui l’as mise dans cet état, tu vas l’aider.*

Il s’était contenu et n’avait rien dit à Colleen à l’époque, aucune raison de lui en parler maintenant. Elle ne pouvait pas *tout* lire sur son corps.

“Pourquoi tu n’es pas parti ?” demanda Colleen, en pivotant lentement pour redescendre vers le bas du dos.

“Lark est tombé.”

Il aurait pu se rendre à la cité universitaire, trouver la chambre d’Astrid en frappant à toutes les portes. Mais les jours avaient passé et il ne l’avait pas fait. Quand elle était revenue, elle était fiancée à un jeune homme qui se préparait à devenir dentiste.

Elle lui avait annoncé la nouvelle, froidement, sans plus d'émotion que s'il s'agissait de fermer un compte bancaire. Pendant plus d'un an ensuite, il avait gardé dans sa poche l'imitation de phrygane qu'elle lui avait donnée pour pêcher à la mouche. Il s'en servait chaque fois qu'il en avait l'occasion, la regardant flotter à la surface – herl de paon et hackle de coq grizzly pour le corps, poil d'élan pour les ailes –, capturant parfois des truites de la taille de son avant-bras. Enfin, un jour, en sortant de la remise qui abritait la citerne, il avait jeté la mouche par-dessus son épaule.

"Tu ne te demandes jamais ce qu'aurait pu être ta vie ?" Colleen descendit sur la moquette. "Si tu étais parti.

— Les choses ont plutôt bien tourné pour moi." Il se redressa. "Pourquoi tu penses à ça ?

— Je ne sais pas."

Il attendit qu'elle développe ou fournisse une explication. Mais elle garda le silence.

7 SEPTEMBRE

COLLEEN

Elle entendit Melody hurler dès qu'elle ouvrit la portière. Keith l'accueillit devant la maison.

"Ça a commencé il y a combien de temps ?

— Je sais pas… Trois quatre heures ? J'ai travaillé cette nuit. Je venais de rentrer quand je vous ai appelée."

Dans la chambre, Melody haletait, couchée sur le lit. Sa petite fille était assise sur l'oreiller à côté d'elle et lui caressait la tête.

"Il arrive…, dit Melody d'une voix rauque.

— Alors, on est prêtes !"

Colleen se lava les mains et les bras dans la cuisine, rassembla des torchons et des serviettes. Melody avait une autre contraction. En regagnant la chambre, elle croisa son reflet dans le miroir du couloir et s'arrêta un instant, la gorge nouée, alors qu'elle avait déjà accouché une vingtaine de femmes. *Respire*.

"Keith… Respirez avec elle." Il était resté pour la naissance de leur premier enfant, contrairement à la plupart des maris, mais à le voir si pâle, elle se demanda s'il tiendrait le coup cette fois. Elle fila à nouveau dans la cuisine pour faire du café.

"Alors, voyons ça…", dit-elle en revenant. Elle palpa le ventre de Melody qui la regardait, les yeux agrandis par la peur, et son cœur s'accéléra : le bébé se présentait à nouveau par le siège.

"Melody, pourquoi tu n'as pas…"

La jeune femme l'interrompit d'une voix suppliante. "On n'a pas les moyens d'aller à l'hôpital !"

Encore une contraction. Colleen consulta sa montre : un peu moins de cinquante secondes, toutes les trois minutes à peu près. Une ambulance ne serait pas là avant une heure.

Elle étendit le rideau de douche sur le sol de la chambre.

"Aidez-la à se lever, ordonna-t-elle à Keith. Il faut qu'elle soit accroupie.

— Pourquoi ?" dit Keith. La petite fille se mit à pleurer.

"Prenez-la sous les épaules." Colleen garda une voix très calme. "Mettez-vous à genoux à côté d'elle et soutenez-lui le dos."

Elle augmenta le chauffage. Assise par terre, la fillette sanglotait.

"Vous feriez mieux d'emmener la petite."

Keith se leva, elle prit sa place.

"Laissez le chauffage à fond. Et allumez le four. Je veux qu'il fasse très chaud."

Elle compta à nouveau les secondes, tout en écoutant la respiration saccadée de Melody.

"Viens, dit-elle une fois la contraction passée. Remets-toi sur le lit… juste le temps que je t'examine."

Melody était nue sous un grand t-shirt de Keith. Ses jambes relevées tremblèrent pendant que Colleen vérifiait la dilatation du col.

"Ça y est. Tu dois pousser maintenant."

De retour sur le rideau de douche, elle s'accroupit derrière Melody, passa les bras sous ses aisselles et la maintint serrée contre sa poitrine.

"Prête ?" La chambre disparut. Il n'y avait plus qu'elles deux, unies dans un même effort. "Allez, Melody. On y va. Un, deux, trois…"

La transpiration de Melody lui mouillait les mains. Le sang sur le rideau. L'odeur. Colleen lutta contre l'inquiétude qui l'étreignait : malgré son expérience, malgré son savoir, tout pouvait mal tourner avec un bébé en siège. Elle repoussa aussi sa tristesse – le bébé de Melody naîtrait, il crierait en prenant sa première respiration, et une fois qu'elle l'aurait posé sur le sein de sa mère, elle rentrerait chez elle, vide, épuisée et seule. Elle s'exhorta à rester ancrée dans le moment présent, dans son dos douloureux et la sueur qui perlait à son front, tandis qu'elle serrait Melody plus fort et l'encourageait à pousser – *Pousse !*

Elle attrapa une serviette propre et essuya la transpiration qui coulait dans les yeux de Melody, en continuant à la soutenir d'un bras.

"Allez, encore. Vas-y. Pousse fort !"

Melody gémit. "Je ne peux pas…
— Il le faut.
— Je ne peux pas !
— Si, tu peux. Je vais pousser en même temps que toi, d'accord ? Allez, encore une fois. Pousse. Pousse !"

Elle sentit le dos de Melody qui se raidissait et cria en même temps qu'elle.

"Oui ! C'est bien. Encore. Allez, on y va…"

Deux heures et quart à sa montre. Melody s'épuisait.

"Encore une fois ! Pousse de toutes tes forces. Un, deux trois…"

Melody hurla. Enfin, un pied apparut.

"Keith !" cria Colleen.

Il arriva, l'air hébété, secouant la tête pour s'éclaircir les idées. Quand il vit que les jambes du bébé sortaient, il se précipita.

"Ne le touche pas !" Colleen tendit le bras pour l'arrêter. "Si tu le touches, il risque d'aspirer du liquide amniotique. Prends ma place…" Elle se mit à genoux entre les jambes de Melody. "Allez, pousse encore. On y est presque !"

Melody hurla à nouveau, le visage baigné de larmes. Les fesses du bébé se présentèrent.

"C'est un garçon ! annonça Colleen. Un vrai acrobate. Pousse encore !" Colleen se prépara, les yeux rivés sur le petit corps. "Un, deux, trois… Pousse !" Le bébé jaillit dans ses mains. "Oh, mon Dieu."

Tremblant d'épuisement et de douleur, Melody tomba assise contre le lit. Colleen oublia un instant ce qu'elle devait faire pour aider le bébé à respirer, effarée par ce qu'elle découvrait : la tête, à laquelle il manquait la partie supérieure du crâne, la masse informe du cerveau dénudé. Elle sentit que le petit cœur battait, mais le bébé ne criait pas. Son visage rose était fripé, parfait jusqu'aux sourcils. Elle essuya son nez et sa bouche, le frictionna. Normalement, il fallait d'abord couper le cordon, mais elle n'aurait peut-être pas le temps.

"Enlève le t-shirt de Melody !" ordonna-t-elle à Keith. Son cœur cognait dans sa poitrine. Celui du bébé palpitait toujours, faiblement, quand elle le posa sur le sein humide de sa mère.

Elle rinçait ses vêtements pleins de sang avec le tuyau d'arrosage devant la maison quand Rich rentra. Chub jouait avec Scout au fond du jardin.

"Qu'est-ce qui s'est passé ?" demanda Rich. Elle alla couper l'eau au robinet. Si seulement il était possible d'éteindre ses émotions de la même manière, pensa-t-elle avec désespoir.

"Le bébé de Melody est né, dit-elle.

— Elle va bien ?

— C'est un garçon."

Il attendait visiblement qu'elle poursuive. Si elle lui racontait, maintenant, elle s'effondrerait. Quand Chub serait couché, elle réussirait peut-être à parler. Elle suivit Rich à l'intérieur, il déposa ses clés dans le bol en bois qu'il avait sculpté des années auparavant. Après la deuxième fausse couche. Chaque fois, il avait construit ou façonné quelque chose : les placards de la cuisine, un jeu de dames, le panneau accroché au-dessus de la porte – VOTRE FOYER, C'EST L'ENDROIT QUI ABRITE VOTRE ♥. Il convertissait chaque deuil en un objet, une action qu'il menait à bout et rangeait alors parmi les affaires terminées. Après avoir tenu ce bébé dans ses bras aujourd'hui, elle avait envie de lancer le bol contre le mur. Elle l'avait regardé mourir, sans rien pouvoir faire hormis ranger la chambre et tenter de soulager Melody. Ensuite, elle avait sangloté dans le pick-up en attendant la sortie de l'école. Comment pourrait-elle expliquer à Rich qu'elle avait vécu cette naissance comme son propre accouchement, et éprouvé dans sa chair la douleur de perdre à nouveau un enfant tant désiré ?

"Les saumons arrivent tôt cette année, dit Rich. J'irais bien jeter un coup d'œil là-haut."

Elle ne réagit pas à son invitation implicite.

"Emmène Chub", répondit-elle.

RICH

Ils étaient accroupis sur la berge, en amont de la conduite qui descendait vers la maison. L'eau de Damnation Creek était si claire qu'on distinguait parfaitement le plus petit des cailloux composant son lit. Lorsque vous la buviez, le froid vous saisissait la gorge et l'air contenu dans vos poumons semblait se transformer en glace.

"En voilà un ! s'écria Chub en reculant contre Rich. Et là ! Un autre !" Il se blottit dans les bras de son père.

Rich se mit à rire. "Ils ne te mangeront pas, tu sais."

Fasciné, Chub regardait les saumons cohos remonter le courant, trente centimètres de circonférence et aussi longs que des chats domestiques, les mâchoires et les dents ultra développées par leur séjour dans l'océan. Quand Rich était enfant, ils se pressaient en si grand nombre que l'eau du ruisseau devenait rouge.

"Où ils vont ?" demanda Chub.

Rich poursuivit l'explication qu'il avait commencée en chemin. "Ils rentrent chez eux pour pondre leurs œufs avant de mourir." Afin de ne pas effrayer Chub, il ajouta : "Après, leurs corps fertilisent le sol et aident les arbres à bien grandir. Ils reviennent mourir à l'endroit où ils sont nés, où leurs parents sont nés, et aussi les parents de leurs parents.

— Mais comment ils savent ?" Chub retrouva assez d'audace pour s'écarter de son père et se lever.

Rich haussa les épaules. "Ils ont appris leurs ruisseaux. Comme toi.

— On peut en pêcher un ?

— Non. Il faut avoir un permis. Les Yurok ont le droit, mais seulement sur deux kilomètres après l'embouchure de la rivière."

Rich désigna les poissons du menton. “Regarde ceux-là comme ils ont déjà bien avancé.

— Trois, quatre, cinq… Il y en a trop !” Chub courut le long de la berge, comme Rich, enfant. Le premier saumon qu’il avait attrapé dans un filet était si lourd et si fort qu’il aurait basculé dans l’eau si Lark ne l’avait pas retenu. “Ils vont vite !” Tout essoufflé, Chub revint s’asseoir à côté de Rich. “Dommage que maman ne soit pas là.

— Maman a déjà vu les saumons.

— Dommage quand même…

— Oui, Grahamcracker. Dommage.”

COLLEEN

Les pneus usagés au départ du chemin qui montait chez Robley et Elyse étaient garnis d'iris, certains morts, d'autres luxuriants comme des fleurs sous serre.

Colleen prit le gratin de thon sur le siège passager et referma la portière du pick-up avec sa hanche. Des gouttes de pluie brillaient sur le film aluminium qui protégeait le plat. Il y avait un landau au coin de la maison. La dernière fois, elle avait déposé les œufs mimosas sur le paillasson, mais aujourd'hui, Robley sortit sur la galerie pour l'accueillir et tira la porte derrière lui. Il avait les joues rouges et gercées par les journées passées en mer.

"Comment va-t-elle ?" demanda Colleen en grimpant les marches.

Robley haussa les épaules.

"D'après le médecin, elle était parfaite… depuis les orteils jusqu'aux sourcils. Sauf qu'elle n'avait pas de cerveau pour lui dire de respirer."

Colleen mit un moment à comprendre. "Oh… je… je suis désolée. Je ne savais pas." Elle regarda la route en contrebas, qui desservait aussi le mobile home des Larson un peu plus loin, au fond de l'étroit ravin plongé dans l'ombre. Keith avait emmené Melody chez sa mère à Eureka, pour qu'elle ne soit pas seule. Après la naissance, Colleen avait appuyé sur le ventre de la pauvre jeune femme afin de l'aider à expulser le placenta. Le temps que la poche gorgée de sang tombe mollement dans le seau, le bébé avait déjà cessé de respirer.

Elle se demanda si quelqu'un avait parlé à Robley du bébé de Melody, à qui il manquait la calotte crânienne. Keith et lui s'étaient peut-être retrouvés pour boire une bière. Quelle terrible tragédie, touchant au même moment deux couples voisins.

Un rictus lui tordant la bouche, Robley semblait sur le point de craquer. Il donna de petits coups de pied dans un clou rouillé qui sortait du plancher. "Elyse me bassinait pour que je répare la galerie, elle avait peur que la petite se fasse mal. Moi, je me disais que j'avais bien le temps, d'ici qu'elle marche à quatre pattes…" Il tourna la tête vers la porte, guettant un mouvement à l'intérieur. "Vous avez vu que Daniel Bywater était revenu ? C'est un docteur maintenant… Il a fait l'université et tout."

Colleen se sentit rougir, mais Robley ne le remarqua pas.

"Sa mère est très malade, je crois, continua-t-il. Il est venu nous voir. Il pense que ce serait peut-être à cause de ce produit qu'ils balancent partout. C'est vrai qu'au printemps, quand ils envoient les hélicos juste avant le début de la saison, ça sent franchement pas bon. L'eau du robinet a un drôle de goût." Il secoua la tête. "Oh, allez savoir… Ce gars-là a l'air un peu frappadingue. Il voulait qu'on signe une pétition pour que Sanderson arrête les épandages." Après un petit rire amer, il conclut : "Comme si quelqu'un pouvait empêcher Sanderson de faire quoi que ce soit."

L'espace d'un instant, il parut se détendre. Colleen aussi avait connu ces brèves parenthèses de répit, quelques secondes durant lesquelles on oubliait son chagrin.

"Quand même, des fois on se demande… Vous avez vu les iris d'Elyse sur le chemin ?"

Colleen se retourna vers la route au pied de la pente.

"Le camion a pulvérisé les herbes du talus, et Gail Porter, là-bas au fond… eh ben, toutes ses abeilles sont mortes." Les fenêtres tremblèrent lorsqu'un grumier déboucha du virage. Robley attendit qu'il soit passé. "Moi, j'ai pourtant pas peur de ces produits, dit-il, tandis que les vibrations retombaient et que des freins crissaient au loin. Mais qui sait ? Qui sait s'ils nous cachent pas des choses énormes ?" Il huma l'odeur de gratin émanant du plat que Colleen tenait à deux mains. "Donnez, je vais vous décharger… Elyse n'est pas sortie depuis une semaine. Je pars bosser, et quand je reviens trois jours plus tard, on dirait qu'elle a pas bougé.

— C'est normal, dit Colleen, sentant sa propre tristesse lui nouer la gorge. Ça peut prendre un moment, surtout quand… quand c'est vraiment très dur.

— Merci pour ce repas…" Robley montra le plat. "Et aussi pour la fois où vous l'avez emmenée au dispensaire, quand j'étais au boulot, j'ai pas eu l'occasion de vous remercier."

Il disparut ensuite dans la maison. Colleen retourna s'asseoir au volant, descendit le chemin cahoteux, passa devant les iris morts, devant le mobile home vide de Melody Larson, devant les ruches blanches, désertées, de Gail Porter.

CHUB

Oncle Eugene fendait du bois, nu jusqu'à la ceinture. On aurait cru qu'il portait un t-shirt blanc, tant la pâleur de son torse contrastait avec ses bras et son cou bronzés. La mère chatte au poil long miaulait dans l'enclos, ses mamelles traînant par terre.

"Ils sont où ses chatons ?" demanda Chub à Wyatt. Quand il en avait tenu un au creux de sa main, si petit, si chaud, il aurait aimé pouvoir ouvrir une petite porte dans son ventre et le cacher là.

Wyatt écrasa un moustique sur son bras. "Elle les a mangés."

Le rire de tante Enid fusa derrière la maison, où elle avait allumé un grand feu tandis qu'Agnes et les autres filles faisaient flotter des bateaux en feuilles sur le ruisseau.

Wyatt avançait d'un pas décidé. De l'autre côté de la route, il écarta les fougères mortes avec un bâton pour se frayer un chemin.

"Comment tu sais qu'elle les a mangés ?" demanda Chub. Il était quasiment sûr que Wyatt mentait, mais Wyatt avait dix ans. Il pouvait mettre Chub à terre et l'immobiliser les bras en croix, si longtemps qu'il devait serrer les dents pour ne pas vomir.

Wyatt haussa les épaules. "Qu'est-ce que ça peut foutre ? Elle en aura d'autres. Les mères chattes sont des salopes."

Le ruisseau, barré un peu plus loin, était calme comme une mare. Chub n'avait pas le droit d'aller dans l'eau en l'absence d'un adulte, mais Wyatt traversa.

Chub trouva un bâton lui aussi et le dépouilla de son écorce tout en marchant. Quand il leva les yeux, il découvrit un petit sentier qui contournait le plan d'eau. Il passa à sec et se dirigea vers Wyatt qui pataugeait dans les roseaux sur l'autre berge. Des massettes mortes avaient sombré sous la surface, prises dans les algues. Chub plongea son bâton et retira un épi poilu et gluant qui sentait l'œuf pourri. Il le lança en direction de Wyatt.

L'épi atterrit sur la poitrine de Wyatt. Il recula, dégoûté, et s'en débarrassa avec des gestes frénétiques.

"Toi, t'es mort !"

En voulant s'enfuir, Chub mit un pied dans le ruisseau. Sa botte se remplit d'eau.

"Je vais te tuer !" cria Wyatt.

Ralenti dans sa course par sa botte trempée, Chub entendit que Wyatt se rapprochait. Il écarta un rideau de fougères et découvrit un ballon de baudruche contenant un liquide dans lequel flottait un bébé rose. Wyatt le rattrapa, le fit tomber sur le dos et se jeta sur lui de tout son poids.

"Laisse-moi !" Chub se débattit.

Wyatt enfonça les ongles dans ses poignets qu'il cloua au sol. Ses taches de rousseur étaient effrayantes. Puis il aperçut le ballon. Il le poussa du doigt. Le bébé remua dans le liquide à l'intérieur.

"Arrête !" Chub fut surpris par la force de sa propre voix. Il réussit à rouler sur le côté et se leva d'un bond.

Wyatt agita son doigt comme s'il l'essuyait sur le visage de Chub.

"Arrête.

— *Arrête*, dit Wyatt en l'imitant. C'est juste un chevreuil, espèce d'attardé. Regarde ses pattes."

Chub examina le ballon de plus près. Un minuscule bébé chevreuil. Il toucha prudemment cette étrange poche. Luisante, grasse, terrifiante.

"Allez, viens." Wyatt saisit le ballon et partit en direction de Fort Eugene. La chèvre avec l'oreille noire bêlait, étendue sur le flanc dans le jardin, couverte de cloques.

"Qu'est-ce qu'elle a ? demanda Chub.

— Elle est malade." Wyatt grimpa les marches en deux enjambées.

Chub eut du mal à enlever ses bottes pleines de boue. Sa salopette humide sentait mauvais. Assise dans la cuisine, sa mère écossait des cacahuètes. Il avait envie d'enfouir le bout de son nez tout froid dans son pull-over rose.

"Pourquoi es-tu mouillé ?" Elle le regarda avec un mélange de sévérité et d'inquiétude.

“Qu’est-ce que c’est que cette horreur ? s’exclama tante Enid en apercevant le bébé chevreuil dans le ballon. Wyatt ! Emporte-moi ça dehors immédiatement.

— C’est quoi ? demandèrent Mavis et Gertrude.

— Un bébé chevreuil, dit Wyatt. Il est mort.

— Pourquoi ?

— Il est sorti avant d’être prêt, répondit tante Enid. Wyatt, va le jeter en haut de la colline. Ne le laisse pas devant la maison, l’odeur sera infecte.”

Le père de Chub et oncle Eugene entrèrent en frissonnant.

“Plus qu’une semaine, dit oncle Eugene. L’Office régional des forêts virera ces bouffons et leurs « vestiges humains ». Et s’ils ne le font pas, nous, on les dégagera. Tu nous aideras à rosser ces enfoirés de hippies, Chub ?

— Tsst, fit sa mère en présentant son ciré à Chub pour qu’il l’enfile.

— Pardon. J’ai dit « enfoirés » ? Je voulais dire « saletés ».” Oncle Eugene arqua les sourcils d’un air innocent.

“C’est quoi, des vestiges ?” Chub enfonça le bras dans une manche qui lui faisait penser à un tunnel.

“Des os, expliqua tante Enid.

— Enid…” Le ton de sa mère était menaçant.

“Quoi ? Il le saura tôt ou tard.

— Saura quoi ? demanda Chub.

— Rien.” Sa mère lui lissa les cheveux d’une main caressante. Il ne posa pas d’autre question.

23 SEPTEMBRE

RICH

Marsha s'occupait de la comptabilité chez Sanderson depuis trente ans, assise à son bureau sous la pendule dont le tic-tac était juste assez sonore pour vous mettre les nerfs à vif. Rich deviendrait dingue s'il devait rester enfermé toute la journée.

"C'est l'heure de ramasser l'oseille, dit-elle en lui présentant un gros livre de comptes et un stylo. T'es le dernier ?

— Eugene devait passer chez lui avant, répondit Rich.

— Bon." Marsha jeta un coup d'œil à la pendule. Elle avait déjà posé son sac à main sur le bureau. "Il lui reste neuf minutes."

Rich lui rendit le registre après avoir signé. Marsha ouvrit le tiroir du meuble classeur et parcourut les fiches de la lettre G.

"Y a beaucoup de Gundersen là-dedans.

— Oui, mais les autres, ils sont morts.

— Tu as des projets pour le week-end, Rich ?" Elle sortit le chèque du fichier et referma le tiroir d'un coup de hanche. "Allez... Tu peux me le dire."

Marsha avait toujours taquiné les gars. S'ils avaient été plus jeunes tous les deux, on aurait pu dire qu'elle flirtait. Marsha avait deux fils adultes, nés de pères différents, mais pas de mari. Jacob, celui sur lequel elle avait tiré, était le seul dont elle n'avait pas eu d'enfants. Elle avait passé quelques semaines en prison et les hommes du coin restaient prudents avec elle, bien que le tribunal ait reconnu la légitime défense. Après tout, elle l'avait seulement blessé au petit orteil. Les scies de Sanderson avaient causé des dégâts autrement plus importants au fil des années.

Rich sortit son portefeuille pour y ranger le chèque qu'elle lui tendait.

“N’oublie pas ça.” Elle poussa vers lui une pile de journaux. Marsha continuait à garder les mots croisés pour Colleen, bien que celle-ci ait cessé de travailler après la naissance de Chub.

C’était ici même, dans le bureau de la scierie, qu’il avait parlé à Colleen la première fois. Leurs doigts s’étaient effleurés quand elle lui avait remis son chèque. *Mains froides, cœur chaud*, avait-il dit. Rouge pivoine, elle avait attrapé une pile de dossiers et s’était enfuie dans le couloir.

“Il y a des fleurs qui s’épanouissent à l’ombre, pas vrai, Rich ?” avait plaisanté Marsha.

Marsha remit le registre à sa place sur une étagère.

“Merle est là ?” demanda Rich d’un air faussement détaché.

Elle se pencha pour regarder dans le couloir. “Tu as besoin de quelque chose ?

— S’il a un moment…”

Marsha décrocha le téléphone. “J’ai Rich Gundersen qui veut te voir…”

Rich fit rouler son épaule, cachant mal sa nervosité.

“C’est bon, tu peux y aller.”

Il venait ici une fois par semaine depuis l’âge de quinze ans, mais en trente-huit ans, il n’avait eu aucune raison, bonne ou mauvaise, de s’aventurer au-delà de ce bureau. Il déglutit péniblement en empruntant le couloir lambrissé. Un téléphone sonna dans une pièce dont la porte était ouverte.

Il entendit la voix de Merle. “Oui, allô ?”

Des photos en noir et blanc habillaient les murs : des bûcherons – bras croisés, vêtus de pantalons en laine imperméabilisés à la cire de paraffine et retenus par des bretelles –, debout sur des souches aussi grandes que des pistes de danse, leurs visages montrant un mélange de fierté et de pudeur devant l’objectif. Même à l’époque, ils savaient que le bois d’œuvre de cette taille ne durerait pas éternellement.

“Attends deux minutes… dit Merle. Rich ?”

Rich passa la tête à l’intérieur. Merle lui fit signe d’entrer et de s’asseoir, le récepteur plaqué sur sa chemise en polyester. “Gail me casse les couilles. Elle a pas assez de boulot à l’école…” Il cala le téléphone sur son épaule, libérant ses deux mains pour déplacer des documents devant lui.

"Oui, je t'entends très bien."

La pièce était exiguë et pleine à craquer, habillée de boiseries en séquoia. Même le bureau était petit. Une machine à écrire, un mug Sanderson contenant des stylos, une photo de Merle et Arlette, avec ses cheveux châtains dont la teinture tirait sur le violet, tous deux à genoux de chaque côté d'un cerf dix-cors fraîchement abattu : une photo pour des cartes de Noël. Merle regarda Rich par-dessus ses lunettes demi-lune, leva les yeux au ciel, et s'appuya au dossier de son fauteuil en se grattant le ventre.

"Je peux pas les virer, Gail, ils ne travaillent pas pour moi. Pourquoi t'appelles pas le comté ?"

Merle soupira. La lumière de sa lampe soulignait les cernes sous ses yeux. Un tableau qui représentait une scie de long était accroché au mur derrière lui : à l'arrière-plan, un bûcheron levant sa hache, des volutes de fumée blanche s'échappant des cheminées de la scierie, des troncs flottant sur l'eau, et un paysage de coupes claires surmonté d'une bannière rouge – BIENVENUE AU PAYS DE SANDERSON. Les dents de la scie étaient larges. Un outil tout neuf qu'on n'avait encore jamais affûté, acheté seulement pour être représenté en peinture.

"Ben, non… j'en sais rien." Il secoua longuement la tête. "Je vois pas du tout ce que je peux faire."

La bouche sèche, Rich luttait contre l'envie de l'attraper par le col de sa chemise, lequel était ouvert, exposant un triangle de t-shirt blanc en dessous. Il sentait sa propre odeur – transpiration et essence mêlées. Des particules de sciure tombaient de sa manche sur le tapis.

Merle changea son téléphone d'oreille.

"Écoute, le comté, c'est une chose, mais l'Office régional des forêts, j'ai pas plus de piston que toi. Tu sais comment ils sont, là-bas, on doit remplir trois formulaires pour avoir quelqu'un au téléphone. Oui. Oui, je comprends. Bon, allez, Gail, je te laisse… À plus." Merle replaça le combiné sur son support. "Je rêve. Elle te lâche jamais, celle-là."

Rich triturait sa casquette entre ses mains. Gail n'avait pas un caractère facile, mais c'était quand même la femme de Don.

"Un des camions pulvérisateurs est passé devant chez eux." Merle ouvrit un tiroir et farfouilla à l'intérieur. "Elle préférerait qu'on laisse tout pousser ? Faudrait une tronçonneuse rien que pour sortir nos voitures des allées. Bref, elle s'est ruée sur le conducteur en l'abreuvant d'injures parce que ses abeilles sont soi-disant *fragiles*. Merde, quoi, ces produits sont testés scientifiquement, ils ne tuent que les herbes. Et d'abord, pourquoi elle fout ses ruches si près de la route, si elle y tient tellement ?" Il se pencha vers le tiroir, ne trouvant apparemment pas ce qu'il cherchait. "Enfin, tu connais Gail et sa grande gueule. Un jour, tu verras, c'est elle qui sera aspergée." L'image le fit rire. "Ouais, avec un tuyau d'arrosage… Ça remonte à avril et elle est encore furax. Elle veut que le gars soit viré. T'as déjà essayé de virer un fonctionnaire de l'Office des forêts ? Ça va plus vite d'attendre qu'il meure. Comment il fait pour la supporter, Porter ? Pas étonnant qu'il soit bourré d'ulcères."

Merle, qui jouait son rôle. Feignant de vous entraîner dans une connivence pour mieux vous manipuler.

"Bon sang, où est-ce que je l'ai mis ?" Il referma le tiroir d'un coup sec. "Ah, au fait, regarde ça." Il poussa vers Rich une photo Polaroid de son hors-bord, portant le nom L'ARLETTE sur la coque, avec sa maison en arrière-fond. "Il est à vendre. Ça t'intéresse ?"

Rich se rappelait la construction de la maison à l'extrémité du promontoire de Requa, avec vue sur l'embouchure de la rivière et sur toute la côte. Le château d'un seigneur régnant sur ses vassaux.

"Il est du tonnerre", dit Merle.

Le bateau semblait petit, comparé à la maison. C'était depuis qu'il habitait cette belle bâtisse jaune que Merle se pavanait, fier comme un paon ; Arlette assortissait ses chemises à ses robes, pour que tout le monde voie bien qu'ils menaient la grande vie avec l'argent de la vente de l'exploitation. Virgil avait réussi à garder l'entreprise dans le giron familial, même s'il avait dû pour cela se serrer la ceinture, mais Merle s'était empressé de vendre à la première occasion, trop content de se convertir en guide de pêche et de trimballer les gros bonnets de San Francisco sur la rivière. Depuis des années, pourtant, déçus par le volume de pieds-planches produits, les membres de la nouvelle direction ne venaient plus à la scierie pour féliciter les équipes. Chaque arbre géant abattu les rapprochait du moment où Sanderson fermerait définitivement boutique.

"Oui, c'est un beau bateau." Rich fit glisser la photo vers Merle.

"Un peu qu'il est chouette", dit Merle avec une pointe de regret dans la voix. Peut-être qu'Arlette avait fini par le quitter. La rumeur ne datait pas d'hier. Des putes à Eureka. Une femme mariée dans l'Oregon. "Qu'est-ce que je peux faire pour toi, Rich ?" demanda-t-il enfin.

Rich serra plus fort sa casquette et s'éclaircit la gorge.

"À condition que ça n'ait rien à voir avec ses fichues abeilles."

Rich avait les paumes moites. Il regarda la sciure sur le tapis, résistant à l'envie de l'éparpiller du pied.

"Je... je..." Il toussota. "Je me demandais où on en était, côté routes, pour récolter Damnation." Il s'humecta les lèvres, en vain. Sa bouche restait désespérément sèche.

"Damnation ?" Adossé à son fauteuil, Merle replia les bras derrière la tête et plissa les yeux. Il allait demander : *Pourquoi ?* Sa chemise était tachée de sueur aux aisselles. Captant une bouffée de son odeur, il baissa les bras.

"Oh, laisse tomber..." Rich s'essuya les mains sur son jean, prêt à se lever. "On est vendredi...

— J'ai le planning ici, quelque part", dit Merle en faisant rouler son fauteuil jusqu'à l'armoire de rangement. Il ouvrit un casier et en sortit plusieurs tubes en carton. "Là-dedans, je crois." Après avoir examiné les tubes, il en posa un sur le bureau. "Tiens. C'est celui-là."

Rich ouvrit le tube et déploya la carte qu'il contenait sur ses genoux.

"Tout à côté de la 24-7, hein ? dit Merle.

— Oui." Rich le regarda.

"J'essaie de satisfaire mes employés, Rich, tu le sais. Y a une sacrée pente, là-haut... Si c'était quelqu'un d'autre que toi, je le traiterais de barjot."

Rich déglutit avec peine. "Colleen n'est pas au courant.

— Elle ne l'apprendra pas par moi."

Rich hocha la tête. "Merci.

— Prends ton temps." Merle récupéra la photo du bateau, soupira, recula son fauteuil pour se lever et partit dans le couloir.

Lorsque Rich n'entendit plus sa respiration sifflante, il se pencha sur la carte. Son cœur s'accéléra : la coupe prévue descendait jusqu'à la limite inférieure de Damnation, au pied de la parcelle 24-7. Il n'aurait pu rêver mieux. Les routes qu'il faudrait percer conduiraient directement chez lui. Son bois d'œuvre était pour ainsi dire déjà vendu...

Merle revint, s'assit pesamment et jeta une liasse de prospectus sur le bureau.

"Alors ? Le verdict ? Mitch m'a pondu un bon crobard ou pas ?"

Rich laissa la carte s'enrouler d'elle-même. "Ça me paraît juste.

— Il était pas trop chaud pour récolter aussi bas, figure-toi. Je lui ai dit qu'un gars de l'autre côté du ruisseau avait du bois qu'il nous vendrait peut-être." Merle lui adressa un clin d'œil. "Qu'est-ce que t'en dis ?

— Pourquoi pas ?" Rich prit son courage à deux mains. "Justement, à propos de la scierie...

— On te fera un prix. Écoute, Rich. On a besoin de toi à Damnation, mais par la suite, si tu décides de partir de ton côté..." Merle haussa les épaules. "Personne ne te le reprochera.

— On y retourne quand, à ton avis ?"

Merle se renversa contre son dossier. Rich avait commis une erreur en lui parlant comme un associé dans une affaire commune, non plus comme un employé assis en face de son patron. "On verra ce que le conseil d'administration dira lundi", répondit-il plus froidement.

Rich savait qu'il allait emmener Don à l'Office des forêts, afin que celui-ci présente le point de vue des bûcherons. Si on leur donnait le feu vert et que l'exploitation de Damnation redémarrait la première semaine d'octobre, ils auraient six semaines pour ouvrir les routes et commencer l'abattage avant que les pluies ne rendent le sol trop instable. Rich calcula à toute vitesse – il pourrait tenir, du moment qu'il terminait sa coupe à la fin du printemps.

"Le crâne n'était pas là avant, dit-il. On l'aurait vu."

Merle plissa à nouveau les yeux en hochant la tête. Rich essaya de remettre la carte dans le tube, mais ses mains ne coopéraient pas.

“Garde-la. J’en ai une copie ici, quelque part.
— Merci.”
Au moment où il se levait, Merle lui tendit la petite affiche annonçant la mise en vente de son bateau. “Tiens… Emmène ton gamin à la pêche.”
Rich sourit en la prenant.
“Il a commencé l’école ?
— Depuis deux semaines, oui.”
Merle acquiesça encore, sans croiser son regard. Arlette et lui n’avaient pas eu d’enfants.
“Au fait, dit-il. Comment va, Porter ?”
Don s’épuisait à diriger son équipe, plus celle de Bill Henderson depuis que ce dernier avait été licencié. Le boulot de deux hommes, mais une seule paye. Merle le savait parfaitement.
“Il tient le coup.
— Tant mieux. Bon, on se donne des nouvelles”, dit Merle en ouvrant un dossier sur son bureau, comme si Rich était déjà parti.
Rich remit sa casquette, enroula l’affiche autour de la carte et s’éloigna à grandes enjambées dans le couloir. Marsha le rattrapa à la porte pour fermer derrière lui.
“J’espère que je ne t’ai pas fait attendre.
— C’est pas grave.”
Mais il entendit le contraire dans sa voix. Dans le temps, les gars rigolaient parce que Marsha restait seule avec Merle le soir. Difficile à imaginer maintenant. Elle avait beaucoup grossi, et Merle tentait manifestement de se rajeunir en crêpant ses cheveux.
Sur le parking, il n’y avait plus que le pick-up de Rich, le Dodge de Marsha et la Cadillac dorée de Merle. Rich démarra au moment où Eugene arrivait en trombe et s’arrêtait devant le bureau avec un dérapage qui projeta du gravier sur les marches. Il se précipita, secoua la poignée de la porte – verrouillée –, puis cogna sur le battant en collant son nez à la vitre pour scruter l’intérieur.
“Mar-sha !”
Les filles étaient entassées dans la cabine. Wyatt, assis sur le plateau, dos à la lunette arrière, tirait une tête de six pieds de long. Rich s’approcha.
“Ça va, le dur à cuire ?” lança-t-il par sa fenêtre ouverte.

Wyatt fit signe que oui, les dents serrées, ravalant l'humiliation d'avoir été relégué dans la benne.

"Coucou, oncle Rich !" Agnes passa à l'avant pour fermer la portière qu'Eugene avait laissée ouverte. Elle agita la main, tandis que son œil paresseux regardait dans la direction opposée.

Rich répondit à son salut.

"Marsha, ma p'tite chérie, allez… Je t'en supplie !" Eugene tambourinait contre la porte. "S'il te plaît, trésor. Je suis avec les filles. On a une liste de courses." Il fouilla ses poches et en sortit un bout de papier qu'il appliqua sur la vitre. "Ne m'oblige pas à supplier devant mes gosses. Marsha !" Après avoir encore malmené la poignée, il tomba à genoux. "Marsha. Trésor. Je t'implore à genoux." Sa voix semblait réellement brisée.

"Bon sang, Eugene", grommela Rich en se tortillant pour prendre son portefeuille dans la poche arrière de son jean. Il avait quarante dollars dans son portefeuille. Colleen prêtait souvent de l'argent à sa sœur et il s'efforçait de ne pas émettre d'opinion.

La silhouette massive de Marsha apparut derrière la vitre.

"Merci ! s'écria Eugene. Oh, Marsha, ma toute belle ! C'est la dernière fois, je te le jure." Il se releva, jeta un coup d'œil à Rich par-dessus son épaule et lui sourit – *Les femmes sont tellement naïves.*

Marsha ouvrit la porte, les bras croisés sur la poitrine comme une gardienne de prison, ou une épouse amadouée malgré elle par un ivrogne. Eugene lui dit quelque chose à voix basse. Elle rit et s'écarta pour le laisser entrer.

AUTOMNE

1977

15 OCTOBRE

RICH

Geraldine posa un timbre sur le guichet et indiqua du menton les rangées de boîtes postales alignées contre le mur.

“Je me suis demandé ce que vous aviez à cacher, dit-elle. Il y en a qui se font envoyer des magazines, vous savez…” Elle ferma les yeux, soupira – connaître les secrets de tout le monde était un tel fardeau – et disparut à l'arrière comme un coucou rentrant dans son boîtier.

Sans répondre, Rich lécha le timbre et le colla sur l'enveloppe. Son premier paiement. C'était si léger, un chèque, comparé au poids immense qui pesait sur ses épaules. Après avoir glissé l'enveloppe dans la fente, il consulta le tableau des annonces pour voir s'il trouvait une fendeuse de bûches d'occasion. Ne pas pouvoir fendre une corde de bois de chauffage sans en payer le prix plus tard, c'était ça, devenir vieux. La porte du bureau de poste s'ouvrit.

“Tiens, Rich…”

Merle était beaucoup plus petit que lui, et les racines blanches de ses cheveux faisaient paraître son visage encore plus rouge bien qu'il eût travaillé toute sa vie à l'intérieur. C'était un trait héréditaire. Virgil aussi avait une couronne de cheveux blancs à quarante ans. Un beau salopard, mais au moins, il trimait autant qu'il faisait trimer les autres.

“C'est plus comme au bon vieux temps, hein ? dit Merle en arrachant un avis de consultation publique. Plan d'action national pour la protection de l'environnement, lut-il, avant de froisser la feuille en boule. T'as vraiment loupé quelque chose, Rich. Un cirque pas possible !” Rich n'avait pas vu Merle depuis le conseil d'administration de l'Office des forêts. "Impact environnemental. Quel ramassis de conneries. Nous, on parle de *vies humaines*."

Rich creusa les joues en appuyant le bout de sa langue sur sa dent cariée ; la mauvaise odeur empirait. Depuis des années, l'Office des forêts se pliait aux volontés de Merle et lui offrait tout ce qu'il demandait sur un plateau, mais l'État changeait peu à peu la donne et avait débouté plusieurs exploitants forestiers.

"Ils chient tranquillement sur le rêve américain, déclara Merle, accablé. Mais d'où ils les sortent, ces fichus crânes ? On se croirait à une chasse aux œufs de Pâques. Je sais que Doc Peine en a découvert un paquet, mais merde... Il n'est jamais allé les enterrer ailleurs.

— Ils en ont trouvé un autre ?

— T'es pas au courant ? À cent mètres du premier. Si t'avais vu les chevelus massés dans la rue, avec des porte-voix et tout. Ils portaient une grosse bannière : « Une cathédrale sans toit. » Une cathédrale. Pour une bande d'athées, c'est quand même marrant, non ? Si Eugene n'ouvrait pas l'œil du côté de Deer Rib, il y aurait du sable dans les réservoirs d'essence, je te le garantis. Entre les braconniers et les saboteurs écolos, il suffit que tu regardes ailleurs un quart de seconde et t'as plus qu'à mettre la clé sous la porte." Merle punaisa l'annonce de mise en vente de son bateau à la place de l'avis de consultation.

"Alors qu'est-ce qui va se passer, maintenant ? demanda Rich.

— Rien, on attend. L'Office des forêts a quatre-vingt-dix jours pour statuer sur notre appel. Et ça discute de d'eau, des poissons, du limon et de l'envasement. Je t'en foutrais, moi. S'il le fallait, le saumon nagerait dans du béton liquide pour se reproduire. Qu'est devenu le droit à la propriété privée dans ce pays ?" Merle recula pour admirer son bateau sur le panneau d'affichage. "Il est du tonnerre, Rich. Je te le céderais à un prix imbattable.

— Je sais à peine nager.

— Un bateau pareil, t'as pas besoin." Merle posa un regard nostalgique sur son bateau. "On a besoin de quelqu'un pour surveiller Damnation, foutre la trouille à ces écolos avant qu'ils nous ramènent un cimetière entier. Tu veux faire deux ou trois heures sup le samedi, derrière chez toi ?

— Eugene en a plus besoin que moi, dit Rich. Avec le bébé et tout.

— J'ai dit leur foutre la trouille, pas les tuer." Merle remonta son pantalon et sortit en plantant Rich, seul, dans le bureau de poste.

Quatre-vingt-dix jours. Les pluies arriveraient avant. Damnation serait inaccessible jusqu'au printemps, et son bois d'œuvre coincé de l'autre côté.

"Tu peux démarrer le barbecue ?" demanda Colleen quand il rentra, en lui tendant un paquet de saucisses.

Dehors, Chub tailladait les hautes herbes avec un bâton. Il s'accroupit pour se cacher dès qu'il vit Rich.

"Chub ?"

Scout s'approcha en traînant sa chaîne.

"Scout, tu as vu Chub !

— Bouh !" cria Chub en bondissant.

Rich fit mine de sursauter. Le pick-up d'Eugene approchait. Toute la famille entra dans la maison puis se déversa par la porte de derrière, sauf Enid. Colleen apporta des bières.

"Merci, trésor, dit Eugene. Je me suis pas marié avec la sœur qu'y me fallait." Il lui fit un clin d'œil.

"Je t'entends !" cria Enid dans la cuisine, en déboutonnant sa chemise pour donner le sein au bébé sans plus de pudeur qu'une vache à lait.

"Regarde-moi ça… Non, mais tu le crois ?" Eugene extirpa le journal de sa poche arrière.

LA RÉCOLTE DE DAMNATION GROVE AU POINT MORT. Rich éloigna le journal de ses yeux pour lire les petits caractères.

La découverte d'un deuxième crâne humain, deux mois après le premier, bloque l'activité forestière qui doit laisser place aux archéologues. Rich sauta plusieurs paragraphes.

Cette interruption de quatre-vingt-dix jours fait suite à des mois de manifestations. Les militants écologistes soutiennent que la disparition des grands séquoias de la forêt ancienne, implantée sur cette parcelle privée, pourrait provoquer un glissement de limon qui contaminerait les ruisseaux, élèverait la température de l'eau et menacerait la remontée du saumon coho dans Damnation Creek.

Eugene repositionna les saucisses sur la grille et suça son pouce pour le refroidir. "Elles sont prêtes."

Toute la troupe rentra dans la maison.

“Qu’est-ce que tu prévois cet hiver pour gagner un peu de pognon ?” demanda Eugene.

Rich haussa les épaules.

“Tu veux pêcher le crabe avec moi ? Le frère de Lew a un bateau.

— Non, merci.

— Je lui ai dit que je le noierai dans l’évier de la cuisine, lâcha Enid. Comme ça, ce sera fait.

— Avec le fric de Damnation…” Eugene glissa sa saucisse dans un petit pain et pointa son hot-dog sur Rich. “… je m’achèterai une moto.

— Un sèche-linge, corrigea Enid. Si tu t’achètes une moto, je te roule dessus avec et je t’écrase.

— Chien qui aboie ne mord pas.” Eugene fit un clin d’œil à Rich en frappant de sa paume le fond de la bouteille de ketchup. “Elle est dingue de moi.”

Enid leva un sourcil. “Ça, ça reste à prouver.”

Colleen se rongeait un ongle.

“Tu ne manges pas ? lui demanda Rich.

— Je n’ai pas faim.”

16 OCTOBRE

COLLEEN

Elle avait du retard. *Combien de retard ?* demanderait Rich. Oui, l'entrée à l'école de Chub avait été difficile pour elle ; les journées paraissaient si longues. Oui, elle avait été secouée par la naissance du bébé de Melody. Oui, il lui était déjà arrivé de sauter un cycle. Il pouvait y avoir une foule de raisons. Ses seins n'étaient pas douloureux. Mais hier, juste avant le dîner, elle avait revu les mains de Daniel sur ses hanches et son estomac s'était soulevé. Elle était sortie pour vomir derrière les rhododendrons. En réalité, ce n'était qu'une succession de haut-le-cœur, mais quand on avait déjà vécu quelque chose, neuf fois, les premiers signes de la dixième ne trompaient pas.

Quatorze jours de retard. Quarante depuis Daniel, à la station radar. *Et si ?* Elle osait à peine y penser. Une nausée l'envahit à l'idée de ce que dirait Rich – il ne l'avait pas touchée depuis des mois –, mais malgré tout, c'était indéniable : elle espérait.

"Tu sais que le bois de cœur a encore pris trente dollars ?" Assis au salon, Rich feuilletait un catalogue. "Les prix n'arrêtent pas de monter.

— C'est bien, non ? demanda-t-elle.

— Pour nous, c'est bien. Pas pour le gars qui veut se construire une terrasse en séquoia.

— J'ai faim", dit Chub en grimpant sur les genoux de son père.

Elle aurait dû commencer à préparer le déjeuner depuis une bonne demi-heure. Rich referma le catalogue et lança un bref regard à Colleen, appuyée au chambranle de la porte.

"Allons voir ce que propose Kel." Il souleva Chub pour le poser à terre et se leva péniblement. "Ta maman n'a pas envie de faire la cuisine." Dans le couloir, il décrocha le ciré de Colleen de la patère et le lui tendit.

Que pouvait-il lire encore sur son visage ?

CHUB

Quand la commande arriva sur leur table à l'Unique Taverne, Chub ouvrit son sandwich pour compter les cornichons et sa mère lui en piqua un.

"Méfie-toi d'elle", dit son père.

Au retour, la bonne humeur régnait dans le pick-up.

"Fish Creek mange Fly, puis se déverse dans Noose*, récita Chub. Deadman** prend sa source…" Il attendit que son père lui apprenne la suite.

"Rich…", murmura sa mère.

Son père ralentit et s'arrêta sur le bas-côté derrière un pick-up. Un chien attaché dans la benne aboyait. Oncle Eugene, debout devant le capot, criait quelque chose à l'homme aux longs cheveux blonds qui était descendu. Le chien sauta sur des pancartes entassées dans la benne, sans cesser d'aboyer. Quand Eugene menaça l'homme en brandissant sa batte, l'animal bondit par-dessus la ridelle et atterrit sur la chaussée, à moitié étranglé par sa laisse. Sa mère retint un petit cri.

"Ne bougez pas." La portière de son père claqua.

Chub se faufila à l'avant. Sa mère le prit sur ses genoux.

"Ne t'inquiète pas. Ton père s'en occupe."

Son père ramassa le chien, le cala sous son bras et lui ôta sa laisse. Il y eut un bruit terrible. Oncle Eugene avait frappé le capot du pick-up avec sa batte.

"Eugene !" s'écria son père.

* Le Poisson mange la Mouche puis se déverse dans le Nœud coulant.
** Le Mort.

Eugene leva à nouveau sa batte et explosa le pare-brise. Le chien aboyait toujours. “Fais-taire, ton clébard, sinon je lui règle son compte ! hurla oncle Eugene.

— Eugene !”

Le père de Chub rendit le chien à l’homme et s’avança vers oncle Eugene, qui était beaucoup plus petit que lui. L’homme fit monter le chien dans la cabine, s’installa au volant et démarra. Le père de Chub prit la batte à oncle Eugene.

Oncle Eugene se pencha en avant, le dos arrondi, pour reprendre son souffle. Quand il se redressa, il agrippa sa nuque d’une main comme s’il essayait de remettre sa tête droit.

“C’est quoi leur problème, à ces gens-là ? fulmina oncle Eugene.

— *Toi*, c’est quoi ton problème”, dit la mère de Chub à voix basse.

22 OCTOBRE

RICH

Rich tenta de déloger la hache en prenant appui d'un pied sur le billot. Ce satané bois était trop vert. La lame serait émoussée avant qu'il ait terminé. L'air devenait plus vif, l'hiver approchait, il ferait bientôt un froid à se laisser pousser la barbe. Ils avaient travaillé de l'aube jusqu'à la nuit sur le versant de Deer Rib, livrant une course acharnée contre la montre – et l'arrivée des pluies. Le dos, les épaules, les genoux : son corps entier était pétri de douleurs.

Les freins d'Eugene crissèrent – il ne ralentissait jamais avant – et son Chevy remonta l'allée à fond de train. Rich lui avait demandé de l'aider à dégager le sentier menant à sa conduite ; l'eau ne coulait plus, encore une fois, et le niveau baissait dans la citerne. Il s'en serait sorti plus vite tout seul, au final, vu le temps qu'il avait perdu à attendre, mais Colleen voulait qu'il parle à Eugene. Pour le dissuader de partir à la pêche au crabe, et aussi, après l'incident de l'autre jour, pour le ramener à la raison sur d'autres sujets.

Rich ne lâcha pas la hache ; il ne renonçait pas, mais reprenait seulement son souffle. Eugene descendit du pick-up. Il plongea une main par-dessus la ridelle – le plateau était déjà piqué par la rouille – et jeta un paillasson aux pieds de Rich.

REVENEZ AVEC UN MANDAT DE PERQUISITION.

“Où est-ce que tu as trouvé ça ?

— Chez Whitey.” Eugene épousseta la poussière de rouille sur son pantalon.

“Lark va bien rigoler, dit Rich. Qu'est-ce que tu fabriquais chez Whitey ?”

Eugene se fendit d'un grand sourire. “On se fait un chevreuil cet hiver, non ? J'avais besoin de munitions.

— Tu balances un chevreuil dans ta carriole, il passera au travers."

Eugene désigna le billot d'un coup de menton. "T'as un problème ?"

Rich posa une main ferme sur le billot, le fit osciller plusieurs fois et libéra la hache.

Eugene bâilla. "Je suis tellement naze que je me suis assis pour pisser ce matin."

Encore quelques semaines, et la forêt deviendrait un champ de boue où il serait impossible de travailler. L'exploitation s'arrêterait, comme chaque année, de novembre jusqu'à début mars, parfois même un peu plus tard. Rich pourrait alors se ronger d'inquiétude à temps plein, en attendant que tombe sa prochaine mensualité.

"T'es sérieux, avec ton histoire de crabes ? demanda-t-il.

— Enid dit que c'est la mort assurée." Eugene leva les yeux au ciel. L'un comme l'autre n'avait jamais connu leur beau-père, mais Rich l'imaginait : un point sur la mer, de plus en plus petit. "J'attends de voir ce qu'elle dira quand on n'aura plus un rond.

— Et les hippies ? Tu les agresses gratuitement ?"

Eugene haussa les épaules. "Merle me paye vingt heures par semaine pour surveiller Damnation. Pas assez pour vivre. T'as des cuissardes que je peux t'emprunter ?"

Rich hocha la tête.

"Donne-moi ça, le vieux." Eugene saisit la hache. "Tu vas te faire mal."

Rich rentra dans la maison.

"Alors ? demanda Colleen, qui coupait des carottes dans la cuisine.

— Identique à lui-même." Rich chargea deux paires de cuissardes sur son épaule. La pêche au crabe, c'était risqué. La forêt n'offrait déjà pas beaucoup de deuxième chance, mais avec l'océan, il n'y en avait aucune. "Il va avoir besoin de bosser cet hiver.

— Ton père s'est noyé ?" demanda Colleen.

Rich la prit dans ses bras. Il sentit qu'elle se raidissait, mais bientôt elle s'abandonna contre lui. Il respira l'odeur de géranium derrière son oreille, prit ses mains froides dans les siennes.

"Sois prudent", souffla-t-elle.

Dehors, Eugene se débattait avec la hache enfoncée dans le billot.

"Tu as ta tronçonneuse ? demanda Rich.

— Dans le pick-up…”

Rich alla chercher la sienne, écarta un tas de panneaux en contreplaqué sur le plateau du Chevy d'Eugene pour prendre la Stihl, vieille de six mois, dont la poignée protège-main était déjà fissurée. Bon sang, elle pesait deux fois moins que sa McCulloch.

Eugene faillit partir à la renverse quand il réussit à dégager la hache. Il l'abattit encore une fois sur le billot, le fer rebondit sans entamer le bois.

“Saloperie.”

D'un coup de genou, Rich ferma la portière qu'Eugene avait laissée ouverte.

“Hé, fais gaffe un peu, protesta Eugene.

— T'as de la chance que ton moteur ne soit pas encore tombé. On pourrait égoutter des spaghettis tellement y a de trous dans le châssis.”

Ils commencèrent leur ascension.

“Au printemps, quand on abattra les géants là-haut, j'en achèterai un autre. Ils arrêteront de nous payer à la journée, non ? En attendant, si je répare pas mon toit, ça pissera dans la maison tout l'hiver.

— Tu as acheté les bardeaux ?

— T'inquiète. Avec ce que j'ai là, je vais toucher le gros lot.” Eugene tapota les billets de loto glissés dans sa poche de poitrine.

Le sentier disparaissait entre les broussailles et les ronces. Rich démarra la McCulloch.

“J'ai besoin de cette putain de récolte”, hurla Eugene en tirant lui aussi sur son lanceur. Impossible de parler avec les deux tronçonneuses. Il n'y avait que ça pour faire taire Eugene.

Ils taillèrent un tunnel dans la végétation jusqu'au bas de la 24-7, non loin de l'endroit où la conduite de Rich captait l'eau de Damnation Creek. Lorsqu'ils éteignirent leurs machines, le silence mit un moment à retomber. Les broussailles étaient plus éparses ici, desséchées par l'herbicide. Et là, comme apporté délibérément sur leur chemin : un sac transparent luisant de mucus, une forme rose flottant dans du liquide.

“Un chevreuil.” Eugene poussa le fœtus du pied.

Rich ravala son dégoût et descendit sur un tapis d'aiguilles en décomposition. Au bord du ruisseau, il étendit sa veste sur une pierre signalée par un ruban orange, posa sa tronçonneuse, enfila ses cuissardes.

"Ça n'a pas l'air bouché, dit Eugene en abandonnant sa Stihl sur la terre humide.

— Il n'arrive pas une seule goutte dans notre citerne.

— Ça pue." Eugene se couvrit le nez avec son coude. Une odeur de poisson pourri flottait dans l'air.

Après la remontée du saumon coho, Rich avait passé une journée à nettoyer le ruisseau en amont de sa conduite, jetant les carcasses sur les bords ou plus bas dans le courant afin qu'elles ne teintent pas l'eau. Les œufs écloraient sous le lit de gravier, où les alevins resteraient cachés pour échapper à leurs nombreux prédateurs.

Eugene se mit torse nu et enfila les cuissardes en sautillant sur un pied. Rich remonta les manches de sa chemise. Il entra dans le courant, avec prudence pour ajuster son équilibre, de l'eau jusqu'à mi-cuisses lorsqu'il atteignit le milieu du ruisseau, puis jusqu'aux mollets seulement. Eugene le suivait. Il chercha du pied le regard de la conduite – c'était souvent ici que se produisait un engorgement –, plongea le bras. Rien.

"Ce doit être plus loin."

Il longea le ruisseau jusqu'au ruban orange suivant, entra à nouveau dans l'eau et répéta l'opération. Eugene resta sur le bord.

"C'est pour quand, ta pêche au crabe ? demanda Rich.

— Avec le frère de Lew ? En décembre.

— Du Dungeness ?

— Oui. Et du jaune, aussi."

Ils descendirent le cours du ruisseau. Rich guettait le prochain ruban orange. "Combien il paye ?

— Cent cinquante." Eugene se frictionna les bras.

"Par jour ?

— Par filet."

Cette fois, Rich retira ce qu'il cherchait de la conduite : un paquet d'algues entremêlées, semblables à un bouchon de cheveux. Le froid s'insinuait sous sa chemise trempée qui lui collait à la peau.

"Je prends ce que je trouve, dit Eugene tandis qu'ils retournaient vers l'endroit où ils avaient laissé leurs tronçonneuses. Tout le monde a sans cesse besoin de nouvelles chaussures dans cette famille. Ou d'un sèche-linge ! Ça ne s'arrête jamais."

Après une boucle du ruisseau, ils découvrirent le fils de Dolores, accroupi sur la rive opposée, griffonnant dans un cahier. Daniel. Il menait une enquête… Rich l'avait deviné dès qu'il l'avait vu avec Lark.

"Mais, je rêve !" Eugene s'arrêta net. "Qu'est-ce qu'il fout là, cet enfoiré ? Hé, connard !"

Daniel leva une main, comme s'il avait l'habitude qu'on l'interpelle de cette façon.

"C'est une propriété privée. T'as pas le droit d'être là.

— Vous non plus", rétorqua Daniel. Il coinça son crayon derrière son oreille et rangea le cahier dans son sac à dos.

Eugene descendit dans le ruisseau, glissa. Daniel s'éloignait déjà en direction de la route.

"La prochaine fois, je te fais la peau, enculé !" cria Eugene en courant derrière lui après avoir traversé. Il se pencha pour ramasser un objet par terre, revint le lancer à Rich qui sortait de l'eau. Celui-ci le rattrapa sur sa poitrine : un bonbon à la menthe vert et blanc.

"J'y crois pas." Eugene secoua la tête en riant. Faire fuir Daniel l'avait mis de bonne humeur.

Rich enleva sa chemise, l'enfonça dans ses cuissardes. Eugene ferma le col de la sienne, qui était chaude et sèche. Il tordit le bras pour examiner une déchirure au coude. "Putain, Enid l'avait réparée… elle sait vraiment pas coudre."

Ils remontèrent la pente.

"S'ils continuent à bloquer la récolte, quelqu'un va être tué.

— Pas par toi." Rich s'immobilisa et obligea Eugene à s'arrêter aussi. "Faut que tu penses à Enid et aux gosses.

— Oui, oui…" Eugene se renfrogna et bouda tout le reste du chemin. À force de vivre avec des femmes…

Chub sortit en trombe de la cuisine et se jeta contre les jambes de son père. Rich s'accroupit, réprimant une grimace à cause de son genou douloureux, et le prit sur son dos. En haut de l'échelle de la citerne, il demanda à l'enfant de lui décrire ce qu'il voyait tout au fond.

“Ça coule !” claironna Chub. Rich le fit descendre de son dos au pied de l’échelle.

Quelques mètres plus loin, Chub tendit à son père ce qu’il avait ramassé dans l’herbe. “C’est quoi, ça ?”

Rich examina la phrygane au creux de sa main. La meilleure mouche pour la pêche à la truite qu’il ait jamais eue… en parfait état, comme le jour où Astrid la lui avait offerte. Si légère, et pourtant chargée de tant de souvenirs.

“Je te montrerai un jour comment on pêche à la mouche”, dit-il à Chub.

Dans la cuisine, Eugene terminait d’engloutir une portion de chili avec du pain au maïs.

“Problème réglé, annonça Rich.

— Assieds-toi, je te sers une assiette”, dit Colleen.

Eugene essuya la sienne et se leva. “Allez, à plus.”

Chub émietta son pain au maïs dans le chili et mélangea le tout, obtenant une pâtée qu’il continua à tourner longuement avec sa cuillère, comme s’il cherchait un M&M’s dissimulé au milieu. Rich se lava les mains.

“Alors ?” demanda Colleen après le départ d’Eugene.

Rich haussa les épaules. “Peut-être qu’Enid le noiera avant.

— On peut leur prêter de l’argent.

— Autant jeter ton fric dans les chiottes de Lark.

— Tsst, fit Colleen en montrant Chub des yeux. Tu as vu qu’il y avait un trou dans les cuissardes ?

— Où ça ?”

Elle tourna le vêtement suspendu à côté de la porte et glissa un doigt dans la déchirure. Du Eugene tout craché : amocher quelque chose et ne rien dire.

“Chub, c’est l’heure du bain, déclara Colleen. Grâce à ton papa, on a de l’eau maintenant.

— Moi d’abord”, dit Rich en feignant de se lever. Chub se précipita dans le couloir en direction de la salle de bains. “Qui sait ? La pêche au crabe n’est peut-être pas une si mauvaise idée que ça.” Il pourrait d’ailleurs s’y essayer lui-même, songea-t-il, pour préserver le peu d’économies qui leur restait.

Comme lisant dans ses pensées, Colleen posa l’assiette de Chub qu’elle tenait à la main sur le plan de travail et pivota brusquement.

“C’est le frère de Lew…, argumenta Rich. Ces gars-là sont des pros. Ils ne prennent pas de risques.

— Tous les hommes prennent des risques.

— Maman !” Colleen fila rejoindre Chub.

Rich apporta son assiette dans l’évier. Il se servit un verre d’eau au robinet et en but la moitié. Un éclair au fond du verre attira son regard. Il le posa sur le comptoir : un minuscule poisson argenté.

26 OCTOBRE

COLLEEN

Elle relut la définition. *A dit : "De la forme naît l'idée."* Huit lettres, se termine par un T. Elle mordilla le bout de son crayon et essaya de se concentrer, ignorant l'envie de soulager sa vessie, résistant à la tentation de prendre le test dans son sac. Attends.

Sept semaines. Chaque jour gonflait un peu plus le petit ballon de l'espoir. Elle n'avait rien dit à Rich ; comment le pourrait-elle ? *Ne te précipite pas.* Elle voulait être sûre.

À nouveau, elle se pencha sur ses mots croisés.

Moyen le plus rapide. Cinq lettres. Avion.

Qui monte comme le lait. Colère.

Certains en sont transis. Amour.

A dit : "De la forme naît l'idée." FL----RT.

La vessie presque douloureuse à présent, elle récura la casserole qui trempait dans l'évier, puis emporta le test dans la salle de bains et ferma la porte à clé, même si elle était seule dans la maison. *Il existe un test que vous pouvez faire chez vous maintenant,* avait dit l'infirmière du dispensaire quand elle avait appelé pour prendre rendez-vous. Dix dollars, mais c'était un réel confort de se trouver dans l'intimité de sa propre salle de bains. Elle lut les instructions, une fois, sans comprendre, recommença en s'appliquant.

Après s'être retenue toute la matinée, il lui fallut un moment pour se vider complètement. Elle glissa le tube à essai contenant son urine dans le support, le posa à l'intérieur de l'armoire à pharmacie, mémorisa les instructions et les jeta dans le poêle.

La maison était silencieuse. Elle n'entendait que le tic-tac de l'horloge du four dans la cuisine, comptant les minutes avant de regarder le test. Son cœur cognait dans sa poitrine. Elle respira lentement, essayant de le ralentir, comme si ses battements trop rapides pouvaient altérer le résultat. Si elle était enceinte – vraiment –, Rich saurait que le bébé n'était pas de lui. Une chaleur lui monta aux joues tandis qu'elle anticipait le moment où elle devrait avouer. Elle remplit la bouilloire, regarda le minuscule poisson tourner dans le bocal, à l'image de son esprit qui ne tenait pas en place. Elle avait promis à Chub. *Il sera encore là quand tu rentreras.*

La veille, allongée dans le lit, elle ne songeait qu'à une chose : le test dans son sac.

Qu'est-ce qui ne va pas ? avait demandé Rich, éveillé lui aussi parce qu'il percevait son agitation.

Rien. Elle était descendue à Arcata pour l'acheter à la pharmacie proche de l'université. CHAQUE FEMME A LE DROIT DE SAVOIR QU'ELLE EST ENCEINTE ! proclamait une affiche. Elle avait pris un panier, construit une petite forteresse autour du test – quatre boîtes de sparadraps, deux gels douche hypoallergéniques… La pharmacienne n'avait pas cillé. Avec toutes les jeunes hippies sur le campus, elle en vendait sans doute une douzaine par jour. *Ces hippies baisent comme des lapins.*

Elle essaya de ne pas penser à Daniel, mais il était là, assis à la table, écoutant avec elle l'horloge du four.

Tu es sûre ? avait insisté Rich en se tournant sur le côté – malgré son dos douloureux – pour lui poser une main sur le ventre. Elle avait entrelacé ses doigts aux siens, inquiète à l'idée qu'il puisse sentir, qu'il puisse savoir, par des voies mystérieuses, comme elle à présent. Elle *savait.*

Elle caressa délicatement son bas-ventre. *Une petite graine de tournesol. Un grain de riz.*

Elle entendait la voix de sa mère. *Tu auras peut-être droit à* un *miracle, dans ta vie.*

Son père avait disparu depuis une semaine, on avait retrouvé son pick-up abandonné près de la plage de Crescent City où il l'emmenait chercher des agates. Elle se rappelait les promenades en voiture qu'ils faisaient dans le quartier résidentiel en bordure de l'océan, les grosses maisons entourées de pelouses, leurs terrasses avec vue sur la mer ; comme s'il y avait ici, au milieu des autres, une maison qui leur appartenait mais qu'il ne retrouvait pas. Elle était sûre qu'il réapparaîtrait, plus tard. Ce ne fut pas le miracle qu'elle espérait, mais ensuite Chub était arrivé, et maintenant… La bouilloire émit un sifflement strident.

Charité, six lettres. Aumône.

Jury indécis. Suspendu.

Prudence, cinq lettres. Gaffe.

Avant la poule. Œuf.

A dit : "De la forme naît l'idée." Flaubert ?

Le soleil se glissait entre les feuilles des géraniums et illuminait de fines particules en suspension dans l'air. Son sang palpitait dans ses veines, sa poitrine était sur le point d'éclater quand elle croisa son regard dans le miroir de l'armoire à pharmacie. Sa main tremblait. Mais elle savait déjà. Elle était enceinte. Elle serait obligée de le dire à Rich. Elle inspecta le bas du tube, cherchant le petit anneau foncé promis par les instructions. Rien.

Elle s'assit sur la cuvette des toilettes. Des larmes brûlantes lui montèrent aux yeux. Elle pleura longtemps. Honteuse de son stupide espoir, de sa déception, de son soulagement.

Tu auras peut-être droit à un *miracle. Mais tu n'en auras pas deux.*

Elle se moucha, dissimula le test au fond de la poubelle et tira la chasse, comme pour évacuer toutes ses émotions. Dans la cuisine, le poisson inerte flottait à la surface. Mort, en l'espace de vingt minutes. Elle ouvrit la porte, le jeta avec l'eau dans les buissons et resta un moment sur le seuil, immobile, fixant le bocal vide.

4 NOVEMBRE

RICH

Rich contempla l'arbre-mât qu'il allait élaguer, étêter et câbler. Don décrivait un large cercle tout autour en marquant d'un trait bleu les arbres à abattre. Ce ne serait pas une mince affaire pour Pete, compte tenu de la forte pente et du sol inégal, mais leurs souches permettraient d'amarrer les câbles qui soutiendraient le pylône de Rich lorsqu'on emporterait les énormes grumes par téléphérage. L'équipe travaillait à présent au milieu des derniers géants du flanc est de Deer Rib. De quoi remplir leurs poches si les gars avaient été encore payés au pied-planche.

Rich vit Don hésiter devant un arbre d'une centaine de mètres de haut, en forme de Y, dont la souche leur serait clairement nécessaire. Avec son tronc qui fourchait à mi-hauteur, c'était évidemment un "piégeux" : on ne pouvait prévoir de quel côté il tomberait. Depuis que les hommes coupaient des arbres, des piégeux deux fois moins hauts avaient vrillé sur leur base, entraînant du bon bois d'œuvre dans leur chute et tuant des abatteurs. Mais il était inconcevable de laisser des centaines de dollars sur pied dans la forêt. Don traça une ligne bleue sur l'écorce.

Rich essuya son nez sur sa manche. Pete avait enfilé ses jambières. Le bras gauche alourdi par sa McCulloch, il suivait Don du regard. Autrefois, les professeurs attachaient la main gauche de Pete dans son dos. Il avait entaillé tellement de jambières au fil des années en se servant de tronçonneuses conçues pour des droitiers qu'il avait fini par s'en bidouiller une à l'usage d'un gaucher. C'était soit ça, soit une jambe de bois. Pete passa un doigt sur son grand nez crochu, prêt à en découdre avec Don à propos du piégeux.

Rich avait assisté à de nombreuses prises de bec pour des arbres moins dangereux que celui-ci, et même si Don s'épuisait à gérer deux fois plus d'hommes, il lui restait encore assez de voix pour se faire entendre.

"Allez, viens", lança-t-il.

Pete s'élança aussitôt vers le contremaître tel un boxeur sur le ring. Il savait lui aussi que le temps était précieux, avant les pluies qui les renverraient tous à la maison jusqu'au printemps.

"Je vous donne une minute", dit Rich. Il descendit la pente, tandis que la dispute commençait à grands cris. Autant boire un café en attendant. Près de la porte du bus, il découvrit le gamin de Tom Feeley, Quentin, qui se tenait le bras et saignait abondamment malgré un garrot de fortune. Il avait accompagné Eugene pour poser des câbles.

"Qu'est-ce qui t'est arrivé ? demanda Rich.

— Un câble qui a lâché."

Rich sentit l'odeur écœurante, métallique, du sang. "Attends, bouge pas." Il appela Don par radio. "On va te recoudre ça." Eugene aurait dû donner l'alerte lui-même, au lieu de laisser un débutant qui pissait le sang retourner seul au bus. "Tu peux plier le bras ? demanda-t-il, pour continuer à le faire parler.

— Oui…" Le jeune garçon effectua le mouvement. "Merde, souffla-t-il. Fallait pas que je me blesse.

— Tout le monde se blesse, dit Rich.

— J'ai promis à ma mère."

Don les rejoignit, essoufflé après son coup de gueule sur le versant. Il monta directement dans le bus, ressortit avec sa trousse de secours et remonta ses manches. "Montre-moi ça."

Quentin serra les dents pendant que Don découpait sa chemise trempée de sang et rinçait la plaie avec du peroxyde d'hydrogène. Le jeune garçon s'affola en voyant le fil et l'aiguille.

Rich le rassura. "Don m'a recousu plein de fois.

— Tu lui tiens le bras ?" dit Don.

Quentin tressaillit violemment – par réflexe, pas parce qu'il avait mal.

"T'es sacrément dur à la douleur, mon gars", déclara Don lorsqu'il eut terminé.

Le jeune garçon contempla les points de suture, propres et réguliers. "Où vous avez appris à faire ça ?

— Dans la marine." Don se dépêcha de repartir pour en finir avec Pete.

Quentin serra le poing en grimaçant.

"Ça va ?" demanda Rich.

Le garçon hocha la tête, incrédule. "Ça a été tellement rapide…

— Bienvenue au club." Rich déboutonna le poignet de sa chemise et retroussa sa manche, dénudant une cicatrice presque identique sur son avant-bras. "Assieds-toi un peu, là, par terre. Repose-toi.

— Non, c'est bon." Le jeune garçon fila reprendre son poste.

Rich attendait que Pete et Don parviennent à un accord afin de ne pas avoir à choisir son camp. Pete ne voulait pas toucher au piégeux, craignant que l'arbre éclate s'il ne tombait pas droit, au centimètre près, sur son lit de chute. Un million de pieds-planches réduits en charpie. Rich avait déjà vu la stupeur se peindre sur le visage d'un abatteur après la catastrophe : il risquait de perdre son boulot, s'il n'avait pas déjà perdu la vie.

Pete jouait surtout sa réputation : faire tomber un arbre de cent mètres – qui plus est, au tronc fourchu –, avec une précision inégalée. Don se tenait les bras croisés sur sa bedaine comme une femme enceinte de mauvaise humeur. Enfin, Pete tourna la tête pour cracher par-dessus son épaule.

"Tu fais chier, Don."

Rich remonta vers l'arbre-mât. Deer Spring devait se trouver par ici, quelque part. Les coupes altéraient la perception du relief et il perdait ses repères.

"Cet enfoiré a la tête plus dure que son casque", maugréa Pete.

Rich ajusta son harnais, choisit un côté du tronc et accrocha sa Husqvarna à sa ceinture. Après s'être encordé contre l'arbre, il planta son crampon droit dans l'écorce – *T'es droitier, démarre toujours par ton pied d'appui* –, puis commença à grimper, remontant ses cordes à mesure qu'il s'élevait le long du tronc.

Pendant ce temps, les bulldozers charriaient des branchages et de la terre pour préparer les lits de chute. Lorsqu'ils eurent terminé, ils reculèrent et se mirent à l'abri près du ravin.

Rich marqua une pause afin de reposer ses bras et regarda Pete, en bas. Tel un architecte, ou un ingénieur, qui calculait l'angle formé par le lit de chute et le piégeux, en tenant compte des branches :

une marge d'erreur de trente centimètres. Après réflexion, il décida de s'attaquer d'abord à l'arbre qui permettrait d'arrimer le premier hauban. Celui-là était plus simple. Il avertit Rich par radio.

Content de t'avoir connu.

Avec tout autre abatteur, Don n'aurait pas laissé Rich grimper avant que les arbres autour de lui ne soient plus qu'un cercle de souches. Si l'un d'eux vrillait et tombait contre le pylône, il délogerait Rich comme une pomme trop mûre. Mais Pete était Pete.

Le filin auquel était accrochée la Husqvarna de Rich frottait contre ses genoux. Il avait appris à grimper avec une hache d'un côté, une tronçonneuse de l'autre. Depuis que des machines plus légères rendaient la hache inutile, il lui semblait toujours avoir oublié quelque chose.

La première branche qu'il coupa s'écrasa lourdement vingt mètres plus bas. Une faiseuse de veuves qui vous craquerait la tête comme une noix. Il tronçonna la suivante, détournant la tête pour se protéger d'une fontaine de sciure, puis éteignit la Husqvarna, grimpa un peu plus haut et répéta l'opération. Lorsque Pete abattit le premier arbre, il sentit la vibration dans le tronc du pylône. Lyle Whelan s'était figé – de près, une chute pareille vous coupait le souffle –, mais il se ressaisit vite et passa à l'action, ébranchant, débitant des grumes de la longueur d'un camion.

Rich essuya la sciure sur son visage baigné de transpiration. Ses yeux le brûlaient encore depuis la veille – un connard d'hélico les avait aspergés par mégarde. La sangle de son casque irritait sa peau sous le menton, laissant souvent une marque qui ressemblait à un suçon. Il renifla, cracha, regretta de ne pas avoir d'eau. À cette hauteur, il aurait dû voir le vallon de l'autre côté de la crête, mais la brume s'attardait entre les cimes des grands arbres comme le froid dans les vêtements quand on rentrait à l'intérieur. Son cuir chevelu aussi le démangeait sous le casque.

L'arbre-mât craquait. Il revérifia ses cordes et ses nœuds. En bas régnait un silence qui ne durerait pas, le vent apportait les échos lointains de l'équipe qui travaillait plus au sud. Il repéra deux silhouettes casquées qui remontaient du ravin, encadrant une troisième personne aux longs cheveux bruns qu'elles tenaient chacune par un bras. Don se fraya un chemin entre les broussailles pour les rejoindre, et Rich n'entendit que des bribes *(… des emmerdes ! propriété privée ?).* Depuis que Merle l'avait emmené au conseil d'administration de l'Office des forêts, Don se hérissait à la vue de quiconque dérogeant à la coupe en brosse, ne serait-ce que d'un centimètre.

Le chevelu dit quelque chose et Eugene lui asséna une claque derrière la tête. Le fils de Dolores – ça ne pouvait être que lui –, riposta par un geste identique. Ils engagèrent un face-à-face, tournant l'un autour de l'autre, jusqu'à ce que le gamin de Sanderson prenne Daniel par surprise en lui fauchant les jambes. Les deux bûcherons le traînèrent alors dans la pente et le jetèrent comme un sac de ciment à l'arrière du pick-up d'Eugene.

Bon sang. Arrête tes conneries, Eugene.

Rich descendit en rappel, sauta sur un tapis d'épines et vacilla, le temps que ses jambes se réhabituent à la terre ferme. Les feux arrière du pick-up d'Eugene s'éloignèrent et disparurent bientôt après un virage de Lost Road.

“Gundersen ! hurla Pete. T'as envie de mourir ou quoi ? Tire-toi avant que je t'assomme avec un piégeux !”

Rich cala son équipement sous le pylône et se posta un peu plus haut sur le versant pour regarder la scène. Pete, qui avait au préalable déterminé l'angle de chute naturelle de l'arbre, traça deux marques sur l'écorce, l'une pour le trait plancher, l'autre pour le plafond. Lorsqu'il eut tronçonné son entaille directionnelle – dans un formidable jaillissement de sciure –, Lyle l'aida à retirer l'énorme morceau de tronc, révélant une bouche profonde de deux mètres. Pete enfonça ses coins et s'y glissa à plat ventre, tel un homme avalé par un gigantesque requin, pour s'assurer qu'il n'y avait ni champignons ni pourriture brune au fond de l'encoche. Satisfait, il sauta à terre, recula de vingt mètres : la distance qu'il aurait le temps de parcourir avant que le piégeux bascule. Il revint sur ses pas en écartant scrupuleusement tout élément sur lequel il risquerait de trébucher dans sa zone de retraite. Enfin, il passa derrière le tronc et démarra sa McCulloch. Les conducteurs des bulldozers descendirent de leurs engins. Même Don s'immobilisa, tandis que la forêt paraissait retenir son souffle.

Le corps entier de Pete vibrait avec la tronçonneuse qu'il maniait à reculons autour du tronc pour scier le trait d'abattage. Il levait fréquemment les yeux, guettant une éventuelle menace venue d'en haut. L'arbre tremblait sur toute sa hauteur. Soudain, Pete libéra sa tronçonneuse et partit en courant. Il y eut un craquement que Rich sentit dans sa cage thoracique. La terre parut s'ouvrir sous la violence du choc. Quelqu'un hurla comme un loup. Il avait réussi ! Le piégeux étendu de tout son long reposait sur son lit de chute comme un cadavre dans son cercueil, depuis la base du tronc – un mur de six mètres de haut – jusqu'à la tête. Pete expulsa un jet de sciure par une narine.

La sonnerie retentit : fin de la journée. Tout le monde descendit vers le bus. Le temps que Rich rattrape les autres, Eugene et le jeune Sanderson étaient de retour. Personne à l'arrière du pick-up.

"Il l'a déjà fait tomber ?" demanda Eugene, déçu d'avoir manqué la chute du piégeux. Son porte-fusils devant la lunette arrière était vide. Il ne remettait jamais les choses à leur place.

Quentin montra le plateau du pick-up. "Où il est ?

— Je l'ai mis en joue et je lui ai dit que je lui donnais dix secondes d'avance, répondit Eugene avec un rire mauvais. Il a commencé à discuter, j'ai commencé à compter. Cet enfoiré est bon à la course, figure-toi.

— T'aurais dû lui en mettre une dans le dos", renchérit le jeune Sanderson.

Eugene grogna. Quentin croisa le regard de Rich.

"N'entre pas qui veut dans une propriété privée, concéda Don. Mais la prochaine fois, on appelle Harvey. Pigé ?"

Eugene se dérouilla la nuque. Les plus jeunes avaient hâte de partir, d'empocher la paye de la semaine et de faire la tournée des bars à Eureka. Vendredi soir. Les packs de six bières dans leurs anneaux en plastique circulèrent de main en main.

"Où est passé Don ? demanda quelqu'un.

— Ramassage des déchets."

Pete arriva, portant sa tronçonneuse à bout de bras.

"Une bière pour le grand homme", dit Eugene.

Quentin s'empressa de lui offrir une canette, mais Pete refusa d'un geste. Ses mains tremblaient encore après un tel effort, son corps entier n'était qu'un paquet de nerfs à vif. Eugene tendit les deux dernières bières d'un pack à Rich, qui en ouvrit une avant de la proposer à Pete. Celui-ci fronça les sourcils – même pour tenir une canette ouverte, il n'était pas sûr de maîtriser ses mains.

Du reste, il ne buvait pas beaucoup. Son beau-père le tabassait pendant son enfance chaque fois qu'il était bourré.

Eugene aspira bruyamment la mousse de sa bière. "Ben quoi ? T'es trop bien pour boire un coup avec nous ?

— Ça te ramollit la bite.

— T'entends ça, Rich ? dit Eugene. Faites gaffe, les vieux." Il posa sa canette sur le capot. "T'assures plus avec ta jeunette ?

— Ça va encore, répondit Rich.

— Ah ouais ? Tu tiens combien de temps, papy ?

— Elle a quel âge ta fille ? lança Pete. Quinze ans ?

— J'ai déjà tiré sur quelqu'un aujourd'hui, Pete", lui renvoya Eugene d'un ton menaçant.

Quentin chercha Rich des yeux. Ce dernier secoua très légèrement la tête. *C'est juste pour se défouler.* Il éprouvait pourtant un soupçon d'inquiétude.

"À quinze ans, elle est mûre pour passer à la casserole, pas vrai ?" demanda Pete, qui n'avait jamais dragué une fille de sa vie.

Eugene crispa les mâchoires. "Le premier d'entre vous qui renifle de ce côté-là, je..." Il s'interrompit et but une gorgée de sa bière.

"Tu quoi ? insista Pete. Finis ta phrase, au moins."

Lew intervint dans la conversation. "Dis donc, le Suédois-au-Gros-Pif... Tu pourrais pas la tringler même si elle était couchée sur le dos et clouée au sol." Il en profita ensuite pour changer de sujet. "Hé... Vous savez quelle est la différence entre un chariot élévateur et une femme ?" Il balaya son public du regard. "Y a aucune différence. Dans les deux cas, si t'en as pas, tu décharges à la main."

Eugene fit rouler ses épaules et termina sa bière.

"Tu la racontes depuis vingt ans, celle-là, dit Pete.

— OK, j'en ai une autre... Qu'est-ce qu'y a de bien avec les filles de vingt-huit ans ?" Silence. "Ben, quand on les baise vingt ans avant, elles en ont huit."

Eugene essuya la bière sur sa bouche avec sa manche. "Putain, Lew... Ça t'arrive d'être drôle ?

— Moi, elle me fait marrer."

Don revint. Il jeta des tessons de verre dans un vieux baril d'herbicide et lança à Pete un cahier couvert de boue. "Ça te dit quelque chose ?"

Après s'être débarrassés de leurs canettes, les hommes montèrent dans le bus. Eugene ne semblait pas pressé de partir.

"Tu l'as balancé dans un fossé de drainage ? demanda Rich.

— Je lui ai dit que la prochaine fois, on l'écorcherait vif et on le pendrait à l'arbre du vieux Yancy."

Rich rejoignit les autres à l'intérieur du bus. L'air empestait la transpiration, les jambes épuisées tressaillaient dans l'allée centrale. Eugene, qui suivait au volant de son pick-up, s'arrêta et descendit pour fermer la barrière du site. À la barrière suivante, Lew embarqua la deuxième équipe.

Rich ne sentait plus ses bras. Le bus tourna sur No Name Road. Au pied de Damnation, il regarda par la fenêtre : le 24-7 dominait le versant et déployait fièrement sa voilure. Il éprouva un désir intense et douloureux qu'il n'avait connu qu'une seule fois, neuf ans plus tôt : à Garlic Farm, quand il avait vu Colleen de l'autre côté de la porte moustiquaire.

COLLEEN

Colleen s'arrêta sur le seuil de l'Unique Taverne. La fumée et le brouhaha du jour de paye lui paraissaient un mur infranchissable. Enid poussait derrière elle pour entrer. Eugene entraîna Rich, Chub fila vers le coin des jeux. Colleen, qui n'avait pas envie de venir, s'était finalement laissé convaincre.

"Longue journée ?" demanda Kel en distribuant les sous-verres. Gentil et aimable, comme toujours.

Elle s'installa sur un tabouret au bar et serra à deux mains la bière qu'il posa devant elle, comme s'il s'agissait d'une boisson chaude.

"Tu les surveilles, ces deux-là ? dit Marsha en désignant du menton Rich et Eugene. Qu'ils ne fassent pas de bêtises..."

Les yeux d'Enid lancèrent des éclairs, mais Colleen aimait bien la façon qu'avait Marsha de poser des questions puis d'y répondre dans la foulée. On ne l'imaginait pas du tout tirer sur le petit orteil de son mari. *Ma chérie, tu crois que je le regrette ? J'aurais visé ses couilles si j'avais pu recommencer.* Marsha prit une poignée de cacahuètes. Kel astiquait le comptoir en décrivant des cercles avec son torchon.

"Tu sors avec quelqu'un ? lui demanda Marsha.

— J'attends que Colleen mette Rich au rancart." Kel fit un clin d'œil.

"Ha ha." Marsha donna un coup de coude à Colleen. "Tu parles que ça va arriver !

— Hé, trésor, lança Eugene en secouant les dés dans le gobelet. Cinq coups pour un dollar... Viens ici, mon porte-bonheur."

Enid leva les yeux au ciel, descendit de son tabouret et s'avança dans la lumière d'un projecteur nommé Eugene.

Colleen essuya la condensation sur son verre de bière auquel elle n'avait pas encore touché. Elle surprit le regard de Rich posé sur elle, remarqua les coins de sa bouche relevés dans un sourire presque invisible.

"Tu sais que toutes les filles étaient folles de lui, à l'époque ? dit Marsha. Il avait une de ces allures ! Mais il t'attendait. C'est juste qu'on ne le savait pas encore."

Au lit ce soir-là, écoutant la respiration de Rich dans le noir, Colleen repensa aux paroles de Marsha. Elle rassembla les souvenirs de son bref passage à Arcata : la lampe-lapin qu'elle avait repérée dans la vitrine du brocanteur et achetée avec sa première paye, le cinéma où elle pouvait se rendre à pied le samedi, et où, une semaine après son arrivée, elle était tombée sur Daniel dans le hall tendu d'un tapis rouge, comme s'ils avaient convenu de se retrouver là, bien qu'ils ne se soient pas revus depuis le lycée. Pendant tout ce temps, ici, Rich l'attendait.

Elle le regarda, profondément endormi à côté d'elle, son épouse infidèle.

Après qu'Enid eut téléphoné, enceinte, et annoncé que leur mère était malade, Colleen était rentrée à la maison pour le week-end. Pendant que les jours s'additionnaient peu à peu et devenaient un mois, elle avait espéré que Daniel viendrait la voir. Elle gardait toujours une pièce de cinq cents dans sa poche. Parfois, pour s'apaiser, tout en écoutant la toux déchirante de sa mère de l'autre côté du mur, elle tournait la pièce dans ses doigts, longtemps, jusqu'à ce que le métal devienne chaud, presque vibrant de toutes les choses qu'elle lui dirait. Chaque semaine, quand elle prenait la voiture pour aller chercher à Crescent City les cigarettes de sa mère et les bonbons au chocolat qu'Enid adorait, elle glissait la pièce dans la fente du téléphone public devant le supermarché Safeway. *Bonjour, puis-je parler à…* et chaque semaine, la surveillante du dortoir répondait : *Un message ?* Elle écrivit de courtes lettres faussement désinvoltes, puis Noël arriva, une année s'écoula, puis quatre, tandis que le cancer de sa mère s'étendait progressivement à ses os et finalement à son cerveau, comme le brouillard qui s'insinue entre les arbres. Elle avait fumé comme un sapeur jusqu'à la fin. Bon sang, elle mourrait quand elle serait prête. *Verne avait la peau dure*, disait-on encore dans le bourg.

Colleen lui avait apporté son petit-déjeuner tous les matins – une poire au sirop dans un bol. Le dernier jour, elle la trouva affaissée dans son fauteuil. Une cigarette – avec une très longue cendre – finissait de se consumer dans le cendrier en forme de patte d'ours.

Maman ? Il lui avait semblé alors que Verne avait quitté son corps mais qu'elle se cachait derrière la porte.

Après la mort de sa mère, elle avait à peine mis le nez dehors sauf pour nourrir Bossy, la dernière vache, ou pour aider Marsha au secrétariat de la scierie. Enfin Enid débarqua, à pied, tirant Marla par la main – elle avait emménagé dans le mobile home d'Eugene de l'autre côté de Deer Ridge quand elle s'était mariée.

Enid sortit tous les vêtements de leur mère et les brûla, à croire que les survêtements et les chaussons étaient contaminés. *Ça, c'est fait*, déclara-t-elle en tisonnant les dernières braises. Comme si elle biffait la première entrée sur sa liste et pouvait maintenant accorder toute son attention à la seconde : divertir Colleen.

Klamath n'offrait pas beaucoup de distractions, même à l'époque, quand la fabrique de pâte à papier, l'usine de contreplaqué et la scierie tournaient seize heures par jour avec deux équipes qui se relayaient. Mais Enid la déguisa en poupée de cire, coiffée, maquillée, et l'emmena à la grande fête de Sanderson où elle l'abandonna, seule, à côté du feu de joie. Colleen serra ses bras contre sa poitrine, souhaitant désespérément retrouver le silence de sa maison.

Un homme jeta un cure-dents dans les flammes.

Vous avez froid ? demanda-t-il. Elle reconnut l'un des bûcherons qui venaient chercher leur chèque à la fin de la semaine. Il enleva sa veste et la lui proposa, insistant jusqu'à ce qu'elle accepte. En l'enfilant, elle se sentit enveloppée dans la chaleur de son grand corps. Les manches lui tombaient sous les genoux. Il se racla la gorge – un signe de nervosité, elle le découvrirait plus tard –, mais à la lumière du feu elle ne put voir qu'il rougissait. Le vent tourna au-dessus du brasier. Elle toussa et les larmes lui montèrent aux yeux.

La fumée est attirée par la beauté. Il s'éclaircit à nouveau la gorge et lui offrit un mouchoir soigneusement repassé sur lequel étaient brodées les initiales RG. Sans réfléchir, elle s'essuya aussi la bouche et le tacha de rouge à lèvres.

C'est mieux comme ça. Le coin gauche de sa bouche se relevait quand il souriait. *Vous êtes la sœur d'Enid…* Plus tard, il lui avoua qu'il avait répété son nom dans sa tête, sans oser le prononcer, jusqu'à ce qu'elle se présente en serrant la main qu'il lui tendait. Une main si dure, si calleuse qu'on aurait pu y frotter une allumette.

Colleen mains froides, cœur chaud, dit-il alors. Il n'était pas très bavard et elle se demanda ce qu'il pensait d'elle.

Quelques semaines plus tard, Eugene amena Rich dîner à la ferme. Enid n'avait pas prévenu Colleen. Il se pencha pour passer la porte de la cuisine, une boîte pâtissière à la main.

Une tarte aux citrons, dit-il. *Je ne voulais pas venir les mains vides.*

Colleen, tu te souviens de Rich…

Je peux vous aider ? demanda-t-il en montrant les pommes de terre.

Enid poussa Colleen du coude. *Laisse-le en éplucher une.*

Il remonta ses manches et se lava les mains, lentement, méthodiquement, à la manière d'un médecin. Plus que sa haute taille qui l'obligeait à se courber pour entrer dans une pièce, c'étaient ses yeux qu'elle remarqua ce soir-là. Des yeux qui semblaient demander la permission.

Chouette maison, dit-il.

C'était celle de ma mère.

Rich hocha gravement la tête. Ses phalanges étaient égratignées. *Un bûcheron a toujours un pied dans la tombe*, disait le père de Colleen quand sa femme l'exhortait à travailler dans la forêt.

Il éplucha les pommes de terre en silence, et parla seulement lorsqu'il saisit la dernière. *Le parc naturel a acquis un droit d'expropriation sur mon terrain*, dit-il. *Je peux habiter la maison pendant vingt-cinq ans, ou jusqu'à ma mort. Je suis né dans cette maison. Mon père aussi. C'est mon grand-père qui l'a construite. Vous savez comment je l'ai appris ? L'administration du parc m'a envoyé une lettre avec une notification d'indemnisation. Sauf que je l'avais pas ouverte… jusqu'à aujourd'hui. Elle est restée tout ce temps sur la table. Heureusement, d'ailleurs. Je l'ai lue ce matin, mais comme je savais que je venais ici ce soir, au lieu de ruminer ça dans ma tête, j'ai pensé à vous.* Il lui tendit la dernière pomme de terre,

C'est bon, les patates ? demanda Enid, voyant Rich debout devant une montagne d'épluchures.

J'ai failli me couper le doigt tellement j'étais stressé, confessa-t-il plus tard.

Il enlevait la moitié des pommes de terre avec la peau, racontait Colleen quand on leur demandait comment ils s'étaient rencontrés. *Je me suis dit que je lui éviterais de mourir de faim si je l'épousais.*

Pendant tout le dîner, il essuya constamment sa moustache, inquiet sans doute à l'idée que des débris d'aliments puissent s'y accrocher. Colleen aussi était mal à l'aise, même si elle croyait cacher son trouble un peu mieux que lui. Marla, qui voulait essayer son nouveau crayon, écrivit le nom et le prénom de Rich sans aucune faute dès la première tentative.

Richard Gundersen, lut-il. *Dis donc, tu es drôlement futée, toi !*

La fillette grimpa sur les genoux de Colleen, qui lui couvrit les oreilles chaque fois qu'Eugene lâchait un juron.

T'embête pas. Enid leva les yeux au ciel. *Elle les entend tous à la maison.*

Son premier mot, c'était « enfoiré », déclara fièrement Eugene.

Non, c'était « trésor », corrigea Enid. *« Enfoiré », c'était Colleen.*

Moi aussi, dit Rich qui commençait à se détendre. *Je l'utilise beaucoup, celui-là.*

Maman l'avait emmenée manger dans un snack-bar à Redding, expliqua Enid. *Elle était bien habillée, pomponnée et tout. La serveuse a demandé si elle parlait, maman a répondu non, pas encore. Et c'est là que Colleen a sorti d'une traite : « Si, je parle. Je sais même dire enfoiré. » Maman n'en est jamais revenue.*

Colleen rit avec les autres, même si elle ne se rappelait pas la scène. *Comment j'avais bien pu apprendre ce mot ?*

Facile. Maman disait ça de tout le monde ! Enid avait un rire communicatif qui ressemblait à une pluie de confettis.

Assis en face d'elle, Rich lui souriait. Une araignée s'était aventurée sur le plan de travail pendant qu'il épluchait les pommes de terre. Il avait posé son couteau et pris l'araignée délicatement dans ses mains pour l'emporter dehors. Colleen n'avait jamais vu un homme – ni personne – montrer autant de douceur.

À la fin de la soirée, elle le regarda s'accroupir devant la maison pour frictionner le vieux chien de sa mère derrière les oreilles, puis prendre un cure-dents dans la poche de sa chemise. Sa déclaration dans la cuisine l'intriguait. Était-il sincère ?

Je l'aime bien, décréta Enid. Elle bascula sa chaise en équilibre sur deux pieds et croisa les bras, mettant Colleen au défi de la contredire.

Chut… Il n'est pas encore parti…

Tu ne penses pas que Colleen devrait sortir avec lui ? lança Enid à Eugene.

Eugene piquait déjà du nez. Envolée, l'énergie avec laquelle il avait planté ses dents dans une part de tarte au citron meringuée industrielle, pâteuse et trop sucrée.

Qu'est-ce que ça change, ce que je pense ? marmonna-t-il.

Eugene invita Rich une deuxième fois, puis une troisième. Enfin, il vint la voir sans les autres. Cette nuit-là, la tête posée sur son torse nu, elle l'écouta énumérer toutes les occasions où il l'avait remarquée avant le soir du feu de joie – y compris lorsqu'elle était adolescente et qu'elle cherchait sa mère parmi les autres buveurs à l'Unique Taverne ; ou qu'elle regardait le feu d'artifice du 4 Juillet, debout à l'écart –, tant de moments où elle s'était sentie si seule. Elle se laissa bercer par la voix de Rich, par les battements de son cœur, par sa respiration aussi régulière que le déferlement des vagues sur le rivage.

Tu as la peau si douce. L'émerveillement de Rich cette première nuit lui donna le sentiment d'être, *elle*, une merveille.

Elle se tourna vers lui, qui dormait à ses côtés. Que dirait-il à présent ?

5 NOVEMBRE

CHUB

Le dispensaire sentait comme une croûte que l'on a grattée. Le père de Chub tapotait du pied par terre. Une dame poussa la porte battante.

"Graham ?"

Son père se leva. Chub suivit la dame dans la pièce où il devait s'allonger sur un drôle de fauteuil. Elle enfila un masque en papier avec un nez et des moustaches. On aurait dit un lapin géant qui avait une queue de cheval.

Ton papa a peur du dentiste, lui avait chuchoté sa mère juste avant qu'il monte dans le pick-up. Il avait respiré le parfum de fleur sur sa joue. *Tiens-lui la main, d'accord ?*

Lorsque Chub revint avec une brosse à dents toute neuve, son père se leva de nouveau. Il était impatient de partir.

"Tu as faim ?" demanda-t-il.

Chub fit non de la tête. La pluie tambourinait sur le pare-brise. Il s'était rincé la bouche avec l'eau du gobelet en carton, mais il avait encore un goût de fraise sur la langue. L'odeur du dentiste imprégnait ses vêtements. Son père chercha une station à la radio, n'obtint que des grésillements, éteignit le poste. Les essuie-glaces allaient et venaient. Il pensa à ce qu'avait dit Wyatt.

"Est-ce qu'oncle Eugene a déjà tué quelqu'un ?" demanda-t-il. Wyatt avait ouvert la boîte à gants dans le pick-up d'oncle Eugene et sorti la plaque militaire. Ils l'avaient tenue à tour de rôle. C'était celle d'oncle Eugene et Wyatt affirmait qu'il avait tué trois soldats dans des tunnels.

"Possible, répondit son père. À la guerre, on est parfois obligé.
— Tu as fait la guerre, toi ?
— Non, jamais.
— Tu n'as jamais tué personne ?
— Non.
— Mais tu pourrais ?"

Son père soupira. "Si j'étais obligé. Pour vous protéger, toi et maman."

Chub appuya sa tête contre la vitre. Les arbres défilaient de chaque côté de la route. Son père s'arrêta au cimetière et prit des agates dans sa poche. Chub en sélectionna quatre.

"Encore une", dit son père. Chub choisit une rouge, toute brillante.

La grille se referma derrière eux. Ils allèrent voir les parents de sa mère, puis les parents de son père. Chub déposa une agate sur chacun des tas. Il n'avait jamais connu aucun de ses grands-parents. La dernière agate était chaude dans sa main quand ils arrivèrent à la tombe du bébé. Son père baissa la tête et murmura une prière. Lorsqu'il eut terminé, Chub posa l'agate rouge sur le tas pour sa petite sœur qui était morte. Il se sentait un peu jaloux.

À la maison, Chub courut dans la chambre de ses parents et se jeta sur le lit où sa mère était allongée. Il atterrit tête la première sur son ventre.

"Ouille, dit-elle. Montre-moi ces jolies quenottes toutes propres.
— Pourquoi tu es au lit ? demanda Chub.
— Je me repose…", expliqua-t-elle en sortant la bouillotte de sous la couette. Elle sourit, mais ses yeux étaient tristes. "Où est papa ? Il s'est fait soigner sa dent ?"

Chub secoua la tête.

"Non ?" Elle le repoussa gentiment. "Allez, c'est l'heure du déjeuner !
— Ça va ? dit son père.
— Très bien.
— Tu n'es pas…
— Bien sûr que non, répondit-elle sèchement, en rougissant un peu. Je ne vois pas comment je pourrais l'être. J'ai mal au ventre, c'est tout."

Son père était resté longtemps devant la tombe de sa petite sœur, comme s'il attendait qu'elle arrive en courant sur le sentier.

En chaussettes, Chub traversa le salon et s'approcha de la lampe-lapin, qui était éteinte. Il effleura du doigt le nez du lapin, retenant son souffle, espérant qu'un génie surgisse par magie du corps en bronze de l'animal.

6 NOVEMBRE

COLLEEN

"Qui a faim se fait à manger", lut Colleen à voix haute. Le nouveau napperon au point de croix était accroché à un clou au-dessus de l'évier d'Enid.

"C'est Gertie qui l'a brodé pour moi", dit Enid.

De l'autre côté de la table, ses cheveux blancs enroulés sur des bigoudis, la grand-tante d'Eugene hocha la tête, sachant pourtant qu'Eugene ne s'était jamais préparé ne serait-ce qu'un œuf au plat de toute sa vie. Il assurait le barbecue, mais à l'intérieur, la cuisine était l'affaire des femmes.

Par la fenêtre, Colleen voyait Rich, debout à une distance prudente d'Eugene qui rinçait la petite Alsea avec le tuyau d'arrosage, tout le poids de son corps sur une seule jambe. Son genou le faisait souffrir.

"Ah, les garçons, dit Gertie, lisant dans ses pensées. Il faut toujours qu'ils se blessent."

Enid versa des grains de maïs dans la machine à pop-corn et abaissa le couvercle. "Les jambes, ça se répare. C'est le dos qui vous tue."

Eugene tenait maintenant Alsea par une cheville et braquait le jet sur ses fesses nues.

"Il va la noyer, cette petite", dit Gertie.

Eugene et Enid s'étaient disputés. Colleen le voyait à la façon qu'avait Enid de ne pas le regarder ; ses yeux ne demandaient qu'à se transformer en lance-flammes si elle les posait sur lui. Colleen redressa méticuleusement un tas de couches jetables effondré sur le coin de la table. Un gros budget à elles seules.

“Je peux pas utiliser des langes en tissu, sans sèche-linge. Sauf si je transforme le salon en buanderie avec des cordes à linge et des étendoirs.

— Je n’ai rien dit, murmura Colleen.

— Mais tu l’as pensé.

— L’eau est froide, fit remarquer Gertie. Est-ce qu’il lui arrive de pleurer, à cette petite ? Qu’est-ce qui ne va pas chez elle ?

— Rien. Elle va très bien.” Les narines d’Enid palpitaient, signe qu’elle n’allait pas tarder à exploser si Eugene ne ramenait pas au plus vite sa tante chez elle dans l’Oregon.

Le pop-corn déborda de la machine et les premiers grains volèrent sur le sol.

“Merde.” Enid attrapa un saladier.

Gertie fit claquer sa langue. “Je ne vois vraiment pas pourquoi tu as besoin de tous ces gadgets.” Eugene lâcha le tuyau, souleva la petite sous les aisselles et fit mine de lui grignoter les orteils.

“Qu’est-ce qu’il attend pour la rhabiller ? dit Gertie.

— Il va la ramener à l’intérieur.” Enid versa le pop-corn dans le saladier.

Colleen retint une grimace de douleur. Ses règles avaient commencé la veille, un flux très abondant. Elle se sentait fragile, au bord des larmes, et aurait aimé s’allonger.

“T’es au courant, pour le bébé d’Helen ? demanda Enid. Il est né sans cerveau.

— Le bébé d’Helen ?” Colleen s’agrippa au plan de travail.

“Ça porte un nom… Mar-la ! Comment ça s’appelle déjà ?

— Quoi ?

— Le truc du bébé des Yancy ?

— Anencéphalie.

— Anen-quoi ? cria Enid.

— Anen-cé-phalie !

— Pareil que celui de l’autre jour, hein ? Avec le cerveau tout ratatiné ?”

Enid regarda Colleen. Elle n’avait pas demandé de détails, mais elle savait que sa sœur avait vu le bébé de Melody Larson mourir. Les larmes que Colleen retenait depuis le début de la matinée coulaient à présent sur ses joues.

“C’était pas ta faute, dit Enid.

— Je sais." Colleen s'essuya les yeux. "Pauvre Helen.

— La petite-fille d'Evangeline aussi a eu un bébé comme ça, dit Gertie. Du côté de Five Rivers."

Eugene entra dans la cuisine.

"Si tu la gardes tout le temps dans tes bras, cette petite, elle n'apprendra jamais à marcher", dit Gertie.

Eugene posa Alsea sur la table, embrassa Gertie, rafla une poignée de pop-corn et fila avant qu'Enid ne se retourne. Chub et les autres enfants se pressèrent autour du pop-corn, chacun incarnant pour Colleen l'enfant qu'elle aurait pu avoir. Enid n'avait pas fait une seule fausse couche.

Colleen chassa ses idées noires, enjamba des sweats jetés par terre et sortit par la porte de la cuisine.

"Colleen, dis à ton mari qu'il doit venir avec moi ! lança Eugene. Si je me tire dans le panard, il pourra me porter.

— C'est moi que tu pourrais estropier par accident, répliqua Rich.

— T'as de la chance que je ne te mette pas une balle où je pense, *exprès*. Cette star de la grimpette a fait tomber sa radio de quatre-vingts mètres de haut. Il a failli me défoncer le crâne."

Rich tisonna les charbons. Il ne voulait pas dire à Colleen comment il s'était tordu le genou et entaillé le dos. Il avait seulement raconté que c'était sa faute, et qu'il avait eu de la chance de ne blesser personne. *J'ai grillé une de mes neuf vies aujourd'hui.*

"Allez, quoi… On partage soixante-quarante." Eugene répandit de l'allume-feu liquide sur la grille.

"Colleen n'aime pas le gibier, dit Enid, qui les avait rejoints.

— Un élan. Un beau wapiti de Roosevelt…

— Norm te tombera sur le poil comme la misère sur le monde", dit Rich. Le garde-chasse bedonnant passait de temps à autre chez Eugene pour flairer l'odeur du baril incinérateur.

Eugene saisit la tapette à mouches, fouetta l'air plusieurs fois, puis examina le maillage en plastique avec la curiosité d'un homme qui inspecte son mouchoir après un vigoureux éternuement. Enid déplia les chaises longues. Quelle qu'ait été la cause de leur dispute – l'argent, toujours l'argent –, le sillon creusé entre ses sourcils indiquait qu'elle n'avait pas encore passé l'éponge.

"On pourrait tous manger du crabe à Noël, dit Eugene en récupérant les bières mises à rafraîchir dans le ruisseau.

— J'ai déjà perdu un père qui s'est noyé, j'ai pas envie de remettre ça avec un mari, déclara sèchement Enid.

— Je sais nager.

— Lui aussi, il savait."

Les enfants sortirent en courant pour faire une course avec des bateaux en feuilles sur le ruisseau. Marla était debout derrière une fenêtre – quinze ans, instaurée d'office baby-sitter, la malédiction de l'aînée. Elle avait l'air affreusement triste. À cause du garçon près de la station radar ? Colleen éprouva un pincement d'inquiétude. Ou était-ce de la culpabilité ? Au bout d'un moment, elle rentra dans la maison pour aller voir l'adolescente. L'eau coulait derrière la porte fermée de la salle de bains. Au coin du couloir apparut Agnes, ses cheveux blonds incendiés par un rayon de lumière, un bocal en verre entre les mains. Une jolie petite fille, malgré son strabisme.

"Qu'est-ce que tu as là-dedans ?" demanda Colleen.

Agnes lui montra la salamandre, luisante et tachetée. Colleen n'en avait pas vu depuis longtemps, alors qu'autrefois elles pullulaient dans tous les ruisseaux.

"Tu vas avoir un bébé ? demanda Agnes en la fixant de son regard étrange, l'un de ses yeux dévié vers l'extérieur.

— Non, ma chérie. Pourquoi ?

— Tu mets tes mains sur ton ventre.

— Oh." Colleen laissa retomber ses bras. "Non."

Elle posa une main sur la tête de l'enfant. Le bloc-notes aux pages couvertes d'une cascade de prénoms attendait toujours dans le tiroir de sa table de chevet. Iris. Océane. Lily. Rose. Comment aurait été sa vie, avec une petite fille ?

Dehors, Enid cherchait une station en tournant la molette d'un transistor à piles.

"Tu es rouge comme un homard, dit-elle lorsque Colleen revint avec Agnes.

— Il fait chaud à l'intérieur.

— Ne m'en parle pas. Ce poêle est impossible à régler !"

La voix profonde de Johnny Cash entonna *My Shoes Keep Walking Back to You.* Enid augmenta le volume. Eugene entraîna Agnes dans un pas de danse, puis attira Mavis pour qu'elle le remplace et prit une autre bière dans le ruisseau.

"Apporte-m'en une !" lança Enid.

Eugene tendit aussi une bière à Colleen et choqua la sienne contre la canette d'Enid pour proposer une trêve. Même s'il mettait de l'animation, comme à son habitude, ses joues creuses – plus encore que celles de Rich – trahissaient sa fatigue. Il se laissa tomber sur l'herbe et ôta sa casquette.

"Faut que tu te fasses couper les cheveux, dit Enid.

— Pourquoi payer quelqu'un à tondre une pelouse desséchée ? répliqua Eugene en se passant une main dans ce qui restait de ses fines mèches claires.

— Les saucisses sont prêtes", annonça Rich. Eugene se releva.

"Où est Marla ? demanda Gertie du fond de sa chaise longue.

— Elle se lave les cheveux, répondit Enid. Elle a rendez-vous avec un garçon.

— Un garçon ? dit Gertie.

— Parles-en avec lui." Enid désigna Eugene du menton, et Colleen comprit alors le sujet de leur dispute.

Enid était installée dans une chaise longue à la toile détendue, ses fesses frôlant le sol. Tandis que les filles continuaient à danser en riant, Agnes renversa la bière de sa mère.

"Hé !" Enid ramassa la canette et siffla les dernières gouttes. "Regarde où tu mets les pieds, Bigleuse."

La lèvre inférieure tremblante, Agnes retenait ses larmes.

"Viens ici, trésor." Eugene approcha la pince à barbecue du bon œil d'Agnes, si près qu'elle le couvrit de sa main. Il dessina ensuite un cercle en l'air pour obliger l'œil paresseux à travailler.

"Bravo ! Maintenant, demande pardon à ta mère.

— Pardon, maman !

— C'est pas ça qui me donnera une autre bière", maugréa Enid. Elle montra du doigt la canette que Colleen ne buvait pas. "Ben, t'es enceinte ou quoi ?

— Non." Colleen chercha à attraper le regard de Rich. *Comment pourrais-je être enceinte alors que mon mari refuse de me toucher ?*

Rich gardait les yeux rivés sur le barbecue. Ses bras et son torse le démangeaient encore sous sa chemise moite de transpiration.

"Wyatt ! cria Enid. Viens manger ! Chub ! Wy-att ? Mais où ils sont passés, ces deux-là ?" Enid se leva et disparut derrière la maison.

Colleen lutta contre une montée d'angoisse. Bientôt, Enid se tut.

"C'est bon, ils arrivent", dit Rich.

Colleen l'avait compris aussi. On savait toujours quand les disparus étaient retrouvés : les voix cessaient de crier leurs noms.

12 NOVEMBRE

RICH

Il ne voyait pas la biche, mais il la sentait : l'odeur musquée, métallique, du sang. Elle s'enfuyait entre des rejets d'aulnes devenus presque adultes et des rangées de pins rabougris.

"Quelqu'un a salopé son boulot ici", bougonna Eugene.

Rich leva une main pour lui intimer le silence.

"Regarde-moi ça." Eugene donna un coup de pied dans les broussailles, denses et hautes. "Tu vas pas me dire qu'ils ont aspergé, là !"

Rich ravala son agacement. Eugene parlait encore plus fort quand on essayait de le faire taire. Les pins n'étaient pas plus épais que la cuisse d'un homme, plantés serré. Devant la barrière, la pancarte annonçait une récolte en 1996, déjà inscrite sur le calendrier. Une production agricole, plutôt qu'une forêt. Rich s'arrêta et tendit l'oreille.

"Ces bouffons d'hélicoptères, continuait Eugene en se frayant un chemin à coups d'épaule parmi les buissons. Un ivrogne pisserait mieux qu'eux."

Rich se la représentait mentalement : de l'écume au museau, des tiques noires brillant comme des perles dans les poils blancs de l'arrière-train. Il était encore essoufflé après qu'ils avaient sprinté dans la clairière et parcouru une centaine de mètres à plat ventre sur la terre détrempée, vent de face pour ne pas être repérés par le troupeau. Avec son lumbago, il souffrait le martyre. Tout ça pour un tir complètement cinglé qu'Eugene aurait pu aussi bien tenter, debout, au départ de leur circuit.

Attends, avait chuchoté Rich.

Quelques mâles s'étaient aventurés à l'écart, mais bien sûr Eugene voulait avoir le grand cerf entouré de biches. Le troupeau s'était éparpillé et ils l'avaient vue qui se traînait vers les buissons. Rich avait failli planter Eugene en le laissant réparer les dégâts qu'il causait, pour changer.

Bon sang, Eugene. Celui-ci s'élançait déjà à la poursuite de l'animal blessé. *C'est la dernière fois que je chasse avec ce malade.*

Colleen soupirerait. *Tu dis toujours ça.*

La biche remontait péniblement la pente abrupte du versant, mue par une terreur pure, même s'il y avait peu de chances qu'Eugene réussisse à l'abattre tant il était mauvais tireur. Le cœur sans doute affolé, elle semait une traînée de sang derrière elle. À cet endroit, la forêt se composait d'un patchwork de parcelles privées et nationales. Difficile de savoir à qui appartenait quoi. Mais planter des sapins dans une telle pente ? Seuls ces clowns du cirque qu'était l'Office des forêts pouvaient prendre une décision aussi stupide.

Eugene se retournait de temps en temps pour s'assurer que Rich le suivait. Celui-ci guettait un craquement de brindilles, le frémissement d'une branche basse signalant le passage de l'animal. En vain, puisqu'Eugene, avançant à l'aveugle, tenant son fusil au-dessus de sa tête, fendait les buissons sans se soucier du vacarme qu'il provoquait autour de lui.

Rich était trempé de la tête aux pieds après avoir rampé dans la boue. Son maillot de corps humide lui causait une démangeaison insupportable. Il ferait mieux de l'enlever, de laisser sa peau respirer. Les plaques rouges commençaient tout juste à s'effacer sur son torse. Il gratta la plus grosse éruption, au niveau de ses côtes. La transpiration et le frottement de ses vêtements pendant des heures, c'était ainsi que la crise avait débuté.

Un peu avant d'atteindre la crête, il s'arrêta pour reprendre son souffle.

"On l'a perdue ?" demanda Eugene.

Rich plissa les yeux en se concentrant sur ce qu'il entendait, mais la biche s'était immobilisée aussi. S'ils ne la trouvaient pas bientôt, il y aurait un conflit : Eugene voudrait partir en la laissant agoniser, Rich le traiterait de femmelette – ça marchait la plupart du temps, en dernier recours.

Il respirait tout doucement. *Où es-tu ?*

Gagnant la crête, il contempla le versant de l'autre côté : près de trois cents hectares dévastés par une coupe rase.

“Où est-ce qu’elle est passée ?” dit Eugene.

Des herbes de la pampa oscillaient dans la brise. Une plante de deux mètres de haut, originaire d’Argentine, avec des feuilles tranchantes comme un rasoir. Vingt ans plus tôt, personne n’en avait entendu parler ; on en trouvait partout à présent. Ils rebroussèrent chemin. Rich bouillait d’une rage contenue. Si ce crétin d’Eugene ne s’était pas précipité…

Tu sais comment il est, dirait Colleen.

Eugene lâcha un cri. Rich écarta les ronces – saletés de mûres – et découvrit la biche couchée sur le flanc, la tête renversée en arrière. Paniquée, en hyperventilation, elle tenta de se relever sur ses pattes avant, et s’écroula. La balle lui avait transpercé le poitrail, son pelage était maculé de sang, mais c’est lorsqu’il vit le ventre gonflé que le cœur de Rich s’accéléra. Comment ne l’avait-il pas remarqué ? Elle battit l’air désespérément de ses sabots.

“Bon sang, dit Rich. Achève-la.”

Eugene braqua son fusil, hésita. Haletant, la langue blanche d’écume, la biche parut un instant sur le point de se relever dans un dernier effort. Le canon d’Eugene décrivait des cercles imprécis autour de sa tête.

“Putain, Eugene…” Rich empoigna son propre fusil qu’il portait en bandoulière.

Eugene pressa la détente. Il accusa le recul de l’arme quand le coup partit et se frotta l’épaule, où se formerait probablement un hématome. L’odeur du soufre se répandit entre les arbres.

“Merde.” Eugene cracha. “C’est pas la saison pour être en cloque !”

Le sang inonda l’herbe sur laquelle reposait la biche. Eugene s’approcha et toucha de son canon un œil vitreux qui ne réagit pas.

“Où est ta vignette ? demanda Rich.

— Relax. Je l’ai là…” Eugene palpa sa veste à l’endroit où sa chemise, en dessous, devait comporter une poche, ouvrit son sac à dos, puis tendit la corde à Rich. Dix ans dans la forêt et Eugene ne savait toujours pas faire un nœud digne de ce nom. À force de ne vivre qu’avec des femmes… Rich glissa les mains sous le cou de la biche pour passer la corde. Elle était chaude et lourde. Il éprouva l’envie étrange de la débarrasser des aiguilles en décomposition prises dans son pelage. Eugene lança la corde par-dessus une branche.

“À trois.”

La biche s’éleva au bout de la corde. Normalement, ils videraient l’animal, le rapporteraient à la maison et le laisseraient sécher sur un crochet pour donner à la viande une saveur légèrement sucrée, mais la biche n’était pas un spectacle à montrer aux enfants. De plus, ils ne devaient pas attirer l’attention de Norm ; il leur collerait sûrement une amende pour avoir tiré une femelle enceinte comme des voyous.

Eugene sortit son couteau. Il allait éventrer la biche pour la vider de son contenu, qui palpitait et vivait encore. Rich s’appuya d’une main contre un arbre. *Grouille-toi, prends juste les filets.* Eugene trancha d’abord la gorge, puis pratiqua une incision tout autour de la base du cou. Les mains rouges de sang, il jeta un coup d’œil à Rich par-dessus son épaule.

“Aide-moi.”

Rich tira la peau à mesure qu’Eugene tailladait. Son oreille frôlant le poil de la bête, il crut sentir des tiques lui assaillir les bras. Enfin, la lourde fourrure s’écrasa sur l’herbe. Alors qu’il détournait la tête, le bruit mou que firent ensuite les entrailles en tombant lui donna la nausée. Un tas fumant où se mêlaient excréments, urine et bile.

“Regarde ça.” Eugene désigna une masse visqueuse, sanglante, qui ne ressemblait en rien à un fœtus.

Rich avait l’impression d’étouffer.

“Putain, qu’est-ce que c’est ?” Eugene repoussa la chose innommable du bout du pied et entreprit de lever les filets, le meilleur morceau.

Lorsqu’il eut terminé, Eugene se mit à genoux et creusa un trou de faible profondeur à mains nues, tel un chien pourchassant une taupe. Ils y déposèrent la carcasse et la recouvrirent de terre. Rich chargea la viande encore tiède sur son dos ; Eugene portait la peau.

Au pied du versant, Eugene lança la peau de l’autre côté de la clôture et la franchit d’un bond. Rich l’enjamba un peu plus loin, où le grillage était moins haut.

“À quoi ça sert de mesurer plus de deux mètres si t’es pas foutu de sauter par-dessus une clôture ?”

Eugene enleva sa veste avant de reprendre la peau. Rich vit alors que la poche de sa chemise était vide.

“Où est ta vignette ?
— Je l’ai.
— Montre.
— Relax, elle est à la maison.”
Rich secoua la tête. Du Eugene tout craché : mégoter sur le coût de la vignette en risquant une amende.
“Bon. C’était un accident, OK ? dit Eugene.
— Norm sera ravi de l’apprendre.
— Qu’il aille se faire foutre. Moi, ce que je vois, c’est cinquante kilos de bonne barbaque.”
Ils disposèrent les morceaux de viande sur une bâche derrière le mobile home.
“Vous en avez mis, du temps, dit Enid, qui était sortie avec un rouleau de papier sulfurisé.
— J’ai jamais connu un braconnier aussi dur de la feuille, dit Rich. Il perdrait même une vache avec une cloche autour du cou.”
Eugene lui lança un morceau. “Qui tu traites de braconnier, connard ? Je l’ai, la vignette.
— Mais oui, bien sûr.” Rich essuya la terre sur ses mains.
“Tiens, prends ça, dit Eugene en lui tendant un des filets.
— Non, garde-le. Kel t’en donnera cinquante cents la livre.”
Les touristes allongeaient un dollar supplémentaire pour le hamburger de venaison à l’Unique Taverne. Ces imbéciles ignoraient que le gibier coûtait moins cher que le bœuf au magasin.
Un bruit de moteur approchait. Norm pouvait entendre un tir illégal à trente kilomètres. Rich regagna son pick-up. Agnes sauta par-dessus le ruisseau pour le rattraper.
“Il est où, Chub ? demanda-t-elle, en équilibre sur une jambe, l’autre lacérée par des griffures de chat.
— À la maison. Attention, ma belle. Recule-toi…” Il ouvrit la portière, s’installa au volant et abaissa la vitre. “À la revoyure, Arthur.” Elle sourit en le fixant de son bon œil. Il s’était inquiété à l’idée d’élever une fille, mais peut-être que ça n’aurait pas été si différent.

Un pick-up noir cahota sur les ornières gorgées d’eau et s’arrêta à côté de lui. Ce n’était pas Norm, mais le jeune Sanderson, Owen, avec les cheveux gominés. Marla descendit les marches en courant tandis qu’Eugene apparaissait au coin de la maison, le couteau au poing, comme s'il venait d'égorger quelqu'un. Il essuya le sang sur ses doigts et, par la fenêtre, serra la main du jeune Sanderson dans une poigne de fer. "Tu la ramènes avant la nuit, sinon je te tombe dessus comme les mouches sur la merde, pigé ?"

"Il a quel âge ?" demanda Rich quand le pick-up noir s'éloigna.

Eugene haussa les épaules. "Assez vieux pour savoir que je lui couperais la bite.

— Tu veux bien lui rappeler que sa fille a quinze ans ? lança Enid à Rich.

— Elle est futée."

Enid croisa les bras. "Futée ? Qu'est-ce que ça a à voir ?"

CHUB

Depuis la galerie d'oncle Lark, Chub regarda une voiture break passer sous l'arbre-tunnel. Le père alla aux toilettes, puis monta les marches avec le garçon pour que celui-ci choisisse un Sasquatch. La mère resta assise dans la voiture, fenêtres fermées. Killer et Banjo levèrent la patte et se soulagèrent contre le pneu arrière.

"Notre fiston apprend à sculpter des Sasquatch", dit oncle Lark au gamin, qui observait Chub.

C'était un garçon de la ville, les cheveux humides et peignés en arrière, comme lorsqu'on va à l'église. Chub se sentit tout fier d'être vu en train de tailler un morceau de bois flotté avec le couteau d'oncle Lark.

"Il y a un restaurant par ici ? s'enquit l'homme.

— Vous pouvez manger un hamburger à l'Unique Taverne." Oncle Lark jeta les pièces de l'homme sur la caisse retournée en ayant l'air de ne leur accorder aucune importance.

"Et après, on pourra nager dans l'océan ? demanda le garçon à son père.

— C'est pas un océan où on nage, dit oncle Lark. C'est un océan où on se noie. Il y a des courants qui attrapent les jambes même d'un adulte et l'entraînent sur des centaines de mètres."

Le père posa une main sur la tête du garçon en retournant à la voiture.

"Il te plaît, ce couteau ? demanda Lark quand ils furent partis.

— Oui."

Chub rendit le couteau. Oncle Lark libéra la tige de blocage et replia la lame.

“Ils sont formidables, ces couteaux. Bien mieux que les couteaux de poche. Celui-là, je l’ai depuis soixante ans. C’est un vieux bonhomme dans la vallée Hupa qui les fabriquait. Ton père a son jumeau. Son père – ton grand-père – et moi, on a pagayé jusque là-bas pour les acheter.” Oncle Lark soupesa le couteau. “Un bon couteau, c’est comme une femme : elle est bonne si tu la tiens bien en main.” Oncle Lark se mit debout et prit sa canne à pêche. “Allez, on va voir ce qui mord.”

Chub était debout sur la souche, la ligne de pêche dérivait à la surface de l’eau sombre. Son père apparut sur le sentier qui descendait vers la rivière. Ses vêtements étaient tachés de sang.

“Qu’est-ce qui t’est arrivé, Fil-de-Fer ? dit Lark. T’as fini par massacrer un écolo ?

— Pourquoi tu l’appelles toujours Fil-de-Fer ? demanda Chub.

— Lui ? Parce qu’il était tout maigre autrefois.

— Eugene a tué une biche, dit son père en ramassant un caillou plat qu’il fit ricocher sur l’eau.

— Sans déconner.” L’écureuil d’oncle Lark sortit la tête de derrière ses cheveux en broussaille. “T’as récupéré des steaks ?

— La viande est un peu dure.” Son père prit la canne à pêche de Chub, remonta la ligne au moulinet, la lança et posa la mouche en douceur sur l’eau.

Un héron bleu prit son envol à grands coups d’ailes au-dessus de la rivière. “Ton papa a encore le bras ferme, commenta oncle Lark.

— Il en a deux, des bras.” Chub fixa la main droite d’oncle Lark et son index auquel il manquait la première phalange.

“Je t’ai déjà raconté comment ça m’est arrivé ? dit oncle Lark en suivant son regard. C’est cette saloperie d’écureuil. Aïe ouille, y a rien de pire qu’une morsure d’écureuil.

— Mais non…”

Oncle Lark fronça les sourcils. “Tu veux savoir qui m’a *vraiment* fait ça ? Une femelle puma. Je l’avais attrapée au collet et mise dans une cage.” Du menton, il indiqua un bosquet derrière l’enfant. Chub se retourna comme si la cage se trouvait encore là, alors que l’histoire s’était passée avant sa naissance. “Les touristes me refilaient un quarter pour être pris en photo avec elle. Mince, je lui avais donné un foie de chevreuil…

— Elle l'a mangé ?

— Un peu, mon neveu. Et elle m'a chopé le doigt pour le dessert. Elle m'aurait bouffé tout le bras si j'avais pas été si rapide.

— Tu as eu mal ?

— Pas trop." Il tendit l'index pour que Chub le touche. Un moignon rose, fermé avec de grossiers points de suture. "J'ai vendu sa peau cinquante dollars. T'imagines pas combien j'étais content de ramasser ce pognon."

Chub palpait la canne d'oncle Lark, celle qui avait une forme de fusil, cherchant à ouvrir le compartiment secret où il cachait des cigarettes.

Plus tard, Chub entendit son père dire à oncle Lark : "J'ai jamais vu un truc pareil dans le ventre d'une bête. À peine plus gros que mon poing.

— Elle devait trop fumer." Oncle Lark gratta son excroissance sur le cou.

Ils remontèrent le sentier de terre. Oncle Lark marchait difficilement, en appui sur ses cannes. Il avait le visage en sueur quand il se laissa tomber dans un fauteuil en plastique sur la galerie.

"T'as eu des clients ? demanda son père, un pied sur la première marche, prêt à partir.

— Un gros frimeur de San Francisco. Ça sentait le baratin jusqu'ici." Oncle Lark fut pris d'une quinte de toux. "Chub, reprit-il. Où sont les jumelles que je t'ai données ?"

Chub sortit les jumelles de sa pochette banane.

"Bon. Alors, regarde si tu vois des baleines en rentrant. Et ne me pique pas mes nickels en bois." Oncle Lark ébouriffa les cheveux de Chub. Par un tour de magie, il trouva derrière son oreille un des nickels qu'il sculptait et le glissa dans la pochette banane.

Chub suivit son père qui descendait de la galerie.

"Faites gaffe aux trous sur la route, lança oncle Lark derrière eux. Et aux trous du cul."

13 NOVEMBRE

RICH

Un grondement, comme le tonnerre. Rich regarda le réveil. 23 h 43. Rien ne tremblait dans la maison, pas de verre d'eau glissant vers le bord de la table de nuit.

"Qu'est-ce que c'est ? demanda Colleen d'une voix ensommeillée.

— Un arbre qui est tombé, je crois." Dans la pénombre, il distinguait la carte de Merle appuyée contre le mur. *Pourvu que ce ne soit pas un des nôtres.*

Colleen avait le nez froid quand elle se blottit contre lui, le visage pressé contre son cou. Il pensa aux préservatifs dans le tiroir de la table de chevet, mais elle s'était déjà rendormie. Il se représenta l'arbre abattu, l'énorme souche déracinée, les branches éclatées, et dut lutter contre l'envie puissante d'aller voir. Fermant les yeux, il s'obligea à concentrer toute son attention sur la carte, projetant chaque ligne, chaque courbe, contre l'écran de ses paupières. Quand il rouvrit les yeux, il faisait jour. Dimanche.

Dehors, le brouillard montait de la terre humide. Scout fila à toute vitesse sur le sentier, pendant que Rich cherchait une trouée dans la forêt, des arbres victimes du vent. Son cœur battait à tout rompre. Il franchit Little Lost Creek. *Pourvu, pourvu…* Enfin, le 24-7 apparut. Intact et fier. Rich passa en revue ses autres séquoias géants. Tous debout. Scout s'assit sur son arrière-train, haletant. La portière d'un véhicule claqua au loin.

Rich traversa le ruisseau et descendit jusqu'au bas de Damnation. L'eau se précipitait dans la buse sous la route. Le Chevy d'Eugene était arrêté sur l'accotement, portière entrouverte. Il y avait aussi le pick-up de Pete, avec ses autocollants sur les pare-chocs.

SI DIEU NE VEUT PAS QU'ON LES COUPE, POURQUOI LES ARBRES REPOUSSENT ?

UN COUP DE HACHE VAUT MIEUX QU'UN MAUVAIS COUP.

Rich mit ses mains en porte-voix. "Hé ho !"

Un appel lui revint en écho. Il rejoignit Pete et Eugene devant un séquoia géant, à terre, offrant le spectacle de ses racines pourries.

"Imagine si j'avais dû l'abattre ?" dit Pete. *Réponse : t'aurais pu être tué.*

"Tu l'as entendu de chez toi ? demanda Rich.

— Non. Mais le vent, oui, je l'ai entendu."

Eugene mesura la hauteur de l'arbre en comptant ses pas le long du tronc. "Quatre-vingt-cinq mètres.

— J'aurais pu te dire ça, rien qu'à l'œil", marmonna Pete.

Eugene se rengorgea en ajustant la bandoulière de son fusil. "Je suis au boulot, là, les gars. Heures sup le dimanche, pour surveiller.

— Fais gaffe à ne pas te tirer dans le pied, dit Pete.

— Ce serait pas la première fois, renchérit Rich.

— Vous êtes des connards, vous le savez, ça ?"

Un klaxon retentit.

"Porter", dirent Pete et Rich d'une seule voix. Mais c'était la Cadillac dorée de Merle, arrêtée sur la route plus bas, moteur au ralenti.

Pete cracha un jet noir de tabac. "Il a peur pour son bénef."

Eugene descendit et rendit son rapport à Merle.

"T'as vu le journal ? dit Merle en pianotant sur son volant. Passe me voir quand tu auras fini ton service ici."

Merle écrasa l'accélérateur. Les pneus de la Cadillac projetèrent des gerbes de boue.

"Qu'est-ce qu'il voulait ?" demanda Pete.

Eugene haussa les épaules. "J'en sais rien. Apparemment, y a quelque chose dans le journal…"

Après avoir salué les deux autres, Rich siffla Scout et partit en direction de sa maison. Son bois d'œuvre était épargné, mais le soulagement qu'il éprouvait avait cédé la place à une sourde angoisse.

À peine arrivé chez lui, il prit les clés de son pick-up dans le bol en bois.

"Où vas-tu ? demanda Colleen.

— Acheter le journal."

La clochette sonna à la porte quand il entra dans la Beehive. Les feuilletés aux mûres tout dorés venaient de sortir du four. "Salut, Rich. Tu en veux combien ?

— Combien t'en as ?"

Dot sourit. Avec son fard à joues rose vif et son chandail à paillettes, elle scintillait comme une truite arc-en-ciel fraîchement pêchée.

Rich lui tendit l'argent. "Vaut mieux que j'en prenne quatre.

— Quand est-ce que vous retournez à Damnation ? demanda-t-elle.

— Pas avant le printemps, je dirais. Tu aurais une pièce de dix cents ?

— Je te la vends." Elle lui fit un clin d'œil, enfonça une touche de la caisse et le tiroir coulissa. Les gosses et les ivrognes savaient tous que Dot avait le cœur sur la main et vous glissait souvent un "petit quelque chose" gratuitement. "C'est quoi, ici ? La soupe populaire ?" ronchonnait Lew.

"N'oublie pas de te plaindre à Lew parce que je t'ai fait payer le quatrième feuilleté", dit-elle en lui rendant la monnaie.

La porte du distributeur automatique de journaux s'ouvrit en grinçant : un concours de fendage de bois à Orick, avec une photo en contre-plongée de sorte que la tête de la hache paraissait plus grosse que celle du bûcheron. Rich garda le journal sur ses genoux, prit un feuilleté dans le sachet et l'engouffra avant de parcourir les pages.

"Regarde ça." Il jeta le journal sur la table pour que Colleen le voie et posa à côté, innocemment, le sachet contenant trois feuilletés.

Chub se précipita sur le sachet.

"Oh non, dit Colleen en lui barrant l'accès. On prend une assiette, p'tit bonhomme."

Pendant que Rich tendait une assiette à son fils, Colleen se pencha sur le journal : au lieu de la météo marine, une page entière de séquoias.

NOUS SOMMES LES POUMONS DE LA PLANÈTE
SAUVEZ DAMNATION GROVE

17 NOVEMBRE

COLLEEN

Joanna tordait une chemise trempée au-dessus d'une bassine en acier galvanisé. Les filles descendirent de la galerie en courant. Judith était impatiente d'annoncer la nouvelle.

"Il n'arrivait pas à se lever ! Son arrière-train était bloqué.

— Le veau est mort, expliqua Joanna.

— Oh…, dit Colleen. Je suis désolée."

Bossy balançait sa queue, l'air imperturbable.

"On dit que les animaux n'éprouvent pas de chagrin." Joanna soupira et se dirigea vers l'enclos des poules. "Combien ?

— Deux douzaines, c'est possible ?" Colleen lui tendit les boîtes vides. "Je vais essayer de faire des pâtes fraîches."

Joanna se pencha avant d'entrer dans le poulailler. "Et Chub ? Comment ça va à l'école ?

— Il adore. Il est dans la même classe que la fille d'Helen…" Colleen regretta aussitôt ses paroles. La chaîne de solidarité pour apporter des repas au couple éploré n'avait pas encore démarré. Helen et Carl campaient à l'hôpital en attendant que le bébé meure.

Joanna ressortit. "Oui, je suis au courant." Elle rendit les boîtes à Colleen et posa une main protectrice sur son ventre.

"C'est le troisième." Colleen tournait cette pensée dans son esprit depuis un moment, mais c'était la première fois qu'elle l'énonçait à voix haute. Le quatrième bébé, si l'on en croyait la rumeur à propos de Beth Cooney. "Ça ne paraît pas…

— Maman ! Maman ! Camber saigne du nez !"

Les filles s'étaient agglutinées autour de la petite. Malgré le sang qui coulait sur son menton, elle semblait plus terrifiée par l'agitation de ses sœurs que par ce qui lui arrivait.

“Mettez-lui la tête en arrière, ordonna Joanna. Pincez-lui le nez. Je vais chercher un torchon.”

La petite se mit à pleurer.

“C’est rien, c’est rien…” Colleen posa ses œufs et lui ferma délicatement les narines.

Judith était inquiète. “Ça s’arrête pas !

— Ça *va* s’arrêter”, dit Colleen, tandis que Camber louchait sur ses doigts.

Joanna revint avec une serviette humide, prit la petite et lui renversa la tête en arrière. Elle rassura ses filles. “C’est pas grave. En plus, vous savez bien que ça ne fait pas mal.” Se tournant vers Colleen, elle raconta : “Ils ont pulvérisé il y a deux jours. *Encore*. Heureusement que j’avais entendu l’hélicoptère arriver, cette fois. J’ai eu le temps de remplir la baignoire. Si tu voyais le ruisseau… L’eau est blanchâtre, presque laiteuse, avec de la graisse qui flotte sur le dessus. Et elle sent le diesel.”

Joanna berçait la petite dans ses bras. En la voyant, Colleen eut le cœur serré. Elle ramassa ses boîtes d’œufs.

“Bonne chance.” Joanna pointa le menton vers son ventre – non, vers les œufs qu’elle tenait contre elle. “Avec tes pâtes, ajouta-t-elle. Dis à Helen qu’on prie pour elle.”

19 NOVEMBRE

RICH

Scout filait sur le sentier, poursuivi par Chub jusqu'à Little Lost Creek de l'autre côté de la colline. L'enfant lança un bâton dans l'eau et regarda le courant l'emporter. Rich enfila ses cuissardes, y glissa les biscuits enveloppés dans du papier aluminium, puis souleva Chub dans ses bras. Scout se jeta à l'eau à côté d'eux et nagea comme un fou. Plus loin, les arbres géants de la 24-7 dressaient leurs silhouettes sombres et lourdes d'humidité. Lorsqu'ils arrivèrent au plus majestueux de tous, celui qui donnait son nom à la parcelle, Rich s'appuya au tronc d'une main. Chub appuya son oreille contre l'écorce pour écouter.

Rich le taquina. “Hé ! Tu ne serais pas un de ces écolos qui prennent les arbres dans leurs bras ?

— Non.” Chub s'écarta du grand séquoia.

“Bon. Allez, passe devant. Si jamais on croisait Bigfoot*.

— Bigfoot n'existe pas.

— Tu es sûr ? Parce que j'ai pas envie de partager nos gâteaux avec lui… Tu crois que tu peux retrouver notre conduite ?”

Chub descendit par le flanc est du versant, Scout courant toujours devant lui.

Rich se rappelait les moments où il voyait le pick-up de son père s'éloigner ; celui-ci ne voulait pas s'embarrasser d'un gamin qui ne ferait que le ralentir. Eugene se comportait de la même manière avec Wyatt. Mais Rich prenait Chub avec lui quand il allait acheter de l'huile pour chaîne de tronçonneuse chez Whitey ; il l'avait emmené dans le vieil Hôtel Lumberjack à

* Autre nom du Sasquatch.

Orick avant que le bâtiment soit détruit, pour récupérer les lambris en bois de séquoia et refaire la salle de bains – Chub tenait la boîte de café où son père déposait les clous à tête d'homme.

Chub était maintenant arrivé au bord de Damnation Creek, en face du départ de leur conduite.

"Comment tu l'as trouvée ?" demanda Rich.

Chub leva la paume de la main et indiqua un point sur sa carte des ruisseaux.

"Bravo, mon fils.

— Je peux t'aider ?" demanda Chub.

Rich examina le flot haché qui se précipitait vers l'aval. "Pas aujourd'hui.

— Tu me laisses jamais faire ce qui est marrant.

— Il y a trop de courant. Tu serais entraîné avant d'avoir le temps de crier au secours."

Chub recula comme si le ruisseau pouvait soudain déborder et le happer par les chevilles. Après s'être mis torse nu, Rich entra dans l'eau, les bras écartés pour garder son équilibre sur le lit de cailloux qui roulaient sous ses pieds. Chub s'éloigna de quelques mètres et ramassa un bâton avec lequel il retourna le cadavre d'un saumon en voie de décomposition.

Rich plongea un bras dans l'eau, cherchant à tâtons l'orifice de la conduite. Lorsqu'il eut nettoyé la grille, il regagna la rive et se rhabilla. Père et fils s'assirent ensuite sur une pierre pour manger les biscuits. Rich prit deux cure-dents dans la poche de sa chemise et en donna un à Chub, trop content de l'imiter

"Viens, on va voir la source", dit Rich.

Le brouillard s'était levé. De l'autre côté de la route, dans le haut de Damnation, Chub se cacha.

Une rafale de vent secoua les frondaisons. "Chub ?

— Bouh !" cria Chub en bondissant.

Rich fit mine de sursauter. Un sourire ravi s'épanouit sur le visage de l'enfant et son hilarité dura pendant toute l'ascension, jusqu'à ce qu'ils atteignent le site des fouilles archéologiques délimité par un ruban jaune.

"Pourquoi ils ont des gros bidons, ces arbres ? demanda Chub, qui trouvait très drôle la formule utilisée par Lark.

— Ce sont des loupes.

— C'est quoi des loupes ?

— Tu sais bien. Des sortes de tumeurs que développent les arbres.

— Comme le bois de loupe pour les pendules ?

— Tout juste.

— Et lui, qu'est-ce qu'il a ? demanda encore Chub, en s'arrêtant.

— Où ça ?" C'est alors que Rich aperçut l'énorme trou à la base d'un séquoia géant, si profond qu'il risquait de tuer l'arbre. Pas loin de trois mètres de large. Une loupe de cette taille, il fallait oser. "Quelqu'un l'a volée", expliqua-t-il à Chub en lui montrant les traces de pneus à peine dissimulées et la sciure au pied du tronc. Il appellerait Eugene, pour s'assurer qu'il avait vu les dégâts. C'était son boulot de surveiller Damnation. Merle en ferait une jaunisse.

Rich découvrit deux autres loupes victimes des braconniers avant d'arriver à la source. Scout se coucha, haletant. Chub passa un bras par-dessus le dos du chien et colla une oreille contre le battement rassurant de son cœur. Les mains en coupe, Rich but longuement.

"T'es prêt, collègue ?" Il s'accroupit et Chub grimpa sur son dos.

"Je sens ta pomme, là…

— Pomme d'Adam." Rich toussa et desserra les doigts de son fils. Chub devenait trop grand pour être porté. En rentrant, la veille, Rich avait trouvé Colleen en train d'emballer ses vêtements de bébé dans l'intention de les donner.

On ne devrait pas en garder quelques-uns ?

Pour quoi faire ? fut la réponse cinglante. Rich avait aussitôt regretté sa question. Il voulait seulement exprimer sa nostalgie pour le très jeune Chub qui auparavant remplissait toute leur vie. La liste de prénoms ne se trouvait plus dans la table de chevet de Colleen.

La joue tiède de Chub reposait sur son épaule. Il pesait plus lourd quand il dormait. Lorsqu'ils arrivèrent à la maison, Colleen était debout devant la cuisinière, enveloppée dans une couverture, attendant que la bouilloire siffle. Il mit Chub au lit.

"Ça va ?" demanda-t-il en revenant. Une masse gluante d'une couleur indéfinissable gisait dans un saladier sur la table. "Qu'est-ce que c'est ?

— Des pâtes fraîches aux œufs, répondit-elle, la voix dure. Je rate tout, je suis nulle.

— Ce n'est pas vrai." Il la prit dans ses bras, huma l'odeur sucrée de sa nuque.

"Je ne veux pas que Chub soit enfant unique", dit-elle.

La bouilloire sifflait. Rich éteignit le feu. Il était lui-même enfant unique.

"Tu ne me crois pas capable d'avoir un autre bébé, reprit-elle. C'est pour cette raison que tu ne veux plus faire l'amour ?

— Colleen, ce n'est pas juste de dire ça.

— Oh, pardon. Ce n'est pas juste ?" Elle remplit un mug d'eau chaude et posa brutalement la bouilloire sur le brûleur. "Enid décroise les jambes cinq minutes et elle tombe enceinte." Elle essuya les larmes sur ses joues du revers de la main. "Parce que tu crois que la vie est juste ?"

20 NOVEMBRE

RICH

Colleen peigna les cheveux mouillés de Chub devant ses yeux pendant que Rich se rasait.

"Ne bouge pas." Elle coupa la frange trop longue avec des coups de ciseaux brefs et précis. "Où as-tu trouvé ces magnifiques sourcils ?

— Chez le marchand de sourcils.

— Voilà, Grahamcracker. C'est parfait."

Pendant que Colleen allait chercher le balai, Rich rinça son rasoir sous l'eau, boutonna sa belle chemise et présenta la sienne à Chub. L'enfant secoua la tête.

"Elle est trop petite.

— Maman te l'a repassée", dit Rich, avançant un argument imparable.

Vaincu, Chub enfila la chemise mais il avait raison, on pouvait à peine la fermer.

Colleen soupira. "Il grandit tellement vite. Il faudra que je lui en fasse une autre."

Colleen partit s'habiller dans la chambre. Lorsqu'elle ressortit, elle était vêtue d'une robe cintrée en velours bleu qui lui dénudait les épaules et le dos.

"Je ne la connais pas, cette robe, dit Rich. D'où elle vient ?"

Colleen baissa les yeux pour se regarder. "C'est Enid qui me l'a prêtée. Elle est trop courte ? Je peux me changer…

— Non. Elle te va bien." Lorsqu'il l'aida à enfiler son manteau, sa main lui effleura le dos.

Ils durent se garer sur le bas-côté et marcher jusqu'à l'Unique Taverne. Chub filait devant eux, libre de ses mouvements dans le sweat en coton que sa mère avait choisi.

Un vacarme de rires et de conversations les accueillit à l'entrée. La Taverne était bondée. Rich posa un bras protecteur sur les épaules de Colleen en la guidant parmi une foule compacte, tandis que Chub se faufilait entre les jambes des adultes et rejoignait Agnes dans le coin des enfants.

C'était une tradition, la soirée offerte par Sanderson le dimanche précédant Thanksgiving. Colleen posa son sac sur le comptoir. Rich s'efforçait de ne pas la bousculer, lui-même subissant la poussée de tous ceux qui venaient commander au bar.

"Ce sera quoi pour vous ?" demanda Kel, qui servait plusieurs personnes en même temps.

Rich leva deux doigts. Il faisait chaud.

"Tu vois Chub ?" demanda Colleen, trop serrée pour pouvoir se retourner.

Rich chercha leur fils des yeux. "Oui. Tu veux enlever ton manteau ?"

Elle acquiesça d'un signe de tête. Il l'aida à se débarrasser du manteau – captant un subtil effluve de géranium – et le garda sur son épaule.

Kel posa deux chopes sur le comptoir. La bière était fraîche, la chaleur des corps étouffante, et Colleen but presque d'un trait. À la fin, elle essuya un peu de mousse sur sa lèvre supérieure.

"Tu le vois toujours ?

— Ouaip." Il sentait le dos nu de Colleen contre sa chemise. Au bout du comptoir, des hommes jouaient aux dés.

"Ah, vous voilà !" Eugene se frayait un chemin vers le bar. Il commença par arrondir les yeux de stupeur devant la robe de Colleen, puis s'adressa à Rich. "Merle a augmenté mes heures, grâce à toi. Dès que je lui ai parlé des loupes… Trente heures par semaine pendant tout l'hiver. À ma discrétion, il a dit. Il veut que je cloue ces salopards à un arbre si je les attrape. Ben, je leur paierai d'abord une bière. Je sais pas qui c'est, mais je leur dois une fière chandelle." Eugene fit signe à Kel de servir deux autres bières. "Ils ont dû se faire dans les soixante mille dollars avec ces deux loupes… Je suis pas loin de les admirer, ces bandits." Les bières arrivèrent et Eugene abattit une main sur l'épaule de Rich. "Kel, remets-nous une tournée pour le vieux, là. C'est moi qui régale."

Kel troqua les chopes vides contre deux pleines, et Colleen cessa de demander où était Chub. Ses joues rosissaient sous l'effet de l'alcool. Elle avait raconté à Rich comment sa mère, en rentrant de son travail à la conserverie, fixait la pendule d'un œil noir jusqu'à ce que les aiguilles indiquent cinq heures ; elle pouvait alors remplir son mug de gin. Craignant avoir hérité d'une prédisposition, Colleen buvait rarement plus d'une demi-bière au cours d'une soirée ou d'un événement festif.

Un rugissement se fit entendre à l'extrémité du comptoir. Lew brandissait le cornet à dés comme un trophée. Il compta ensuite les billets sur le bar.

"Qu'est-ce qui s'est passé ?" demanda Colleen en se tordant le cou.

Rich recula afin qu'elle puisse voir la scène. "Cinq six. Lew vient de remporter le pot.

— Six cent quatre-vingt-huit balles !" Lew agita la liasse de billets en l'air, puis l'écrasa sur le comptoir. "On va boire tout ça à notre santé !"

Les hommes sifflèrent et acclamèrent. Personne ne parlait du travail qu'il y aurait – ou pas – au printemps. Ce soir, on voulait s'amuser.

"Il est fou", dit Colleen, amusée. C'était étrange, d'être ainsi seuls ensemble, entourés de tout ce bruit.

À la fin, Rich dut porter Chub, mort de fatigue ; l'enfant dormait déjà quand il l'installa à l'arrière dans le pick-up. Colleen vacilla un peu en attendant que Rich lui ouvre la portière de l'intérieur.

"Quoi ?" demanda-t-elle en souriant. Elle agrippa le bras qu'il lui tendait pour la hisser.

"Rien."

À la maison, Rich mit Chub au lit. Lorsqu'il revint, Colleen, en soutien-gorge, se débattait avec la fermeture éclair de la robe coincée au niveau de sa taille.

"Viens, je vais t'aider…" Lorsqu'il eut libéré délicatement les dents de la fermeture, le souple velours bleu glissa à terre. Colleen ôta l'élastique qui retenait ses cheveux et les laissa retomber sur ses épaules. Il les écarta, sa bouche retrouvant le chemin familier du parfum de géranium derrière son oreille. Entre chaque baiser, il soufflait sur la peau que ses lèvres avaient touchée.

“Tu me chatouilles”, protesta-t-elle en riant. La pluie battait contre les carreaux.

Elle lui enleva le t-shirt qu’il portait sous sa chemise. Il se sentait immense et puissant au-dessus d’elle, si menue, pesant si peu sur le matelas. Elle avait les yeux fermés, le front plissé, comme si elle se rappelait un mauvais souvenir.

“Je te fais mal ? chuchota-t-il, maladroit, essoufflé après tant de mois.

— Non.”

Elle lui laboura le dos de ses ongles tandis que sa respiration s’accélérait, s’accrocha à lui en gémissant de plaisir. La pluie tambourinait sur le toit. Demain, les griffures le brûleraient quand il prendrait une douche chaude. Demain, des sillons de boue marqueraient le gravier de l’allée.

21 NOVEMBRE

COLLEEN

Elle entendit une portière claquer, ouvrit les yeux, étonnée de s'apercevoir que le jour était déjà levé. Quelqu'un parlait avec Rich. Lorsqu'elle s'assit dans le lit, le tiraillement qu'elle éprouvait au-dessus des sourcils se transforma en une douleur lancinante.

Prise d'un étourdissement quand elle se leva, la vision trouble, elle s'approcha de la fenêtre. Rich était debout devant un minivan Volkswagen, pareil à un garagiste évaluant le coût d'une réparation. Elle dut forcer pour ouvrir le battant gonflé d'humidité.

"Sans blague", dit Rich.

Daniel. Son cœur s'emballa. Rich jeta le chiffon sur le capot de son pick-up à côté d'un pot de cire et Colleen se recula vivement, la poitrine en feu. *Qu'est-ce qu'il fait ici ?* Les lourdes chaussures des deux hommes martelèrent la galerie. Elle s'habilla, remarqua en passant que Chub n'était pas dans sa chambre.

"Tu le connais ?" demanda Rich quand elle entra dans la cuisine.

Une rougeur lui envahit le cou. Daniel gardait la tête penchée sur un mug fumant.

"Salut, Colleen, dit-il. Depuis le temps…"

À voir le mouvement de ses yeux en direction du réfrigérateur, elle comprit qu'il cherchait du lait. Rich le devina aussi. Pour lui, un homme qui ne buvait pas son café fort et noir trahissait une faiblesse de caractère.

"Vous étiez en classe ensemble", dit Rich, répétant sans doute l'explication que lui avait donnée Daniel.

Il posa sur elle un regard insistant. Elle aurait aimé qu'il l'enveloppe de ses bras, comme la veille, et qu'il renvoie Daniel, mais il se tourna vers le plan de travail pour continuer à servir le café.

“Pas facile, de trouver votre maison, dit Daniel.

— Les témoins de Jéhovah aussi ont du mal, répliqua Rich.

— Tu ne travailles pas aujourd'hui ? demanda Colleen, la gorge sèche.

— Trop de bouillasse. Don a interrompu la mission.

— Jusqu'à la fin de saison ?

— Non, vingt-quatre heures seulement.” Rich remplit deux autres mugs et les emporta au salon.

Colleen prit place dans le fauteuil, les deux hommes s'assirent chacun à une extrémité du canapé. Elle avait les mains qui tremblaient. Pour ne pas attirer l'attention, elle posa son mug sur un sous-verre. Rich sirotait bruyamment son café dans le silence de la pièce.

“Tu fais toujours ces trucs-là ? dit Daniel en montrant les mots croisés qu'elle avait oubliés sous la coupe en bois, à côté de la lampe-lapin. Je me rappelle cette lampe.”

Arrête… Elle se sentit rougir. Rich regarda la lampe, puis la fixa longuement, même s'il ne pouvait pas savoir qu'ils avaient renversé cette lampe en se pelotant dans la petite chambre qu'elle louait à l'époque.

Daniel examina ensuite le tableau de la scie de long – poignées et dents usées par des années d'effort –, cadeau de mariage accroché au mur depuis leur installation dans la maison. Le rouge de la grange à l'arrière-plan avait passé, le vert émeraude de la forêt pâlissait, comme si le soleil s'était couché dans le tableau et qu'une scène ayant eu lieu le matin, promesse d'une belle journée, se déroulait à présent dans la lumière déclinante du crépuscule.

“Vous êtes docteur des poissons pour les Yurok, a dit Lark. C'est ça ?” Rich donnait une chance à tout le monde avant de juger. C'était un des traits de caractère qu'elle aimait le plus chez lui.

“Non, je fais une recherche de troisième cycle. Biologie des pêcheries.”

Rich hocha la tête. “Les Indiens ont le droit de pêcher au filet maillant depuis cette histoire avec la Cour suprême.

— Sur la Réserve, oui. Le décret est garanti par l'État fédéral.”

Colleen surprit la lueur méfiante qui pointait dans les yeux de Rich. “Il paraît que les pêcheurs professionnels ne sont pas très contents.

— Exact, dit Daniel. Les pêcheurs sportifs non plus.

— Terminées, les virées nocturnes.

— Mais ce n'est pas encore gagné, déclara Daniel en jetant un coup d'œil à Colleen. Entre les barrages, l'activité forestière et l'épandage des…

— Vous bossez pour qui ? interrompit Rich, ce qui n'était pas son habitude.

— J'ai obtenu un financement de l'université de Humboldt. Vous allez à Arcata, parfois ?"

Rich grimaça. "Trop de magasins véganes par là-bas.

— Je vois ce que vous voulez dire." Daniel sortit un bonbon à la menthe de sa poche, le proposa à ses hôtes. Rich l'observa pendant qu'il dépliait le papier d'emballage.

"Où est Chub ? demanda soudain Colleen.

— Il joue derrière." Rich aspira une autre gorgée de café. "Donc vous faites une recherche sur les poissons, c'est ça ?" Colleen ne l'avait jamais entendu poser autant de questions.

"Pour ma thèse, oui.

— Vous aimez pêcher ?

— Mon oncle m'emmenait quand j'étais petit. Et vous ?

— Oh oui… Quand j'étais plus jeune. Certains ruisseaux, à l'époque, on pouvait presque les traverser en marchant sur les poissons tellement y en avait. C'est ça qui vous amène par ici ?

— Plus ou moins…" Daniel marqua une pause. Il vint à l'esprit de Colleen qu'il était peut-être intimidé. "J'ai recueilli des échantillons dans votre ruisseau."

Colleen se raidit. Son regard dériva un court instant vers la cuisine et les pots à confiture cachés dans le tiroir.

"Dans tous les ruisseaux, d'ailleurs, expliqua Daniel. L'ensemble du bassin hydrographique."

Rich recula contre l'accoudoir du canapé. Daniel s'avança pour maintenir la même distance entre eux.

"L'eau de surface contient un taux élevé de deux herbicides, l'acide dichlorophénoxyacétique 2, 4-D et thrichlorophénoxyacétique 2, 4, 5-T. Ce sont des défoliants communément utilisés dans la région. Je peux vous fournir des documents…

— Des documents." Rich posa son mug sur la table, ignorant le sous-verre comme si l'heure n'était pas à ce genre de précaution.

“Ces herbicides qu’ils épandent – pas seulement Sanderson, mais aussi l’Office des forêts, le comté – sont les deux composants de l’agent orange, dont le mélange produit de la dioxine TCDD. Ils sont toxiques, pour les plantes, pour les animaux” – s’adressant encore une fois à Colleen – “*et* pour les gens. Depuis le début de l’épandage, dans les années 1950, on constate une accumulation biologique, c’est-à-dire une concentration nocive à différents niveaux de la chaîne alimentaire, les poissons, les chevreuils, et vous mangez du chevreuil…

— J’en ai assez entendu, monsieur…

— Daniel.”

Rich se leva.

“Ils contaminent l’eau. Tout ce qui est pulvérisé arrive là, dans votre café.” Daniel posa son mug.

“Ça tombe bien, dit Rich en allant ouvrir la porte de la maison. Vous ne pouvez pas l’emporter pour la route.

— Ce sont des produits très dangereux. Ils causent des malformations congénitales, des cancers.” Les yeux de Daniel se fixèrent sur Colleen. “Les études révèlent un nombre croissant de fausses couches en Oregon. On vous raconte qu’ils sont inoffensifs, qu’ils ne tuent que les herbes. Si on vous disait qu’il existe une balle inoffensive, vous accepteriez qu’on tire dans la tête de votre petit garçon ? J’ai vu votre conduite d’eau. Autant déverser ces saletés directement dans votre citerne ! Il y a une pétition que vous pouvez signer. Je suis désolé… Je sais que…

— Non, vous ne savez pas, coupa Rich en tenant la porte ouverte.

— Vous êtes des gens discrets, Mr. Gundersen. Vous ne voulez pas avoir d’ennuis, je comprends.” Daniel se leva, garda à nouveau les yeux sur Colleen. “Mais si c’était moi, je préférerais savoir.

— C’est une propriété privée là-haut, vous n’avez pas le droit d’entrer.

— Sanderson…

— Non. La parcelle 24-7, en amont de Damnation Creek… Elle nous appartient.”

Colleen fronça les sourcils ; Rich mentait rarement. L’inquiétude la gagna. Et si Daniel ne partait pas ? Révélerait-il autre chose ?

“Elle est à nous, insista Rich d’une voix crispée. On ne veut pas vous voir là-bas.”

Daniel lança un coup d’œil interrogateur à Colleen.

“Ma femme n’a rien à vous dire non plus, continua Rich.

— Mr. Gundersen, je ne voulais pas vous froisser…

— Vous ne m’avez pas froissé.”

Daniel se pencha sur les mots croisés à côté de la lampe. “Languir”, dit-il, avant de sortir. *Désirer.* Sept lettres. Commence par un L.

Rich ferma la porte et revint dans le salon. Le cœur de Colleen battait fort, le sang cognait à ses tempes douloureuses.

“Je n’aurais pas dû le laisser entrer, marmonna Rich.

— Pourquoi as-tu menti ?”

Rich la dévisagea sans répondre. Elle insista. “À propos de la parcelle qui nous appartient.”

Rich baissa les yeux. “J’allais te le dire.

— Me dire quoi ?

— Je l’ai achetée.

— Achetée ?”

Rich déglutit péniblement. “J’allais te le dire, répéta-t-il.

— Quand ?” Elle entendit la note aiguë dans sa voix, sortant de sa gorge encore nouée par la peur à l’idée que Daniel la dénonce, que Rich apprenne ce qu’elle avait fait.

“Sanderson va percer des routes pour récolter la partie inférieure du versant.” Rich s’assit et, d’un doigt, dessina une carte sur la table basse. “On emportera notre bois grâce à elles. J’en ai déjà parlé à Merle. Dès la première année, on gagnera quatre fois plus que ce que je dois. Deux cent quatre-vingt-onze hectares. Toute la parcelle 24-7.

— Combien l’as-tu payée ?”

Rich soupira. “Ce terrain n’est pas à nous, Colleen.” Il embrassa l’espace d’un grand geste des bras. “Vingt-cinq ans. Voilà ce qui nous a été accordé, si nous vivons jusque-là. Ensuite, le parc naturel exercera son droit d’expropriation et la maison sera détruite. Chub ne peut pas en hériter.

— Quel rapport avec…

— On pourrait la déplacer, la remonter dans la partie est de la 24-7, c’est moins raide. Ce serait un chemin de terre jusqu’à No Name Road, mais au moins tu éviterais la grand-route. Ou bien…" Il s'éclaircit la gorge. "On pourrait aussi acheter une maison dans le bourg."

Lui qui avait si souvent déclaré qu'il détesterait vivre coincé entre des voisins, loin de la forêt.

"Combien ?

— Assez cher." Rich frotta le tapis du bout du pied comme s'il écrasait une cigarette.

"Rich, je suis ta femme. J'ai le droit de savoir.

— Je n'étais pas sûr que la banque me prêterait l'argent. Un emprunt sur trente ans, à mon âge."

Il s'accroupit devant le fauteuil de Colleen – se mettre à genoux était trop douloureux –, lui prit la main, traça lentement un cercle sur sa paume. "J'ai signé en août.

— Quand allais-tu me le dire ?

— Je ne sais pas, avoua-t-il.

— Tu ne me dis jamais rien. Parfois je me demande pourquoi tu m'as épousée.

— Colleen…

— Arrête, coupa-t-elle sèchement, mais elle ne retira pas sa main. Et si c'était vrai ?

— Quoi ?

— Si ces produits étaient *vraiment* toxiques…" Si tous les bébés qu'elle avait perdus, si ce n'était pas sa faute ? S'il y avait une raison, et pas seulement *un coup de malchance* présenté comme un diagnostic médical.

"Ils épandent depuis vingt ans, dit Rich. Sur nous aussi, quand on est en train d'abattre. Ça pique un peu les yeux pendant un jour ou deux, c'est tout.

— Mais Lark et tous ses cancers…

— Il fume comme un pompier.

— Et Helen ? Et Melody ? Et Elyse ? Et les canetons de Joanna ? Et…" Elle fondit en larmes, des sanglots qui la suffoquaient. *Et moi ?* pensait-elle.

"Un caneton n'est pas une personne, Colleen", dit Rich doucement lorsqu'elle cessa de pleurer. Il lui ôta ses lunettes aux verres embués et les nettoya.

"Si on est propriétaires, tu ne pourrais pas leur demander de ne pas pulvériser près de nous ?" demanda-t-elle.

Rich lui remit ses lunettes sur le nez. “Si Merle découvrait qu’on a parlé à ce type, il nous fermerait l’accès à toutes les scieries entre ici et le Canada. On déposerait le bilan avant même d’avoir commencé l’exploitation.

— Maman !” lança Chub en entrant par la cuisine. Colleen renifla, s’essuya les yeux.

“Ces produits sont approuvés par le gouvernement, dit Rich, comme pour se convaincre lui-même. Pourquoi ils auraient autorisé quelque chose si c’était dangereux ?

— Ma-man !

— Je suis là ! cria Colleen.

— Ce type a peut-être tout inventé.

— Mais si c’était vrai ?

— Scout a mangé une taupe ! annonça Chub, très excité, de la terre sur le front.

— Si c’était vrai ?”, répéta-t-elle, plus fort.

Rich se pencha et l’embrassa sur les cheveux, comme il l’aurait fait avec un enfant. Il aurait été un bon père pour leur fille. Patient, attentif, indulgent.

“J’ai du bois à fendre, dit-il en se dirigeant vers la porte.

— Si quoi c’était vrai ? demanda Chub.

— Si quoi c’était vrai quoi coin coin”, répondit-elle pour le taquiner.

Chub grimpa sur ses genoux. “J’ai entendu ses os craquer.

— Berk.

— Elle était aveugle, alors elle a pas vu Scout. Elle a juste senti son gros nez mouillé.”

Colleen se lécha le doigt pour enlever la terre sur la joue de l’enfant. Il y eut un bruit sourd dehors, puis deux, puis trois. Rich abattait sa hache et fendait une bûche après l’autre, sans répit. Il le paierait plus tard ; elle serait obligée de lui marcher pieds nus sur le dos.

“J’ai soif, dit Chub.

— Ouste, debout.” Elle le repoussa gentiment, se leva et l’entraîna dans la cuisine.

“J’ai très très soif.”

Elle regarda la citerne par la fenêtre.

“Tu veux du jus d’orange ?”

Chub prit à deux mains le verre qu'elle lui tendait, plein à ras bord. Le petit garçon n'en revenait pas. Un verre entier, sans eau !

"Ne bois pas si vite, tu vas avoir mal au ventre."

Chub renversa la tête en arrière pour laper les dernières gouttes.

"Ça fait du bien ? demanda-t-elle.

— Oui…" Il prit une grande inspiration et s'essuya la bouche sur sa manche.

Colleen rinça le verre en ouvrant grand le robinet. Après s'être séché les mains, il lui sembla qu'elles étaient encore sales et elle éprouva l'envie impérieuse de les laver à nouveau, de laver l'eau.

22 NOVEMBRE

CHUB

Chub sautillait sur place, impatient que son père arrive. Assis sur le muret de l'école derrière lui, Luke balançait ses pieds chaussés de tennis et frappait la brique avec ses talons à un rythme régulier. Luke, qui avait menti toute la journée, se sentait honteux maintenant. Absent pendant onze jours, il avait raconté à son retour qu'une bombe à eau avait explosé en sortant des parties intimes de sa mère. Que son petit frère était né sans crâne et que son cerveau avait été grignoté.

Est-ce qu'elle va mourir ? avait demandé Linda, qui faisait toujours sa commandeuse. Sa question avait troublé Chub, parce que le bébé était un garçon. Linda, qui était grande et costaude, la plus vieille de la classe, avait insisté. *Hein ? Elle va mourir ?*

Luke avait haussé les épaules. Soudain, Chub avait compris que Linda parlait d'*elle*, la mère de Luke.

Peut-être. Luke avait eu l'air tout triste, comme s'il prenait conscience seulement maintenant, en le disant à voix haute, que sa mère pouvait mourir.

Après, Linda-la-Commandeuse avait poussé Luke en criant *Menteur !* et ils avaient couru tous les deux. À voir les réactions des autres, une mère en train de mourir était comme un pou que l'on risquait d'attraper.

Chub frissonna. Ils n'étaient pas autorisés à s'asseoir sur le muret, mais il n'y avait aucun enseignant pour ordonner à Luke de descendre. Celui-ci continuait à marteler la brique de ses pieds. Sa boîte repas sentait mauvais – pomme toute marron, vieille tranche de salami, pain imbibé de graisse rance – comme si sa culpabilité avait une odeur.

"Quelqu'un vient te chercher ?" demanda Ms Schafer, qui était jeune et souriait plus que les autres enseignants. Elle aussi allait partir, parce qu'elle avait enfilé son manteau et pris son gros sac.

"Mon père." Chub s'écarta de Luke pour montrer qu'ils n'étaient pas ensemble. Sa mère n'avait rien à voir avec la mère de Luke et ses parties intimes.

"Et toi, Luke, mon chéri ?

— Mon père." Luke cessa de balancer ses pieds.

"Ah, oui." Ms Schafer avait une voix très douce pour parler à un garçon dont la mère va mourir. "Il y a un téléphone chez toi ?"

Luke hocha la tête.

"S'il n'arrive pas bientôt, retourne à l'intérieur pour l'appeler. Mrs. Porter est encore dans le bureau."

Le brouillard se referma derrière son break qui s'éloignait. Le parking était désert maintenant, il ne restait qu'une seule voiture, bleue. Luke tortilla sa dent de devant prête à tomber et recommença à battre des pieds contre le muret.

"Est-ce qu'il avait des cheveux ?" demanda Chub, question que personne n'avait posée ni pendant la récréation, ni au déjeuner, ni l'après-midi à la bibliothèque.

Luke lâcha sa dent. "Non."

Chub se hissa sur le muret pour s'asseoir à côté de lui, en veillant à ce que leurs jambes ne se touchent pas.

"Tu es triste ?"

Le menton de Luke se mit à trembler. Il acquiesça. Et arrêta de balancer les pieds. Chub entendit un bruit qu'il ne pouvait identifier et espéra que c'était le père de Luke qui venait le chercher avant le sien. Ce n'était que le gardien, Mr. Jorgensen, traînant son seau avec la serpillière dans le couloir. Les larmes coulaient sur les joues de Luke. Où étaient les adultes ? pensa Chub, pour lui donner un mouchoir en papier et l'emmener se laver le visage dans les toilettes. Il balança ses jambes lui aussi, afin d'encourager Luke à reprendre son battement au même rythme. Luke renifla.

"Ta mère ne va pas mourir, dit Chub.

— Comment tu le sais ?

— Descendez de ce muret, les garçons", ordonna Mrs. Porter. Du bout de sa chaussure de dame, elle poussa la cale en bois qui maintenait la porte de l'école ouverte et le battant se referma.

“Tous les deux, dit-elle. On y va.”

Ils la suivirent sur le parking.

“Ma mère a eu un tout petit bébé qui est mort, souffla Chub. Mais *elle*, elle n’est pas morte.”

Luke ne réagit pas. Pourtant, Chub voyait qu’il écoutait.

“Elle était triste, mais elle n’est pas morte.”

Mrs. Porter ouvrit la portière arrière. Luke monta le premier. Il y avait une drôle d’odeur dans la voiture de Mrs. Porter. Le brouillard était si épais que Chub aurait pu l’attraper en passant le bras par la fenêtre.

“Regarde.” Luke tendit son poing fermé. Il attendit que Chub présente sa main et y déposa sa dent, mouillée et tiède, encore vivante.

COLLEEN

Helen et Carl habitaient sur le flanc du vallon, une petite maison proprette construite après que l'inondation de Noël eut emporté le vieux pont, deux scieries et la plupart des habitations ici, qui avaient défilé les unes derrière les autres sur la rivière en crue. Colleen n'était pas retournée à l'intérieur depuis l'année où elle avait aidé Helen à accoucher de Luke, mais dès qu'elle descendit du pick-up, elle retrouva l'impression de vulnérabilité qu'on éprouvait sur cette pente où les maisons se serraient les unes contre les autres, prises entre la forêt, au-dessus, et la rivière dissimulée en bas derrière la digue de terre plantée d'herbes sauvages.

Carl ne ménageait pas ses efforts, et le résultat se voyait : extérieurs fraîchement repeints, agrandissement récent – pour accueillir la chambre du bébé. Le potager débordait de légumes, les roses brandissaient leurs poings rouges vers le ciel, reproduisant l'assurance ostensible des gens qui possèdent leur maison et le terrain sur lequel elle est bâtie.

Un arôme appétissant montait de la cocotte de bœuf Stroganoff, encore chaude, qu'elle tenait à deux mains. Elle avait entendu les voix étouffées des mères qui étaient passées à l'hôpital afin de satisfaire leur désir pervers de voir le nouveau-né. *Affreux. J'ai failli m'évanouir.* Sa gorge se serra au souvenir du bébé de Melody Larson, du battement presque imperceptible de son petit cœur d'oiseau – c'était plus facile que de penser à sa propre tragédie. Elle ferma le portillon du pied et la porte de la maison s'ouvrit pendant qu'elle remontait l'allée de pavés.

“Colleen ?” Daniel sortit en retenant l'écran moustiquaire derrière lui pour l'empêcher de claquer.

“Je… je suis sur la liste… pour apporter à manger”, bredouilla-t-elle, accusant soudain le poids de sa cocotte en fonte. *Que faisait-il ici ?*

Daniel descendit à sa rencontre. Il avait un bleu sur le front et la lèvre enflée.

“Ça sent bon.” Comme elle gardait les yeux fixés sur sa lèvre, il effleura délicatement la chair tuméfiée. “Les risques du métier, dit-il. Désolé de m’être pointé chez toi l’autre jour.”

Toutes les questions qu’elle voulait lui poser affluèrent dans son esprit, mais Helen apparut à la porte derrière la moustiquaire.

“Helen ?” Tandis que Daniel partait à pied, elle s’approcha. “Pardon de t’obliger à te lever. Je viens juste t’apporter ça…”

Helen resserra son peignoir et ouvrit la moustiquaire. “J’étais levée.”

Elle avait toujours été robuste et bien en chair ; avec le peignoir qui dissimulait ses formes, on n’aurait pu deviner qu’elle venait d’avoir un bébé. Ses cheveux lâchés sur ses épaules n’étaient pas coiffés. Elle n’offrit pas de prendre la cocotte mais s’écarta pour laisser entrer Colleen. Celle-ci se rappelait la couverture au crochet sur le dossier du canapé, la pendule insérée dans du bois de loupe au mur, l’assiette en forme de patte d’ours présentant un assortiment de bonbons et de dragées. Une voiture s’arrêta devant la maison.

“C’est qui encore ? tonna Carl, toujours vêtu de sa salopette. Oh, salut Colleen.” Il souleva une lame du store vénitien pour regarder dehors. “Bon sang. Ça n’arrête pas.

— Est-ce que je me suis trompée de jour ?” demanda Colleen.

Par la fenêtre, ils virent Gail Porter s’extirper de sa voiture et ouvrir la portière arrière. Deux petits pieds apparurent.

“Il fait exprès de rater le bus”, dit Helen à Carl.

Pendant que Luke se dirigeait lentement vers la maison sur l’herbe mouillée, deux autres pieds descendirent de voiture : Chub, sa boîte repas dans les mains.

“Mais…” Colleen tendit le bœuf Stroganoff à Carl et sortit.

“Papa n’est pas venu te chercher ? demanda-t-elle après avoir croisé Luke. Mrs. Porter, je suis désolée. Rich n’est pas venu ?

— Il a sans doute été retenu. En tout cas, j’ai fait d’une pierre deux coups. Tu m’épargnes un aller-retour chez toi.” Gail Porter remonta en voiture.

“Merci ! lança Colleen.

— Je n’allais pas les abandonner”, répondit sèchement Gail Porter en démarrant.

Chub suivit Luke à l’intérieur. Le gâteau. Colleen avait oublié le gâteau. Elle se dépêcha de le récupérer sur le siège passager de son pick-up ainsi que le glaçage dans la jatte.

Lorsqu’elle revint, il n’y avait plus personne au salon.

“Où êtes-vous ?

— Ici.”

Dans la cuisine, Carl faisait revenir des oignons et de la viande hachée pour préparer des hamburgers. Helen était assise à la table.

“Tu as un couteau ? Je vais juste étaler le glaçage…”

Carl ouvrit un tiroir, lui tendit un couteau en le tenant par la lame, et continua à remuer la viande dans la poêle. Sa bedaine débordait par-dessus la ceinture de son pantalon. Alors que Helen et Colleen avaient été dans la même classe, il était leur cadet de quelques années et elle ne pouvait pas s’empêcher d’éprouver des sentiments maternels à son égard. Enid avait peut-être raison : elle se comportait comme quelqu’un de plus vieux parce qu’elle était mariée avec Rich. Elle retira la feuille d’aluminium qui protégeait la jatte. Helen la plia en deux, puis en quatre, et encore trois fois.

“Qu’est-ce qu’il voulait, Daniel ?” demanda Colleen d’un ton qu’elle voulait désinvolte, tout en étalant le glaçage sur le gâteau. Combien de temps Helen les avait-elle observés à la porte avant que Colleen ne la remarque ? Elle n’avait jamais raconté à Helen ce qui était arrivé le premier soir, dans le cinéma d’Arcata. Ni à Helen, ni à personne. Elle s’était coupé le doigt en tirant sur la languette d’un Coca et Daniel l’avait sucé avant d’appliquer une pression pour que le saignement s’arrête.

Je ne supporte pas la vue du sang.

Tu dois décider *que ça ne te fait rien.*

Elle n’avait pas non plus parlé à Helen des jours qu’elle passait à regarder par la fenêtre de l’agence immobilière, incapable de se concentrer sur quoi que ce soit hormis le tic-tac de l’horloge égrenant les minutes jusqu’au moment où elle le retrouverait. Pourtant, Helen était sa meilleure amie autrefois.

“Il veut qu’on signe une pétition”, répondit Carl.

Helen recueillit d’un doigt désenchanté le reste du glaçage dans la jatte.

“Il dit que les herbicides sont toxiques.” Carl ajouta du sel à son hachis.

“Il est venu chez nous aussi, dit Colleen.

— Ah oui ? Ben, il s’active… Une chance que personne ne lui ait encore tiré dessus.

— Je crois qu’Eugene a essayé.”

Carl lâcha un petit rire, aussitôt évanoui.

“C’est vrai que j’ai pas mal pulvérisé ici pendant qu’elle était enceinte. Fallait bien mater les ronces, sinon elle se serait mise à quatre pattes pour les arracher. Ces mûres de l’Himalaya envahissent tout.” Carl éteignit le feu. “Helen réussirait même à faire pousser des pierres. Tu as vu ses roses devant ?”

Helen sourit faiblement. “Une fois, je ne me suis pas écartée assez vite. Qu’est-ce que ça m’a démangée !” Helen se gratta le bras en y repensant. “Et mon nez qui n’arrêtait pas de saigner. Tu te rappelles, Carl ? Il a failli m’emmener au dispensaire. Mais lui, il n’a jamais rien eu. Juste des petits boutons de temps en temps, c’est tout.

— Je suis jamais tombé enceint”, dit Carl, se forçant à plaisanter malgré la situation.

Colleen leva la tête et tendit l’oreille, cherchant à entendre Chub.

“Ils sont dans la chambre de Luke”, dit Helen.

Carl garnit deux petits pains avec la viande hachée et apporta les assiettes sur la table. Helen repoussa la sienne d’un air écœuré.

“Ce type-là se soucie plus des poissons que des gens.” Carl mordit dans son hamburger. “Tuer toute une région pour sauver des arbres ? Moi, j’arrive pas à comprendre ça.”

Colleen lissa une dernière fois son glaçage.

Helen fixait le gâteau. “Je ne suis même pas capable de faire la cuisine.”

Colleen déposa le couteau dans l’évier. “Un peu de repos n’a jamais fait de mal à personne.

— C’est ce que je me tue à lui répéter”, dit Carl.

Helen se leva en repoussant sa chaise. Carl la suivit des yeux tandis qu’elle quittait la pièce.

“Le bébé est mort dimanche. Ils nous avaient dit vingt-quatre heures, mais il s’est bien battu. Il a tenu dix jours.

— Oh, Carl, murmura Colleen. Je suis tellement désolée.”

Carl avait les larmes aux yeux. “On n’arrête pas de chialer, tous les deux.

— Je vous laisse… Je ne voulais pas m’imposer.

— Mais non, au contraire.”

En se dirigeant vers les voix des garçons, Colleen trouva Helen debout à la porte de la chambre du bébé. Un lange avec une image de bûcheron brodée dans un coin était drapé sur le lit à barreaux. Colleen reconnut le cadeau de Sanderson, ils avaient reçu le même pour Chub dans leur panier. De l’autre côté du couloir, Chub et Luke, allongés sur le ventre, jouaient avec des cartes étalées sur la moquette.

“Le jour où je t’ai vue au dispensaire, tu te rappelles ? Ils ont dit que l’échographie n’était pas normale… Je ne voulais pas le croire. Je me suis persuadée que tout irait bien.”

Colleen posa une main sur son bras, mais Helen se raidit. *Ne rien montrer aux garçons.* Elle sortit un mouchoir en papier de la poche de son peignoir, le visage ravagé par la douleur.

“Excuse-moi… Je sais que toi…” Elle secoua la tête. “Je suis tellement enfermée dans mon chagrin que je ne vois rien d’autre, tu comprends ?

— Oui, je comprends.” Colleen retira délicatement sa main. “Chub, chéri. On y va. Aide Luke à ranger.”

Les garçons s’assirent et retournèrent toutes les cartes.

“Celle-là, j’avais deviné !”

Colleen poussa doucement Chub devant elle en regagnant la porte.

“On ne signe rien, dit Helen qui les avait suivis. Si jamais quelqu’un te demande…”

Colleen acquiesça.

“Merci.” Helen referma la moustiquaire. “Pour le gâteau.”

RICH

Rich s'agrippait d'une main au dossier du siège devant lui, ventre serré, dos raide, prêt à décoller son postérieur à la prochaine ornière. Lew pouvait charger un tronc de cinq tonnes sur un camion sans renverser une goutte de son café posé sur le tableau de bord, mais quand il conduisait le bus, tous les paris étaient ouverts. Après la luxation de l'épaule et le tour de reins, il ne manquait plus qu'une fissure du coccyx pour mettre Rich définitivement hors service.

Accroupi à l'avant dans l'allée centrale, Don faisait le guet. Une douzaine de hippies avaient bloqué la route le matin, ignorant sans doute que le temps allait tourner à la pluie. C'était le dernier jour de la récolte à Deer Rib, le dernier jour de la saison ; personne ne toucherait plus un radis jusqu'au printemps.

De quelle taille sont les pieds de Dolly Parton ? avait demandé Lew pendant que le moteur tournait à bas régime. *Ben, elle le sait pas non plus !* Il avait alors écrasé l'accélérateur et les hippies s'étaient éparpillés.

L'incident ne les avait pas retardés plus de deux minutes, mais la journée commençait mal, et ça ne s'était pas arrangé quand Rich avait aperçu les chevreuils depuis sa hauteur, perdu la tension de sa corde et chuté de trois mètres, se balançant ensuite dans les airs avec l'épaule déboîtée en grognant comme un gorille manchot. Il réussit à descendre de son arbre-mât, se coinça le poing sous l'aisselle et recula contre le tronc pour remettre son épaule en place. *Un jour, ce bras va se détacher*, avait dit Pete en le voyant.

Lew ralentissait à l'approche du virage. La route était déserte, bordée çà et là de traces de roues dans la boue et de canettes vides. De quoi rendre Don fou de rage – s'il y avait une chose qu'il haïssait plus que les hippies, c'étaient leurs déchets. Soudain les freins hurlèrent, le bus pila, des thermos roulèrent dans l'allée.

"Bordel de merde !" fulmina Don.

La manifestation comptait à présent une cinquantaine de chevelus brandissant des pancartes. À leur tête, l'un d'eux se servait d'un porte-voix.

"Fonce, Lew ! cria quelqu'un.

— Je peux quand même pas les écraser.

— Et pourquoi pas ?

— Faudrait d'abord dégager la route."

Le grumier qu'ils avaient chargé de troncs quelques heures plus tôt était arrêté plus loin. Debout à côté d'une roue, fumant une cigarette et contemplant sa cargaison répandue sur la route, le conducteur semblait attendre que Don débloque la situation d'un coup de baguette magique. Ce dernier ouvrit violemment la portière du bus et descendit.

"Il va se coller une crise cardiaque", dit Lew.

Les plus jeunes bûcherons coururent derrière lui. Lew contacta Harvey par radio puis raccrocha l'émetteur. À travers le pare-brise balayé par les essuie-glaces, on pouvait lire les pancartes : SAUVEZ DAMNATION GROVE. Des paroles scandées leur parvenaient à travers les vitres, un point lumineux clignotait sur le mégaphone. Don entra dans les rangs des manifestants comme s'il en prenait le contrôle.

"Vaudrait mieux qu'on y aille aussi", dit Pete. Rich haussa un sourcil.

"Ben quoi ? continua Pete. Ils vont me casser le nez ?"

Rich se leva en protégeant son épaule.

"Tu viens ? demanda-t-il à Lew.

— Sûrement pas." Lew croisa les bras sur son ventre bedonnant.

Rich sortit avec soulagement dans l'air frais, mais bientôt les cris et les chants scandés atteignirent un paroxysme. Don hurlait des menaces au mégaphoniste. Un barbu portait sur ses épaules un garçon de l'âge de Chub qui plissait les yeux, comme ébloui par le bruit. Rich et lui dépassaient les autres d'une tête.

Don attrapa le mégaphoniste par le devant de sa chemise. Un flash d'appareil photo crépita. Soudain les voix se turent, un profond silence tomba. Même Don s'immobilisa, rouge et transpirant, quand une voix grave entonna, aussitôt soutenue par les autres :

*This land is your land, this land is my land**.

Malgré lui, Rich ressentit une montée d'émotion. Don secouait la tête. *Mais regardez-moi ces crétins.*

*From the redwood forest***. La dernière note du refrain plana au-dessus de la scène, puis des acclamations s'élevèrent.

Don déverrouilla sa nuque, pivota sur lui-même, et envoya un coup de poing au mégaphoniste. Le garçonnet s'agrippait aux cheveux de son père. La vitre d'un minivan se brisa en morceaux. Quelque chose frappa Rich à l'arrière du crâne et il comprit en se tâtant de la main qu'il saignait. Il avait laissé son casque sur le siège dans le bus.

"Bande d'enfoirés !" hurla Pete.

Deux hommes enchaînés à la barricade de troncs rentraient la tête dans les épaules pour tenter de se protéger. Il y eut des vociférations, des chapelets d'injures, le crissement du gravier piétiné. Une tronçonneuse démarra : Eugene, debout sur le plateau de son pick-up, brandissait sa machine tel un animal furieux qu'il ne maîtrisait pas complètement. Les chevelus battirent en retraite et s'enfuirent dans les broussailles pour regagner leurs voitures à la sortie du virage.

Don s'en prit aux hommes enchaînés qu'il abreuva d'insultes. Le sang lui coulait du nez sur le menton et sur le col de sa chemise à carreaux. Eugene le rejoignit et tronçonna le tronc à quinze centimètres de la main d'un des prisonniers, tandis que celui-ci toussait en recevant une pluie de sciure.

"Je vous donne dix secondes pour les détacher !"

Plusieurs hippies s'arrêtèrent dans leur course ; l'un d'eux avait un œil tuméfié qui se fermait déjà.

"Dix, neuf…" Eugene tronçonna à dix centimètres de la main.

Les deux prisonniers poussèrent des cris.

* Célèbre chanson folklorique aux paroles écrites par Woody Guthrie en 1940 sur une musique existante. "Cette terre est la tienne, cette terre est la mienne…"
** *From the redwood forest to the Gulf Stream waters…* "Depuis la forêt de séquoias jusqu'aux eaux du Gulfstream…"

"Vous avez pas la clé ou quoi ?" lança Eugene.

Un jeune hippie s'avança en sortant une clé de sa poche. "T'énerve pas, mec.

— Moi ? Je m'énerve ? Moi, je m'énerve ?" Eugene était plus remonté qu'un pantin à ressort.

Le hippie glissa la clé dans le cadenas, les hommes libérés de la chaîne se frottèrent les poignets, Eugene éteignit la tronçonneuse.

"C'est à toi que tu causes du tort, mec, tu le sais ? dit un des hippies.

— Va te faire foutre, rétorqua Eugene.

— Tu crois qu'ils vont défendre tes intérêts ? Tu te défonces pour un boulot que tu vas perdre de toute façon."

Eugene approcha son visage de celui du hippie presque à le toucher. "Va. Te. Faire. Foutre."

Il obligea les hippies à dégager la route en faisant rouler les troncs sur le côté. Quand Rich voulut remonter dans le bus, Lew lui bloqua l'accès le temps de déclarer : "Même si on lui filait un million de dollars, mon frère n'emmènerait pas ce connard à la pêche."

La tronçonneuse d'Eugene se coinça dans un tronc trop lourd pour être déplacé. Entre les jurons des uns et les conseils des autres, les hippies en profitèrent pour déguerpir. Les jeunes bûcherons s'élancèrent à leur poursuite.

"Laissez-les !" ordonna Don.

Il restait encore deux chevelus qui soutenaient un troisième, plutôt amoché.

"Mec, faut nous emmener à l'hôpital."

Don eut un rire méprisant, appliqua un doigt sur sa narine et souffla un bouchon de sang. "Le bourg, c'est par là."

Les deux hippies comprirent qu'il était inutile d'insister et s'éloignèrent en remorquant leur camarade.

Une fois tous les bûcherons installés à leur place, le bus repartit et prit de la vitesse en chassant du gravier. La bonne humeur régnait, comme entre les membres d'une équipe gagnante sur le chemin du retour. Ils seraient obligés de ramener la tractopelle afin de recharger les troncs sur le grumier, mais pour l'instant, ils goûtaient la joie de la victoire. Ils cognèrent aux vitres lorsqu'ils doublèrent les trois hippies, celui qui était blessé marchant à présent sans l'aide des deux autres. Puis la voiture d'Harvey apparut, toute sirène dehors. Une douleur lancinante palpitait sous le crâne de Rich à l'endroit où avait enflé un œuf de pigeon.

Sur le parking de la scierie, il découvrit un morceau de papier dans sa main quand il sortit ses clés de sa poche. Merde. Il entendit la voix de Colleen en lisant le mot : *Chub, garderie, 17h30. N'oublie pas.* L'école l'avait sûrement appelée. Après avoir démarré le pick-up, il laissa aller sa tête endolorie contre le dossier de son siège. *Rentre et mets de la glace.* Il passa la première vitesse. *Cette terre est*… Beaucoup d'épreuves, voilà ce que c'était, cette terre.

COLLEEN

La pluie inondait le pare-brise malgré les essuie-glaces en mode rapide. L'averse avait commencé dès qu'ils étaient partis de chez Helen.

"Tu attendais dehors ?" demanda Colleen.

Chub répondit par un signe affirmatif de la tête. Jamais encore Rich ne l'avait oublié. Devrait-elle passer à la scierie pour s'assurer que tout allait bien ? Gail ne l'aurait-elle pas prévenue s'il était arrivé quelque chose ? Rongée par l'inquiétude – *Pourvu... pourvu...* –, Colleen fut tellement soulagée en découvrant le pick-up de Rich garé devant la maison que sa colère mit un moment à prendre le dessus. À peine entré, Chub disparut dans sa chambre.

Rich était allongé sur leur lit, toujours vêtu de ses habits de travail. Elle attaqua aussitôt.

"Tu as oublié Chub ?

— J'ai très mal à la tête." Après s'être légèrement redressé pour lui parler, Rich retomba sur l'oreiller.

"Mal à la tête ? Tu as oublié ton fils !

— Je me suis déboîté l'épaule, expliqua-t-il. Et la route était bloquée par les écolos. « Sauvez Damnation Grove ».

— Encore ?"

Il attrapa un flacon d'antalgiques posé sur la table de chevet et versa une pluie de comprimés dans sa main.

"Tu ne dois pas en prendre plus de deux à la fois." Elle retira les comprimés en excédent sur la paume de Rich, saisit le verre vide, le remplit dans la salle de bains et le lui rendit sans un mot.

"Merci. Toi, ça va ?"

Elle aurait dû rester furieuse – il avait acheté cette parcelle sans la consulter –, mais les larmes qu'elle retenait depuis qu'elle avait vu le lange sur le petit lit à barreaux chez Helen débordèrent.

Il leva son bras valide. "Viens là..."

Colleen se blottit contre lui, dans son odeur de sciure et de diesel. Il lui caressa doucement les cheveux, puis prit sa main toujours si fraîche et la posa sur l'œuf de pigeon.

"Qu'est-ce qui s'est passé ? demanda-t-elle.

— Pour des pacifistes, ils ont de drôles de méthodes."

Elle glissa sa main derrière la nuque de Rich.

"Dans la clairière en haut de Deer Rib, raconta-t-il, il y avait trois chevreuils morts aujourd'hui. Aucune blessure, pas de sang." Il changea de position, douloureusement, en serrant les dents. "Je ne me suis pas raté, cette fois..."

Colleen l'aida à ôter sa chemise puis posa à nouveau la main sur l'œuf de pigeon, comme pour l'amener à dégonfler par ce simple contact.

Assommé par les cachets, Rich s'endormit. Elle alla dans la cuisine, ouvrit le placard sous le tiroir du bric-à-brac et prit un pot à confiture, étiqueté avec un morceau de ruban adhésif. Elle reconnaissait l'écriture de Daniel – parce qu'elle l'avait parfois aidé à taper des comptes rendus d'expériences en déchiffrant ses notes sur le carnet qu'il conservait toujours dans sa poche, mais jamais, pas une seule fois, parce qu'il lui avait adressé une lettre. Elle pensait que son nom figurerait sur l'étiquette mais celle-ci indiquait seulement : *DC-31*. Elle dévissa le couvercle, remplit le pot à l'évier, le referma, inscrivit la date, *22/11/77*, et le rangea dans le placard. Puisque Rich pariait sur des centaines d'hectares d'arbres et refusait de lui dire combien il les avait payés, elle pouvait bien se permettre ça.

23 NOVEMBRE

COLLEEN

Elle éteignit le moteur et regarda la boutique par le pare-brise. La peinture s'écaillait sur l'enseigne. *Chez Whitey, réparation de chaussures ou de tronçonneuses.* Tout le monde connaissait la plaisanterie : c'est l'un ou l'autre, faut choisir.

Lorsqu'elle entra avec les chaussures de sécurité de Rich, le bruit du marteau se tut. *Chez Whitey* était autrefois un bar – trois personnes avaient survécu à l'effondrement du toit en 1964 – et l'odeur de la bière renversée imprégnait encore les lattes du plancher. Sur le comptoir s'entassaient des caisses à munitions et des bidons d'huile pour chaîne de tronçonneuse. L'endroit ressemblait davantage à un dépôt qu'à un magasin. Whitey surgit entre les portes de saloon qui permettaient de passer dans l'arrière-salle, tel un blaireau avec ses lunettes aux verres en culs de bouteilles et sa crinière blanche peignée en arrière, striée au milieu par une bande de cheveux noirs.

Whitey, dont la boutique était ouverte trois cent soixante-cinq jours par an, examina les chaussures comme chaque fois que Colleen les apportait à la fin de la saison pour remplacer les crampons.

“Jeudi”, grommela-t-il. Il était de ces hommes bourrus qui ne parlent pas aux femmes, sauf pour évaluer leurs prouesses culinaires.

“Jeudi prochain ?”

Il donna un coup de menton en direction de la porte. Colleen tenta de décoder. “Jeudi de la semaine d'après ?

— Encore après.” Il la dévisagea par-dessus le bord supérieur de ses lunettes. “Z'avez le nez qui saigne.”

La bruine était fraîche dehors. Colleen remonta en voiture, inclina la tête en arrière pendant quelques minutes, inspecta ses narines dans le rétroviseur, puis se rendit à la banque. Elle avait à nouveau interrogé Rich le matin, mais il continuait à éluder en lui disant de ne pas s'inquiéter. Elle se reprochait d'avoir permis que s'installe une situation aussi ridicule, inadmissible. Pendant toutes ces années, elle avait glissé les chèques de la paye dans la fente de la banque prévue à cet effet, mais jamais elle ne s'était présentée au guichet pour demander à combien se montait leur épargne. Elle gérait les factures – assurances des voitures et de la maison, électricité, échéancier établi par l'hôpital étalant le règlement sur vingt-quatre mois. Le bébé, à qui elle pensait chaque fois qu'elle glissait le pouce sous le rabat de l'enveloppe, aurait marché avant qu'elle finisse de rembourser sa dette. Elle remplissait les chèques, léchait des timbres, mais quand le relevé bancaire arrivait à la fin du mois, elle laissait à Rich le soin de l'ouvrir – c'était son argent, après tout. Pour son activité de sage-femme, elle était rétribuée en confitures maison et en pulls tricotés main. Aucune banque n'acceptait les quatre-quarts aux pommes.

Elle attendit son tour devant le guichet. L'hôtesse d'accueil était une jeune femme très maquillée, moulée dans un joli haut.

"Je voudrais connaître le solde d'un compte d'épargne", dit Colleen quand arriva son tour. Elle se sentait mal fagotée avec son grossier col roulé.

"Vous avez une pièce d'identité, s'il vous plaît ?" demanda l'hôtesse en inspectant son vernis à ongles pendant que Colleen fouillait dans son sac. Elle examina la carte, compara la photo avec le visage de Colleen, puis disparut derrière une rangée de casiers et revint un instant plus tard, les mains vides. "Je ne peux pas vous communiquer cette information, annonça-t-elle.

— Mais… pourquoi ? C'est aussi un compte joint… comme le compte courant !

— Peut-être, mais il est maintenant assorti d'un emprunt au seul nom de votre mari.

— Combien devons… combien doit-il ?

— Vous devriez parler avec lui", dit l'hôtesse en inclinant la tête sur un côté, comme évaluant l'ampleur du fiasco conjugal incarné par cette cliente.

Colleen rougit jusqu'à la racine des cheveux. Pendant qu'elle se détournait pour regagner la porte, l'hôtesse fit signe à la personne suivante d'approcher. Elle était au bord des larmes lorsqu'elle remonta dans le pick-up, si impuissante, si seule sans Chub. Pour se calmer, elle se rendit à la plage des agates. Le vent soufflait avec violence, elle dut s'arcbouter pour ouvrir sa portière. Elle marcha jusqu'à l'endroit où les pierres reposaient sur un lit de sable fin, s'accroupit et en ramassa une dizaine.

Qu'est-ce qui t'arrive, ma puce ?

Elle serra les agates dans son poing, si fort qu'elle eut mal. Son père lui manquait terriblement. Elle se dirigea vers le bord de l'eau, sautant par-dessus les flaques laissées par la marée. *L'océan s'en fiche*, pensa-t-elle en contemplant les vagues qui venaient mourir inlassablement sur la grève. Pour l'océan, tes problèmes n'existent pas.

24 NOVEMBRE

COLLEEN

Gail Porter posa le tas de nappes repassées sur le banc et gratifia d'un regard sévère le rouge à lèvres orange vif de Marsha.

"Les centres de table sont dans mon coffre", dit-elle en fronçant le nez pour marquer sa désapprobation, comme si Marsha était responsable de l'odeur de graisse, de poisson et de moisi qui imprégnait la salle polyvalente, mal dissimulée par l'arôme citron du nettoyant pour sols.

"On y va." Indifférente à l'humeur revêche de Gail, Marsha entraîna Colleen dehors. "Qui pique le plus, elle ou ses abeilles ? souffla-t-elle en ouvrant le coffre de la voiture de Gail. En tout cas, y en a une qui lui a planté son dard où je pense ce matin."

Colleen jeta un coup d'œil en direction de la porte, en proie à une peur irraisonnée que Gail puisse les entendre. "Est-ce qu'Arlette sera là ?" demanda-t-elle. Les langues allaient bon train dans le bourg – traitement médical, hospitalisation, cure de désintox… Merle venait seul aux déjeuners de poisson frit depuis des mois, mais Thanksgiving, tout de même…

"Je l'espère, répondit Marsha, les bras chargés de cornes d'abondance en plastique. Alors c'est tout un essaim d'abeilles qui s'en prendra au cul de Gail." Elle referma le coffre d'un coup sec.

À l'intérieur, Miles Jorgensen passait son balai serpillière, obéissant à Gail Porter qui lui désignait les endroits suspects d'un doigt semblable à une télécommande. Elle souleva délicatement une feuille d'automne en tissu entre le pouce et l'index.

"Les feuilles sont mouillées.

— Ah oui ? dit Marsha. Ben, il pleut dehors."

Des femmes riaient dans la cuisine, surveillant la cuisson des jambons dans le four à usage des collectivités, renversant de la purée de patate douce en conserve sur des plats en aluminium. Les bruits et les odeurs caractéristiques de la fin de la saison.

L'œil acéré de Gail Porter balaya la grande salle : brique terne, plafond bas taché d'eau. Elle soupira. Puis, pendant que Colleen et Marsha disposaient les tables sur plusieurs rangées, elle prépara les lots de la tombola.

"J'aimerais bien gagner ça, dit Marsha en montrant le panier de victuailles – boîtes de pâtés divers, parts de fromage sous cellophane, cake aux fruits. Tu es allée voir Helen ?"

Colleen hocha la tête et prit une nappe sur la pile.

"La pauvre." Marsha saisit une extrémité de la nappe et elles l'étalèrent ensemble sur la table. "J'ai perdu un bébé, moi aussi." Marsha attrapa une autre nappe. "Je ne savais pas que je pouvais demander une césarienne, à l'époque. Par la suite, je leur ai dit : « Videz-moi comme un poisson. »" Marsha lissa un pli sur la nappe. "Ils ont pensé que c'était à cause de l'alcool. Je buvais un coup par-ci par-là, c'est vrai, mais les deux autres sont nés sans problème. Ils n'ont pas les pieds palmés. Ils ont un cerveau. D'accord, ils ne s'en servent pas, mais ils en ont un.

— C'était un garçon ou une fille ? demanda Colleen.

— Un garçon. Mike me tabassait, ce serait plutôt ça, l'explication. Parfois, il était tellement bourré qu'il ne retrouvait plus notre allée." Marsha lâcha un petit rire. "Il restait sur la route à klaxonner, j'allais le chercher et il me collait une trempe. Un jour, je l'ai laissé dehors toute la nuit. Le matin, il était à moitié vautré à côté de la voiture, la tête en bas et le visage violet parce que le sang ne remontait plus. J'ai cru qu'il était mort.

— Tu ne penses pas que Carl…"

Marsha déploya une autre nappe. "Va savoir ? Ils boivent et ils deviennent méchants. Ou ils se font mal. Même un gentil chien mord quand il a mal." Marsha glissa un coup d'œil à Gail Porter qui arrangeait le coin des enfants – plumes à piquer dans la dinde, coloriages représentant des boucles de souliers portés par les premiers pèlerins que l'on pouvait découper et coller sur les chaussures – et baissa la voix. "Tu sais que les hippies accusent l'herbicide ?

— Ils ont tué mes abeilles, lança Gail Porter.

— Vous avez des oreilles derrière la tête, vous autres, à force de surveiller les mômes.

— Ils ont pulvérisé autour de chez nous et les trois ruches y sont passées."

Marsha redressa les feuilles d'un centre de table. "Moi, les abeilles, j'y connais rien."

Elles installèrent le buffet, accrochèrent des banderoles. Même Gail Porter semblait satisfaite à la fin. Dans les toilettes, Marsha inspecta son mascara et retoucha son rouge à lèvres.

"Pourquoi je m'embête ? grommela-t-elle. Y a pas d'hommes par ici." Elle proposa le tube à Colleen.

Celle-ci appliqua une mince couche orange vif sur sa bouche. Le contraste avec ses cils pâles, presque invisibles, était tellement choquant qu'elle voulut aussitôt l'essuyer.

"Reste comme ça. On ne vit qu'une fois, pas vrai ? C'est ce que disait John."

Le cœur de Colleen se serra. Chaque fois que quelqu'un prononçait le nom de son père, elle entendait distinctement sa voix.

On ne vit qu'une fois, ma puce. Essayons d'être heureux.

La salle se remplissait. Colleen était contente d'avoir quelque chose à faire ; debout derrière le buffet, elle prenait les petits pains avec des pinces et les déposait sur les assiettes que les gens lui tendaient : phalanges éraflées, pinçons sous les ongles, doigts blessés par la tronçonneuse, quelques moignons. Les enfants d'Enid s'attribuèrent une table. Chub apparut, puis Rich. Il lui adressa son sourire timide, comme chaque fois qu'il la découvrait à l'autre bout d'une pièce.

"De la bouffe gratos, dit Eugene en présentant son assiette. Ça fait sortir tous les termites du bois."

Enid le rabroua. "Arrête de crier.

— Je ne crie pas.

— Tu parles trop fort."

Merle fit son entrée, se rengorgeant comme un coq victorieux après un combat. Arlette portait une robe à fleurs rouges. En la voyant, Colleen faillit lâcher un petit pain à côté de l'assiette de Pete : Arlette avait perdu ses rondeurs et semblait très malade.

"Non, mais regardez-les, ces deux-là, marmonna Pete.

— Chou-fleur ? proposa Marsh.

— Ça m'a tout l'air d'être un légume, ça…" Les lèvres retroussées pour marquer son dégoût, Pete dévoila ses dents noires de tabac. Il se frotta le nez d'un doigt comme pour le redresser.

"En beignet frit, c'est très bon, dit Marsha.

— Non, merci."

Marsha lui donna quand même du chou-fleur. "Faut que tu grossisses un peu."

Il se renfrogna, mais Colleen devina qu'il était touché par cette attention.

"Et Pete ? demanda-t-elle quand le bûcheron fut assez loin. Il est libre…

— Pete ? Il mange avec cette cochonnerie dans la bouche. Je te parie qu'il chique même quand il nique." Marsha éclata de rire.

"Qu'est-ce que vous faites là derrière, les filles ? lança Merle en se présentant à son tour pour être servi. Allez donc vous asseoir pour manger."

Les bracelets d'Arlette cliquetaient à ses poignets. Ses cheveux violets étaient coiffés en chignon choucroute sur le haut de la tête. Elle eut un sourire forcé.

Marsha pointa du doigt la tranche de rôti sur l'assiette de Merle. "Attention, il est encore vivant.

— C'est comme ça que je l'aime", répliqua Merle avec un sourire complice. Il entraîna Arlette vers la table d'honneur. Le volume sonore avait baissé d'un ton, chacun enfournait et se délectait. Merle tapota le micro, un œil sur son assiette qui refroidissait. "Quelle assemblée !" commença-t-il. Les voix se turent. "Nous avons vraiment des raisons de dire merci*, la première étant la compagnie de ces dames…"

Arlette réprima une grimace douloureuse quand le micro siffla.

"La saison a été dure." Merle remonta son pantalon. "Nous avons dû nous séparer d'un paquet de bons éléments. C'était pas facile. Beaucoup d'entre vous auraient pu quitter le navire. Aller chercher du boulot ailleurs."

Colleen regarda Rich qui dépassait tout le monde d'une tête, même assis.

* Thanksgiving, aux États-Unis, est la fête du Remerciement.

"Mais qu'est-ce qui a toujours distingué Sanderson ? Nos hommes." Merle parcourut la salle des yeux. "Nos hommes nous sont fidèles, contre vents et marées. Nous avons essuyé de sacrés grains." Les hommes confirmèrent en grognant. "À présent, ces écolos essayent de nous dresser les uns contre les autres, ami contre ami, famille contre famille. Ils ne comprennent pas que Sanderson est une *famille*. Nous nous serrons les coudes. Il n'y a personne ici qui ne se rappelle pas avoir connu la faim. Quelqu'un a même eu assez faim pour braconner des loupes à Damnation récemment. Des loupes énormes." Merle creusa les joues en prenant une grande inspiration. "Mais ce n'est pas quelqu'un parmi nous. Personne dans cette salle n'ignore que voler une loupe là-haut, c'est voler de la nourriture sur vos propres tables. Sur nos tables à tous." Merle hocha longuement la tête. "Nous trouverons les coupables. Ils paieront pour leur faute, ne vous inquiétez pas. Au printemps, nous compenserons nos pertes. Mieux encore, nous remplirons toutes les poches !" Il leva un gobelet en plastique. "Sanderson ne renonce pas. *Vous* ne renoncez pas ! Et maintenant, donnez-moi une part de ce gâteau renversé à l'ananas. Elle ne m'en fait jamais à la maison."

Arlette sourit comme il se devait. Ceux qui avaient terminé de manger froissaient leurs serviettes en papier sur la nappe et attendaient le tirage de la tombola. Emportant son assiette, Colleen rejoignit Rich, Enid et les Porter.

"Où est Chub ?" demanda-t-elle, soudain affamée après avoir respiré les odeurs de cuisine toute la journée.

Rich montra le coin des enfants, où Chub et Agnes étaient occupés à scotcher leurs coiffes en plumes pour les porter en couronnes. Plusieurs familles yurok étaient attablées non loin. Autrefois, Sanderson les payait deux fois moins que les Blancs. Ils touchaient le même salaire aujourd'hui mais continuaient à rester entre eux.

Rich mordit dans une part de tarte au potiron et tressaillit de douleur. Pourquoi refusait-il obstinément de faire soigner cette dent ? Le rire de fumeuse d'Arlette s'éleva. Eugene lui parlait pendant que Merle s'empiffrait.

"Il pourrait séduire une pierre, dit Don Porter.

— Pas cette pierre-ci", répliqua Gail en se touchant sa poitrine du doigt.

Enid leva les yeux au ciel. “Ce boulot de sécurité lui monte à la tête.”

Merle avait augmenté les heures d’Eugene pour surveiller Damnation ; son salaire, bien que maigre, lui éviterait de pêcher le crabe et permettrait à la famille de passer l’hiver. Rich disait qu’un braconnier croisant son chemin risquait plus de devenir sourd à cause des cartouches gaspillées que d’être touché.

Enid s’appuya en arrière contre le dossier de sa chaise. “J’ai trop mangé.”

La salle se vidait peu à peu. Merle vint serrer la main de Rich avant de partir.

“Viens me voir lundi à la maison. Je veux te parler de quelque chose.” Il tira sur une de ses bretelles et la fit claquer. “Un sacré festin, mesdames.”

Dès qu’il fut sorti, Gail Porter soupira. “C’est toujours les mêmes qui se coltinent le boulot.”

Rich et Don jetèrent les poubelles dans la benne dehors, essuyèrent les tables et les plièrent. Miles Jorgensen bougonnait en tordant sa serpillière mais Gail lui donna quand même des restes à emporter.

De retour à la maison, Rich porta Chub endormi et le mit au lit, alluma un feu, s’assit sur le canapé avec un magazine à l’intention des professionnels de l’exploitation forestière. Colleen prit place tout près de lui, l’épaule appuyée contre son bras.

“Je suis allée à la banque”, dit-elle. Rich ne leva pas les yeux et continua à étudier le cours du séquoia à la manière d’un parieur absorbé par les pronostics des courses hippiques. “Ils ont refusé de me dire le montant de l’emprunt. Parce qu’il est à ton nom.”

Rich posa le magazine sur ses genoux. “J’ai pensé que comme ça, s’il arrivait quelque chose, tu serais protégée.

— On est mariés.” Elle tritura une petite peau à la base d’un ongle en s’obligeant à se taire. Parfois, si elle attendait suffisamment longtemps, Rich comblait le silence.

“Deux cent cinquante, dit-il. Je sais que ça paraît beaucoup mais…

— Deux cent cinquante mille dollars ?”

Il confirma d’un signe de tête.

“Rich, c’est énorme ! Est-ce qu’on peut se le permettre ?”

Rich colla la langue sur sa dent douloureuse. “À la fin de l’hiver, je louerai le matériel avec ma paye pour Damnation, et une fois que Sanderson aura dégagé le bas, on pourra récolter la 24-7 et tout rembourser.

— Et s’il y a du retard pour Damnation ?” Elle avait vu les photos des manifestants qui bloquaient la route dans le journal ; Don, le poing serré, tenant un homme par son col.

“Ce sera compliqué, reconnut Rich.

— Heureusement qu’on a un peu d’économies…

— J’ai tout pris, il ne reste que deux mille cinq cents.”

Colleen était atterrée. Cet argent devait servir à construire une chambre en plus pour le bébé, une autre salle de bains, peut-être même une salle de jeux avec de grandes baies vitrées pour qu’elle puisse faire pousser des tomates.

Rich se pencha en avant et jeta le magazine sur la table basse. “J’ai attendu toute ma vie pour avoir une occasion pareille, Colleen.”

Elle sentit la chaleur déserter son épaule qui s’était appuyée contre lui et un grand froid la pénétra jusqu’aux os.

“Tu aurais dû me demander. Je suis ta femme.

— Oui, tu es ma femme”, dit-il en la regardant droit dans les yeux. Le cœur de Colleen s’affola comme s’il lisait en elle : Daniel, la station radar. Tout.

“Maman ?” Chub apparut à la porte du salon, l’air ensommeillé. Une bûche éclata dans le poêle. “J’ai soif.”

Rich se leva, et au bout d’un moment, elle le suivit. Dans la cuisine, il remplit un verre d’eau. Puis il le vida, ouvrit le réfrigérateur, et leur servit du lait à tous les trois. Chub essuya les perles blanches qui s’accrochaient à la moustache de son père, riant lorsque celui-ci retroussait le nez en feignant d’être chatouillé.

Le lait était sucré, apaisant, mais Colleen avait encore soif lorsqu’elle finit son verre.

28 NOVEMBRE

RICH

Rich éteignit le moteur et regarda la maison de Merle, perchée au sommet de Requa Hill. La peinture jaune avait vieilli et virait au brun par endroits. Une brosse métallique ferait disparaître les taches, mais emporterait aussi ce qui restait de couleur.

Après avoir écouté le cliquetis du moteur qui refroidissait, Rich tira sur les poignets de sa chemise à boutons-pressions et descendit du pick-up en poussant la portière du coude. Il n'était pas venu ici depuis des années – depuis la pendaison de crémaillère où Arlette leur en avait mis plein la vue : saucisses cocktail enroulées dans du bacon, deux jeunes filles pour apporter les boissons sur des plateaux.

La terrasse en bois de cœur tenait bon grâce à son grain dur et compact, mais la maison avait moins bien résisté au sel de l'air marin. Sur le treillis fermant l'espace sous la terrasse grimpait une profusion de lianes qui pourrissaient autour des poteaux fichés dans des semelles de béton. Des lianes, donc des rats. Rich tenta de se rappeler s'il y avait aussi un chat. Arlette aimait sûrement ces boules de poils sophistiquées et chichiteuses – Enid avait essayé d'en élever pour les vendre. Rien qu'à l'idée d'un chat, son nez le démangea.

Un vieux husky enchaîné sortit de sous la terrasse, haletant, incapable d'aboyer. Rich, l'épaule toujours douloureuse, tendit une main vers lui et le frotta derrière les oreilles, puis lui caressa les flancs où ses doigts rencontrèrent des kystes gros comme des choux de Bruxelles. Il prit une grande inspiration, gravit les marches en boitillant. Après avoir approché son index de la sonnette, il se ravisa et frappa. Le chien émit une toux rauque. Rich se retourna pour admirer la vue, les vagues de l'océan qui léchaient la langue de sable à l'embouchure de la Klamath.

"Rich." Merle ouvrit la porte et l'invita à entrer.

Rich s'essuya les pieds sur le paillasson. Le chien toussa encore. "Il a trop fumé, ce chien ?

— On lui a coupé les cordes vocales. En même temps que les couilles.

— À quoi ça sert, un chien qui aboie pas ?

— Il aboie pas, il baise pas. Tu as vu ses kystes ? On dirait qu'il a avalé un seau de balles de golf."

La moquette de l'entrée était d'un bleu terne et un parfum artificiel flottait dans la maison, celui de pots-pourris disposés çà et là dans des coupelles pour masquer les relents de moisi. La télévision diffusait un tournoi de golf. Les rideaux étaient fermés alors qu'on approchait de midi.

"Café ? demanda Merle.

— Non merci, j'en ai déjà bu."

Le canapé recouvert de plastique transparent crissa sous le poids de Rich. Il jeta un rapide coup d'œil autour de lui, le temps de repérer les œufs en porcelaine d'Arlette qui prenaient la poussière. Merle se laissa tomber dans son fauteuil inclinable en soupirant d'aise ; sa bedaine proéminente distendait sa chemise blanche en polyester, ses bretelles rouges maintenaient tant bien que mal son pantalon en coton beige sur ses hanches. Il attrapa son mug près d'un bol rempli de minuscules pommes de pin qui ressemblaient à des amuse-bouche, dégageant une odeur si puissante que Rich ressentit un picotement dans les yeux.

"Merci d'être venu, Rich." Merle le regardait fixement, mais Rich connaissait les règles. C'était Merle qui devait mener l'entretien. "Comment va la famille ?

— Bien."

Les yeux de Merle se portèrent sur l'écran de la télévision. Quelqu'un – sans doute Arlette – toussa à l'arrière de la maison. Merle tourna la tête en tendant l'oreille. Rich avait envie d'enfouir son nez dans sa manche, de traverser la pièce et d'ouvrir les rideaux afin que la lumière dilue l'insupportable odeur. Ses yeux le brûlaient ; il chercha une litière pour chat. Quand une page de publicité interrompit le tournoi de golf à l'écran, Merle soupira, saisit la télécommande et éteignit la télévision.

"Rich, je vais te dire, les choses ne sont plus comme avant."

Rich se raidit, la peur au creux du ventre.

"Comment tu crois que tout ça va finir pour nous ? demanda Merle.

— Qu'est-ce que tu veux dire, pour nous ?" Tant d'années à ne penser qu'à sa pomme… La conscience de Merle l'avait-elle finalement rattrapé ? Une fois que le gros bois d'œuvre aurait disparu, il se retrouverait dans la merde comme tout le monde.

"Tu bosses avec nous depuis combien de temps ?"

Rich changea maladroitement de position ; le plastique sur le canapé se rappela à lui. "Un paquet d'années.

— Combien, exactement ? Et ne t'imagine pas que tu peux brouiller les cartes parce que t'as épousé une jeunette.

— Trente-huit ans.

— Une vie entière."

Une chaleur se répandit sur la nuque de Rich. Merle allait-il le licencier, là, dans son salon où de fausses pommes de pin masquaient la puanteur de la pisse de chat ?

"Arrête de tourner autour du pot, Merle. Ne me fais pas mariner."

Merle posa ses pieds en chaussettes sur la table basse. "Voilà ce que j'ai toujours apprécié chez toi, Rich. Tu dis ce que t'as à dire."

Rich frotta ses paumes moites sur ses genoux.

"Bon… Tu t'inquiètes pour un peu de pschitt-pschitt sur les mauvaises herbes ?" demanda Merle.

Rich haussa les épaules. "C'est pas mes oignons.

— T'as bien raison. Tu vois, elle est là, la différence entre des types comme nous et ces crétins de chevelus. Le comté, l'État, l'Office des forêts de mes deux…, tout ça c'est le gouvernement, c'est de la foresterie. Mais ce que Sanderson fait sur les terres de Sanderson ? C'est du *business*. De toute façon, Rich, je vais te dire une chose… Peu importe que ces produits soient inoffensifs, approuvé par la EPA*, etc. Si quelqu'un persuade une femme qu'ils rendent ses enfants malades, c'est comme essayer de raisonner un ours. Je me trompe ?"

Rich serra les dents. Inutile de répondre, Merle était lancé.

* Environmental Protection Agency.

“De nos jours, on ne peut plus tondre sa pelouse sans « impacter » l’environnement. La gestion durable, ça marchait peut-être autrefois, mais maintenant… On les garde pour quand, les arbres ? Pourquoi ne pas laisser tout le monde gagner de l’argent et puis passer à autre chose ? En attendant, les braconniers nous dépouillent à Damnation comme si c’était la saison de la récolte des loupes. On est forcément perdants.”

À nouveau, Rich se repositionna sur le plastique. Merle alluma une lampe, révélant sa barbe blanche de trois jours.

“Je vais être franc avec toi, Rich. On risque gros. Si ces fichus hippies obtiennent gain de cause, chaque arbre entre ici et la frontière de l’Oregon deviendra un monument national.”

Rich prit une poignée de pommes de pin et les fit rouler dans sa main.

“Tu es un modèle pour les autres, continua Merle. Y a plus personne dans tout le comté de Del Nort qui grimpe aussi bien que toi. Mais tu sais comme moi que sans les routes, ton bois d’œuvre ne vaut pas un clou. Il faut que tu sois de notre côté. Quoi qu’il arrive.”

Colleen avait sans doute parlé à Enid… Et Eugene était incapable de fermer sa grande gueule.

“Un type est venu chez nous il y a quelque temps, reconnut Rich. Il a dit que l’herbicide contaminait notre eau…

— Ce connard est un baratineur. Il sort une pétition et tout le bataclan. Il chauffe les gens contre nous. Les crânes, c’était un coup monté pour gagner du temps… Toi et moi, on sait bien que ces épandages ne font pas de mal à une mouche. Mince, ils ont déjà raflé la moitié des forêts par ici pour les transformer en parcs nationaux. Je vais sûrement pas leur lâcher Damnation aussi. On en a besoin. *Toi*, tu en as besoin.” Merle se pencha en avant. “C’est pas encore annoncé, mais en février, l’Office des forêts va organiser une audience publique pour examiner notre plan de récolte – tout le monde pourra venir laver son linge sale, et ils décideront ensuite de nous laisser abattre ou pas. C’est toi qui habites le plus près de Damnation. Il n’y a que toi et ta famille qui buvez cette eau. Si tu témoignes que ton gamin la boit, que tu ne serais pas du tout inquiet même si on pulvérisait du matin jusqu’au soir, ils t’écouteront. Tout le monde sait que tu ne racontes pas de bobards. Pas la peine de trop en faire…" Merle se cala contre le dossier de son fauteuil. "… Tu donnes ton avis, c'est tout."

Rich gardait les yeux baissés. Comment expliquerait-il ça Colleen ? Il avait emprunté sur trente ans pour cette parcelle.

"La 24-7, c'est quoi… ? Deux cent cinquante hectares ?

— Deux cent quatre-vingt-onze."

Merle siffla. "Tu dois avoir un sacré crédit sur le dos." Il vida sa tasse de café. "J'ai pensé que tu serais peut-être motivé…

— Je vais réfléchir, dit Rich.

— Parfait." Merle se leva et le raccompagna à la porte. "Ne réfléchis pas trop longtemps, Rich." L'écran moustiquaire se referma avec un claquement. "Ton bois ne vaut pas tripette si t'as pas un droit de passage. Qui sait ? La boîte ne laissera peut-être pas n'importe qui utiliser ses routes une fois qu'on aura terminé. Ce serait dommage d'abattre pour rien."

Merle ajouta sans doute autre chose – *À plus, Rich. Fais-moi signe…* – mais Rich n'entendit pas. Il descendit les marches de la terrasse, les jambes molles, une douleur dans la main. Ouvrant le poing, il découvrit les pommes de pin broyées. Il avait envie de rester assis au volant un moment, d'attendre que le tremblement de sa rage se calme. Mais même avec la porte et les rideaux fermés, il sentait le regard de Merle. *Ne réfléchis pas trop longtemps.*

Devant la terrasse, debout sur ses pattes arquées, le husky au masque blanc aboya de son étrange voix cassée.

HIVER

1977-1978

9 DÉCEMBRE

COLLEEN

Colleen attrapa le charbon actif au fond du carton et le posa à côté des autres éléments. Pour 29,99 dollars, plus le coût de la livraison, elle s'était attendue à mieux.

"C'est quoi, tout ça ? demanda Rich en parcourant le reste du courrier.

— Un filtre." Elle lui présenta le côté du carton où une jolie blonde montrait le produit assemblé – un cylindre en plastique avec un tuyau et un embout. "Ça s'emboîte dans le robinet."

Rich répondit par un vague grognement. Colleen feignit d'étudier le dispositif. Sur catalogue, l'idée lui avait paru bonne, mais une fois les diverses pièces du filtre déballées – joints en caoutchouc, sachets de petits cailloux et de sable – elle regretta son achat. Trente dollars pour du sable. Comment pouvait-on espérer un quelconque bénéfice de ce gadget dont l'image – après montage – la narguait sur le carton ?

Rich jeta le courrier sur la table. "Whitey a dit qu'elles seraient prêtes quand, mes chaussures ?

— Jeudi."

Elle examina un joint en caoutchouc. D'ordinaire, si elle se trouvait confrontée à une difficulté d'ordre mécanique, Rich prenait aussitôt le relais, de la même manière qu'elle le poussait de la hanche, une première fois pour rire, la deuxième impérieusement, jusqu'à ce qu'il sorte les mains de l'eau savonneuse.

Si j'avais un mari qui faisait la vaisselle, je ne le découragerais pas, avait dit Enid.

Mais Rich ne semblait pas s'intéresser au filtre. Il était distrait depuis quelques jours. Depuis qu'il était allé chez Merle.

Qu'est-ce qu'il voulait, Merle ? avait-elle demandé.

Rien de particulier. Me parler d'une question d'organisation.

Le joint se coinça en travers du cylindre sans trouver sa place. Elle tenta de le déloger en retournant le cylindre et en le frappant de sa paume. Rich remplit un verre au robinet, observa l'eau, but une gorgée. Elle abandonna les éléments du filtre sur la table, signes ostensibles de sa défaite, et sortit deux tranches de pain.

"Un sandwich au thon ?

— Est-ce qu'il reste des cornichons ?

— Oui, quelques-uns."

Il s'assit pesamment sur une chaise, mais au lieu de s'emparer du filtre, il piocha un prospectus dans le courrier et le tint à bout de bras pour lire les petits caractères, puis le lâcha quand elle posa une assiette devant lui.

"J'ai promis à Chub qu'on aurait un sapin de Noël", dit-elle lorsqu'il eut presque terminé.

Elle était agacée de voir que Rich ne touchait toujours pas au filtre. Il pouvait tout de même l'assembler sans qu'elle soit obligée de demander. Lorsqu'elle lui enleva brusquement son assiette pour la laver et la mettre à sécher sur l'égouttoir, il s'accrocha à son reste de sandwich comme s'il craignait qu'elle le lui arrache aussi.

"J'ai un truc à faire, dit-il en se levant. Tu as parlé à ta sœur du type qui est venu nous voir ?

— Quel type ?"

Il indiqua le filtre du menton.

"Non", répondit-elle, un peu trop vite. Son cœur s'affola. "Pourquoi ?"

Il secoua la tête. "Pour rien.

— Et Damnation ? Qu'est-ce qui se passe ?

— Je ne sais pas. Apparemment, c'est l'État qui bloque. Merle a dit qu'il y aurait une audience publique en février.

— Pourquoi pas avant ?"

Rich haussa les épaules. "De toute façon, on ne peut pas travailler avec cette pluie." Il décrocha son ciré de la patère.

"J'irai chercher Chub", dit-elle.

Rich hocha la tête et sortit. Quand il eut disparu derrière la colline, elle ouvrit le placard, prit un pot à confiture, le remplit, nota la date sur l'étiquette et l'ajouta à deux autres pots dans un sac en toile. Puis elle enfila ses bottes et attrapa ses clés dans le bol en bois.

La pluie brouillait le pare-brise sur la route. Colleen se gara près de la Beehive. Le temps d'atteindre la porte dont la cloche tinta lorsqu'elle l'ouvrit, elle avait les cheveux trempés.

"Ouf ! Ça tombe vraiment ! dit-elle.

— Comme vache qui pisse." Dot glissa un feuilleté aux mûres dans un sac en papier blanc. "Comment va Rich ?

— Il trouve toujours à s'occuper… Et Lew ?

— Oh, lui, il devient fou à rester enfermé. Les premiers jours, il s'en accommode, mais après il ne tient plus en place et n'a qu'une envie, c'est de retourner travailler. On ne peut pas faire grand-chose, avec cette pluie.

— Oui, on a l'impression que ça ne s'arrête jamais.

— Trois cents jours par an." Dot prit le billet de Colleen, ouvrit le tiroir de la caisse et lui rendit la monnaie. "J'ai dit à Lew qu'il devrait apprendre à tricoter." Elle rit. "Il s'entortillerait dans son fil, et là au moins, il ne gigoterait plus."

Colleen se força à sourire et replia le haut du sac en papier, deux fois, enfermant à l'intérieur la chaleur sucrée de la pâtisserie.

Le parking de l'école était désert. Quelques enfants attendaient tristement, réfugiés sous l'avancée du toit d'où tombait un rideau de pluie. Ne voyant pas Chub, elle sortit du pick-up et courut jusqu'à la porte.

"Il a pris le bus, dit spontanément une fillette. Avec Agnes."

Gail Porter était assise à son bureau derrière l'accueil, une liasse de documents à la main. Elle haussa un sourcil, comme si, malgré tous les centres de table que Colleen avait aidé à disposer, elle la tenait encore pour responsable des dégâts causés par Enid quand celle-ci avait lancé du papier absorbant mouillé au plafond des toilettes des filles.

Gail Porter regarda sévèrement Colleen par-dessus ses lunettes. Et Colleen se sentit comme une gamine de huit ans qui avait mal au ventre et demandait qu'on appelle ses parents.

"Je crois que Chub s'est peut-être trompé et a pris le bus…", dit-elle.

Gail Porter se leva en soupirant et lui présenta le téléphone de l'accueil. Colleen composa le numéro sur le cadran, puis se détourna, une main au-dessus du combiné pour étouffer sa voix. *Décroche.* À la sonnerie succéda un vacarme d'enfants en arrière-fond.

"Enid ? dit-elle. Chub est avec toi ?

— Quoi ? cria Enid. Attends… Oh, punaise… Ce bébé pèse une tonne ! Tu peux prendre des Cracker Jacks en chemin ? J'en ai envie depuis ce matin.

— Chub est là ?

— Tu veux lui parler ? Chub ! Viens, y a ta mère au téléphone ! Bon sang, Wy… qu'est-ce que…" La communication fut coupée. Colleen reposa l'appareil sur son support.

"Enid est toujours débordée, dit-elle.

— Elle a de la chance."

Gail et Don n'avaient pas eu d'enfants. Gail, qui passait ses journées avec des petits et des adolescents, n'incarnait pas exactement une figure maternelle… mais bon, la mère de Colleen non plus. C'était juste normal pour une femme après le mariage. Pendant que Gail Porter s'affairait ostensiblement derrière son bureau, Colleen fut soudain traversée par une pensée. *J'ai fait huit fausses couches. Qu'est-ce que la chance a à voir là-dedans ?* Si elle l'énonçait à voix haute, peut-être que Gail Porter lèverait les yeux de ses paperasses.

"Bon week-end, dit-elle.

— À toi aussi."

Le jeune employé de la station essence – maigre, boutonneux – lui accorda à peine un regard quand elle entra. C'était un des fils Shaughnessy. Au même moment, elle aperçut le minivan de Daniel qui prenait place dans la file d'attente à la pompe. Elle attrapa un paquet de Cracker Jacks dans l'unique rayon de la boutique, puis un deuxième, puis encore trois qu'elle empila les uns sur les autres. À la caisse, elle déversa sa légère barricade de pop-corn enduit de caramel sur le comptoir.

"Vous voulez un sac ?" demanda le jeune Shaughnessy.

Le minivan de Daniel, maculé de boue, se rangea devant la pompe. Consciente de ses cheveux mouillés et plats, luttant contre l'envie de les coincer derrière ses oreilles, elle sortit avec son sac dans les bras et reçut une bouffée d'air froid au visage.

"Y a plus d'essence", dit le pompiste, son pistolet à la main.

Daniel protesta.

"Je suis pas obligé de vous servir." Le pompiste fit signe à la voiture suivante d'avancer.

Daniel se retourna vers la boutique. Colleen ouvrait déjà la portière de son pick-up côté passager.

"Suivant !" cria le pompiste.

Quand elle le posa sur le siège, le sac bascula. Elle se pencha pour ramasser les paquets – quatre dollars de malbouffe –, dont le dernier s'était logé entre le siège et la portière.

"Colleen !"

Elle se cogna la tête en se redressant brusquement. Pendant qu'elle massait d'une main la zone douloureuse, Daniel se gara à côté d'elle.

"Il y a une réunion ce soir chez Helen et Carl, lui lança-t-il par la fenêtre ouverte. À 18 heures."

Le paquet de Cracker Jacks à la main, elle essaya de lui cacher les autres dans le sac.

"Tu devrais venir, dit-il.

— Je ne peux pas.

— Tu sais, il y a déjà des procès en Oregon qui mettent en cause l'épandage. Ce n'est pas toi qui te racontes des histoires.

— Des histoires ?

— Enfin, Colleen... Tu en es à combien de fausses couches ?

— Je n'ai pas eu de chance.

— Tu ne crois pas ça." Il la fixa intensément. "Si je réunissais plusieurs témoignages... si on pouvait recouper les infos et prouver..."

Colleen secoua lentement la tête, les yeux baissés.

"Colleen. Tu ne veux rien *faire* ?"

Elle ne répondit pas.

"Tu sais que ce n'est pas normal, insista Daniel, et tu ne veux rien faire pour que ça change ?"

Elle attrapa le sac contenant les échantillons d'eau et le lui passa par la fenêtre. "Tiens. C'est tout ce que tu voulais, non ?"

Il sortit un pot du sac. Son visage s'éclaira de surprise.

Quelqu'un va s'en prendre à toi, pensa-t-elle. *Peut-être même te tuer*.

"Je veux juste savoir", murmura-t-elle.

Daniel hocha la tête. Elle jeta le paquet de Cracker Jacks sur le siège et contourna le pick-up pour s'asseoir au volant.

"Vas-y mollo avec ce pop-corn, dit-il. C'est tellement sucré que tu peux y laisser toutes tes dents."

Les eaux de ruissellement se précipitaient dans les conduites et la terre jaillissait sous les roues du pick-up. Le terrain d'Enid n'était plus qu'un champ de boue, une corde à linge pendait, les poubelles renversées avaient répandu leur contenu. Des ratons laveurs.

"Alléluia !" Enid allaitait le bébé sur le canapé quand Colleen entra. Chub et Wyatt jouaient à se battre sur le tapis.

Un feu digne de l'enfer brûlait dans le poêle. Colleen posa le sac à côté d'Enid et ferma le clapet de tirage. "Tu vas faire fondre la fonte…

— Hé, t'as raflé tout ce qu'il y avait dans la boutique ou quoi ?" Enid déchira un paquet de Cracker Jacks et fit tomber quelques grains de pop-corn enrobés de caramel dans sa paume.

"J'ai gagné, c'est pour moi !" cria Wyatt en bondissant vers les friandises. Les filles arrivèrent en courant.

"Halte là !

— Je l'ai dit en premier !

— Allez vous laver les mains." Colleen prit le sac dans ses bras. "Ouste." Les enfants, qui n'avaient pas l'habitude de recevoir des ordres, s'exécutèrent à contrecœur

"Si la pluie ne s'arrête pas, dit Enid, je les emmène à l'étang et je les noie." Après avoir sélectionné les grains les plus gros dans sa main, elle tendit le paquet à Colleen. Le caramel croquait sous la dent.

"Tu veux découper de la viande séchée ?" Enid indiqua du menton l'énorme morceau de chevreuil dans la cuisine. "Cette bête-là était à moitié cheval." S'ils mangeaient déjà la viande, l'argent pour faire les courses au supermarché devait manquer.

Un désordre indescriptible régnait dans la cuisine, le linoléum collait aux chaussettes de Colleen, mais c'était apaisant de s'asseoir à la table et de découper de fines lamelles de viande séchée en essayant d'oublier l'heure. *Il y a une réunion ce soir…* Les enfants lançaient des grains de pop-corn en l'air pour les attraper avec la bouche.

Au crépuscule, la pluie s'arrêta et céda la place au brouillard soufflé par l'océan. Un pick-up noir approcha de la maison. Marla sortit en courant.

"Ce garçon est trop vieux pour elle, dit Enid. Ne le prends pas mal. Cinq ans d'écart, ça fait beaucoup quand on a quinze ans."

Tout en remontant les minuscules chaussettes d'Alsea, Colleen songea que Marla serait furieuse si elle la dénonçait.

Lorsqu'elle appela Chub pour partir, la nuit était tombée depuis un bon moment – il devait être environ sept heures. La terre et l'herbe dehors sentaient l'urine de chat. Dans le pick-up, Chub mangea le feuilleté aux mûres puis écarta le sachet taché de graisse pour s'allonger. Ils remontèrent No Name Road, dépassèrent la scierie plongée dans l'obscurité, une seule lumière à l'arrière – Merle comptant ses sous.

Il est tard. Ils auront terminé. Tout le monde sera parti.

Chaque virage de la route mouillée la rapprochait du vallon.

*

Colleen resta assise un moment dans le pick-up devant la maison de Carl et d'Helen, dont toutes les fenêtres étaient éclairées. Chub marmonna des paroles indistinctes lorsqu'elle le couvrit de son manteau.

"Ne bouge pas, Grahamcracker… J'en ai pour une minute."

Elle ouvrit le portillon et se hâta de monter l'allée. Sur la galerie, elle hésita. La voix de Daniel lui parvenait à travers la porte, qui s'ouvrit soudain. Carl sortit, son paquet de cigarettes à la main.

Daniel s'interrompit. "Colleen."

Helen était assise sur le canapé. Il y avait Robley, Elyse, Melody et Keith Larson, Beth Cooney et son mari, plus une femme que Colleen ne connaissait pas, un stylo et un bloc-notes sur les genoux. Melody Larson sourit faiblement ; Colleen ne l'avait pas revue depuis l'enterrement. Daniel se leva et fit signe à Colleen de prendre sa place.

"Je ne peux pas rester longtemps..., dit-elle en refusant la chaise et en s'adossant au mur. Chub dort dans le pick-up."

"Qu'est-ce que ça veut dire, en-do-cri-nien ? demanda Robley.

— Un perturbateur endocrinien est une substance qui interfère avec le bon fonctionnement des hormones, expliqua Daniel. Les perturbateurs endocriniens peuvent causer des cancers, des troubles du développement, des malformations congénitales comme le bec-de-lièvre...

— Et comme... comme ce que le nôtre avait ?" Robley marqua un silence. "*Les* nôtres ?"

Daniel acquiesça. La femme leva les yeux de son bloc-notes. Elle était jolie : des cheveux blonds ondulés, un nez fin. Colleen croisa les bras pour étouffer dans sa poitrine une étincelle de jalousie.

"Il y a des preuves ? demanda Keith Larson.

— Des études, répondit Daniel.

— Avec des rats et tout ?"

À nouveau, Daniel opina du chef.

"Putain, je le savais, dit Keith. Un truc pareil..." Il secoua la tête. Melody s'essuya les yeux. "Ça n'arrive pas sans raison."

La blonde prenait des notes sur son bloc-notes.

"On parlait des épandages, résuma Daniel à l'intention de Colleen. Un collectif en Oregon essaie d'obtenir l'interdiction d'herbicides comme ceux qui sont pulvérisés ici – en particulier le 2, 4, 5-T, jusqu'à ce que la recherche scientifique permette d'en produire de meilleurs. Et l'EPA* finance une étude sur la présence de ces perturbateurs endocriniens dans les tissus graisseux – le lait maternel, la viande de bœuf. Entre-temps, nous réclamons un moratoire."

Tous les yeux se tournèrent vers Colleen. Elle remarqua une feuille de papier sur la table basse – une liste de noms et de signatures.

Robley posa une autre question. Pendant que Daniel répondait, Colleen visualisa Chub endormi, seul dans le pick-up. Elle s'éclipsa et ferma doucement la porte derrière elle.

"T'en as assez entendu ? demanda Carl, auréolé d'un halo de fumée.

* Environmental Protection Agency.

— Tu diras au revoir à Helen de ma part.”

Carl hocha la tête et tira une longue bouffée de sa cigarette dont le bout rougeoyant luisait dans la pénombre.

Les vitres du pick-up étaient embuées par la respiration de Chub.

“Colleen !” Daniel la rattrapa. “Tu devrais rester. Tu n’es pas la seule dans ton cas. Cynthia…” À son hésitation, elle comprit que Cynthia était la jeune femme blonde. “Elle est journaliste. Elle aimerait te parler. Tu sais mieux que quiconque ce que les gens endurent par ici.

— Je ne peux pas.”

Daniel baissa la tête pour murmurer : “Tu ne peux pas ? Ou tu ne veux pas ?

— Joanna a un veau qui est mort, dit-elle en chuchotant aussi. Elle habite l’ancienne ferme de ma mère.

— Récemment ?

— Il n’y a pas très longtemps.”

Par réflexe, il chercha un crayon derrière son oreille, puis fit demi-tour tandis que Colleen s’installait au volant.

Chub remua sur la banquette quand elle démarra.

“On est arrivés à la maison ?

— Presque, Grahamcracker.”

“Je suis là”, lança Rich dans la cuisine.

Une casserole d’eau bouillante remplie de nouilles sur le feu arrière de la cuisinière, des boulettes de viande grésillant dans une poêle. Elle avait mangé tellement de Cracker Jacks avec Chub qu’elle ne pensait plus au dîner.

“C’est presque prêt.” Rich ne demanda pas où elle était, ni pourquoi ils rentraient si tard. Il portait le tablier de Colleen, ce qui fit rire Chub. Elle serra l’enfant contre ses jambes quand il souleva la casserole fumante et égoutta les nouilles dans l’évier ; un nuage de vapeur brouilla aussitôt la fenêtre au-dessus. Il rinça ensuite la passoire, longuement, pour attirer l’attention de Colleen.

Rich ne croyait pas aux excuses verbales. Il les exprimait par des actes : le cylindre du filtre, assemblé et emboîté dans le robinet, en parfait état de marche.

17 DÉCEMBRE

RICH

Il avait passé toute la journée à éclaircir les aulnes sur la parcelle 24-7. Le collier de Scout cliquetait devant lui, on entendait davantage les ruisseaux à présent qu'il faisait nuit. La pluie ruisselait sur son ciré, des nuages de vapeur blanche sortaient de sa bouche, captés par le faisceau de sa lampe frontale. Enfin, il franchit la crête de Bald Hill ; la fenêtre de la cuisine trouait l'obscurité de sa lumière dorée. Il attacha Scout à sa chaîne, frictionna son poil mouillé, puis frappa ses semelles contre la marche du seuil avant d'entrer, sa McCulloch à la main. La tronçonneuse rouillerait s'il ne l'essuyait pas.

"Je nettoierai la sciure après", dit-il en tirant une chaise pour s'asseoir à côté de la table.

Il ôta ses gants, sortit un pied de son soulier, puis retira sa chaussette humide. Colleen leva les yeux du journal qu'elle était en train de lire et le poussa vers lui.

"Ces godasses pèsent dix kilos chacune", dit-il en délaçant le deuxième soulier.

Ses chaussures de sécurité lui manquaient, il était temps d'aller les chercher. Les extrémités de ses doigts glacés le picotaient en revenant à la vie dans la chaleur. Il dut tenir le journal à bout de bras pour déchiffrer les petits caractères sous la photo : bébé sur la hanche, natte, jupe longue, la femme semblait surgie d'une autre époque et montrait un sac de congélation contenant plusieurs boules de poils.

Joanna Roesch, 23 ans, mère de trois enfants, avec des poussins malformés qui sont nés dans le poulailler de sa ferme près de Deer Rib Road. En cause, selon elle, les herbicides épandus par hélicoptère sur les exploitations forestières voisines.

“C’est n’importe quoi, dit Rich. Le *Mad River Union*… Un journal communiste – un torchon, plutôt.

— Lis l’article”, dit Colleen en rangeant de la vaisselle.

Il se racla la gorge et lut à voix haute.

“Au début, quand Joanna Roesch a remarqué une substance laiteuse dans le ruisseau qui alimente sa conduite d’eau, elle n’y a pas prêté attention.

« L’eau est redevenue claire quelques jours plus tard, a déclaré Roesch. Mais les enfants saignaient du nez après chaque passage de l’hélico. Des saignements qui duraient parfois plus d’une heure. »

Bientôt, Roesch a remarqué d’autres signes. Les poussins nés au cours des semaines suivant un épandage aérien sur le versant à l’est de sa ferme avaient des becs croisés, des ailes tordues et des pattes palmées. La vache qui fournit le lait de la famille a donné naissance à un veau paralysé qui est mort peu de temps après. Roesch raconte qu’elle a commencé à établir un lien entre ces malformations congénitales et les épandages lorsque des échantillons d’eau prélevés dans un ruisseau proche ont montré une concentration élevée des herbicides 2, 4, 5-T et 2, 4-D, qui sont les composants de l’agent orange.

« Je n’imaginais pas qu’ils pouvaient nuire à quelque chose qui n’était même pas né », a dit Roesch, enceinte de son quatrième enfant.”

Colleen se rongeait un ongle. Rich continua.

“« Les gens ne s’inquiètent pas tant qu’ils ne voient pas », explique Daniel Bywater, biologiste des pêcheries qui étudie l’impact des épandages d’herbicides et autres pratiques forestières sur la remontée du saumon. Bywater, membre de la Nation yurok, soutient que les herbicides peuvent aussi affecter les êtres humains. Le comté a ouvert une enquête après avoir enregistré trois naissances de bébés anencéphales (sans voûte crânienne ni cerveau) durant l’année écoulée. Cette malformation congénitale rare touche moins d’un bébé sur deux mille cinq cents. Les professionnels de santé ont aussi noté une augmentation de morts fœtales, bien qu’on ignore le nombre exact de fausses couches dans le comté puisque les femmes concernées, pour la plupart, ne requièrent aucune attention médicale. En outre, les bébés mort-nés ne sont pas toujours comptabilisés, dans un environnement rural et tribal ou les accouchements ont souvent lieu à la maison.

« Plusieurs femmes des environs, des femmes en bonne santé, ont fait deux, trois, quatre fausses couches, rapporte Bywater. On ne peut que se poser la question : pourquoi ici ? »

Roesch et ses enfants continuent à manger les œufs de leurs poules. Deer Rib Ridge, la colline qui domine leur maison, doit être traitée à nouveau avec du 2, 4, 5-T en mars. Un certain nombre de citoyens inquiets ont lancé une pétition pour demander au géant forestier Sanderson Timber, au comté, et à l'Office des forêts de suspendre temporairement les épandages aériens de ces substances chimiques.

Helen et Carl Yancy…"

Colleen cogna une assiette contre une porte de placard. Après une pause, Rich reprit :

"… qui habitent le vallon de Klamath Glen, ont perdu un enfant en novembre, un bébé né avec une grave malformation congénitale. C'est le cas le plus récent d'anencéphalie dans la région. Mrs. Yancy, comme Bywater, est membre de la Nation yurok.

« Ils nous assurent que ces produits sont inoffensifs, qu'on pourrait prendre une douche avec. On en a partout sur nous quand on pulvérise, a déclaré Mr. Yancy, conducteur de camion-citerne chez Sanderson Timber. Mais bon… S'ils me disaient qu'ils ont inventé une balle inoffensive, je voudrais quand même pas qu'ils tirent dans la tête de mon gamin. »"

"Quel imbécile." Rich se leva et prit ses chaussures. Parler à un journaliste… Merle ne tolérerait pas une chose pareille.

"Tu crois que je devrais passer chez Joanna ? demanda Colleen. Elle n'a peut-être pas encore vu l'article."

Elle commençait presque à considérer cette femme comme une proche parente, songea Rich, uniquement parce que celle-ci vivait dans son ancienne maison.

"Ne pas être mêlés à ça, surtout, voilà ce qu'on doit faire !

— Pourquoi tu t'énerves ?

— Je ne m'énerve pas !" Rich soupira. "Si on se laisse embarquer là-dedans… Même, si Merle pense juste qu'on est un peu trop amis avec cette Joanna par exemple, je peux dire adieu aux routes et à l'exploitation de la parcelle.

— Qu'est-ce que tu t'es fait au front ? demanda Colleen en remarquant la blessure.

— Rien." Il passa sa grosse main sur la coupure. "Il faut qu'on reste en dehors de tout ça."

Colleen pinça les lèvres et se sécha les mains sur un torchon, lentement, en essuyant ses doigts un par un.

"27 février..." Elle montra le journal du menton. "C'est la date de l'audience publique pour la récolte de Damnation Grove.

— Je vais me laver", dit Rich.

Dans le miroir de la salle de bains, il vit l'entaille ouverte le long d'une ride au milieu de son front. L'eau chaude de la douche parut brûlante sur son visage, emportant avec elle le feu de sa colère. Quand il revint dans la cuisine, Colleen et Chub étaient déjà attablés.

"Chub avait faim", dit-elle, sans le regarder. La tension était palpable dans l'air.

Rich se servit à côté de la cuisinière, arrosa de jus sa tranche de viande rôtie et sa pomme de terre.

"Il y a des petits pains dans le four", dit Colleen lorsqu'il fut assis.

Il avala une première bouchée. Manifestement, Chub était en train de raconter sa journée d'école à sa mère.

"Ils n'ont pas voulu que Luke mange avec eux à midi...

— Alors, qu'est-ce que tu as fait ? demanda-t-elle, sans prêter aucune attention à Rich.

— Je lui ai dit qu'il pouvait se mettre à côté de moi.

— Ça, c'était très gentil, dit Colleen. Et après, tu étais content ?

— Hmm." Chub acquiesça et planta sa fourchette dans un gros morceau de carotte.

"Bravo, dit-elle. C'est important de défendre quelque chose, ou quelqu'un, quand on estime que c'est juste. Même si tous les autres sont contre toi."

6 JANVIER

COLLEEN

Colleen observait Chub, assis sur les gradins du gymnase à côté de Luke avec qui il jouait à une bataille de pouces, attendant comme les autres enfants que quelqu'un vienne le chercher.

"Luke ne parle que de lui."

Colleen se retourna. Les mains d'Helen étaient rouges et gercées. Elle semblait épuisée. Depuis que Carl avait été licencié, elle faisait des heures supplémentaires à la conserverie.

C'est moi qui l'ai raccompagné jusqu'à la sortie, avait raconté Eugene à tous ceux qui voulaient l'entendre. Colleen se représentait la scène : Carl, soudain vieilli de cinquante ans, qui se levait lentement dans le bureau de Merle.

"Chub aussi", dit-elle, bien que ce ne fût pas tout à fait vrai. Colleen interrogeait régulièrement son fils, assez pour apprendre, par exemple, qu'un garçon plus âgé avait donné un coup de poing dans le ventre de Luke en le traitant de mauviette.

Debout un peu plus loin, Eleanor Riggs sourit à Colleen – qui avait mis au monde ses jumeaux –, mais ignora complètement Helen.

"Chub ceci, Chub cela… Je suis contente qu'il ait un ami", dit Helen sans paraître remarquer l'indifférence que lui manifestait Eleanor Riggs. Elle regardait droit devant elle, et à moins de se tenir tout près, personne ne s'apercevrait que les deux femmes avaient engagé une conversation.

"Tu te rappelles quand Mrs. Walsh a voulu que je redouble ? demanda Helen.

— Oui. Parce que tu restais muette comme une carpe en classe.

— Je savais que je n'étais pas bête, pourtant je me suis *sentie* bête. Je me souviens que Mrs. Bywater est venue parler à ma grand-mère. Elle a dit que le redoublement à l'école était encore une façon d'opprimer les Yurok. Elle les a obligés à me faire passer ce test, tu te rappelles ?"

Colleen hocha la tête, revoyant le sourire triomphant d'Helen, et sa propre joie d'être avec son amie en cours moyen.

"Carl dit que je mélange tout, mais j'ai la même impression aujourd'hui, continua Helen. Comme si on essayait de me persuader que je ne suis pas *normale*. Que ma manière de voir les choses n'est pas la bonne."

Deux enseignantes bavardaient devant les gradins en surveillant les enfants. L'une d'elles claqua des doigts en direction d'un garçon qui venait de tirer les cheveux d'une fille et lui fit signe de se mettre au coin, avant même que la victime ait ouvert la bouche pour protester. L'agresseur puni s'exécuta, les épaules courbées sous le poids de sa défaite.

"Toutes les instits ont des yeux dans le dos", dit Helen. Après un silence, elle reprit : "C'était malin, de congeler les poussins."

Colleen aussi avait été impressionnée par l'idée de Joanna, le jour où celle-ci avait découvert dans la grange les petits cadavres encore chauds sous la lampe de la couveuse.

Helen soupira. "Et puis quand même… si ça peut avoir un tel effet sur une vache…

— Les filles de Joanna sont en bonne santé.

— Je l'espère", murmura Helen.

Colleen éprouvait à présent une irritation grandissante : tout le monde les regardait, en feignant de ne rien voir.

"Et Carl, ça va ?

— Oh, tu sais comment c'est… Quand les hommes ne travaillent pas…"

"Je t'ai eu !" claironna Chub. Les cheveux de Luke, rasés à la tondeuse, faisaient paraître ses yeux immenses. Il était plus petit que Chub, doté d'une ossature fine ; le genre de petit garçon qui devait courir vite pour survivre.

"Luke !" cria Helen. Luke pivota vers elle et son visage prit un air sombre. Celui de Chub s'éclaira quand il vit Colleen.

Ils traversèrent ensemble la cafétéria.

“J’ai faim, se plaignit Luke.

— Ton père te fera un sandwich grillé au fromage, dit Helen.

— Je veux que ce soit toi qui le fasses.

— Il faut que je retourne travailler ce soir.”

Luke se renfrogna. Chub fourra sa boîte repas entre les mains de Colleen et le pourchassa dans le hall de l’école.

“Les garçons !” Gail Porter sortit de son bureau, les poings sur ses hanches.

Chub et Luke s’immobilisèrent. Gail Porter fixa Colleen droit dans les yeux, en silence.

“Il vaudrait mieux qu’on ne te voie pas trop avec moi, dit Helen une fois dehors.

— Je suis désolée…

— Pourquoi ?” Helen ouvrit sa portière et fit monter Luke. “C’est notre faute, après tout.

— On était tous là à la réunion, dit Colleen. Il n’y avait pas que vous deux.

— Ça, ils n’en savent rien.” Le regard d’Helen balaya les traces d’œufs qui zébraient la peinture de son pick-up. *Il aurait dû nettoyer tout de suite*, dirait Rich, relevant encore une erreur de Carl. Colleen savait que les pneus d’Helen avaient été crevés. Qu’est-ce qui lui était arrivé d’autre depuis trois semaines pour qu’elle ferme son pick-up à clé sur le parking de l’école ? Colleen chercha quelque chose à ajouter.

“Helen, je suis vraiment désolée…

— Oui, ben être désolée, ça ne paye pas les factures.” Helen claqua sa portière, si fort que Colleen en eut les oreilles qui bourdonnaient.

10 JANVIER

RICH

Debout au sommet de la parcelle 24-7, Rich traça des routes imaginaires dans le paysage. Les semelles de ses gros souliers s'enfonçaient dans la boue. Le bosquet d'aulnes qu'il avait passé la matinée à couper était presque entièrement dégagé. Pas mal, pour une demi-journée de travail. On abattrait facilement les séquoias géants une fois que tout l'aulne aurait été évacué. Il tira sur le cordon de la McCulloch… rien. Il réessaya, examina le niveau d'essence – correct –, retira la bougie. Il vérifia le capuchon isolateur, l'écartement des électrodes, remit la bougie en place. La veille, il avait nettoyé le carburateur ; la tronçonneuse devrait ronronner comme un chat. Saleté de bobine d'allumage. C'était forcément ça.

Colleen récurait le plan de travail quand il entra dans la cuisine.

"La tronçonneuse est en panne. Tu as besoin de quelque chose au bourg ?

— Non." Elle souffla une mèche de cheveux qui dansait devant ses yeux. "Sois prudent."

L'averse se déclencha alors qu'il arrivait aux virages. Il entrouvrit sa vitre, augmenta le désembuage. Il prendrait un bidon d'huile de chaîne chez Whitey en même temps qu'il récupérerait ses chaussures de sécurité. À la sortie du virage de Last Chance*, le pare-brise s'assombrit brusquement. Il écrasa la pédale de frein, dérapa, le pick-up se souleva sur deux roues et retomba en grinçant comme un vieux canapé à ressorts.

* La Dernière Chance.

Bon sang…

Le cœur battant, il serra le frein à main – c'était du sérieux –, sortit et grimpa sur son pare-chocs arrière pour mieux voir. La coulée de boue, ainsi que plusieurs séquoias entraînés par le flot, bloquait la route sur une soixantaine de mètres. *Pourvu qu'il n'y ait personne dessous*, pensa-t-il. Il n'entendait pas le klaxon qui signale parfois une voiture accidentée.

C'était pire d'année en année, à mesure que les arbres retenant la terre étaient abattus. De l'autre côté de l'avalanche, une sirène approchait, puis un éclair rouge et bleu. Harvey descendit de sa voiture de patrouille et se hissa sur le capot.

"Tu as des fusées éclairantes ?" cria-t-il.

Après avoir allumé une fusée au milieu de la chaussée, Rich remonta dans son pick-up. Il klaxonna, deux fois, pour saluer Harvey. Ses roues patinèrent dans la boue quand il fit demi-tour. Il repartit en sens inverse, envahi par le sentiment qu'un glissement de terrain pouvait se produire n'importe où le long de la route.

Il dépassa la maison – il raconterait plus tard à Colleen ce qui était arrivé, inutile de l'inquiéter maintenant. Les pneus du pick-up sifflèrent sur le bitume mouillé jusqu'à Eureka. Il ne trouva rien au Redwood Saw.

"Personne ne se sert plus de tronçonneuses McCulloch", dit le jeune vendeur.

Il ne lui restait plus qu'à essayer chez J. P.

Sur le parking, il attendit que le moteur refroidisse, puis inspira profondément et entra. L'endroit n'avait pas changé. J. P. était mort, mais il fut presque étonné de ne pas voir le vieux bonhomme assis à la caisse. Son fils – celui qui ressemblait à un rat – avait pris sa place et feuilletait un magazine érotique. Rich posa une bougie d'allumage devant lui. Il attendrait pour acheter l'huile de chaîne. La famille s'en mettait déjà plein les poches, il préférait donner son argent à d'autres.

"Ce sera tout ? demanda le fils, l'une de ses incisives renvoyant un éclair argenté.

— Ouaip."

Un téléphone sonna. Le fils disparut dans la réserve. Rich contempla les vieilles guitares, les lecteurs de cassettes, les boucles de ceintures en argent personnalisées et les cravates lacets. Autrefois les gars mettaient leurs tronçonneuses au clou à la fin de la saison, en espérant qu'ils pourraient les racheter au printemps. J. P. avait obéi à Virgil – peut-être saboté *ici même* la corde de Lark en sciant les brins d'acier avant de tresser et de réassembler les deux morceaux.

Le fils revint.

"Cinq cinquante.

— Cinq dollars ?

— Et cinquante cents."

Rich paya et sortit. Le fils de Dolores – Daniel – l'attendait dehors. Il tendit la main, et Rich la serra.

"Je vous ai vu d'en face, dit Daniel en indiquant le garagiste.

— Vous êtes en panne ? demanda Rich, pour qui les minivans Volkswagen n'étaient rien de plus qu'une boîte en métal sur roues.

— Celui qui a sectionné les flexibles de freins s'y connaît en mécanique." Daniel marqua une pause, puis : "J'espérais qu'on aurait une autre occasion de se parler.

— Ah, pourquoi ?"

Daniel enfonça les mains dans les poches avant de son jean. "Moi, je ne veux pas que ces herbicides polluent les ruisseaux. Vous, vous ne voulez pas que votre famille les boive.

— Alors si Sanderson arrête de pulvériser, vous êtes d'accord pour qu'on abatte tous les arbres du versant ?"

Daniel baissa les yeux sans répondre.

"C'est ce que je pensais, conclut Rich.

— Attendez… J'essaye de vous dire qu'on pourrait être dans le même camp."

Dolores s'était enfuie, enceinte d'un soldat de la station radar. Quand elle était revenue, pourvue d'un diplôme d'assistante sociale, elle avait élevé son bâtard pour qu'il devienne ce type moralisateur.

"On pourrait, répondit Rich. Mais on ne l'est pas."

— Je sais que Colleen – votre femme, se corrigea-t-il aussitôt – a fait beaucoup de fausses couches.

— C'est elle qui vous l'a raconté ?" demanda Rich, la tension de sa voix montant d'un cran.

Daniel haussa les épaules. “Vu le nombre d’habitants qu’y a par ici, elle n’a pas eu besoin de le raconter. Regarder la femme que vous aimez traverser ces épreuves, ça a dû être quèque chose pour vous.” À sa manière de prononcer “qu’y a par ici” et “quèque chose”, Rich sentit qu’il s’abaissait à parler comme lui, comme les gens incultes. “Je ne crois pas que j’en serais capable, continua Daniel. Moi, je voudrais savoir pourquoi. Je voudrais *faire* quelque chose.”

Colleen avait passé tous les examens possibles et imaginables. S’il y avait une raison, les médecins l’auraient découverte. Ce que Rich pouvait faire, c’était veiller à ce qu’elle ne tombe plus enceinte.

“S’il y a une réponse, je vous aiderai à la trouver, dit Daniel en se méprenant sur le silence de Rich.

— Je juge un homme à ses actes, répliqua Rich. Pas à ses paroles.

— Je comprends.

— Non, justement. Vous ne comprenez rien du tout. Ne vous approchez pas de ma femme. Vous ne l’aidez pas.

— Elle sait que ce n’est pas normal. Elle le sait d’instinct. Et vous aussi.

— Colleen a assez souffert comme ça. Vous ne lui rendrez pas service en lui mettant des idées dans la tête.” Rich descendit du trottoir et s’éloigna de quelques pas.

“Ce n’est pas *moi* qui m’approche d’elle.”

Rich se figea, dos tourné.

“C’est *elle* qui veut savoir. Pas vous ?”

Rich n’avait jamais frappé un homme dans un mouvement de colère. Il serra les poings de toutes ses forces pour se contenir.

“Vous avez peut-être peur de la réponse”, lui lança Daniel.

Rich remonta dans son pick-up, jeta la bobine d’allumage sur le siège passager et démarra. Lorsqu’il parvint à la hauteur de Daniel, il baissa sa vitre.

“Si vous parlez encore à ma femme, on aura un sacré problème, vous et moi.

— C’est une menace ?” demanda Daniel.

Rich inspira et souffla longuement par le nez. “Une menace ? Non. C’est une promesse.”

La silhouette du fils de Dolores devint de plus en plus petite dans son rétroviseur.

14 JANVIER

COLLEEN

Colleen serrait le volant à deux mains. Les bulldozers n'avaient pas encore fini de débarrasser la coulée de boue qui bloquait la route entre Klamath et Crescent City, au nord. Ici aussi, après la pluie diluvienne de la nuit, rien ne garantissait que l'on ne découvrirait pas un autre glissement de terrain à la sortie du virage. Chub tapait du pied contre le dossier du passager.

"Chub. Arrête, s'il te plaît."

Avait-elle bien noté qu'il lui fallait des nouilles ? La liste de courses dépassait de son sac à main, mais un seul regard, et elle risquait de les précipiter en bas de la falaise. Elle agrippa plus fort le volant. Enfin, la route quitta la côte et s'enfonça dans les terres. Ils passèrent devant la scierie, puis s'engagèrent en cahotant sur No Name Road. Les roues du pick-up patinaient dans la boue.

"J'espère qu'on ne va pas s'enliser."

Un minivan Volkswagen couleur moutarde – pas celui de Daniel – était stationné au pied de Damnation, et des tentes avaient été plantées juste au-dessus. Elle ralentit mais ne vit aucun mouvement. Ils ne prirent pas le chemin qui menait à Deer Rib.

"On ne va pas chercher des œufs ? demanda Chub.

— Nous en prendrons au Safeway, Grahamcracker."

Il ne faut pas qu'on soit mêlés à ça, avait dit Rich. *Tu ne dois plus voir cette femme.*

Elle s'arrêta devant le mobile home à Fort Eugene. La porte s'ouvrit et Eugene apparut, en caleçon. Un chat s'échappa en lui glissant entre les jambes, puis bondit sur la carcasse d'une Corvette qu'Eugene réparait depuis la naissance de Marla. Une chèvre perchée dans son arbre bêla.

“Ils ont pas encore levé le camp ?” demanda Eugene, toujours plein d’assurance, malgré les poches sous ses yeux et son ventre qui commençait à bedonner.

— Non.”

Enid sortit avec le bébé, s’assit sur le bord du siège avant, et frappa ses pieds l’un contre l’autre pour ôter la terre de ses semelles avant de rentrer les jambes. “Eh merde…” Elle tira sur la ceinture de sécurité coincée sous ses fesses.

“Dis-leur qu’ils ont une heure pour se tirer, lança Eugene.

— Ne fais pas attention à lui…”, dit Enid. Puis, à Eugene : “Fiche-leur la paix !” Elle claqua violemment sa portière pour accompagner ses paroles d’un effet dramatique.

Colleen regagna la route en marche arrière. Quand le pick-up déboucha du virage au bas de Damnation, les hippies pliaient bagage. Un homme aux cheveux hirsutes était debout à côté d’une pancarte en contreplaqué : ARRÊTEZ DE TUER NOTRE MÈRE.

Chub ouvrit de grands yeux. “Il fait pipi.

— Ne regarde pas, dit Colleen.

— Y a pas grand-chose à voir”, déclara Enid.

L’homme remonta sa braguette et tendit le pouce dans leur direction.

“Arrête-toi.” Enid attrapa le volant pour obliger Colleen à tourner.

Colleen freina brusquement. “T’es dingue ou quoi ?”

Chub eut l’air inquiet quand l’homme grimpa à l’arrière. Il sentait le cuir mouillé.

“Merci, dit-il. Fait pas chaud…” Il souffla sur ses mains, en tendit une en se présentant : “Nathan.

— On s’en fout de ton nom”, répondit Enid.

Ils retrouvèrent bientôt l’asphalte lisse de la grand-route et traversèrent en silence Orick, Trinidad, McKinleyville. C’était à croire qu’Enid avait voulu prendre le hippie pour éviter de parler. Chub dessinait sur sa vitre embuée.

“Ici, c’est parfait”, dit l’homme quand ils atteignirent les abords d’Arcata.

“Pourquoi tu as fait ça ? demanda Colleen dès qu’il eut disparu derrière un rideau de buissons.

— Valait mieux que ce soit nous plutôt qu’Eugene”, répondit Enid du bout des lèvres.

Colleen, Alsea et Chub s'installèrent dans la salle d'attente du dispensaire pendant qu'Enid passait de l'autre côté des portes battantes. La petite sur les genoux, Colleen soufflait délicatement sur son fin duvet de cheveux blonds et caressait ses bras dodus, blancs comme de la nacre. Enid souriait lorsqu'elle réapparut. De toute évidence, elle n'avait pas trop souffert. Colleen pensait que ce serait douloureux, d'après la description fournie par sa sœur. Un petit dispositif en cuivre se présentant sous la forme d'un T, grâce auquel les femmes ne tombaient pas enceintes.

"Elle ne tient toujours pas assise, cette enfant ? lui demanda l'infirmière. Amenez-la-moi une minute."

Enid obéit. Chub descendit de sa chaise et se pressa contre les jambes de Colleen. Elle le prit à son tour sur ses genoux.

"Où as-tu trouvé ces magnifiques cils ?

— Chez le marchand de cils."

Enid ne desserra pas les dents pendant le trajet jusqu'au Safeway. Elle lança les boîtes de conserve dans son chariot avec une mauvaise humeur évidente.

"Comment peux-tu faire des courses sans liste ? interrogea Colleen.

— J'ai tout dans la tête.

— Ne me demande pas de revenir s'il te manque quelque chose.

— Je ne t'ai rien demandé. C'est toi qui as proposé de m'amener." Enid attrapa plusieurs boîtes de haricots à la tomate.

"Attends, j'ai un coupon de réduction..." Colleen récupéra les boîtes dans le chariot d'Enid et les replaça sur l'étagère. "Deux pour soixante-dix-neuf cents."

Enid reprit les boîtes sur l'étagère. "Eugene aime bien ceux-là.

— Ils ont le même goût.

— Lui, il sentira la différence."

Colleen choisit trois pots à confiture dans le rayon du matériel pour faire ses conserves soi-même – elle avait utilisé presque tous ceux de Daniel – puis passa à la caisse. En chargeant ses sacs dans le pick-up, elle chercha le couvercle bleu foncé du bocal de sauce *relish*.

"Il te manque quelque chose ?" demanda Enid, sarcastique.

Chub dormait lorsqu'elles atteignirent Orick.

Enid se tortilla sur son siège. "C'est vraiment tout petit, un stérilet..." Elle écarta le pouce et l'index de deux ou trois centimètres.

La pilule ne lui convenait pas : elle oubliait de la prendre. “Mais comment je vais lui expliquer le fil qui dépasse ?

— Je ne pourrais jamais mentir à Rich sur un truc pareil.”

Enid ricana.

“Qu’est-ce que tu as, à la fin ? demanda Colleen, lassée par l’humeur massacrante de sa sœur.

— Tu comptais me le dire quand, exactement, que tu avais surpris Marla en train de se faire peloter ? Le jour du mariage ? Ou est-ce que tu allais attendre jusqu’au quatrième moutard ?”

Depuis quand Enid le savait-elle ?

“Ce n’était pas ce que tu crois…, murmura Colleen.

— Ah bon ? Alors c’était quoi ?”

Colleen se sentit rougir et essaya de fixer son attention sur la route.

“Marla me l’a dit parce qu’elle avait peur que je l’apprenne par toi, reprit Enid. Mais non… Ma propre sœur ne juge pas utile de m’informer que ma fille batifole avec un garçon alors qu’elle devrait être en cours.”

Enid en avait-elle déjà parlé à Eugene ? Dans combien de temps celui-ci le rapporterait-il à Rich ? Que ferait-elle alors ?

“Qu’est-ce qu’elle t’a raconté d’autre ? demanda Colleen, le cœur battant.

— Pourquoi tu ne me le racontes pas toi-même ? C’est toi qui y étais !”

Chub remua un peu sur la banquette arrière mais ne se réveilla pas.

Colleen se prépara à entendre Enid prononcer le nom de Daniel. Était-il possible que Marla ait gardé le secret ?

“Je suis désolée…, souffla-t-elle en serrant le volant pour qu’Enid ne remarque pas que ses mains tremblaient. Je… je ne…

— Si tu avais une fille, tu me l’aurais raconté.”

Colleen soupira. “Mais je n’en ai pas… Je n’ai pas de fille. Vas-y, dis-le.”

Enid répliqua brutalement : “Pourquoi ? C’est *encore* de toi qu’il s’agit, là ?”

15 JANVIER

CHUB

Wyatt sauta de l'arbre aux chèvres dès que la mère de Chub eut disparu. Chub l'imita et jeta un regard derrière lui. Un mince trait de fumée s'échappait par le tuyau du poêle sur le toit de la maison. La voix de sa mère résonnait encore dans sa tête.

Ne t'éloigne pas.

"Où on va ? demanda-t-il en rattrapant Wyatt.

— Tu verras."

La traversée du marécage lui parut longue. Lorsqu'ils commencèrent à grimper dans la forêt, sa salopette était humide, lourde, et sentait le chien mouillé. Wyatt s'arrêta, inclina la tête sur le côté en tendant l'oreille : une tronçonneuse, au loin. Ils franchirent Knife Creek, puis un autre ruisseau que Chub ne reconnut pas. Il regarda sa paume.

Le pick-up d'oncle Eugene apparut soudain entre les arbres. Au pied d'un séquoia, oncle Eugene et le petit ami de Marla qui avait une grosse tête étaient en train de passer un filet métallique autour d'une loupe énorme, si grosse qu'oncle Eugene devait monter sur le tronc pour atteindre le haut.

"Qu'est-ce qu'ils font ?" souffla Chub.

Oncle Eugene redémarra sa tronçonneuse. Le vrombissement de la machine dura longtemps, de moins en moins fort, jusqu'à ce que la loupe tombe dans le filet. Le petit ami tourna une manivelle pour la charger sur le plateau du pick-up.

"Vous venez nous aider ?" demanda oncle Eugene, qui n'avait pas du tout l'air surpris de les voir.

Le petit ami se mit au volant, éloigna le pick-up, puis ratissa les aiguilles sur les traces de pneus en retournant vers l'arbre comme s'il balayait devant une porte.

Chub respira la puissante odeur de sève et de sciure. “Pourquoi vous prenez ça ? demanda-t-il.

— Pour quelqu'un…” Oncle Eugene fit un clin d'œil, souleva Chub en le prenant sous les aisselles et le hissa sur le plateau du pick-up. Il caressa la loupe du plat de la main. “Une fois que cette petite chérie sera vernie et bien pomponnée, le monde entier voudra en avoir un morceau. On en retrouvera une partie à Los Angeles, une autre à New York… Dans des endroits où personne n'a jamais vu de séquoia.”

Oncle Eugene déploya une grande bâche, la jeta sur la loupe et attacha les coins avec des tendeurs. Il grimpa ensuite dans la cabine avec le petit ami de Marla. Wyatt monta sur le plateau et s'assit à côté de Chub. Le pick-up partit en cahotant.

“Si elle ne se tient pas tranquille, vous gueulez !” lança oncle Eugene par sa fenêtre.

Le pick-up bringuebala encore un moment, avant de s'engager sur la grand-route.

“Si tu le dis à quelqu'un, je te tue, menaça Wyatt.

— Si je dis quoi ?”

Wyatt soupira, comme épuisé par la bêtise de Chub. Il envoya une chiquenaude sur la bâche puis, lentement, fit le geste de se trancher la gorge avec son doigt. Chub frissonna de peur.

La bâche bruissait dans le vent quand le pick-up prit de la vitesse.

16 JANVIER

RICH

Il tailla une mortaise d'un centimètre le long d'une planche récupérée dans le vieil hôtel ; un séquoia abattu un siècle auparavant dont le bois de cœur n'avait pas pris une ride depuis son passage à la scierie, avec des chiffres inscrits au crayon par un charpentier calculant sa paye et des traces de limon qui remontaient aux inondations de 1964, 1955, 1953, 1927. Le pick-up de Colleen approcha, ses roues chassant le gravier. Elle descendit, saisit un sac de course à pleins bras et entra dans la maison. L'écran moustiquaire se referma bruyamment derrière elle. Chub dormait sur la banquette l'arrière.

Rich éteignit la scie circulaire et épousseta la sciure sur sa jambe. Lorsqu'il pénétra à son tour dans la maison, il retint l'écran moustiquaire pour empêcher qu'il claque.

"Tu as mangé ?" demanda-t-elle. Elle attrapa du pain et du fromage dans le sac posé sur la table de la cuisine, puis tira si brutalement le tiroir où étaient rangés les couverts qu'ils s'entrechoquèrent. Elle était de mauvaise humeur parce qu'elle avait encore conduit Enid au dispensaire, la deuxième fois en une semaine. Lorsqu'elle voulut ouvrir le pot de beurre de cacahuètes, le couvercle résista. Elle mobilisa toutes ses forces, retourna le pot pour frapper le fond avec le plat de la main, gémit de frustration.

Il tendit une main et elle y déposa le pot. Le couvercle céda avec un petit clic.

"Je suis vraiment nulle…, murmura-t-elle, les joues soudain inondées de larmes.

— Tu n'es pas nulle du tout.

— Toi, bien sûr, tu dis ça…

— Et tu n'es pas obligée d'emmener Enid, déclara Rich.

— C'est ma *sœur*." Elle ravala ses larmes. "Tu peux aller chercher Chub ?"

Au moment de prendre l'enfant dans ses bras, Rich remarqua que la boîte à gants était ouverte, révélant un bonbon à la menthe vert et blanc dans son emballage en plastique. Les paroles de Daniel résonnèrent dans sa tête : ce n'est pas *moi* qui m'approche, c'est *elle* qui veut savoir. Il ferma le compartiment d'un coup sec – deux fois pour que le mécanisme s'enclenche.

Dans la cuisine, Colleen avait découpé un sandwich au beurre de cacahuètes en quatre et aligné les triangles comme la plaque dorsale d'un dinosaure sur l'assiette de Chub.

"Je vais manger un tyrannosaure…", dit Chub en bâillant.

Un courant d'air froid réveilla Rich en pleine nuit. Il trouva Colleen assise à la table de la cuisine, écrivant sur une feuille de papier – des noms, des adresses.

"Qu'est-ce que tu fais ?"

Elle posa le stylo en travers de la feuille. *Ne regarde pas.*

"Je n'arrivais pas à dormir", répondit-elle.

27 JANVIER

COLLEEN

Elle avait acheté des œufs au Safeway, parce qu'il ne fallait pas "être mêlée à ça", mais en rentrant après avoir déposé Chub à l'école, elle découvrit Joanna et ses filles devant sa porte. Un rideau de pluie tombait du toit de la galerie.

"Tu peux nous emmener au bourg ? demanda Joanna, une main sur son ventre.

— Tout va bien ?" Chacune tenant une boîte d'œufs dans les mains, les filles avaient l'air frigorifié. "Vous voulez entrer pour vous sécher avant ?

— Non, c'est pas la peine."

Les filles se blottirent sous la couverture de laine à l'arrière du pick-up. Quand elles arrivèrent à la Beehive, Dot avait une fois de plus recueilli dans un coin de sa boutique les pauvres hères qu'elle prenait en pitié – le vieux Yancy, à qui il manquait une jambe ; Olin Rowley, à qui il manquait un bras. Les deux hommes, pas rasés, traînant leur gueule de bois, dévisagèrent ouvertement Colleen et Joanna.

"J'espère que vous nous apportez un peu de soleil", lança aimablement Dot, et Colleen éprouva un élan de gratitude pour la boulangère.

Joanna posa une main sur l'épaule de Judith pour l'éloigner de la vitrine à pâtisseries, sur laquelle elle écrasait son nez. La fillette recula, la tête à la hauteur du gros ventre de sa mère.

"J'ai apporté des œufs", dit Joanna en calant le bébé sur sa hanche.

Dot jeta un coup d'œil aux deux hommes qui tournaient maintenant le dos, puis acquiesça discrètement. Joanna ressortit pour aller chercher les œufs qui avaient été oubliés dans le pick-up de

Colleen, la clochette tinta. La petite Leah appuyait une main sur la vitrine.

"Comment ça va, les filles ? demanda Dot.

— Bien, répondit Judith, les yeux fixés sur les roulés à la cannelle.

— Vous en avez assez de cette pluie ? Même les poissons se plaignent d'être trop mouillés !"

Joanna revint et posa les boîtes d'œufs à côté de la caisse. Elle semblait en colère. Dot attrapa deux roulés à la cannelle avec sa pince, les glissa dans un sac en papier et les échangea contre les œufs en ajoutant un billet de dix dollars.

"Je peux en apporter d'autres." Joanna empocha le billet, ignora le sac et se détourna.

Colleen prit les roulés. *Merci*, articula-t-elle silencieusement.

Dot afficha une mimique apeurée. *Attention, Colleen !*

Judith avait lâché les jupes de sa mère pour se rapprocher de Colleen et des roulés. Sa petite sœur l'imita. Quand elles sortirent, Joanna traversait déjà la route. Le conducteur du camion-citerne laissait le moteur tourner au ralenti, pendant que son collègue pulvérisait. Colleen installa les filles dans le pick-up. L'homme qui tenait le pulvérisateur n'était pas Carl, bien sûr, mais elle mit un moment à reconnaître Eugene coiffé d'une casquette rouge. Joanna se planta devant lui, le bébé sur sa hanche, le ventre saillant.

"Qu'est-ce qu'il y a là-dedans ? demanda-t-elle avec autorité.

— Juste un petit désherbant, répondit Eugene en jetant un coup d'œil à Colleen. Ça fait pas de mal."

Le fils Sanderson sauta de la cabine et croisa les bras comme un arbitre.

Colleen avait le nez qui la démangeait : du chlore. La sonnette de la boulangerie tinta.

"On a perdu notre noyer, souffla Dot en la rejoignant. Il s'est ratatiné tout d'un coup et il est mort.

— Tu veux goûter, espèce de fouille-merde ? dit le fils Sanderson à Joanna. Fais-lui donc goûter, Eugene, puisqu'elle veut tellement savoir."

Il arracha le pulvérisateur des mains d'Eugene et le braqua sur Joanna. L'espace d'un instant, Colleen retint son souffle ; toute la rue cessa de respirer. Puis il y eut un long hurlement, jaillissant de la bouche du bébé. Judith essaya de descendre du pick-up mais

Colleen l'en empêcha, les yeux brûlants, même à cette distance. Trempée, Joanna toussa.

"Qu'est-ce qu'il y a dedans ? répéta-t-elle en frappant la citerne. J'appelle la police !

— C'est ça, appelle-la. Merle te mettra à terre, comme ton mari !"

Le bébé poussait des cris stridents dans les bras de Joanna. Elle parut soudain s'en apercevoir et retraversa la rue en courant.

"Reste avec les petites, dit Dot à Colleen Je m'occupe d'elle."

Dot entraîna Joanna et le bébé à l'intérieur pendant que Colleen remontait dans le pick-up.

"Maman ! Je veux maman ! cria Leah.

— Ne t'inquiète pas, elle va revenir." Colleen s'efforça d'avoir une voix rassurante, malgré ses mains qui tremblaient. Elle donna les roulés à la cannelle aux deux fillettes qui les mangèrent en silence. Enfin, Dot et Joanna sortirent de la boulangerie.

"La voilà", dit Colleen, surprise de son propre soulagement.

Dot ouvrit la portière et Joanna, les yeux rouges, monta avec le bébé. Dans un pantalon en polyester et un gilet incrusté de paillettes, elle ressemblait à une enfant qui s'est déguisée avec les vêtements de sa grand-mère. Pendant que Colleen démarrait, Dot la fixa à nouveau dans les yeux. *Sois prudente. Il arrive un point où on ne peut plus faire marche arrière.*

"Il faut que je passe au Safeway", murmura Joanna.

Sur la grand-route, le pick-up avala les virages l'un après l'autre. Les fillettes se taisaient, le bébé dormait dans les bras de Joanna.

"Jed a été viré, confia Joanna à voix basse.

— Quand ?

— Après l'article dans le journal…"

Sanderson écrase les prix, disait-on. *Et presse les hommes comme des citrons.*

"Qu'est-ce qu'il va faire ? demanda Colleen.

— Je ne sais pas. Il est chez ma tante à Medford. Il cherche du travail."

Quand elles arrivèrent au Safeway, Joanna tendit le bébé à Colleen. "Tu peux me la garder ? J'irai plus vite."

Joanna descendit, prudemment, le dos arqué pour soutenir son gros ventre. Les filles sortirent en même temps que leur mère. Le parfum des habits de Dot s'attardait dans la cabine.

Colleen berça le bébé qui s'agitait. "Tout va bien, ma chérie. Là… Tout va bien…" Le petit corps tiède se laissa aller contre sa poitrine.

Elle sursauta quand la portière s'ouvrit. Il lui semblait que Joanna s'était absentée à peine une minute. À contrecœur, elle rendit le bébé à sa mère.

La tristesse qui s'abattit alors sur elle l'étreignait encore quand elle reprit le chemin du bourg après avoir déposé Joanna et ses filles à la ferme. Au stop, elle s'arrêta longuement.

Une fois sa décision prise, elle longea la rivière au-dessus de la berge nord, ralentissant çà et là devant une trouée dans la forêt, hésitant, repartant, avant de trouver enfin l'ancienne route de terre presque enfouie sous la végétation. Des hautes herbes lui barraient la vue, des ronces griffaient les portières, des branches lourdes d'eau balayaient le pick-up et noyaient le pare-brise au point qu'elle craignait presque de s'être précipitée tête la première dans la rivière. Elle déboucha soudain dans une clairière. D'un côté, quelques remises et un fumoir, de l'autre, la minuscule maison en bardeaux de cèdre, coiffée d'un toit neuf, brillant, en tôle ondulée. La mère de Daniel était-elle à l'intérieur ? se demanda-t-elle. Dolores Bywater, assise, parfaitement immobile, avec les anneaux blancs qui tintaient à ses oreilles et le cancer qui la rongeait.

Elle entendit le bruit d'un moteur. Le minivan de Daniel émergea des buissons dissimulant l'allée par laquelle on accédait à la maison et s'arrêta derrière elle. Daniel descendit, son éternel bloc-notes sous le bras. Elle abaissa sa vitre pendant qu'il jetait un coup d'œil à la maison.

"Qu'est-ce que tu fais ici ? demanda-t-il.

— Tu as analysé l'eau dans les pots ?"

Il plissa les yeux, comme s'il soupçonnait que ce n'était pas la vraie raison de la présence de Colleen. "Pas encore.

— J'en ai d'autres." Elle lui tendit deux pots, mais il ne fit aucun geste pour les prendre.

"Il faudra surtout recueillir des échantillons au printemps, dit-il, quand ils recommenceront les épandages aériens.

— On a installé un filtre au robinet de la cuisine, expliqua-t-elle. J'en ai rempli un là, le deuxième dans la salle de bains. Je les ai étiquetés. Tu peux analyser cette eau aussi ? S'il te plaît ?"

Il hocha la tête et accepta les pots.

Laissant son regard dériver vers la maison, elle se rappela les étagères de l'oncle de Daniel alignées le long des murs. Jamais elle n'avait vu autant de livres, sauf à la bibliothèque. L'oncle, quand elle fit sa connaissance, était bourru et grave comme beaucoup de pêcheurs, il s'adressait à Daniel sur un ton qu'elle trouvait sec, même s'il parlait une langue qu'elle ne comprenait pas. Sans doute savait-il que le classeur de recettes à carreaux rouges et blancs était le seul livre chez elle, et qu'elle vivrait toujours dans un monde sans livres. Hormis quelques ouvrages de cuisine et les albums qu'elle lisait le soir à Chub, il avait eu raison.

Daniel toussota et glissa le bloc-notes sous son autre bras.

Colleen prit son portefeuille dans son sac à main. Elle sortit la liste qu'elle avait cachée derrière son permis de conduire, pliée en huit, et la donna à Daniel.

“Ce sont toutes les naissances dont j'ai été témoin depuis six ans, dit-elle pendant qu'il dépliait la feuille. Je ne sais pas s'ils signeront, mais ils ne te tireront pas dessus.

— Tu es sûre ?”

Colleen comprenait parfaitement le double sens de cette question. Mais il était trop tard pour s'interroger : dix noms, qu'il tenait à présent dans sa main.

28 JANVIER

COLLEEN

La lumière filtrait par les rideaux, la table de nuit était jonchée de mouchoirs en papier pleins de sang. Le fauteuil oscilla sur ses patins quand elle ôta son pull du dossier.

Debout dans la cuisine, Eugene se goinfrait pendant que Rich déposait un morceau de beurre dans la poêle et versait la pâte pour faire cuire plusieurs mini-pancakes. Les enfants étaient assis à la table, devant des assiettes baignées de sirop d'érable. Colleen embrassa Chub sur les cheveux.

"Tiens, voilà la Belle au bois dormant, dit Eugene, qui semblait n'éprouver aucune honte.

— Qui en veut encore ?" Rich servit les pancakes, attrapa le dernier, l'arrosa de sirop, le plia en deux et l'engloutit avant de disparaître avec Eugene ; par la fenêtre, elle les vit grimper la pente, armés de leurs tronçonneuses. Elle fit la vaisselle pendant que les enfants s'installaient au salon et caressaient le lapin en bronze.

"Tu es malade, tante Colleen ? demanda Agnes, en louchant de son œil paresseux.

— Non.

— Tu es toute décoiffée.

— Toi aussi."

Elle dégrafa la barrette d'Agnes et la remit en place après avoir rassemblé les mèches éparses qui lui tombaient sur le front. Comme cela lui paraissait naturel, de s'occuper d'une petite fille. Elle envoya les enfants jouer dehors. Ils s'amusèrent avec Scout, piaillant quand le chien, ravi de recevoir tant d'attentions, leur léchait le visage. Elle somnolait sur le canapé et sursauta quand Eugene et Rich revinrent en laissant entrer une bouffée d'air glacé.

Eugene s'assit pesamment dans un fauteuil. "Si tu continues à trimballer cette conne partout dans ton pick-up, les gens vont commencer à se demander de quel côté tu es.

— Ne la traite pas de conne, répliqua-t-elle sèchement.

— Tu crois peut-être que Sanderson laissera passer ça. Merle…

— Merle peut aller se faire voir, dit-elle en se levant brusquement. Et toi aussi ! Un bébé se fait asperger sous tes yeux, et tu ne bouges pas !"

Elle sortit par la cuisine, tremblant comme une feuille. Lorsqu'elle se frotta le nez – qui saignait par intermittence depuis la veille –, une petite croûte se détacha. Eugene appela les enfants devant la maison, puis son pick-up s'éloigna. Rich la rejoignit.

"Ils sont partis, dit-il.

— C'est un lâche !

— Possible… Mais il n'a pas tort."

29 JANVIER

RICH

Assis sur le trône qu'il avait taillé dans une souche aussi large qu'une table de cuisine, Lark pêchait. La canne en forme de scie reposait près de lui, à portée de sa main droite, la canne-fusil de l'autre côté. Rich descendit sur la berge et contempla la rivière. La douleur de sa dent devenait insupportable.

"Qu'est-ce qui t'arrive ? demanda Lark.

— Rien.

— Ouais, c'est ça. Je vais te croire."

Du bout du pied, Rich bouscula le seau où flottaient quelques lamproies, la plupart déjà mortes.

"Je connais un gars qui s'est collé un abcès à cause d'une carie. Ça lui a bouffé le cerveau, direct.

— Tu as parlé à Colleen ?" Rich appliqua la langue contre sa dent, dont l'odeur de pourriture le révulsait.

Lark feignit d'être accablé. "Continue comme ça, et je serai obligé de t'euthanasier d'une balle dans la tête." Il rembobina sa ligne sans avoir rien attrapé.

Rich ramassa une poignée de cailloux et en fit ricocher un à la surface de l'eau.

"Le paternel de Yancy était un sacré tireur, enchaîna Lark. Je l'ai vu dégommer un noyau de cerise à cent mètres, bourré comme un coing.

— Comment il est mort ? demanda Rich.

— Un câble qui a lâché. Il a été décapité. C'était pas beau à voir, mais il a pas eu le temps de souffrir." Lark fronça le nez à ce souvenir. "Bonté divine, qu'est-ce qu'il ronflait ! Toute la putain de cabane tremblait.

— Qu'est-ce qui t'a fait penser à lui ?"

Lark piocha une cerise dans un sac sur ses genoux, la montra à Rich, et cracha un noyau. "Marsha a peur que j'attrape le scorbut. T'en es où, avec les aulnes ?

— Ils repoussent presque aussi vite que je les coupe." Rich caressa du pouce l'entaille sur son front qui le démangeait en cicatrisant.

Lark relança la ligne, vers l'aval, avec une dérive courte. Un moteur approchait.

"Qu'est-ce qu'il veut encore ? dit Lark. On entend son Chevy de merde jusqu'en Oregon."

Le pick-up d'Eugene surgit entre les broussailles.

"Rich, enfant de salaud !" Eugene descendit et se précipita vers eux. "Pas mal, tes chiottes, dit-il à Lark. Faut que je m'en trouve des pareilles." Il se tourna vers Rich. "Espèce de Weyerhaeuser*. T'as acheté cette parcelle ?" Eugene ramassa une canette de Tab par terre, l'ouvrit, grimaça après avoir bu comme s'il s'était attendu à de la bière. "Sale petit cachottier." Il secoua la tête pour marquer une admiration teintée de jalousie. "Non, mais tu te rends compte ? Toute la 24-7. C'est lui le proprio !

— J'ai entendu ça, oui, dit Lark.

— T'es au courant ?"

Eugene se planta devant Rich. "J'ai demandé à Merle quelles chances on avait, pour Damnation, il m'a dit que c'était à toi qu'il fallait poser la question. Que t'étais celui qui nous mettrait sur le coup ; et que tout ton avenir en dépendait. J'ai eu l'air con.

— Parce que ça t'arrive de pas avoir l'air con ?" grommela Lark.

Eugene l'ignora. Il écrasa la canette de Tab dans sa main et l'envoya en direction de la tête de Rich, qu'il manqua, puis montra les lamproies dans le seau. "C'est pour quoi, les anguilles ?

— T'as qu'à rester, on les fera frire, répondit Lark.

— Non, merci. Sacré Gundersen…" Eugene parut soudain à court de mots, ou découvrant peut-être qu'il avait parcouru tout ce chemin pour ne dire que cela. "Bon, ben… tu sauras où

* Frederick Weyerhaeuser (1834-1914) : fondateur de la société du même nom, aujourd'hui géant de l'exploitation forestière et de la commercialisation des produits dérivés du bois aux États-Unis et au Canada.

me trouver, le moment venu." En dernier recours, il chercha le soutien de Lark. "Tu le sais, toi, que Rich a besoin d'un bon câbliste.

— Ouaip."

Tandis qu'Eugene remontait vers son pick-up, Rich fixa Lark d'un regard sévère. "Tu as *entendu* ça ?

— Ben quoi. J'ai l'oreille fine.

— Et la langue bien pendue."

Par la fenêtre de son pick-up, Eugene lança : "Tu vas assurer à l'audience, hein ? Et on fêtera ça avec les gars !"

Rich empoigna l'anse du seau.

"Les lamproies étaient beaucoup plus grosses autrefois, dit Lark.

— C'est pas un peu loin dans les terres pour une anguille de mer ? demanda Rich.

— J'ai pris un esturgeon de la taille d'un homme, une fois, dans cette rivière." Lark saisit ses cannes. "Il est venu te voir, le jeune ?

— Quel jeune ?

— Le môme de Dolores. Daniel. On l'a croisé du côté de Damnation.

— Oui." Rich changea le seau de main pour soulager son épaule douloureuse.

Lark sautillait, appuyé sur ses cannes. "À quoi ça sert, une pétition pour une propriété privée ? Bon sang, t'as le droit de balancer de la strychnine dans ton puits s'il est à toi.

— Tu as signé ?" demanda Rich.

Lark imita le bruit d'un pet avec sa bouche. "C'est du gâchis de papier." Il inclina la tête, percevant un bruit. "Eh merde. Qu'est-ce qu'il faut faire pour avoir la paix ici ? Mourir ?"

Un instant plus tard, le Dodge de Marsha les rattrapa sur le chemin. Rich s'écarta pour le laisser passer, mais Lark continua à marcher au milieu, entre les sillons creusés par les roues. Il se retourna pour donner un coup de canne sur le pare-chocs. "Arrête de me coller au cul."

À la fourche, Marsha les dépassa, descendit et se précipita pour arriver sur la galerie avant Lark comme s'ils faisaient une course. Elle jeta un coup d'œil au contenu du seau que Rich posa sur la dernière marche. "Si vous voulez que je les fasse cuire, faut les tuer avant."

Lark s'installa dans un fauteuil. Marsha franchit le seuil sans s'essuyer les pieds.

"Hé, tu sais pas lire ? tonna Lark.

— Pourquoi tu ne fermes pas la porte ? répliqua-t-elle. Il fait froid là-dedans." Elle ressortit pour donner un couteau à Rich et s'arrêta devant le message sur le paillasson : "« Revenez avec un mandat de perquisition. » *Revenez ?* Tu as de la chance que je *vienne*, tout court, vu l'odeur que tu dégages. Tu mangerais des haricots en boîte froids matin, midi et soir.

— Ils sont meilleurs froids", bougonna Lark.

Rich claqua la tête des anguilles contre un poteau de la galerie, incisa la peau, jeta les entrailles plus loin. Les chiens s'étirèrent, arquèrent le dos et s'approchèrent. La truffe en alerte, le cochon les rejoignit.

"T'as pas intérêt à t'endormir ici, dit-il à Lark. Un jour, ce cochon te bouffera." Il se courba pour franchir la porte. "Marsha… Je te les mets où, les anguilles ?

— Sur la table, c'est bien… Tu as fumé ici ? lança Marsha à Lark. Malgré ce qu'a dit le docteur ?"

Lark s'agita dans son fauteuil, signifiant que s'il avait pu marcher, il se serait levé et aurait filé.

L'huile crépitait dans la poêle. Marsha apporta sur une assiette les anguilles panées, luisantes de graisse. Lark en prit une par la queue.

"Il n'y a que toi qui manges ces bêtes-là, dit-elle.

— Les Yurok en mangent. Les Karuk aussi." Bouche entrouverte, Lark aspira de l'air pour refroidir ses gencives et sa langue brûlantes.

"Qui te les a fait découvrir ?" demanda Marsha.

Lark toussa. "Ma femme.

— Elle était du coin ?

— Non. Elle venait de plus loin, en amont de la rivière." Lark préleva une autre anguille. "C'est ce que veut dire « Karuk » : « le peuple de l'amont ». Mais elle a grandi ici. Sa grand-mère se lavait, un jour. Il y avait l'armée à l'époque… Un soldat qui passait par là s'est réjoui de l'aubaine. Elle l'a assommé avec une pierre et l'a étendu raide mort. Ensuite, elle est venue se cacher ici. C'était une bonne planque, dans le temps.

— Où tu l'as rencontrée ?"

Lark sourit. "À la pêche." Il ferma à demi les yeux, visualisant une lumière au fond du long tunnel sombre de sa mémoire. "Elle m'engueulait dans sa langue. Bon sang, je comprenais que dalle. Mais je discutais jamais quand il y avait une pierre à portée de sa main, vous pouvez me croire.

— Elle était jolie ? demanda Marsha.

— Un peu, mon neveu.

— Comment ça se fait que je n'aie jamais vu de photo ?"

Lark pressa son nez sur le dos de sa main comme s'il voulait contenir le reste de l'histoire. "L'inondation s'est chargée de tout virer."

31 JANVIER

RICH

Un klaxon retentit. Rich dressa la tête sur l'oreiller dans l'obscurité. “Qui est-ce ?”

Colleen écarta le rideau à la fenêtre. “À ton avis ?

— Rich !” brailla Eugene. Il siffla avec ses doigts. Scout aboya. “Gundersen !”

Rich s'avança à tâtons dans le couloir. Eugene ouvrit tout grand la porte qu'il envoya buter contre le mur.

“On y va ! cria-t-il en allumant la lumière.

— Où ça ? demanda Rich, ébloui. En pleine nuit ?

— Tu verras !” Les souliers d'Eugene étaient couverts de boue, mais il piétina la moquette propre comme s'il marchait sur sa propre pelouse.

“Je verrai quoi ?

— Rich ?” Colleen avait posé une main sur la tête de Chub qui se frottait les yeux.

“Vous avez qu'à venir tous les trois !” Eugene agita le bras. “Grouillez-vous. Harvey va bientôt installer son cordon de sécurité.

— Attends, je m'habille…”, dit Rich d'une voix enrouée.

Eugene sortit. Ils l'entendirent arpenter l'aire de stationnement en gravier.

“Qu'est-ce qui se passe, tu crois ? demanda Colleen.

— Aucune idée.” Qui pouvait savoir ce qu'Eugene avait encore fait ?

“Il y a école demain.” Colleen ramena Chub dans sa chambre, mais Rich entendit qu'elle l'habillait.

Il enfila son jean de la veille, attrapa le réveil sur la table de nuit, cligna des yeux : 4 h 34 – *Une grasse mat', mon vieux.* Colleen le rejoignit à la porte, tenant par la main Chub, dont le ciré était zippé jusqu'au menton.

"Les routes sont nazes, dit Eugene. On ira plus vite à pied."

Chub bâilla. Rich aussi, mais en se contenant, bouche fermée. Il s'accroupit pour prendre Chub sur son dos, ôta la chaîne de Scout, puis suivit Eugene et le cône lumineux de sa torche électrique dans la pente derrière la maison.

"Et maman ?" demanda Chub. Rich se retourna. Sa lampe frontale éclaira un cercle de fougères. En bas, la lumière de Colleen commençait l'ascension à son tour.

"Elle arrive."

Au sommet de la 24-7, il aperçut l'éclair bleu et rouge d'un gyrophare qui perçait le brouillard. Il descendit de quelques pas, faillit perdre l'équilibre et se rattrapa, continua en courant presque jusqu'au ruisseau qui débordait de son lit. Chub avait encore grandi et pesait beaucoup plus lourd qu'un sac à dos. Après avoir trouvé un endroit où traverser, il entra dans l'eau jusqu'aux hanches. Scout pagayait furieusement à ses côtés. Il posa Chub sur l'autre rive et repartit chercher Colleen. Scout se secoua lorsqu'ils furent regroupés tous les trois au bord du torrent qui charriait un flot rugissant, près de la partie inférieure de Damnation. Une odeur de diesel flottait dans l'air. La lampe frontale de Rich éclaira une coulée de sciure fraîche. Puis, sur la droite… Un pan entier du versant, dévasté : des souches, des séquoias fracassés en tombant, un fouillis de bois d'œuvre gâché. Le sol n'était plus qu'un champ de boue, défiguré par des traces de chenilles, des rochers renversés, des éboulis marquant le passage des bulldozers.

"Mais qu'est-ce qu…" Rich reprit Chub sur son dos.

Colleen frappa ses bottes contre une grosse pierre pour chasser la terre qui collait à ses semelles. Un éclat de rire jaillit ; elle partit dans cette direction.

"Colleen, dit Rich. Colleen !" Les troncs à terre, certains de la taille d'un autobus, pouvaient encore rouler. Il compta cinq, dix, quinze souches en montant derrière elle, précédé de Scout.

Le faisceau d'une lampe, puis la casquette d'Harvey dans la brume. "Rich ?"

Aveuglé, il se protégea les yeux d'une main. Colleen était déjà arrivée sur la route où se tenaient Eugene, le fils Sanderson, Lyle, quelques gars de l'équipe de Bill qui avaient pris le bus en même temps que lui, et une douzaine d'autres qu'il ne connaissait pas. Les bûcherons avaient sauvagement abattu les séquoias – sans lit de réception, sans grimper sur le tronc pour effectuer l'entaille directionnelle mais en hissant les hommes avec la lame des bulldozers, et surtout, sans se soucier du nombre d'arbres que ces géants entraînaient dans leur chute comme des dominos. Des millions de dollars de bois d'œuvre, tellement massacré que Sanderson aurait de la chance s'il en sauvait un quart… c'était criminel. Merle devait vraiment être acculé pour n'avoir trouvé que ce moyen de forcer la main au conseil d'administration de l'Office des forêts. Rich l'entendait argumenter. *Les arbres sont tombés, les gars. On ne va pas pleurer sur le lait renversé.* Les yeux des hommes étaient des puits d'ombre dans la lueur de l'aube naissante.

"Tu es stupide ou quoi ? s'écria Colleen, plantée devant Eugene. Tu obéis sans te poser aucune question ?

— Ça arrange vos affaires, ma poupée. T'es sûre que c'est pas toi qui nous as soufflé l'idée ?" Eugene se tourna vers Rich. "Y a plus qu'à valider les plans de récolte, maintenant. On va pas laisser se perdre du bon bois d'œuvre. Tu les auras, tes routes, Gundersen. Quand tu abattras tes géants de la 24-7, ils se coucheront direct dans les camions.

— Tout ce qui compte pour toi, c'est l'argent, et tu n'es même pas capable de braconner correctement pour nourrir ta famille !" lâcha Colleen d'une voix cinglante.

Eugene mima un boxeur en attaque, expédiant une double frappe. Scout montra les dents et gronda.

"Tu trouves ça drôle ?" Colleen bouscula Eugene. Il trébucha sur Scout qui mordillait son pantalon, tomba à la renverse et, assis, lança une poignée de terre. Rich s'interposa. Eugene se remit debout, paumes levées : *Tout va bien* et *Dégage.*

Scout aboyait à présent. Il revint au pied quand Rich l'appela d'un claquement de doigts. Les hommes regardaient tour à tour le chien et son maître.

Eugene cracha. "On vous a rendu service.

— On ne t'a rien demandé ! riposta Colleen.

— *Toi*, t'as rien demandé." Eugene fixa Rich dans les yeux.

“Harvey, tu ne les arrêtes pas ?” demanda Colleen.

Les gars resserrèrent les rangs ; certains levèrent le menton, prêts à en découdre.

“Ouais, Harvey”, ricana Eugene.

Rich posa une main sur le bras de Colleen. Elle se dégagea. Chub enfonçait les ongles dans le cou de son père.

“Au fait, Harvey, dit Eugene. On est quel jour aujourd’hui ?”

Harvey consulta sa montre. “Le 31 janvier.

— Le 31 janvier, tiens donc.”

Colleen se tourna vers Rich. “Qu’est-ce qu’il se passe de particulier le 31 janvier ?” Il secoua légèrement la tête. Aucune idée.

“Je vous raccompagne en voiture…”, proposa Harvey.

Colleen refusa avec une moue méprisante, recula, fit demi-tour.

“Ne va pas par là, Colleen !” lui cria Harvey. Il ajouta à l’adresse de Rich : “Il suffirait de les pousser d’un doigt pour que ces géants-là roulent dans la pente.

— Tu diras à Colleen qu’elle pourra me remercier plus tard, grommela Eugene.

— Dis-lui toi-même.

— J’ai pas peur d’elle.

— Tant mieux. Moi, si.

— Ben, tu vois. C’est ça le problème, Rich.” Eugene frappa sa jambe de pantalon pour enlever la boue. “C’est précisément le problème.”

Les doigts glacés de Chub se promenaient sur le cou de Rich, le bois abattu craquait, la fureur de Colleen soufflait comme un grand vent sur le versant. Rich courut derrière Scout dans la dernière pente ; Chub l’étranglait en se cramponnant. Lorsqu’ils arrivèrent à la maison, le pick-up d’Eugene était toujours garé près de la porte. Rich attacha Scout, posa Chub et lui ôta ses souliers, puis se pencha pour délacer les siens avec un effort qui embrasa ses joues. Personne dans le salon, hormis le lapin de bronze et ses oreilles dressées, immobiles. Au fond du couloir : le bruit de la douche.

Rich vida la cendre du poêle et construisit un tipi avec une feuille de papier journal et du petit bois.

“Tu sais combien mesure le grand séquoia de la 24-7 ? demanda-t-il à Chub en prenant une allumette dans la boîte. Tu vois cette allumette ? C’est moi.” Il s’accroupit à côté de son fils, comme son père l’avait fait avec lui. “Et tu vois le haut de la porte, là ?” Chub suivit son regard. Rich ne se rappelait pas distinctement le visage de son père, mais il conservait l’image de l’allumette avec l’extrémité rouge. Il frotta la tête de son allumette sur le grattoir et mit le feu au journal.

“Il y a du poison dans notre eau ? demanda Chub.

— Qui t’a raconté ça ?”

Colleen sortit de la salle de bains, une serviette enroulée autour de la tête. “Vous voulez des pancakes ?” Il entendit qu’elle battait les œufs avec un fouet dans la cuisine. Chub se coucha sur le canapé.

Rich réduisit l’arrivée d’air et rejoignit Colleen.

“Tu le savais ? demanda-t-elle.

— Bien sûr que non.

— Ils ne réfléchissent jamais aux conséquences ! Tout ce qui a été pulvérisé sur la terre va glisser directement dans le ruisseau maintenant. Ce n’est pas bien.

— Bien ou pas bien, c’est trop tard.” Rich soupira. “Le passé n’est pas un nœud que l’on peut défaire.”

Elle posa brusquement la poêle sur la cuisinière.

“Quoi ?” dit-il.

Il comprit aussitôt quand elle se retourna. Mieux, il revécut la scène : Colleen dans ce lit d’hôpital, dressant la liste de toutes ses erreurs. Si seulement elle s’était davantage reposée, si elle avait gardé les pieds surélevés, si seulement, si seulement… *Ce n’est pas ta faute*, avait-il dit. *Le passé n’est pas un nœud que l’on peut faire.*

Il soupira à nouveau. “Je ne parlais pas de… Écoute, Colleen. J’ai d’autres soucis en tête. D’ailleurs, je ne vois pas comment je peux arranger les choses.

— Je ne te demande pas d’arranger les choses. Mais ça te tuerait de prendre mon parti, pour une fois ? D’être de mon côté ?” Elle attendait qu’il réponde : *Je* suis *de ton côté.*

“Colleen… Tu sais bien que ce n’est pas aussi simple.

— Si, dit-elle. C’est très simple.”

4 FÉVRIER

CHUB

Wyatt sauta de l'arbre en tenant le nid dans ses mains : trois petits œufs d'un blanc bleuté, pareils à des bonbons. Chub éprouva l'envie étrange d'en mettre un dans sa bouche.

"Pas touche." Wyatt lui envoya un coup de coude.

Chub suivit son cousin sur l'herbe mouillée. Les grosses loupes de séquoias avaient été enveloppées dans des bâches bleues sur le côté du mobile home. Plus loin, tante Enid était debout au milieu d'un monceau de bois de chauffage. Chub n'en avait jamais vu autant à Fort Eugene. Elle lançait des bûches alternativement sur trois tas.

"Qu'est-ce que tu fais ? demanda-t-il.

— Je trie. Les bûches ne sont pas toutes de la même couleur, tu vois ?" Elle en montra deux. "Celle-ci est plus claire. Il y a aussi des très foncées. Attends..." Elle chercha une autre bûche. "Tiens, ça, c'est une moyenne."

Wyatt leva les yeux au ciel, l'air de dire : *Elle est débile*. Une voiture dorée s'approcha lentement sur les sillons de l'allée gorgée d'eau. La porte s'ouvrit, et Agnes descendit.

"Elle est à vous, cette petite ?" dit Mr. Sanderson en sortant aussi. Ses cheveux violets étaient peignés en travers de son crâne pour dissimuler sa calvitie.

Chub se faufila dans le carton qui avait contenu le nouveau sèche-linge, frissonnant d'excitation quand il entendit Agnes passer à côté de lui sans le voir. Il observa la scène par une déchirure du carton.

"À ce qu'il paraît, répondit tante Enid.

— Je l'ai trouvée sur la route, en train de chercher des grenouilles. Elle n'a pas peur de parler à des inconnus.

— Pourquoi, elle devrait ?" Tante Enid croisa les bras.

"C'est écœurant, les idées que peuvent avoir certaines personnes…" Mr. Sanderson regarda les loupes visibles sous les bâches bleues. "Elles viennent de Damnation ? demanda-t-il. Cette parcelle est une sacrée mine d'or. Où est-il ?

— Parti faire sa ronde.

— Quand il reviendra, dites-lui que j'ai un acheteur qui l'attend."

Chub se risqua à quitter sa cachette lorsque la voiture de Mr. Sanderson s'éloigna. Après avoir ramassé un bâton au bout pointu, il retourna dans le carton et perça plusieurs meurtrières pour mieux voir ses assaillants.

"Chub ?" Il n'avait pas entendu le pick-up de sa mère arriver. Elle fronça les sourcils. "Où est ton manteau.

— Dans la maison.

— Va le chercher, s'il te plaît."

Quand il ressortit, sa mère parlait avec tante Enid, qui avait terminé de ranger le bois et admirait son œuvre.

"Tu vas le brûler de toute façon, dit sa mère.

— Et alors ? Tu vois, Chub ?" demanda tante Enid.

Il observa le mur de bûches. Au début, il ne remarqua rien, puis apparurent deux cercles pâles avec le milieu plus foncé, deux gros yeux qui le fixaient.

"Une chouette." Chub avança de quelques pas ; le dessin s'évanouit.

"Pas mal, non ?" Tante Enid lui fit un grand sourire, avant de s'adresser à sa mère : "Tu as entendu ? Il y a eu un glissement de terrain à Last Chance.

— Encore ? dit sa mère.

— Pire que la dernière fois. Il a tellement plu…

— Toute la route va finir par disparaître", soupira sa mère.

Chub jeta son manteau à l'arrière du pick-up et s'installa à sa place habituelle. "On va où ?

— À la maison, répondit-elle. Où veux-tu qu'on aille ?"

5 FÉVRIER

COLLEEN

Elle tournait et retournait la phrase dans sa tête tout en regardant Rich manger ses œufs, les lunettes sur le bout du nez.

La photo d'un arbre abattu s'étalait en première page du journal, surmontée du titre : *MASSACRE À DAMNATION GROVE !*

"*Des vandales anonymes*, lut Rich en parcourant les déclarations de Merle. *Nous essayons toujours de respecter la loi. Tant qu'on ne nous donne pas le feu vert, les gars ne sont pas payés. J'imagine que certains en ont eu marre.*"

Rich s'éclaircit la gorge.

"*Il est à présent établi que les deux crânes humains découverts sur le versant supérieur de Damnation Grove à l'automne proviennent d'ailleurs. D'après les gens du coin, ils auraient été déposés à cet endroit pour retarder la récolte des séquoias, qui fait l'objet d'une vive controverse. Il s'agit en effet de l'un des plus grands réservoirs d'arbres géants issus de la forêt ancienne dans la région, à proximité du Parc naturel Del Norte Coast Redwoods.*"

Rich ôta ses lunettes. Il pleuvait à verse depuis des jours. Leur conduite d'eau était bouchée, et la citerne presque vide. Comme on pouvait s'y attendre, la terre que les arbres abattus ne retenaient plus avait glissé dans le ruisseau ; il faudrait des semaines avant que Damnation Creek se force un passage. S'ils voulaient avoir de l'eau, ils seraient obligés d'évacuer la boue eux-mêmes.

"Eugene braconne des loupes." Voilà, elle l'avait dit.

"C'est bien la seule chose qu'il serait capable de braconner." Rich essuya son jaune d'œuf avec une pomme de terre.

"Je ne plaisante pas. Chub l'a vu. En plus, ils doivent bien avoir une cinquantaine de cordes de bois derrière la maison. Il se sert tranquillement."

Rich secoua la tête avec l'air de ne pas la croire.

"Il y a un sèche-linge, insista-t-elle. Et une nouvelle télé.

— Ils les ont peut-être achetés à crédit.

— Quel crédit ? Rich, il risque la prison."

Elle pensait qu'elle se sentirait mieux après avoir parlé, mais au contraire, elle était encore plus inquiète.

Vous n'avez qu'une sœur, disait leur mère lorsqu'Enid et elle se disputaient. *Ne l'oubliez pas.*

"S'il continue à pleuvoir, on aura besoin d'une pelleteuse."

Colleen mit les sandwichs dans son sac à dos. Rich portait les pelles et les deux cuissardes. Scout, à peine détaché, fila ventre à terre. Chub glissa sa main dans celle de sa mère.

Elle la serra, trois fois. *Je. T'aime. Fort.*

Colleen retint une exclamation quand ils franchirent la crête de la 24-7. Sur la partie inférieure de Damnation, à l'endroit où les arbres abattus composaient le spectacle d'un monstrueux gâchis, une langue de terre s'était déversée dans le ruisseau, formant un barrage juste en amont du départ de leur conduite. Derrière ce barrage s'élargissait un lac de retenue dans lequel l'eau et la boue se mélangeaient pour donner un liquide noirâtre.

"Ce n'est pas aussi terrible que ça en a l'air, déclara Rich. Si on ouvre une brèche, la gravité fera le reste.

— Qu'est-ce qui s'est passé ? demanda Chub.

— C'est juste l'eau qui se comporte comme de l'eau." Rich commença à descendre, en escalier. Chub s'élança de l'avant.

"Chub. Ne cours pas avec un bâton à la main", cria Colleen.

Chub s'arrêta au bord du lac pendant que Scout entrait dans l'eau.

"C'est profond comment ? demanda Colleen.

— On va voir."

Rich enfila ses cuissardes. "Chub. Toi, tu fais le guet. Grimpe un peu plus haut."

Chub obéit et monta jusqu'à une grosse pierre en saillie.

"Encore plus haut ! Voilà, parfait… Quand l'eau commence à s'écouler, tu cries. D'accord ? Appelle Scout.

— Scou-out !"

Le chien, occupé à renifler une carcasse de saumon en décomposition, se précipita vers Chub.

"Garde-le avec toi."

Rich descendit sur le lit du ruisseau presque à sec devant le barrage et Colleen enfila ses cuissardes. Il y avait un accroc sur la jambe droite qui avait été réparé. Elle jeta un coup d'œil à Chub, debout à son poste, tenant Scout par son collier.

"Rich… Tu es sûr de toi ?

— Va avec Chub. De là-haut, tu pourras voir où j'en suis."

Colleen posa sa pelle contre un arbre et rejoignit Chub. Au début, elle pensa que les coups de pelle de Rich ne parviendraient jamais à percer le mur de terre. Puis le lac commença à se vider sur ses pieds comme de l'eau tombant d'un pichet.

Chub cria.

Rich leva sa pelle à deux mains.

"Rich !"

L'eau noire lui faucha les jambes. Il tenta de se relever, tenant toujours la pelle. Pendant un moment, ce fut presque drôle. Puis la boue se déversa par le trou, épaisse comme du ciment, dans un vacarme assourdissant.

"Rich !"

Il disparut, refit surface, plongea encore, et fut emporté par le flot de boue. Colleen hurla son nom. Tandis que Scout s'échappait pour filer le long du ruisseau, elle prit Chub dans ses bras et courut, gênée par les lourdes cuissardes, vacillant sous le poids de l'enfant. Plus loin, un entrelacement de branches et de débris arrêta à nouveau le torrent de boue. Scout aboyait frénétiquement.

"Rich !" Scout sauta dans la retenue d'eau boueuse.

"Scout !" hurla Chub.

Elle lui cacha le visage contre sa poitrine pour qu'il ne voie pas Scout qui se débattait, semblait pagayer vers le bord, coulait, revenait en arrière et nageait en rond, creusant sa propre tombe.

"Rich !"

Elle essaya de prier. *S'il te plaît, mon Dieu. S'il te plaît. Mon Dieu.*

Une tête apparut.

"Rich !"

Scout se rapprocha du bord, indiquant à Rich la direction du salut. Elle posa Chub et courut. Rich s'extirpa de la boue, parcourut trois mètres en rampant et vomit une eau noire. Elle tomba à genoux pour lui prendre la tête entre ses mains. Il avait perdu ses cuissardes, sa chemise était déchirée, ses yeux injectés de sang.

"J'ai cru..."

Rich toussa, tourna la tête et cracha.

"Papa ?" dit la petite voix de Chub.

Rich leva un bras et Chub se précipita contre sa mère à côté de lui. Quand Rich réussit enfin à s'asseoir, il regarda ses pieds nus.

"Ces fichues cuissardes ont bien failli me tuer", dit-il, avant de tousser encore.

Colleen pressa sa main. Trois fois. Scout éternua et se frotta le museau.

"Sans lui, je serais toujours là-dessous", dit Rich en frictionnant le poil du chien, les yeux sur le lac de boue comme s'il doutait encore d'y avoir réchappé.

9 FÉVRIER

RICH

Eugene chargea seul les bardeaux. Rich, qui avait mal partout après son accident dans le torrent et ne pouvait rien soulever, ramena le chariot devant le magasin de bricolage en boitillant.

"Il te reste combien de vies ?" demanda Eugene lorsqu'ils furent remontés dans le pick-up.

Rich renifla ; son nez ne cessait pas de couler. Il ne s'était rien cassé, mais les pierres avaient joué une partition de piano sur ses côtes. Il entendait encore le bruit pendant qu'il tournait et tournait, roulé en tous sens, comme s'il était tombé dans une bétonnière. La boue valait bien le ciment.

À Fort Eugene, des monceaux de bois de chauffage avaient été bennés et gisaient sous la pluie. Eugene éteignit le moteur.

"C'est beaucoup de bois, dit Rich.

— M'en parle pas." Eugene se massa l'épaule. "Trente-cinq balles la corde, cinquante si je livre.

— Merle le sait ?

— Il sait quoi ? Que je le débarrasse de tout ce bordel ? Il devrait me remercier, oui.

— Ça appartient à Sanderson.

— Sauf que je me débrouille avec *mon* pick-up et que je donne de *mon* temps. Je vois pas ce qui plairait pas à Merle là-dedans.

— Si c'était juste pour ta consommation perso, d'accord. Mais dès qu'il y a de l'argent en jeu…

— C'est juste un peu de bois pour se chauffer. Et d'ailleurs, qu'est-ce que ça peut te foutre ? Toi, t'as déjà avancé tes pions.

— Tout ce que je dis, c'est que si Merle doit l'apprendre, il vaudrait mieux que ce soit par ta bouche.

— Je suis capable de gérer Merle.”

Quand Eugene eut déchargé les bardeaux, ils entrèrent dans la maison. Les seaux placés sous les fuites d'eau étaient presque pleins. Colleen enfila son manteau à Chub.

“Y a pas d'urgence, dit Eugene. Restez un peu.”

Les narines frémissantes, Colleen se contrôla. Rich l'interrogea du regard. *Une demi-heure ?* Elle lâcha Chub, qui s'éclipsa en direction des chambres. Elle n'avait pas reparlé à Eugene depuis la nuit sur la route. Rich s'essuya le nez avec son mouchoir.

Colleen rejoignit Enid et la remplaça pour couper les oignons. Mais Eugene avait décidé de l'asticoter. “Tu bouffes de l'ail* gratis maintenant, Colleen ?

— Arrête”, dit Enid.

Colleen jeta une poignée d'oignons dans la poêle, d'où jaillit un crépitement d'huile, aussi bouillante que sa colère.

“Bon sang, faudrait que le journal écrive un article sur cette conne qui…”

Colleen se retourna brusquement, le couteau à la main.

“Hou là.” Eugene renversa un peu de café. “Gundersen, tu ferais mieux de mater ta femme avant qu'elle étripe quelqu'un.

— Ça suffit, dit Enid. Arrêtez, tous les deux.

— C'est elle qui s'énerve…

— Fiche-lui la paix, elle se calmera.” Enid chercha une confirmation dans les yeux de Rich. Une goutte de sang s'échappa d'une narine de Colleen. “Zut.” Enid attrapa un torchon.

“On devrait peut-être y aller”, suggéra Rich.

Colleen regarda le sang sur le torchon qu'elle appuyait contre son nez. “Tu es venu pour réparer le toit, répare-le.”

Il faisait nuit quand les hommes eurent terminé, mais au moins la pluie s'était arrêtée. La maison sentait le bœuf Stroganoff.

Enid tendit une assiette à Rich. “C'est peut-être pas si mauvais, finalement…”

Avant de monter dans le pick-up, Rich vit que Chub pressait la main de sa mère, épelant un message qu'elle ne parut pas entendre.

* Cf. Garlic Farm (Ferme de l'ail) où habite Joanna.

19 FÉVRIER

COLLEEN

“C’est dans un mois… Pourquoi on ne le laisserait pas y aller ?” demanda Colleen en remuant le chocolat tiède dans la casserole.

L’invitation reposait sur la table, avec l’adresse d’Helen et de Carl déchirée en deux quand Chub, au comble de l’excitation, avait ouvert l’enveloppe. Rich mangea la croûte de pain boudée par son fils dans l’assiette tout en examinant la carte des sites d’exploitation forestière déroulée devant lui. Les égratignures sur son visage commençaient à cicatriser, un de ses yeux était encore rouge. D’habitude, elle aimait le voir porter la barbe, mais celle-ci la troublait : trop grosse, trop fournie.

Elle battit le chocolat au fouet pour obtenir une mousse onctueuse. Rich soupira, prit son mug de café et but une gorgée. Le coin supérieur de la carte se replia à l’endroit où le mug l’avait maintenu à plat. La couleur… oui, voilà : sa barbe sombre contrastait avec ses cheveux grisonnants et lui donnait l’air plus vieux.

Il avala le reste du café, écarta la salière et les tenailles posées sur les autres coins de la carte qui s’enroula sur elle-même. “Si tu continues à battre ton lait plus longtemps, tu vas faire du beurre.”

Elle se figea. “Je ne veux pas cautionner ça.” Les œufs, les pneus crevés. La façon dont les autres mères s’écartaient d’Helen comme si elle sentait mauvais.

“Si tu amènes Chub, on cautionnera quelque chose aussi, que tu le veuilles ou non.

— Oui, une fête d’anniversaire…” Elle éteignit le feu sous la casserole. “Ce n’est pas bien, de s’en prendre à eux.” Après avoir versé le chocolat dans un bol, elle ajouta une cuillérée de sucre. “Chub ! C’est prêt !

— Je ne dis pas que c'est bien", déclara Rich.

Chub entra dans la cuisine en chaussettes. Elle posa le mug sur la table devant lui. "Attention, c'est chaud.

— Essayons de rester en dehors." Rich repoussa sa chaise et se leva péniblement.

"En dehors de quoi ?" demanda Chub.

Rich lui asséna un léger coup sur la tête avec la carte qu'il tenait à la main. "Je vais me laver.

— Luke a dit qu'on ferait une chasse au trésor ! lança Chub.

— Ah bon ?" répondit Colleen, assez fort pour que Rich l'entende dans le couloir.

Chub souffla sur son chocolat, aspira bruyamment une gorgée et fit la grimace. "Trop chaud."

Elle frotta énergiquement la casserole, comme si elle pouvait en même temps se débarrasser de son irritation.

"Va chercher tes jumelles, dit-elle à Chub. On laisse ton chocolat refroidir un peu.

— Où allez-vous ? demanda Rich en sortant de la salle de bains, une serviette autour des hanches.

— Voir s'il y a des baleines.

— Maintenant ?" Mouillés, ses cheveux étaient aussi foncés que sa barbe.

"On revient tout de suite", dit Colleen.

Elle pressa la main de Chub.

Je. T'aime. Fort.

Fort. Comment ?

Fort. Comme. Çaaaa.

Ils traversèrent la route pour gagner le sentier abrupt qui descendait en lacets jusqu'à Diving Board Rock. Elle resta debout à côté de Chub tandis qu'il braquait ses jumelles sur l'horizon.

"Alors ?

— Rien", répondit Chub.

L'océan lançait ses vagues contre la falaise au-dessous. Dans le vent qui fouettait ses cheveux, Colleen écarta les bras, mit le moteur de l'avion en marche, vira sur l'aile et poursuivit Chub tout le long du sentier au retour.

"Prêts ?" demanda Rich dans la maison.

Chub se précipita contre ses jambes. "Prêt."

Les joues roses, Rich sentait le savon et la lotion après-rasage. Il regarda Colleen, timidement, comme avant Chub, avant même qu'ils soient mariés, quand il avait fait quelque chose en espérant que cela lui plairait – piqué des fleurs de rhododendrons dans une bouteille de Coca vide, caché sous un mug retourné une grenouille en bois qu'il avait sculptée et équipée d'un ressort, rasé sa barbe d'hiver.

La salle polyvalente était bondée. À ce stade avancé de la saison des pluies, quand le travail se faisait rare, personne ne pouvait se permettre de bouder un repas de poisson frit gratuit.

"Ah, vous voilà", dit Dot en déchirant trois tickets bleus de son carnet.

Colleen conduisit Chub à la table d'Enid et des enfants de l'autre côté du buffet. Un éclat de rire jaillit parmi les hommes qui jouaient aux fléchettes avec Eugene. Celui-ci but une lampée de bière.

"Quand on est oisif…, lâcha Enid, fataliste.

— Il ne travaille pas demain ?" Colleen aida Chub à enlever son manteau.

Enid leva les yeux au ciel. "Essaye de lui dire ça."

Colleen et Chub firent la queue pour se servir au buffet puis revinrent s'asseoir. Chub ne mangeait que la chapelure frite autour de ses bâtonnets de poisson. Soudain, le volume sonore baissa d'un cran dans la salle. En se retournant, Colleen vit Helen à la table des tickets avec Luke. Carl les suivait, en retrait, sa casquette enfoncée sur les yeux.

"Y a des gens qui ne manquent pas d'air…", marmonna Enid.

Colleen réagit au quart de tour. "Ils ont déjà assez souffert.

— Moi, je dirais qu'ils s'en sortent plutôt bien, répliqua Enid. Elle a toujours son boulot. Merle aurait pu appeler la conserverie. Certains ont perdu jusqu'à leur dernière chemise pour beaucoup moins que ça."

Chub aperçut Luke et voulut se lever.

"Finis de manger d'abord", dit Colleen.

Rich se glissa sur le banc à côté d'elle.

"Merle te cherchait", dit Enid. Rich hocha imperceptiblement la tête mais ne leva pas les yeux. Helen et Carl se servirent au buffet et choisirent une table vide dans le coin.

"J'ai fini, déclara Chub en repoussant son assiette. Je peux y aller maintenant ?"

Colleen le regarda courir vers Luke, qui était aussi impatient que lui de s'engager dans une bataille de pouces.

"Quand même, profiter de leur malheur pour essayer de gagner de l'argent, dit Enid avec mépris.

— Je ne pense pas que ce soit une question d'argent.

— Évidemment que si. Ils veulent faire payer Sanderson à cause du bébé."

Rich épongea la sauce tartare sur son assiette avec une frite.

"Ils devraient s'en aller, ajouta Enid.

— Ah oui, et ils iraient où ?" dit Colleen.

Enid et Rich échangèrent un regard.

"Rich ! brailla Eugene.

— Empêche-le de parier, dit Enid.

— J'ai surtout peur de recevoir une fléchette dans l'œil.

— Gundersen ! Ramène-toi, vieux schnock.

— Il sait comment m'amadouer, dit Rich.

— Au moins, tu ne l'as pas épousé", répliqua Enid.

Rich prit un cure-dent dans la poche de sa chemise et se leva. Au fond de la salle, Helen ramassait les trois assiettes et se préparait à partir. Colleen jeta un coup d'œil autour d'elle, cherchant un prétexte pour quitter la table. Enid posa une main sur la sienne.

"Il faut que j'aille aux toilettes, dit Colleen, étonnée de pouvoir mentir si facilement.

— Tu peux bien attendre une minute."

Colleen contempla la main ferme d'Enid.

"Hé, le dégonflé !" Les joueurs de fléchettes s'écartèrent et le vieux Yancy apparut : le teint rougeaud, chancelant tellement il était ivre, apostrophant son fils, Carl, qui aidait Helen à enfiler son manteau. "Où tu vas ?"

Helen saisit Carl par le bras.

"Elle t'a mis une laisse autour du cou, c'est ça ?" continua Yancy.

Colleen vit Carl se mordre l'intérieur de la lèvre. Au collège, Helen avait raconté qu'il saignait, parfois, en s'empêchant ainsi de répondre.

"Ben, quoi ? Qu'est-ce que t'as ? Cette putain de squaw t'a coupé les couilles et te les a fait bouffer au petit-déj ? Pas étonnant que le bébé soit né sans cervelle.

— Viens, Carl…" Helen entraîna Luke par la main comme pour tenter d'éviter un simple ivrogne ; en réalité, le grand-père de Luke, un homme si plein de haine qu'il s'était montré au mariage de Carl uniquement pour cracher au visage de sa femme.

"Ouais, Carl. Au pied ! Obéis à ta gonzesse." Le vieux Yancy voulut s'élancer derrière le trio et vacilla contre une table en renversant des gobelets.

"C'est bon, Yancy." Lew s'interposa, bedaine en avant, l'image d'un bûcheron fatigué, un meneur de troupes que, pour la première fois, Colleen ne voyait pas plaisanter.

"Maman ?" Chub fixait sa mère, le menton tremblant.

"Oh, bon sang…" Enid libéra la main de Colleen et lui présenta une serviette en papier. "T'inquiète pas, Chub, c'est rien…" Elle sourit à l'enfant. "Faut juste qu'elle arrête de se mettre les doigts dans le nez."

Colleen lécha sa lèvre. Un goût de sel. De métal.

"Voilà ce qui arrive quand on se mêle affaires des autres", lui dit Enid.

20 FÉVRIER

RICH

Whitey posa les chaussures de sécurité de Rich sur le comptoir, rehaussées d'un bon centimètre avec les crampons neufs.

"Alors ? La douloureuse ? demanda Rich.

— Douze dollars. Plus ça..." Whitey souleva le rouleau de chaîne pour tronçonneuse et le laissa retomber lourdement sur le comptoir.

Rich sortit plusieurs billets de son portefeuille.

Whitey indiqua les chaussures d'un coup de menton. "Je commençais à me demander s'il fallait que je les balance.

— J'ai dû attendre qu'ils dégagent la route après la coulée de boue.

— Ça se présente comment ?"

Rich haussa les épaules. "Je m'arrêterai plus là pour pisser.

— La loi dit que je peux vendre les chaussures d'un mort.

— Il me reste encore quelques vies."

Whitey souffla d'un air exaspéré et pianota sur la caisse enregistreuse.

"On dirait qu'ils vont boucler l'affaire, marmonna-t-il.

— Quelle affaire ?

— L'agrandissement du parc. Au sud, vers Redwood Creek." Whitey cligna des yeux derrière ses épaisses lunettes.

"Mieux vaut là-bas qu'ici", dit Rich.

La porte s'ouvrit.

"Demande-lui deux fois le prix." Eugene tapa des pieds en entrant et essuya la pluie sur son col. "Il s'est trouvé un plan juteux, tu le savais pas ?"

Le tiroir de la caisse tinta quand Whitey le referma.

Eugene s'approcha du comptoir, soupesa le lourd rouleau de chaîne. "Tu comptes couper à blanc ?

— Tu me cherchais ? dit Rich.

— Non… J'ai vu ton cheval dehors. Viens, je te paye une bière."

Whitey disparut par les portes du saloon en les laissant seuls.

"Un peu tôt pour commencer à boire, fit remarquer Rich.

— Une bière, c'est pas boire."

Eugene le suivit jusqu'au Widowmaker. Rich luttait contre l'envie de le semer et de filer.

Il faisait sombre à l'intérieur du bar dépourvu de fenêtres. Randy leur servit une bière pression. Rich n'était pas revenu depuis un paquet d'années. Il avait regardé le tsunami depuis le toit en 1964, une vague qui avait arraché et fracassé la jetée en deux comme un biscuit sec ; les bateaux de pêche, ballottés, aussi légers que des jouets en plastique dans une baignoire.

"Elle est où, Mabel ? demanda Eugene.

— Coiffeur." Randy n'avait jamais été bavard. Il approchait des quatre-vingts ans mais se maintenait en forme.

Eugene avala la moitié de sa bière et soupira d'aise. Rich caressa son verre du bout des doigts, but une gorgée. Le froid réveilla sa dent. La télévision murmurait. Randy, accoudé au bar, regardait l'écran en traçant distraitement des cercles sur le comptoir en vieux bois de loupe laqué.

"T'es prêt ? demanda Eugene.

— Pour quoi ?

— La semaine prochaine. Si ces enfoirés veulent nous baiser, faudra d'abord qu'ils nous regardent droit dans les yeux. T'as pensé à ce que t'allais dire ?"

Rich haussa les épaules.

"Fais gaffe à Colleen. Qu'elle oublie pas à qui elle est mariée." Eugene fit glisser sa bière sur le comptoir en libérant le sous-verre.

"Ne t'occupe pas de Colleen.

— *Moi*, je m'en occupe pas, non." Eugene termina sa bière, posa le verre vide sur le comptoir. "Randy, t'as de quoi écrire ?"

Randy tâta la poche de sa chemise et sortit un stylo.

"Un de mes potes l'a vue en train de parler à ce type. Il a dit qu'ils avaient l'air drôlement intime." Eugene griffonna le nom du fils de Dolores – *Daniel Bywater* – et un numéro de téléphone sur le sous-verre. “Moi, je dirais à ce connard de laisser ma femme tranquille. Je lui montrerais qu’un vieux lion peut encore rugir.” À ces mots, Eugene enfonça sa casquette et partit.

Rich frotta doucement le pouce sur son verre de bière. En accueillant ce Daniel chez lui, il avait deviné tout de suite qu’il y avait eu quelque chose entre eux autrefois. La porte de l’arrière-salle s’ouvrit soudain. Merle apparut, avec le directeur du parc – allure soignée, raide, presque militaire dans son uniforme vert et beige –, le député, et quelques hommes siégeant probablement au conseil de l’Office des forêts.

Merle hocha à peine la tête dans sa direction, comme saluant un inconnu. “Salut, Randy”, dit-il, avant d’emboîter le pas aux autres.

“Qu’est-ce qu’ils faisaient là ?” demanda Rich une fois la porte refermée.

Randy haussa les épaules en prenant le verre d’Eugene. Rich paya les deux consommations, signifia à Randy qu’il pouvait enlever aussi son verre à demi vide, et descendit du tabouret.

“Tu le veux, ça ?” lança Randy en montrant le sous-verre.

Rich parcourut du regard les tables désertes – combien de jours de paye avait-il passés ici, seul, avant Colleen ? –, retrouva l’odeur de tous ces souvenirs dans l’atmosphère confinée.

“Non.” Il sortit sous la pluie.

25 FÉVRIER

RICH

Rich n'avait presque plus d'essence quand il s'arrêta à la station-service. Le pompiste servait un gros pick-up noir qui remorquait un hors-bord.

Pendant qu'il attendait son tour, quelqu'un frappa à sa vitre. Merle.

"Tu le mets à l'eau ? demanda Rich après avoir baissé la vitre.

— Je l'ai vendu. Un arracheur de dents à Coos Bay, le mari d'Astrid. Il a acheté la remorque avec. Mais il n'a pas de boule d'attelage sur sa Mercedes." Merle soupira. "C'est comme si je vendais ma propre fille." Le pompiste retira le pistolet et ferma le réservoir. "Eugene t'a parlé, pour la semaine prochaine ?"

Rich acquiesça.

"Parfait. Je savais qu'on pouvait compter sur toi, Rich."

Pete s'arrêta derrière Rich, sans couper le contact. Merle jeta un regard dans sa direction et une ombre maussade passa sur son visage, comme si, après tant d'années, il était encore jaloux du vieux bûcheron. C'était Pete que Virgil emmenait voir du nouveau matériel parce qu'il se fiait à ses avis. Pete, qui pouvait déposer un moteur et le remonter en moins de temps qu'il n'en fallait à un vendeur pour faire l'article.

"Comment il s'appelle, ton gars ? demanda Rich, les yeux fixés sur le bateau.

— Langley." Merle regagna son pick-up, bombant le torse comme un crapaud qui se redresse pour marcher, tandis que le nom dansait dans la mémoire de Rich. Le bateau s'éloigna.

Il avança jusqu'à la pompe. "Le plein", dit-il à l'employé, avant de descendre pour aller régler dans la boutique.

“Il t’emmerde avec cette connerie de débat ? demanda Pete lorsqu’il revint. Ces crétins s’y prennent comme des manches. C’est aux femmes qu’il devrait parler, Merle.” Pete laissa son regard se perdre au loin sur la route. “Une femme soulèverait une bagnole si son gamin était dessous.

— T’en penses quoi, toi, des épandages ?

— J’ai pas d’enfants, répondit Pete. Mais si j’en avais, je peux te garantir qu’ils boiraient pas la flotte des ruisseaux.”

26 FÉVRIER

COLLEEN

Colleen frotta vigoureusement les cornflakes séchés sur la table d'Enid. Dehors, une carcasse de poulet gisait dans l'herbe ; les ratons laveurs s'étaient encore attaqués aux poubelles.

"T'es prête pour demain ? demanda Enid.

— J'aimerais qu'on arrête de me poser cette question", répondit Colleen. Elle savait que l'audience était un sujet d'angoisse pour Rich aussi.

"Ne fais pas comme si ça ne te concernait pas. Rich n'a sûrement pas acheté deux cent quatre-vingt-onze hectares cash.

— Depuis combien de temps Eugene braconne des loupes à Damnation ?" riposta Colleen. Enid fit couler de l'eau sur des assiettes qu'elle n'avait aucune intention de laver. "Enid."

Enid laissa retomber bruyamment l'assiette qu'elle tenait dans les mains. "Quoi ?

— Il faut que tu l'obliges à arrêter.

— Je ne peux pas *l'obliger* à quoi que ce soit.

— Ça n'en vaut pas la peine. Vous vous racontez des histoires, mais ce n'est pas bien.

— De quel droit tu nous juges ? répliqua vertement Enid. Tu n'as jamais fait quelque chose de mal, toi ?

— Enid…

— Tu crois que Marla ne m'a pas dit avec qui elle t'avait vu ?"

Le cœur de Colleen s'accéléra, le sang afflua à ses joues.

"Avec qui ?" demanda-t-elle en luttant contre la panique.

Enid croisa les bras.

La poitrine oppressée, Colleen parvint à articuler : "Eugene le sait ?

— Pourquoi j'irais le raconter à Eugene ? Tu le connais, il est incapable de garder un secret." Enid observa attentivement Colleen. "On n'a qu'une vie, hein ?"

Colleen regarda ses mains, l'alliance à son doigt. "Ce n'est pas… Ce n'était pas… je n'ai pas…

— C'est pas mes oignons, Colleen. Tu mènes ta vie, et Eugene et moi on mène la nôtre, d'accord ? Mais ne nous donne pas de leçons de morale.

— Je ne…" Colleen lâcha un long soupir. "Tu ne le diras pas à Rich ?

— Si je voulais lui dire, je l'aurais déjà fait", répondit Enid.

Colleen déglutit péniblement. "Merci."

Enid haussa les épaules. "Tu es ma sœur."

27 FÉVRIER

CHUB

La main froide de sa mère l'entraîna au milieu d'un attroupement de gens qui scandaient des slogans en brandissant des pancartes. Il y avait beaucoup de monde aussi dans le grand hall, des cirés tout mouillés, de l'air froid qui entrait chaque fois que quelqu'un poussait les portes, des pères qui rabattaient les cols de leurs manteaux, des mères qui ôtaient prudemment les journaux sous lesquels elles s'abritaient la tête, craignant presque qu'il pleuve à l'intérieur.

Oncle Eugene frissonna. "Ça vous remplit un verre en moins de deux, là-dehors." Il releva sa casquette, puis la renfonça. Les manches de sa veste étaient élimées, comme si un chat les avait mordillées. "Bon sang, quelle foule."

Le père de Chub se tenait très droit. Il ne voulait peut-être pas froisser la chemise que sa mère avait repassée pendant qu'il taillait sa barbe, penché vers le miroir. Chub le tira par la jambe de son pantalon et il le prit dans ses bras.

"Voilà Merle." Eugene fourra un papier dans la main de son père et repartit.

Son père déplia le papier, plissa les yeux – il n'avait pas ses lunettes –, et le glissa dans la poche de sa veste. Des cris leur parvenaient encore du dehors.

"Qu'est-ce qu'ils attendent ?" dit Enid en se penchant pour essuyer le menton d'Agnes. Chub gigota, mais son père ne le lâcha pas.

Enfin, les portes de la vaste salle d'audience s'ouvrirent. Le public s'installa peu à peu sur les chaises pliantes, Chub sur les genoux de sa mère. Des hommes étaient assis derrière une longue table face à l'assistance. Mr. Sanderson et sa femme avaient pris place au premier rang, habillés en jaune tous les deux.

"Du calme, s'il vous plaît." Un homme lut une feuille qu'il tenait à la main : "Notre objectif aujourd'hui est d'entendre les réactions des uns et des autres concernant le Plan de Récolte de bois d'œuvre numéro 6817-1977, à savoir le versant supérieur de Damnation Grove, propriété privée de deux cent cinquante hectares détenue par la compagnie Sanderson, et le Plan de Récolte de bois d'œuvre numéro 6818-1977, à savoir le versant inférieur de Damnation Grove, propriété privée de deux cent cinquante hectares détenue par la compagnie Sanderson, lesdites propriétés étant chacune située dans le comté de del Norte.

— "*Norte*, répéta quelqu'un en se moquant dans la rangée derrière eux. Ici on dit « Nort ». On prononce pas le E, connard."

Les gens faisaient la queue derrière un micro et prenaient la parole à tour de rôle. Certains braillaient, d'autres lisaient lentement un texte. Un homme et une femme avec de longs cheveux gris ondulés se relayèrent tels deux conteurs dévidant le fil de leur récit.

"Imaginez, commença l'homme. Il y a deux cents ans…

— Toute la côte était couverte de forêts de grands séquoias, continua la femme en figurant l'espace avec un ample geste de la main. Des guillemots à cou blanc nichaient dans leurs cimes. Des grenouilles à queue et des salamandres tachetées vivaient au bord des ruisseaux. Chaque année, le saumon remontait les cours d'eau pour frayer…

— Nous avons détruit quatre-vingt-dix pour cent de cette forêt ancienne, dit l'homme. Partout, nous avons abattu les arbres et répandu des produits chimiques…

— Et tout ce qu'il en reste, expliqua la femme, c'est une infime portion, des terres acquises par des citoyens qui ont souhaité les protéger, des terres qui sont devenues des parcs nationaux. Damnation Grove est l'un des derniers vestiges de la forêt primaire en Californie. On y contemple des géants hauts de cent mètres, plus grands que la statue de la Liberté, une majesté que les parcs conservent à l'abri. Mais aujourd'hui…" La femme marqua une pause. "… les mains avides de l'industrie aiguisent leurs tronçonneuses et se préparent à sacrifier sur l'autel du capitalisme ces ancêtres vivants…

— Des arbres vieux de mille ans ! Ils existaient déjà avant la chute de Rome. Avant l'arrivée de Christophe Colomb en Amérique. Ils ont résisté aux flammes, aux inondations, aux tsunamis…

— Et ils sont toujours là ! Nobles. Forts. Et nous, nous tous ici aujourd'hui, nous avons une chance de les sauver.

— Nous partageons rarement la même opinion que vous. Mais je pense que sur une chose, au moins, nous sommes d'accord : il est impossible d'empêcher la gravité. L'eau coule vers le bas. Regardez ce qui est arrivé sur le versant inférieur, où se trouvaient les plus grands de ces arbres, après le passage de vandales…"

Un murmure parcourut l'assistance. Le père de Chub souleva un pied, puis l'autre, comme s'il s'extirpait de la boue.

"Un glissement de terrain, reprit l'homme. Et tous les lits de gravier où le saumon se reproduit depuis des temps immémoriaux… Emportés. Nous ne verrons pas d'autre remontée cette année, ni l'année prochaine, ni l'année encore après. Si vous saccagez le reste de cette forêt, il y aura encore davantage de limon dans les ruisseaux. Les grenouilles ne survivront pas, les œufs des saumons périront asphyxiés, les guillemots décriront des cercles au-dessus des crêtes, en vain, sans parvenir à nicher.

— Vous avez qu'à les garder, vos piafs, lança une voix.

— Laissez parler quelqu'un d'autre !"

Plusieurs personnes se levèrent, il y eut des sifflets.

L'homme et la femme entonnèrent un chant. Mr. Miller s'approcha, sortit son mouchoir de sa poche, et essuya le micro.

"Je voudrais pas attraper ce qu'ils ont", dit-il. Des rires fusèrent. Il balaya la salle des yeux, ses sourcils noirs levés si haut qu'ils touchaient presque la racine de ses cheveux blancs. "Je m'appelle Lew Miller. Je suis technicien de débardage depuis vingt ans et des broutilles. Au début, je posais les câbles, comme tout le monde. Le boulot le plus dur et le moins payé. J'ai travaillé avec beaucoup des gars qu'on voit ici aujourd'hui, avec d'autres aussi qui ne sont plus là. Ils ont bossé dur, et quand leur heure est venue, ils sont partis." Mr. Miller baissa la tête pour marquer son respect. "Vous nous prenez peut-être pour des gens simples… C'est sans doute vrai, enfin, plus ou moins… Nous autres, on pense qu'un homme doit avoir le droit de travailler pour gagner sa vie. Si votre famille a faim, vous travaillez. On a toujours fait ça par ici. Et puis des gens comme vous arrivent…" Il montra l'homme et la femme aux cheveux longs. "… Vous fourrez votre nez partout, vous essayez d'accuser ceci ou cela. Ben, je vais vous dire une chose. On n'avait pas de problème par ici avant vous. Bon sang, ils pulvérisent juste au-dessus de nos têtes et vous verrez personne se plaindre. Moi, j'ai pas peur de leur désherbant. Je soutiens les plans de récolte." L'assistance applaudit.

Ce fut ensuite le tour de Mr. Porter. "La plupart des gens…" Il passa un doigt sur sa verrue, comme s'il pouvait la faire disparaître d'un geste. "… Quand ils voient une planche de séquoia au magasin, tout ce qu'ils voient, c'est du beau bois d'œuvre. Ils voient une table de pique-nique, une terrasse ou une palissade qui tiendront longtemps. Ils ne voient pas la sueur et le sang. Ils ne voient pas les levers à quatre heures du matin, le travail dans le froid et la pluie, les doigts tellement durs qu'on a du mal à les plier à la fin de la journée. Ils ne voient pas les entailles et les bleus, les os cassés, les larmes de la mère quand un gars comme Tom Feeley – vous vous rappelez Tom ? –, un bon gars, un père de famille, qui part travailler un matin et ne revient jamais. On a le fils de Tom qui travaille avec nous maintenant. Quentin… t'es où ?"

Un peu plus loin, un homme maigre s'agita gauchement sur sa chaise.

"Des gars comme Quentin et moi, on risque notre vie chaque jour pour que les gens puissent acheter leur palissade au magasin, ou leur terrasse, ou je ne sais quoi encore. Et on en est fiers."

Chub se tortilla sur les genoux de sa mère, elle le serra plus fort.

"La forêt, c'est pas seulement notre lieu de travail, enchaîna Porter. C'est notre terrain de jeux. C'est notre garde-manger." Mr. Porter tapota sa bedaine. "Ma femme fait la meilleure tarte aux mûres de toute la région, au cas où vous auriez pas remarqué… Nous, on aime la nature. On la connaît bien. Et on soutient les plans de récolte."

Le public applaudit. Oncle Eugene s'approcha du micro, comme si ces applaudissements saluaient son arrivée.

"Vous travaillez tous dans des bureaux, pas vrai ? demanda-t-il aux hommes assis à la longue table. Je vais vous raconter comment c'est, mon bureau à moi. Y a pas de table. Y a pas de fauteuil non plus. Y a même pas de porte, mais il ouvre à cinq heures du mat'. Certains jours, il ferme pas avant la nuit. L'été, on travaille parfois jusqu'à sept, huit ou neuf heures du soir. On travaille, on rentre à la maison, on dort, et le lendemain pareil. On n'a pas le choix. Il y a une douzaine d'autres gars qui dépendent de nous. Jamais personne ne prend un jour de maladie. Si on peut marcher, on peut travailler. J'ai six gosses à nourrir, dont cinq filles, et eux aussi ils dépendent de moi. Leur père a pas été à l'école, mais regardez-les bien… Marla, Agnes, Mavis, Gertrude, levez-vous. Montrez-leur…"

Les têtes se tournèrent, et Chub vit Marla qui semblait avoir envie de vomir, la petite Alsea dans les bras.

"Ces filles-là, elles vont aller jusqu'à la fin du lycée, reprit Eugene. Toutes. Et y a qu'un seul salaire de bûcheron pour leur offrir ça. Chaque grand séquoia qu'on abat donne assez de bois d'œuvre pour construire… combien de maisons ? Nous, on contribue à la société. On paye nos impôts. On obéit aux règles, même si elles arrêtent pas de changer. S'il vous plaît…" Oncle Eugene ôta sa casquette et la tint devant sa poitrine. "Ce bout de forêt, c'est peut-être pas grand-chose pour vous, mais pour ces gamines-là, c'est *tout*. C'est leur avenir. Ne leur enlevez pas.

— Merci", dit l'un des hommes à la table, en gratifiant Eugene d'un petit signe de tête.

Le couple recommença à chanter.

"Vous ne voulez pas nous écouter, se plaignit quelqu'un. Damnation, pour nous, c'est une occasion en or. Le rêve américain.

— Vous pouvez pas avoir le beurre et l'argent du beurre ! cria une voix masculine au fond. Vous voulez abattre des arbres *et* vendre des forêts au parc. Tout ce qui vous intéresse, c'est l'argent, l'argent, l'argent.

— N'importe quoi !

— Si, c'est vrai !"

Il y eut de l'agitation dans les derniers rangs, une chaise renversée. "Arrêtez, dit quelqu'un. Harvey ! Où est Harvey ?"

Une femme se leva. "D'où vous croyez qu'il vient, votre papier toilette ? Avec quoi vous vous essuieriez le cul si on n'était pas là ?"

Un vieil homme brandit sa canne. "Vous êtes qu'une bande de parasites. Allez pomper le sang de qui vous voulez, au Mexique ou au Canada, mais pas ici."

Soudain, la voix de la mère de Luke résonna dans le micro.

"Bonjour. Je m'appelle Helen Yancy." Le micro grésilla. Elle recula, attendant que le bruit cesse. "Mon mari, Carl, a conduit des camions-citernes pour Sanderson pendant quatorze ans, et récemment, il a été renvoyé. Nous avons eu un bébé en novembre. Eamon Paul. L'accouchement a duré onze heures, et quand il est sorti, il n'avait pas de crâne. Tous ces gens ici, ils le savent. Ils sont venus voir, comme si c'était une bête de cirque. Lui aussi est venu." Elle désigna Mr. Sanderson dans sa chemise jaune vif. "Il nous a apporté ça." Elle montra une enveloppe. "Il s'est assis à la table de la cuisine et a dit qu'il était désolé pour ce qui nous arrivait. *Désolé*. Nous tous, on voit bien qu'il n'y a presque plus de poissons dans nos rivières. C'est peut-être à cause des barrages, je ne sais pas. Ou à cause de l'exploitation forestière, ou de la pêche en mer. Ou peut-être que les épandages tuent les poissons. Est-ce qu'ils nous rendent malades nous aussi ? Est-ce qu'ils donnent le cancer ? Est-ce qu'ils détruisent les cerveaux de nos bébés ? Tout le monde le pense, mais personne n'a le courage de poser la question." Elle parcourut la salle d'un regard chargé de mépris. "Chez Sanderson, ils croient qu'on peut acheter le silence des gens. Je ne veux pas de votre argent." Elle retourna l'enveloppe et les billets s'éparpillèrent à ses pieds. La mère de Chub serra son fils contre elle. "J'ai enterré mon petit garçon, mais sa mémoire n'est pas à vendre."

La mère de Luke remonta dignement l'allée centrale et sortit. Il y eut des chuchotements. Chub s'abandonna contre la poitrine de sa mère tandis que le défilé continuait au micro. Il bâilla, balança un pied jusqu'à ce que sa mère lui presse le genou pour qu'il arrête. Il renversa la tête en arrière et fixa le plafond, imaginant comment ce serait de marcher là-haut, la tête en bas, et de regarder les gens. Il souhaita que tout le monde se taise, pour que ce soit fini.

Puis, enfin, la voix de son père s'éleva. Bizarre, amplifiée par un écho. Son père essaya d'ajuster le micro, mais le pied n'était pas assez haut. Il se pencha en avant et répéta ce qu'il venait de dire.

"Mon nom est Richard Gundersen. Mon père s'appelait Hank Gundersen. Il a commencé à poser des câbles pour Sanderson à treize ans. C'était en 1916." Le père de Chub enfonça deux doigts dans son col et regarda le papier qu'il tenait à la main. "Son grand-père était élagueur grimpeur. Il habitait sur la falaise au-dessus de Diving Board Rock, à l'époque où l'ancienne route passait par là. Son fils, mon grand-père, est devenu grimpeur aussi. Il est mort en tombant d'un arbre. Mon père aussi. Je suis la quatrième génération. Je fais ce métier depuis l'âge de dix-huit ans et j'ai vu beaucoup de bois d'œuvre. Damnation Grove, ce n'est pas comme les autres grosses forêts où on a travaillé. Celles-là ont disparu, sauf ce qu'il en reste dans les parcs." Les hommes acquiescèrent. Son père s'éclaircit la gorge. "On a tous une famille. Moi, j'ai une femme et un fils – ils sont assis là-bas." Chub sentit sa mère tressaillir, les têtes se tournèrent vers eux. "Mais si vous arrêtez l'exploitation de Damnation, ce n'est pas seulement à nous, bûcherons, que vous ferez du tort. Notre commune, toute cette région qui vit grâce au bois d'œuvre, vous les condamnerez à mort." Son père plia la feuille et la rangea dans la poche de sa chemise.

"Il y a peut-être du vrai dans ce qu'ils disent. Peut-être que les épandages tuent parfois des poissons et des chevreuils, je ne sais pas. Quand on perd quelqu'un, on cherche quelque chose à accuser, c'est la nature humaine." Il regarda la mère de Chub. "Surtout quand on perd un bébé qui n'a jamais eu la chance de naître. Je comprends. Mais je crois qu'il ne faut pas tout mélanger. J'ai passé toute ma vie à Klamath, et une bonne partie de mon temps sur ces versants. Je bois dans ces ruisseaux depuis cinquante ans et je n'ai jamais été malade, à part une ou deux fois, mais ce n'était pas de l'eau que j'avais bu la veille." Les gens s'esclaffèrent.

"Ce que je vais dire ne plaira peut-être pas à tout le monde, mais je suis content que le gouvernement ait gardé des forêts pour les parcs. C'est tellement beau. Demandez à tous les gars ici… Vous ne trouverez personne qui aime les arbres autant qu'un bûcheron. Si vous regardez bien, tout au fond, je vous garantis que dans chaque bûcheron il y a un « écolo ». Mais la différence entre nous et les autres, les militants, c'est que nous, on vit ici. On chasse. On pêche. On fait du camping. Eux, ils retourneront là d'où ils viennent, mais nous, on se réveillera ici demain. C'est chez nous. Le bois d'œuvre nous apporte à manger sur nos tables, des vêtements sur le dos de nos enfants. C'est difficile de tuer un séquoia, vous savez. Quand on l'abat, il produit des rejets de souche. Même un incendie ne le tue pas. Mais ces géants là-haut, à Damnation, ils sont vieux. Bientôt ils vont mourir, tomber tous seuls, et pourrir. C'est comme si vous mettiez le feu à un gros tas d'argent sous nos yeux en nous obligeant à regarder.

— Exactement, lança quelqu'un.

— C'est pas facile de gagner sa croûte au pays des séquoias. On ne mène pas la grande vie. Mais tout le monde ici apprend à se débrouiller avec presque rien. On sait comment nourrir nos familles. Tout ce qu'on vous demande, c'est de nous laisser continuer à le faire."

Le père de Chub revint s'asseoir. Un brouhaha circulait entre les rangées.

"Je m'appelle George Bywater." Un vieil homme s'était approché du micro. "Mon père – Lesley Bywater, certains ici l'ont connu –, il triait le bois d'œuvre à la scierie. Nous sommes le peuple de la rivière Klamath. D'abord, vous nous avez tués. Ensuite vous avez tué le saumon. Et maintenant c'est vous-mêmes que vous tuez." Le vieil homme éleva la voix. "Quand vous empoisonnez la terre, vous empoisonnez votre propre corps. Le saumon remonte la rivière chaque année, et vous ne remerciez pas. Pour vous, le saumon, ce n'est que de l'argent, un bien matériel. Notre peuple mange les offrandes de cette rivière depuis plus de temps qu'il n'a fallu à ces arbres pour pousser. Nous mangeons les mêmes familles de saumon depuis tant de générations que nos ADN sont entrelacés. Nous portons le saumon en nous, et le saumon nous porte en lui. Tout ce que nous possédons provient de la rivière. Quand la rivière est malade, nous sommes malades ; avec elle aussi, nous sommes uns. Vous, vous violez un site funéraire sans scrupule. Mais vous ne nous voyez pas, nous, creuser dans vos cimetières et envoyer le crâne de votre grand-mère à un musée.

— Nous n'avons rien à voir avec ces crânes ! cria Oncle Eugene. Lisez le journal !

— C'est peut-être vrai, reconnut le vieil homme en posant sur Eugene un long regard noir. Mais quelqu'un les a pris et les a transportés là-bas. Même les os de nos ancêtres ne sont pas en sécurité avec vous." Il s'adressa de nouveau aux hommes assis à la table. "Le peuple yurok vit ici, le long de cette rivière, depuis des centaines de générations, depuis plus longtemps encore. Beaucoup de tribus dans ce pays ont été chassées de leur terre, mais pas nous. Ici, c'est notre Réserve : sur deux kilomètres de chaque côté de la Klamath et soixante kilomètres à partir de son embouchure, les Yurok sont chez eux. Même si une grande partie de ce territoire a été vendue, nous avons conservé notre droit de pêcher. Nous sommes responsables de notre rivière, nous assurons son entretien. Nous avons toujours été ici. Nous avons toujours pêché. Toujours, toujours. C'est comme respirer l'air. Si je ne peux pas pêcher, je ne peux pas vivre. Mon grand-père m'a appris cela. Comme son grand-père le lui avait appris. Mes filets ont été saisis par les gardes-pêches. J'ai pêché la nuit. J'ai été battu, pour avoir pêché. J'ai été jeté en prison, pour avoir pêché. Je suis allé au tribunal à Washington. J'ai vu votre Capitole ; ce n'est rien comparé à un séquoia, c'est juste un petit arbre rabougri." Le vieil homme tendit une main devant lui pour indiquer la hauteur de l'arbre. "Le Tribunal a rendu sa décision : ici, c'est la Réserve yurok ; ici, c'est un territoire indien ; nous pouvons pêcher. Et pourtant, vous cherchez encore un moyen de nous empêcher de respirer, de mener notre vie, de protéger notre rivière." Il croisa les bras. "Je suis vieux maintenant. Mes enfants sont adultes. Mais si c'était moi, si c'étaient mes enfants qui naissaient sans cerveau, je me poserais la question : est-ce que cela en vaut la peine ? Juste pour continuer à abattre la forêt de cette manière ? Mais vous, non, vous ne renoncerez pas tant que vous n'aurez pas tué tous les chevreuils, tous les saumons, tous les arbres, tant que vous n'aurez pas empoisonné toutes nos sources d'eau fraîche. Que mangerez-vous alors ? De l'argent ? Avec quoi construirez-vous vos maisons ? Que boirez-vous quand vous aurez soif ?" Le vieil homme jeta un regard tout autour, comme s'il attendait une réponse, mais le silence régnait dans la salle. Il prononça quelques mots dans une autre langue, puis se détourna et partit. Les portes se refermèrent derrière lui.

L'un des hommes assis à la table remercia le public d'être venu.

"Attendez." L'homme qui avait trouvé Scout sur la route se tenait devant le micro.

"C'est fini pour aujourd'hui, mon gars.

— Mon nom est Daniel Bywater." Le micro émit un sifflement strident. "Je suis membre de la tribu yurok.

— Très bien, mais après vous c'est terminé."

Chub sentit sa mère se raidir.

"Les herbicides utilisés par Sanderson pour tuer les feuillus du sous-bois sont toxiques, déclara l'homme d'une voix forte. L'Office des forêts y a recours aussi, de même que le comté. Nous avons recensé des personnes en bonne santé qui tombent malades, des animaux qui meurent. Des fausses couches, des cancers. Nombreux ici, dans cette salle, en ont été victimes. Vous pouvez signer la pétition que nous avons préparée." Il montra une feuille de papier accrochée par une pince à un support en bois et lut le texte : "Nous, soussignés, demandons que le versant connu sous le nom de Damnation Grove soit à jamais préservé des produits chimiques qui mettent en danger nos vies et celles de nos bébés encore à naître." Il y eut des huées dans l'assistance. "Interrogez Colleen Gundersen. Elle est assise parmi vous, elle a vu les ravages que ce poison peut causer." L'homme leva un pot en verre. "Cette eau provient de son robinet. Elle l'a recueillie et nous avons procédé à des analyses. Si vous buvez l'eau d'un ruisseau, et que ce ruisseau traverse des terrains sur lesquels ces herbicides ont été pulvérisés, je peux vous garantir une chose : vous les buvez *aussi*. Demandez à Colleen combien elle a vu naître de bébés avec une malformation congénitale, ici même, dans votre commune. Demandez-lui combien de fausses couches elle a faites, à cause de cette eau."

La mère de Chub le posa par terre pendant que l'homme examinait le pot. "Elle a l'air propre. Oh oui, bien sûr, elle a *l'air* propre. Mais combien de temps cela prendra-t-il avant que vous découvriez le mal qu'elle vous fait, dans votre maison, dans votre corps, dans celui de vos enfants ?

— Bon, allez, ça suffit." Un barbu qui avait descendu l'allée centrale poussa brutalement l'homme au micro. Le pot se brisa sur le parquet et le bois mouillé prit une teinte rouge sang.

"Messieurs, je vous en prie…", dit un homme assis à la table, mais sa voix fut couverte par le vacarme. Tout le monde s'était levé, la mère de Chub le tirait par la main, les adultes le bousculaient.

"On te mettra plus bas que terre ! cria quelqu'un.

— Dis-leur, Rich." Un homme serra la main de son père, un deuxième lui pressa l'épaule, mais les autres s'écartaient en le dévisageant fixement.

Dans le pick-up qui n'avait pas encore démarré, la tension était palpable. Son père secoua la tête.

"Bon sang, Colleen, murmura-t-il, comme s'il se parlait à lui-même.

— Je te l'avais dit, répondit sa mère. Je savais que ce n'était pas normal.

— Tu n'en sais rien.

— Tu n'as pas écouté ?" demanda sa mère.

Chub avait envie de glisser sa main dans la sienne. Son père mit le moteur en marche.

"J'en ai fait huit, Rich. Pas une, pas deux, pas cinq. Huit." Sa voix tremblait. "Ne me dis pas que je n'en sais rien."

28 FÉVRIER

RICH

Le Cheyenne rouillé d'Eugene était stationné de travers, les traces sur le gravier indiquant qu'il avait freiné à la dernière minute et dérapé devant la galerie. Eugene lui-même, le visage dur, se tenait debout contre un poteau. Vingt-quatre heures plus tard, il était encore suffisamment furieux pour avoir renversé la brouette d'un coup de pied, à en juger par les bûches répandues autour. Rich éteignit le moteur au moment où Eugene s'approchait d'un pas décidé. Scout aboyait derrière la maison.

"C'est parti…", dit Rich.

Ils l'avaient évité la veille, une fois sortis de la salle d'audience. Rich s'était senti soulagé en arrivant à Crescent City, protégé par la distance qui les séparait. Ils avaient erré dans le supermarché, les petits doigts de Chub accrochés au panier.

On prend ce qu'il y a de mieux, avait déclaré Rich en choisissant une tarte au citron. Devinant que les règles usuelles ne s'appliquaient pas ce jour-là, Chub avait opté pour un bocal de cerises confites. Mieux valait se trouver dans un endroit public, même si Rich risquait de céder à sa colère et de balayer les articles sur les rayons avec un grand geste du bras. Colleen le précédait dans les allées, le fuyant après avoir agi derrière son dos depuis des mois. Il avait attendu qu'elle se retourne, pour admettre qu'elle lui en voulait toujours et pour l'accuser de n'être qu'un spectateur, un témoin insensible de son chagrin. Pour lui dire qu'il ne savait pas ce que c'était que perdre un bébé de cinq mois, parce qu'il n'avait pas porté leur petite fille dans son corps et ne l'avait pas sentie bouger, parce qu'il avait continué d'avancer alors qu'elle avait laissé une part d'elle-même dans cette chambre d'hôpital, percevant encore la chaleur de son corps sur la peau froide de l'enfant, comme si elle pouvait servir d'incubateur à ce cœur minuscule. Espérer, parfois, c'était comme croire aux miracles.

Ils s'étaient levés tôt ce matin pour aller pique-niquer au bord de la Smith River, mais la pluie n'avait pas cessé et ils étaient restés dans le pick-up avec la ventilation allumée. Rich avait hâte d'entrer dans la maison et de lancer le poêle, ce qui semblait compromis par Eugene, apparemment encore plus remonté après vingt-quatre heures.

"Qu'est-ce qu'on fait ?" demanda Colleen, alors qu'Eugene passait devant la portière de Rich, si près que celui-ci, en l'ouvrant, aurait pu lui éclater les genoux. Eugene contourna le capot et se planta devant la portière de Colleen.

"Vous allez entrer tous les deux", dit Rich. Il descendit et s'approcha d'Eugene d'un air si déterminé qu'il le força à reculer pendant que Colleen et Chub descendaient à leur tour. Il s'interposa ensuite pour empêcher Eugene de les suivre. Protéger Colleen l'envahit d'une sensation agréable. Face à la colère d'Eugene, il oubliait la sienne. "C'est quoi la différence entre un Chevy et une balle de golf ? demanda-t-il, cherchant à gagner du temps tandis que Colleen tirait Chub par la main. La balle de golf va plus vite et c'est pas un tape-cul.

— Putain, Colleen, t'es de quel côté ?" brailla Eugene en bousculant Rich pour tenter de passer. Rich le bloqua avec son torse, puis s'écarta, de sorte qu'Eugene fut déstabilisé et trébucha. "T'as de la chance que Merle t'ait pas viré." Il sortit un journal roulé de la poche de son jean et l'agita sous le nez de Rich. "T'en as encore plus besoin que nous.

— Ils ne sont pas obligés de pulvériser pour abattre, dit Rich. Le sous-bois n'est pas si épais que ça."

Eugene secoua la tête. "On est en guerre ici, t'as pas pigé ? Ils veulent tout nous prendre." Eugene s'essuya la bouche de son poing fermé. "Merle trouvera quelqu'un pour te remplacer, tu sais. Si elle se la ferme pas." Il désigna d'un signe de tête la maison dans laquelle Colleen avait disparu. "Il a déjà démarché un élagueur cordiste de Rio Dell qui est dispo.

— Je n'en doute pas." Rich n'essaya pas de cacher l'amertume dans sa voix.

“Te complique pas la vie, Gundersen. Sanderson emporte sa coupe, et toi, tu rafles la tienne.” Eugene déplia le journal. “Regarde ça. Tu vas vraiment te fourrer dans le pétrin…”

La photo, montrant Rich, Colleen et Chub sur le parking du tribunal, avait été prise au moment où Rich s'énervait et demandait à la photographe de ficher le camp.

“Colleen fout le bordel dans ta tête.”

La porte moustiquaire s'ouvrit et se referma en claquant, comme si Colleen l'avait entendu.

“Rentre chez toi, Eugene”, dit-elle.

À nouveau, Eugene secoua la tête. “Putain, j'y crois pas. Vous êtes dingues tous les deux.” Il lança le journal à leurs pieds. “Vous feriez mieux de faire gaffe. Vous vous mettez pas mal de monde à dos. *Beaucoup* de monde.” Eugene remonta dans son pick-up, démarra et accéléra si violemment que ses pneus chassèrent le gravier comme à son arrivée.

Dans la cuisine, Rich jeta le journal ouvert sur la table, attrapa le plat contenant le reste de la tarte au citron sur le plan de travail et s'assit. La légende de la photo lui sauta aux yeux : *Richard Gundersen, fidèle employé de la société Sanderson Timber Co., avec son épouse et son fils. L'eau que boit la famille est menacée par les plans de récolte de Damnation Grove.*

Pendant qu'il grattait la pâte caramélisée au fond du plat avec sa fourchette, Colleen prit le journal et lut à voix haute.

“Les récents glissements de terrain – parmi lesquels celui de Last Chance cet hiver, qui a empêché toute circulation sur la route 101 au nord de Klamath pendant neuf jours – ont aggravé le climat houleux entourant les pratiques et les enjeux politiques de l'exploitation forestière dans la région. Le dernier événement en date s'est produit lundi, lors d'une audience qui a rassemblé plus de deux cents personnes, afin de soumettre à une concertation publique les plans de récolte de la société Sanderson Timber Co. pour les deux parcelles de forêt ancienne connues ici sous le nom de Damnation Grove. Le géant Sanderson emploie cinquante-huit habitants répartis entre la scierie et les sites de coupe, soit un dixième de la population d'une commune où l'on ne trouve ni feu de signalisation routière, ni station essence, ni même une cabine téléphonique.”

Colleen sauta le paragraphe suivant.

"Parmi les personnes affectées par le plan figurent Richard Gundersen, quatrième génération d'une lignée d'élagueurs grimpeurs, et son épouse. Leur terrain, baptisé "parcelle 24-7" par allusion au diamètre de son plus gros séquoia, borde la partie inférieure de Damnation Grove. Le mois dernier, des vandales ont abattu des douzaines d'arbres sur ce versant, provoquant une coulée de boue qui a temporairement obstrué le ruisseau et détruit d'importantes frayères du saumon coho.

« C'est pas compliqué à comprendre, a déclaré un ancien bûcheron. Si vous ne laissez rien pour retenir la terre, toute une montagne vous tombe sur la tête. »

L'enquête du shérif n'a pas encore abouti.

Entre-temps, l'épouse de Gundersen – la voix de Colleen s'étrangla, elle déglutit péniblement –, *qui exerce une activité de sage-femme, a enregistré plusieurs cas de bébés nés avec une malformation congénitale au cours des six dernières années. Ayant elle-même fait plusieurs fausses couches, elle craint que les épandages aériens d'herbicides n'aient contaminé l'eau des sources environnantes. La maison de la famille Gundersen est approvisionnée par l'eau du ruisseau qui traverse la zone de récolte de Damnation Grove."*

Colleen sauta à nouveau quelques paragraphes et tourna la page.

"Les plans de récolte du bois d'œuvre doivent être approuvés le mois prochain, ce qui permettrait de commencer l'exploitation au printemps."

Elle se leva et posa brutalement la cafetière dans l'évier. Rich crut qu'elle l'avait cassée.

"Quoi ? demanda-t-il.

— Comment ça, *quoi* ?" Elle se tourna vers lui.

Toutes les fois où elle était rentrée à la maison après une fausse couche, portant son chagrin comme un paquet sous le bras. Elle avait le droit d'être en colère contre lui. Il aurait pu ne pas venir à la ferme ce soir-là, la laisser épouser quelqu'un de plus jeune, quelqu'un qui l'aurait peut-être emmenée loin d'ici.

"Maman ?" Chub était debout à la porte de la cuisine. "Qu'est-ce qu'il y a ?

— Rien, mon chéri." Colleen se força à sourire. "Tout va bien.

— Pourquoi il a crié, oncle Eugene ?

— Oh, tu sais bien… parfois il se met en colère.

— Pourquoi ?

— Parce qu'il ne tourne pas sa langue sept fois dans sa bouche." Elle caressa les cheveux de l'enfant. "Est-ce qu'on pourrait la vendre ? demanda-t-elle.

— Qui l'achèterait ? répondit Rich.

— Vendre quoi ? demanda Chub.

— Des bâtonnets de céleri", dit Colleen.

Chub pinça les lèvres, comprenant qu'elle le taquinait, et repartit.

"Tu ne crois pas qu'il va faire quelque chose ? reprit Colleen.

— Eugene ? Non..." Eugene était un sanguin, mais le plus souvent, ses violents accès d'humeur ne duraient pas. "Qu'est-ce qu'il ferait ?

— Et Merle ?

— Je ne suis pas marié avec Merle." Rich sortit de sa poche le bonbon à la menthe, le premier qu'il avait trouvé sur la pente derrière la maison, à côté de l'empreinte de l'homme. Daniel. "N'est-ce pas ?"

Elle regarda le bonbon, se mordit la lèvre. "Il m'a demandé de recueillir de l'eau. À notre robinet." Elle avait baissé la voix pour que Chub n'entende pas. "Je l'ai fait.

— C'est tout ?" insista Rich.

La respiration de Colleen s'accéléra, une chaleur lui envahit les joues et la poitrine. "Je n'arrive pas à croire que tu me poses cette question."

3 MARS

COLLEEN

Ils étaient assis à table pour dîner, devant la jatte de bois contenant des tomates mûres auxquelles elle n'avait pas touché depuis plusieurs jours. Si elle les utilisait, elle ne pourrait pas en acheter d'autres. Elle n'allait plus nulle part seule à présent – ni au supermarché, ni même à la Beehive pour acheter des feuilletés –, mais elle sentait les regards le matin quand elle déposait Chub en voiture à l'école, l'après-midi quand elle le récupérait. Ni menteuse, ni traître. *Salope.* Bien sûr, personne ne le lui disait en face.

Chub ne terminait pas son assiette, jouant avec les carottes qu'il avait repoussées sur les bords. Elle l'envoya faire couler son bain et débarrassa l'assiette de Rich.

"Alors ? demanda-t-il.

— Alors quoi ?

— Est-ce que tu as couché avec lui ?"

Un soulagement, d'une certaine manière. La question était restée en suspens toute la semaine. L'eau se déversait bruyamment dans la baignoire de l'autre côté de la cloison.

"Avec Daniel ?" Elle rit en ouvrant le robinet à l'évier. "On était ados." Le bac se remplissait.

En huit ans de mariage, Rich ne l'avait jamais interrogée. Il lui caressait les cuisses, enfouissait le nez dans son nombril. Elle lui appartenait. Il n'avait pas besoin de savoir qui il y avait eu avant lui. Maintenant, il retraçait lentement ses pas et voulait éclairer un passé précédant sa mémoire.

"Et depuis ?

— Depuis quoi ?

— Depuis qu'il est arrivé."

Le cœur de Colleen battait à tout rompre. Malgré la voix égale de Rich, elle entendit qu'il luttait pour se dominer. Dans la salle de bains, Chub s'amusait en babillant.

Elle hocha la tête.

Il se leva et envoya un violent coup de pied dans le réfrigérateur. Elle sursauta.

"Une seule fois", dit-elle.

Rich expédia un autre coup de pied dans le frigo. Il y eut un bruit d'objets en métal et en verre qui s'entrechoquaient. Un aimant en céramique se détacha de la porte et la carte que Chub lui avait offerte pour la Saint-Valentin tomba par terre.

Chère maman. J'espère qu'il fera beau aujourd'hui et que tu seras aussi jolie qu'une rose.

"Bon sang, Colleen !" s'écria Rich.

Elle se raidit.

"Maman ? appela Chub dans la salle de bains.

— Tout va bien, Grahamcracker !

— Qu'est-ce que tu veux dire, une fois ? demanda Rich sans baisser la voix.

— Chhht. C'est arrivé comme ça." Elle sortit ses mains de l'eau de vaisselle et les secoua. C'était Rich qui refusait de la toucher. Qui lui tournait le dos. "C'est mal, je le sais. Je suis désolée… Mais je ne peux pas faire un bébé toute seule, Rich.

— Qu'est-ce que tu insinues ?

— Tu sais bien ce que *j'insinue*. Tu me regardes à peine.

— Ce n'est pas vrai.

— Même là, maintenant, tu ne me regardes pas. Tu montres plus d'affection au chien."

Rich se baissa pour ramasser l'aimant, cassé en deux, ouvrit le tiroir du menu bric-à-brac, trouva le tube de super-glu et repoussa le tiroir. Le mécanisme se bloqua. Il poussa plus fort.

"Saleté de…" Il ouvrit tout grand le tiroir au-dessous pour passer sa main au fond et décoincer ainsi le mécanisme, et là, derrière un ramassis d'objets plus ou moins utiles, étaient dissimulés des pots à confiture, certains remplis d'eau et étiquetés, les autres attendant le printemps. Il les regarda fixement comme si ces pots – non pas le dos qu'elle cambrait en attirant un autre homme en elle, ni ses mains arrachant des touffes d'herbe –, ces *pots* étaient le pire secret qu'elle lui ait caché.

Il s'accroupit, puis s'assit par terre sans les quitter des yeux. Brusquement, il en prit un et le lança contre le mur où il se brisa.

"Maman !

— Rich, je… je…"

Rich attrapa un deuxième pot.

"Tu lui fais peur", murmura Colleen, et elle se précipita vers la salle de bains, le cœur emballé. Elle entendit le pot éclater contre le mur au moment où Chub, debout dans la baignoire, essayait de sortir avec l'air effrayé. Elle ferma la porte de la salle de bains derrière elle.

"Ce n'est rien, Grahamcracker", dit-elle, tandis qu'explosait un troisième pot. Allait-il tous les fracasser ? Elle enveloppa Chub dans une serviette, lui frotta les bras, le dos, les épaules. "Où as-tu trouvé ces magnifiques coudes ?

— Chez le marchand de coudes."

Elle lui sécha les cheveux avec la serviette, une oreille tendue pour écouter Rich. Une porte claqua. Quelques minutes plus tard lui parvint le bruit régulier de la hache fendant le bois. Elle aida Chub à se mettre en pyjama, puis au lit, et alluma la veilleuse-fusée.

"Tu peux rester jusqu'à ce que je m'endorme ? demanda Chub.

— Oui, Grahamcracker." Elle s'allongea à côté de lui, respira son odeur de savon. "Où as-tu trouvé ces magnifiques oreilles ? chuchota-t-elle.

— Chez le marchand d'oreilles…"

Elle écouta la hache, un coup suivant l'autre. Quand elle se réveilla en sursaut, Chub dormait profondément. Elle n'entendait plus Rich dehors. Elle se leva et sortit dans le couloir pour gagner la chambre. La maison était plongée dans l'obscurité.

"Rich ?" Personne dans le lit.

Elle alluma le plafonnier de la cuisine. Le linoléum était trempé et jonché de débris de verre. Dans le salon, silencieux et glacé, le feu s'était éteint. En neuf ans, Rich n'avait jamais laissé la maison se refroidir. Il n'y avait plus que son propre trousseau de clés dans le bol en bois. Elle écarta les rideaux et contempla son pick-up solitaire sur l'aire de gravier. Sa respiration déposait un cercle de buée sur la vitre, elle l'essuya de ses joues mouillées de larmes.

Elle se coucha en chien de fusil sur le canapé, tira la couverture en crochet sur sa tête. Sa gorge serrée lui faisait mal. Il était parti.

4 MARS

COLLEEN

Des chants d'oiseaux. Elle s'assit sur le canapé en frissonnant. Une faible lueur grise entrait par la fenêtre. Elle resserra la couverture autour de ses épaules, enfonça ses orteils dans la moquette pour chercher un peu de chaleur. Ses paupières étaient enflées. Elle contempla fixement le poêle éteint. Enfin, elle se leva pour s'en approcher, retira le bac à cendres et l'emporta dehors. Là, sur l'aire de gravier, le pick-up de Rich. Personne à l'intérieur. Elle faillit lâcher le bac et le posa.

"Rich ?" dit-elle, la voix rauque.

Contournant la maison, passant du gravier à la pelouse mouillée, elle découvrit Rich assis sur les marches. Il était penché sur Scout, le visage enfoui dans le poil du chien.

Quand elle renifla en ravalant ses larmes, Rich se redressa mais ne la regarda pas. Il n'avait manifestement pas dormi. Elle s'assit à côté de lui.

"Où es-tu allé ? demanda-t-elle.

— Nulle part. J'ai roulé, c'est tout." Il pressa les paumes contre ses yeux fatigués.

Elle lui devait une explication mais était incapable de parler, craignant qu'il se lève et parte encore.

"Quand je vivais à Arcata, commença-t-elle enfin, avant que ma mère tombe malade, je me sentais tellement… tellement seule. Daniel, lui… il avait son avenir tout tracé…" Elle secoua la tête. "Enid me manquait. Traire les vaches me manquait, tellement j'étais seule." Elle serra fort le poing, l'ouvrit. "Je suis rentrée, mais je me sentais encore seule. J'imagine que j'ai toujours éprouvé ça, même enfant." Elle se tut, prenant conscience que sa perception était juste. “Et puis tu es arrivé.” Elle lui prit la main et il se laissa faire, tandis qu’elle entrelaçait ses doigts glacés avec les siens, si chauds, si forts. “Et tous les jours, même quand tu n’étais pas là, que tu travaillais, je *sentais* cet amour pour toi, comme une corde autour de ta taille et de la mienne. Où que tu sois, je *sentais* ton cœur qui battait pour moi. Tu me parlais, là, derrière l’oreille, tu te rappelles ? Jusqu’à ce qu’on s’endorme… J’avais l’impression que tu gardais toutes tes paroles, toutes tes pensées pour moi. Et puis Chub est arrivé, et notre vie a été tellement pleine. Jamais je n’aurais pu imaginer une telle plénitude.” Elle dessina un cercle sur la paume de Rich. “J’ai envie de ressentir ça encore.”

Rich soupira et retira doucement sa main.

“Je suis désolée. Je… je voulais juste que tu me prennes dans tes bras et tu refusais. J’étais tellement en colère contre toi et… et j’ai déposé Chub à l’école et je me suis sentie si… si seule. Pardonne-moi.”

Rich étendit ses jambes devant lui, sans rien dire. Colleen avait la gorge nouée, la poitrine oppressée. S’il ne levait pas les yeux pour la regarder, quelque chose en elle allait lâcher, un ressort d’une importance vitale.

“Est-ce que tu regrettes de m’avoir épousée ? demanda-t-elle.

— Oui.” Il expira longuement. “Je veux divorcer.”

Les sanglots que Colleen retenait avec peine s’échappèrent en une série de hoquets, irrépressibles, si violents qu’ils lui secouaient les épaules.

“Colleen… ce n’est pas vrai… Ne pleure pas. Colleen, ma chérie…” Les doigts de Rich lui caressaient les cheveux, ses lèvres lui effleuraient le front, le nez, les paupières. Bientôt elle fut assise sur ses genoux, le nez blotti dans l’odeur de son cou. Elle glissa les mains sous sa chemise et il tressaillit. “Mains froides, cœur chaud”, chuchota-t-il. Il lui prit le visage entre ses mains, appuya son front contre le sien. “Si c’était à refaire, je corrigerais quelques-unes de mes erreurs, reconnut-il. Mais jamais, pas un seul jour, je n’ai regretté d’être marié avec toi. Pas un seul. Tu m’entends ?”

Elle acquiesça, les joues baignées de larmes.

“Je vais nettoyer la cuisine”, dit-il en jetant un regard vers la porte.

Tenant toujours la tête de Colleen dans ses mains, il la regarda au fond des yeux. “Si c’était à refaire, je dirais oui. Oui, à tout. Oui, à chaque jour. Et rien… pour rien au monde, je ne changerais d’avis. Tu m’entends ? Quand un miracle se présente dans une vie, on le prend. On ne demande pas pourquoi.”

RICH

Le cochon de Lark se prélassait dans la boue au milieu du chemin.

"Il va s'en aller ? demanda Chub.

— Je ne crois pas." Rich manœuvra pour contourner l'animal. La porte de la cabane était ouverte, bloquée avec un pot de lard. Rich monta les marches pendant que Chub caressait les chiens. Lark somnolait sur une chaise de cuisine, menton sur la poitrine. Rich frappa plusieurs fois contre le chambranle avec le plat de la main.

Lark se redressa. "Qu'est-ce que tu veux encore ?

— Je croyais que tu étais sorti courir la gueuse, dit Rich, dont la réplique aurait pu être : *Merde, j'ai cru que tu étais mort.*

— Ça dépend laquelle. Elle est toujours au Widowmaker, la rouquine ?

— Tu l'as vue récemment ? demanda Rich en s'effaçant pour laisser entrer Chub.

— Quand on a mon âge, on peut plus se permettre d'être difficile."

Chub grimpa sur une chaise.

"Salut, camarade", dit Lark en lui tendant la main. Chub la serra. Lark retira sa main et la secoua en feignant d'avoir mal. "T'as une sacrée poigne, toi."

Rich s'assit à son tour.

"Un colibri !" Chub montra du doigt la mangeoire derrière la fenêtre.

"Marsha l'a accrochée trop près, ils se cognent contre la vitre. Le cochon vient se mettre en dessous, tranquille, et ils lui tombent droit dans le goulot sans qu'il ait besoin de bouger son cul. Tu veux quelque chose à manger ?" Lark promena son regard sur le plan de travail “Ça te plairait, une tartine aux langues de colibri ? J’en ai des toutes fraîches.” Les sourcils de Lark dansaient quand il s’adressait au petit garçon. “Attends voir… Je dois bien avoir du pain quelque part…” Lark souleva son mug comme s’il espérait trouver une miche de pain dissimulée à cet endroit. “T’as déjà attrapé un colibri ?” Il se pencha, frappa dans ses mains derrière l’oreille de Chub, recueillit un nickel en bois par magie et le glissa dans sa pochette banane. “Évidemment que non. Ils sont bien trop rapides. Sauf que là, ils foncent dans la vitre, et *boum !* Alors, je sors vite et je leur coupe la langue ! Faut que je sois rapide moi aussi, parce que ce gros porc, il a toujours faim. C’est dur de parler quand on n’a pas de langue. T’as déjà essayé ?” Il pinça sa langue entre deux doigts et articula : “Ché prechqu’ impochible de par’er chan lang’e.”

Chub sourit. “Qu’est-ce que tu t’es fait au cou ?” demanda-t-il.

Lark toucha ses pansements avec l’air de les découvrir et ne fournit aucune explication.

“Tu veux pas de langues de colibri, alors ? Bon… Je vais regarder si on a autre chose…” Lark alla ouvrir le frigo en boitillant, sortit un gâteau sur un plat et coupa trois parts qu’il posa à même la table.

“Bon Dieu que c’est bon, dit-il en essuyant les miettes prises dans sa barbe de plusieurs jours.

— Il est où l’écureuil ? demanda Chub, du sucre glace sur les lèvres.

— Quelque part dans le coin, sauf si les chiens l’ont bouffé. Va voir là-bas…” Il désigna le salon. Chub descendit de sa chaise.

“Attends !” Lark lui tendit un morceau de gâteau. “Essaie de l’appâter avec ça.”

Quand Chub eut le dos tourné, Lark gratta ses pansements.

“Comment tu te sens ?” s’enquit Rich.

Lark avisa les poches sous les yeux de Rich. “Et toi ?

— Pareil.” La veille, après avoir quitté Lark, il avait sillonné les routes de la région, scrutant les allées des maisons, cherchant le minivan de Daniel, jusqu’à ne plus avoir d’essence.

“Ça se calmera, déclara Lark. Les écolos qui prétendent aimer les arbres, ils restent le temps d’avoir leur photo dans le journal, et après, ils s’en vont sauver des baleines. Mais la militante avec qui t’es marié, je sais pas… Vous avez pu discuter, tous les deux ?”

Rich haussa les épaules.

“Tu as envie d’en parler ?”

Rich fixa le bout de ses chaussures. “Pas vraiment.”

Lark toussa, une toux qui lui déchirait la poitrine. “Ce docteur est un vrai boucher. Il devrait porter un tablier… Il dit que j’ai fumé trop de cigarettes. Mais tu veux savoir ce que je pense, moi ? Ben, j’en ai pas fumé assez. Je serais mort à l’heure qu’il est. Et d’ailleurs… Chub ! Apporte la lampe. Celle qui est là dans le coin. Débranche-la. Oui, très bien.”

Chub apporta la lampe.

“Elle est pas belle ?” Lark admira le pied en bois laqué et l’abat-jour au papier jauni, puis retourna la lampe pour prendre un paquet de cigarettes caché sous le pied.

Le paquet lui échappa et glissa sous le vaisselier. Chub se coucha à plat ventre, une joue par terre, passant un bras sous le meuble.

“Je l’ai !” Le petit garçon examina le paquet, manifestement déçu de ne pas trouver ce qu’il espérait – des chewing-gums, par exemple, ou des cartes de base-ball à collectionner.

“Tu sais que t’es un petit malin, toi ?” Lark découvrit un autre nickel magique derrière l’oreille de Chub et le lui donna en guise de remerciement. Il frappa le paquet contre le bord de la table. “T’en veux une ?” proposa-t-il à Rich.

Celui-ci fit non de la tête.

“Et toi, Chub ?”

Chub sourit jusqu’aux oreilles en remontant sur sa chaise. Lark alluma la cigarette et secoua l’allumette pour l’éteindre.

“L’eau de ta conduite est toujours claire ?” demanda Rich.

Lark se renversa en arrière contre le dossier de sa chaise en contemplant sa cigarette. “Si on a une bonne grosse pluie, elle deviendra marron pendant un jour ou deux.

— La nôtre, c’est plus de la boue que de l’eau. Cet herbicide qu’ils pulvérisent…

— Elle t’a vraiment bourré le crâne.

— En tout cas, une chose est sûre : on le boit.

— Tu l’as déjà changée, ta conduite ?

— Non. Mais rien ne pousse… Je veux dire, *rien*. Il n’y a plus rien pour retenir la terre. Si on déboise la partie inférieure, tout le versant glissera dans le ruisseau.

— Avec le temps, la végétation reviendra." Lark aspira une longue bouffée, toussa. "Attention, voilà la surveillante." Il empocha les cigarettes, se leva, attrapa sa canne-scie et clopina jusqu'à l'évier pour éteindre sa cigarette, puis enfouit le mégot mouillé dans la poche de sa chemise, le tout avec une rapidité surprenante. "Chub, ouvre le tiroir… Oui, celui-là."

Chub ouvrit le tiroir du vaisselier. L'écureuil s'en échappa, détala sur le sol et grimpa le long de la jambe de Lark.

"Comment il a fait pour rentrer dedans ? demanda Chub.

— À ton avis ? J'enfermerais bien Marsha aussi, si elle avait pas un si gros cul."

Le Dodge de Marsha approchait péniblement sur le chemin détrempé. Lark revint s'asseoir et appuya sa canne contre le mur.

"Bonjour, Rich, dit Marsha en entrant. Salut, Chub." Elle voulut fermer la porte. "Tu payes pour chauffer le jardin ou quoi ?

— Laisse ouvert", ordonna Lark.

Marsha sentit l'odeur de tabac dans l'air. "Tu as fumé à l'intérieur ?

— Je suis chez moi, non ?"

Sans daigner répondre, Marsha posa un sac en papier sur la table.

"Qu'est-ce qu'y a là-dedans ?" Lark plongea la main dans le sac et en retira un feuilleté. "Ces satanées graines de mûres se fichent entre les dents, c'est pire qu'une tique dans tes poils pubiens." Il exhiba ensuite un énorme chausson aux pommes. "Merde. Qu'est-ce que tu veux que je foute de tout ça ?

— Y a pas de quoi, dit Marsha en ressortant. J'ai tes courses dans la voiture."

Rich l'aida à décharger.

"Il t'a montré le paquet de clopes qu'il cache sous la lampe ?" demanda-t-elle pendant qu'il attrapait un sac de supermarché sur le siège passager. "Il croit que je ne vois rien… S'il veut se tuer, c'est son affaire.

— Il va bien ?" Rich parlait à voix basse, comme s'il craignait que Lark l'entende depuis la maison.

"Pas terrible. Mais il est coriace."

Elle passa devant Rich pour entrer. "C'était bon ? dit-elle en remarquant les miettes dans la barbe de Lark. Assieds-toi, Rich. Désolée de vous avoir interrompus.

— On doit y aller de toute façon.” Rich resta debout à côté de la porte. Comprenant le signal, Chub se leva et sortit en courant.

Lark mordit dans le chausson aux pommes. “Si tu vois la rousse, dis-lui que je la cherche ! lança-t-il à Rich qui se détournait.

— Tu serais bien embêté si tu la trouvais un jour, dit Marsha.

— T’en connais beaucoup, des vieux de quatre-vingt-trois ans qui peuvent encore enchaîner dix tractions avant le petit-déjeuner ?

— Depuis quand tu manges le matin, toi ?

— Nom de Dieu… mais qu’est-ce qu’il faut donc faire pour avoir la paix en ce bas monde ?

— Mourir, tu as essayé ?”

Lark balaya cette question d’un geste de la main. “Hé, Gundersen ! cria-t-il par la porte ouverte. Te laisse pas emmerder !” Le cochon souleva son groin et flaira l’odeur des viennoiseries. “Qu’est-ce que t’as, Merle ? lui jeta Lark. Tes jours sont comptés, mon salaud.”

Le pick-up de Colleen apparut au bout du chemin.

“Hé, c’est pas ton écolo préférée qui rapplique ?”

Rich s’immobilisa au pied de la galerie en regardant le pick-up blanc approcher.

Après avoir erré toute la nuit, épuisé, il était revenu au petit matin et était resté longtemps assis dans son pick-up devant la maison. La colère s’était émoussée, laissant place à l’idée qu’il pourrait la perdre, rentrer chaque jour dans un foyer vide et froid, vivre sans elle, sans Chub. C’était une pensée insupportable.

Colleen éteignit son moteur tandis que le petit garçon se précipitait à sa rencontre. Elle descendit et se figea, si menue, avec son ragoût dans les mains, hésitant au bord de l’herbe mouillée comme devant un tronc enjambant un torrent.

Elle chercha les yeux de Rich et les interrogea. Lorsqu’elle y lut un timide sourire, elle cessa de retenir son souffle et s’avança vers lui.

“On croit que la faiblesse des hommes, c’est leur queue, déclara Lark en observant Rich. Mais c’est leur cœur. Ça ne rate jamais.”

5 MARS

COLLEEN

Elle prit ses clés dans le bol en bois. La lumière de l'après-midi entrait à flots par les fenêtres.

"Tu feras attention, il y a de la boue partout sur les routes", dit Rich.

La veille, ils avaient parlé longtemps au lit.

Huit ? avait-il demandé, incapable de retracer le chemin dans le calendrier de sa mémoire. Elle n'imaginait pas qu'il souffrirait ainsi en apprenant le nombre de fausses couches qu'elle avait endurées, seule.

Les routes étaient glissantes et elle faillit manquer l'embranchement de Deer Rib, à moitié dissimulé par la végétation. Des buissons d'épines griffaient la carrosserie du pick-up. Sanderson avait sans doute arrêté de pulvériser – *C'est ce que vous vouliez, non ?* Elle avançait lentement, rebondissant sur les ornières, sursautant quand une branche basse balayait sa vitre. Soudain, elle se trouva devant un mur de terre si sombre, si haut qu'elle mit un moment à comprendre : un glissement de terrain, telle une montagne aux flancs impénétrables. Quand elle descendit de voiture, l'odeur d'humus retourné emplit ses narines.

Elle regarda le versant dévasté au-dessus. Le sang cognait à ses tempes. *La maison… où était la maison ?* Cette montagne de boue qui obstruait son champ de vision bousculait ses repères.

"Joanna ?" cria-t-elle. Un écho lui répondit. "Jo-ann-a-a-a ?"

Elle longea l'amoncellement de terre et de végétation, plongeant dans la pente afin d'atteindre la fin de la coulée pour la contourner. La marche était périlleuse. Peu à peu, la hauteur de l'obstacle diminua et elle put enfin passer.

"Ohé ?" Elle avait la voix éraillée. "Ohé-é-é ?"

Elle essaya à nouveau de se repérer mais le glissement avait bouleversé la physionomie du versant. Glissant et dérapant, elle remonta vers la route – du moins le pensait-elle, ayant perdu de vue le pick-up. Elle était tellement concentrée sur ses pieds, ses chevilles et ses semelles lourdes de boue qu'elle ne perçut pas tout de suite l'odeur de fumée. Après avoir toussé, plusieurs fois, elle s'aperçut qu'elle débouchait en contrebas de la maison, laquelle se dressait dans un îlot au milieu d'un océan de boue.

"Il y a quelqu'un ?!"

La porte de derrière s'ouvrit tout grand et Joanna risqua un regard en direction de la crête. À ses pieds, les marches de bois avaient été balayées par l'avalanche. Elle resta debout sur le seuil comme au bord du vide, dans un équilibre fragile que son énorme ventre paraissait menacer. Enfin elle tendit le bras, attrapa la porte et la referma. Colleen fut saisie de panique, visualisant la petite maison qui partait à la dérive après avoir levé l'ancre.

"Joanna !"

Elle agita les bras et voulut courir, mais elle s'enfonçait trop profondément dans la boue.

Joanna ressortit. "Fais le tour, lança-t-elle. J'ai dégagé un chemin avec la pelle."

Quand Colleen, péniblement, arriva à une tranchée taillée dans la boue à hauteur de la taille, ses pieds sur le sol ferme lui parurent étonnamment légers, comme lorsqu'on enlève des patins à glace. Devant la maison, un carré avait été découpé dans la boue sur trois côtés, offrant le spectacle étrange d'une herbe verte où picoraient quelques poules.

"Ils ont dit qu'ils me mettraient plus bas que terre, dit Joanna qui l'attendait à la porte. Je ne pensais pas que c'était à prendre au sens propre."

Colleen regarda du côté où aurait dû se trouver le poulailler.

"Il a été emporté par là-bas, raconta Joanna. Les poules ont réussi à grimper sur le toit, mais ça ne leur a vraiment pas plu !"

Le toit de la grange aussi avait été en partie arraché.

"Et les filles…

— Elles sont à l'intérieur."

Colleen tenta vainement de s'essuyer les pieds. C'était la première fois qu'elle entrait dans la maison depuis la naissance de Camber. Il y avait des traces de boue sur le linoléum à l'endroit où l'on avait nettoyé avec une serpillière. Les filles apparurent à la porte de la chambre, l'air frigorifié. La moquette du couloir avait été retirée, une bûche fumait dans le poêle.

Joanna remplit la bouilloire avec de l'eau qu'elle puisa dans un seau et la mit en marche. Une des assiettes en faïence bleue de la mère de Colleen séchait dans l'égouttoir. Colleen et Enid avaient tout laissé quand elles avaient vendu la maison, comme s'il s'agissait d'une disposition temporaire.

"J'aurais dû me douter de quelque chose quand le ruisseau n'a plus coulé, dit Joanna. L'eau s'accumulait derrière une retenue… Heureusement que j'ai l'habitude de faire des réserves, la baignoire était pleine."

Colleen se frotta les mains pour les débarrasser de la terre séchée. Le bourdonnement dans ses oreilles devint de plus en plus fort, jusqu'à se confondre avec le sifflement strident de la bouilloire. Joanna jeta des fleurs de camomille dans une théière et versa l'eau. Il y avait de la boue autour des plinthes.

"J'ai cru que c'était un tremblement de terre. Une chance que ce soit arrivé la nuit, sinon on aurait peut-être essayé de s'enfuir. Quand même, un versant entier qui se débine comme ça…

— Où est Jed ?" demanda Colleen.

Joanna haussa les épaules. "Quelque part dans l'État de Washington… Ou en Idaho… Il est devenu trop gâté avec les douches des relais routiers. De l'eau chaude à volonté… Il ne rentrera pas avant trois semaines et j'aurai tout dégagé à la pelle d'ici là. J'ai cru que c'était fichu quand l'eau est passée sous la porte. Il n'y avait rien à faire, sauf prier." Elle servit deux mugs d'infusion.

La maison sentait le moisi et la terre. Un goût âcre dans la bouche, Colleen s'aperçut qu'elle attendait presque de voir apparaître sa mère dans l'escalier.

"Du miel ?" Joanna lui tendit un pot à moitié plein et s'assit pesamment.

Colleen tenait son mug par l'anse – celui qui était décoré avec des empreintes de puma. Elle se le rappelait dans la main de son père. Il ajoutait toujours du lait et deux sucres.

“On peut nous enterrer, mais on ne peut pas nous empêcher de déblayer pour s’échapper.” Joanna but une bonne lampée, grimaça. “Chaud.”

L’infusion était légère. Colleen dut avaler une gorgée brûlante pour déloger des bribes de fleurs coincées dans sa gorge. Camber arriva en vacillant sur ses petites jambes. Joanna la hissa sur un genou, contre son gros ventre.

“Dieu a veillé sur nous, pas vrai ma chérie ? dit Joanna en caressant les fins cheveux de sa fille.

— Tu peux appeler Jed ?”

Joanna approcha un téléphone imaginaire de sa bouche. “Dring ! Dring !”

Camber rit.

“De chez nous, je veux dire”, précisa Colleen.

Joanna posa brusquement Camber et se leva. La petite lança un regard noir à Colleen, comme si elle la tenait pour responsable de ce mauvais traitement.

“Il faut que je sorte la moquette, déclara Joanna.

— Vous ne pouvez pas rester ici.

— Elle pue la mort !” insista Joanna en faisant la sourde oreille.

Elles commencèrent à rouler la moquette souillée puis reprirent leur souffle, à genoux sur le plancher. Joanna passa les bras sous le rouleau. Du côté de Colleen, la laine gorgée d’eau dégageait une odeur puissante – chien mouillé, terre et moisissure. Elle n’osa pas faire remarquer que l’ensemble serait impossible à soulever.

“Prête ?” dit Joanna.

Elles roulèrent encore, haletant et gémissant, effectuant plusieurs tours jusqu’à parvenir devant la porte. Joanna se releva pendant que Colleen restait assise sur ses talons. Les fillettes se faufilaient avec une souplesse de félin entre les meubles entassés, les chaises et les tables retournées. Joanna arracha le dernier coin de la moquette.

“Ça y est, dit-elle, hors d’haleine.

— C’est trop lourd…

— On va la faire glisser. Ouvre la porte.”

Porter une charge n’était pas bon pour le bébé, mais Joanna ne s’en souciait pas. La poignée de la porte était froide. Colleen contempla le champ de boue et de débris, la grange au toit affaissé que le vent achèverait de détruire. Elle se demanda ce qu'étaient devenus les poussins à l'abri dans la chaleur de la couveuse, la poutre centrale pourvue de clous où sa grand-mère accrochait les lapins par leurs pattes.

Avec le cri d'une femme qui accouche, Joanna poussa si fort le rouleau que Colleen dû s'écarter d'un bond pour ne pas être renversée.

“Attends, je…” Elle attrapa son côté du rouleau et le hissa avec effort sur sa hanche tandis que Joanna, portant aussi à pleins bras, décrivait un demi-cercle et passait devant elle. Elles partirent en direction de la forêt, dans la boue jusqu'aux genoux. Enfin, ayant repris pied sur le sol ferme au bord de la coulée, Joanna lâcha le rouleau. Colleen le posa une seconde plus tard et entendit le tintement étouffé d'une clochette : Bossy, la vache, broutait l'herbe à la lisière des arbres.

“Voilà !” s'exclama Joanna. Puis, comme si la clochette avait ouvert les vannes de ses émotions, elle fondit en larmes.

“Vous ne pouvez pas rester ici, répéta Colleen en désignant le ventre de Joanna. Ce bébé ne va pas attendre beaucoup plus longtemps.

— On ne… on ne peut pas juste partir comme ça…, bredouilla Joanna en reniflant.

— Si ! C'est trop dangereux.

— Qui s'occupera des animaux ?” protesta Joanna.

De retour dans la maison, Joanna entreprit de ranger la cuisine, comme animée par la conviction que tout irait bien si cette pièce-là, au moins, était en ordre. Colleen dénicha plusieurs grands sacs en plastique et monta dans la petite chambre à l'étage qui était autrefois la sienne. La première nuit qu'elle avait passée ici avec Rich, elle n'avait pas réussi à trouver le sommeil.

Qu'est-ce qu'il y a ? avait-il fini par demander.

Je ne peux pas dormir. Sa voix lui avait paru si ténue, si faible, à côté de ce grand corps chaud qui respirait à ses côtés. *Je n'ai pas l'habitude, avec quelqu'un…* Daniel ne restait jamais la nuit entière. Il s'éclipsait sans être vu par Eunice Hamilton, la logeuse de Colleen, et retournait dans son dortoir sur le campus pour étudier ; elle n'avait eu aucune autre expérience. Sans un mot, Rich s'était levé et avait commencé à s'habiller dans l'obscurité.

Ne pars pas. Elle lui avait touché le genou. *J'aimerais bien m'habituer.*

Il était revenu dans le lit et elle avait blotti sa tête au creux de son épaule.

Moi aussi, j'aimerais m'habituer, avait-il murmuré.

La porte de la chambre s'entrouvrit.

"Qu'est-ce que tu fais ? demanda Judith.

— C'était ma chambre, avant.

— C'est *ma* chambre ici.

— Je sais, ma chérie."

Colleen ouvrit les tiroirs de la commode, prit des habits et les fourra dans les sacs sous le regard de Judith. Elle sentait la présence de sa mère, debout à la porte. *Ton père était un rêveur. Regarde où ça l'a mené.*

L'air avait fraîchi et la brume s'épaississait quand elles atteignirent la lisière de la forêt. Joanna portait Camber, Colleen les sacs. Dans la faible lumière, Colleen commença à s'inquiéter. Aurait-elle dû reculer le pick-up avant de continuer à pied ? La montagne de boue l'avait-elle enterré en s'écroulant ? Elle l'aperçut enfin, pour son plus grand soulagement.

"J'ai faim", dit Leah.

Comme Joanna se taisait, Colleen répondit : "Oui, je sais…

— Où on va ? demanda Leah.

— Chez moi. On mangera un bon dîner."

Elle installa les filles sur la banquette arrière et chargea les sacs à leurs pieds. "Vous aimez les sandwichs grillés au fromage ?"

Joanna regardait droit devant elle, Camber sur ses genoux. Les fillettes n'étaient pas à l'aise et se tortillaient dans leurs vêtements mouillés.

"Je veux papa, geignit Leah. Aïe ! Judith m'a pincée !

— Allons, allons…, dit Colleen. Soyez gentilles, entre sœurs." *Un jour, vous n'aurez personne d'autre.*

Les volets blancs ressortaient contre la façade vert sombre de la maison. Rich cessa de fendre du bois, découvrant tout à la fois la carrosserie du pick-up pleine de boue, les filles, Joanna.

"C'est qui ? demanda Leah.

— Il s'appelle Rich", répondit Colleen.

Il posa la hache contre un gros rondin, ôta ses gants et secoua la sciure, projetant en l'air un nuage qui semblait s'échapper des mains d'un prestidigitateur. Colleen se représenta ce qui allait suivre : les filles couvertes de boue entreraient dans la maison ; Rich essuierait le fer de la hache pour éviter qu'elle ne rouille, posément, calmement, il entretiendrait le feu dans le poêle afin que tout le monde ait bien chaud ; Colleen ferait couler un bain ; les sandwichs au fromage grésilleraient dans la poêle ; Joanna téléphonerait à son oncle à Medford ; les feux arrière de la voiture s'éloigneraient dans le brouillard. Après, quand ils seraient couchés tous les deux, Rich lèverait simplement son bras et elle nicherait sa tête au creux de son épaule. *C'est la différence entre toi et lui*, avait dit un jour Enid. *Rich ne garde pas de rancune.*

"C'est mon mari", ajouta Colleen.

En conduisant la petite troupe dans la maison, elle vit la scène avec les yeux de Rich : deux gamines aux cheveux pas coiffés, couvertes de boue ; un bébé de deux ans qui avait faim ; Joanna enceinte de huit mois et demi, à peine sortie de l'adolescence et déjà mère de trois enfants.

Dans la cuisine, Colleen ouvrait et fermait les tiroirs quand Rich entra par la porte de derrière.

"Qu'est-ce que tu cherches ?

— L'ouvre-boîte."

Il le trouva dans le placard à côté du réfrigérateur et ouvrit les boîtes de soupe. "Il y en a une à la tomate. Tu la veux aussi ?"

Colleen l'échangea contre une autre aux nouilles et poulet.

"Qu'est-ce qui s'est passé ?" demanda-t-il.

Elle explora les clayettes du frigo. "On n'a pas de fromage râpé ?

— Colleen.

— Quoi ?" Rich attendait, l'ouvre-boîte à la main. "Un glissement de terrain à Deer Rib…

— À quel endroit ?

— Tout le versant.”

Les filles apparurent, cheveux mouillés et joues roses. Les t-shirts prêtés par Colleen leur descendaient jusqu'aux genoux.

Elle servit la soupe. Joanna soufflait sur la cuillère avant de la présenter à Camber. Les filles écartèrent leurs deux tranches de pain pour regarder le fromage fondu à l'intérieur. Chub et Rich les observaient en silence, comme dans un rêve éveillé.

Colleen pressa du dentifrice sur les doigts des fillettes. Leurs visages s'illuminèrent lorsqu'elles découvrirent son goût sucré. Joanna les obligeait sans doute à se brosser les dents avec du bicarbonate de soude. Après les avoir couchées dans le lit de Chub, Colleen retourna dans la cuisine. Joanna était seule, une main sur le téléphone qu'elle venait de raccrocher.

“Alors ?

— Il reviendra avec le van pour emmener Bossy.” Joanna se massa doucement le ventre. “Jed dit qu'on devrait déménager et s'installer dans le Nord. Prendre un nouveau départ.

— Tu devrais te reposer, dit Colleen.

— Il a dit qu'ici, c'était marche ou crève.”

L'oncle arriva après minuit. Rich porta les filles jusqu'à la voiture. Colleen donna une couverture à Joanna, un bocal de café chaud pour l'oncle.

Chub dormait dans leur chambre, étendu en travers du lit. Rich réduisit le tirage du poêle et s'assit sur le canapé. Colleen se laissa tomber à côté de lui.

“Ça va ? demanda-t-il.

— Je n'arrête pas de penser à ce que ma mère dirait.

— Tout passe, tout lasse… ?”

Elle fit non de la tête.

“Un tien vaut mieux que deux tu l'auras ?”

Elle lui envoya une légère tape sur le ventre.

Il passa un bras autour de ses épaules et l'embrassa sur les cheveux. "On n'a droit qu'à un seul miracle."

Elle ferma les yeux. "C'est vrai."

Rich enfilait son pantalon dans la pénombre de la chambre, en équilibre sur une jambe. Dehors, Scout aboyait et grognait tour à tour. Ce n'était pas un raton laveur. Quelque chose de plus gros.

"Qu'est-ce qui se passe ? demanda-t-elle.

— Chhht." Rich remonta la fermeture de son pantalon. Les grondements de Scout ne couvraient pas le bruit d'un moteur tournant au ralenti.

"Qui est-ce ?" Elle pensa à l'oncle de Joanna – avaient-ils oublié quelque chose ? La détermination avec laquelle Rich s'était habillé l'effraya. "Rich ?"

Il se cogna la tête en sortant de la chambre et jura dans sa barbe.

"Ça va ?" chuchota-t-elle. Scout aboyait toujours. Il y eut plusieurs coups de feu, un fracas de verre brisé, des portières qui claquaient

"Rich ?!" Elle trébucha contre le fauteuil à bascule en se précipitant dans le couloir. Des phares balayèrent les fenêtres, des pneus crissèrent sur le gravier. Puis tout redevint noir. Aucun bruit ; même Scout se taisait. Rich se tenait devant la porte d'entrée.

"N'y va pas, souffla-t-elle.

— Ils sont partis.

— Comment tu le sais ?"

Colleen alla ouvrir la porte de la chambre de Chub. Le petit garçon dormait, paisiblement, dans la faible lueur de la veilleuse-fusée. Elle avait les mains qui tremblaient quand elle referma le battant.

La porte de la maison était entrebâillée, laissant pénétrer un filet d'air froid, et la lumière extérieure perçait un voile de brouillard. Dehors, Rich était assis sur ses talons, une main sur le corps inerte de Scout.

"Rich ?"

Il baissa la tête. Un sanglot monta dans sa gorge. Elle ne l'avait vu pleurer qu'une seule fois, à Pâques, devant l'hôpital. Le gravier parut étrangement sonore sous ses pas quand elle s'avança.

Elle posa une main sur l'épaule de Rich et il laissa libre cours à ses larmes, flattant le cou de Scout comme pour le réconforter. La langue du chien pendait, son poil était taché de sang. Elle s'accroupit derrière Rich et l'enlaça par-derrière, se pressa contre lui. Enfin, il s'essuya les yeux et le nez avec le dos de sa main, prit Scout dans ses bras et se releva.

Elle ne pouvait pas réparer le panneau VOTRE FOYER, C'EST L'ENDROIT QUI ABRITE VOTRE ♥, le cœur ayant été perforé par la balle, mais elle terminait de ramasser les morceaux de verre avec une pelle et avait scotché un film plastique à la place des vitres cassées quand Rich rentra enfin. Son pantalon était sale aux genoux, il sentait la terre mouillée. Elle le rejoignit dans le lit et lui caressa doucement le front, les paupières, la peau si fine sous ses yeux. Demain, avant que Chub se lève, elle passerait l'aspirateur sur le tapis du salon.

"Tu as vu qui c'était ? demanda-t-elle.

— Non. Colleen, il faut que tu arrêtes… Imagine s'ils s'en prenaient à…" Le nom de Chub resta suspendu dans le silence.

On te mettra plus bas que terre. Elle avait pensé que la menace s'adressait à Daniel, mais elle comprit à présent qu'elle était visée aussi, comme Joanna, comme Helen, comme tous ceux qui refuseraient de courber l'échine.

6 MARS

RICH

Le vent aspirait et relâchait les plastiques aux fenêtres, comme si la maison respirait. Il prit les clés du pick-up dans le bol en bois, les yeux brûlants d'être resté trop longtemps sous la douche.

"Où vas-tu ?" demanda Colleen.

Il frotta ses joues enflammées par le rasoir. "Je reviens dans deux ou trois heures."

Elle le suivit dehors. "Rich ! Sois prudent."

Il aurait dû faire demi-tour pour qu'elle l'embrasse, mais il savait qu'au moindre geste de tendresse, il se mettrait à pleurer – à son âge, pleurer la mort d'un chien. Il se dépêcha donc de monter dans son pick-up, roula vers le nord et traversa la frontière avec l'Oregon. À Brookings, il y avait un magasin de bricolage qui vendait des portes préfabriquées. Il surprit son reflet dans la devanture : un homme hagard, les yeux rouges.

"Je peux vous aider ?" Le jeune garçon boutonneux le détailla d'un air circonspect, craignant peut-être qu'il ne s'enfuie avec une porte sous le bras.

"Vous en avez sans cette découpe ?"

Le jeune fut désarçonné. "Ben, ça, c'est une porte pour chien."

Il acheta une porte pleine à six panneaux, sans vitre, deux fois plus chère que le prix du bois, pourvue d'un œilleton tel qu'on en trouvait dans les motels bas de gamme. Cela changerait totalement le ressenti dans la maison. Il la chargea sur le plateau du pick-up ainsi qu'une nouvelle fenêtre, des tubes de pâte à bois et de plâtre. En claquant sa portière après s'être assis au volant, il éprouva le choc dans ses os, y compris ceux de la mâchoire, vrillés par la douleur de sa dent. Puisqu'il n'était pas très loin…

Il regarda l'aiguille du compteur avaler les chiffres – cent dix, cent vingt. La route côtière filait vers le nord et la vitesse effaçait le contenu de son esprit comme une vague déferlant sur le sable. Lorsqu'il arriva à Coos Bay, il longea les élégantes maisons dominant le front de mer et repéra le bateau. Sur la façade, une plaque blanche bordée de bleu indiquait : STEPHEN LANGLEY, CHIRURGIEN DENTISTE.

Il se gara, emprunta la courte allée et sonna à la porte du cabinet avant d'avoir eu le temps de changer d'avis. Les mains enfoncées dans ses poches, il palpa les douilles qu'il avait ramassées le matin. Astrid ouvrit : cheveux argentés coiffés au carré, lunettes de lecture suspendues à une chaîne autour du cou, col bleu pâle dépassant d'un cardigan blanc. Ses vêtements semblaient assortis aux couleurs de la plaque à l'extérieur.

"Oui ?" dit-elle. Était-elle surprise de le voir ? Éprouvait-elle quelque chose, après tant d'années ? Elle n'en montra rien et se contenta de hocher très légèrement la tête : *Oui, je me rappelle. Oui, nous avons conçu un bébé ensemble autrefois. Qu'est-ce que tu veux ?*

La joue de Rich l'élançait, palpitant aussi vite que les battements de son cœur. Jamais il ne s'était autant éloigné de chez lui, et elle se tenait là, l'air agacé, comme s'il la dérangeait au milieu d'une émission à la télé.

"J'ai une dent qu'il faut arracher.

— Un instant." Elle laissa le battant entrebâillé. Il entendait un ronronnement. Lorsqu'elle revint et le fit entrer, il comprit que le bruit provenait de la pompe d'un aquarium. Elle le conduisit derrière un escalier vers le fond de la maison. Ses épaules étaient plus étroites que dans le souvenir de Rich. Elle ouvrit une porte intérieure, s'effaça devant lui, et il se retrouva seul dans une pièce : fauteuil de barbier, lavabo, pot en verre contenant des abaisse-langue.

Un homme d'environ son âge entra. C'était donc lui, Langley.

"Asseyez-vous." Le dentiste se lava les mains au lavabo. Mince, la mine sévère ; un nez allongé et un menton pointu qui le faisaient ressembler à un rongeur. La lumière du plafonnier éclairait son crâne dégarni.

Après avoir passé un masque, il actionna un levier pour incliner le dossier du fauteuil et sonda les dents de Rich à l'aide d'un crochet en métal. Rich tressaillait chaque fois que l'instrument déclenchait une douleur fulgurante. Il ouvrait et fermait les poings, avec dans la bouche le goût des gants en latex qu'avait enfilés le dentiste.

Langley se redressa et ôta son masque. "Il faut couronner la dent.

— Vous pouvez l'arracher ?

— C'est une molaire. Je n'aime pas beaucoup extraire une dent dont on a besoin."

Rich insista. "J'aimerais autant en être débarrassé. Elle me fait un mal de chien."

Les yeux du dentiste se déplacèrent vers la porte, tandis que ceux de Rich cherchaient les redoutables pinces, ou la roulette, parmi les instruments présents dans son champ de vision.

"Astrid ?" appela le dentiste.

Ils s'empressèrent tous deux autour de Rich – Astrid évitait de le regarder. Il avait les mains moites et le cœur battant.

"Vous avez un beau bateau, dit-il, pendant qu'il pouvait encore parler.

— Merci.

— Vous vous en servez beaucoup ?

— Nous l'avons acheté pour notre fils.

— Qu'est-ce qu'il fait dans la vie ?

— Il est avocat." Le dentiste prit la seringue que lui tendait Astrid. "Je vais piquer."

Rich se crispa.

"Parfait… On va attendre que le produit agisse."

Ils quittèrent la pièce. Rich avait les nerfs à vif ; il avait cru que c'était à cause d'elle, de sa présence si proche, mais seul, c'était encore pire. De minuscules fourmillements envahissaient sa gencive, sa joue et sa lèvre. Il y avait une télévision dans la pièce voisine. Une fougère en pot près de la porte.

"Bien", dit le dentiste en reprenant sa place. Astrid s'assit sur un tabouret de l'autre côté. "Vous allez sentir une pression."

Allongé sur le dos, Rich s'efforça de penser à autre chose, tandis que Langley délogeait sa dent millimètre par millimètre au moyen d'une sorte de levier, comme on déracine un arbre avec une barre de fer. De temps à autre, le dentiste s'interrompait pour laisser Astrid aspirer le sang dont le goût emplissait la bouche de

Rich. Les yeux au plafond, il n'aurait su dire à quel moment précis la dent malade franchit ses lèvres entre les pinces de Langley.

Celui-ci ôtait déjà ses gants rouges de sang et les jeta dans la poubelle. "Vous aurez un peu mal quand l'anesthésie ne fera plus d'effet."

Il se lava les mains et sortit avant que Rich, pris d'un vertige en se redressant trop vite, n'ait le temps de le remercier.

"Quarante-cinq dollars", dit Astrid en chaussant ses lunettes pour rédiger une facture. Elle la lui tendit, sa main remontant le temps… Cette même main qui autrefois lui avait offert la phrygane en herl de paon ; la mouche se posait sur l'eau, si légère, tel un insecte vivant, et des cercles concentriques se formaient à la surface, signalant l'approche d'une truite. La main avec laquelle elle avait pris la sienne pour la poser sur son ventre. Il était âgé de dix-neuf ans et il avait ri pour chasser la peur. *Il viendra avec moi à la pêche*, avait-il dit. *Je lui apprendrai.*

Comment sais-tu que c'est un garçon ?

Il n'y avait pas eu de petite fille dans l'histoire des Gundersen, mais brusquement, parce qu'Astrid en parlait, c'était devenu une fille.

Elle viendra, alors.

Astrid avait souri. L'idée lui plaisait. Ou peut-être, avec le recul, était-ce seulement la satisfaction de la victoire. Un jour plus tard, elle avait changé d'avis. Et puis… Après qu'ils eurent quitté Samoa et la maison de June Millhauser, après la pluie tambourinant sur le pare-brise et lui qui cherchait désespérément quelque chose à dire pendant le trajet du retour, ne trouvant finalement que : *On pourrait quand même se marier.* Après la fureur d'Astrid. *Qu'est-ce qui te fait croire que je t'épouserai ?* Après qu'elle l'eut obligé à descendre de voiture pour prendre elle-même le volant, du sang sur sa jupe en laine. Après qu'elle l'eut abandonné là, sur le bas-côté. Même après qu'il eut rencontré Colleen, il n'était toujours pas débarrassé d'un sentiment de culpabilité – si seulement il avait dit quelque chose, fait quelque chose. Mais il voyait maintenant qu'Astrid ne regrettait rien, qu'elle ne pensait plus du tout à lui.

"C'est ton petit-fils ? demanda-t-elle en remarquant, dans le portefeuille ouvert de Rich, la photo d'école de Chub avec ses joues rebondies et ses fossettes.

— Mon fils." Il avait la langue épaisse et insensible, un tampon de gaze sur le trou laissé par la dent.

"Oh." Elle fixa la photo un moment, comme attendant qu'il lui en montre une autre.

"C'est notre seul enfant. Colleen – ma femme… elle a fait huit fausses couches après lui."

Il imaginait qu'Astrid dirait : *"Je suis désolée."* Il éprouvait encore dans sa main le poids du petit paquet que June Millhauser lui avait donné pour qu'il le jette dans le poêle, un bébé de la taille d'un trognon de pomme. Il avait eu honte de brûler ce qui aurait dû être enterré.

"J'ai beaucoup pensé à lui, dit-il. À elle. Pendant longtemps, même quand je ne pensais plus à…" Il s'éclaircit la gorge. *À toi. À nous.* "J'avais envie d'avoir des enfants." Il portait cette confession en lui depuis si longtemps, il fut soulagé de s'en délester, enfin.

Elle ferma le livre de comptes. "Je suis content que tu aies rencontré quelqu'un."

Il sortit délicatement la mouche de sa poche et la posa sur le bureau. Astrid approcha la main, l'arrêta au-dessus du fragile objet dans un geste qui ressemblait à une bénédiction.

"Au revoir, Rich."

Dehors, il tapota sa joue ankylosée, tenant à la main l'enveloppe dans laquelle Astrid avait glissé sa dent. Personne ne lui avait demandé s'il la voulait. Le brouillard marin prenait possession de la côte. Il roula lentement, le ventre serré en abordant le virage de Last Chance, passa devant chez lui sans ralentir et continua jusqu'à la colline au sommet de laquelle se dressait la maison de Merle. Des pick-up étaient arrêtés le long de la route. Il se gara, descendit, gagna à pied l'allée où était stationné le Chevy d'Eugene – flaque de sève poisseuse et chaîne cassée sur le plateau arrière. Trop paresseux pour couvrir ses traces. La présence de Merle ne le dérangeait pas, au contraire : il voulait mettre les choses au clair avec les deux hommes.

Le chien dépourvu de cordes vocales toussa. Rich cracha son tampon de gaze imbibé de sang. Il se dirigea vers les voix qu'il entendait derrière la maison, d'où lui parvenait aussi une odeur de viande grillée. Ils étaient rassemblés autour du barbecue : Merle – qui tournait les steaks –, Eugene, le fils Sanderson, plusieurs jeunes de l'autre équipe, et trois ou quatre gars que Rich reconnaissait vaguement pour les avoir vus, malgré l'obscurité, sur la route au pied de Damnation la nuit du massacre.

"Rich, viens donc par ici !" s'exclama Merle, comme s'il l'attendait.

Rich grimpa les marches. Eugene évitait son regard. Scout était sûrement venu vers lui pour recevoir les habituelles caresses, sans rien soupçonner.

"Bois donc une bière, dit Merle. On a quelque chose à fêter."

Eugene lui tendit une bouteille. En une fraction de seconde, Rich visualisa la scène : la bouteille qu'il refusait et qui explosait par terre devant lui, Merle qu'il attrapait par le col de sa chemise pour le pousser violemment contre la rambarde de la véranda. Mais déjà, sa main avait pris la bouteille, fraîche et mouillée, Merle servait la viande sur les assiettes et les gars rentraient dans la maison pour manger. Rich s'attarda.

"T'as pas l'air très heureux, Rich, dit Merle en grattant la grille pour enlever la graisse.

— Je ne sais plus quoi penser.

— Tu veux savoir ce que je pense, *moi* ?" Merle ferma le couvercle du barbecue. "Je pense que t'as une sacrée veine. D'avoir un beau-frère qui veille sur toi."

À la fenêtre, Eugene croisa le regard de Rich et détourna aussitôt les yeux. Rich posa la bouteille de bière pleine sur la rambarde.

"Je pense aussi que tu devrais rentrer chez toi et dire à ta femme de la fermer, continua Merle. Ce serait dommage si le bruit se répandait que le bébé des Larson est mort à la naissance par sa faute et…

— Il n'est pas mort à la naissance, coupa Rich avec colère. Il est né sans boîte crânienne ! Comment aurait-elle pu le sauver ?"

Merle haussa les sourcils. Il n'avait pas l'habitude qu'on l'interrompe. "Je parie que l'État serait très intéressé d'apprendre qu'une sage-femme sans le moindre diplôme joue au docteur, et qu'elle sort des bébés du ventre de leur mère avant qu'ils soient finis.

— C'est faux." Rich heurta par mégarde la bouteille sur la rambarde ; elle éclata par terre au milieu d'une flaque de mousse.

"Faux, vrai..." Merle haussa les épaules. "Une fois que la rumeur est lancée, tu sais...

— Elle ne se fait pas payer. Jamais. Laisse-la en dehors de ça."

Merle cala sa langue contre sa joue en réprimant un sourire. "Tu entres ?"

Rich feignit d'observer les hommes qui mangeaient à l'intérieur ; s'il regardait Merle, il le saisirait à la gorge et le pousserait contre le mur au crépi jaune délavé.

Merle avait suivi son regard. "Ils se calmeront. Nous aussi, on a été jeunes, tu te rappelles ?" Il indiqua la porte d'un geste mais Rich ne bougea pas. "Comme tu voudras. Dès qu'il arrêtera de pleuvoir, on te tombera sur le poil. Tu vas vraiment en chier... Je te conseille de te reposer et de remettre les choses d'équerre chez toi.

— Sinon ? Tu demanderas à Eugene de me saboter les freins ?

— Rentre chez toi, Gundersen. Va voir ta femme." La porte moustiquaire se referma derrière Merle.

Rich ravala le goût du sang dans sa bouche. De l'autre côté de la fenêtre, Eugene se déplaça d'un pied sur l'autre, mal à l'aise, bien qu'il eût le dos tourné. Un animal sait quand il est observé. D'un rapide coup d'œil, Merle l'informa que Rich était toujours là dehors.

Le husky gronda et recula sur les marches pendant que Rich ramassait les morceaux de la bouteille pour qu'il ne s'entaille pas les coussinets. Il n'avait pas choisi d'être le chien d'un fils de pute.

CHUB

Sa mère s'arrêta de couper les légumes, l'oreille tendue, sans tourner la tête. Chub courut à la porte. Dehors, son père descendit du pick-up et alla abaisser le hayon en boitillant. Chub attendait que Scout bondisse. Le matin, il avait trouvé la chaîne abandonnée derrière la maison et s'était précipité pour annoncer : *Scout s'est enfui !*

Oui, Grahamcracker, avait dit sa mère. *Je sais…*

Toute la journée, il avait attendu. Scout était parti rejoindre son père. Son père le ramènerait…

Son père attrapa une porte sur le plateau du pick-up.

“Où est Scout ? demanda Chub, debout sur le seuil.

— Attention, écarte-toi”, dit son père en entrant avec la porte. Chub obéit.

“Qu'est-ce qui s'est passé ?” demanda sa mère.

Son père tapota sa joue enflée. “On me l'a arrachée.”

Chub s'approcha du pick-up. Le gravier mouillé lui piquait la plante des pieds. Il grimpa sur la roue arrière pour regarder sur le plateau : pas de Scout. Il sauta et ouvrit la portière, même si les chiens n'avaient pas le droit de monter à l'avant.

“Où il est ? demanda-t-il en revenant dans la cuisine.

— Va te laver les mains”, dit sa mère.

Ils prirent place à table. Chub mangea d'abord sa purée de pommes de terre.

“Et s'il s'est perdu ?” dit-il.

Sa mère jeta un coup d'œil à son père.

“Il retrouvera son chemin grâce aux ruisseaux.” Son père prit une bouchée, aspira de l'air en grimaçant de douleur, puis repoussa son assiette.

Chub demanda à se lever de table et sortit derrière la maison. Il y avait la chaîne de Scout. Ses écuelles. Un os à moelle portant la marque de ses dents. Chub ramassa l'os, s'approcha de la niche et passa la tête à l'intérieur.

"Scout ?"

Il entra à quatre pattes dans la niche. L'odeur de Scout, le vieux torchon de cuisine. Chub l'appliqua sur sa joue, serra l'os contre sa poitrine et se recroquevilla pour attendre le chien.

Il faisait presque nuit. Son père s'accroupit à l'entrée de la niche.

"Tu es réveillé ?"

Chub s'assit.

"Viens. Je vais te montrer quelque chose."

Chub suivit son père sur la colline. C'était étrange de marcher sans Scout qui courait de l'avant, qui revenait en haletant et se dressait sur ses pattes pour lécher l'oreille de Chub. Lorsqu'ils arrivèrent aux arbres, son père quitta le sentier et se dirigea vers un endroit à l'écart où la terre avait été bougée puis tassée. Après s'être assis sur ses talons, il prit Chub contre lui.

"Qu'est-ce qui se passe ?" demanda Chub.

Son père prit une grande inspiration par le nez. "Est-ce que je t'ai raconté comment j'avais trouvé Scout ?"

Chub fit non de la tête.

"J'étais allé chercher du bois flotté sur la plage pour oncle Lark. À un moment, j'ai bougé une grosse branche… il y avait un petit chiot tout sale derrière. J'ai eu peur, je suis tombé sur les fesses, et hop, il m'a sauté dessus pour me lécher la figure." Son père sourit. "Quand tu as commencé à marcher, tu le poursuivais partout. Et si tu t'asseyais, il venait à côté de toi pour que tu puisses te relever en t'agrippant à lui et continuer à le pourchasser."

Chub s'abandonna entre les bras de son père.

"C'était un bon chien." La voix de son père tremblait un peu. Il glissa la main dans sa poche, et là, dans sa paume, il y avait une agate jaune de la taille d'un petit bonbon gélifié. Chub la prit. "Vas-y. Pose-la", dit son père en indiquant le carré de terre. Chub s'exécuta puis revint se blottir contre la poitrine de son père. "Il a eu une bonne vie, une longue vie…" Son père lui caressa les cheveux. "Maintenant, il peut se reposer."

12 MARS

RICH

"Ce n'est peut-être pas une bonne idée, dit Colleen en avisant le pick-up d'Eugene garé sur le parking de la salle polyvalente.

— Trop tard, on y est." Rich tint la porte ouverte pour Colleen et Chub. L'odeur du poisson pané leur chatouilla les narines. Au fond de la salle, le fils Sanderson lança une fléchette vers la cible – en plein dans le mille. Eugene lui en tendit une autre, aperçut Rich, fit mine de ne pas l'avoir vu. Il y avait deux sortes d'hommes : ceux qui frappaient, et ceux qui, comme Eugene, cherchaient autour d'eux quelque chose avec quoi vous frapper. La deuxième fléchette se planta à côté de la première, si près que leurs ailettes se confondirent. Le jeune Sanderson aurait pu abattre Scout de loin, mais Eugene avait dû descendre du pick-up et le tuer à bout portant. Rich serra les poings. *Eugene, petite merde.*

"Enid n'est pas là", murmura Colleen, comme si cette absence leur fournissait une raison de partir.

Pete, Don et Lew les accueillirent par de légers hochements du menton, mais Colleen gardait la tête baissée. Ils firent la queue pour être servis, puis s'assirent à une table. Rich regardait Chub manger ses frites avec les doigts. Eugene plongea la main dans la glacière posée à proximité du jeu de fléchettes pour prendre une autre bière.

"Je vais lui parler, dit Rich. Avant qu'il soit trop bourré.

— Rich…" Mais il était déjà debout et partait vers la porte.

Dehors, il s'appuya contre son pick-up. Eugene apparut un instant plus tard, la démarche instable.

"T'en es à combien ? demanda Rich.

— Cent soixante." Eugene creusa un sillon dans le gravier avec le bout de sa chaussure.

Rich posa les balles et les douilles sur le capot. "Si tu as quelque chose à dire, dis-le."

Eugene jeta un coup d'œil en direction de la porte et enfonça ses poings dans ses poches. L'air froid le dégrisait. "C'est toi qu'il faut interroger."

Rich prit une balle sur le capot.

"J'ai trouvé ça dans ma porte d'entrée. On a un problème ?

— À toi de répondre.

— Tu as tué mon chien.

— C'est pas moi." Eugene secoua la tête.

"Qui, alors ?"

Eugene haussa les épaules.

"Arrête tes conneries, Eugene. Tu es mon beau-frère, bordel. On n'a pas d'autre famille.

— J'ai essayé. Je t'ai défendu... Mais après, tu laisses Colleen faire n'importe quoi et elle aide ce type à balancer des saloperies contre Sanderson ! Merde, Rich, tu t'es carrément accroché une cible dans le dos."

Eugene voulut se détourner. Rich le rattrapa par son col et le poussa contre la calandre. Les douilles tombèrent du capot.

"Écoute-moi, connard.

— Lâche-moi." Eugene tenta de se débattre puis ne bougea plus, vaincu, affaibli par l'alcool.

"Tu es peut-être à la botte de Merle, mais je n'ai d'ordres à recevoir de personne concernant ma femme.

— Ce que les gars ont fait, il me l'a dit après... Tu crois que j'aurais pas essayé de les empêcher, si j'avais su ?"

Rich ne le lâchait pas. "Il y a peut-être du vrai dans cette histoire d'épandage, si Merle paye des types comme toi pour tuer les chiens des gens. Tu bois ces produits depuis des années. Nous tous ici, on les boit. S'ils peuvent bousiller un chevreuil, sûrement qu'ils peuvent bousiller un bébé, espèce de fayot. Tu t'es jamais demandé pourquoi Alsea ne marche pas encore à quatre pattes ?"

Eugene se dégagea. "Fais gaffe à ce que tu dis.

— Qu'est-ce qu'il en penserait, Merle, de ton petit trafic de loupes ? Colleen les a vues chez toi. Tu crois qu'une bâche suffira pour cacher ça ? Et tu crois que Merle restera ton pote quand il s'en apercevra ?

— T'es complètement à côté de la plaque, Gundersen." Eugene ricana, son haleine sentait la bière. "Tu t'imagines que je suis con au point de chourer des loupes sous le nez de Merle ? C'était l'idée de qui, à ton avis ? Il faut qu'il rentre du pognon, sinon comment il pourrait nous payer en attendant que les plans de récolte soient approuvés ?

— Tu mens.

— Hein ? Tu me traites de menteur ?" Eugene se précipita en avant. Rich le saisit à la gorge et eut envie de lui faire mal – vraiment mal. Bientôt, Eugene commença à étouffer, une lueur de panique s'alluma dans ses yeux, ses doigts tentèrent vainement de desserrer les mains de Rich qui le tenaient dans un étau.

"Richard", dit Colleen.

Rich le libéra. Eugene toussa en se frottant le cou.

"Vas-y, maugréa-t-il, la voix rauque. Dis-le à Merle. Dis-lui que je me suis fait deux mille dollars en vendant des stères de bois pris sur les terres de Sanderson. Moi, au moins, je coupe quelque chose. Ton bois d'œuvre va pourrir sur place. Tu seras tellement sur la paille que tu me supplieras de partager mon plan avec toi." Eugene cracha. "Désolé pour ton clébard, mais c'est pas ma faute si tu t'es mis dans la merde."

Colleen s'écarta pour laisser Eugene entrer, et sursauta quand la porte claqua derrière lui.

"J'arrive…", dit-elle avant de disparaître à l'intérieur.

Seul sur le parking, Rich balaya les pick-up du regard. Cela pouvait être n'importe qui, l'un des gars qui étaient présents sur la route la nuit du massacre à Damnation, quand Scout avait grondé et montré les crocs comme s'il flairait déjà le danger.

Colleen revint en tirant Chub par la main. Elle fit monter l'enfant et s'installa à côté de Rich. Le brouillard déroulait ses volutes dans la lumière des phares, débordant par-dessus la falaise lorsqu'ils abordèrent les virages. Colleen retenait son souffle quand elle ne voyait plus la route, craignant même qu'il n'y ait plus de route du tout. Parvenu au saule pleureur, Rich tourna dans leur allée et éteignit les phares. Ils contemplèrent la maison toute noire, écrasée de silence depuis que Scout n'aboyait plus.

PRINTEMPS

1978

16 MARS

COLLEEN

Durant les semaines qui suivirent l'audience, Colleen s'habitua aux regards noirs, lourds de reproches, aux voix qui se taisaient quand elle approchait. *Laisse faire le temps*, disait Rich. *Ce sera un lent dégel.*

Chub était à l'école. Elle remplit un verre au robinet toujours équipé du filtre, renifla l'eau avant de la boire. Puis elle partit à pied et remonta jusqu'à Garlic Creek en longeant la combe. Assise sur les marches de la maison abandonnée, elle regarda la coulée de boue qui avait emporté tout un pan du versant. Déjà, la végétation repoussait, la vie revenait après le désastre.

Au retour, elle n'était plus qu'à une dizaine de mètres de chez elle quand elle entendit le téléphone ; il sonnait encore lorsqu'elle entra dans la cuisine après avoir enlevé ses bottes pleines de terre.

"Tu es au courant ?

— Au courant de quoi ?"

Elle sentit l'odeur avant d'arriver ; la fumée planait au-dessus du vallon comme un voile de brume. Elle descendit du pick-up : la cheminée noircie d'Helen et de Carl se dressait telle une colonne solitaire, au milieu d'un monceau de cendres et de bois mouillés.

"Vous êtes une amie à eux." C'était une affirmation, pas une question. Le vieil homme l'observait depuis sa pelouse de l'autre côté de la route. "Carl a les mains gravement brûlées, dit-il. Ils auraient pu tous mourir… Bon sang, quel brasier ! Ça a flambé comme une botte de paille." Il se gratta le crâne.

“Vous savez où ils sont ? demanda Colleen.

— À Hupa, avec les autres, sans doute. Elle a de la famille là-haut sur la Réserve. Y avait tout le temps du monde qui débarquait chez eux.

— Est-ce qu’ils vont revenir ?” Colleen eut conscience de l’absurdité de sa question. Elle avait envie de s’asseoir au milieu de la route.

Chub faisait des bonds sur le trottoir en attendant que le pick-up soit complètement arrêté. Il ouvrit la portière, se jeta à sa place sur la banquette arrière et ne cessa pas de parler pendant tout le trajet jusqu’à la maison, puis disparut aussitôt dans sa chambre. Rich était assis dans la cuisine, des relevés bancaires étalés sur la table, occupé à remplir leur déclaration d’impôts.

“Ils ont mis le feu.

— Ah bon, où ça ? dit-il distraitement.

— La maison d’Helen et de Carl. Il ne reste plus rien.

— Quoi ?” Il s’interrompit et leva les yeux. “Quand ?

— Cette nuit.”

Rich ôta ses lunettes. “Ils vont bien ?

— Ils n’ont plus de toit, mais ils sont vivants.

— Tu l’as dit à Chub ?”

Colleen savait qu’elle devrait l’annoncer à leur fils ; lui qui se réjouissait d’aller à cette fête d’anniversaire. Mais elle fut surprise que Rich s’en souvienne. Elle fit non de la tête.

Rich soupira et posa ses lunettes sur la table.

“Tu penses que ça aurait pu être nous ?” demanda-t-elle. Devant les décombres de la maison noircis par le feu, elle avait éprouvé une montée de panique.

Rich se taisait. “Ils n’avaient pas de chien”, répondit-il enfin.

Comment pouvons-nous rester ici ? Mais la question ne franchit pas les lèvres de Colleen. L’arrière-grand-père de Rich avait dégagé une clairière dans la forêt, abattant un arbre après l’autre ; l’écho de sa hache résonnait encore trois générations plus tard. Rich se couperait le pied plutôt que de quitter cet endroit. Et combien de temps Chub et elle tiendraient-ils sans lui ? Une semaine ? Un mois ?

Elle s'assit à la table.

"Ça va se calmer, promit Rich. Ça va se calmer." Il semblait vouloir se convaincre lui-même en répétant cette phrase.

18 MARS

RICH

Rich arrêta le pick-up devant un panneau fraîchement peint, appuyé contre un chevalet, qui bloquait le chemin de terre :

DÉSOLÉ, ON EST MORT.

Il fallait être mort, en effet, pour ne pas soutirer un dollar à un touriste de la ville. Rich contourna le panneau en mordant dans l'herbe haute et remonta jusqu'à la cabane. Lark était affalé dans un fauteuil sur la galerie. Rich klaxonna, Lark ne réagit pas ; la brise agitait une mèche de ses cheveux gris. Rich éteignit son moteur. Les chiens approchèrent, suivis du cochon.

Merde, Lark. Ne me fais pas ça, pas maintenant.

Il descendit et grimpa les marches deux par deux. Il y avait des copeaux de bois aux pieds de Lark, un Sasquatch à demi sculpté sur ses genoux. Deux boutons seulement fermaient le bas de sa chemise, comme s'il l'avait écartée pour mieux respirer ; on voyait une grosseur de la taille d'une prune sous sa clavicule. Un filet de salive coulait de sa bouche. Son crâne dégarni, semé de taches de rousseur, avait une teinte jaunâtre.

"Lark ?" Rich lui toucha l'épaule et sursauta quand il releva soudain la tête. "Quel con.

— Y avait pas la place pour écrire « FERMÉ », dit Lark avec un sourire en coin tout en reboutonnant sa chemise. Alors ? Tu vas rester planté là comme un collecteur d'impôts ? Pose tes fesses."

Rich essuya ses pieds sur le paillasson incrusté de terre séchée et rapporta une chaise de la cuisine.

"J'ai connu un type qui avait zigouillé quelqu'un pour une histoire de chien.

— Si ça pouvait être aussi simple…, soupira Rich, la tristesse encore logée dans sa poitrine.

— C'est vraiment un coup bas.

— Au moins, Merle n'a pas mis le feu à ma maison.

— Sans blague, dit Lark. À qui il a demandé ça, à ton avis ?

— Va savoir."

Ils contemplèrent la rivière en silence.

"Ça s'est arrangé avec Colleen ? demanda Lark au bout d'un moment.

— Plus ou moins.

— T'as cherché le docteur des poissons ?"

Rich fit non de la tête.

"Parce que t'as peur de le tuer ?"

Rich prit une longue inspiration. "Je ne sais pas… Je ne sais pas ce qui pourrait arriver…" Il attrapa un écureuil en bois sur la caisse encombrée de diverses sculptures, passa son pouce sur la queue crantée pour figurer le poil et retourna la figurine comme s'il espérait lire un message gravé au-dessous.

"J'ai eu envie de la frapper quand elle me l'a dit, avoua-t-il, la gorge nouée par la honte. Je ne le ferais jamais. Tu le sais…" Il secoua la tête. "C'est ma faute, aussi. Je suis complètement obsédé par la 24-7, le prêt, les mensualités…"

Lark lui lança un morceau de bois flotté. "Tiens, y a un Sasquatch qui a envie de sortir.

— C'est ton boulot, dit Rich.

— Viens en aide à un mourant."

Rich fit jaillir la lame de son couteau.

"Et le plan de récolte ? demanda Lark lorsqu'ils eurent chacun terminé leur œuvre. Du nouveau ?

— Pas encore. Rien d'officiel." Rich se leva pour partir.

"T'en es où, côté cure-dents ?"

Rich tapota la poche de sa chemise. "J'ai ce qu'il faut." Il descendit les marches et regagna son pick-up.

"Fais gaffe aux trous sur la route, lui lança Lark. Et aux trous du cul."

Rich prit le courrier de Lark sur le siège passager.

"J'ai failli oublier…" Il revint et jeta les enveloppes sur la caisse à côté de Lark. "Ça fait beaucoup de lettres pour un mort."

20 MARS

COLLEEN

Appuyé contre le mur de la Beehive, Daniel avait l'air de l'attendre. Elle passa devant lui sans s'arrêter.

"Colleen…" Au ton de sa voix, on aurait pu croire qu'il lui reprochait sa conduite, alors qu'il l'avait humiliée devant tout le monde. Devant Rich. "Colleen, enfin…" Il se détacha du mur mais ne la suivit pas à l'intérieur.

Les yeux de Dot papillonnèrent dans un rapide va-et-vient entre Colleen et la devanture.

"Il est là depuis combien de temps ? demanda Colleen.

— Un moment. Quelqu'un doit venir le chercher. Il a encore une panne de freins, je crois."

Dans le présentoir réfrigéré : quatre œufs blancs achetés au magasin, chacun estampillé.

"Ils travailleront quasiment dans ton jardin, dit Dot, essayant de réconforter Colleen qui subissait toujours l'opprobre général. Rich pourra rentrer déjeuner." Elle glissa plusieurs feuilletés aux mûres dans un sac qu'elle posa sur le comptoir, sans le lâcher. "J'ai perdu un bébé aussi. C'est vieux, maintenant… On venait de se marier, Lew et moi. Tu acceptes la volonté de Dieu, mais quand même, tu cherches une raison."

Colleen prit le sac. Les feuilletés ne pesaient presque rien.

"Mon père m'a emmenée, une fois, dit-elle. Voir les saumons dans Blue Creek après la reproduction. Ils étaient tous morts et se décomposaient au bord du ruisseau. Il a dit qu'ils mouraient en accomplissant ce pour quoi ils étaient nés.

— Tu tiens le coup, ma belle ?

— Je pense sans cesse à comment c'était quand j'étais enfant. Ce n'est plus pareil."

Dot essuya une marque invisible sur le comptoir. “Je ne sais pas quoi dire… En tout cas, il pleut toujours.”

Colleen sortit.

“Colleen.” Daniel la rattrapa et l’empêcha de refermer sa portière. “Tu peux m’écouter une minute ?

— Oh, maintenant, tu veux me parler ? répliqua-t-elle sèchement. Tu ne préfères pas attendre qu’il y ait un micro ?

— J’ai eu les résultats le jour même.” Daniel baissa les yeux. “J’aurais dû te le dire avant… avant de…

— Avant de l’annoncer à tout le monde ?” Colleen croisa les bras. “Et alors ?”

Il se racla la gorge. “Le labo a trouvé du 2, 4-D, du 2, 4, 5-T, et de la dioxine TCDD… cinq parties par milliard.

— C’est beaucoup ?”

Daniel évitait son regard. “Il n’y a pas de niveau de « sécurité ».

— Tu as analysé les deux ?

— Les deux quoi ?

— L’eau non filtrée et l’eau filtrée ?”

Il hocha la tête. “Je ne voulais pas t’entraîner là-dedans, dit-il d’un air penaud.

— Bien sûr que si. C’est ce que tu as fait dès le premier jour.” Quelle imbécile elle avait été ! “Où les as-tu pris ?

— Pris quoi ?”

Elle se tapota la tempe. “Tu t’es réveillé un matin et tu as décidé : « Aujourd’hui je vais déterrer un crâne d’enfant et le cacher comme un œuf de Pâques » ?” Malgré sa colère, elle avait conscience de l’absurdité de cette accusation.

“Tu crois que j’aurais pu…” Il crispa les mâchoires. “Tous ceux qui militent pour la préservation de l’environnement ne pensent qu’à une chose, c’est nous utiliser pour servir leurs propres intérêts.”

Colleen émit un rire méprisant. “Tu connais bien la tactique.” Elle tira sur sa portière, mais Daniel résista.

“OK, d’accord, tu as raison, dit-il. Tu n’es pas juste une épouse de bûcheron. Tu aides les femmes à donner la vie. Il fallait que ce soit quelqu’un que les gens du coin respectent. On doit leur montrer qu’on ne cédera pas.

— C’est qui, « on » ?

— Colleen, je l'ai vu. Tu as tellement envie d'un autre enfant, c'est presque écrit sur ton front.

— Tu ne sais rien de moi." Elle essaya encore de fermer sa portière.

"Colleen… S'il te plaît. On ne peut pas arrêter maintenant.

— Je suis *mariée*." Tout était contenu dans ces trois mots : l'expression sur le visage de Rich quand elle lui avait avoué ; les pots en verre lancés contre le mur ; la nausée qu'elle éprouvait, encore aujourd'hui, quand elle passait au-dessus de la station radar ; la peur, comme à présent, que quelqu'un la voie en train de parler à Daniel.

"Je ne parlais pas de ça."

Une Datsun marron arriva sur le parking et klaxonna. La jolie journaliste.

"Non, évidemment.

— Je suis désolé…, dit-il. Colleen, tu comptes beaucoup pour moi.

— C'est faux. Je ne comptais pas à l'époque, et je ne compte toujours pas pour toi."

Réussissant enfin à claquer sa portière, elle enclencha la première vitesse. Elle l'avait mis en colère. Ses mains tremblèrent longtemps sur le volant.

22 MARS

RICH

Rich fendit une autre série de bûches sur le billot, les bras souples et chauds. Manier la hache était un travail sain, honnête. Il s'était levé à trois heures du matin, trop agité pour dormir – le premier jour de la saison. Dans deux heures, il prendrait le bus. Colleen entrouvrit la porte.

"Le café est prêt."

Il rentra dans la maison, but une gorgée, grimaça par réflexe. L'enveloppe contenant sa dent se trouvait toujours dans le tiroir de la commode. Colleen se triturait un ongle.

"Tout ira bien", dit-elle, comme pour s'en convaincre elle-même.

Ses mains étaient tellement moites sur le volant qu'il dut les essuyer plusieurs fois sur son jean. Il arriva une demi-heure en avance : le parking désert, la masse noire du bus, la scierie muette, aussi vide qu'un hangar d'avions, où ne restait plus que la vieille scie à ruban – inutile sans les grands arbres de la forêt ancienne pour lesquels elle avait été inventée. Il avait la tête lourde et la laissa aller en arrière contre son dossier.

Une détonation le réveilla en sursaut. Il se pencha sur le volant, plissant les yeux dans la lumière précédant l'aube. Une deuxième détonation… Non, c'était seulement Pete qui claquait sa portière grossièrement bricolée, encore et encore, pour qu'elle se ferme. Rich prit son casque, sa boîte repas et sa thermos. Il se cogna le front en descendant du pick-up, dans un état proche de l'ivresse à cause du manque de sommeil.

"Hé, Gundersen, lança Lew. T'es sûr que tu bosses encore ici ?"

Rich sortit sa McCulloch et ne leva pas les yeux avant de remonter l'allée centrale du bus où les conversations s'étaient tues. Il s'assit derrière Pete et essaya de respirer normalement.

La brume noyait les crêtes. Il dodelinait de la tête, et il lui sembla avoir fermé les yeux à peine une seconde quand le bus s'arrêta. Dehors, un ruisseau se déversait dans une conduite avec un bruit de tonnerre.

"Venez ici, tous", dit Don.

La plupart des gars avaient pris du ventre pendant leur hibernation, résultat des heures passées à l'Unique Taverne. Quelques pêcheurs de crabes étaient minces et bronzés.

"On va d'abord tracer la route, dit Don en montrant le bas du versant, massacré par le commando nocturne.

— C'est stable ?

— On verra, répondit Don.

— Les plans ont été approuvés ?

— Je propose de laisser Merle gérer ça, OK ?" Don regarda Rich droit dans les yeux. "Si quelqu'un ici ne veut pas travailler, le bourg, c'est par là." Il accompagna ses paroles d'un geste.

"C'est sacrément raide, Porter, objecta Lew.

— T'as une meilleure idée ?"

Lew regarda tour à tour Rich et Don. "J'ai pas envie de me retrouver sous un glissement de terrain.

— Les bulldozers attendent", répliqua Don.

Lew secoua la tête et emboîta le pas aux autres. Seul Rich s'attarda.

"Je dirai à Merle que la végétation n'est pas un problème, lui glissa Don. Mais s'il décide de pulvériser, je ne pourrai rien faire.

— C'est sympa, merci." Déjà, les buissons de mûres repoussaient entre les arbres abattus, jaillissant vers la lumière. Bien sûr que Merle demanderait un épandage.

"Y aura plus grand-chose pour retenir la terre quand on aura terminé, continua Don. Si j'étais toi, je me grouillerais de faire ma coupe avant que tout soit emporté, y compris les routes."

Don avait raison. La plus grande partie du versant finirait dans le ruisseau, condamnant l'accès au bois d'œuvre de Rich sur la 24-7. Il n'y avait pas de temps à perdre.

Eugene grimpa dans la cabine d'un bulldozer Cat D8 et essaya de démarrer l'engin avec l'impatience d'un gamin tirant la corde d'une vache obstinée. Quand le moteur rugit, il sourit jusqu'aux oreilles et cria par-dessus le bruit : "C'est parti !"

La route fut d'abord une mince trace qui sinuait entre le bois d'œuvre massacré de Damnation, contournant des troncs géants explosés dans leur chute ; ici, un sujet de cent mètres réduit à l'état de cure-dents, là, trois vieux monstres de six mètres de diamètre tombés l'un à la suite de l'autre comme des dominos. Toute la journée, Rich suivit les progrès des bulldozers qui sculptaient des virages en épingles à cheveux dans la pente. Ils atteindraient bientôt le ruisseau en bas, à la lisière de la propriété de Rich : une route dont il avait rêvé toute sa vie se déroulait tel un long tapis à ses pieds.

À la fin de la journée, Eugene baissa la vitre de son pick-up sur le parking de la scierie et sortit le bras.

"Tu viens boire une bière avec nous, Rich.

— Non, moi ça va.

— C'était pas une question, Gundersen."

23 MARS

COLLEEN

Quand elle rentra de l'école avec Chub, le téléphone sonnait furieusement dans la cuisine, menaçant de se décrocher de son support sur le mur. Seule Enid appelait avec autant d'insistance.

"Tu peux venir nous chercher ?" dit-elle.

Enid attendait devant la maison avec Marla et le bébé lorsque Colleen arriva à Fort Eugene. Un raton laveur mort gisait sur le couvercle de la poubelle, une petite main pendant mollement, presque humaine. Enid s'installa à l'arrière avec Alsea, laissant Marla monter à côté de Colleen.

"Où sont les enfants ?

— Eugene les a emmenés faire des courses."

Marla regardait par la fenêtre. Colleen percevait la colère silencieuse entre elles et se demanda quel était le sujet de la dispute pour que l'adolescente soit ainsi traînée et assise à l'avant, sous le regard glacial de sa mère. Colleen s'arrêta au croisement après la scierie.

"On va où ?

— À Samoa, répondit Enid.

— Samoa ?" La voix de Colleen fit remonter à sa mémoire un souvenir vieux de seize ans. Elle avait oublié comment un seul mot pouvait changer l'atmosphère. "Je croyais…

— C'est pas pour moi."

Colleen jeta un coup d'œil à Marla, dont le corps était dissimulé par un manteau trop large. "Est-ce qu'Eugene…

— Ne me parle pas d'Eugene", coupa sèchement Enid.

Les arbres défilaient derrière les fenêtres. Au sud d'Arcata, Colleen bifurqua vers l'ouest et arriva bientôt à Samoa, un entrelacement de quelques rues séparées de la côte par un pont rouillé. La maison blanche de June Millhauser était exactement telle que se la rappelait Colleen : une galerie contre la façade, une balancelle, un ours sculpté à la tronçonneuse tenant un panneau en bois brûlé : ESSUYEZ-VOUS LES PATTES. La maison d'une vieille fille professeur de piano, ce qu'était probablement June Millhauser encore aujourd'hui.

Colleen serra le frein à main et, pendant un bref instant, fut transportée dans le passé : elle, au volant de la Mercury de leur mère, Enid se préparant à entrer. À l'époque non plus, Enid ne l'avait pas dit à Eugene. Colleen regarda Marla. Celle-ci pouvait-elle imaginer qu'elles étaient assises à l'endroit même où sa vie aurait pu finir ?

Enid descendit, tendit le bébé à Colleen par la portière conducteur, gravit les marches derrière Marla. L'adolescente se maquillait déjà les yeux au mascara, mais en dessous, elle était toujours une petite fille effrayée. La gorge de Colleen se serra de compassion, de tristesse aussi, pour le deuxième cœur qui battait en elle. *Ne fais pas ça*, plaida-t-elle silencieusement. *Marla, ma chérie, non !*

"Qu'est-ce qui se passe ? demanda Chub tandis qu'Enid frappait à la porte, puis s'effaçait pour laisser passer sa fille.

— Marla a mal au ventre, répondit Colleen en calant Alsea sur sa hanche.

— Il y a un docteur dans la maison ?

— Viens, Grahamcracker, on va voir s'il y a des baleines."

Ils descendirent jusqu'à la plage et s'approchèrent du bord de l'eau. Chub scruta l'horizon avec ses jumelles.

"Tu en vois ?" demanda Colleen en frissonnant.

Lorsqu'ils revinrent, Enid faisait les cent pas sur la galerie. Alsea s'était endormie dans les bras de Colleen, lourde et chaude contre sa poitrine. Chub se hissa sur la balancelle. Le plafond de la galerie, peint en bleu clair, offrait l'image d'un ciel dégagé, même par temps de pluie.

Les adolescentes d'autrefois étaient toujours assises dans la Mercury. Colleen, terrifiée – c'était illégal à l'époque –, avait laissé le moteur en marche. Enid ne bougeait pas. Enfin, June Millhauser était sortie. Elles l'avaient vue un jour au supermarché avec leur mère, des années auparavant. Enid, âgée de cinq ou six ans, l'avait regardée fixement, hypnotisée : June Millhauser avait un œil bleu et un œil marron.

Pourquoi elle a des yeux de couleurs différentes ?

Je ne sais pas, avait répondu leur mère, exaspérée par les incessantes questions d'Enid.

Mais pourquoi ?

Parce que c'est une faiseuse d'anges.

Qu'est-ce que c'est, une faiseuse d'anges ?

Leur mère avait soupiré. *Elle s'occupe des bébés dont personne ne veut.*

Dix ans plus tard, adolescentes, elles s'étaient retrouvées devant la maison de June Millhauser.

On s'en va, avait déclaré Enid au bout d'un moment. Comme si elle avait eu besoin de voir la maison pour prendre sa décision.

L'air empli du cri des mouettes sentait l'océan. Colleen se demanda si Enid revivait tout cela – sa curiosité d'enfant, le tremblement de sa voix à quinze ans, enceinte, effrayée. Elle la rejoignit au bout de la galerie. *Enid aurait dû accompagner sa fille à l'intérieur*, pensa-t-elle.

“Eugene ne sait pas ? souffla-t-elle.

— Il croit que ce petit abruti l'épousera.

— Est-ce qu'il le ferait ?

— Peu importe. Je ne veux pas qu'elle gâche sa vie.” Enid croisa les bras et balaya le plancher avec la pointe de sa botte. “Eugene sera furax. Sa progéniture Sanderson, évacuée dans les cabinets.” Enid rit, un rire amer et douloureux.

“Où as-tu trouvé l'argent ?” Colleen avait vu June Millhauser sortir les billets de l'enveloppe pour les compter avant de laisser entrer Marla.

“Merle. Qui d'autre a les moyens dans le coin ?” Enid prit une grande inspiration. “Il envoie le gamin dans le Nord. Elle ne le reverra pas.”

Colleen berça Alsea pour calmer sa propre anxiété.

Enid caressa la tête du bébé. “Eugene nous a emmenées faire la radio que demandait l'infirmière…”

La porte s'ouvrit. Colleen fit descendre Chub de la balancelle. Enid s'avança pour aider Marla, mais l'adolescente la repoussa d'un haussement d'épaules. Elle avait des cernes noirs sous les yeux, les traits farouchement crispés par la douleur. June Millhauser apparut sur le seuil, avec ses cheveux gris, son œil bleu plus grand que le marron qui lui donnait l'air de loucher, puis referma la porte. Colleen entendit les premiers accords d'un morceau au piano.

Dans la cabine du pick-up, elle sentit une odeur musquée, métallique. Elle attendit sur le parking de la pharmacie pendant qu'Enid disparaissait à l'intérieur. Chub s'allongea à l'arrière.

"Une bouillotte te soulagera un peu, dit-elle.

— Ça fait mal, gémit Marla.

— Oui, je sais, ma chérie." Colleen n'aurait jamais, jamais, mis fin à la vie d'un bébé, mais elle comprenait le terrible sentiment de vide que l'on éprouvait après en avoir expulsé un qui était mort. Elle prit la main de Marla. Elle ne se rappelait pas la dernière fois qu'elle avait fait ce geste. Cette adolescente mince comme une liane, autrefois si petite, si heureuse, quand Colleen la faisait sauter sur ses genoux dans la cuisine. *Hue dada...* Qu'était devenue cette enfant ?

"Je suis désolée, tante Colleen, dit Marla.

— De quoi es-tu désolée ?

— De t'avoir obligée à nous emmener..." Marla avait les joues inondées de larmes.

"Oh, trésor. Tu n'as pas à t'excuser."

Marla sanglota sans bruit. "J'aurais tellement voulu..." – elle hoqueta – "... te le donner.

— Ne t'inquiète pas pour moi, ma chérie." Colleen lui essuya les yeux. "Pense seulement à te remettre, toi, d'accord ?"

Marla hocha la tête. "Tu as de la chance." Elle renifla. "Oncle Rich t'aime. Il t'aime *vraiment*. Ça se voit, il essaye toujours de te faire plaisir.

— Tu trouveras quelqu'un comme lui un jour, dit Colleen. Tu verras.

— Non." Marla enfouit son visage dans ses mains. "Personne ne voudra de moi maintenant.

— Chht. Ce n'est pas vrai." Colleen lui pressa l'épaule. "Je pensais ça moi aussi autrefois, avant de rencontrer ton oncle Rich.

— Est-ce que tu as... ?" Marla grimaça de douleur, serra les genoux en enfonçant les mains entre ses cuisses jusqu'à ce que la contraction passe.

“Non, je n’ai jamais eu un bébé en moi que je ne désirais pas de tout mon cœur. Mais ce n’est pas pareil, ma chérie. Je suis beaucoup plus vieille que toi. Ça t’arrivera, à toi aussi.

— Comment tu le sais ? demanda Marla.

— Je le sais, c’est tout. Je te connais depuis toujours. Depuis que tu étais une boule minuscule dans le ventre de ta mère. Tu es intelligente, et gentille, et tellement, tellement jolie.” Colleen écarta doucement les mèches de cheveux blonds qui tombaient sur les yeux de Marla. “Tu pourras choisir la vie que tu voudras. Si tu veux avoir de beaux bébés, tu en auras.” Les yeux de Colleen se remplirent de larmes, tant était fort son désir que cette promesse se réalise. “Plus tard, quand tu seras plus grande. D’accord ?”

Marla baissa la tête en acquiesçant. Elle serrait ses bras autour de sa poitrine quand Enid revint, apportant une boîte d’antalgiques et des chewing-gums à trois parfums différents pour Chub. Le petit garçon allongé sur la banquette se redressa.

“Ne les avale pas, dit Enid. Sinon tu auras l’estomac tout collé et il faudra t’emmener chez le docteur toi aussi.”

*

Le crépuscule tombait quand ils arrivèrent à Fort Eugene. La cabine du pick-up sentait le melon artificiel. Chub sauta aussitôt dehors.

“Cinq minutes”, lui lança Colleen.

Marla descendit avec précaution, en même temps que sa mère.

“Enid ?” dit Colleen. Enid feignit de ne pas avoir entendu. “Enid.

— Quoi ?

— Et la radio ?”

Les narines frémissantes, Enid écarta d’un doigt les fins cheveux d’Alsea sur son front. “Il lui manque la moitié. Ils nous ont montré. Elle aura peut-être des difficultés d’apprentissage, impossible de savoir encore, mais elle peut…” La voix d’Enid se brisa. “Elle peut vivre avec une moitié.

— Une moitié de quoi ?”

Enid caressa doucement le crâne de la petite.

“Oh, mon Dieu.” Colleen plaqua une main sur sa bouche.

"Tu avais raison, c'est ça ? Vas-y, dis-le !

— Pourquoi n'as-tu pas…

— Pourquoi je n'ai pas quoi ? Qu'est-ce que tu veux que je fasse ? On est juste un point sur une carte au milieu de nulle part. Quand bien même ce seraient les épandages… S'ils ne pulvérisent pas, ils n'abattent pas, et qu'est-ce qu'on deviendrait, nous tous ici ?" Elle inspira, fort, pour essayer de se calmer. "Si tu avais vu Eugene. Il a pété les plombs, il a hurlé sur la radiologue… Il les a obligés à recommencer l'examen… Quand on est rentrés, il a posé sa tête sur mes genoux et il a pleuré. Comme un môme. Parfois, j'ai l'impression d'avoir un enfant de plus avec lui. Mais il fait de son mieux. Il essaie de prendre soin de nous comme il peut. Tu ne l'apprécies pas beaucoup…

— Ce n'est pas…

— Ne mens pas. Je sais qu'il a des défauts. Mais il aime ses gosses."

Colleen fixa ses mains. "Pourquoi tu ne me l'as pas dit ?

— J'avais beaucoup de choses en tête, au cas où tu n'aurais pas remarqué." Enid agita la boîte d'antalgiques. Colleen vit les larmes briller dans les yeux de sa sœur, mais Enid les refoulait. "Pas la peine de pleurnicher, ça n'y changera rien. Et puis je t'en demande déjà assez… Merci de nous avoir emmenées.

— Attends…

— Quoi ? demanda Enid. Elle est là, non ?" Elle changea Alsea de côté. "Elle est en vie. De quoi je me plains, comparée à…

— Enid, tu es ma sœur. On n'a personne d'autre sur qui compter, tu te rappelles ?"

Une larme s'échappa au coin de l'œil d'Enid. Elle sourit, secoua la tête. "Tu as Rich. Tu as quelqu'un d'autre que moi. Depuis longtemps."

La porte d'entrée se referma avec un claquement et Chub accourut.

"Ne sois pas prudente sur la route", dit Enid avec un sourire provocant.

Chub s'installa à l'arrière, hors d'haleine. Enid se détourna et grimpa les parpaings qui tenaient lieu de marches au mobile home, le pas lourd.

Accroupi au coin de la cuisine, Rich terminait d'installer un support en bois.

"C'est quoi ?" demanda Chub.

Rich attrapa la grosse bouteille de vingt litres, se redressa péniblement, et la cala à l'envers sur le support. L'eau gargouilla lorsqu'il ouvrit le robinet après avoir approché un verre.

Il tendit le verre à Chub. "Dis-moi quel goût ça a.

— C'est bon." L'enfant s'approcha pour remplir à nouveau le verre.

Rich posa la main sur la tête de son fils. "On sort les bouteilles vides devant la porte. Le camion de livraison les échangera contre des pleines la semaine prochaine", expliqua-t-il à Colleen.

Elle hocha la tête.

Rich fixait le bout de sa chaussure d'un air pensif.

"Merci, dit-elle.

— J'aurais dû faire mieux…" Il s'éclaircit la gorge. "J'aurais dû t'écouter."

25 MARS

RICH

Lark attendait au pied des marches, arborant une chemise en jean tellement délavée qu'elle était devenue blanche, des bretelles rouges et une cravate lacet. Il grattait le cochon avec sa canne en forme de scie. Rich s'avança jusqu'à lui. Lark donna un coup de canne au cochon en guise d'au revoir et s'approcha en boitillant de la portière passager.

"Elle est où, la fête ?" demanda Rich.

Lark palpa ses poches pendant que le pick-up cahotait sur les ornières du chemin.

"Tu as oublié quelque chose ?

— Non." Lark se frotta la poitrine comme s'il avait mal. "Ils t'ont pas infligé le châtiment du goudron et des plumes, je vois."

Rich avait senti la tension le premier jour, mais par la suite, chacun avait trouvé son rythme et la seule chose qui comptait, c'était le boulot. "Pas encore.

— Qu'est-ce qui te fait marrer ?"

Rich ne pouvait s'empêcher de sourire. "La route est presque finie... C'est tellement bien dégagé en bas qu'on peut cracher d'un côté à l'autre.

— Sans déconner ?"

Le soleil perçait à travers les arbres. Rich s'arrêta à la poste, laissa le moteur tourner. Il ouvrit la boîte, déplia le tableau d'amortissement, le parcourut et le replia aussitôt comme si les chiffres risquaient de lui sauter à la figure. Geraldine posa un timbre et une enveloppe sur le comptoir, la petite monnaie tinta dans la poche de Rich, à l'image de ses économies qui s'évaporaient. Quand il ressortit après avoir posté son chèque, Merle s'appuyait d'un bras sur le toit du pick-up en parlant à Lark par la fenêtre.

“Je suis pas devin, Corny, dit Merle avec l’air de quelqu’un qui taquine gentiment un vieil homme.

— Ça paye, pourtant, de prévoir les choses, répondit Lark, troublé par ce surnom qui ravivait le souvenir de Virgil.

— On verra bien, pas vrai ?” Une fois Rich assis au volant, Merle tapota le toit pour autoriser le pick-up à démarrer. “Surveille-le, Rich.”

Rich relâcha l’embrayage.

“J’aurais dû lâcher le câble-mât sur ce salopard quand j’en avais l’occasion.” Lark cracha par la fenêtre. “C’est vrai qu’Eugene s’est pris une dérouillée avec le jeune Sanderson ? demanda-t-il lorsqu’ils eurent rejoint la grand-route.

— Comment t’es déjà au courant de ça, toi ?”

Lark haussa les épaules.

“C’est sa gamine”, dit Rich. Eugene s’en était tiré avec les deux yeux au beurre noir. Il aurait arraché l’oreille du jeune avec ses dents si Lew ne s’était pas interposé.

Lark devina la suite. “Merle l’a envoyé dans le Nord ?

— Il est venu le chercher lui-même.

— Une fille mise dans l’embarras… Sanderson a toujours su faire disparaître ses rejetons.

— On lave son linge sale en famille.”

Lark ricana. “T’as raison.”

Après les falaises, ils descendirent vers Crescent City. Lark se tenait penché en avant, concentré sur l’objectif de sa sortie.

“On va où ? demanda Rich.

— Chez ceux qui prêtent de l’argent. Pourquoi tu crois que je me suis sapé ? Pour assister à mon propre enterrement ?

— C’est pas Marsha qui s’occupe de tout ça ?

— Faire confiance à une femme pour gérer mon pognon ? Je suis peut-être vieux, mais je suis pas con.”

Rich se gara sur le parking de la banque. La seule vue du bâtiment lui donnait des brûlures d’estomac.

“Tu veux que je t’accompagne ?

— Bouge pas d’ici.” Lark descendit péniblement en marmonnant : “Toujours fouineur, celui-là. Un vrai chien de chasse.”

Rich passa nerveusement ses mains sur le volant, pensant aux quatre-vingt-six dollars qu’il lui restait sur son compte d’épargne.

Il ne pourrait pas honorer ses mensualités pendant quelques mois, mais du moment que la coupe progressait sur le versant inférieur de Damnation, il pourrait récolter la 24-7 à l'été et rembourser son hypothèque avant que la banque ordonne la saisie.

Une heure s'était écoulée quand Lark ressortit en claudiquant, un journal coincé sous un bras.

"Tiens, regarde ça." Il lança le journal contre la poitrine de Rich et monta dans le pick-up. "C'est officiel."

Rich plissa les yeux pour lire sans ses lunettes. LA RÉCOLTE DE DAMNATION GROVE EST APPROUVÉE.

"T'as déjà vu Merle ne pas obtenir ce qu'il veut ? Tricher, soudoyer, poignarder, voler, tous les coups sont permis." Lark reprit le journal et fronça le nez en examinant la photo. "Ça restera dans les mémoires, Fil-de-Fer : *le printemps de Damnation*. Une sacrée saison."

Rich démarra. Son esprit carburait à toute vitesse : louer à crédit les câbles et le treuil de téléphérage ; trouver un camionneur indépendant acceptant un paiement à la livraison...

"On va chez le grossiste de matériel forestier, annonça Lark.

— Je suis quoi, moi ? Un chauffeur ?

— Les chauffeurs sont payés pour conduire, pas pour bavasser."

Lark frappa les fendeuses de bûches avec sa canne, comme si le son qu'elles rendaient pouvait le guider dans son choix. L'employé – un très jeune garçon – lui expliqua le fonctionnement.

"C'est sûr que par rapport à une hache, ça dépote, déclara Lark.

— Qu'est-ce qui vous est arrivé au doigt ? demanda l'employé.

— Celui-là ?" Lark leva son moignon en feignant de le découvrir. "Une pute m'a mordu. Heureusement que ma bite était trop grosse."

Le jeune réfréna son rire et les aida à charger la fendeuse sur le plateau du pick-up.

"Y a toujours la rousse là-bas, au Widowmaker ? demanda Lark en remontant dans le pick-up.

— Elle n'a jamais été rousse.

— Quand je l'ai connue, si. Et je peux t'assurer que c'était une *vraie*.

— C'est toi qui invites ?"

Lark montra la poche intérieure de sa veste, bien remplie, soigneusement boutonnée. "Avec le pognon que j'ai là, on dessoûlera pas jusqu'à dimanche prochain.

— En billets de un dollar ?

— Tu rigoles ? Des biftons de cent, oui.

— Je savais pas que t'étais friqué.

— La merde, ça rapporte."

*

Mabel avait le dos tourné quand ils entrèrent. Ses cheveux frisés formaient une masse légère autour de sa tête. Lark jeta un regard tout autour, comme s'il doutait d'être au bon endroit. Il avait presque atteint un tabouret quand elle posa des sous-verres sur le bar, son décolleté exposant ses seins tombants, sa peau flétrie comme quelqu'un qui aurait trop pris le soleil, alors qu'elle avait passé la plus grande partie de sa vie ici, à respirer la fumée des cigarettes de ses clients.

"T'es toujours vivant ?" dit-elle.

Lark mangea une poignée de cacahuètes. "Depuis quand t'en as pas remis des fraîches dans les coupelles ?

— Ça fait un moment. Je les gardais pour toi."

Lark leva deux doigts, puis joua avec sa cravate jusqu'à ce que Mabel pose les bières devant eux. La mousse resta accrochée à sa moustache quand il but.

"Où étais-tu passé, Corny ? T'es devenu vieux. Tu sculptes toujours le bois ?"

Lark sortit une figurine de sa poche – un héron, avec des jambes fines comme des aiguilles – et la lui tendit. Mabel caressa le bec et les plumes de l'oiseau de son ongle manucuré, laqué de rouge. Rich eut l'impression d'être le témoin indiscret d'un moment d'intimité.

Lark toussota pour masquer son embarras. "Comment va Randy ?

— Toujours en forme. Il est parti sur la Smith River aujourd'hui.

— Et toi, t'es punie ?

— Oh moi, la pêche… Je préfère travailler.

— Bon. Ben si jamais t'en as marre de lui…"

Mabel voulut lui rendre le héron.

“Garde-le”, dit Lark. Elle sourit et essuya le comptoir de sa main où brillait une alliance en or. Lark but le reste de sa bière.

“Tu en veux une autre ?

— La prochaine fois…”

Mabel disparut un instant dans la réserve. Soudain pressé de partir, Lark préleva un billet dans la liasse qui garnissait sa poche, le posa sur le comptoir et fila vers la porte. Il était déjà sorti quand Mabel revint.

“Il ne veut pas sa monnaie ? demanda-t-elle, ahurie, en voyant le billet de cent dollars.

— Faut croire que non.” Rich finit sa bière.

“Il va bien ?”

Rich haussa les épaules. “Il voulait te voir.”

Mabel rangea le billet dans le tiroir de la caisse. “Je vais lui ouvrir une ardoise.”

Rich regagna le pick-up sur le parking.

“Elle s’est pas arrangée, hein ? marmonna Lark quand Rich s’installa au volant. On dirait un pruneau tout desséché.” Il secoua la tête d’un air fataliste, pressa à nouveau le point douloureux sur sa poitrine. “J’aurais dépensé jusqu’à mon dernier sou pour elle.

— Qu’est-ce que tu fabriques, à te trimballer avec de grosses coupures comme ça ?”

Lark sortit les billets de sa poche.

“Y a combien ? demanda Rich.

— Mille huit cents.” Lark lui tendit la liasse. “C’est tout ce qui me reste. Je sais que t’es à sec. Ça t’aidera.

— Je ne veux pas de ton argent.

— Écoute-moi, Gundersen, et écoute bien parce que je ne le redirai pas. Toute cette histoire à Damnation… tu pouvais pas prévoir ça. Bon sang, personne n’aurait imaginé. Je t’ai poussé à acheter la 24-7. C’est ma faute si t’es dans la merde maintenant.”

Rich ouvrit la bouche pour protester.

“Laisse-moi parler, coupa Lark. J’ai fait une promesse, le jour où ton père est mort. J’ai juré que je m’occuperais de toi. J’avais déjà perdu mes garçons – Ossian avait quatre ans, Henry était encore bébé –, leur mère les emmenait toujours à la rivière avec elle, et l’inondation…” La voix de Lark se chargea d’émotion. “… les a emportés tous les trois. J’ai creusé une tombe pour ma femme, mais pas pour mes petits garçons. Ils s'étaient peut-être échoués sur une plage quelque part… Je me disais qu'un jour, peut-être, ils reviendraient, et j'ai toujours gardé la porte ouverte…" Lark déglutit péniblement. "Je n'ai pas vu grandir un fils, mais grâce à toi, j'ai quand même été père. Tu es trop prudent. Tu mets trop longtemps à te décider. Mais je suis sacrément fier de toi. Autant que si je t'avais engendré. Donc…" Lark renifla. "On appellera ça un prêt."

Il ouvrit la boîte à gants, y fourra l'argent, et referma d'un coup sec.

26 MARS

COLLEEN

Colleen essuya le tour de l'évier avec une éponge. Assis à la table, ses lunettes sur le bout du nez, Rich examinait la carte détaillant le plan de récolte. Il écarta la salière et la carte s'enroula sur elle-même.

"Ça sera une longue journée, dit-il.

— Ils vont pulvériser ?"

Il tourna son doigt à l'entrée de son oreille, comme s'il composait un numéro sur un téléphone à cadran.

"Probablement."

Comment ça, une moitié de cerveau ? avait-il demandé lorsqu'elle l'avait mis au courant pour Alsea. Le sens était pourtant clair.

"Ce n'est pas illégal.

— Mais ce sont des produits toxiques, dit-elle. On lave notre vaisselle avec, nos cheveux…

— Tu n'as qu'à prendre cette eau-là." Il montra la bonbonne de vingt litres. "Qu'est-ce que tu veux que je fasse ?

— Qu'est-ce que tu veux faire, *toi* ?

— Terminer la coupe à Damnation. Récolter la 24-7. Si tu préfères déménager, vas-y.

— Non, je voudrais seulement…" Le téléphone sonna. "Si c'est dangereux pour la santé…

— Ils ne peuvent pas le prouver", dit Rich tandis que le téléphone sonnait toujours. Enid, qui ne renonçait pas.

"Tu n'as pas vu ce bébé…" Le battement du petit cœur, si faible. "Je n'ai pas besoin d'autre preuve.

— Ça ne marche pas comme ça, Colleen. Aucune loi n'interdit les herbicides."

Le téléphone recommença à sonner. Colleen décrocha le combiné et le reposa brusquement sur son support. “Alors la loi n’est pas bonne. Il faut la changer !

— Je te le répète, Colleen, personne ne peut rien faire ! Ni moi, ni toi, ni… ton ami…” La sonnerie du téléphone retentit à nouveau.

Colleen décrocha avec colère. “Quoi, Enid ? Oh, Marsha, c’est toi. Désolée…” Il y eut un long silence. “Oui, il est là.”

Rich tendit la main mais elle ne lui donna pas tout de suite le combiné, repoussant de quelques secondes le moment où il apprendrait la nouvelle.

2 AVRIL

CHUB

Chub tira nerveusement sur l'élastique de son nœud papillon. Si seulement il pouvait aussi tirer sur une cordelette – comme celle qui commandait l'ampoule dans la salle de bains à Fort Eugene – pour qu'ils arrêtent de se disputer. Leurs voix lui parvenaient à travers la porte fermée de sa chambre. L'eau ceci, l'eau cela... C'était pareil tous les jours, même s'ils se taisaient quand Chub entrait dans la pièce.

"Bon sang, Colleen, on ne va pas recommencer.

— Ce n'est pas normal, répondit sa mère.

— Ce qui n'est pas normal, c'est de se disputer avant d'aller à un enterrement."

La porte de la chambre s'ouvrit soudain. Sa mère avait mis une robe et les boucles d'oreilles qu'elle portait pour les grandes occasions.

"On y va, Chub."

Elle garda les bras croisés dans le pick-up. Ils franchirent le vieux pont avec les ours en métal. Son père alluma la radio, puis l'éteignit. Ils passèrent devant la prairie où on voyait souvent des élans, et ralentirent en arrivant derrière d'autres pick-up.

L'église était grande. Il n'y avait pas de chaises, uniquement des bancs. Oncle Lark était couché dans son cercueil. Ils attendirent, très longtemps. Oncle Lark était mort, mais Chub avait l'impression qu'il allait se réveiller. Enfin, le prêtre apparut.

C'est seulement lorsqu'ils furent ressortis que Chub aperçut Luke. Tout le monde faisait la queue pour serrer la main du père de Chub. Luke et sa mère étaient derrière Mr. Sanderson. Mr. Sanderson se retourna pour leur parler et brusquement, la mère de Luke fit quelque chose que Chub n'avait jamais vu une mère faire. Elle lui cracha au visage. La mère de Chub étouffa une exclamation. Mr. Sanderson essuya le crachat avec sa manche, mais son petit sourire crispé montrait bien qu'il était en colère.

3 AVRIL

COLLEEN

Rich resta au lit, ses œufs refroidissaient. Finalement, à quatre heures et demie, elle revint dans la chambre.

“Rich.

— Oui…

— Tu es malade ?

— Non.” Il se leva avec un grognement. La veille, en tant qu’unique représentant de la famille de Lark, il avait serré la main de tout le monde. Les gens lui parlaient, de Lark, de la nouvelle qui venait de sortir – le parc naturel s’agrandissait autour de Redwood Creek – *Vingt mille hectares, quand même* –, mais rien ne semblait le toucher.

À la porte, elle se haussa sur la pointe des pieds pour l’embrasser. Il avait l’air encore ensommeillé.

“Sois prudent”, dit-elle. Elle regarda le pick-up s’éloigner et tourner devant le saule qui se balançait dans le vent.

Quand Chub fut réveillé, habillé et coiffé, il apporta son vieux cheval en peluche, Brownie, dans la cuisine et le posa sur la table.

“Dépêche-toi de manger, sinon tu seras en retard à l’école.”

Chub obéit sans discuter, alternant consciencieusement une bouchée de tartine et une gorgée de lait.

“Qu’est-ce qui lui arrive à Brownie de se lever si tôt ?” dit Colleen.

Chub ne répondit pas, termina son petit-déjeuner et repartit dans sa chambre. Elle fit la vaisselle, essuya le plan de travail, prit un pot à confiture dans le placard, le remplit, s’assura que le couvercle était bien vissé, inscrivit la date, puis le glissa dans le sac en toile avec les autres. Chub avait déjà enfilé son ciré et l’attendait dans l’entrée, tenant Brownie contre lui.

"Pas de jouets à l'école, tu te rappelles ? Tu le retrouveras en rentrant, il n'aura pas bougé d'ici.

— Je veux l'emmener.

— Chub.

— Si !"

Elle tendit la main pour prendre Brownie.

"Je veux le donner à Luke !

— À Luke ? Pourquoi ?

— Tous ses jouets ont brûlé. J'ai envie qu'il revienne.

— Je sais, Grahamcracker. Je comprends."

Chub se mit à pleurer. "J'ai envie qu'il revienne à l'école." Colleen s'agenouilla devant lui, il s'effondra dans ses bras.

"Oh, Grahamcracker. Mon chéri." Elle lui frotta doucement le dos. "Tu es un amour, tu es si gentil. Où as-tu trouvé cette gentillesse ?"

Chub renifla. "Chez le marchand de gentillesse."

Le capot du pick-up plongeait et se cabrait tandis qu'elle progressait dans les taillis entourant la clairière de l'oncle de Daniel. Il y avait un tronc de séquoia fendu en deux près de la maison. L'oncle se tenait debout à l'intérieur de l'une des moitiés, courbé en avant. Quand elle éteignit le moteur, elle entendit le bruit du métal contre le bois. Elle attrapa le sac en toile sur le siège passager et descendit.

Absorbé par sa tâche, il ne la vit pas approcher.

"Excusez-moi…"

Le visage inondé de sueur, il détacha un gros morceau de bois au fond du tronc et le lança à l'aveugle. Elle s'écarta pour l'éviter, les bocaux tintèrent dans le sac. Il releva la tête, lâcha ses outils et essuya la sciure sur ses mains.

"Vous cherchez Danny ?" dit-il en se redressant.

Colleen acquiesça.

"Il n'est pas là." De près, on voyait davantage de fils gris dans ses cheveux, il était plus trapu qu'il ne l'avait semblé à l'audience. Un crayon de menuisier était coincé derrière son oreille.

"Vous savez quand il reviendra ?" demanda Colleen.

Il secoua la tête comme pour chasser un moustique. Il était difficile de l'imaginer avec les poignets entravés par des menottes, jeté en prison maintes et maintes fois, uniquement pour avoir tendu un filet de pêche dans la rivière.

“Je peux l’attendre ici ?”

Après avoir répondu d’un signe affirmatif, il reprit ses outils. Colleen retourna s’asseoir dans le pick-up et le regarda travailler. La bruine déposait de fines gouttelettes sur le pare-brise. Une torpeur l’envahit… Un petit coup à sa fenêtre la réveilla en sursaut. Daniel. Elle baissa sa vitre. L’oncle poursuivait son œuvre.

“Je t’ai apporté des bocaux. Il y en avait d’autres mais… ils ont été cassés.” Elle lui fourra le sac dans les bras. “Il faut que je fasse quelque chose, expliqua-t-elle, sinon je vais devenir dingue.”

Daniel tourna la tête vers son oncle. “Ils ont volé son bateau à moteur. Il en a acheté un autre, ils l’ont coulé. S’ils coulent aussi cette pirogue, il en creusera une autre.

— Comment va ta mère ?”

Daniel baissa les yeux et chargea le sac sur son épaule. “Merci pour les échantillons.”

9 AVRIL

RICH

Le portail du cimetière claqua. Rich vit Chub hésiter, fixant le bout de ses chaussures, comme lui lorsqu'il était enfant, craignant qu'un gouffre s'ouvre sous ses pieds et l'engloutisse, comme il avait englouti Lark et, des années auparavant, son propre père.

Pendant que Colleen empruntait l'allée de gravier conduisant aux sépultures les plus récentes, Chub suivit Rich jusqu'au saule qui inclinait ses branches sur la pierre tombale : HANK GUNDERSEN, GRETCHEN GUNDERSEN. Il ajouta une agate à chaque tas. Plus loin, il en déposa une, rouge, sur la tombe du père de Colleen, John, enterré à quelques rangées de sa femme, comme si, même dans la mort, Verne ne lui pardonnait pas d'avoir pris la mer en la laissant seule sur le rivage avec deux petites filles. Le tas de pierres sur la tombe de Verne était effondré. Chub passa un moment à le reconstruire.

Rich regarda Colleen à l'autre bout du cimetière, assise sur ses talons, tête baissée.

"Il te reste des agates ? demanda-t-il à Chub.

— Une." Chub la donna à son père.

Ils suivirent le sentier jusqu'à la brèche dans le mur qui marquait la limite avec le vieux cimetière. Dans la chambre funéraire, Rich avait posé les mains sur celles de Lark, si froides, croisées sur sa poitrine, et avait glissé un paquet de cigarettes sous son veston.

Fais gaffe aux trous sur la route et aux trous du cul.

Au paradis, il n'y a pas de trous sur la route.

Qui te dit que tu iras au paradis ?

Il paraît que les putes sont mieux là-haut.

Lark reposait aux côtés de sa femme. La terre fraîchement retournée commençait déjà à se tasser.

Recule-toi, bon sang, tu me marches sur les pieds. Qu'est-ce qu'il faut donc faire pour avoir la paix dans son cercueil ?

"Tu peux lui parler, dit Rich à Chub. Si tu veux."

Chub esquissa une grimace gênée.

"Lark ?" La voix de Rich s'étrangla. Il se ressaisit. "Marsha s'occupe de tes chiens. Le cochon est gras à souhait, mais il a la caboche aussi dure que la tienne. Il refuse d'entrer dans le fumoir. Tout à l'heure, on va ranger et nettoyer chez toi. Chub trouvera tes cachettes et fumera toutes tes clopes." La plaisanterie amena un sourire rayonnant sur le visage de Chub. "Bon, allez. On reviendra te voir."

Chub déposa l'agate, la première, sur la terre.

"Ça fait mal de mourir ? demanda-t-il.

— Je ne crois pas. Peut-être un tout petit peu, pas longtemps.

— Comme une piqûre ?"

Les piqûres que Chub avait reçues à l'école restaient gravées dans sa mémoire, son étalon de référence pour mesurer la douleur.

"Quelque chose comme ça, oui", répondit Rich.

Chub triturait le gravier avec le bout de sa chaussure, reproduisant le tic de son père. Ils firent demi-tour pour rejoindre Colleen. Chub courut devant et se jeta contre le dos de sa mère en l'entourant de ses bras. Elle ploya légèrement, puis regarda Rich, les joues inondées de larmes. Sur la tombe, le petit tas de pierres témoignait des passages de Rich. Un an. Il prit l'agate dans sa poche et la lui tendit.

"Qu'est-ce que tu as, maman ?" demanda Chub.

Elle ajouta l'agate aux autres, s'essuya les yeux, se releva et prit l'enfant par la main. "On y va, Grahamcracker."

Dans le pick-up, Chub appuya les jumelles contre la vitre et les braqua sur l'écume des vagues.

"Je ne savais pas que tu continuais à y aller, murmura Colleen.

— De temps en temps, quand je peux, je passe en rentrant du boulot.

— Une baleine ! s'écria Chub. Une baleine !

— Où ? demanda Colleen.

— Là !"

Rich s'arrêta sur le bas-côté.

"Là ! Là-bas !" L'enfant donna les jumelles à son père. Elles paraissaient toutes petites dans les mains de Rich qui mit un moment à les ajuster. "Tu la vois ?

— Où ça ?" Un instant plus tard, Rich aperçut la baleine : un geyser, une masse sombre à la surface.

"Je peux faire un vœu !" Chub ferma les yeux, très fort, puis les rouvrit.

"C'est quoi ton vœu ? demanda Rich.

— Il ne faut pas le dire. Sinon, il ne se réalisera pas."

COLLEEN

Debout sur une chaise devant les placards sans portes de Lark, Colleen contemplait une rangée de verres à cocktail en cristal. Dehors, dans un vacarme assourdissant, Rich alimentait la fendeuse avec des rondins et jetait ensuite le bois dans la brouette.

D'un ongle acéré, Marsha gratta une couche de poussière et de graisse sur une assiette. "Qu'est-ce que tu en penses ? Je vais les mettre à tremper."

Colleen lui tendit un par un les verres à la tige délicate, vestiges d'un autre siècle.

"Je me demande bien où il les a eus, dit Marsh. C'était sans doute un cadeau de mariage."

Chub sortait des Sasquatch d'un coffre et les alignait le long des plinthes. S'il avait accepté l'explication lorsqu'il avait demandé où était Lark, la disparition mystérieuse de l'écureuil continuait de le troubler.

Colleen lessiva les placards, écoutant vaguement les questions enjouées que Marsha posait à Chub et les réponses timides de l'enfant. Elle s'aperçut soudain qu'elle n'entendait plus la fendeuse. Le bois avait été rangé contre la remise, les chiens s'étaient réfugiés sous le pick-up de Rich pour échapper à la bruine qui tombait depuis le matin.

"Tu veux encore du café ? demanda Marsha. Je vais en refaire."

Rich passa devant la fenêtre, descendit à la rivière et lança une pierre dans l'eau. Il se pencha en avant, les mains sur ses genoux, puis fit demi-tour. Un instant plus tard, il redescendit et jeta une autre pierre, telle une pensée qu'il tentait de sortir de son crâne et d'enfouir au fond de l'eau.

“Lark a mis des années à remonter ces pierres, dit Marsha en tendant à Colleen un mug de café fumant. Une chaque jour, jusqu’à son accident.”

Colleen avait vu le tas de pierres au pied de l’énorme souche à Knockdown Ridge. L’arbre qui avait tué le père de Rich. Elles regardèrent Rich, à nouveau appuyé sur ses genoux. De l’autre côté de la rivière, la masse sombre de la forêt disparaissait dans la brume.

“Tu comprends les hommes, toi ? Ils se sentiraient mieux s’ils pleuraient un bon coup.” Marsha détacha de son pull une peluche invisible. “Prête pour attaquer le salon ? J’ai peur de ce qu’on va trouver en train de grouiller sous le canapé.”

Rich hésita sur le seuil en voyant le sol lavé à grande eau et se déchaussa avant d’entrer.

“C’est presque assez propre là-dedans pour qu’on puisse y manger”, dit Marsha.

Il y avait une boîte de conserve près de la porte, remplie de mégots découverts sous les meubles.

“Ce qu’il aimait encore plus que les fumer, c’était cacher les cigarettes, fit remarquer Marsha.

— Vous avez bientôt fini ?” demanda Rich. Colleen acquiesça.

Chub s’était endormi sur le canapé. Elle lui toucha doucement l’épaule, attendit qu’il se redresse. Rich resta seul un moment dans la cuisine, puis sortit le dernier et tira la porte.

“C’est la première fois que je vois cette porte fermée”, dit Marsha.

Rich frappa dans ses mains pour chasser Killer et Banjo, couchés sous le pick-up. Le cochon furetait autour des pneus de Marsha.

“Bouge-toi de là, gros lard, sinon je t’enfile direct sur la broche.” Marsha poussa l’animal du pied. “Je viendrai leur donner à manger demain. Vous pensez qu’on devrait enlever les panneaux ?”

Rich haussa les épaules. “L’arbre est toujours là. Laisse la boîte pour payer les toilettes.

— Tu crois ? Oui, c’est vrai. Pourquoi pas ?

— Fais attention aux trous sur la route, lança Colleen.

— Chérie, c’est surtout les trous du cul que je redoute.”

13 AVRIL

COLLEEN

"Lark m'a prêté de l'argent, dit Rich en posant les billets sur la table. Avant de mourir... Ça devrait nous permettre de tenir jusqu'au début de la récolte."

Colleen regarda l'argent, puis Rich. "J'irai le déposer à la banque ce matin."

Il hocha la tête, attrapa sa boîte repas et sa thermos.

"Sois prudent", dit-elle en sortant avec lui. Elle se haussa sur la pointe des pieds pour lui donner un baiser sur la joue. Il tourna la tête et l'embrassa sur la bouche.

La lumière argentée de l'océan filtrait çà et là entre les arbres. Rich ralentit : un peu plus loin, une voiture en travers de la route, juste à la sortie d'un virage aveugle. Un break, le capot plié en accordéon. Il s'arrêta sur l'étroit bas-côté, descendit et s'approcha de la fenêtre conducteur. Une Volvo. Immatriculée dans l'État de Washington. Des sacs de couchage. Une glacière.

"Tout le monde va bien ?" demanda-t-il. Sur le siège passager, une femme se tenait le nez d'une main. Le mari tourna la tête vers Rich. Un œuf de pigeon gonflait déjà sur son front qui avait heurté le volant. Il tâtonna avant de réussir à ouvrir sa portière.

"Je t'avais dit de ralentir", dit l'épouse.

Encore sonné, l'homme se laissa aller contre le dossier.

"C'est glissant par ici à cette époque de l'année, dit Rich avec bienveillance. Vous pouvez redémarrer ?"

Deux enfants à l'arrière. La femme saignait du nez. Rich offrit son mouchoir. Comme l'homme ne bougeait pas, il dut se pencher et passer le bras dans la voiture pour le lui donner.

"Faut pas rester ici... Si un grumier débouche du virage, il n'aura pas le temps de freiner." À nouveau, il passa le bras devant l'homme et tourna la clé de contact. Rien.

"Mettez au point mort... Il vaudrait mieux que les enfants descendent."

Avec la femme installée au volant, Rich et l'homme poussèrent la voiture sur le bas-côté, l'avant tourné vers le nord – leur destination, apparemment.

"Je peux vous emmener chez le garagiste, si vous voulez", proposa Rich.

La femme et les enfants montèrent à l'arrière, l'homme prit place à côté de Rich. Une fois la Volvo avalée par le brouillard derrière eux, il se ressaisit.

"Je ne voyais rien.

— Vous êtes d'où ? demanda Rich.

— De Bellingham.

— Vous avez du brouillard là-haut ?

— Oui", dit la femme, qui tapotait prudemment son nez avec le mouchoir.

Les enfants étaient raides de peur, mais indemnes. Ils se sentiraient mieux après un bon chocolat chaud. Rich s'arrêta devant la Beehive. Il avait déjà loupé le bus, de toute façon.

"Les feuilletés aux mûres de Dot sont à tomber !" dit-il en s'effaçant après avoir ouvert la porte. Il se pencha pour ne pas se cogner la tête sur la cloche. Dot leva les yeux, sans cesser de fouetter vigoureusement le contenu d'un saladier "Ils ont eu un petit problème en voiture", expliqua-t-il.

La femme écarta le mouchoir qui lui couvrait le nez.

"Hou là, dit Dot. On va mettre de la glace." Elle posa les feuilletés sur des assiettes en carton pour les enfants et entraîna la femme à l'arrière. L'homme paraissait attendre qu'on lui dise quoi faire.

"Méfiez-vous du café de Dot, dit Rich. Il réveillerait un mort... Dot, faut que j'aille bosser. Tu peux appeler Harvey ? On a poussé la voiture sur le côté mais c'est quand même dangereux, juste à la sortie d'un virage...

— Où ça ?
— Un peu après Wilson Creek.
— D'accord. Vas-y, toi." Dot décrocha le téléphone.

À la scierie, Marsha chargeait un carton dans le coffre de sa voiture. Rich baissa sa vitre.
"Tu déménages ?
— Tu crois que j'ai envie d'être ici quand ils l'apprendront ?
— Apprendront quoi ?
— Damnation Grove est vendu.
— Vendu ? Comment ça, vendu ? À qui ?
— Au parc. C'est signé et payé. Merle vient d'appeler pour me l'annoncer.
— Mais... les plans de récolte... ils ont été appr..." Rich bredouillait.
Marsha haussa les épaules. "Je te répète juste ce qu'il a dit.
— Il est où ?
— Chez lui, j'imagine."
L'enfoiré. Rich fit demi-tour, ralentit à peine en traversant le bourg et écrasa l'accélérateur dans la montée de Requa Hill. Les portières de la Cadillac étaient ouvertes, le coffre déjà bourré de valises. Le chien sans cordes vocales sembla pris d'une violente quinte de toux quand Rich posa le pied sur la première marche de la galerie. La porte était entrebâillée. Plus aucune trace des vaisseliers, des œufs en porcelaine ni de la pendule sertie dans du bois de loupe. Il y avait quatre marques sur la moquette à l'endroit où s'était trouvée la table basse. Même l'odeur de propre et de désodorisant avait disparu, ne masquant plus les relents d'humidité.
"Vous avez été cambriolés ?" demanda Rich.
Merle lui jeta un coup d'œil par-dessus son épaule tout en fermant un carton avec du ruban adhésif. "La maison est à vendre. T'es intéressé ? Je te fais un prix.
— Alors, ça finit comme ça ?"
Merle souleva le carton. "C'est pas un au revoir très festif, hein ?"
Rich le suivit dehors et le regarda charger le carton sur la banquette arrière.

"Pourquoi tu as vendu ?

— J'ai pas exactement *vendu*." Merle se gratta le cou. "Si t'as un problème, va parler aux députés. Ils ont exproprié tout le bassin de drainage de Damnation Creek. Pourquoi tu crois que la direction voulait tellement abattre ce bois ? Pour récupérer ses billes, exactement comme en 1968. Tout ce qui a été « mis à terre par la main de l'homme » au 31 janvier peut être emporté. Et la date est attestée par le journal." Merle claqua la portière et s'appuya contre la voiture en reprenant son souffle. "Les lois sont drôles, non ?

— Qu'est-ce que tu racontes ?

— Damnation Grove appartient au parc maintenant. Sanderson va boucler sa coupe de récupération, toucher l'indemnité d'expropriation, et après, il y aura une restauration de la forêt et toutes ces conneries environnementales… À la fin, on ne verra même plus qu'il y avait une route. Pour ta 24-7, à part un hélicoptère, t'auras pas d'autre moyen d'emporter ton bois.

— Je pensais qu'ils avaient agrandi le parc du côté de Redwood Creek.

— Rich." Merle sourit. "Faut lire les petits caractères."

Il le *savait*, depuis des mois. Rich avait la poitrine oppressée. "Qu'est-ce que tu veux dire ?

— L'agrandissement, c'est tout le comté de Humboldt, sauf deux parcelles. Un petit bout de versant nommé Damnation Grove. Il a fallu négocier dur, tu peux me croire. Ce n'est pas « contigu ». Mais je me suis démené, Rich. « Des séquoias pareils, vous avez jamais vu ça… S'ils s'en vont, la remontée des saumons dans le ruisseau disparaît aussi… » Bon sang, j'ai tellement argumenté, j'en chialais presque *moi-même*. Ces arbres-là sont *fabuleux…*" Merle essuya une larme imaginaire au coin de son œil.

"Tu nous as complètement entubés." Rich recula, la vision trouble. Tu nous encourageais à nous battre pour Damnation alors que t'étais en train de nous couper l'herbe sous le pied !

— C'est le jeu, dit Merle. Les intérêts de la compagnie avant tout. J'y peux rien, si des richards de la ville veulent passer leurs vacances en famille à mater des arbres ! C'est pas moi qui écris les règles, Rich, je suis juste là pour bouger les pions. Évidemment, ça cause du tort à une poignée de types comme toi – enfin, *toi*, t'es carrément foutu, il te faudra un droit de passage pour traverser le parc avec du bois d'œuvre provenant d'une exploitation privée. Vu le temps qu'ils mettent à signer un papelard à cause de ces connards d'écolos, tu seras mort avant de..."

Rich lui expédia un coup de poing dans la pommette. Merle vacilla.

"Tu peux pas faire mieux que ça, Gundersen ? Allez, vas-y !" Il tendit l'autre joue.

Rich le frappa encore, puis une troisième fois. Une rigole de sang s'échappa du nez de Merle et coula sur ses lèvres.

"Arrête", haleta-t-il.

Rich aussi avait du mal à reprendre son souffle. Il secoua sa main aux phalanges douloureuses.

Merle s'essuya la bouche sur sa manche, se pencha, cracha du sang. "Eugene a piqué des loupes, y en a pour pas loin de deux cent mille balles. Il t'apprendra peut-être sa technique.

— Tricher, soudoyer, poignarder, voler, dit Rich. Tous les coups sont permis."

Un air de satisfaction perverse se peignit sur le visage de Merle. "Ça a toujours été ma devise."

Il s'assit pesamment au volant et descendit l'allée. Le husky couché sous la galerie sortit en gémissant.

"Tu as oublié ton chien ! lança Rich.

— Tue-le ! cria Merle. On sera quittes."

Les feux arrière de la Cadillac s'allumèrent au bas de la pente, puis la voiture tourna sur la route et disparut. Rich remonta dans son pick-up. Le husky aux yeux cerclés de blanc tirait sur sa chaîne.

Un chien qui ne valait pas la peine qu'on gaspille une balle.

La voiture de Marsha était toujours sur le parking de la scierie.

"Je pensais bien que tu reviendrais", dit-elle, assise à son bureau quand il entra. Rich signa le registre pendant qu'elle remplissait son chèque. Lorsqu'elle le détacha du talon, il eut l'impression que quelque chose se déchirait en lui.

Il joua avec les coins du chèque, le plia en deux et le glissa dans la poche de sa chemise. "Tu sais de combien était mon premier chèque ? demanda-t-il. Douze dollars. Je me suis acheté deux jeans et une centaine de barres chocolatées."

Marsha sourit. "Les autres, je les posterai." Elle rangea un tas d'enveloppes dans un carton de menu bric-à-brac. "Tu m'accompagnes à ma voiture ?"

Elle s'attarda un instant sur le seuil, promena son regard dans la pièce puis éteignit la lumière, refermant un chapitre de sa vie qui avait duré vingt ans. Sur le parking, elle déposa le carton dans son coffre et attrapa une photo encadrée : l'équipe, Lark, et le père de Rich. "Prends ça.

— Non…

— Mais si, c'est pour toi." Elle fouilla encore dans le coffre et sortit une boîte en bois de la taille d'une bible standard. "Lark m'a dit de ne pas te la donner tout de suite. Il aimait commander, tu le sais."

La boîte était lourde : une rivière sculptée dans le couvercle, un héron prenant son envol au bord de l'eau, un saumon chinook bondissant au-dessus du courant, les écailles biseautées et huilées pour créer un effet mouillé. *Frimeur*.

"Ah oui, aussi… j'ai failli oublier." Marsha alla prendre quelque chose dans sa boîte à gants. "Tiens." Elle déposa le couteau de Lark à manche de bois dans la main de Rich.

La plus grande partie de la journée y passa : les équipes au complet se rendirent à Damnation en manifestant leur colère ; Eugene donna un coup de pied dans le pneu du bus avec une violence telle qu'il se cassa un orteil, puis partit à pied, furieux ; les agents du parc restaient groupés, inquiets, dans leur uniforme beige et vert ; et Harvey se trouvait pris au milieu. À la fin, Don monta dans le pick-up de Rich pour retourner à la scierie.

"Il nous a lâchés pour toucher l'indemnité d'expropriation ! J'ai l'habitude des entourloupes de Merle depuis que je le connais, mais ça, j'arrive toujours pas à le croire." Don secoua la tête comme un homme ivre qui essaie de dessoûler. "Qu'est-ce que tu vas faire de ton temps libre, Rich ?

— Voyager."

Don lâcha un petit rire sans joie. Ils rattrapèrent Eugene qui boitillait, poings serrés, poitrine en avant.

"On le laisse marcher ?" demanda Don.

Après l'avoir dépassé, Rich ralentit, s'arrêta et le regarda approcher dans le rétroviseur.

Don descendit pour laisser Eugene s'asseoir entre eux à l'avant. Rich s'attendait à ce qu'il explose, mais Eugene ouvrait et fermait les poings en silence. Jamais on ne l'avait vu se taire aussi longtemps.

Don récupéra son pick-up sur le parking de la scierie. Eugene s'attardait. Renversant la tête en arrière, les yeux au plafond, il parla enfin.

"J'ai mis le feu à la maison de Carl. Merle m'a dit qu'ils ne seraient pas là. Qu'il y aurait le pick-up dans l'allée, mais qu'ils étaient partis rendre visite à la famille d'Helen." Il soupira, accablé. "J'ai accepté d'être son larbin. Pour quel résultat ? Qu'est-ce que je fais maintenant ?

— Je ne sais pas", murmura Rich.

Eugene se pencha, les avant-bras en appui sur ses genoux.

"Il a mis les bouts, raconta Rich. À l'heure qu'il est, il doit pas être loin de Las Vegas."

Eugene se prit la tête dans ses mains. "Putain..." Puis, sans un autre mot, il descendit et rejoignit son pick-up en claudiquant.

Une fois que le Chevy d'Eugene eut disparu, Rich retourna chez Merle.

"Saleté de clébard... tu vas me mordre ?" demanda-t-il en détachant le husky. Brusquement, malgré son manque d'agilité, le chien monta à l'avant du pick-up.

"Oh non. Toi, ta place, c'est derrière." Rich abaissa le hayon. "Allez."

Le chien refusa. Il se déroba quand Rich essaya de l'attraper, passant d'un côté du pick-up à l'autre. Rich finit par renoncer. Le husky gémit et trembla pendant la moitié du trajet, puis colla sa truffe humide contre la vitre qu'il embua de son haleine nauséabonde. Rich étira le bras pour ouvrir la fenêtre et accueillit avec soulagement le vent froid qui emplissait la cabine.

À la maison, il l'attacha à la chaîne de Scout.

"Il est à qui, ce chien ? demanda Colleen, debout à la fenêtre de la cuisine quand Rich entra.

— À personne."

Pendant qu'elle apportait à manger au husky, Rich s'assit devant la photo qu'il avait posée sur la table : Lark, accroupi sur une souche géante, la tête légèrement inclinée en arrière, et le père de Rich à côté de lui, une main sur son épaule, avec dans les yeux une lueur obstinée, farouche, un espoir insensé.

“Qu'est-ce qui t'est arrivé à la main ?” demanda Colleen.

Le sang de Merle avait séché sur ses articulations enflées. Les coudes sur la table, il baissa la tête et appuya son front contre ses poings.

“Rich ? Qu'est-ce qu'il y a ?

— Rien.”

Il se redressa. Sa main droite l'élançait. “Je suis fatigué, c'est tout.

— Rich. Dis-moi.

— Je ne sais pas quoi faire…

— Raconte-moi quand même.”

14 AVRIL

COLLEEN

Chub tenait le bocal à cornichons vide sur ses genoux. Elle se gara sur le bas-côté au-dessus du sentier. L'enfant partit devant, s'enfonçant entre les buissons comme dans un tunnel de verdure. Il n'avait pas remarqué le chien le matin. Le husky sans voix se terrait dans la niche et ne survivrait peut-être pas jusqu'au soir.

Le sentier devint sablonneux. Une vingtaine de mètres plus loin, Chub se fondit dans la lumière.

"Chub, attends-moi !"

Elle courut et le rejoignit sur la plage. Il observait un tas de bois flotté, du séquoia auquel tout le sel de l'océan ne pourrait ôter sa teinte orangée. La marée descendante abandonnait des traînées de mousse autour des rochers découverts. Chub ne s'approchait pas de l'eau, prudent, face à cette immensité envoûtante capable de vous faucher les jambes et de vous emporter loin, très loin, jusqu'à l'horizon.

Ils explorèrent les mares, cherchant quelque chose d'intéressant à rapporter pour le montrer en classe. Le vent fouettait les cheveux de Colleen et s'engouffrait sous son ciré. Un vent à aspirer la petite monnaie dans votre poche.

"J'ai trouvé !" cria Chub. Une étoile de mer accrochée à un rocher.

Alors qu'il rechignait le plus souvent à remonter jusqu'au pick-up, il pressa le pas sans se faire prier, agitant le bocal et contemplant son trésor dans l'eau.

"Tu vas lui donner le mal de mer", dit Colleen.

À peine s'était-elle arrêtée devant l'école qu'il avait déjà détaché sa ceinture et sautait sur le trottoir. Elle le regarda s'approcher de la porte ; les autres enfants se bousculèrent autour de lui, admirant une étoile dont ils étaient les seuls à voir la lumière.

*

Elle attendit Rich l'après-midi, assise sous le tableau de la scie. Il jeta ses clés dans le bol en bois comme s'il rentrait du travail.

"Où est Chub ? demanda-t-il.

— Derrière."

Elle le suivit dans la chambre. "Où étais-tu aujourd'hui ?

— Je suis allé à Eureka avec Don pour parler à quelqu'un." Il s'assit sur la moquette et déboutonna sa chemise. En maillot de corps, il se coucha à plat ventre devant le lit.

Au bout d'un moment, elle enleva ses chaussettes. Il grogna de soulagement quand elle monta sur son dos.

"Sanderson lance un appel d'offres, expliqua-t-il, la voix comprimée par le poids de Colleen. Pour emporter le reste de son bois à Damnation. Je pourrais peut-être postuler avec quelques gars. Aujourd'hui, on a trouvé un camionneur indépendant qui serait payé à la commission. En louant le matériel, on dégagerait ce qui est récupérable en quatre ou cinq semaines.

— Mais je croyais que le parc était devenu propriétaire ?

— Propriétaire du terrain, pas des arbres à terre. C'est pour ça que Merle voulait un article dans le journal... pour avoir une date officielle. La loi autorise Sanderson à emporter son bois d'œuvre déjà abattu, mais sous-traiter lui revient moins cher."

En équilibre entre les omoplates de Rich, Colleen pivota lentement.

"Alors, le gouvernement a vraiment le droit de prendre tout ce qu'il veut ?

— C'est ce qui s'est passé aussi au moment de la création du parc : les gros exploitants – Louisiana-Pacific, Arcata Redwood –, ils ont raflé leur bénef avant, exactement comme Sanderson maintenant."

Si Damnation appartenait au parc, les épandages cesseraient. Colleen s'immobilisa, tout son poids sur un pied. "Est-ce qu'on te laissera utiliser les routes pour récolter le bois de la 24-7 ?"

Rich inspira à fond. "J'essaie de me renseigner."

Elle s'assit au bord du lit pendant qu'il roulait sur le dos.

"Comment je vais pouvoir rembourser ce prêt ?" Rich se redressa sur son séant. Ses bras étaient tout pâles comparés à la couleur de ses grandes mains calleuses. "Je n'aurais jamais dû l'acheter..." Il secoua la tête. "J'aurais dû savoir. J'aurais dû penser que..."

Colleen l'interrompit doucement. "Rich..." Il leva les yeux. "Le passé n'est pas un nœud que tu peux défaire. Tu te rappelles ?"

25 MAI

RICH

Les chaînes fixées aux colliers cliquetèrent, le treuil de débardage démarra et le câble-mât se tendit. *Doucement, prudence…* Les derniers troncs de Damnation furent emportés jusqu'à la plateforme de stockage au-dessous de No Name Road.

Rich inclina la tête en arrière pour évaluer l'heure. Lew, Don, Pete et lui avaient décroché l'appel d'offres de Sanderson. Une équipe de vieux, mais avec Eugene et Quentin qui posaient les câbles, ils étaient parvenus à évacuer les arbres abattus en moins de cinq semaines. Lundi, ils loueraient un grappin et commenceraient à charger les grumes sur les camions du transporteur qui les livrerait à la scierie d'Eureka. Si tout allait bien, ils empocheraient quinze mille dollars chacun. Le temps de tenir un peu en attendant de trouver une idée pour la suite. Rich n'avait pas payé la mensualité de mai et se représentait mentalement l'enveloppe contenant la lettre de relance dans sa boîte postale. De toute sa vie, il n'avait jamais esquivé une dette.

L'eau issue de la fonte des neiges jaillissait de la conduite. Dans la cabine du treuil, Don scrutait le haut du versant. En bas, Rich vit Lew et Quentin au bord du ruisseau, tandis qu'Eugene, debout dans le courant qui lui arrivait aux hanches, maintenait la tête de quelqu'un sous l'eau. Il descendit le champ de boue qu'était devenue la pente lacérée de traces en tout genre. Sur la rive opposée : un sac à dos, des pots en verre brisés et une chaussure. Le fils de Dolores… Daniel. Eugene l'avait sans doute traîné par une jambe.

"Ça te plaît, ça ?" Eugene tira la tête de Daniel qu'il tenait par les cheveux ; Daniel agita les bras en suffoquant. "Encore ?" Eugene l'immergea à nouveau, un genou plaqué sur son dos. "Elle a quel goût, cette flotte ? Elle est assez propre pour toi ?" Il le ramena à la surface ; en entendant Daniel tousser et hoqueter, Rich eut l'impression d'étouffer lui aussi. "T'as encore soif ?" Eugene le repoussa sous l'eau. Daniel se débattait, un bras tordu par Eugene qui se détournait pour ne pas être éclaboussé au visage.

Gêné, Quentin leva les yeux vers Don en haut du versant, espérant peut-être que celui-ci interviendrait. Mais Don gardait les yeux fixés sur le câble-mât.

"Eugene, cria Quentin. C'est bon, arrête. Lâche-le."

Eugene remonta Daniel.

"Ben, quoi ?" Il le secoua. "T'en as assez ? Je croyais que vous autres, les Yurok, vous saviez bien nager. Vu que vous êtes à moitié saumon, c'est ça ?"

Daniel vomit de l'eau.

"Laisse-le !" dit Quentin.

Eugene enfonça Daniel sous l'eau. Quentin déboutonna sa chemise et l'enleva.

"Tu vas le noyer ?" demanda Rich à Eugene. *Oblige-le à te l'amener.*

"T'as une meilleure idée ? Bon sang, Rich, c'est toi qui devrais faire ça." Agrippant toujours Daniel par les cheveux, Eugene lui replongea la tête dans l'eau.

Quentin s'avança tout au bord du ruisseau. Lew lui barra le chemin en tendant un bras.

"Eugene, cria Lew. Ça suffit maintenant.

— Il va le noyer…, dit Quentin.

— Pas de panique, répondit Lew. Il finira par se lasser.

— Eugene", lança Rich.

Eugene regarda Quentin, maigre mais beaucoup plus grand que lui, et préféra traîner Daniel vers Rich. Il le malmena une dernière fois, avant de le libérer et de cracher dans l'eau "Je te le laisse."

Quentin aida Daniel à regagner la rive. Un pied nu, ses vêtements collés à la peau, il saignait d'une plaie ouverte au-dessus de l'arcade sourcilière.

Eugene sortit de l'eau juste derrière eux. Rich s'interposa.

"Quoi ? Tu le protèges, maintenant ? dit Eugene. Si ça se trouve, il a baisé ta femme. En tout cas, il lui a baisé les neurones, c'est sûr." Eugene s'essuya le front avec son bras et attaqua. Quentin lui expédia un coup de poing dans le ventre. Eugene gémit, plié en deux. Il se redressa, les yeux brillants, et cette fois ce fut Rich qui le frappa. Eugene chancela, puis poussa un rugissement et se jeta en avant. Rich le frappa encore, l'envoyant à terre et le dominant de sa haute taille.

Daniel toussa. Rich fit demi-tour et commença à grimper la pente. "Allez, on y va."

Au bout d'un moment, Daniel le suivit. Quentin fermait la marche.

Rich se sentait étrangement calme, malgré son poing en sang qui lui faisait mal. Quand ils arrivèrent à la route, il s'installa au volant de son pick-up. Daniel prit place à ses côtés.

"Non, toi, tu restes ici, dit Rich à Quentin qui tendait la main vers la poignée arrière. Lui et moi, faut qu'on parle."

Le regard hébété, Daniel ne protesta pas. Quentin ferma la portière.

Rich démarra. Abandonnant Quentin au bord de la route, le pick-up s'éloigna en bringuebalant sur le terrain inégal. Daniel tremblait de froid, les lèvres blanches, des hématomes sombres et des bosses apparaissant sur son visage là où il avait reçu des coups. Il s'était sûrement pissé dessus car il empestait l'urine et le vomi. Rich mit le chauffage.

"Ça va ? demanda-t-il.

— Ça va...", répondit Daniel d'une voix rauque.

À la scierie, Rich s'arrêta, prit une chemise sèche sous son siège et la lui lança.

Daniel retint un gémissement quand il dut lever les bras pour enlever son sweat déchiré avant d'enfiler la chemise aux manches trop longues. Si Colleen avait épousé ce type, Rich se nourrirait encore de saucisses à hotdogs et de barres chocolatées, s'attardant le soir au Widowmaker, le plus longtemps possible.

"Colleen m'a raconté", dit-il.

Daniel se figea.

Rich serrait le volant, les phalanges douloureuses. "La première fausse couche, je me suis dit que ce n'était pas de chance." Il marqua une pause. "Mais quand c'est arrivé de nouveau, encore, et encore... Je la voyais souffrir et je ne pouvais rien faire pour la protéger." Il exhala un long soupir. "La dernière fois, j'ai posé la main sur ce bébé minuscule, et j'aurais voulu être mort à sa place.

Je le jure devant Dieu, c'est ce que j'ai souhaité." Il se tourna vers la fenêtre, essaya de se ressaisir, jeta un coup d'œil dans le rétroviseur. "Quand elle m'a raconté qu'elle..." Sa voix s'étrangla. "J'ai pensé : « Je vais le tuer. »" Il ravala péniblement le goût métallique de la colère qui lui revenait dans la bouche. "Colleen est tout pour moi.

— Je... je n'avais pas l'intention de..." Daniel prit appui sur sa jambe droite, comme s'il se préparait à ouvrir la portière et à décamper. "Je sais que... je n'aurais pas dû...

— Vous l'avez écoutée, alors que moi je n'entendais rien. Je n'en suis pas fier."

Rich redémarra. En silence, il ramena Daniel à l'endroit où celui-ci avait garé son minivan.

"Faites gaffe, dit-il, une fois à l'arrêt. Quand il aura léché ses blessures, il reviendra vous chercher." Eugene était fou de rage contre Merle, mais il pouvait se défouler sur ce type en l'accusant de tous leurs maux – s'il n'avait pas ouvert la boîte de Pandore et forcé la main à Merle, peut-être qu'ils ne se retrouveraient pas tous sur le carreau, à quelques jours du chômage.

Daniel tourna la tête en écoutant un bruit de moteur au loin, puis répondit : "Je pars dans une semaine, de toute façon.

— Si j'étais vous, je n'attendrais pas une semaine.

— Qu'est-ce que ça peut vous faire ?

— À moi, rien." Rich soupira. "Mais Colleen pense que vous allez débrouiller tout ça. Elle a besoin de le croire."

Daniel descendit pour regagner son van. Rich lui lança son sweat mouillé par la fenêtre.

COLLEEN

Elle mit les biscuits au citron dans un tupperware et prit ses clés. Les ornières de No Name Road étaient pleines d'eau de pluie. Tous les pick-up de l'équipe stationnaient de part et d'autre de la route : le Ford vert de Lew, avec la caisse à outils sur le plateau arrière ; le Chevy d'Eugene, tellement rouillé qu'on ne distinguait presque plus les bandes blanches. Elle ne vit pas le pick-up de Rich.

Après s'être rangée sur un côté, elle descendit et entendit des voix, plus bas dans la pente, ainsi que le ronronnement du treuil. Eugene remonta sur la route juste devant elle.

"Où est Rich ?"

Eugene sourit d'un air goguenard. Il avait un cocard à l'œil gauche. "Ton petit ami est venu nous rendre visite. Rich l'a emmené faire un tour." Il traversa la route et se dirigea vers son pick-up.

"Ce n'est pas mon petit ami.

— Ouais, c'est ça. Je vais te croire…" Eugene ouvrit sa portière côté passager. Tandis qu'il montrait ostensiblement à Colleen le crâne humain posé sur le plancher, il s'enfonça un doigt dans l'oreille et en retira un fragment de cire jaune qu'il inspecta attentivement.

"Tout ce que Merle voulait, c'était gagner du temps pour pouvoir refiler Damnation au parc. Il a sûrement négocié une indemnité bien juteuse, plus intéressante pour Sanderson que d'abattre les arbres. En attendant, il a fourgué les loupes de bois à prix d'or. Ce salopard m'a baisé aussi, il nous a tous baisés, mais bon sang, c'est Rich qu'il a baisé le plus profond, par pure méchanceté. Putain… Il a suffi d'un article dans le journal et les écolos se sont pointés pour manifester. Ils lui ont mâché le travail."

Eugene passa deux doigts dans les orbites du crâne et le présenta à Colleen." Elle recula d'un pas, effrayée. "J'ai même pas eu besoin du troisième."

Il avança et s'empara du tupperware qu'elle tenait dans les mains.

"Rich ? cria-t-elle.

— Panique pas." Eugene balança le crâne dans le pick-up, ouvrit le tupperware et prit un biscuit au citron.

"Rich ? Rich ?

— Il l'a emmené faire un tour, je te dis.

— Où ?"

La bouche pleine, Eugene pointa le menton en direction de Deer Rib. Par là-bas… pour le perdre dans la forêt. C'est ce qu'il mérite.

— Toi, tu mérites la prison."

Eugene ricana et choisit un autre biscuit. "Heureusement qu'on a le sens de la famille.

— Tu n'es pas de ma famille."

CHUB

Chub posa sa boîte repas et descendit du muret. Sa mère n'arrivait toujours pas, il ne restait plus que lui. Les mains en visière, il scruta sa classe vide par la fenêtre. Il y avait plusieurs tables inoccupées maintenant, les places d'enfants qui étaient partis : Luke, au premier rang ; Jake et Jason Gershaw, des jumeaux qui ne se ressemblaient pas – leur père avait trouvé un travail dans l'Oregon ; et derrière eux, une fille nommée Talia, qui ne disait jamais rien, même si elle savait parler. Elle n'était pas venue à l'école la veille, et aujourd'hui, son nom avait été enlevé sur le tableau à la porte.

Il retourna s'asseoir sur le muret.

"Qu'est-ce que tu fais encore ici ?" demanda Mrs. Porter, son sac à main sur l'avant-bras.

La voiture lui parut grande et froide sans Luke. L'océan apparaissait et disparaissait le long de la route. À la maison, il n'y avait pas de pick-up dans l'allée. Il faisait froid à l'intérieur. Chub, qui n'avait jamais été seul chez lui, se sentit tout bizarre.

"Il y a quelqu'un ?" Dans la cuisine, Mrs. Porter trouva un stylo et un bloc-notes sur lequel elle écrivit un message.

Ils ressortirent. Le pick-up de son père approchait.

"Ce n'est pas trop tôt", dit Mrs. Porter en croisant les bras.

COLLEEN

Elle écrasa la pédale d'accélérateur, les roues patinèrent et s'enlisèrent davantage. Ouvrant la portière d'un coup de coude rageur, elle maudit Eugene – Rich n'avait sûrement pas pris ce chemin. Elle posa des branches derrière les roues, reprit le volant, essaya encore. Après plusieurs tentatives, le pick-up s'arracha enfin à la boue et elle parvint à regagner No Name Road en marche arrière.

Il était presque dix-huit heures lorsqu'elle arriva à l'école. Miles Jorgensen passait la serpillière dans la cafétéria.

"Gail l'a emmené", dit-il en regardant les bottes toutes crottées de Colleen.

Le pick-up de Rich était garé non loin de la porte. Chub, qui jouait derrière la maison, courut vers elle et se jeta contre ses jambes. Les coups de hache s'arrêtèrent ; Rich reprenait son souffle. Elle le rejoignit.

"C'est Gail qui a ramené Chub", dit Rich en fendant un rondin en deux. Il posa les deux moitiés debout.

"Je me suis enlisée." Elle eut honte – quelle imbécile elle avait été d'écouter Eugene.

"Si tu veux donner à ce type les derniers pots à confiture, tu ferais mieux de te dépêcher." Rich fendit l'une des moitiés en deux. "Eugene a essayé de le noyer." Il abattit sa hache sur l'autre moitié. "S'il a un peu de cervelle, il se tirera d'ici au plus tôt."

Il redressa les quatre morceaux un à un et les fendit encore pour obtenir du bois d'allumage. Colleen ne cachait plus les pots, mais elle fut touchée que Rich y ait pensé.

Elle rentra précipitamment dans la maison, remplit un dernier pot, l'étiqueta et le plaça dans un sac avec les autres. Quand elle ressortit, Rich rinçait son pick-up blanc maculé de boue avec le tuyau d'arrosage. Il la regarda ouvrir la portière et s'asseoir au volant.

"Sois prudente."

Surgissant des hautes herbes, le capot du pick-up déboucha dans la clairière de l'oncle de Daniel. De la fumée s'échappait de la pirogue que Colleen l'avait vu creuser. Le minivan de Daniel était garé près de la maison. Elle glissa ses clés dans une fente du pare-soleil et descendit. La gorge saisie par l'odeur âcre de la fumée, elle toussa. La porte de la maison s'ouvrit et Daniel apparut, un gros sac de sport sur l'épaule.

Il avait le visage tuméfié, une entaille profonde au-dessus de l'arcade sourcilière. En voyant Colleen, il jeta un coup d'œil furtif à son oncle qui sortait d'une remise et se dirigeait vers la pirogue. Le vieil homme se pencha pour collecter les cendres à l'intérieur.

"Qu'est-ce qu'il fait ? demanda-t-elle en rejoignant Daniel à côté du minivan.

— Le feu fait remonter la sève. C'est ce qui rend le bois imperméable à l'eau." Il chargea son sac derrière le siège du conducteur.

"Tu n'as pas trop mal ?"

Il ne répondit pas à sa question. "J'ai recueilli environ quatre litres d'eau provenant du ruisseau." Il toussa, attrapa une chemise de flanelle sous le siège et la lui tendit – elle veillait à ce qu'il y en ait toujours une dans le pick-up de Rich pour qu'il puisse se changer à la fin de la journée.

"Où vas-tu ?"

Daniel indiqua la direction du nord. "Mon financement a été accordé. Je dois présenter une étude à partir de toutes les données que j'ai rassemblées depuis un an."

Colleen lui remit les pots. Il les posa à côté du sac.

"C'est long, de convaincre l'EPA*."

Elle hocha la tête. L'entaille sur son front deviendrait une cicatrice qui le marquerait à vie. Il toussa encore, une toux grasse montant de sa poitrine.

* Environmental Protection Agency.

“Danny !” La porte moustiquaire s’ouvrit et une vieille femme sortit, un sac de supermarché dans les bras.

“Laisse ça, m’man. J’arrive.” Mais la femme s’approcha et ne s’arrêta qu’à trois mètres de Daniel, les yeux fixés sur lui, si maigre qu’elle disparaissait presque derrière le sac. Dolores Bywater avait le visage décharné, les joues creusées par la maladie. Son turban avait glissé, de sorte que Colleen aperçut quelques centimètres de crâne chauve. “Attends-moi à l’intérieur, Ma.” Daniel la délesta du sac.

Un jour, après que Daniel eut été poussé brutalement contre un mur puis fouetté parce qu’il s’était battu, alors que Colleen attendait Enid devant la porte fermée du directeur, tressaillant à chaque coup de martinet que recevait sa sœur, Dolores Bywater avait surgi comme une violente rafale de vent. Sans aucune attention pour Gail Porter, assise à son poste, elle était entrée directement chez le directeur. Celui-ci, un homme petit, grassouillet, aux cheveux clairsemés, avait eu à peine le temps de lever les yeux des fesses d’Enid, penchée en avant, que déjà Mrs. Bywater lui arrachait le martinet des mains.

Si vous frappez encore mon fils… Elle était ressortie en emportant le fouet, pour le plus grand soulagement de Colleen.

Comment la femme d’alors avait-elle pu changer à ce point ? Elle était si frêle à présent, émaciée, le regard terne.

“J’en ai pour une minute, Ma”, dit Daniel. Elle se retourna et rentra dans la maison de son pas chancelant.

“Je lui ai proposé de l’emmener avec moi, reprit Daniel après un long silence. Il y a de bons médecins au Canada.” Il déglutit péniblement. “Elle refuse. Elle dit qu’elle a mis trop longtemps à revenir la première fois.” Une expression douloureuse passa sur son visage. “Mais… je… si c’était la dernière fois que je… ?” Il soupira. “Elle dit que si je dois partir, autant partir sans m’attarder. Qu’on a le droit d’errer dans sa vie, du moment qu’on revient chez soi à la fin. Et qu’elle en a assez de me voir attendre qu’elle meure.

— C’est une bonne mère, murmura Colleen.

— Oui.” Il balaya la clairière des yeux comme pour la graver dans sa mémoire. Colleen sentait la fumée, la boue et la note épicée, si personnelle, de la chemise : l’odeur de Rich.

“Il faut que j’y aille”, dit-elle.

Daniel hocha la tête. Sa pomme d'Adam protubérante était visible au-dessus de son col. Elle espéra qu'une femme l'attendait, au nord, qu'il ne roulerait pas toute la nuit pour pénétrer au petit matin dans une maison vide.

"Prends soin de toi", répondit-il.

Elle regagna son pick-up, l'énorme véhicule blanc qu'elle n'avait pas désiré et qui, au fil des mois, était devenu le sien. Daniel lui fit un bref salut de la main. Elle s'installa au volant, ferma sa portière et baissa le pare-soleil. La clé tomba sur ses genoux : un chapitre de sa vie se refermait.

28 MAI

COLLEEN

Colleen repoussa sur le côté, un à un, tous les manteaux contenus dans le placard de l'entrée. Où était le ciré de Chub ? Elle l'avait cherché partout. Finalement, la bruine du matin s'étant arrêtée, elle avait laissé son fils sortir sans le vêtement, mais il devait bien se trouver quelque part.

Devant la maison, Rich passait les planches sous la scie circulaire avec la dextérité d'un homme donnant des carottes à un vieux cheval. La récolte était terminée sur le versant inférieur de Damnation. Demain, des camions emporteraient le bois à la scierie, l'équipe rendrait le matériel de location, et Rich serait alors, officiellement, sans emploi.

Il posa une autre planche sur celles qui étaient déjà découpées. Les jours précédents, il avait arraché le vieux lambris dans la salle de bains, travaillant pour occuper son esprit et tenter de chasser l'inquiétude.

"Tu as vu le ciré de Chub ?"

Rich attrapa une autre planche. "Dans le pick-up."

Le ciré roulé en boule dépassait sous le siège passager. Derrière lui, elle découvrit une boîte en bois.

"Ça vient d'où ? demanda-t-elle quand Rich marqua une pause entre deux planches.

— Marsha."

Elle caressa du doigt le couvercle sculpté : une rivière qui serpentait, un saumon bondissant hors de l'eau, un tableau si réaliste qu'elle éprouva une bouffée de nostalgie pour une époque dont elle n'avait pourtant aucun souvenir.

"Tu veux la laisser dans ton pick-up ?

— Non, vas-y. Rentre-la."

Il saisit une autre planche tandis que, serrant la boîte contre sa poitrine, elle le regardait guider le bois sous la lame dans un jaillissement de sciure. Il cherchait encore comment sortir de l'impasse qu'était devenue la parcelle 24-7 : ce bois d'œuvre qu'il possédait mais ne pouvait pas récolter, sur un bout de terrain sans valeur, au cœur de la forêt, pour lequel il avait mis en danger l'avenir de sa famille.

Elle suspendit le ciré de Chub au crochet de la cuisine et posa la boîte sur la table. Dans le jardin à l'arrière, Chub essayait d'apprendre au vieux chien à rapporter. Il lui montrait le bâton, le lançait, attendait une réaction de l'animal puis le tirait par son collier jusqu'au bâton. Elle prépara des sandwichs.

"À table, lança-t-elle par la porte. Chub, va dire à ton père que le déjeuner est prêt."

L'enfant lâcha le bâton et disparut sur le côté de la maison. La scie se tut. Père et fils revinrent ensemble. Chub raconta les progrès du chien pendant que Rich parcourait le courrier en mangeant et n'écoutait que d'une oreille.

"C'est le courrier d'aujourd'hui ?" demanda-t-il.

Colleen fit non de la tête. "On est dimanche."

Il ouvrit la dernière enveloppe, sortit une facture et l'ajouta à la pile.

"Ne relâche pas tes efforts, dit-il à Chub. Ça finira par marcher. Même un vieux chien peut apprendre, si on est patient avec lui." Il jeta un coup d'œil malicieux à Colleen, se leva et posa son assiette dans l'évier.

"Tu veux un café ? demanda-t-elle.

— Non… Faut que je termine dehors avant qu'il pleuve." Il sortit.

"J'ai soif", dit Chub.

Colleen lui tendit un verre afin qu'il se serve à la bonbonne.

"Je peux avoir du jus ? demanda l'enfant.

— Bois de l'eau."

Il soupira et alla tenir son verre sous le robinet. L'excitation de la nouveauté s'était émoussée.

Dans le salon, Colleen observa Rich par la fenêtre.

Quand Chub retournerait à l'école après les grandes vacances, elle chercherait un travail. Elle demanderait à Gail Porter si elle avait besoin d'aide au secrétariat. Ou peut-être que Dot lui confierait la caisse pendant qu'elle préparait le pain et les gâteaux à l'arrière. Si tout échouait ici, elle trouverait quelque chose à Crescent City. Deux ou trois jours par semaine. Un maigre salaire, sûrement, mais ce serait mieux que rien. Elle ne voulait pas en parler à Rich, pas encore. Le regard blessé qu'il lui jetterait. *Tu crois que je ne suis pas capable de subvenir à nos besoins ?*

29 MAI

CHUB

Son père tint la porte de la cuisine ouverte pour le laisser sortir en premier. Chub fila vers la colline noyée dans le brouillard. C'était un jour d'école, mais son père l'avait autorisé à rester à la maison. Il lui fit traverser Little Lost Creek, puis ils grimpèrent jusqu'à l'arbre 24-7. Après s'être reposés un peu, ils repartirent et arrivèrent au pied d'un versant plein de boue, de souches et de troncs brisés. Une eau toute marron ruisselait dans la pente.

"On est où ? demanda Chub.

— Tu sais où on est."

Chub fit non de la tête. Sans les arbres, il ne reconnaissait rien.

Son père le porta pour contourner des falaises très raides où la terre avait glissé. Il le garda sur son dos afin que Chub puisse voir, dans le labyrinthe d'arbres cassés et de pierres, les sources autrefois souterraines qui débordaient à la surface.

Ils remontèrent jusqu'à un endroit où étaient entassés des troncs géants. Le brouillard se leva sur la route de gravier, comme s'ils étaient passés à travers un mur blanc et débouchaient dans une autre journée.

"C'est quand déjà, ton anniversaire ? demanda son père.

— Demain !

— Demain ? Ça alors ! Je ne sais pas pourquoi, j'oublie tout le temps." Son père souriait en le taquinant.

"Qu'est-ce qu'on attend ? demanda Chub.

— Les camions. Ils vont emporter ces troncs à la scierie.

— C'est les derniers ?

— Oui." Les yeux plissés, son père scrutait le lointain. Chub le tira par la jambe de son pantalon jusqu'à ce qu'il le soulève dans ses bras pour voir : la cime du 24-7 qui dépassait d'une nappe de brouillard, orange vif dans un rayon de soleil. “Les derniers des derniers”, dit son père.

COLLEEN

Quand elle tourna dans l'allée, le sachet de la pharmacie glissa sur le siège. Un homme attendait sur la galerie avec l'air de quelqu'un qui a rendez-vous. Elle attrapa son sac de courses, la nouvelle spatule, et descendit du pick-up.

“Mrs. Gundersen ?” Lorsqu'elle l'eut rejoint devant la porte, il considéra la spatule, aussi mal à l'aise que s'il se trouvait en présence d'une arme. Il était jeune, vêtu avec soin. Elle eut l'impression de l'avoir déjà vu.

“Il est arrivé quelque chose ? dit-elle. Rich va bien ?”

Dans son costume sombre, on aurait pu le prendre pour un entrepreneur de pompes funèbres.

“Votre mari est à la maison, madame ? J'aimerais lui parler, s'il peut m'accorder un instant.

— Il travaille.”

C'est seulement lorsqu'il se fut présenté qu'elle reconnut l'assistant du député. Il s'était tenu debout à l'écart lorsque le député avait fait une apparition au déjeuner de poisson frit avec sa femme quelques mois auparavant, passant d'une table à l'autre, serrant des mains. *Il y a sûrement une élection cette année*, avait marmonné Gail Porter, les bras croisés, les mains en sécurité sous ses aisselles.

“Je ne vote pas”, dit Colleen tandis qu'il s'effaçait devant elle, présumant qu'elle l'inviterait à entrer.

Il eut un sourire crispé. Elle remonta le sac de courses sur sa hanche. Pas question de lui ouvrir sa porte si Rich n'était pas là.

“Nous nous rapprochons de tous les propriétaires affectés par…” Il marqua une pause, se préparant à aborder un sujet délicat. “… par l'agrandissement du parc.

— Nous n'avons pas été expropriés, dit Colleen, consciente de la sécheresse de sa voix. Damnation Grove est la parcelle voisine de la nôtre.

— Votre mari a dû être déçu." Il guetta une réaction sur le visage de Colleen.

"Il lui faut un droit de passage, répliqua-t-elle sans montrer aucune émotion.

— C'est un point qu'il devra soumettre à la direction du parc… S'il a des questions, il peut appeler ce numéro." L'assistant parlementaire présenta une carte de visite.

"Des questions sur quoi ?"

À nouveau, le sourire crispé. "Nous serons heureux de discuter avec votre mari de ses… de ses options.

— Vous voulez être sûrs qu'on ne fera pas d'histoires, c'est ça ?"

L'homme la dévisagea fixement, sans cacher qu'il la prenait pour une simplette avec qui il était inutile de perdre son temps. "Je comprends votre désarroi, madame. Je vous le répète, nous serons heureux d'en discuter avec votre mari."

Colleen changea son sac de côté pour chercher la clé de la maison dans son trousseau. Voyant qu'elle n'avait aucune main libre, il mit la carte dans le sac et redescendit sur le gravier de l'allée.

Dans la cuisine, elle déballa la farine, le sucre, les bougies pour l'anniversaire de Chub. Elle posa la carte de l'assistant parlementaire sur la pile de factures, puis emporta le sachet de la pharmacie dans la salle de bains et ferma la porte.

RICH

Rich se sentait plus léger à présent que le bois d'œuvre avait été emporté. Chub courut devant, impatient de continuer le dressage du vieux husky avec un bâton, pendant que Rich rentrait dans la maison pour se laver.

"On est revenus", lança-t-il.

Il ouvrit la porte de la salle de bains. Colleen était assise sur la cuvette des toilettes, sa culotte autour des chevilles, tête baissée. Elle ne réagit pas à l'irruption de Rich dans son intimité.

"Chérie… ? Qu'est-ce qui se passe ?"

Elle leva enfin la tête, les joues inondées de larmes, lui montra un bâtonnet sur lequel apparaissait une barre colorée, et éclata en sanglots.

"Ne pleure pas… ça va aller…" Il s'accroupit devant elle et lui prit le visage dans ses mains. Elle déroula un peu de papier toilette pour se moucher.

"J'ai acheté des bougies pour Chub, expliqua-t-elle. Et en passant devant la pharmacie, j'ai pensé… je me suis dit que peut-être…" Elle montra à nouveau le test de grossesse.

"Tu as beaucoup de retard ? demanda Rich.

— Une dizaine de jours… Qu'est-ce qu'on fait ?"

Rich avait mal au dos dans cette position. Il se releva.

"Qu'est-ce que tu veux faire, toi ?"

Colleen secoua la tête, s'essuya, remonta son pantalon, tira la chasse.

"Je sais que c'est stupide de croire que…" Elle s'examina dans le miroir en se lavant les mains. "Pourquoi ce serait différent cette fois ?" Elle inspira profondément. "Mais je ne peux pas m'empêcher… Tu comprends ? Je… je suis tellement heureuse."

La porte de la cuisine s'ouvrit brusquement et Chub cria : "Ma-mam !

— J'arrive." Elle pressa les paumes sur ses joues et sourit à Rich. "Je lui ai promis qu'il pourrait m'aider à préparer son gâteau."

2 JUIN

RICH

Assis dans son pick-up à l'arrêt, Rich pianotait sur le volant en regardant par le pare-brise embué la lourde porte du Widowmaker. Il était encore temps de reculer. Il y pensait depuis plusieurs jours, mais c'était seulement après l'enlèvement des derniers troncs à Damnation que l'idée d'en finir avec sa vie de bûcheron s'était vraiment imposée à lui. Il ne pouvait pas se permettre d'attendre la 24-7 éternellement. Bon sang, une fois qu'il aurait touché son chèque pour l'évacuation du bois d'œuvre et réglé ses mensualités en retard, il tiendrait à peine quelques mois. Le matin, dès que Colleen était partie pour l'école avec Chub, il avait pris la carte de l'assistant parlementaire sur la pile de courrier et composé le numéro d'un doigt fébrile. Et maintenant il se rongeait les sangs devant un bar un vendredi soir, comme un homme sur le point de tromper sa femme.

Il descendit. La pluie déposait de brillantes gouttelettes sur les manches de sa veste. Il entendait la musique à l'intérieur, et le brouhaha des voix qui fêtaient la fin d'une semaine de travail. Lorsqu'il entra, le volume sonore l'atteignit de plein fouet. Randy posa un sous-verre aussitôt suivi d'une bière sur le comptoir. Rich essuya la mousse sur sa moustache du revers de la main après avoir bu. Il tournait le dos à la porte. Chaque fois que celle-ci s'ouvrait, il sentait une bouffée d'air froid, un coup de poignard dans le ventre. Randy lui servit une autre bière. La musique paraissait encore plus forte… Enfin, quelqu'un lui tapota l'épaule. Il suivit l'assistant parlementaire, jeune et rasé de près comme un missionnaire, dans l'arrière-salle ; et là, assis à une table grossièrement taillée, relique du siècle précédent : le député en personne.

“Je vous présente Richard Gundersen”, dit l’assistant, un œil sur le verre de Rich, où il ne restait que quelques centimètres de bière.

“Mr. Gundersen.” Le député invita Rich à s’asseoir, comme s’il le recevait chez lui.

Très légèrement ralenti par l’alcool, se retenant d’éructer, Rich tira une chaise dont les pieds raclèrent le plancher.

Le jeune assistant s’éclipsa. Lorsqu’ils furent seuls, le député se renversa contre son dossier. Rich lui trouva une ressemblance avec Merle.

“Il paraît que vous avez du bon bois d’œuvre à vendre ?

— J’en avais. Mais l’agrandissement du parc me bloque l’accès.”

Le député hocha la tête. “Je vois… Vous devez obtenir un droit de passage sur le versant inférieur de Damnation pour effectuer votre récolte.

— J’ai besoin de la route, oui, confirma Rich.

— Un droit de passage fédéral peut être… *onéreux*. Analyse de l’impact sur l’environnement, consultation des divers partenaires… les couloirs de la bureaucratie sont longs et tortueux, expliqua le député. Il faut parfois beaucoup de graisse pour actionner les rouages de l’administration.

— Dommage qu’on ne me l’ait pas dit il y a un an.

— C’est un sale coup, j’en conviens.”

Rich contemplait le fond de son verre.

“Vous assureriez la main-d’œuvre ?” demanda enfin le député.

Rich acquiesça. “Oui, avec plusieurs gars de mon équipe. C’est nous qui avons dégagé le bois de Damnation « mis à terre par la main de l’homme », propriété de Sanderson…

— Très bien. Vous avez quoi, là-haut ? Cent millions de pieds-planches ? À un centime l’unité…” Le député calcula mentalement, puis secoua la tête. “Je ne vois pas comment ce serait possible, Mr. Gundersen. Pas avec ce que ça vous coûtera pour accélérer la procédure.”

Rich finit sa bière et posa son verre sur la table.

“Et si je ne voulais pas abattre ?”

Le député esquissa un sourire. “Drôle de question pour un bûcheron.

— Il y a beaucoup d’arbres de la forêt ancienne, sur cette pente…

— La Ligue de protection des séquoias* serait peut-être intéressée, concéda le député. Si vous acceptiez de baisser votre prix.

— Baisser de combien ?

— Oh, je ne sais pas… Ils vous donneraient peut-être vingt pour cent de la valeur de marché. Un peu plus, si vous trouviez les bonnes personnes pour… *négocier*." Il fixa longuement Rich pour s'assurer que le message était bien passé.

Rich frémit intérieurement. Vingt pour cent d'un million de dollars… Deux cent mille. C'était moins que ce qu'il devait, à quoi il faudrait aussi retrancher la commission que ce pourri demanderait pour défendre le dossier. Une somme qu'il n'avait aucun moyen d'évaluer.

"C'est un sacré plongeon."

— En effet. Vous êtes coincé entre l'arbre et l'écorce, si je puis dire." Le député se leva. "Prenez quelques jours pour réfléchir, Mr. Gundersen. "

Il enfila son manteau et abandonna Rich, seul dans la pièce. La musique battait son plein de l'autre côté de la porte.

* Save The Redwoods League.

CHUB

Chub portait les nouvelles chaussures qu'il avait reçues pour son anniversaire. Il ne se rappelait plus que sa mère les avait achetées, avant la rentrée des classes, et le souvenir lui revint seulement quand il ouvrit la boîte. Les mêmes que celles de son père, sauf que les lacets se défaisaient tout le temps. Son père s'accroupit sur le sable pour resserrer les nœuds.

Il y avait beaucoup de bruit au bord de l'océan. Son père choisissait des morceaux de bois flotté qu'il jetait en tas sur le côté. Chub en trouva un qui était gros mais léger.

"Oui, très bien", dit son père.

Les vagues déferlaient inlassablement sur la plage. Chub scruta le lointain avec ses jumelles tandis que son père s'asseyait sur un tronc pour se reposer.

"Passe-moi celui-là… À tes pieds."

Chub lui tendit le fragment de bois rouge-orangé. Son père le tourna entre ses mains, le secoua, l'approcha de l'oreille de Chub. "À ton avis, qu'est-ce qu'il y a là-dedans ?

— Un Sasquatch."

Son père secoua à nouveau le bois, écouta. "Tu veux que je te dise ? Je crois que tu as raison. Fais voir un autre."

Chub écouta encore. "Sasquatch."

Son père garda le bois en réserve et fouilla parmi les morceaux qu'il avait sélectionnés.

"Tiens, en voilà un. Écoute bien…

— Un éléphant."

Son père rit. "Drôlement petit, comme éléphant."

Il sortit un couteau de sa poche et le posa sur son genou, puis prit le couteau accroché à sa ceinture et le plaça à côté ; identiques. Fixant ensuite le premier couteau à sa ceinture, il montra à Chub comment faire jaillir la lame de l'autre, comment la bloquer.

"Vas-y, essaye." C'était difficile. "Oui… Parfait."

Chub tint à deux mains le couteau refermé.

"Mon père me l'a donné quand j'avais à peu près ton âge, dit son père. Et maintenant, je te le donne."

Chub leva les yeux, n'osant pas y croire.

"Moi, j'ai celui de Lark, dit son père en se tapotant la hanche. Celui-là est à toi. Rouvre-le."

Chub dut s'y reprendre à plusieurs fois.

"Vas-y. Sculpte ton éléphant."

Pendant que le regard de son père se perdait à l'horizon, Chub commença à tailler le bois.

"J'ai froid", dit-il au bout d'un moment. Absorbé dans ses pensées, son père ne réagit pas. "Papa, j'ai froid.

— D'accord… Ferme le couteau, on y va." Il attendit que Chub ait rangé le couteau dans sa pochette banane et ramassa une brassée de bois flotté.

À la maison, il emmena Chub dans la chambre parentale. Ses lunettes de vue étaient posées à côté de la lampe sur la table de chevet. Il ouvrit le tiroir pour que Chub y dépose le couteau. "Un couteau, c'est un outil. Pas un jouet. Demande à ta mère quand tu veux le prendre. Ne le prends pas tout seul, compris ?"

Chub hocha la tête. Sa mère les observait sur le seuil de la chambre, les bras croisés. "Ce petit Grahamcracker sent les algues", dit-elle. Elle avait eu mal au ventre le matin, mais elle allait mieux.

Son père renifla ses cheveux. "Hou là ! C'est vrai, ça !" Il l'attrapa contre lui et le chatouilla.

"Arrête !" piailla Chub en se débattant, mais juste un peu. Pas assez pour se libérer.

10 JUIN

RICH

Colleen enfila son ciré à Chub et remonta la fermeture Éclair. Chub supplia pour qu'ils emmènent le vieux chien.

"Non, pas cette fois", dit Rich. Après avoir lâché le husky la veille, ils l'avaient retrouvé sur la route, gémissant au milieu de la chaussée. Un chien toujours enchaîné n'est plus lui-même.

Chub grimpa Bald Hill en courant, descendit de l'autre côté et se cacha dans les buissons. Rich prit la main froide de Colleen et la serra, trois chaudes pulsations. Elle répondit de la même façon. Du moment qu'elle mangeait quelque chose dès qu'elle se levait le matin, elle réussissait à vaincre la nausée.

"Chub ? cria-t-elle.

— Où est-il passé ? dit Rich.

— Je ne sais pas.

— Peut-être que les ours l'ont dévoré.

— Les ours ne dévorent pas les gens !" lança Chub sans se montrer.

Rich poussa un grognement. Terrifié, Chub bondit de sa cachette, riant et hurlant à la fois.

En haut de la 24-7, ils se reposèrent, assis contre le grand séquoia. Rich sentait les reliefs de l'écorce sur son dos raide. Quel choix avait-il, à part accepter l'offre du député et s'en tirer avec plus de vingt mille dollars de dettes ? Même s'il trouvait un autre acheteur, cela pourrait prendre des mois. Et de quoi vivraient-ils ?

Colleen l'observait. "À quoi tu penses ?

— À rien."

Chub vint se nicher entre les genoux de son père.

“Qu’est-ce que tu veux faire quand tu seras grand ? demanda Rich.

— Sculpteur. Et toi ? Tu voulais faire quoi ?” Chub renversa la tête en arrière contre le cou de Rich pour le regarder.

“Moi ?” Rich inspira, longuement, sans pour autant que disparaisse la sensation d’oppression dans sa poitrine. Les gars seraient pliés de rire quand ils l’apprendraient. La 24-7, vendue aux écolos de la Ligue ? Ils se foutraient de lui jusqu’au restant de ses jours.

“Papa ?

— Quoi ?

— Tu voulais faire quoi quand tu seras grand ?

— Quand tu *serais*”, corrigea Colleen.

Rich contempla les souches dans le bas de Damnation, le tracé sinueux des routes lacérant la pente.

Chub insista. “Tu voulais faire quoi quand tu *serais* grand ?

— Personne ne m’a jamais posé la question, répondit Rich en passant un bras autour des épaules de Colleen. Bûcheron, j’imagine.”

S’il pouvait arrêter le temps, loger un coin dans les roues pour bloquer le mécanisme, il figerait précisément cet instant : eux trois ensemble, et le 24-7, fier, solide, qui lui appartenait encore – pendant quelques jours, une ou deux semaines –, avant qu’il ne le perde à jamais.

Chub se tortilla, incapable de rester longtemps immobile. Rich le mit debout et se leva à son tour. “Allez, on rentre.” Il tendit la main pour aider Colleen.

“On fait la course, déclara Chub.

— Je suis trop vieux pour faire la course, dit Rich. Je suis un très vieux…” Il partit comme une flèche.

“Tricheur ! cria Chub en s’élançant derrière lui. Attends ! Papa, attends-moi !”

Colleen prépara des sandwichs au beurre de cacahuètes et au fromage pour le déjeuner, même s’il n’était que dix heures. Rich démarra la scie circulaire et s’attaqua au tas de planches protégées par une bâche.

“Enid va passer déposer les enfants”, annonça Colleen quand il revint dans la cuisine, les oreilles encore emplies par le bruit de la scie.

Assis à la table recouverte de papier journal, Chub sculptait son morceau de bois flotté. Il soupira. “Je suis fatigué.

— Va ranger ton couteau”, dit Colleen. Chub replia la lame et se leva.

Rich bâilla. “Moi aussi, je suis crevé…” Il suivit Chub jusqu’à la chambre. Après avoir déposé le couteau dans le tiroir de la table de chevet, Chub se jeta sur le lit et fit mine de dormir, trahi par ses fossettes. Rich se laissa tomber à côté de lui. L’enfant ouvrit un œil, puis roula sur la poitrine de son père comme s’il avait réussi à l’immobiliser. Rich le chatouilla. Chub rit aux éclats en luttant pour se libérer. Au bout d’un moment, essoufflés tous les deux, ils cessèrent de batailler.

“Un des vœux que j’ai faits s’est réalisé, dit Chub, allongé contre son père, jouant avec un bouton de sa chemise.

— Quel vœu ?

— J’ai demandé que tu trouves un autre Scout.” Chub se dressa sur un coude et regarda Rich de ses yeux bleu-vert, mouchetés d’or. “Et un poisson rouge”. Il se mordit la lèvre, plein d’espoir.

Un klaxon retentit devant la maison.

“Ils sont arrivés !” Chub courut vers la porte.

Était-ce donc là, sur le lit, que Rich l’avait vu pour la dernière fois ? Ne l’avait-il pas aperçu encore, sa tête dépassant des fougères puis disparaissant derrière la colline ? À moins que cette image, plus tard, ne soit le produit de son imagination ?

“Où veux-tu que je la pose ? demanda Enid à Colleen, le bébé sur sa hanche.

— Donne-la-moi.” Colleen gémit en accusant le poids de la petite dans ses bras. “Elle devient lourde.

— À qui le dis-tu !”

Les filles enlevaient leurs bottes dans l’entrée.

Par la fenêtre de la chambre, Rich vit Eugene, assis dans le pick-up avec Agnes. Ils l’emmenaient consulter un ophtalmologue à Medford et en auraient pour la journée. Rich et Eugene s’étaient évités pendant la coupe de récupération, se séparant à la fin sans échanger un mot. Rich n’était pas encore prêt à le revoir : il aurait honte à la vue des hématomes qui s’estompaient et des entailles à demi cicatrisées. Par la suite, il lui tendrait la main, Eugene la serrerait, et ils décideraient de tirer un trait sur l’épisode, mais pas maintenant. C’était trop tôt.

“Wyatt ! Sois sage ! lança Enid dans le couloir. Tu as fait une liste ?” demanda-t-elle à Colleen.

Dans une ou deux semaines, la scierie réglerait le solde de la commande et ils se partageraient les bénéfices. Eugene et Enid rouleraient sur la réserve. Pendant que Rich sortait par la porte de derrière, Colleen remit sa liste de courses à sa sœur et lui donna vingt dollars de plus.

CHUB

“Faut que j’aille pisser”, dit Wyatt. Mais au lieu d’ouvrir la porte de la salle de bains, il entra dans la chambre des parents de Chub.

“Qu’est-ce que tu fais ? demanda Chub en le suivant.

— Je regarde, c’est tout.” Wyatt fouilla dans le tiroir de la table de chevet d’un côté du lit, puis répéta l’opération de l’autre côté.

Chub entendit sa mère parler aux filles dans le salon. Wyatt brandit le couteau.

“Hé, dit-il avec un grand sourire. T’as vu ce que j’ai trouvé ?”

Chub recula d’un pas.

“On n’a pas le droit, dit-il.

— Et alors ? Tu vas rapporter ?” Wyatt lui envoya une chiquenaude à distance, s’assit sur le lit et essaya de faire jaillir la lame. Brusquement, il posa le couteau. “Attends, je reviens…”

Chub entendit le jet d’urine dans les toilettes. Il attrapa le couteau – *son* couteau – et le glissa dans sa pochette banane.

“Chub, dit sa mère lorsqu’il traversa la cuisine. Mets ton ciré si tu sors, s’il te plaît.” Il décrocha le vêtement de la patère et glissa les bras dans les manches. “Et ne t’éloigne pas, d’accord ?”

Il sentait le poids du couteau dans sa pochette pendant qu’il grimpait sur la colline, et il avait déjà plongé au milieu des fougères quand la porte de la cuisine s’ouvrit.

“Chub ? Ohé, le gringalet ! T’es où ?”

De sa cachette, Chub observa Wyatt en bas. Les fougères lui chatouillaient les oreilles, le plus infime mouvement faisait craquer le caoutchouc de son ciré. Wyatt donna des coups de pied dans l’herbe comme s’il avait laissé tomber une pièce et la cherchait. Doucement, tout doucement, Chub approcha les jumelles de ses yeux. Il ne vit d'abord que de l'herbe et des buissons, une image floue. Et puis, là, juste devant lui… Wyatt en gros plan, avec ses taches de rousseur sur le nez. Il retint son souffle, le plus longtemps possible. S'il respirait, Wyatt le découvrirait. *Un, deux, trois… six, sept… dix, onze…* Il inspira. Wyatt l'entendit et s'élança vers lui.

Chub bondit, aveuglé par les fougères et les ronces qu'il écartait de ses mains. Il atteignit le sommet de la colline et, hors d'haleine, redescendit en direction de Little Lost Creek.

"T'es mort !" cria Wyatt.

Chub sauta et atterrit dans l'eau peu profonde de l'autre côté du ruisseau. Le ciré entravait ses mouvements ; il l'abandonna sur la berge et repartit. Dans la combe qui surplombait Garlic Creek, il trébucha et termina la descente sur les fesses, se releva, s'envola à nouveau pour franchir le ruisseau et retomba cette fois dans le courant qui lui arrivait aux genoux. Il réussit tant bien que mal à se hisser sur la rive opposée. L'eau froide glissait le long de ses jambes et trempait ses chaussettes, ses pieds barbotaient dans ses chaussures neuves, son cadeau d'anniversaire, qui étaient encore trop grandes. Il gravit la pente en s'aidant de ses mains, plus haut, plus haut. Son souffle lui déchirait la gorge, il avait mal à une hanche. Et toujours, il entendait Wyatt derrière lui. Le visage brûlant, il grimpa et grimpa encore, jusqu'à atteindre enfin l'arbre de la 24-7. Là, il appuya une main sur l'écorce comme il avait vu son père le faire, souhaitant désespérément qu'une porte s'ouvre.

"Chub, espèce de mauviette…"

Chub se prit le pied dans son lacet, faillit tomber, descendit au fond de l'autre vallon en glissant sur les aiguilles, et parvint au bord d'un ruisseau qu'il n'avait jamais vu auparavant : rapide, brunâtre, charriant des amas de boue et de bois brisé. Quelque chose n'allait pas. Plus en amont, il apercevait les souches des grands arbres que les camions avaient emportés, mais ce n'était pas le même ruisseau que la dernière fois. Celui-ci faisait plus de bruit, l'eau était épaisse comme un milkshake au chocolat, avec de la mousse et des vagues. Il examina la carte sur sa paume. Où était-il ?

"Chub ! Attends-moi !"

Wyatt s'approchait en chancelant, se tenant le flanc comme s'il avait un point de côté. Chub connaissait la ruse. Il ferait semblant jusqu'à ce qu'il soit tout près, et puis il le bousculerait, le clouerait au sol et lui cracherait dans la bouche. Chub entendait le sang battre à ses oreilles. Il avait envie de faire pipi.

"Chub !" Wyatt était tout rouge d'avoir couru. Un bref instant, Chub crut qu'il déclarerait : *"Trêve."* Mais Wyatt grimaça un sourire, pencha la tête en arrière et se trancha la gorge avec un doigt.

Chub détala, suivant le ruisseau, dévidant des phrases en rimes dans sa tête. *La source de Damnation Creek est si claire, on dirait un rayon de lumière. Eel Creek comme une anguille, entre le bourg et Knockdown se tortille. Quand on frissonne le long du Shiver**, *on n'est pas loin de la rivière.*

Le torrent brunâtre faisait un tel vacarme qu'il sentait la vibration dans sa poitrine. Il grimpa encore, et encore. Bientôt il arriva à une route aux ornières pleines d'eau de pluie. Il se retourna, cherchant Wyatt des yeux, mais il n'y avait plus de Wyatt.

Il ne savait pas où il était – rien ne ressemblait à rien –, mais il traversa la route et commença à escalader le versant. Ses jambes étaient fatiguées. Dans ses chaussures lourdes d'eau, ses chaussettes trempées frottaient contre l'arrière de son talon. Il trébucha sur ses lacets, tomba tête la première, et se reçut sur les mains.

Derrière lui, une brindille crissa. Il se releva, les paumes à vif.

"Wyatt ?"

L'oreille aux aguets, il n'entendit que le toc-toc d'un pivert se confondant avec les battements de son cœur dans sa poitrine. Il repartit. Soudain, un léger bruit de ruissellement, et là : Damnation Spring ! *Si claire, on dirait un rayon de lumière.* Il plongea les mains dans l'eau, but, mouilla ses joues brûlantes. Il chercha encore Wyatt au bas de la pente, voulut prendre ses jumelles suspendues à son cou. Disparues ! Il jeta un regard autour de lui. Un instant plus tôt, il croyait les avoir encore. Il les avait tenues par la cordelette en courant…

Assis sur un rocher, au bord des larmes, il glissa la main dans sa pochette banane et trouva le couteau, froid, fermé. Il sortit la lame, la verrouilla. Il faisait plus sombre à présent dans la forêt. L'air immobile était plus froid. Les grands arbres craquaient

* Frisson.

au-dessus de sa tête. Ses vêtements humides lui collaient à la peau. Ses doigts étaient engourdis. Il avait envie de rentrer à la maison. Envie que sa mère lui enlève son pull et frictionne ses épaules avec une serviette chaude passée dans le sèche-linge. Des gouttes de pluie lui picotaient le visage. Il se ferait gronder parce qu'il avait perdu son ciré.

Une sueur glacée se figeait sur son dos. Il se leva en frissonnant et, les pieds lourds de fatigue, descendit le long de Damnation Creek. À partir d'ici, il savait comment rentrer chez lui, mais il fallait marcher longtemps, longtemps. Il avait le nez qui coulait et ne cessait de renifler. Après avoir traversé No Name Road, il continua à descendre dans la boue, entre des rochers et des troncs cassés, si hauts qu'il ne voyait rien et avançait au cœur d'un labyrinthe plein de recoins effrayants. Il atteignit ensuite une clairière détrempée, au point qu'il s'enfonçait dans la boue jusqu'aux chevilles. De l'autre côté, le terrain s'était effondré, formant une cavité qui ressemblait à une énorme goutte.

Le craquement d'une brindille le fit sursauter.

"Je t'ai eu !" cria Wyatt en le bousculant violemment par-derrière.

Chub lâcha le couteau. Il le regarda tournoyer dans les airs, rebondissant jusqu'au ruisseau en contrebas, puis se sentit tomber, tomber, tomber. Sa tête heurta une pierre. Ses paupières étaient lourdes. Il faisait tout noir. *Maman.* Il voulait qu'elle allume la veilleuse dans sa chambre.

"Lève-toi, abruti." Wyatt le tourna sur le dos. Sa voix paraissait assourdie.

Entre ses cils tremblants, Chub vit Wyatt le pousser doucement du pied.

"Chub, lève-toi…" Wyatt s'accroupit à côté de lui. Chub sentit que sa tête était soulevée, une eau tiède lui coulait sur la nuque. Sa tête retomba et heurta à nouveau la pierre. Ses yeux brûlants se fermaient malgré lui, Wyatt était flou… Wyatt reculait… et disparut complètement.

Où as-tu trouvé ces magnifiques yeux verts ? Sa mère chuchotait à son oreille, il sentait son souffle chaud sur sa tempe. *Chub, ne t'éloigne pas, d'accord. Reste là où… Chub, ne t'éloigne…*

Il ne pouvait pas bouger. La lumière faiblissait.

Chu-ub ? criait sa mère.

Puis son père, dans le lointain. *Chu-ub ?*

Leurs voix l'enveloppaient. Ils étaient loin, mais ils allaient venir. Ils le prendraient dans leurs bras et le ramèneraient à la maison.

COLLEEN

Il ne s'éloignait jamais. Elle ne se rappelait pas exactement à quelle heure il était parti, bien que cette précision lui semblât à présent de la plus haute importance : si elle pouvait seulement se rappeler, un minuteur sonnerait et Chub apparaîtrait à la porte. Les filles s'amusaient dans le salon maintenant.

Au début, elle avait pensé qu'il était sûrement caché quelque part sur la colline. *Debout*, lui avait-elle ordonné silencieusement pendant que Rich s'enfonçait entre les fougères en criant le nom de leur fils. Elle était restée dans la maison ainsi qu'ils l'avaient convenu, plantée devant la fenêtre de la cuisine, attendant que Rich surgisse, la main de Chub dans la sienne, tandis que Wyatt les suivrait en affichant son air bravache. Elle essuya avec la manche de son pull la buée que son souffle déposait sur la vitre, tel le brouillard qui noyait Bald Hill.

Il ne s'éloigne jamais. Il sait qu'il doit rester là où il peut voir la maison.

Si les garçons s'étaient perdus, c'était la faute de Wyatt. Chub ne se risquerait jamais seul dans la forêt. Wyatt était un butor, comme son père. Elle ne laisserait plus Chub jouer avec lui.

L'horloge du four égrenait les minutes, et le chiffre de l'heure approchait du sept. Elle alla vérifier qu'Alsea jouait tranquillement sur la couverture dans le salon. Il devait être environ midi quand Chub était sorti. Il serait frigorifié, épuisé. Il aurait envie d'un lait chaud avec une pointe de sucre brun. Il poserait ses chaussettes mouillées sur le poêle pour les regarder fumer.

Colleen tapota légèrement la vitre avec son ongle mais le vieux chien ne bougea pas de son poste à l'extrémité de la chaîne, aboyant de sa voix sans timbre. Elle repassa à nouveau la journée dans son esprit : Enid avait déposé les enfants. Elle avait rappelé Chub pour qu'il mette son ciré. Il n'avait pas bien refermé la porte de la cuisine. Elle l'avait entendu parler au chien – *Oui, tu es un gentil chien…*

Un peu plus tard, elle avait donné des biscuits aux filles en les envoyant jouer dehors, elle avait emporté la radio portable dans le salon et installé sa machine à coudre : une nouvelle chemise afin de remplacer la jaune de Chub. Tout en gardant un œil sur Alsea, elle avait augmenté le volume pour contrer le bruit de la scie circulaire dehors ; de temps à autre, le bois éclatait dans le poêle. Elle serrait les épingles entre ses dents, s'attendant à voir Chub et Wyatt entrer en trombe pour réclamer leur part de biscuits, pensant à des prénoms – *Pearl, Ruby, Marigold*, qui deviendrait *Goldie*. Lorsqu'elle eut terminé (ne restaient plus que les boutonnières), elle décida de commencer à préparer le dîner. Elle avait piqué les épingles dans le mini-coussin en forme de tomate, ajouté les noms à sa liste sur sa table de chevet, et mis de l'eau à bouillir pour les pâtes. En regardant par la fenêtre, elle avait alors pris conscience qu'elle ne voyait *toujours pas* Chub.

À présent, plus que la silhouette menue de son fils, plus que sa salopette aux jambes trop longues repliées plusieurs fois à hauteur des chevilles et ses chaussures neuves – elle aurait dû acheter la taille au-dessous, mais bon, il grandirait vite –, c'était l'image de la porte se refermant derrière lui qui la hantait.

Il va bien. Rich le trouvera. Arrête de t'inquiéter. Elle toucha son ventre pour rassurer le bébé.

Elle avait ouvert deux boîtes de thon, râpé du fromage. La radio diffusait de la musique. Elle avait passé une main entre les géraniums pour soulever la fenêtre.

"Chub !" Sa voix couvrait à peine le bruit de la scie. Elle avait égoutté les pâtes, mélangé tous les ingrédients, glissé le plat dans le four, et fait manger Alsea. L'arôme du gratin emplissait la maison.

"À table !" avait-elle lancé par la porte de la cuisine, un peu avant six heures.

Les filles étaient rentrées aussitôt.

"Où est Chub ?" avait-elle demandé.

Qu'avait-elle fait ensuite ? Elle était sortie pour appeler Chub, puis Wyatt. La brume drapait le jardin comme une moustiquaire. Le dessus du gratin formait une croûte brillante, le fromage fondu collait à sa nouvelle spatule quand elle découpa des parts. Les filles avalèrent leur lait d'un trait.

"Rich, à table ! Rich !" Il n'entendait pas. "Rich !"

Rich mangea debout contre le plan de travail. La place de Chub était vide. Wyatt non plus n'était pas revenu.

"Chub ! avait-elle encore crié par la porte. Je ne le vois pas."

Rich but la moitié de son verre de lait. "Il a peut-être senti le thon."

Elle était sortie, guettant un mouvement dans les fougères.

"Chub ! À table !"

Au bout d'un moment, Rich l'avait rejointe.

"Où peut-il bien être ?" Elle avait cédé à la panique. Le vent qui s'était levé apportait le grondement de l'océan.

Rich avait appelé aussi. "Chu-ub ? Wy-att ?

— Chub ! Je compte jusqu'à trois..., avait menacé Colleen. Chub ! Je ne plaisante pas !

— Ils sont peut-être allés au ruisseau, avait dit Rich.

— Chub ne ferait pas ça. Pas tout seul." Une bouffée de colère contre Wyatt l'avait saisie.

"Attends-les ici. Si jamais ils reviennent..." Rich s'était élancé dans les broussailles avec de si grandes enjambées qu'elle aurait dû courir pour le suivre. Elle avait espéré qu'il la réconforte, en l'assurant que Chub allait bien et qu'il n'y avait aucune raison de s'inquiéter, en serrant ses mains froides dans les siennes assez longtemps pour lui transmettre sa chaleur, sa certitude.

Restée seule, elle avait continué à appeler. "Chu-ub ?!" Le vent balayait sa voix. Le chien gémissait.

"Chhht." Elle s'était accroupie pour enfermer la gueule du vieux chien dans ses mains. "Tais-toi..."

Le chien s'était mis à pleurer, une vibration qu'elle avait sentie remonter le long de ses bras.

"Ce n'est rien..." Elle l'avait relâché. "Chub va bien. Il ne s'éloigne jamais." Pour prouver la force de sa conviction, elle était rentrée dans la maison et, de nouveau postée à la fenêtre, avait attendu que Chub apparaisse en s'exhortant au calme, une main sur son ventre.

L'horloge du four affichait maintenant huit heures.

Elle ressortit. Au loin, l'écho de la voix de Rich. *Chu-ub. Chu-u-ub.* Et soudain, le silence. L'avait-il trouvé ? Dans la lumière déclinante, elle vit Rich émerger des broussailles, le ciré de Chub à la main. Elle se précipita. Il avait les traits tirés, des rides soucieuses sur le front.

Elle attrapa le ciré et le serra contre sa poitrine. “Où était-il ?

— De l'autre côté du ruisseau.” Rich ouvrit le poing. Les jumelles de Chub. “On ferait mieux d'appeler Harvey. La nuit va bientôt tomber. Il y a des traces partout… Il nous faut plusieurs personnes.”

Les doigts de Colleen tremblaient lorsqu'elle composa le numéro.

“Harvey ?

— Qu'il se dépêche”, dit Rich.

RICH

Sous la pluie, au fond du jardin, Colleen continuait à appeler Chub. Il entendit le bruit de roues sur le gravier et s'avança à la rencontre d'Harvey. En partant du ruisseau dans deux directions différentes, ils auraient plus de chances de retrouver Chub avant que la pluie n'efface toutes les traces. Mais le pick-up qui remontait l'allée était celui d'Eugene.

Enid descendit. "Il faut que je me grouille de rentrer pour traire les chèvres, sinon elles vont exploser.

— Chub a disparu", dit Rich. À voix haute, c'était pire. "Wyatt aussi..."

Enid entrait déjà dans la maison. "Je leur donne deux minutes !" gronda-t-elle d'une voix menaçante.

Colleen s'était tue.

"Enid est là...", dit Rich en la rejoignant. C'est alors qu'il vit apparaître Wyatt entre les fougères, trempé, frissonnant, sa chemise tachée de sang.

"Où est Chub ?" lui demanda Colleen.

Wyatt éclata en sanglots.

"Qu'est-ce que tu as fait ?! hurla Colleen en se jetant sur lui. Qu'est-ce que tu as fait !" Elle le saisit par sa chemise, la souleva pour s'assurer qu'il était indemne, et le secoua violemment.

"Quoi ? Qu'est-ce qui se passe ?" Enid sortit par la porte de la cuisine.

Colleen gifla Wyatt. Il leva un bras pour se protéger. Rich tira Colleen en arrière en l'attrapant à bras-le-corps. Elle se débattit. "Chub ?! Chu-ub ?!"

Enid s'accroupit devant son fils. Les larmes traçaient des sillons sur les joues du petit garçon barbouillées de terre. "Wyatt, qu'est-ce qui s'est passé ?" Rich ne l'avait jamais entendue parler d'une voix aussi douce. Les sanglots de Wyatt redoublèrent. "Où est Chub ?

— Où il est ?!" cria Colleen.

Enid la fit taire d'un geste impérieux. Il y eut un silence ; la pluie tambourinait sur le toit.

"Il est tombé, dit enfin Wyatt. On jouait et il est tombé. Il s'est ouvert la tête…"

Enid lui prit la main pour l'encourager. "Où ?"

Dans les bras de Rich, Colleen s'impatientait.

Wyatt montra du doigt. "Près de la route."

Colleen se dégagea et partit en courant dans les fougères.

"Colleen ! C'est trop loin ! cria Rich. Viens dans le pick-up !

— Vas-y, toi", dit Enid en le voyant hésiter, et elle s'élança derrière sa sœur.

Rich courut prendre les clés du pick-up dans la maison, démarra en trombe et tourna sur la route en chassant du gravier. La pluie noyait le pare-brise. Son cœur battait si fort à ses oreilles qu'il n'entendait plus rien hormis le prénom lancinant de son fils : *Chub, Chub, Chub…*

No Name Road était un ruban de boue. Il s'arrêta près de la conduite dans laquelle se ruait l'eau de Damnation Creek et descendit.

"Chub !"

Il suivit sa voix qui roulait en écho vers la zone de coupe plus bas, contourna des troncs brisés et des rochers désagrégés, jusqu'à l'endroit où tout un pan du versant s'était effondré. Dévalant la pente abrupte, le ruisseau devenait un torrent d'écume alimenté par les eaux de ruissellement.

Il mit ses mains en porte-voix. "Chu-ub ?"

Comme ce serait facile de se tenir au bord de la falaise, sur la terre friable, et d'être jeté dans la pente comme un caillou dont rien ne pourrait arrêter la chute. Il recula, fit demi-tour et remonta en diagonale jusqu'à No Name Road sans cesser d'appeler Chub. La pluie s'était calmée. Essoufflé, il parcourut une vingtaine de mètres sur la route et plongea à nouveau dans le versant.

"Chu-ub ?"

À nouveau, il remonta jusqu'à la route, puis redescendit entre les fougères jusqu'à la zone de récolte. Il suivit les traces des bulldozers, et là, dans la boue : des empreintes de pas. Il s'accroupit pour les examiner, se releva.

"Chub ?"

Il tendit l'oreille. La nuit approchait. Des troncs irrécupérables gisaient tout autour ; leurs souches arrachées, aussi hautes que des maisons, lui bloquaient la vue. Il réussit à grimper sur l'une d'elles qui présentait une série de prises et d'aspérités. Depuis cette hauteur, il put embrasser du regard la partie inférieure du versant : sillons creusés dans la boue, branches cassées, bois pourri qui avait éclaté en fragments semblables à des cure-dents. Il s'approcha du bord de la souche, une dizaine de mètres au-dessus de la pente.

"Chu-ub ?" Sa voix s'éraillait. *Chu-u-u-ub.*

Le grondement du torrent emplit le silence qui suivit son cri. Il explora des yeux les étroits tunnels entre les troncs. Le sang cognait toujours à ses oreilles. Soudain, là… dans la lumière grise du crépuscule : des chaussures.

"Chub !" Oubliant toute prudence, il faillit sauter dans le vide. Il fit marche arrière sur la souche, descendit comme il était monté en s'éraflant les mains sur l'écorce, et courut entre les arbres mutilés, glissant et dérapant dans la boue. Enfin… le petit corps de Chub. Immobile, couché sur le dos.

"Chub ?"

L'enfant était pâle et trempé, une entaille lui barrait le front. Rich s'agenouilla près de lui, prit sa main froide et raide.

"Chub ?" Sa voix s'étrangla.

Il chercha un pouls sur sa gorge. Chub avait les lèvres bleues, les cheveux poisseux de sang. La pluie avait laissé des perles sur ses joues, sur son nez. Malgré l'entaille, il semblait paisible. *S'il te plaît. Mon Dieu. S'il te plaît. Non.*

Un sanglot monta dans la poitrine de Rich.

Prends-moi à sa place. S'il te plaît.

Il appuya plus fort les doigts sur le cou de Chub.

Prends-moi.

Chub cligna des yeux.

"Chub ?!" Le cœur de Rich fit un bond. Le regard de l'enfant, fixant d'abord le ciel, dériva lentement et s'arrêta sur son père. Il essaya de se lever. "Ne bouge pas." Rich posa une main sur son torse fluet.

"Papa ? demanda la petite voix, faible et tremblante.

— Je suis là. Tout va bien. Je suis là maintenant."

Rich examina l'entaille sur son front et lui tourna doucement la tête. Chub grimaça de douleur. "Pardon, Grahamcracker, je veux juste voir…" Écartant les cheveux à l'arrière du crâne, il inspecta la plaie tuméfiée et gorgée de sang, large comme une lame de couteau. "Ça va aller", dit-il, pour se convaincre lui-même autant que Chub. Il enleva sa veste et l'étendit sur son fils.

"J'ai froid", dit Chub.

Rich lui frictionna les jambes. Ses genoux craquèrent quand il se releva, Chub dans les bras.

"Maman…"

Rich entendit une voix au-dessous de No Name Road. Enid, qui appelait Colleen.

"Elle arrive, Grahamcracker." Il commença l'ascension du versant. "Elle sera là dans une minute."

Il sentait sur son cou et ses épaules la pluie qui avait repris. Chub était chaud contre sa poitrine. Tout autour d'eux, l'eau empruntait des chemins sinueux pour descendre vers le ruisseau. Contournant les souches et les déchirures dans le sol de la forêt, il grimpa entre les colonnes sombres des grands séquoias restés debout.

18 JUIN

COLLEEN

Chub était assis, jambes pendantes, sur une chaise de la cuisine. Penchée au-dessus de lui, Colleen retenait son souffle en détachant délicatement les bords du sparadrap.

Chub tressaillit. "Aïe.

— Pardon, Grahamcracker." Elle prenait trop de précautions, alors qu'il valait mieux tirer d'un coup sec. Ce qu'elle fit : Chub poussa un petit cri. "Voilà, ça y est." Elle examina le sparadrap – moins de liquide jaune qu'hier –, et écarta la frange de Chub pour laisser sécher la zone découverte.

La peau était rose, les points de suture noircis par une croûte de sang.

Chub se plaignit. "Ça démange.

— Tant mieux, Grahamcracker. Ça veut dire que ça cicatrise."

Dans une semaine, elle l'emmènerait au dispensaire afin qu'on lui ôte les points, puis au drugstore où il choisirait une voiture miniature, la récompense pour son courage. La blessure à l'arrière du crâne – dix centimètres de long, un de large – avait été fermée avec des agrafes, les cheveux rasés tout autour commençaient à repousser. Elle tamponna les bords de la plaie avec un linge humide.

Chub inclina instinctivement la tête pour lui échapper. "Ça pique.

— Je sais, Grahamcracker. Je me dépêche…" Il ne put réprimer un gémissement. Elle trempa à nouveau le linge dans le bol rempli d'eau et l'essora. "Une dernière fois…", dit-elle en veillant à ne pas trop appuyer. Lorsqu'elle eut terminé, elle sortit un pansement de son emballage et l'appliqua doucement sur le front. "Voilà. C'est tout propre, mon petit miracle."

Chub fila aussitôt dehors.

Dans le salon, Rich repoussa le tiroir à cendres sous le poêle et se leva. Il avait passé la matinée à ranger le bois. Elle vida le bol dans l'évier et le rinça, essora le linge, tout en observant Chub qui parlait au chien dans le jardin. De temps à autre, il jetait un coup d'œil par-dessus son épaule, redoutant encore d'être rattrapé par l'ombre de son accident. Rich entra dans la cuisine et vint se tenir derrière elle.

"Je n'aurais pas dû le laisser porter ces chaussures, dit-elle. Elles sont trop grandes.

— Ce n'était pas ta faute, répondit Rich pour la centième fois. Wyatt l'a poussé."

Elle s'enveloppa de ses bras. "Même…"

Il a eu de la chance, avait dit le médecin. *Il aurait pu très mal tomber sur cette pierre.*

Rich se lava les mains, les sécha, raccrocha le torchon.

"Colleen, il s'en est remis. Tu n'es pas obligée de le surveiller chaque fois qu'il fait un pas. Ça va aller." Il la prit par la taille puis plaqua les mains sur son ventre qui s'arrondirait bientôt, l'embrassa sur les cheveux et posa son menton sur sa tête. "Ça va aller pour nous tous."

Elle soupira et se détendit contre lui. Quand elle regarda par la fenêtre, Chub avait disparu.

"Il doit se coucher maintenant, c'est l'heure."

Rich lui serra doucement le bras. "Je vais le chercher."

Par la porte de la cuisine, elle le vit balayer le jardin des yeux, se frayer un chemin entre les fougères et porter les mains à son cœur quand Chub bondit de sa cachette. Ensemble, ils grimpèrent jusqu'au sommet de la colline et disparurent de l'autre côté.

CHUB

Tapi entre les fougères, Chub avait approché les jumelles de ses yeux et tourné la molette de mise au point. Il avait regardé son père arriver derrière sa mère dans la cuisine et poser le menton sur sa tête. Ils s'étaient un peu balancés tous les deux, comme s'ils dansaient. Du coup, il oublia sa colère contre sa mère qui lui avait fait mal en nettoyant ses blessures. Il éprouvait une drôle de sensation, très agréable, qui lui donnait envie de rire et d'enfouir son visage dans ses mains.

Il adorait ses jumelles. Parce qu'elles avaient un étui en cuir noir avec l'intérieur rouge. Parce qu'elles étaient compactes et lourdes comme celles des adultes. Mais ce qu'il adorait le plus, c'était voir de si près une miette dans la moustache de son père, la tache de rousseur sous l'œil de sa mère, tellement, tellement près, sans qu'ils le sachent.

Soudain, son père sortit.

"Chub ?"

Chub recula dans sa cachette.

"Chu-ub ?"

Il faillit se lever. *Je suis là.* Mais rester caché était formidablement excitant.

"Tu as vu Chub ? demanda son père au vieux chien. Non ? Moi non plus." Son père haussa les épaules. "J'imagine que Bigfoot l'a attrapé.

— Bigfoot n'existe pas ! cria Chub.

— Qui a parlé ?" Son père fit volte-face, une main en visière au-dessus de ses yeux.

Chub se figea. Dans les jumelles, il vit le petit sourire sur les lèvres de son père et il sentit celui qui étirait sa propre bouche.

Tant qu'il retenait son souffle, il était invisible. *Un, deux, trois… six, sept… dix…*

Son père plissa les yeux en s'avançant parmi les fougères.

“Ha !” Chub bondit. Son père sursauta et recula d'un pas.

“Tu m'as fait peur, dit-il. Allez, viens.”

Sur la crête, ils regardèrent la maison en bas, le carré lumineux à la fenêtre de la cuisine.

Son père inspira profondément. Chub l'imita. Il lui sembla que ses poumons allaient exploser quand son père expira enfin et rejeta la tête en arrière, fixant le ciel que la nuit obscurcissait.

Bientôt, Chub eut mal au cou. Il tourna la tête vers la forêt et les arbres presque noirs à présent. Une silhouette apparut : voûtée, hirsute, plus grande qu'un homme. Chub se raidit, les poils hérissés sur sa nuque. La créature s'approcha en flairant l'air tout autour.

“Papa…”, souffla Chub.

Pendant un moment qui lui parut interminable, Chub ne bougea pas, ne respira pas.

Le Sasquatch tomba à quatre pattes, redevenant un ours qui s'évanouit derrière les broussailles. Chub demeura parfaitement immobile. *Ours ours ours ours*, martelait son cœur. Son père lui prit la main et, ensemble, ils redescendirent vers la maison sur le sentier noyé d'ombres.

19 JUIN

RICH

Les cheveux encore mouillés et peignés, Rich s'enfonça le poing dans le ventre pour tenter de dissoudre le nœud de la peur.

"Où vas-tu ? demanda Colleen.

— À la banque." Lorsqu'il avait eu enfin le courage de vérifier, il avait trouvé la boîte postale étrangement vide. Mais s'il se montrait en personne, sûrement, il pourrait obtenir un sursis. L'argent de la dernière coupe ne tarderait plus.

"Tu as besoin de quelque chose ?"

Colleen leva les yeux de la chemise bleue de Chub dont elle terminait de coudre les boutons.

"Des crackers salés. Et on n'a presque plus de pickles. Tu peux installer la nouvelle bonbonne avant de partir ? Je n'arrive pas à la soulever."

Il changea la bonbonne dans la cuisine, puis prit ses clés dans le bol en bois.

"Rich ?" Elle l'appela alors qu'il ouvrait déjà la porte, comme si elle se doutait qu'il lui cachait quelque chose.

Affichant un calme qu'il était loin de ressentir, il se retourna. "Oui ?

— Sois prudent." Elle sourit, baissa les yeux, le regarda encore.

Il revint l'embrasser. "À tout à l'heure."

Il avait beaucoup plu la veille. La route sinueuse et jonchée d'aiguilles était glissante, un tunnel blanc dans le brouillard.

Sur le parking de la banque, il ouvrit le compartiment secret de la boîte à gants, récupéra les documents, vérifia qu'il avait bien son portefeuille dans sa poche arrière. Il inspira à fond avant de pousser la porte vitrée de l'agence.

À l'étroit sur la chaise trop petite, dans la zone d'attente trop petite, il joua nerveusement avec ses clés. La réceptionniste agacée par ce bruit le fusillait du regard. Au bout d'une demi-heure, le responsable des prêts apparut, visiblement mécontent que l'on se présente sans rendez-vous.

"Mr. Gundersen."

Le couloir lui parut plus court que la dernière fois. Il eut à peine le temps d'essuyer ses paumes moites sur son jean qu'il se trouvait déjà assis en face du banquier, la gorge nouée.

"Que puis-je faire pour vous ?" demanda le banquier d'une voix lasse, anticipant sans doute un entretien dont il n'avait que trop l'habitude.

Rich tira sur son col. "J'ai… je… j'ai eu un peu de mal… Je n'ai pas payé une mensualité. Deux, en fait." Rich poussa les documents sur le bureau. "Peut-être trois, avec celle qui arrive… mais j'aurai l'argent le mois prochain. J'espérais que vous pourriez m'accorder, je ne sais pas… un report ?"

Le banquier examina les documents, le visage fermé, semblant n'avoir aucun souvenir de cette opération. Parvenu à la dernière page, il se leva.

"Attendez-moi une minute."

Seul, Rich écouta le tic-tac de la pendule en bois de loupe, le craquement de la chaise, le tapotement de son pied. Il se frotta les paumes sur les genoux. *Prenez quelques jours pour réfléchir.*

Personne n'engageait d'élagueur grimpeur. Il pouvait toujours trouver du travail chez des particuliers – des gens qui voulaient conserver leurs grands arbres mais craignaient qu'ils tombent sur la maison. Peut-être réussirait-il à gagner sa vie, tant que son corps tiendrait le coup, mais après ? Il caressa de son pouce le bord du bureau revêtu d'un placage acajou de mauvaise qualité.

Le responsable des prêts revint, posa un dossier sur le bureau et s'assit en soupirant. Il repoussa les documents vers Rich.

"Tout est régularisé, Mr. Gundersen."

Rich se prépara à écouter des conditions, le montant d'une pénalité, une mise en garde et l'exposé des conséquences si la situation se reproduisait.

“Votre prêt a été remboursé, expliqua le banquier en ouvrant le dossier. En totalité… Le 25 mars. J’étais en congé ce jour-là, c’est un de mes collègues qui s’en est occupé.”

Rich avala sa salive de travers et toussa dans son coude. “Pardon ?

— Le prêt est remboursé, répéta le banquier.

— Je… je ne comprends pas. Comment ?”

Le banquier tourna le dossier vers Rich. Et là, une copie carbone d’un chèque de banque, revêtue du gribouillis qui tenait lieu de signature à Lark.

Un frisson parcourut les bras de Rich.

“Vous auriez dû recevoir un avis de remboursement à l’adresse indiquée : BP 43, Klamath.” Le banquier reprit le dossier et fixa un moment le chèque avant de le refermer.

Sonné, Rich se laissa aller contre le dossier de sa chaise. “Je l’ai amené à la banque ce jour-là… Je ne savais pas qu’il avait tout cet argent.”

Il se leva, serra la main que lui tendait le banquier et sortit dans un état second.

Putain, Lark, comment tu t’es débrouillé ?

La merde, ça paye.

Il avait envie de le crier. Au fond du parking, il trouva une cabine téléphonique. Ses mains tremblaient en composant le numéro. *Colleen, décroche !*

Il y avait un aquarium dans la vitrine de l’animalerie en face. Après avoir laissé le téléphone sonner, longtemps, très longtemps, il reposa le combiné et traversa la rue. Une clochette tinta lorsqu’il entra en baissant la tête. Une femme aux cheveux gris assise à la caisse leva les yeux et lui adressa un petit salut du menton. Il s’approcha des bacs alignés contre le mur : tétras néons aux couleurs électriques, poissons ventouses accrochés aux parois.

“Vous avez des poissons rouges ?” demanda-t-il d’une voix haletante, la poitrine tellement gonflée de joie qu’il en perdait le souffle.

La femme descendit de son tabouret, prit un sac en plastique sur une pile et une épuisette suspendue à un crochet. “Lequel vous voulez ?

— C’est pour mon fils…”, répondit-il seulement, le cœur sur le point d’éclater.

Elle remplit le sac d'eau, y déposa le poisson, et ferma le sac. "Autre chose ?"

Lorsque Rich eut payé à la caisse, elle glissa le sac contenant le poisson ainsi que les granulés dans le petit aquarium rond et lui tendit le tout. Il sortit avec son achat sous le bras. Un peu plus loin sur le trottoir, il passa devant la bijouterie, et là, dans la vitrine, un pendentif : une perle de nacre.

Quand il regagna le pick-up, il posa l'aquarium sur le siège passager, puis ouvrit l'écrin de velours bleu pour contempler la perle enfilée sur une délicate chaîne en argent. *Pearl*, avait-elle écrit en haut de la liste sur sa table de chevet.

La pluie le rattrapa dans la ligne droite surplombant la plage où déferlaient les rouleaux de l'océan. Il alluma ses phares avant d'aborder les lacets de la route. Après un an d'inquiétude, son corps lui semblait souple, léger sous l'effet du soulagement. Les essuie-glaces chuintaient. Dans le virage de Last Chance, l'aquarium glissa sur le siège et tomba sur le plancher. Il se pencha, le chercha à tâtons, tenant le volant d'une main, un œil sur la route au-dessus du tableau de bord.

"Viens là, toi."

Il posa l'aquarium sur ses genoux. En face, un klaxon retentit. Des phares illuminèrent son pare-brise. Il donna un brusque coup de volant sur la droite, le klaxon devint assourdissant, et… au ralenti… il bascula…

Tout en bas, entre les arbres sombres… des éclairs argentés à la surface de l'océan.

Le premier tonneau le jeta contre la portière passager, dans un vacarme de métal heurtant le bois.

Sa tête fit exploser la vitre, le pick-up rebondit sur un rocher, roula encore… Il ne pesait plus rien, il s'envolait… un choc lui brisa le cou – *Colleen* –, et puis plus rien, il tombait…

COLLEEN

Le téléphone sonnait, sonnait. Colleen entra par la porte de la cuisine et se précipita. La sonnerie s'arrêta. *Enid*. Au début, elle avait essayé de ne pas répondre, mais comme Enid ne renonçait jamais, elle avait ôté ses gants de jardinage en soupirant et essuyé la terre sur ses genoux. Par la porte ouverte, elle entendit Chub qui jouait avec le vieux chien, le touchant puis s'enfuyant après avoir déclaré : *"C'est toi le chat !"*

Elle composa le numéro.

"Qu'est-ce qu'il y a ? demanda-t-elle quand Enid décrocha.

— Comment ça, qu'est-ce qu'il y a ? dit Enid.

— Tu ne viens pas de m'appeler ?

— Non.

— Oh."

Enid se taisait au bout du fil. Elles ne s'étaient pas reparlé depuis le lendemain de la chute de Chub, quand Enid avait téléphoné pour demander s'il allait bien.

"J'ai acheté des fraises, dit Colleen. J'allais faire de la confiture." Elle laissa l'invitation suspendue en l'air, tira sur le cordon en spirale du téléphone pour regarder par la fenêtre. Chub était tapi dans les hautes herbes avec ses jumelles, retenant son souffle ainsi qu'il le faisait souvent, semblant croire qu'en ne respirant pas il devenait invisible.

"D'accord", répondit enfin Enid.

Il était onze heures passées quand Enid arriva au volant du pick-up d'Eugene. Elle entra avec Alsea sur la hanche. Wyatt traînait les pieds derrière sa mère.

"Il fait si beau tout d'un coup ! s'exclama-t-elle. Le temps n'arrête pas de changer. Wyatt, qu'est-ce que tu as à dire à ta tante Colleen ?"

Colleen remarqua les traces de griffures sur son front et ses joues, sans doute parce qu'il avait couru à l'aveugle dans les broussailles.

"Pardon", dit Wyatt. Il paraissait plus fragile, plus jeune. Ce n'était qu'un gamin.

"Et la suite ? insista Enid.

— Pardon d'avoir poussé Chub." Sa lèvre inférieure tremblait. "Il s'est fait mal et je suis désolé…

— Tout va bien maintenant, mon chéri." Wyatt s'avança et enfouit son visage contre le ventre de Colleen – ce qu'il n'avait pas fait depuis des années. Elle lui tapota gentiment le dos. "Moi aussi, je suis désolée. Pardon de t'avoir secoué et donné une gifle." Il recula en reniflant et s'essuya les yeux.

"Très bien. Maintenant, va le dire à Chub", ordonna Enid.

Wyatt fila dehors. Colleen vit Chub se lever, inquiet. Wyatt le rejoignit, ils se firent face, puis Chub entraîna Wyatt vers un tas de bâtons. Il en prit un, le colla à la truffe du vieux chien pour le lui montrer, le lança et traîna l'animal par son collier, espérant encore qu'il apprendrait à rapporter. Wyatt le suivit docilement.

"Ça va aller, dit Enid qui observait la scène derrière sa sœur. Ils sont petits."

Colleen lava les fraises du premier plateau pendant qu'Enid installait Alsea sur la couverture dans le salon. Elles équeutèrent les fruits ensemble.

"Tu as mangé ? demanda Colleen.

— Non, pas encore."

Colleen fit chauffer de la soupe à la tomate et prépara des sandwichs grillés au fromage. Rich rentrerait d'une minute à l'autre.

Chub et Wyatt jouèrent à écarter leurs tranches de pain pour voir jusqu'où ils réussiraient à étirer le fromage fondu, puis ressortirent à peine la dernière bouchée avalée. Le silence retomba dans la cuisine.

Ce fut Colleen qui le brisa la première. "Comment va Marla ?"

Enid laissa échapper un long soupir en attrapant une des fraises réservées pour le dessert. "Je ne sais pas. Elle ne me parle pas. On dirait qu'elle n'attend qu'une chose, avoir dix-huit ans et se tirer de la maison.

— Tu étais pareille", dit Colleen.

Enid eut un rire amer. "Et regarde où ça m'a menée."

Sans relever, Colleen continua à remuer la confiture dans la marmite.

"Eugene veut qu'elle aille à la fac, reprit Enid. Elle a de bonnes notes.

— Pour faire quoi, après ? "

Enid haussa les épaules. "Infirmière ? Instit ? Je ne sais même pas comment ça marche, la fac. Mais lui, quand il a quelque chose dans la tête…

— Je suis enceinte", déclara brusquement Colleen.

Enid resta bouche bée. "C'est super ! dit-elle ensuite. Enfin… t'es contente, non ?"

Colleen acquiesça. Elle ne comptait pas l'annoncer à Enid, c'était sorti tout seul.

L'après-midi était déjà bien avancé quand les derniers pots de confiture furent scellés. Enid donna le sein à Alsea avant de partir.

"Je me demande ce que fabrique Rich", dit Colleen en posant la marmite dans l'évier pour la laver. L'eau crachota au robinet.

Enid habilla Alsea et enfila ses bottes dans l'entrée.

"Emporte de la confiture, lança Colleen. On ne mangera jamais tout ça."

Elle entendit le pick-up de Rich. Il aurait le temps de monter examiner la conduite avant le dîner, et il trouverait sûrement ce qui gênait la pression de l'eau.

"Tiens, c'est Harvey, dit Enid. Qu'est-ce qu'il fiche ici ?"

Colleen se sécha les mains et regarda le policier par la fenêtre.

"Il vient prendre des nouvelles de Chub, peut-être…"

Une main posée sur le capot de sa voiture, Harvey contempla longuement l'océan qui scintillait dans la lumière déclinante. Il s'approcha à pas lents de la maison. Colleen ouvrit la porte.

"Bonjour, Harvey." Elle s'apprêtait à ajouter : *Chub va très bien. Désolée de t'avoir dérangé l'autre soir…*

Harvey ôta sa casquette. Il tournait le dos au soleil et Colleen, éblouie, ne put distinguer son visage à contre-jour.

1ER JUILLET

ENID

Le jour où le corps de papa s'est échoué sur la plage, maman est venue nous chercher à l'école, Colleen et moi. Normalement, le bus nous déposait à l'embranchement de Deer Rib Ridge et nous faisions les trois derniers kilomètres à pied. Le temps d'arriver à la maison, maman en était à son deuxième mug de gin. La bouteille sur l'étagère du bas. C'était si fort que ça vous aurait enlevé votre vernis à ongles.

Mais ce jour-là, nous sommes sorties de l'école et elle était là, appuyée contre l'aile de sa vieille Mercury, portant encore son tablier de la conserverie, fumant une cigarette. Nous sommes descendues du trottoir. J'étais petite et je me réjouissais de ne pas avoir à marcher trois kilomètres, mais Colleen m'a pris la main pour me tirer en arrière. Autour de nous, les autres enfants s'éloignaient. Papa n'était toujours pas rentré. Il lui était déjà arrivé de disparaître pendant des jours et des jours, il revenait la queue basse quand il avait dessoûlé. Mais cette fois, son pick-up avait été retrouvé sur un parking près du port.

Colleen m'a pressé la main – *un, deux, trois* – et nous n'avons plus bougé. Comme si, en ne traversant pas, en restant où nous étions, de ce côté-ci de la rue, nous pouvions le maintenir en vie.

Plus tard, après le départ de Colleen à Arcata, elle appelait l'école. Nous n'avions pas le téléphone. Cette saleté de Gail Porter m'obligeait à cracher mon chewing-gum avant de me passer le combiné.

“Enid ?” Rien que mon nom, prononcé par Colleen, suffisait à apaiser l'angoisse profonde que je ne montrais pas, au prix de tant d'efforts. Elle a toujours été une mère pour moi, plus que maman.

Ensuite, il y a eu la maladie de maman. Je suis tombée enceinte. J'avais peur. Kel m'a laissé téléphoner à l'Unique Taverne. J'ai appelé Colleen et elle est revenue à la maison. Aussi simple que ça. Il a suffi que j'appelle, elle est rentrée.

Un jour, après la mort de maman, Eugene m'a emmenée voir Colleen à la maison avec Marla. Elle était tellement seule là-bas. Je me sentais coupable. Mais quand nous sommes arrivés, elle n'était pas seule. Il y avait Rich sur le toit. Elle venait de le rencontrer, Eugene l'avait amené dîner avec nous, deux fois. Il avait déjà arraché les vieux bardeaux et posait les nouveaux, une sacoche banane remplie de clous autour de la taille.

Je n'en suis pas fière, mais j'ai été jalouse. Il était si adroit de ses mains. Pour elle, il aurait réparé des dizaines de toits. Je l'ai compris quand nous étions assis à table, et plus tard, quand il a fait la vaisselle. J'ai vu comment il la regardait cajoler Marla sur ses genoux. Il était fou amoureux.

J'aime mon mari. Mais Colleen et Rich… c'était différent. Et si elle l'avait, lui, pourquoi aurait-elle eu besoin de moi ?

J'ai mis un peu de temps à m'y habituer. Mais après, nous avons vendu la maison à Joanna, elle avait Chub, elle avait sa vie avec son fils et son mari, et elle était heureuse. Colleen est si discrète, si réservée, que c'est difficile à voir sauf si on la connaît vraiment bien. Moi, je l'ai vu. Cette vie-là, elle la désirait depuis toujours. Avec tous les hauts et les bas, elle était heureuse.

Même si je vis jusqu'à cent ans, je n'oublierai jamais le visage de Colleen lorsqu'elle a ouvert la porte à Harvey. On aurait cru qu'elle savait, d'une façon inexpliquée. Comme elle l'avait su ce jour-là, à l'école. Mais cette fois, c'est moi qui lui ai pris la main, et qui l'ai gardée dans la mienne. Elle a reculé devant Harvey et s'est tenu le ventre en secouant la tête. *Non. Non. Non.* Et elle serrait ma main, de petites pressions paniquées qui semblaient envoyer un message. *Rich ! Rich ! Rich !*

Il faudrait plusieurs jours, a dit Harvey. Pour trouver un bateau, des plongeurs.

Non. Colleen secouait obstinément la tête. *Non.* Comme si Harvey se trompait.

Il a tenté de la raisonner. *Quelqu'un l'a vu, Colleen.*

Elle m'a tirée par la main en reculant. Pauvre Harvey. J'ai reculé aussi. Quelque part, je croyais encore que ma grande sœur réussirait à défaire ce qui était arrivé. Que nous pourrions remonter sur le trottoir, nous détourner, et rentrer dans l'école.

12 JUILLET

COLLEEN

Colleen croyait sentir encore l'odeur qu'avait la maison – fumée de bois, assiette avec des traces d'œufs abandonnée sur le poêle – quand elle était venue vivre chez Rich. Le silence engloutissait le tintement de ses clés qu'elle déposait dans le bol d'agates. Elle s'attendait encore à le trouver lorsqu'elle rentrait. Ou à le voir taper ses chaussures à la porte de la cuisine et franchir le seuil en se baissant. Il lui demanderait : *Alors ? Comment c'était ?*

Elle aida Chub à ôter les habits qu'il avait revêtus pour l'enterrement, le coucha. Dans la salle de bains, elle enleva ses boucles d'oreilles. Un sanglot monta de son ventre. Elle ouvrit le robinet et laissa couler l'eau. Après s'être retenue toute la journée, elle s'assit sur les toilettes et pleura.

Lorsqu'elle n'eut plus de larmes, elle se rafraîchit le visage et fit griller du pain. Elle emporta une casserole sur la galerie et inclina la bonbonne de vingt litres pour recueillir de l'eau.

La petite urne en métal qu'on lui avait remise ressemblait à une thermos froide. La tombe se trouvait dans le coin ouest du cimetière, près des parents de Rich, sous un saule pleureur dont les branches tombaient jusqu'à terre. Elle retourna dans la cuisine avec la casserole d'eau minérale.

Dans le jardin, elle remplit la gamelle du chien et le caressa pendant qu'il mangeait, comme Rich. Elle avait les narines irritées, les paupières douloureusement gonflées. La fenêtre de la cuisine découpait dans la nuit son carré de lumière jaune. Une maison normale, vue de l'extérieur.

L'herbe haute était froide contre ses jambes. Rich n'avait pas tondu depuis…

Elle appuya les paumes sur ses yeux.

Au bout d'un moment, elle rentra dans la maison. Éteignit une à une les lumières, et affronta l'obscurité de la chambre.

Tu vas pouvoir conduire ? lui avait-on demandé après la cérémonie. Pas : *Tu vas pouvoir casser du bois, changer l'huile de ton pick-up, élever ton fils sans son père ?* Comme si conduire était la seule chose qu'il lui faudrait apprendre à faire sans lui.

Elle s'assit dans le fauteuil à bascule. Elle ne voulait pas s'allonger. Dans ses rêves, le téléphone sonnait et sonnait. Sa main cherchait Rich dans le lit. Elle se réveillait en sursaut, suffoquant comme si elle se noyait, sans savoir où elle était.

Elle se balança comme autrefois lorsqu'elle berçait Chub en chantant une comptine. *Dors mon bébé, ferme tes petits yeux.* Bientôt, elle entendrait les pneus de Rich sur le gravier, le bruit des clés qu'il jetait dans le bol en bois. Le fauteuil craquait doucement, accompagnant sa veillée silencieuse.

Un peu après minuit, elle finit par se recroqueviller sous les draps, le nez enfoui dans la dernière chemise qu'il avait portée et qui sentait encore son odeur.

Je suis enceinte de douze semaines aujourd'hui. Allongée sur le dos, elle se caressa le ventre, comme Rich l'aurait fait. Elle replia les bras sur son visage. *Rich, reviens. Ne me laisse pas. Je n'y arriverai pas toute seule. S'il te plaît. Reviens.*

13 JUILLET

COLLEEN

Enid apporta un poulet rôti, le chèque pour Rich réglant le solde de la dernière coupe, et le courrier qu'elle avait pris dans la boîte aux lettres.

"Je pourrais rester ici quelque temps, proposa-t-elle.

— Non, ça va", répondit Colleen.

Il y avait des démarches administratives à faire. L'obtention du certificat de décès après une longue attente dans les locaux du comté, un morceau de papier qu'on lui tendit, tel un billet contre lequel elle pourrait échanger son mari à condition de trouver le service compétent. Il y avait des plats chauds que les gens déposaient devant la porte en son absence. Une tarte à la crème de banane. Colleen les recouvrait de papier aluminium et les rangeait dans le frigo, puis les congelait. Lorsque le congélateur fut plein, elle les jeta.

Harvey lui rendit visite. Il s'assit, la casquette entre les genoux.

"Je n'arrive pas à dormir, lui confia-t-elle. Je n'arrête pas de penser à…"

L'océan se déversant par la fenêtre du pick-up qu'il gardait souvent entrouverte, sa panique en s'enfonçant dans le noir sous la surface, l'atroce douleur de ses poumons asphyxiés, sa dernière inspiration.

"Il était mort avant de toucher l'eau, affirma Harvey.

— Comment le sais-tu ?

— Je patrouille le long de cette route depuis trente ans. J'en ai vu, des accidents. Il n'a pas souffert, Colleen, je te le promets."

Elle s'essuya les yeux.

"Comment va Chub ?" demanda-t-il.

Colleen soupira. L'enfant avait de brusques revirements d'humeur, passant de l'insouciance de son âge à une profonde détresse. Il grimpait alors sur ses genoux et se cramponnait à elle. Combien de temps lui faudrait-il pour s'en remettre ?

*

Don et Gail Porter apportèrent un bidon d'essence. Don tondit l'herbe derrière la maison.

Dot apporta un cobbler aux pêches.

Pete apporta trois stères de bois et les rangea.

Le jeune garçon tout maigre qui était dans l'équipe de Rich, Quentin, vint rendre une vieille tronçonneuse que Rich lui avait prêtée.

"Je peux la mettre dans la remise, si vous voulez. Elle est lourde.

— Garde-la, dit Colleen. Je ne m'en servirai pas.

— Mais lui, peut-être…" Il pointa le menton vers Chub. "Quand il sera grand ?"

Elle fit non de la tête.

"Je peux voir ?" Chub s'approcha et Quentin lui expliqua le fonctionnement de la tronçonneuse.

"Ton père m'a beaucoup appris, dit-il. C'était un type bien." Il posa une main sur l'épaule de Chub.

Plus tard seulement, après le départ de Quentin, elle remarqua les deux bonbonnes d'eau sur le gravier au pied de la galerie, comme si Rich les avait livrées pendant la nuit.

Marsha fit du café. Le courrier pas encore ouvert s'entassait sur la table de la cuisine – cartes de condoléances, factures.

"Regarde-moi ça, dit Marsha. T'aurais pas besoin d'un coup de main ?"

Les finances de la famille. Comme l'eau qui crachotait au robinet, l'araignée installée sur le plafond de la salle de bains. Toutes ces choses avaient toujours attendu et attendaient encore le retour de Rich.

Marsha s'assit et ouvrit les enveloppes contenant les factures. "Où est-ce qu'il classait ses papiers ?"

Colleen lui apporta le dossier.

Marsha parcourut rapidement les documents. "Où est le tableau d'amortissement pour la 24-7 ?"

Colleen haussa les épaules.

"Je me demande s'il a déjà payé ce mois-ci…" Marsha examina les relevés de compte en fronçant le nez, puis s'interrompit pour tapoter sur la table le chèque correspondant au solde de la dernière coupe, que Colleen n'avait pas encore déposé à la banque. "Heureusement que tu l'as, celui-là." Elle replongea le nez dans le dossier. "Il avait une assurance-vie, non ? À l'époque, Clive en souscrivait une pour tous les employés. Ce ne sera peut-être pas beaucoup, mais mieux vaut un peu d'argent que pas d'argent du tout." Marsha remontait le temps à mesure qu'elle tournait les pages. "Allez, Rich…, marmonna-t-elle. Où l'as-tu fourrée ?"

Colleen appuya ses doigts sur sa poitrine, à l'endroit où s'était logé un chagrin incommensurable. Elle avait besoin de Rich pour se dépêtrer de tout ça. Tellement, désespérément, besoin de Rich à ses côtés.

Quand tout le monde fut parti et qu'elle se retrouva enfin seule, après avoir allumé la veilleuse de Chub et fixé un long moment la lueur orangée, elle se réfugia dans sa chambre. Elle sortit de la commode les t-shirts de Rich, si souvent portés qu'ils conservaient son odeur, y enfouit son visage et sanglota à fendre l'âme.

18 JUILLET

CHUB

Sa mère chargea les cuissardes sur son épaule, saisit le ciré de Chub au crochet et le lui tendit. Chub fila chercher ses jumelles.

Dehors, le vieux chien se leva.

“On peut l’emmener ? S’il te plaît… Dis ouiiii.”

Sa mère trouva une corde, l’attacha au collier du chien, et mit l’autre extrémité dans la main de Chub.

“Tu nous guides ?” dit-elle.

Elle le suivit sur le sentier. Après avoir traversé Little Lost Creek, le chien s’ébroua et éclaboussa Chub qui recula en fermant les yeux.

“Viens ici !” Il s’élança derrière la corde que le chien entraînait derrière lui.

Parvenu au 24-7, il pourchassa le vieux chien autour du tronc, réussit à le rattraper et le tira vers les broussailles. Il s’accroupit, trop essoufflé pour compter au-delà de *un, deux… quatre.*

Bientôt, il entendit sa mère. Il entoura de ses mains la gueule du chien pour l’empêcher de haleter trop fort.

“Chub ?”

Il ne bougea pas.

“Chu-ub ?! cria-t-elle, sa voix assourdie par la brume. Chub !”

Le chien s’échappa à nouveau. Sa mère rejoignit Chub en courant, se laissa tomber à genoux devant lui et le serra presque violemment contre sa poitrine.

“S’il te plaît, ne te cache pas.” Elle lui prit le visage entre ses mains. “Je ne veux pas te perdre, Grahamcracker. Je ne *peux* pas te perdre, tu comprends ?”

Elle le tenait si fort qu'il eut du mal à hocher la tête. Le vieux chien vint se coucher à côté d'eux, la langue pendante.

Lorsqu'ils arrivèrent à Damnation Creek, sa mère s'approcha du bord, poussa un caillou du pied et le regarda couler au fond.

"Tu sais comment faire ? demanda Chub.

— Plus ou moins… On va apprendre tous les deux, d'accord ?" Elle lui fit un petit sourire triste.

"Parfois, papa enlève sa chemise", dit Chub, prenant son rôle très au sérieux.

Sa mère retroussa les manches de son sweat et enfila les cuissardes.

"J'aurais dû apporter mon maillot de bain !" Elle entra dans le ruisseau et regarda ses pieds tout en se dirigeant, lentement, vers la conduite.

"Par ici ? demanda-t-elle en lui jetant un coup d'œil par-dessus son épaule.

— Plus loin… Oui, là."

Elle grimaça en enfonçant le bras dans l'eau froide. Puis l'épaule, l'oreille… Elle prit ensuite une grande inspiration et sa tête disparut complètement. Le chien tira sur la corde en aboyant.

Chub lutta pour le retenir. "Maman !"

Il fixa l'endroit où sa tête avait plongé. Des taches de lumière dansaient à la surface. Elle réapparut, reprit son souffle, et plongea à nouveau.

Accroupi au bord de l'eau peu profonde, Chub compta : *un, deux, quatre, cinq…* De longues herbes se balançaient dans le courant, une couche de limon semblable à du velours enveloppait les cailloux, et là, entre deux pierres, un éclat de métal. Il se pencha pour attraper l'objet. Sa mère avait remis la tête sous l'eau. Assis, il contempla le couteau et obligea la lame à se replier à l'intérieur du manche comme son père lui avait montré.

"Chub ?"

Il leva les yeux. Sa mère était debout dans le ruisseau, de l'eau jusqu'aux cuisses, les cheveux ruisselants. Elle tenait à la main une poignée de brindilles enchevêtrées et, comme par enchantement, elle souriait.

30 JUILLET

COLLEEN

Elle se tourna de profil devant le miroir de la salle de bains, une main sur son ventre légèrement saillant. Aujourd'hui, c'était décidé : elle ferait de la place.

L'un après l'autre, elle ouvrit les tiroirs de la commode de Rich et entassa ses vêtements sur le lit. Jeans, chemises de travail, grosses chaussettes de laine. Elle marqua une pause et tendit l'oreille pour s'assurer qu'elle entendait toujours Chub dans sa chambre.

Le tiroir du bas contenait un fouillis de choses hétéroclites – plusieurs caleçons, une vieille casquette, deux paires de bretelles, une enveloppe renfermant une dent cariée, et, tout au fond, la boîte en bois au couvercle sculpté. En la soulevant, Colleen tomba sur le vieux mouchoir bleu marine de Rich portant ses initiales brodées dans le coin : RG. Aplati et plié depuis si longtemps qu'elle dut le secouer pour qu'il s'ouvre : une trace de rouge à lèvres. Les larmes lui montèrent aux yeux, tandis que l'odeur du feu de joie surgissait du passé. *La fumée est attirée par la beauté*, avait-il dit.

Une nausée lui tordit l'estomac. Elle emporta la boîte en bois dans la cuisine, remplit la bouilloire et la mit à chauffer. Assise à la table, grignotant un cracker salé, elle souleva le couvercle de la boîte.

Elle découvrait les premières photos quand Chub la rejoignit.

“Tu as faim ?”

L'enfant fit non de la tête.

“Regarde…” Elle déposa délicatement la photo sur sa paume pour ne pas la salir. “C'est oncle Lark quand il était jeune, tu vois ?” Lark se tenait à côté d'une jeune femme assise avec un bébé aux cheveux noirs sur les genoux, un garçon de quatre ou cinq ans debout entre eux. "C'est sûrement sa femme..." Elle retourna la photo, cherchant une date, un nom. Elle ne savait même pas que Lark avait eu des enfants !

Chub piocha un cracker dans le paquet. "Qu'est-ce qu'il y a d'autre dans la boîte ?"

Elle trouva une coupure de journal jaunie : Rich jeune, abattant sa hache. *Le champion du fendage de bois dans le comté de Del Norte, Richard C. Gundersen.*

"Regarde comme ton papa est jeune, sur cette photo.

— Il a les cheveux tout bouclés", dit Chub en touchant du doigt le vieux papier.

D'autres articles, rassemblés par un trombone : *Richard C. Gundersen, premier, épreuve de grimpe. Richard C. Gundersen, grand prix, maniement de la tronçonneuse.*

Colleen les examina avec tendresse. *Tu ne m'en as jamais parlé.* Au fond de la boîte, il y avait une enveloppe en papier kraft.

La bouilloire siffla.

"Chub, tu veux bien éteindre, s'il te plaît." Chub tourna le bouton de la cuisinière. "Dans l'autre sens. Merci."

Elle sortit un ancien cliché en noir et blanc de l'enveloppe : un homme portant un très jeune enfant à côté d'un arbre immense, la main de l'enfant à plat sur l'écorce, son sourire radieux.

"Chub, regarde... Ton père quand il était petit." Elle approcha la photo du visage de Chub. Il lui ressemblait tellement ! Les larmes débordèrent.

"Qu'est-ce que tu as, maman ? demanda Chub.

— Rien, Grahamcracker." Elle renifla et s'essuya les yeux. "Je suis émue de voir ces photos, c'est tout."

Au dos de l'enveloppe, une phrase au crayon. Colleen reconnut l'écriture en pattes de mouche de Lark, celle d'un homme qui n'avait jamais tenu un stylo de sa vie, hormis lorsqu'il signait. *Il n'y a pas beaucoup d'hommes qui naissent pour accomplir quelque chose.*

Une feuille de papier tomba sur ses genoux. Elle la déplia, lut une première fois, puis une deuxième.

"Qu'est-ce que c'est ?" demanda Chub.

Les mains tremblantes, elle répondit : "Une attestation de solde.

— Une quoi ?

— Ça veut dire… le terrain de ton papa, le prêt a été… il est…" Elle bredouilla, sa vision se troublait. "Ce n'est pas important…" Elle ramassa les coupures de journaux et caressa le profil de Rich sur une photo. Chub attendait, appuyé contre elle, même si la boîte était vide.

"Où sont tes jumelles ?" demanda-t-elle.

Chub haussa les épaules.

"Va les chercher."

Ils traversèrent la route et descendirent le sentier de la falaise. Le vent courbait les herbes, fouettait les cheveux de Colleen et plaquait sa veste légère contre son ventre. Chub glissa sa main dans la sienne. Une pierre roula, bousculée par la mémoire de Rich qui marchait devant eux.

Les bords du sentier semblaient éclairés de l'intérieur, vibrant d'une lumière électrique, le vert de la vie en pleine éclosion. Colleen suivait Rich, les yeux grands ouverts dans le vent.

Rich, qui l'emmenait à Diving Board Rock pour la première fois. L'éperon rocheux suspendu face à l'immensité grise de l'océan.

Rich, qui mettait un genou à terre, tellement stressé qu'il faisait tomber la bague dans l'herbe et devait la chercher à quatre pattes.

Rich, qui lui caressait le ventre quand elle était enceinte de Chub.

Des souvenirs éclairs, telles des photos Polaroid accrochées sur un fil à linge, des moments qui se termineraient toujours avec le sentiment d'avoir manqué la fin : il n'était plus là.

Au bout du sentier, Colleen s'assit dans l'herbe. Chub vint se blottir contre elle.

"Qu'est-ce que tu vois ?" demanda-t-elle en tirant doucement sur le cordon des jumelles pour qu'il les porte à ses yeux.

Elle le fit sauter sur ses jambes, comme lorsqu'il était petit et qu'ils inventaient des ritournelles.

"En marchant dans la rue, j'ai vu un petit bonhomme avec des yeux verts…" Elle se figea, puis reprit la cadence. "Je lui ai dit : « Petit bonhomme, où as-tu trouvé ces magnifiques yeux verts ? »"

Chub se taisait.

"Petit bonhomme, chuchota-t-elle. Où as-tu trouvé ces magnifiques yeux verts ?"

Chub baissa les jumelles et se laissa aller en arrière contre sa poitrine, le visage levé vers elle. Le vent balayait sa frange, révélant la cicatrice rose ; et là, ces yeux graves et tendres, les yeux de Rich, étoilés d'or, des feuilles flottant dans une vasque d'eau profonde. Ses yeux, ses magnifiques yeux verts.

OUVRAGE RÉALISÉ
PAR L'ATELIER GRAPHIQUE ACTES SUD
ACHEVÉ D'IMPRIMER
SUR ROTO-PAGE
EN OCTOBRE 2022
PAR L'IMPRIMERIE FLOCH
À MAYENNE
POUR LE COMPTE DES ÉDITIONS ACTES SUD
LE MÉJAN
PLACE NINA-BERBEROVA
13200 ARLES

DÉPOT LÉGAL
1re ÉDITION : JANVIER 2023

N° impr. : 101344

(Imprimé en France)

Siegerland/Sauerland

Der Freizeitführer

Allianz

Blatt 15

66 Tipps

und Fahrradtouren

- Unterwegs zu Schaubergwerken und Bergbaumuseen
- Wetterstation und Wintersport – Treffpunkt Kahler Asten

County Wicklow, Bray
Baedeker
Allianz Reiseführer
Irland
1:1
erleben

Inhalt

Siegerland / Sauerland

Bekanntes und Unbekanntes für Sie entdeckt

Entdecken Sie das "Land der tausend Berge", die reizvollen Landstriche Siegerland und Sauerland. Dort finden Sie harzduftende Wälder und idyllische Stauseen, trutzige Burgen und malerische Fachwerkstädtchen, einsame Wanderwege und betriebsame Freizeitparks, Wildgehege und Tropfsteinhöhlen, originelle Museen und typische Lokale – all das und noch viel mehr an Ruhr und Sieg, an Eder und Lahn.